MANFRED BOMM

Mundtot

LIEBLING DER MASSEN In Deutschland greift eine allgemeine Unzufriedenheit um sich. In der Politik fehlen intelligente, visionäre und charismatische Köpfe. Nach oben spült es nur die Schwätzer und Blender. Doch Ende 2010 taucht ein Mann auf, der – einem Obama gleich – durch Ausstrahlung und Optimismus sehr schnell die Herzen der Menschen gewinnt.

Seit frühester Jugend engagiert er sich politisch, ohne aber einer bestimmten Partei nahe zu stehen. Er propagiert Menschenrechte, eine neue soziale Gesellschaft und nimmt bei seinen Reden kein Blatt vor den Mund. Innerhalb kürzester Zeit ist die Schar seiner Anhänger bundesweit so groß, dass es zur Bildung einer »Bürgerpartei« kommt. Von nun an reist er als Wahlkampfredner durch die Lande. Doch mit zunehmendem Erfolg sieht sich der gebürtige Hohenstaufer Attacken und Verleumdungen der Medien ausgesetzt. Der Politiker soll zum Schweigen gebracht werden und sogar sein Leben gerät in Gefahr. Als dann noch seine engste Mitarbeiterin verschwindet, nimmt Kommissar August Häberle die Ermittlungen auf …

Manfred Bomm stammt aus Geislingen an der Steige. Als Journalist ist er eng mit der Polizei- und Gerichtsarbeit verbunden. Mit seinen überaus erfolgreichen »Kommissar Häberle«-Krimis, die regelmäßig auf den Bestsellerlisten zu finden sind, gehört er zu den bekanntesten Autoren der deutschsprachigen Krimiszene. Mit »Mundtot« veröffentlicht er den mittlerweile zwölften Fall seines schwäbischen Titelhelden.

Bisherige Veröffentlichungen im Gmeiner-Verlag:
Blutsauger (2011)
Kurzschluss (2010)
Glasklar (2009)
Notbremse (2008)
Schattennetz (2007)
Beweislast (2007)
Schusslinie (2006)
Mordloch (2005)
Trugschluss (2005)
Himmelsfelsen (2004)
Irrflug (2004)

MANFRED BOMM

Mundtot

Der zwölfte Fall für August Häberle

GMEINER *Original*

Besuchen Sie uns im Internet:
www.gmeiner-verlag.de

Im Ehnried 5, 88605 Meßkirch
Telefon 0 75 75/20 95-0
info@gmeiner-verlag.de

1. Auflage 2012

Lektorat: Claudia Senghaas, Kirchardt
Herstellung: Christoph Neubert
Umschlaggestaltung: U.O.R.G. Lutz Eberle, Stuttgart
unter Verwendung des Fotos von: © iStockphoto.com/DSGpro
Druck: Bercker Graphischer Betrieb GmbH & Co. KG, Kevelaer
Printed in Germany
ISBN 978-3-8392-1247-9

Personen und Handlung sind frei erfunden.
Ähnlichkeiten mit lebenden oder toten Personen
sind rein zufällig und nicht beabsichtigt.

Gewidmet allen, die bereit sind, sich aus den Fesseln festgefahrener Strukturen zu befreien und an einer neuen Zukunft zu bauen, die getragen ist von gegenseitiger Achtung, Wertschätzung und sozialer Gerechtigkeit. Misstrauen wir allen, die nur nach persönlicher Macht streben, sich von Habgier und verblendeten Ideologien leiten lassen, ohne die Menschenwürde und die Schöpfung zu achten. Unterstützen wir deshalb jene, die sich – getragen von demokratischen Kräften und begleitet von positiven Gedanken – mutig für eine Welt einsetzen, an der wir alle auf gleiche Weise teilhaben dürfen. Die Zeit dafür ist reif.

In memoriam

Zur dankbaren Erinnerung an den Ersten Kriminalhauptkommissar Gerhard Seele, der das Vorbild für meinen August Häberle war und der das Erscheinen dieses Buches nicht mehr erleben durfte.

1

So heiß war es seit Menschengedenken um diese Jahreszeit noch nie gewesen. Dabei hatte man erst November und die Sonne würde noch vier Wochen brauchen, bis sie an Weihnachten ihren höchsten Stand am Nordhimmel erreichte. Hier, in Coober Pedy, einem gottverlassenen Nest im Outback Australiens, knallte sie schon jetzt gnadenlos von einem wolkenlosen Himmel. Die Menschen, die in dieser Bergwerksansiedlung im Nirgendwo lebten, inmitten einer Stein- und Sandwüste, verkrochen sich in ihren kleinen Häuschen oder suchten Schutz in kühlen unterirdischen Hohlräumen, den Wohnhöhlen, die man hier ›dugouts‹ nannte. Sie waren teilweise willkommene Folge des Edelstein-Abbaus. Coober Pedy galt als die ›Opal-Hauptstadt der Welt‹.

Dass es Maximilian Greenman, wie er sich hier nannte, in dieses Minenstädtchen am anderen Ende der Welt verschlagen hatte, war einem Zufall zu verdanken. Als es in den frühen neunziger Jahren in Mitteleuropa immer weniger Jobs für echte Bergbau-Spezialisten gab, hatte er dem lukrativen Angebot aus Australien nicht widerstehen können. Nirgendwo sonst hätte er als Ingenieur ein solches Gehalt geboten bekommen – plus all die steuerfreien Vergünstigungen, die es für lange Auslandsaufenthalte gab. Da erwies es sich letztlich als Glücksfall, dass mit dem Verlust seiner letzten Arbeitsstelle in Österreich auch eine Freundschaft in die Brüche gegangen war. Er hatte darin die Gelegenheit gesehen, im Alter von damals 28 Jahren ein neues Leben zu beginnen. Inzwischen fühlte er sich in dieser Einöde wohl, hatte jede Menge Freundschaften geschlossen und war als ›Max from Germany‹ allseits beliebt.

Er hatte sich in einem der kühlen Hohlräume, unweit der Mine, für die er verantwortlich war, ein großzügiges Büro eingerichtet. Seit es auch hier draußen Internet gab, genoss er es, auf diese Weise mit den verbliebenen Freunden in Österreich und Deutschland zu kommunizieren – vor allem aber mit einer Frau, die er bei seiner letzten Reise in die Heimat kennengelernt hatte. An Liebe auf den ersten Blick mochte er zwar nicht mehr glauben, aber sie musste sich so ähnlich anfühlen wie das Gefühl, als er diese Frau bei einer Party mit Freunden in einem Schwabinger Lokal getroffen hatte. Viel zu schnell waren die verbleibenden drei Urlaubswochen danach verflogen. In den Folgemonaten hatten sie unzählige E-Mails geschrieben und stundenlang telefoniert – meist über Skype, um sich wenigstens am Bildschirm von Angesicht zu Angesicht sehen zu können. Einmal war sie sogar schon hier gewesen und hatte die beschwerliche Fahrt vom 840 Kilometer entfernten Adelaide über den Stuart Highway durchs Outback auf sich genommen. Es waren traumhafte zwei Wochen gewesen. Und jetzt konnte er es kaum erwarten, sie an Ostern bei einem Heimaturlaub hautnah spüren zu dürfen. Sie hatte ihm zwar angedeutet, dass sie in den nächsten Monaten beruflich sehr eingespannt sein würde, doch waren sie beide davon überzeugt, genügend Freiräume zu haben. Seine Gedanken verselbstständigten sich, ließen Bilder und all die köstlichen Stunden lebendig werden und ihn vergessen, dass er in einem unterirdischen Büro saß, als ob er das Tageslicht fürchtete. Dabei war es nur die allgegenwärtige Hitze, vor der die Menschen flüchteten. Sein Blick fiel auf ein großformatiges Aquarell, das ihm gegenüber an der rau verputzten Wand hing. Er hatte es selbst gemalt, vor langer Zeit, nach einem Postkartenmotiv. Es zeigte das Ulmer Münster. Eigentlich war Ulm nicht seine Heimat, aber inzwischen war ihm bewusst geworden, dass sich mit der Entfernung auch die Dimensionen verschoben. Aus australischer Sicht waren all die Orte, an denen er bisher gelebt hatte, so etwas wie Heimat – und dazu zählte er Deutschland und Österreich. Was waren schon ein paar Hundert Kilometer, die, gemessen an australischen Entfernungen, eher einem Katzensprung entsprachen? In diesem Moment riss ihn der Klingelton seines Telefons aus den Gedanken. Er wandte den Blick vom Ulmer Münster, mit dem er viele Erinnerungen verband, und erkannte eine wohlvertraute Nummer auf dem Display. Es war ein Handy-Anschluss in Deutschland. Augenblicklich beschleunigte sich sein Puls. »Hallo, einen wunderschönen Guten Abend ins kalte Deutschland«, sagte er und lehnte sich in seinem Bürosessel zurück.

»Hey, Max«, hörte er die Frauenstimme, die er erwartet hatte. »Ich mach's kurz.« Mit einem Schlag begann sein Puls noch mehr zu rasen. So hatte sie noch kein Gespräch begonnen. »Hör mir bitte nur gut zu und stell mir keine Fragen«, fuhr sie fort. »Wir müssen unsere Kontakte vorläufig abbrechen. Ruf mich bitte nicht mehr an und schick mir keine Mails und keine SMS. Hast du mich verstanden?« Es klang geradezu beschwörend und verzweifelt, fand er und schluckte.

Er spürte, wie ihm die Kehle trocken wurde. »Ich …«, wollte er etwas erwidern, doch die Frau fiel ihm mit der Verzögerung der Satellitenverbindung aufgeregt ins Wort: »Keine Fragen bitte. Es ist wichtig. Es geht um meinen Job, verstehst du? Und …« Sie schien nach passenden Worten zu suchen. »Und es kann gefährlich sein. Sehr gefährlich. Max, bitte tu, was ich dir sage. Kein Wort, zu niemandem. Verstehst du? Sonst könnte es sein …« Wieder eine kurze Pause. »Sonst könnte es sein, du siehst mich nie mehr wieder ... lebendig.« Sie wartete keine Antwort ab, sondern legte auf. Maximilian Greenman fühlte sich wie vom Blitz getroffen.

Viele Tausend Kilometer entfernt, ebenfalls an einem dieser tristen Spätherbsttage, auf der winterlichen Nordhalbkugel. »Ist das nicht traumhaft?« Er sprach mit gedämpfter Stimme, beinahe ehrfurchtsvoll, als befände er sich an einem heiligen Ort. Der Mann, der seine kräftige Figur in eine Windjacke gezwängt hatte, deutete mit einer weit ausladenden Armbewegung auf die unzähligen Lichter, die in dieser kühlen Novembernacht von überallher zu ihnen heraufunkelten. »Und hier, mein lieber Katsche, stehst du sozusagen an der Wiege eines großen Herrschergeschlechts, dessen Einfluss damals bis nach Süditalien gereicht hat«, schwärmte der Mann. Sein wesentlich jüngerer Begleiter, der von allen nur Katsche genannt wurde und eigentlich Marek hieß, nickte stumm und ließ diesen Ausblick auf sich wirken. Der noch fast volle Mond war gerade erst über den Hängen der Schwäbischen Alb aufgegangen, deren Konturen sich wie eine schwarze Wand am fernen Horizont abzeichneten. »Die Jungs in früheren Zeiten hatten auch schon eine Vorliebe für einen Wohnsitz mit toller Aussicht«, bemerkte der Mann, der seine Hände tief in den Taschen seiner Windjacke vergraben hatte. Sein Gesicht war in der Dunkelheit kaum zu erkennen.

»Sieht ganz danach aus«, erwiderte Katsche, dem jetzt, kurz vor Mitternacht, der Sinn nicht nach einer touristischen Führung stand. Denn dass sie zu so ungewöhnlicher Zeit auf den Hohenstaufen gestiegen waren, jenen kegelförmigen Berg knapp 40 Kilometer südöstlich von Stuttgart, der als Stammsitz der Staufer galt, hatte ganz andere Gründe. Die Gelassenheit seines älteren Begleiters ging ihm bereits mächtig auf die Nerven. Warum sollten sie sich denn, verdammt noch mal, mit einer albernen Geschichtsduselei aufhalten? Katsche entschied, seine Ungeduld nicht länger zu verbergen.

»Dort unten, all diese Lichter, sind die Ortschaften entlang der Hauptverbindung zwischen Stuttgart und Ulm. Da vorne liegt Göppingen«, fuhr der Ältere fort, »Göppingen kennst du. ›Frisch Auf‹-Handballer und so. Oder Märklin, die Modelleisenbahn.«

»Mensch, Eddi«, entfuhr es Katsche jetzt, »Zeit, sich aufs Wichtige zu konzentrieren.« Er drehte sich zu seinem Begleiter und flüsterte: »Wer weiß, wer sich in so einer Nacht noch hier oben rumtreibt.«

»Nervös?«, fragte Eddi ruhig zurück. »Bist du nervös? So hat man dich mir nicht beschrieben.« Ihm war der junge Mann als ehrgeizig und furchtlos geschildert worden. Und die dies gesagt hatten, galten als verlässlich.

»Nicht nervös«, log Katsche und spuckte seinen Kaugummi aus. »Quatsch, doch nicht nervös«, wiederholte er, als müsse er sich diese Feststellung selbst einreden.

»Man muss immer auch das Umfeld kennen«, erklärte Eddi, ohne den Blick von den Lichtern im Tal zu wenden. »Wir stehen hier auch dicht an der Einflugschneise zum Stuttgarter Flughafen.« Er deutete Richtung Nordwesten, wo weit entfernt das Drehlicht des Towers durch die Nacht pflügte.

»Und? Ist das wichtig?«, staunte Katsche und richtete seinen Blick ebenfalls dorthin. Er wohnte erst seit Kurzem in Neu-Ulm. Angeblich war er zuvor irgendwo im Nahen Osten für eine Baufirma tätig gewesen. Jetzt hatte er in Memmingen bei einer Spedition einen Job als Kraftfahrer gefunden. So hieß es jedenfalls.

»Alles ist wichtig, wenn du strategisch vorgehen willst«,

erwiderte Eddi auf die Frage, ob der Flughafen wichtig sei. Er überlegte kurz und hakte leicht verstimmt nach: »Hat man dir das nicht beigebracht?«

Katsche fühlte sich in der Ehre getroffen. »Zweifelst du an meinen Fähigkeiten?«

Eddi schwieg. Er schwieg immer, wenn andere von ihm eine Antwort erhofften, aus der sie seine Einstellung zu ihnen ablesen könnten. Eddi, gerade 50 geworden, war es als gewiefter Kaufmann gewohnt, seine Partner zu verunsichern und aufs Eis zu führen. Nie ließ er sich in die Karten schauen. Davor hatte man Katsche zwar gewarnt, doch war der Auftrag zweifelsohne lukrativ. Wenngleich gefährlich.

»Und wo ist nun das Loch?«, fragte er deshalb und war im nächsten Augenblick selbst über sich und sein Vorpreschen überrascht.

»Keine Hektik, mein lieber Freund«, blieb Eddi ruhig. »Eine solche Art, an etwas heranzugehen, erweckt sehr schnell den Argwohn der anderen.«

Katsche sah noch immer in Richtung Flughafen. Ihm war klar, dass alles, was er nun sagen würde, falsch wäre.

»Wir sind zwei Männer, die hier oben noch ein bisschen frische Luft schnappen wollen. Nichts weiter«, mahnte ihn sein Auftraggeber ruhig und mit geradezu sanftem Ton. »Du hast doch selbst gesagt: Man weiß nie, wer sich hier sonst noch rumtreibt.« Er drehte sich unauffällig um, als wolle er die Aussicht genießen. Seine Augen hatten sich längst an die Dunkelheit gewöhnt, sodass er im fahlen Mondlicht das Hochplateau des Berges überblicken konnte. Die altehrwürdigen Bäume ragten wie schwarze Riesen in den Nachthimmel und das spärliche Gemäuer, mit dem vor Jahren der mögliche Grundriss der einstigen Burg nachempfunden worden war, war auf beiden Seiten der Hochfläche ebenfalls zu erkennen.

Katsche lehnte sich lässig an den großen Holzblock, auf dem eine Metallplatte schimmerte, deren reliefartige Oberfläche vermutlich auf bestimmte Objekte verwies, die es von diesem Punkt aus zu sehen gab. »Hier oben wird der Kerl schon oft gewesen sein«, brummte er und tastete an den Brusttaschen seiner dicken Outdoorjacke prüfend nach dem Handy.

Eddi zögerte. »Davon kannst du ausgehen. Er hat im Ort unten seine ganze Jugendzeit verbracht. Vielleicht hat ihn sogar die Nähe zu diesem historischen Berg geprägt. Politisch, meine ich.«

Katsche winkte ab. »Von solcher Gefühlsduselei halte ich nichts. Geprägt wird man von was ganz anderem. Vom sozialen Umfeld, von Freunden, von der heutigen Gesellschaft.« Er dämpfte seine Stimme. »Aber nicht von der Geschichte eines Berges.«

»Wer sich mit den Staufern ein bisschen auseinandersetzt, erkennt, dass es einige sehr clevere Burschen unter ihnen gab.«

»Clevere Burschen«, wiederholte Katsche eher abwertend. »Wenn du die als clever bezeichnest, die blutrünstige Kreuzzüge unternommen haben und damit nur die eigene Macht ausweiten wollten, dann gebe ich dir recht.«

Eddi konterte, ohne überheblich zu wirken. »Blutrünstige Kreuzzüge finden auch heute noch statt – und zwar in Form von Angriffen auf die globale Wirtschaft. Und Macht, mein lieber Katsche – um Macht geht es heute genauso wie damals.«

»Aber …« Der junge Mann wusste, dass er sein Gegenüber nicht verärgern und schon gar nicht misstrauisch machen durfte. »Opfer werden auch heute ins Kalkül gezogen.«

»Denk ans Schachspiel, mein lieber Freund. Wenn's

ums große Ganze geht, lassen sich ein paar Bauernopfer nicht vermeiden.« Er grinste, doch konnte dies Katsche in der Dunkelheit nicht sehen.

»Diese Staufer – diese Staufer hier«, täuschte der junge Mann Interesse vor, ohne sich zu Eddi umzudrehen, »die haben ganz bestimmt nicht nur hehre Ziele verfolgt, wenn man überlegt, dass es im frühen Mittelalter wohl kaum zimperlich zugegangen ist.« Seine Ausdrucksweise und der Akzent hätten eine norddeutsche Herkunft vermuten lassen, wenn da nicht auch noch ein leichter osteuropäischer Unterton zu vernehmen gewesen wäre.

»Die Geschichtsschreibung – da gebe ich dir recht – vergisst über den Schlachten und Feldzügen der Siegreichen meist die unschuldigen Opfer. Oft heißt es, der König oder Kaiser Soundso hat diese und jene Schlacht gewonnen. Fast so, als sei's nur ein Spiel gewesen. In Wirklichkeit ging's um tausendfachen Tod.«

»Mord«, kam es dem jungen Mann allzu schnell über die Lippen. »Würden nicht die Juristen sagen, es seien niedrige Beweggründe? Töten um des eigenen Vorteils willen? Um sich zu bereichern, heimtückisch über andere herzufallen?«

Eddi war für einen Augenblick irritiert. Angekündigt hatte man ihm einen entschlossenen jungen Mann – und nun driftete ihr Gespräch beinahe ins Philosophische ab. »Im Krieg gelten andere Gesetze«, wiegelte er ab. »Außerdem ist es immer einfach, im Nachhinein über diejenigen zu urteilen, die in der jeweiligen Situation gar nicht anders konnten.«

Katsche beschloss, sich auf keine weitere Diskussion einzulassen. Der Mann hatte recht. Sie waren hierher gekommen, um die Realisierbarkeit eines Planes zu besprechen. Eines Planes, der Teil eines größeren Konzepts war. Katsche versuchte, über die Staufer wieder zum eigentlichen Thema zurückzukehren. »Ist eigentlich dieser sagenumwobene Barbarossa auch mal hier gewesen?«

»Barbarossa?«, staunte Eddi über Katsches Interesse. »So haben die Italiener Friedrich den Ersten genannt. Wegen seines rötlich schimmernden Bartes. Barbarossa heißt auf Deutsch ›Rotbart‹. Vermutlich war er aber nur ein einziges Mal hier auf der Stammburg seiner Familie – und zwar 1181.«

»1181«, wiederholte Katsche, »das ist über 800 Jahre her. Was muss das für ein Tausendsassa gewesen sein, wenn ihn heut noch alle Welt kennt.«

»Und sogar ein Musical über ihn macht.«

»Musical?«

»Ja, das wird zufällig heute Abend uraufgeführt. Drunten in Göppingen.« Eddi ging ein paar Schritte weiter. »Aber jetzt komm. Ich zeig dir das Ding.«

2

Stehende Ovationen. 160 Mitwirkende, nahezu ausschließlich Schüler des Mörike Gymnasiums, hatten das Musical ›Barbarossa‹ präsentiert. Eine spannende, bisweilen auch rührende Geschichte um diesen König und Kaiser, der mit sich und der Welt haderte und mit dem Papst im Clinch lag. Der Texter hatte auf seine Weise das Leben Barbarossas interpretiert, und der Komponist, ein Einheimischer, viele einfühlsame Melodien ersonnen. Das Publikum, rund tausend Menschen, zeigte sich begeistert. Die Premiere an diesem Montagabend war verdiente Bestätigung für die monatelangen Proben. Nun gab es lobende Worte für alle Beteiligten – insbesondere auch für den Rektor, der das Wagnis eines solchen Mammut-Schulprojekts gegen allerlei Widerstände hatte durchboxen müssen. Nachdem der Beifall verklungen und das Scheinwerferlicht abgeschaltet war, leerten sich die Reihen schnell. Im weitläufigen Foyer der Göppinger Stadthalle konnte sich der Besucherstrom bequem verteilen und Richtung Ausgang bewegen. Auch die Damen an der Garderobe bewältigten den Ansturm routiniert, nahmen die Kontrollzettel, fanden zielsicher das richtige Kleidungsstück und reichten es über den tresenartigen Vorbau. Kaum eine halbe Stunde später war der letzte Gast gegangen. Dass ein Kleidungsstück übrig blieb, kam höchst selten vor. Doch an diesem Abend schien es so zu sein.

»Und was ist mit dem da?«, eine der drei Damen betrachtete einen schwarzen Mantel aus dünnem Stoff. Er hing an dem Garderobenhaken mit der Nummer 102.

»Wird vielleicht noch jemand oben sein«, meinte ihre Kollegin, die das eingenommene Geld zählte.

»Nur noch Mitwirkende«, erwiderte die dritte Garderobenfrau, die gerade aus dem Saal zurückgekommen war. Unterdessen besah sich ihre Kollegin, die den herrenlosen Mantel entdeckt hatte, das Kleidungsstück bereits genauer. »Nicht gerade das neueste Modell«, stellte sie fest. »Ein Herrenmantel, Größe 54.«

»Muss ja ein kräftiger Bursche sein«, kommentierte die das Geld zählende Frau teilnahmslos. Ihre Kollegin hatte die beiden nicht zugeknöpften Vorderteile auseinandergezogen und das rötlich gemusterte Unterfutter zum Vorschein gebracht. In einer der Innentaschen steckte ein halb zusammengerolltes, DIN- A4-großes, braunes Kuvert. Sie zögerte und überlegte einen Moment, ob sie es den anderen sagen sollte. Dann jedoch entschied sie, es einfach aus der Tasche zu ziehen. Fast schien es ihr so, als habe jemand gewollt, dass es beim Betrachten des Mantels sofort auffallen sollte. Als sich das Kuvert in ihren Händen entrollte, fühlte es sich dünn an. Wenn überhaupt, dann enthielt es allenfalls ein einziges Blatt, dachte sie. Es gab weder einen Absender noch eine Anschrift. Und weil es nicht zugeklebt, sondern der Falz nur eingesteckt war, öffnete sie es vorsichtig und sah durch den schmalen Schlitz tatsächlich nur ein einziges weißes Blatt. Sie zog es mit Daumen und Zeigefinger vorsichtig heraus. Bereits die ersten Worte, die als fett gedruckte Überschrift erschienen, trafen sie wie ein elektrischer Schlag: ›Dies ist eine Warnung‹.

3

»Das isser mal wieder.« Der Mann, der dies mit verächtlicher Miene und einer knappen Kopfbewegung in Richtung Fernsehbildschirm brummte, rieb sich das schlecht rasierte Kinn. »Der neue Messias«, kommentierte er süffisant und nahm einen kräftigen Schluck aus der Bierflasche. »Oder soll ich lieber sagen: Der neue Führer.« Seine beiden Kumpel, die auf abgewetzten Polstersesseln rauchend neben ihm saßen, verfolgten mit zusammengekniffenen Augen das Geschehen auf dem Breitbildschirm. Dort war ein Redner zu sehen, der auf irgendeinem Marktplatz des Landes die Massen begeisterte. Der Inhalt seiner Worte ging im Kommentar des Fernsehjournalisten unter: »Wieder ist er unterwegs. Wieder genießt Steffen Bleibach das Bad in der Menge. Und es ist ein Bad, das ihm zunehmend behaglich erscheinen muss.« Schnitt. Eine weitere Filmszene zeigte ihn Hände schüttelnd inmitten Hunderter Menschen. »Dass längst von dem ›Phänomen Bleibach‹ gesprochen wird, wie es ein Boulevardblatt kürzlich getitelt hat, ist angesichts solcher Bilder nicht verwunderlich«, fuhr der Kommentator fort. »Wo immer dieser Bleibach auftaucht, er mobilisiert die Menschen in einem Ausmaß, wie es diese Republik nie zuvor erlebt hat. Szenen wie diese erinnern uns an das Jahr 2009, als Barack Obama in den USA auf Wahlkampf-Tour war.«

»Obama! Quatschkopf!«, entfuhr es dem Mann mit der Bierflasche, der sich ›Pommes‹ nennen ließ und der mit nach vorne gebeugtem Oberkörper den Fernsehbeitrag in sich aufsog. »So einer wie dieser hier hat die Welt schon mal ins Chaos gestürzt.«

Wieder Jubelszenen. Diesmal aus einer Kleinstadt in Hessen.

In dem winzigen Wohnzimmer, dessen Möblierung der letzten Sperrmüllabfuhr entnommen zu sein schien, machte sich dicker Zigarettenqualm breit. »Moderner Rattenfänger«, knurrte ein Schnauzbärtiger, der im kurzärmligen T-Shirt in einem Sessel lümmelte und immer wieder schwere Hanteln in die Höhe stemmte, um die voluminösen Oberarme zu trainieren.

In der nächtlichen Magazinsendung wurden jetzt Besucher der Kundgebung interviewt. »Endlich einer, der sich nicht als Marionette der Wirtschaftsbosse missbrauchen lässt«, meinte ein älterer Herr, den seine junge Begleiterin kritisch beäugte. Eine Dame, dem Akzent nach eine Sächsin, lächelte den Reporter an. »Bleibach ist der richtige Mann zur richtigen Zeit. Ich kann mich noch entsinnen, wie ich als 14-Jährige in Leipzig gerufen hab: Wir sind das Volk. Und so ist es auch. Wir sind das Volk, nicht die überstudierten Bonzen, die nie im Leben die Arbeitswelt kennengelernt hab'n.«

Der Reporter drehte sich zur Kamera: »Sie hören es, meine Damen und Herren, Bleibachs Thesen – mögen sie noch so oberflächlich und populistisch erscheinen – werden von einer Woge der Eigendynamik getragen. Manchmal scheint es mir, als versuche die Fraktion der vereinigten deutschen Stammtische, putschen zu wollen.« Schnitt. Auf dem Bildschirm tauchte formatfüllend das Gesicht eines dickbackigen Mannes auf. »Ich persönlich halte Bleibach für gefährlich. Er spricht dem Volk nach dem Mund und schart die Unzufriedenen um sich, die ihm kritiklos folgen, ohne die vielschichtigen und komplexen Zusammenhänge zu erkennen. Nur ein Beispiel«, erklärte er kurzatmig, »er will den Euro abschaffen, und ein Großteil des Volkes jubelt. Natürlich ist so eine Forderung populär nach all dem, was geschehen ist. Aber die Auswirkungen auf Wirtschaft und Politik wären katastrophal.« Wieder Schnitt. Erneut meldete sich der Reporter selbst zu Wort: »Und die etablierten Parteien, so muss man befürchten, sind in eine Art Schockstarre verfallen. Ihre Umfragewerte sinken in gleicher Weise, wie jene Bleibachs geradezu kometenhaft steigen. Seit sich auch die Gewerkschaften geschlossen hinter ihn stellen, muss damit gerechnet werden, dass sich die Machtverhältnisse in diesem Land erheblich verschieben werden.«

»So sieht's aus«, kommentierte Pommes und trank die Bierflasche vollends leer. »Aber es gibt zum Glück auch noch Kräfte, die das verhindern können. Und zwar kurz und schmerzlos.« Er musste rülpsen. Seine Freunde schmunzelten.

4

Es war Abend für Abend dasselbe. Seit Monaten. Manchmal fragte sich Steffen Bleibach, wie lange er dies durchhalten würde. Jetzt ging es schon auf Weihnachten zu und er spürte, wie ihn die Kräfte langsam verließen. Sowohl die physischen als auch die psychischen. Doch die Woge der Sympathie mobilisierte seine letzten Reserven in ihm. Und er fühlte sich von Tag zu Tag mehr dazu berufen, diesem Land aus der Lethargie zu helfen, den Sumpf aus Korruption und Verlogenheit trockenzulegen. Längst allerdings blies ihm der Wind kräftig ins Gesicht. Es gab massive Anfeindungen, sogar Drohungen. Seit Kurzem standen ihm bei seinen Auftritten einige professionelle Bodyguards zur Seite, die sich abwechselten und diese Aufgabe ehrenamtlich übernahmen. Überhaupt konnte sich Bleibach über mangelnde Unterstützung, auch finanzieller Art, nicht beklagen. Er hatte den Eindruck, dass ihm seine Gegner mehr nutzten als schadeten. Denn je mehr sie auf ihn eindroschen, unterstützt von den Medien, die nicht müde wurden, ihn zu diffamieren und in die Nähe anderer ›Populisten‹ zu rücken, umso größer schien der Zuspruch aus der Bevölkerung zu werden. Er vermochte nicht nachzuvollziehen, weshalb man ihm gebetsmühlenartig vorwarf, Stammtisch-Parolen zu verbreiten, wo er doch nur öffentlich sagte, was das Volk dachte. Er stellte sich nicht gegen Recht und Ordnung, nicht gegen geltende Gesetze – ganz im Gegenteil: Es war ihm ein großes Anliegen, alle Menschen, die sich dieser Grundordnung verpflichtet fühlten, gleich zu behandeln und ihre Rechte zu verteidigen. Ohne Ansehen von Person und Herkunft. Doch obwohl er dies immer wieder betonte, versuchte man, ihn in irgendeine politische Ecke zu drängen. Mittlerweile hatte er den Eindruck gewonnen, dass es kapitalstarke Kräfte gab, deren langer Arm bis in die Medien reichte. Wenn er darüber nachdachte, entfalteten sich in ihm unbändige Energien. Er musste durchhalten. Egal, was passierte. Er empfand es als Glücksfall, dass Evelyn trotz allem zu ihm hielt. Sie war Geliebte und Rettungsanker gleichermaßen. Und daran hatte sich auch nichts geändert, seit sie ihren Job als Model professionell ausübte und oft wochenlang kreuz und quer in Deutschland und dem angrenzenden Ausland unterwegs war.

Auch an diesem Dienstagabend im November, hier vor der Ulmer Donauhalle, musste er an sie denken. Wie traumhaft wäre es, wenn sie diese Nacht gemeinsam verbringen könnten. Denn heute würde die Veranstaltung nicht so stressig werden wie an manch anderen Tagen. Hier in Ulm war es schließlich beinahe ein Heimspiel, dachte er. Obwohl er sich bemühte, ein nahezu akzentfreies Hochdeutsch zu sprechen, fühlte er sich weiter nördlich als Schwabe manchmal ein bisschen unwohl. Während Bayerisch und sogar Österreichisch längst als salonfähig galten, wurde das Schwäbische oftmals naserümpfend belächelt. Aber seit man ihm gesagt hatte, die Schwaben seien in Berlin hinter den Türken die größte ethnische Minderheit, war sein Selbstbewusstsein deutlich gewachsen. Außerdem war auch dem einstigen Fußballbundestrainer Jürgen Klinsmann jederzeit seine schwäbische Herkunft anzuhören. Und dessen Nachfolger Joachim ›Yogi‹ Löw machte auch keinen Hehl daraus, dass er aus dem Badischen kam. Es gab genügend angesehene Persönlichkeiten aus dem Südwesten der Bundesrepublik. Ganz zu schweigen von Carl Benz und Gottlieb Daimler, die der Menschheit die Mobilität beschert hatten.

Aber jetzt in Ulm fühlte sich Bleibach beinahe wie im heimischen Bergdörfchen Hohenstaufen, das – von Ulm aus gesehen – nur 50 Kilometer jenseits der Schwäbischen Alb lag. Es war kalt, und statt vor der Donauhalle, weit außerhalb der Stadt, hätte er viel lieber auf dem Münsterplatz gesprochen, doch dort wurde bereits der Weihnachtsmarkt aufgebaut. Dafür boten die zweitausend Menschen, die sogar auf das abgelegene Gelände gekommen waren, einen neuerlichen Beweis dafür, wie sehr er ihre Herzen gewonnen hatte.

»Liebe Freunde, es wird mir von den regierungshörigen Medien immer wieder vorgeworfen, nur alles schlechtzureden oder negative Einzelfälle herauszupicken. Doch ich frage Sie: Sind es nur Einzelfälle, wenn Menschen einen Vollzeit-Job haben, aber nicht davon leben können? Sind das wirklich nur Einzelne? Mitnichten, liebe Freunde. Es gibt landauf, landab unzählige Menschen, sowohl allein erziehende Väter und Mütter– aber diese besonders – als auch Familienväter, die sich und ihre Angehörigen nicht ernähren könnten, würde ihnen der Staat finanziell nicht unter die Arme greifen. Lassen Sie sich dies bitte auf der Zunge zergehen: Da arbeiten Menschen einen vollen Tag – doch was am Monatsende dabei herauskommt, reicht nicht zum Lebensunterhalt. Wie bescheuert muss eine Gesellschaft sein, die dies zulässt – die zulässt, dass Unternehmer Menschen zu Dumpingpreisen anstellen dürfen und dann zum Staat sagen: Aber bitte, den Rest, den diese Arbeitnehmer zum Leben brauchen, zahlst du drauf! Das ist nichts weiter als eine versteckte Subvention für diese Betriebe. Doch ich hör die Manager schon wehklagen und drohen, dass sie andernfalls schließen und entlassen müssten. Dass dies in den allermeisten Fällen nur eine üble Drohung ist,

um die Politik in die Knie zu zwingen, ist uns hinlänglich bekannt. Und falls es in wenigen Fällen ernst gemeint ist, dann muss ich sagen: Das ist die freie Marktwirtschaft, die allerorts gepriesen wird. Wenn sich ein Unternehmen im freien Markt nicht behaupten kann, hat es etwas falsch gemacht – oder seine Produkte haben sich überlebt.

Wer immer und überall nach der freien Marktwirtschaft schreit, muss auch danach handeln und ihre Spielregeln akzeptieren. Und dazu gehört auch, dass die Politiker dafür sorgen, dass Menschen, die ganztägig arbeiten, nicht auf den Staat angewiesen sein müssen. Denn dies ist, daran besteht keinerlei Zweifel, ein erzwungener Eingriff des Staates in dieses angeblich so freie System der Marktwirtschaft. Mal ganz abgesehen davon, dass es an Sklavenhaltung grenzt, wenn man Menschen für sich arbeiten lässt, ohne ihnen die Chance zu geben, davon leben zu können. Und sie gar dazu zwingt, noch einen Zweitjob anzunehmen – an dem nur einer verdient: Der Staat, und zwar über die Steuern. Denn auch wer sich bemüht, nicht dem Staat zur Last zu fallen, muss zuallererst wieder dem Staat etwas davon geben. Damit dieser Unternehmen subventionieren kann, die dann wiederum Arbeiter zu Lohndumping-Konditionen einstellen. Und was einen Zweitjob anbelangt, liebe Freunde: So einfach geht das gar nicht. Denn in den meisten Arbeitsverträgen ist verankert, dass der Chef einem Zweitjob zustimmen muss. Wenn der das nicht tut, weil er befürchtet, Sie würden dann nicht mehr Ihre ganze Arbeitskraft zum Wohle des Unternehmens einsetzen, stehen Sie mit Ihrem Armuts- und Hungerlohn einsam und verlassen da und müssen wieder dem Staat zur Last fallen. Sehe ich das so falsch, liebe Freunde? Ist das Populismus? Ist das Stammtischgeschwätz? Ist es nicht, liebe Freunde. Die, die euch dies einreden wollen, gebets-

mühlenartig bei jeder dieser dümmlichen Talk-Shows, wo die Schönredner und Blender mit ihren gegelten Haaren gemütlich sitzen – all die, liebe Freunde, sie wollen euch kleinhalten. Sie wollen euch bei jeder Gelegenheit sagen: Ihr habt doch gar keine Ahnung, ihr versteht das große Ganze nicht. Das Globale. Ihr seid einfach dumm.«

Es waren immer wieder dieselben Worte, die er benutzte. Zwar waren sie längst in den Medien breitgetreten worden, doch die Menschen wollten sie aus seinem Munde hören. Sie wollten ihn live erleben, sich selbst von der Kraft seiner Worte überzeugen.

»Leute, wie lange noch?«, pflegte er ihnen abschließend zuzurufen. »Ich frage euch allen Ernstes: Wie lange wollt ihr noch belogen und betrogen werden? Wie lange wollt ihr euch bevormunden und gängeln lassen – und trotzdem stillhalten?« Bleibach, dessen Stimme mit jedem Satz, den er ins Mikrofon schmetterte, leidenschaftlicher wurde, hob beschwörend beide Arme zum Himmel, als wolle er die vieltausendköpfige Zuhörerschar segnen. »Denkt daran«, appellierte er und es klang kämpferisch, als seine von Lautsprechern verstärkten Worte von den Außenwänden der Donauhalle und des Hotels Lago widerhallten, »nicht die, die uns mit immer höheren Steuern erdrücken wollen, uns vor den Wahlen ein Paradies versprechen und uns danach zur Hölle schicken, nicht die sind das Volk. Sondern wir.« Beifall brandete auf – genauso, wie es Steffen Bleibach beabsichtigt hatte. Sein rhetorisches Talent, sein geniales Spiel mit Stimme, Betonung und Gestik, signalisierte den Zuhörern, wann es Zeit war, seine Thesen und Meinungen, seine Forderungen und Zukunftsvisionen lautstark zu unterstützen. Noch einmal wartete er ab, bis der Beifall endlich leiser wurde. »Und denkt daran, liebe Freunde«, fuhr er dann mit sonorer Stimme fort, »die Zeit ist reif. Jetzt oder nie.«

Über das kantige, braun gebrannte Gesicht des 38-Jährigen huschte jenes charmante Lächeln, das junge Frauen dahinschmelzen ließ und bei älteren Semestern dazu angetan war, ihn sich als Traumschwiegersohn zu wünschen. Innerhalb eines knappen Jahres hatte er es geschafft, die Massen zu mobilisieren, deren Unzufriedenheit zu bündeln, vor allem aber auf intelligente Weise zu artikulieren. Seit er, schlank, groß und sportlich, durch die Republik zog, um für seine Ideale einer besseren und gerechteren Welt zu kämpfen, dabei auch aneckte und provozierte, schienen ihm die Herzen der Menschen zuzufliegen. Nicht nur der weiblichen Zuhörer. Längst hatte er auch die Sympathien des weitaus größten Teils der männlichen Bevölkerung gewonnen. Nur so ließen sich die phänomenalen Umfrage-Ergebnisse für ihn und seine neu gegründete Partei erklären. »Wie damals der Obama«, lauteten deshalb die Kommentare, die nach seinen Kundgebungen allenthalben die Runde machten. Wer dies nicht unbedingt als gutes Omen deuten wollte, antwortete meist: »Zu viele Vorschusslorbeeren schaden. Auch ein Bleibach kann die Welt nicht von heute auf morgen umkrempeln. Obama hat das schmerzlich am eigenen Leib erfahren müssen.«

Doch für derlei negative Gedanken war kein Platz an Abenden wie diesem, an dem in der Menschenmenge die kleinen orange-violetten Fähnchen geschwenkt wurden, dem Symbol der neuen ›Bürgerpartei‹, die sich schlicht ›DNA‹ nannte – der neue Anfang. Auch heute wiederholte sich, was seit Wochen der dreiviertelstündigen, von Emotionen geprägten Rede Bleibachs überall im Lande folgte: Ein vieltausendstimmiger Sprechchor, der wie die

Forderung nach einer Zugabe klang, entfaltete sich. »Bleibach, Bleibach – das Volk ist jetzt wach«, skandierten die Menschen. In der Masse der Besucher, so hatte Bleibach bereits während seiner Rede zufrieden festgestellt, befanden sich sehr viele junge Leute.

Und wieder war eine seiner Großveranstaltungen friedlich verlaufen. Dass es am Rande gelegentlich zu kleineren Demonstrationen gegen ihn kam, konnte er verkraften. Zwar hielten sich die Anhänger der etablierten Parteien noch immer zurück, doch dafür versuchten sich, je nach Ort und regionalen Strömungen, bisweilen Rechts- oder Linksextremisten, Gehör zu verschaffen. Bleibach ließ sich davon nicht beeindrucken und pflegte auch in solchen Fällen gelassen zu reagieren: »Ich akzeptiere jede demokratische Meinungsäußerung und Handlung, doch sollten Sie, liebe Zaungäste, bitte berücksichtigen, dass es sich hier um eine Veranstaltung der bürgerlichen Mitte handelt, von Menschen, die keine extremen Richtungen wünschen, von Menschen, die unabhängig sein wollen von jeglichen ideologischen Zwängen. Deshalb sind diese Menschen hierhergekommen. Denn sie, nur sie, sind das Volk.« Heute jedoch hatte er diese Formulierungen nicht benötigt. Dass in einer Universitätsstadt wie Ulm, deren studentische Einwohnerschaft besonders kritisch sein konnte, kein oppositioneller Protest zu spüren war, nahm er zufrieden zur Kenntnis. Ähnlich war es kürzlich in Tübingen gewesen. Er wertete dies als ein Zeichen dafür, dass ihn auch die überwiegende Mehrheit der Studenten akzeptierte.

Diese Gedanken schossen Bleibach durch den Kopf, als er sich unter dem lang anhaltenden Beifall nach allen Seiten verbeugte und sich ein bisschen verlegen mit einer Hand durchs volle, dunkelblonde Haar strich, als wolle er den korrekten Sitz der Naturwellen prüfen. Wieder die Arme grüßend erhoben, entfernte er sich langsam von dem Mikrofon und gab es für eine Dame frei, die von der Seite auf das Holzpodest gestiegen war. Sie wartete noch ein paar Sekunden, bis die Menge wieder zur Ruhe gekommen war, und sagte mit fester Stimme: »Danke. Danke, liebe Freunde. Ihr Beifall ist uns Ansporn, unsere gemeinsame Sache weiter in das Land hinauszutragen. Und Steffen Bleibach verspricht euch, seinen Weg beharrlich und konsequent weiterzugehen.« Sie warf lässig ihre schulterlangen braunen Haare nach hinten und wiederholte energisch das Motto, unter das die Bewegung alle ihre Kundgebungen gestellt hatte: »Die Zeit ist reif. Jetzt oder nie.«

»Wir sind dabei!«, skandierten die Zuhörer vieltausendstimmig. Das gleiche Ritual wie seit Wochen. Aus der vordersten Reihe lächelte ihr eine großgewachsene Wasserstoff-Blondine entgegen. Es schien ihr, als habe sie die Frau bereits gestern in Konstanz gesehen.

5

Als kleines Mädchen schon war sie von den technischen Hilfsmitteln des Film-Agenten James Bond begeistert gewesen. Doch dass sie eines Tages mit Geräten hantieren würde, die noch weitaus raffiniertere Möglichkeiten boten, hätte sie sich niemals träumen lassen. Aber die Elektronik, die sich seit ihren frühesten Jugendtagen geradezu rasant entwickelt hatte, setzte den heimlichen Abhör- und Überwachungsanlagen nahezu keine Grenzen mehr. Ganze Versandhäuser lebten davon, katalogweise winzigste funkbetriebene Mikrofone und Videokameras anzubieten. Längst, davon war sie zutiefst überzeugt, gab es kaum noch einen Arbeitsplatz, der nicht in irgendeiner Weise überwacht wurde – egal, ob mit Ton-, Bild- oder Datenspeicherung. Und auch für die private Anwendung gab es jede Menge ›elektronisches Spielzeug‹, wie sie all die Errungenschaften nannte, die sie in einem separaten Kellerraum ihres Hauses aufbewahrte. Das meiste davon war jedoch nicht für den Normalverbraucher produziert worden, sondern für Profis.

Das gerade einmal streichholzschachtelgroße Kästchen, das sie in der Manteltasche umklammerte, erinnerte sie wieder schlagartig an jene alten Agentenfilme, die von der Realität längst überholt worden waren. Während sie sich in dieser kalten Novembernacht entlang der Reihe geparkter Fahrzeuge dem schwarzen Coupe der Mercedes-C-Klasse näherte, sah sie sich noch einmal prüfend um. Doch diese einsame Straße am Stadtrand von Neu-Ulm führte regennass und menschenleer an Wohnblöcken vorbei, deren Fassaden nach dem Abzug der amerikanischen Streitkräfte architektonisch aufgemotzt worden waren. Die Frau holte das kleine Kästchen aus der Manteltasche, bückte sich nur kurz und ließ es unterm Kotflügel des rechten Vorderrads verschwinden. Ein metallisches Klicken verriet, dass die Magnetvorrichtung sicher am Blech haftete.

Miriam Treiber setzte ihren Weg entschlossenen Schrittes fort – als habe sie ein bestimmtes Ziel. Doch in Wirklichkeit war es Tarnung. Sie bog in die nächste Querstraße nach rechts ein, um weiträumig wieder zu ihrem eigenen Auto zurückzukehren. Verhalten dieser Art hatte sie sich in all den Jahren, seit sie nicht nur Rechtsanwältin war, sondern es auch mit weitaus brisanteren Aufgaben zu tun hatte, bei vielen Lehrgängen und Seminaren angeeignet. Überhaupt legte sie Wert darauf, für jede Situation gewappnet zu sein. Sie hatte in einem Schützenverein Schießen gelernt, auch wenn ihr als Juristin klar war, dass sie die behördliche Berechtigung zum Führen einer Waffe offiziell nur sehr schwer erhalten würde. Aber eines solchen Dokuments bedurfte es ohnehin nicht. Außerdem vertraute sie im Ernstfall auf Nahkampf-Techniken, die ihr ein befreundeter Extremsportler und Survival-Trainer beigebracht hatte. Für einen Moment musste sie an ihn denken, als ihr an der nächsten Biegung zwei bärenstarke Burschen entgegenkamen – der Sprache nach Osteuropäer und dem Atemgeruch zufolge stark angetrunken. Sie überließ ihnen den Gehweg, machte ein paar Schritte auf der Straße und hörte im Vorübergehen fremd klingende Worte, deren provokanter Unterton nichts Gutes verhieß. Doch Miriam ließ sich nicht beirren, setzte ihren Weg fort und war davon überzeugt, heute Nacht wieder einmal eine wichtige Aufgabe bewältigt zu haben. Den Rest konnte sie von zu Hause aus erledigen.

6

Der Blick ging zur Donau hinab, die an einem Novembertag wie heute grau und trist dahinfloss. Aus der Entfernung war keine Bewegung zu erkennen – so, als sei der Fluss nichts weiter als ein großer Wassergraben. In Wirklichkeit aber schwoll er hier erst richtig an. Denn durch die einmündende Iller wurde die Wassermenge der Donau meist nicht nur verdoppelt, sondern oft sogar noch um ein zusätzliches Drittel vermehrt. Durchschnittlich flossen dann 120 Kubikmeter pro Sekunde in Richtung Schwarzes Meer. Patrick Moser konnte manchmal minutenlang am großen Fenster seiner Villa stehen, die sich an den Südhang schmiegte, und gedankenversunken in die Landschaft hinausblicken, in der sich im Laufe der letzten Jahrzehnte die Zivilisation gnadenlos dem großen Fluss genähert hatte. Er selbst – das musste er sich in solchen Momenten eingestehen – hatte mit seinem Firmenkomplex ein paar Kilometer stromaufwärts ebenfalls zur weiteren Zersiedelung der Donau-Auen beigetragen.

Die attraktive Frau, die in einem Ledersessel saß und das Cocktailglas in der Hand betrachtete, gab sich als Dame von Welt. »Er kommt an bei den Menschen«, resümierte sie ihr vorausgegangenes Gespräch. »Er hat Charisma, er ist intelligent.« Joanna Malinowska, in einem kleinen Nest bei Warschau geboren, aber in Deutschland aufgewachsen und längst deutsche Staatsbürgerin, hob ihren Blick, um den Mann im matten Gegenlicht des tristen Tages zu mustern. Ihr Gegenüber, der erfolgreiche Ulmer Unternehmer Patrick Moser, leicht angegraut, aber sportlich und braun gebrannt, Mitte 50 und Besitzer einer Jacht im kroatischen Porec, drehte sich zu ihr. »Natürlich ist er das, intelligent«, wiederholte er. »Intelligent und deshalb gefährlich.« Moser hatte seine schwarze Lederjacke aufgeknöpft und kam zu seinem Sessel zurück. »Keine Dumpfbacke, keiner von denen, die hohlköpfig daherreden.« Er zögerte und setzte sich. Auf dem Tisch stand sein halb geleertes Cocktailglas.

Joanna schlug ihre langen Beine, die in enge Designer-Jeans gezwängt waren, provokativ übereinander und strich sich mit der linken Hand durch die hellblonden Haare, die bis zu den Ellbogen reichten. »Gewiss nicht«, erwiderte sie ruhig, »und diese Einschätzung teilen sehr viele Ihrer Kollegen, Herr Moser.« Sie sprach ein nahezu perfektes Hochdeutsch mit leicht osteuropäischem Einschlag. Vermutlich polnisch, dachte Moser. Er hatte die Frau, die er auf Ende 30 schätzte, bei einer Tagung des mittelständischen Unternehmerverbandes vor über einem Jahr in Düsseldorf kennengelernt. Sie war damals angeblich Pressesprecherin dieser Organisation gewesen und gab sich nun als die Verantwortliche für die Kooperation der einzelnen Mitgliedsunternehmen aus. Seit sich in dem Verband immer mehr Kritiker zu Wort meldeten, die sich um die politische Zukunft Deutschlands sorgten, vor allen Dingen aber um den Erhalt des bisherigen Wirtschaftssystems, sei sie bemüht, ein Stimmungsbild zu recherchieren, erklärte sie. Ende der Sommerferien habe sie damit begonnen, quer durch Deutschland zu reisen und unzählige Mitgliedsunternehmen zu besuchen. Dabei fühle sie sich in ihrer Einschätzung bestätigt, dass eine starke Mehrheit Bleibach als potenzielle Gefahr für die Stabilität des Landes betrachte. Wenn ihre Termine es zuließen und er gerade in ihrer Nähe eine Kundgebung veranstalte, besuche sie sogar diese Massenveranstaltungen, berichtete sie weiter.

»Es gab auch gestern hier in Ulm wieder einen gigantischen Auflauf«, murmelte Moser und sah auf seine diamantbesetzte große Armbanduhr. Es war kurz vor 11 Uhr.

Über das dezent geschminkte Gesicht der Frau huschte ein Lächeln. »Es werden sicher noch mehr, glauben Sie mir das. Das ganze System Bleibach hat bereits eine Eigendynamik entwickelt.«

Moser hatte dies längst genauso gesehen. Er war mit dieser Meinung im Stadtverband der Konservativen vorige

Woche auf breite Unterstützung gestoßen und aufgefordert worden, mit Hilfe seines Unternehmerverbandes Wege zu suchen, wie dieser Gefahr zu begegnen sei.

Joanna Malinowska nahm noch einen Schluck des alkoholfreien Cocktails und runzelte dabei provokant die Stirn. Moser vermochte dies nicht zu deuten, spürte aber das aufkommende Verlangen, diese Frau wiedersehen zu wollen. »Wir sollten in einer ruhigeren Minute darüber plaudern«, meinte er und deutete ein Lächeln an.

Sie stellte ihr Glas zurück und wirkte augenblicklich wieder kühl. Frauen wie sie, dachte Moser, waren nicht auf plumpe Weise zu gewinnen, und insgeheim ärgerte er sich, diese Bemerkung überhaupt gemacht zu haben. Solche Frauen zeigten keine Gefühle. Sie ließen die Männer im Ungewissen, um selbst zu entscheiden, wann die Zeit für zwischenmenschliche Kontakte reif war.

»Tut mir leid, Herr Moser, aber ich hab einen engen Zeitrahmen.« Und sie fügte süffisant an: »Den Sie schließlich mit veranlasst haben.«

»Um ein politisches Netzwerk aufzubauen, ohne auf die Strukturen einer Partei zurückgreifen zu können, bedarf es nicht nur intensiver Überzeugungsarbeit, sondern auch sehr viel Zeit«, sagte er ebenso sachlich und erhob sich wieder, weil er im Augenwinkel eine Bewegung am Fenster wahrgenommen hatte. Als sei vor dem Hintergrund der nebelgrauen Landschaft ein großer, schwarzer Vogel vorbeigeflogen. Er war irritiert, weil er das Objekt nicht zuordnen konnte.

Die Frau, die es von ihrer Sitzposition aus nicht hatte sehen können, verfolgte ihn verwundert mit stechendem Blick. »Dieses Netzwerk steht bereits, Herr Moser«, erwiderte sie noch eine Spur kühler. »Und zwar so diskret, dass weder Sie noch sonst jemand etwas bemerken.«

7

»Jetzt sind wir auch in Mecklenburg-Vorpommern flächendeckend vertreten!«, triumphierte die junge Frau, die von ihrem Schreibtisch aus den Fernsehturm auf dem Alexanderplatz sehen konnte. Iris Eschenbruch, eine rundliche Frohnatur mittleren Alters, tat so, als betrachte sie die Gründung eines jeden neuen Ortsvereins als persönlichen Erfolg – wohl wissend natürlich, dass dies einem immer größer werdenden Organisationsteam zu verdanken war. Sie lächelte ihren beiden engsten Mitarbeiterinnen zu, die das Telefongespräch, das sie soeben geführt hatte, vom Nebenraum aus mitverfolgt hatten.

Seit sie die Zentrale von Bleibachs ›Strategie-Komitee‹ leiteten, waren sie eine eingeschworene Gemeinschaft. Hier in Berlin liefen die Drähte aller Aktionen und Aktivitäten zusammen. Iris Eschenbruch hatte den charismatischen Mann vor über 15 Jahren in Berlin kennengelernt, als er Praktikant im Büro eines Abgeordneten gewesen war. Seither hatte sie ihn nie mehr aus den Augen verloren. Immerhin kam Bleibach regelmäßig für seine wissenschaftlichen Arbeiten in die Hauptstadt.

»Darauf werden wir heut Abend einen trinken gehen«, fuhr die Frau im Hinblick auf den Erfolg im nordöstlichsten Bundesland fort. »Ich lad euch ein.«

Die beiden anderen Frauen, die sich lässig auf die Lehnen zweier Ledersessel gesetzt hatten, nickten ihr zu. »Das läuft ja super«, meinte eine von ihnen. »Dann fehlen uns nur noch ein paar Landkreise in Bayern, Rheinland-Pfalz und Schleswig Holstein.«

»Vergesst Ba-Wü nicht«, grinste Iris Eschenbruch und rückte ihre Hornbrille zurecht. Tatsächlich prangten ausgerechnet in Baden-Württemberg, der Heimat Bleibachs, noch einige weiße Flecken auf ihrer Landkarte. In Oberschwaben und den westlich angrenzenden Gebieten gab es offenbar erhebliche Vorbehalte.

»Ach, Iris«, meinte die andere Mitarbeiterin, »das kriegen wir auch noch hin. Wir haben da einige interessante E-Mail-Kontakte aufgebaut.«

»Natürlich schaffen wir's«, gab sich Iris Eschenbruch wie immer positiv gestimmt. Diese Lebenseinstellung hatte ihr den Ruf eines ›fröhlichen Düsseldorfer Mädchens‹ eingebracht, das einstens mit einem unerschütterlichen Glauben an sich selbst und ihre Ziele nach Berlin gekommen war. Die Leichtigkeit, mit der sie ein Problem anging, mochte bisweilen den Eindruck erwecken, sie nehme es nicht allzu ernst. Doch war es gerade diese Einstellung, verbunden mit Humor und gesunder Eigenkritik, die ihr Tür und Tor öffnete – und die ihr stets neue Kontakte bescherte, bisweilen auch zu Gegnern ihrer Arbeit. Sie vermied es, ein Thema voreingenommen und verbissen anzugehen. Immer locker bleiben, schien ihre Devise zu sein.

»Trotz allem«, wollte sie jetzt die Euphorie ihrer Kolleginnen vorsichtig dämpfen, »müssen wir das politische Umfeld sehr genau beobachten.« Sie legte ihre Stirn in Falten. »Im gleichen Maße, wie uns die Sympathie der Menschen zufliegt, wird auf der anderen Seite aufgerüstet.«

»Hast du einen begründeten Verdacht?«, wurde auch eine der beiden anderen Frauen ernst.

»Ja«, entgegnete Iris knapp. »Und ich sag euch, da haben uns einige bereits voll im Visier ihrer Zielfernrohre.« Sie verzog das Gesicht wieder zu einem Lächeln. Aber es wirkte verkrampft, wie die beiden anderen bemerkten.

8

»Sie wissen, worum es geht«, sagte Hans Baldachin, Chef der Polizeidirektion Göppingen, sachlich und emotionslos, als er an diesem tristen Novembervormittag zwei erfahrenen Kriminalisten einen Platz am Besuchertisch seines Büros anbot. Wie immer, wenn sich eine Lage anbahnte, deren Ausmaß nicht abzuschätzen war, bat er den Leiter der Kriminalpolizei Thomas Kurz sowie den als Sonderermittler geschätzten Hauptkommissar August Häberle zu sich. Er hatte ihnen bereits am Telefon kurz geschildert, worum es ging. »Hier«, gab er sich wortkarg, nachdem die Tür zum Vorzimmer ins Schloss gefallen war. Vor ihm auf der weißen Tischplatte lagen ein Kuvert und ein Blatt Papier, das die fette Überschrift ›Dies ist eine Warnung‹ trug.

»Wie ich gesagt habe, es wurde gestern Abend nach der Musical-Veranstaltung gefunden, in einem herrenlosen Mantel«, fuhr er fort, während Kurz das bedruckte DIN-A4-Blatt vorsichtig, als wolle er keine Spuren verwischen, zu sich und Häberle herüberzog. Die beiden Männer, die in ihrem langen Berufsleben mit allem konfrontiert worden waren, was die menschlichen Abgründe hergaben, ließen sich auch in den schwierigsten Situationen nicht aus der Ruhe bringen. Sie lasen langsam, Wort für Wort, was da ein anonymer Schreiber zu Papier gebracht hatte. Nicht alles, was wie eine Drohung aussah, musste auch eine sein. Es gab genügend Verrückte und Psychopathen, die Angst und Schrecken verbreiten wollten. Manchmal ließ sich allein schon aus den Formulierungen oder der Rechtschreibung ableiten, wes Geistes Kind jemand war.

Baldachin lehnte sich mit verschränkten Armen auf dem

unbequemen Besucherstuhl neben seinem Schreibtisch zurück. Seine Uniform saß wie angegossen – genauso, wie er dies auch von seinen Untergebenen energisch verlangte. Er hatte den Eindruck, die beiden Kriminalisten bräuchten viel zu lange, um die paar Sätze zu lesen. »Der Hausmeister der Stadthalle hat's kurz vor Mitternacht an der Wache abgegeben«, erklärte er, um die entstandene Stille zu durchbrechen.

Noch waren Kurz und Häberle damit beschäftigt, die gedruckten Zeilen auf sich wirken zu lassen: ›Auch Barbarossa, der im Mittelpunkt dieses Musicals steht, ist dem Wahnsinn verfallen, die halbe Welt beherrschen zu wollen. Dass es inzwischen wieder starke Kräfte gibt, die, dem rotbärtigen Stauferkaiser Friedrich dem Ersten gleich, zu einem modernen Eroberungsfeldzug ansetzen, muss all jenen zu denken geben, die dieses Land zu dem gemacht haben, was es heute ist. Hosea, Kapitel 8, Vers 7 und Lukas, Kapitel 23, Vers 34.‹

Kurz blickte als Erster wieder auf und verzog das Gesicht mit dem Dreitagebart zu einem gekünstelten Lächeln. »Liest sich nicht gerade wie von einem Verrückten.«

Baldachin nickte. »Und in der Bibel scheint er sich auch auszukennen.« Er wartete, bis auch Häberle den Text gelesen hatte. »Ist Ihnen geläufig, was mit diesen Bibelstellen gemeint ist?« Der Direktionsleiter, dessen goldene Dienstgradabzeichen ihm die nötige Würde verliehen, nahm die Gelegenheit wahr, mit Wissen zu glänzen. »Das erste Zitat lautet: ›Wer Wind sät, wird Sturm ernten‹, das zweite ist ebenso bekannt und lautet: ›Vater, vergib ihnen, denn sie wissen nicht, was sie tun‹. «

»Ich wusste gar nicht, dass Sie so bibelfest sind«, bemerkte Häberle süffisant und verschränkte ebenfalls die Arme vor seinem voluminösen Leib. Das waren jene

Momente, in denen er selbstkritisch feststellte, dass sein schwergewichtiges Aussehen nicht allein auf muskulösem Gewebe basierte, das er sich als Judoka-Trainer angeeignet hatte.

»Um ehrlich zu sein«, erwiderte Baldachin gelassen, »ein Blick in Wikipedia hat's mir erleichtert.« Dann kam er zur Sache: »Und? Was halten Sie davon? Belangloses Zeug oder ernst zu nehmen?«

Kurz räusperte sich. Seine Stimme klang kratzig. »Den Formulierungen nach zu urteilen, nicht unbedingt ein geistiger Tiefflieger.« Er blickte wieder auf das Papier. »So schreibt keiner, der sich mit der deutschen Sprache schwertut. Hier ...« Der Kriminalist zitierte: »›dass es inzwischen wieder starke Kräfte gibt, die, dem rotbärtigen Stauferkaiser Friedrich dem Ersten gleich, zu einem modernen Eroberungsfeldzug ...‹ und so weiter. Das ist eine Formulierung, die nicht aus der sozialen Unterschicht kommt.«

Häberle nickte. »Und was wollen uns die Bibelzitate sagen?« Er gab sich selbst die Antwort: »Islamisten werden's wohl kaum sein, die dahinterstecken.«

Baldachin überlegte. »Aber Extremisten vielleicht schon.«

»Unübersehbar ist natürlich, dass es jemand auf den Bleibach abgesehen hat. So deute ich das jedenfalls«, stellte Kurz fest. »Jemand, der das Musical über den Barbarossa zum Anlass genommen hat, auf dezente Weise eine Drohung an die Öffentlichkeit zu bringen.«

»Öffentlich wird sie nur, wenn die Medien Wind davon kriegen«, brummte Baldachin. »Ich hab vorhin gleich den Oberbürgermeister angerufen und ihn gebeten, sein Personal in der Stadthalle zur Verschwiegenheit zu verdonnern.«

Häberle wollte etwas sagen, verkniff es sich aber. Er hatte bisher nie Probleme mit den Medien gehabt, weil er, soweit man ihm freie Hand ließ, offensiv mit ihnen umzugehen pflegte, anstatt sich in Geheimnistuereien zu versteigen, die letztlich nur in meist peinliche Statements mündeten und mit Halbwahrheiten gespickt waren.

»Sie haben gesagt, das Kuvert sei in einem herrenlosen Mantel gesteckt«, überlegte Häberle, der jahrelang Sonderermittler in Stuttgart gewesen war und es für die Jahre vor seiner Pensionierung vorgezogen hatte, wieder in die heimische Provinz zurückzukehren. Hier gab es zwar weniger schwere Delikte, doch zeigte sich, dass die vorhandene Kriminalität oftmals in globale Netzwerke führte. Im Zeitalter des Internets und der satellitengestützten Datenübertragung konnte jedwedes Verbrechen von jedem Winkel der Erde aus eingefädelt werden. Selbst von einer gottverlassenen Almhütte aus. Ein leistungsstarker Akku und ein Funkdatennetz vorausgesetzt.

»Herrenloser Mantel, ja«, bestätigte Baldachin, dem offenbar auch einige Gedanken durch den Kopf geschossen waren.

Kripo-Chef Kurz hakte nach: »Die Garderobenfrauen können sich natürlich nicht erinnern, wer ihn abgegeben hat.«

»Wie denn auch?«, erwiderte Baldachin. »Da waren über tausend Besucher – und bei diesem kalten Wetter hat jeder irgendwas in der Garderobe aufbewahren lassen.«

»Drin im Mantel war sonst nichts? Schlüssel, Papiere, Handy oder Sonstiges in der Richtung?«, wollte Häberle wissen.

»Nichts. Größe 54. Das ist alles.«

»54?«, staunte Kurz. »Das ist doch ziemlich groß, oder?«

»Ja«, bestätigte der Direktionsleiter. »Für eine stattliche Gestalt.«

»Ich schlage vor, den Mantel und diesen Brief zum LKA bringen zu lassen«, entschied Häberle. Die Kriminaltechniker beim Landeskriminalamt in Stuttgart könnten winzigste Spuren ausfindig machen – mit etwas Glück sogar Schuppen oder Haare, aus denen sich eine Erbgutanalyse ableiten ließ.

»Und was machen wir mit Bleibach?«, fragte Baldachin in die Runde.

»Informieren«, schlug Kurz vor. »Er hat zwar sicher Bodyguards. Aber es stellt sich trotzdem die Frage, wie's mit dem Personenschutz steht.«

Baldachin hatte längst an dieses Problem gedacht. »Ich werde die LPD von der Lage in Kenntnis setzen.« In solchen Situationen war es allemal angeraten, sofort die Landespolizeidirektion als vorgesetzte Dienststelle einzuschalten. »Außerdem die Kollegen vom Staatsschutz«, fügte Baldachin an.

Häberle musste plötzlich an seine Stuttgarter Zeit denken, als er einige Fälle hatte bearbeiten müssen, in die das Dezernat Staatsschutz und sogar die Geheimdienste involviert waren. Noch immer beschlich ihn ein ungutes Gefühl, wenn er an die damalige Ermittlungstätigkeit erinnert wurde. Sehr schnell waren ihm mehr oder weniger dezent die Grenzen seiner Zuständigkeit aufgezeigt worden. Und manchmal hatte er sogar den Eindruck gehabt, gar nicht über alle Erkenntnisse informiert zu werden.

Wenn's nun um Bleibach ging, diesen politischen Emporkömmling, diese selbsternannte Lichtgestalt, die durchaus in der Lage schien, der brodelnden Unzufriedenheit im Volke Bahn zu brechen, dann war das Schreiben aus der Stadthallen-Garderobe möglicherweise nur ein dezenter Hinweis auf eine Lawine, die in den nächsten Monaten ins Rollen kommen konnte.

9

Steffen Bleibach hatte lange geschlafen, viel zu lange. Doch er spürte, wie ihm die Kundgebungen, die er seit einigen Wochen nahezu täglich abhielt, immer mehr Energie entzogen. Er wäre nach der heißen Dusche und einem Handy-Gespräch mit Evelyn am liebsten auf dem Forstweg zur Spitze des Hohenstaufens gejoggt, was er oft tat, um sich fit zu halten, doch der Besuch des Göppinger Kriminalkommissars August Häberle hatte seine Pläne für diesen Mittag durchkreuzt. Dass es seit Monaten Anfeindungen und vielerlei Versuche gab, sein Ansehen zu schädigen, war ihm bewusst. Doch nun schien es erstmals konkrete Hinweise zu geben, die auf eine echte Bedrohung schließen ließen. Das Schreiben, das ihm Häberle in Kopie gezeigt hatte, entsprang keiner spontanen Idee. Sowohl die Formulierungen als auch der Inhalt und die Art und Weise, wo und wie es unter die Leute gebracht worden war, deutete keinesfalls auf geistig minderbemittelte Verfasser hin.

Bleibach war mit Häberle übereingekommen, nichts davon an die Öffentlichkeit gelangen zu lassen. Mehr Personenschutz, als ihm bei Großveranstaltungen inzwischen zustand, lehnte er ab. »Ich hab meine eigenen Bodyguards«, hatte er dem Kommissar versichert, obwohl es ihm nicht gerade wohl war bei dem Gedanken, dass es bei den Kundgebungen niemals einen absoluten Schutz geben konnte.

Er sah durch die große Fensterscheibe seines Wohnzimmers in den neblig-tristen Tag hinaus. Wo er bei Sonnenschein über das weite Waldgebiet bis nach Göppingen hinüber blicken konnte und links in der Ferne die Nordkante der Schwäbischen Alb wie eine Barriere in der Landschaft aufragen sah, verlor sich heute der Blick in einem weiß-grauen Schleier. Dass sich Miriam Treiber gleich nach seinem Anruf auf den Weg zu ihm gemacht hatte, empfand er wieder einmal als besonderes Zeichen freundschaftlicher Verbundenheit. Seit sie sich zusammengefunden hatten, waren sie ein eingeschworenes Team. Als Rechtsanwältin stand sie ihm bei allen juristischen Fragen zur Seite und außerdem beherrschte sie perfekt die modernen elektronischen Kommunikationsmittel. Twitter, Facebook und eine Vielzahl anderer Netzwerke waren heutzutage unabdingbar, um Informationen einer breiten Öffentlichkeit zugänglich zu machen. Dass auch Lars Konarek mitgekommen war, ließ in Bleibach ein gewisses Gefühl der Sicherheit aufkommen. Konarek, ein drahtiger, sportlicher Typ Anfang 30, gehörte seit Kurzem auch zum harten Kern des Wahlkampfteams. Er war im Nahkampf erprobt, hatte in seinen jungen Jahren bei diversen Spezialeinheiten der Bundeswehr gedient, war anschließend für die US-Streitkräfte tätig gewesen und bildete heute in seiner Privatschule in Ulm Bodyguards aus. Wer wollte, konnte sich bei ihm auch mit den Erfordernissen der Selbstverteidigung vertraut machen oder an mehrtägigen Überlebenskursen in unwegsamem Gelände teilnehmen. Er selbst plante fürs zeitige Frühjahr ein Experiment, bei dem er an die Grenze seiner Leistungsfähigkeit gehen würde. Um anderen glaubwürdig demonstrieren zu können, wie man scheinbar ausweglose Situationen bewältigte – etwa als Überlebender eines Flugzeugabsturzes fernab der Zivilisation –, wollte er selbst testen, was sich an Möglichkeiten und Hilfsmitteln, vor allem aber an Nahrung, bot.

Miriam und Lars hatten Bleibachs Schilderungen aufmerksam verfolgt. Sie saßen in den weit ausladenden Ledersesseln und warteten gespannt auf das Resümee, das der Mann ziehen würde, den inzwischen ganz Deutschland als agilen, rhetorisch perfekten Redner kannte – von den einen heiß verehrt, von den anderen oft schon abwertend als ›Rattenfänger‹ bezeichnet. »Damit mussten wir rechnen«, sagte er entschlossen und drehte sich zu seinen beiden engsten Vertrauten um. »Wenn mir eines im vergangenen Jahr klar geworden ist, dann dieses: Obwohl wir zu keiner Sekunde extremistische Parolen verbreitet haben, obwohl wir nur den Menschen mehr Verantwortung und Mitbestimmung geben wollen – wir also auf der Seite des ganz normalen Bürgers stehen –, bläst uns immer kräftiger der Gegenwind entgegen.« Er sprach, als müsse er einige Tausend Zuhörer überzeugen. Miriam und Lars nickten und ließen ihn gewähren. Sie kannten ihn lange genug, um zu wissen, dass er sich auf diese Weise den Frust von der Seele redete. »Doch«, so fuhr er fort, »es sind nur Minderheiten, die sich uns in den Weg stellen. Minderheiten, die ihres Geldes wegen glauben, die anderen knebeln und kleinhalten zu können. Aber glaubt mir, liebe Freunde, diese Zeiten sind vorbei. Wir haben die Hemmschwelle überwunden, die Staumauern brechen. Niemand wird die Macht des Volkes mehr aufhalten können. Niemand. Und wer es versuchen sollte, riskiert einen Bürgerkrieg.«

Eigentlich hatte er dieses Wort nicht benutzen wollen,

doch es war ihm jetzt ungewollt über die Lippen gegangen. Zum Glück nur hier, im engsten Kreis. Öffentlich würde er nicht riskieren, es auszusprechen. Die Medien würden sofort über ihn herfallen und ihm unterstellen, zu Gewalt aufrufen zu wollen. Wie überhaupt die Journaille nur darauf lauerte, dass er einen Fehler machte. Schon einige Male war versucht worden, ihn in eine extreme politische Ecke zu drängen. Doch hatten sich all die Kommentatoren, die ihm mit allerlei Winkelzügen etwas andichten wollten, hoffnungslos verrannt und in Wortklaubereien verstrickt. Vermutlich war das Volk in den vergangenen Monaten sogar selbstbewusster und kritischer geworden. Die Mehrheit hatte das Spiel der allgegenwärtigen Talkshow-Schwätzer durchschaut, die jahrelang damit beschäftigt waren, die Meinung des Volkes zu manipulieren, weil in ihrem arroganten Selbstverständnis doch der Normalbürger viel zu dumm war, den Führungsgedanken der studierten Elite zu folgen.

»Und was sagt Enduro dazu?«, fragte Lars, um die entstandene Stille zu unterbrechen.

»Enduro?«, echote Bleibach und fühlte sich aus den Gedanken gerissen. »Enduro? Ach ja, ich hab ihn noch nicht angerufen.« Enduro Ollerich galt offiziell als sein engster Vertrauter, doch heimlich musste er sich eingestehen, dass ihm an Miriam weitaus mehr lag, was er aber auch auf deren weibliche Reize zurückführte. Ollerich war der Manager im Hintergrund, der sich auf Marketing und Effekthascherei verstand, während Miriam ihn wieder aufrichten konnte, wenn ihn Selbstzweifel beschlichen oder ein schlechtes Gewissen plagte. Es gab durchaus Momente, in denen er sich fragte, ob er seine politischen Gegner nicht doch allzu hart angefasst hatte. Das Geschäft wurde von Tag zu Tag gnadenloser, und was jetzt geschehen war, erschien ihm wie ein Vulkan, durch den sich die immer hitziger geführte Diskussion um seine Person erstmals explosionsartig entladen hatte.

»Du solltest aber Enduro informieren«, riss ihn die Stimme Miriams wieder in die Realität zurück. »Wenn erst mal die Medien Wind davon bekommen, brauchst du ihn als Pressesprecher.«

Bleibach nickte langsam und schloss für einen kurzen Moment die Augen, um die entstandene Situation sachlich einschätzen zu können.

Miriam holte ihn erneut aus seinen Gedanken zurück: »Wieso eigentlich Barbarossa?« Sie zögerte. »Er meint doch Kaiser Barbarossa – nicht wahr?«

»Barbarossa?«, wiederholte Bleibach wie in Trance. »Da muss man schon ein bisschen die Geschichte kennen.« Er verzog sein Gesicht zu einem müden Lächeln. »Dieser angeblich rotbärtige König und spätere Kaiser hat versucht, seinen Einfluss und sein Herrschaftsgebiet weiter auszudehnen.« Er sah seine Gesprächspartner nacheinander an. »Das war zu diesem Zeitpunkt nichts Außergewöhnliches, damals im zwölften Jahrhundert.«

»Du meinst, das ist eine Anspielung auf dich?«, fragte Lars vorsichtig.

»Auf mich, ja …, wahrscheinlich. Könnte aber auch auf die Gegenseite zutreffen. Aber vergesst nicht, es hat in unserer jüngsten unseligen deutschen Vergangenheit schon mal eine Aktion Barbarossa gegeben.«

»Hitler«, stellte Miriam kurz und knapp fest.

Wieder nickte Bleibach. »Seinen Angriff auf Russland hat er so genannt.«

»Und was soll das mit dir zu tun haben?«, fragte Lars verständnislos. »Dir kann ja wirklich keiner vorwerfen, irgendein Land erobern zu wollen.«

Bleibach zuckte mit den Schultern. »Was glaubst du, wie ich mir darüber den Kopf zerbreche, seit dieser Kommissar hier war!« Seine blauen Augen verrieten Aufregung. »Wir müssen vorsichtig sein. Obwohl wir nichts Unrechtes tun – keine Korruption, keinen Betrug, keine Erpressung, keinen Mord –, obwohl wir nur tun, was die Mehrheit des Volkes will, davon bin ich überzeugt, bewegen wir uns in einem Terrain, das wahrscheinlich noch schlimmer ist, als gingen wir nachts mit voller Brieftasche durch die Bronx.« Bleibach versuchte, sich wieder einmal selbst Mut zu machen, indem er ein Thema offensiv anging. »Wir jedoch haben es mit Feinden zu tun, die nicht in irgendeiner dunklen Ecke lauern, um uns etwas über den Schädel zu schlagen, sondern unsere Feinde tragen Krawatten und Nadelstreifenanzüge. Sie sind mitten unter uns – und sie haben Machtinstrumente, die uns nicht zur Verfügung stehen. Ihr Einfluss reicht tief in die Gesellschaft hinein. Denn Parteipolitik, liebe Freunde ...«, er sprach jetzt so, als habe er Tausende Zuhörer vor sich, »Parteipolitik ist ein Netzwerk, eine Krake, die ihre Fühler und Fangarme in jede Ritze steckt und ihre Getreuen an sich bindet.« Bleibach holte tief Luft, was wie ein Seufzen anmutete. »Was ein richtiger Parteisoldat ist, fragt nicht, was dem Volke guttut, sondern, was der Partei dienlich ist – vor allem aber denen, die dafür sorgen, dass sich die Parteifunktionäre im Licht der Mächtigen und Schönen sonnen können.«

Miriam wusste, worauf er hinauswollte: »Und diese Mächtigen und Schönen sind immer dieselben. Nur die Politiker wechseln – ich weiß.« Ihre Stimme klang kühl, beinahe gelangweilt.

»Das brauch ich euch nicht zu sagen«, gab sich Bleibach nun weniger kämpferisch. »Ich sag nur: ›Schröder‹.

Angeblich Sozialdemokrat, und Bundeskanzler zu einer Zeit, als der Sozialstaat demontiert wurde. Keiner von den Schwarzen hätte das mit den Unternehmern besser hingekriegt. Und die Grünen haben alles durchgewunken. Ganz unter uns gesagt, liebe Freunde: Mich kotzt das noch heute an.«

Miriam versuchte mit einer ihrer Meinung nach ironischen Bemerkung, den Ernst der Lage zu entschärfen: »Den Kapitalismus in seinem Lauf halten weder Ochs noch Esel auf.«

Lars grinste vorsichtig. »Honecker 1989, aber mit anderen Vorzeichen.«

Bleibach blieb ernst. »Ich hab nichts gegen Kapitalismus, das wisst ihr. Aber er muss erneuert werden. So wie wir ihn derzeit erleben, ist er eine Bedrohung für das Land. Dieses System kennt nur ein Ziel: Die Reichen reicher machen, damit sie sich ein Heer von Sklaven halten können.«

Miriam klopfte ihm aufmunternd auf die Schulter: »Wir werden das zu verhindern wissen.«

Bleibach sah sie für einen kurzen Moment von der Seite an und holte erneut tief Luft. »Sofern sie uns nicht bei diesem großen Schachspiel matt setzen, liebe Miriam.« Er überlegte und fügte im Hinblick auf dieses Spiel an: »Die Reiter-Horden sind bereits unterwegs und die Springer lauern überall.«

»Dann lass uns ein paar Züge vorausdenken«, ermunterte ihn Lars, »denn wer die Weichen richtig stellt, bestimmt die Richtung, in die die Reise geht.«

Bleibach wurde nachdenklich. »Nur scheint es mir gerade so, als käme uns auf unserem Gleis ein Zug entgegen.«

10

»Der Verfassungsschutzbericht stuft ihn als ungefährlich ein«, stellte Häberle fest, nachdem er die entsprechende Passage zu dem ›Neuen Anfang‹ gelesen hatte.

Kripo-Chef Thomas Kurz, der in Häberles Büro gekommen war, lächelte milde. »Bleibach schreckt sie nur alle auf, mehr nicht. Das kann nicht schaden. Dass es einige Widersacher gibt, die ihn gerne als gefährlich eingestuft hätten, liegt doch in der Natur der Sache.«

»Um ehrlich zu sein, Thomas, so einen wie den hat diese Republik schon lange gebraucht.« Häberle lehnte sich zurück und sog viel Luft in seinen stattlichen Körper. »Auch Kollege Brunzel vom Staatsschutz sieht's gelassen. Das Einzige …«, wurde Häberle wieder sachlicher, »… was auf uns dabei zukommen kann, ist der Personenschutz.«

»Baldachin meint, bei manchem, was Bleibach so von sich gibt, kommunistische Tendenzen erkannt zu haben.« Die Bemerkung von Kurz klang süffisant.

»Quatsch!«, entfuhr es Häberle. »Der preist doch die freie Marktwirtschaft in den hellsten Tönen – nur eben nicht in der jetzigen Form. Er will sie nicht abschaffen, sondern umbauen.« Der Ermittler überlegte kurz. »Und ich kann nicht erkennen, was daran falsch, gefährlich oder schlecht sein sollte. Ganz im Gegenteil.«

»Wirst du ihn denn wählen, wenn's so weit ist?«, fragte Kurz, ohne eine Antwort zu erwarten.

Doch Häberle zögerte keine Sekunde: »Natürlich werd' ich das. Es gibt keine Alternative. Schau dir doch die Situation in diesem Land an. In den vergangenen zwölf Jahren hatten wir alle möglichen politischen Konstellationen. Und jede dieser Regierungen hat's seltsamerweise erst nach ihrer Abwahl besser gewusst. Ich frag mich, Thomas, wieso haben die das, was sie in der Opposition fordern, nicht getan, als sie selbst an der Macht waren?« Häberle war jetzt in Fahrt, wie immer, wenn er sich über die politische Lage aufregte. »Und wieso haben die Roten und Grünen kräftig mitgemischt, als es darum ging, den Sozialabbau in die Wege zu leiten?« Nur zu gut entsann er sich des Falles eines arbeitslosen Mittfünfzigers, der sogar in Mordverdacht geraten war, weil er sich gegen die ungerechten Hartz-IV-Regeln widersetzt hatte. Trotz der erdrückenden Beweislast, die man gegen ihn zusammengetragen hatte, war es dank Häberles Einsatz zu einer unerwarteten Wende gekommen.

Kurz kannte seinen Kollegen gut genug, um zu wissen, dass jetzt ein langer Monolog über die Ungerechtigkeiten in der Gesellschaft folgen konnte. Wenn Häberle bei diesem Thema erst in Fahrt kam, war er nicht mehr zu bremsen. Zwar stellten sie jedes Mal fest, dass sie beide dieselbe Meinung dazu hatten. Doch jetzt hielt es Kurz für wenig sinnvoll, darüber zu diskutieren. Sein Interesse galt diesem aufstrebenden Politiker und dem, was der Verfassungsschutzbericht über ihn dokumentierte. »Steht da eigentlich drin, was dieser Bleibach bisher gemacht hat?«

Häberle verzichtete auf weitere Bemerkungen zur aktuellen Politik und ließ ein paar Seiten des gedruckten Berichts durch die Finger gleiten, um das Buch dann an jener Stelle aufzuschlagen, die er mit einem gelben Aufkleber versehen hatte. »Ja, hier. In Göppingen 1972 geboren, aufgewachsen im Stadtbezirk Hohenstaufen, dann Hohenstaufen-Gymnasium, Studium der Politikwissenschaft in Tübingen, dazwischen einige Aufenthalte in Berlin, Washington, Dubai und Kairo.« Häberle überflog einige Zeilen. »War aber nie politisch aktiv. Zumindest sind keine Parteimitgliedschaften bekannt. Nicht vorbestraft. Ledig. Und wohnhaft im elterlichen Haus in Hohenstaufen, das er geerbt hat. Angemeldet bei Facebook, hat eigene Blogs im Internet …« Häberle sah auf. »Das sind so Möglichkeiten, seine eigene Meinung kundzutun und mit anderen, meist wildfremden Menschen, zu diskutieren.«

Kurz lächelte. »Schon klar«, kommentierte er Häberles Erläuterungen gelassen. Offenbar traute ihm sein Kollege nicht zu, die modernen Technologien zu kennen.

»Da wird heftig diskutiert. Unglaublich, was das Internet für Möglichkeiten eröffnet. Innerhalb weniger Wochen erreichst du Hunderttausende Menschen – vor allem kostenlos. Ohne Plakate, ohne Briefe, ohne Werbespots. Das wäre vor zehn Jahren noch undenkbar gewesen.«

»Und was weiß man sonst noch?« Kurz spielte auf Häberles Beziehungen zu den Kollegen des Staatsschutzdezernats an.

Der Ermittler schob das Buch beiseite. »Bleibach ist voll vernetzt – in jeder Hinsicht. Mehrere Handys, eine Geliebte namens Evelyn Lindloff, 24 Jahre alt. Model aus Bremen.« Kurz grinste. »Dazu mehrere Konten, auch in Liechtenstein.«

»Ach …«, staunte Kurz. »Das ist uns alles bekannt?«

»Uns nicht, Thomas, aber den Jungs vom Staatsschutz.«

»Und wovon lebt der Knabe?«

»Er war nach Abschluss seines Studiums als Politikwissenschaftler für verschiedene Institute tätig, insbesondere in Berlin, und hat dort diverse Arbeiten und Dokumentationen zur jüngsten deutschen Vergangenheit wissenschaftlich begleitet. Ausstellungen, Vorträge, pädagogische Projekte. Das Übliche halt.«

»Das Übliche halt, was man so macht, wenn man mit Schwätzen Geld verdient. Oh, August, irgendetwas haben wir beide falsch gemacht. Ich staune immer über das Heer der Freiberufler, die mal hier, mal dort einen Auftrag kriegen und trotzdem wunderbar leben können.«

»Und uns«, knurrte Häberle, »uns kürzt man das Gehalt und verlangt, dass wir immer länger arbeiten.«

Kurz grinste. »Ich versteh, August, du bist tatsächlich ein potenzieller Wähler von Bleibach.«

»Sag ich doch. Es gibt nur einen Punkt, der mir nicht gefällt: dass er nie wirklich richtig gearbeitet hat. Ärmel aufkrempeln und so. Zupacken. Sehen, wie's im Berufsleben zugeht, wie ruppig, wie gnadenlos gemobbt wird und wie die Gewerkschaften die Augen davor verschließen, wie die Politiker einknicken, wenn die Wirtschaft sofort wieder den Knüppel aus dem Sack holt und mit Entlassungen droht, falls diese oder jene Steuervergünstigung oder Subvention wegfällt.«

»Genau dagegen will er doch vorgehen«, gab Kurz zu bedenken. »Er spricht, was dies anbelangt, dem Volk aus der Seele. Anders kannst du es nicht werten, wenn sie ihm Abend für Abend nachrennen wie einem Popstar.«

»Popstar ist der richtige Ausdruck. In der Tat. Trotzdem fehlt mir bei ihm die gewisse Erfahrung. Auch wenn sich alles plausibel anhört, was er sagt.« Häberle spürte wieder die Zweifel, die ihn schon oft beschlichen hatten, wenn er Bleibach im Fernsehen sah. Irgendwie kamen ihm dann Vergleiche zu einem anderen politischen Emporkömmling in den Sinn, einem mit Doktor-Titel, den die Konservativen hervorgebracht hatten und der es momentan trefflich verstand, auf der Klaviatur der Medien zu spielen. Er trug seine Haare stets gegelt, was Häberle jedes Mal, wenn er ihn sah, an eine fette Kunsthaarperücke erinnerte. Allerdings schaffte es ›der Geölte‹, wie er ihn stets zu bezeichnen pflegte, trotz aller Anstrengungen bisher nicht, auch nur annähernd an die Beliebtheit Bleibachs heranzukommen. Vermutlich lag es an der strammen Parteigebundenheit, die den ›Geölten‹ ausbremste – auch wenn insbesondere die Damenwelt auf ihn abfuhr. Wen interessierte es auch, dass die einzige Erfahrung, die dieser adlige Politiker in der Arbeitswelt gemacht hatte, offenbar darin bestand, das Familienvermögen zu verwalten?

Häberle jedenfalls mochte diesen angeblichen ›Überflieger‹ nicht. Stattdessen empfand er im Grunde seines Herzens eine tiefe Sympathie für Bleibach, den er für den richtigen Mann zur richtigen Zeit hielt. Denn leider Gottes, so resümierte er seine Einschätzungen, wimmelte es in der Politik von geradezu genialen Schwätzern. Gegenüber seinem Kollegen Kurz brauchte er den Unmut nicht zu zügeln: »Ich kenne sogar einen Jüngling, der von sich behauptet hat, die Arbeitswelt daher zu kennen, dass er einmal während der Semesterferien sechs Wochen Taxi gefahren sei und von den Fahrgästen erfahren habe, wie dreckig es ihnen im Berufsleben ergehe.«

»Ich gebe dir recht, August. Das sind die wirklich profunden Kenner der Realität, die uns einlullen und uns weismachen wollen, dass doch alles bestens laufe in diesem Land.« Kurz wollte das Thema nicht weiter vertiefen, weshalb er wieder zur Sache kam: »Sag mal, wer sind eigentlich die Getreuen, die er so um sich schart, dieser Bleibach?«

Häberle zog ein Blatt mit handschriftlichen Notizen aus dem Buch. »Miriam Treiber, Rechtsanwältin aus Biberach, hat ihre Kanzlei in Ulm, 38 Jahre alt. Hat sich aber, so sagen die Kollegen aus Ulm, auf Schnüffeleien spezialisiert. Schimpft sich Detektivin.«

»Oh«, staunte Kurz, »untreue Ehemänner und so.«

»Nicht nur. Es heißt, sie kennt sich mit dem ganzen Internet-Kram aus. Schweinereien in irgendwelchen Chatrooms oder bei diesen sozialen Netzwerken wie Facebook und so.«

»Kinderpornos?«

»Eher nicht, sondern Richtung Heiratsschwindler, Betrüger und das große Geschäft mit Sex und Erotik mit allen Schattierungen und Vorlieben.«

»Und neben dieser Treiber? Noch jemand?« Thomas Kurz wurde ungeduldig, versuchte aber, dies nicht zu zeigen.

»Ja, einen … na ja, einen etwas ungewöhnlichen Typen. Lars Konarek. Offenbar so was wie Bleibachs Bodyguard. Ein Survival-Trainer.«

»Survival – was?«, staunte Kurz.

»Überlebenstrainer, sagt man wohl auf Deutsch. Einer, der durchgeknallte Manager ein Wochenende lang in der Wildnis schmoren lässt.« Häberle runzelte die Stirn. »In der Wildnis, wie sie unsere Alb halt zu bieten hat. Kann aber auch ganz schön rau sein. Ohne Proviant. Ganz auf sich allein gestellt. Feuer machen, im Zelt pennen, bei Wind und Wetter aushalten.«

»So eine Art Dschungel-Camp oder was?« Kurz grinste und strich sich mit der rechten Hand über den Dreitagebart.

»So etwa. Aber es sind nicht nur Manager, die sich fürs angekratzte Ego was beweisen wollen. Wie es heißt, sind's auch naturverbundene Menschen, die mal im Einklang mit der Umwelt das Überleben in freier Landschaft und ohne die Hilfsmittel der Zivilisation ausprobieren wollen. Soll ein tolles Gemeinschaftserlebnis sein, meint Brunzel.«

»Brunzel?« Kurz überlegte, ob der stets gut gekleidete Kollege vom Staatsschutz schon einmal im durchnässten Zelt an einem Lagerfeuer gelegen haben mochte.

Häberle bemerkte die Irritation seines Gegenübers. »Er hat's recherchieren lassen.« Der Ermittler sah seinen Kollegen provozierend an. »Wäre doch auch mal was für dich. Anstatt nur radeln und joggen – mal richtig ein Wochenende lang ums Überleben kämpfen. Wildkräuter vespern, Insekten grillen und was weiß ich.«

»Und womöglich Kakerlaken, was? Nein, August, da gönn ich mir lieber Linsen und Spätzle und ein Weizenbier.«

Häberle verschränkte die Arme vor der voluminösen Brust. »Oder begleit ihn doch bei seinem großen Experiment, das er plant. Brunzel will erfahren haben, dass Konarek was ganz Verrücktes vorhat. Angeblich, um auf seinen Freund Bleibach aufmerksam zu machen.«

»So? Will er mit Bleibach ins Dschungel-Camp von RTL? Nackt?« Kurz lächelte süffisant und äffte den entscheidenden Spruch aus dieser Schmuddel-Fernsehserie in abgewandelter Form nach: »Hilfe, wir sind Politiker, holt uns hier raus.«

Häberle gefielen solche Gespräche mit seinem direkten Vorgesetzten. Vermutlich lag es am nahezu gleichen Lebensalter, das sie zusammenschmiedete – ganz bestimmt aber auch an der jahrzehntelangen Berufserfahrung. Sie waren mit Menschen aller Gesellschaftsschichten zusammengekommen, hatten deren tiefste seelische Abgründe kennengelernt und fühlten sich zunehmend in der Einschätzung bestätigt, dass in diesem Lande etwas gewaltig aus dem Ruder lief.

Deshalb knüpfte der Ermittler an die Bemerkung seines Chefs an: »Wenn die Politiker nur so ehrlich wären und um Hilfe rufen würden. Aber stattdessen reißen sie forsch-frech die Klappe auf, obwohl sie schon bis zum Hals im Schlamm stecken.«

»Zum Glück verschlingt der Sumpf hin und wieder einen von ihnen.«

»Aber viel zu wenige«, knurrte Häberle.

Kurz hob eine Augenbraue: »Sei froh, dass uns keiner vom Verfassungsschutz hört.«

Häberle grinste wieder. »Bist du dir da so sicher? Womöglich sind sogar wir hier schon verwanzt. Ich trau inzwischen keinem mehr.«

Kurz musste schlagartig an einige Fälle denken, bei denen ihm bis heute nicht klar war, welche Rolle die Geheimdienste gespielt hatten. Denn sobald gewisse Kreise aus Politik und Wirtschaft in eine dubiose Angelegenheit involviert waren, konnte es bei der Ermittlungsarbeit wundersame Wendungen geben. Und wenn der Dreh nicht übers Innenministerium herbeigeführt werden konnte, dann gab's noch immer die Notbremse bei der Justiz: Schnell einen ›Deal‹ abgeschlossen, ein herzzerreißendes Geständnis in einem von zwei Dutzend Punkten – und schon ging's mit Bewährung oder einer Geldstrafe in Peanuts-Höhe ab.

»Und was will dieser Konarek nun anstellen? Einen Superwahlkampf-Gag für seinen Freund Bleibach?«, holte Kurz seinen nachdenklich gewordenen Kollegen wieder zum Thema zurück.

»Ganz genau hat's Brunzel noch nicht rausgekriegt. Es soll auf jeden Fall ziemlich spektakulär werden und irgendwo am südlichen Lech losgehen.«

»Am südlichen Lech?« Kurz musste sich die Geografie dieses Flusses in Erinnerung rufen, der irgendwo in den österreichischen Alpen entsprang und dann zielstrebig durchs deutsche Gebirgsvorland, vorbei an Augsburg, der Donau zustrebte. »In Österreich?«

»Nein, nicht ganz so weit unten. Aber frag mich bitte nicht, wie das werden soll.«

11

»Und, wie sieht's aus?« Pommes, der junge Mann mit dem unrasierten Gesicht, hielt eine Flasche Bier in der Hand und lehnte sich in den abgegriffenen Sessel zurück. Andy und Ucki, seine beiden älteren und extrem schlanken Freunde, zogen aufgeregt an ihren Zigaretten und inhalierten gierig den Rauch.

»Nicht schlecht. Machbar, würd ich sagen«, erwiderte Katsche und schlug die Beine in den ausgefransten Jeans übereinander. »So richtig was für uns.«

»Und was bedeutet das nun im Klartext?«, fragte der Biertrinker, dessen Vorliebe für Fastfood ihm den Spitznamen Pommes eingebracht hatte. Dass er fettreiche Kost in Mengen verschlang, war an seinem Körperumfang zu erkennen.

»Dass wir uns nur das Zeug besorgen müssen, um es in Ruhe und vor allem unauffällig Stück für Stück in Position zu bringen.« Katsche schnippte mit dem Flaschenöffner den Kronenkorken von einer Bierflasche, die auf dem zerkratzten Holztisch stand. Die Luft im Zimmer war zum Schneiden. Er hasste den Qualm von Zigaretten. »Ganz sachte natürlich, mein Freund«, fügte er an.

»Und wie kommt man hin?«, wollte Pommes wissen. »Unauffällig, mein ich.«

»Hinkommen – kein Problem. Und unauffällig – das kriegen wir hin. Wir haben schon ganz andere Dinge gemacht, Jungs.«

»Und woher nehmen wir das Zeug?«, wollte Andy wissen und sah nervös auf seine Armbanduhr. Er musste zur Spätschicht.

»Das lass nur meine Sorge sein.«

Ucki, der in dieser Woche einige Tage freigenommen hatte, um Überstunden abzufeiern, drückte seine filterlose Zigarette im Aschenbecher aus. »Jetzt hör mal zu, Katsche«, gab er sich verärgert, »entweder du hältst uns über alle Details auf dem Laufenden und wir drehen das Ding gemeinsam oder du kannst die Scheiße allein machen. Damit das klar ist. Ich hoffe, wir haben uns da verstanden.«

Katsche nahm genüsslich einen kräftigen Schluck aus der Flasche und tat so, als könne ihm die Aufgeregtheit Uckis nichts anhaben. »Ich geh mal davon aus«, sagte er langsam, »dass wir alle, wie wir hier sitzen, genau wissen, wie so eine Operation ablaufen muss. Einer sagt, wo's langgeht, und gemeinsam schlagen wir zu.« Und er fügte, leicht gereizt, hinzu: »Haben wir das jetzt so gelernt oder nicht?«

Nach zwei, drei Sekunden des Schweigens meldete sich Ucki mit belegter Stimme zu Wort. »Hat dein Eddi auch was zur Knete gesagt?«

Katsche verzog das Gesicht zu einem müden Lächeln. »Sorry, Jungs, aber das haben wir doch längst abgehakt. 500 000 Mäuse für jeden von uns. Auf üblichem Weg. Ein Teil cash, den Rest in Liechtenstein.«

»Termin?«, zeigte sich Andy ungeduldig und stand auf.

»März. Genaues wissen wir noch nicht.«

»März. Ist das nicht ein bisschen früh? Vom Wetter her, mein ich«, schaltete sich Pommes ein und lehnte sich zurück. »Okay, dann bleiben uns noch knapp vier Monate Zeit, das Zeug zu beschaffen und einzubunkern.«

»Noch etwas«, wurde Katsche eine Nuance ernster. »Ab sofort keinerlei Handygespräche mehr, keine E-mails und kein Facebook oder sonstiges Internetzeug. Nur noch über unsere üblichen Stellen.« Die drei anderen nickten. Und Katsche fügte an: »Aber es gilt zuvor noch etwas anderes zu erledigen. Und denkt an unser Kennwort: ›Barbarossa‹. Nicht vergessen, ›Barbarossa‹!«

12

Der Monitor ihres Laptops zeigte eine Landkarte, auf dem ein violetter Punkt blinkte und offenbar kontinuierlich die Position eines bewegten Objekts signalisierte. Miriam Treiber saß seit zehn Minuten an ihrem Schreibtisch und verfolgte die Spur, die der Punkt auf den skizzierten Straßen hinterließ. Immer dann, wenn diese Markierung die Richtung änderte, wandte sich die Frau einem zweiten Laptop zu, in den sie ihre Beobachtungen stichwortartig eintippte. Die Auflistung würde später exakt die Fahrstrecke des Autos dokumentieren, das sie mit Hilfe eines winzigen Ortungssystems übers Mobilfunknetz verfolgte. In Augenblicken wie diesen spürte sie wieder einmal die Genugtuung darüber, dass sie den Umgang mit den elektronischen Hilfsmitteln frühzeitig gelernt hatte. Dass sie bequem von ihrem Schreibtisch aus mitten im Geschehen sein konnte und als heimlicher Späher dabei war, egal, wo auf der Welt sich etwas abspielte, faszinierte sie stets aufs Neue. Diese Technik zu nutzen, war längst nicht mehr eine Frage des Geldes, sondern des Könnens. Denn vieles, was die Überwachungstechnik heutzutage bot, lernte man nicht in Computerkursen der Volkshochschule, sondern nur mit Hilfe von Freunden – mochten sie noch so zweifelhaft sein. Außerdem hatte sich Miriam durch nächtelange Recherchen im Internet ergänzendes technisches Wissen beigebracht.

Während sie den wandernden Farbpunkt weiter verfolgte und zur Kenntnis nahm, dass er gerade die Donau in nördliche Richtung überquerte, meldete ihr iPhone eine Botschaft, die ihr jemand per Facebook übermittelt hatte. Sie warf nur einen flüchtigen Blick auf das Gerät, das zwischen beiden Laptops lag. ›Rotbart hat dir eine Nachricht geschickt‹, stand dort mit weißen Buchstaben auf blauem Grund zu lesen. Sie drückte einige Tasten, um ins E-mail-Programm zu wechseln, wo die Meldung eingetroffen war. Noch bevor sie jedoch die Mail öffnete, warf Miriam erneut einen wachsamen Blick auf den violetten Punkt, der sich aus nördlicher Richtung dem Ulmer Stadtrand genähert hatte. Während sie sich wieder zum zweiten Laptop beugte, strich sie sich eine widerspenstige Haarsträhne hinter das Ohr. Dann tippte sie die aktuelle Position des Fahrzeugs in die Tastatur: ›B10, Anschlussstelle A8 Ulm-West‹. Eigentlich bräuchte sie die Fahrtroute nicht zu protokollieren, denn jede Bewegung, die der violette Punkt auf der Landkarte vollzog, wurde auf der Festplatte ihres Computers aufgezeichnet. Damit ließ sich später jeder Standort samt exakter Zeit wieder abrufen.

Ohne den pulsierenden Punkt aus den Augen zu lassen, überflog sie zwischendurch die soeben eingetroffene

Botschaft auf dem hell erleuchteten Display des Smartphones: ›2230‹. Sie wusste, was diese vier Zahlen bedeuteten, und sah auf die digitale Uhrzeit, die in der rechten unteren Ecke des Bildschirms eingeblendet war. Kurz vor 21 Uhr. Sie hatte also noch eineinhalb Stunden Zeit. Eine knappe halbe Stunde musste sie für die Anfahrt einkalkulieren.

13

»Was ist von diesem Drohbrief zu halten?«, fragte Lars Konarek, der lässig an der kahlen Wand seines Trainingsraums lehnte. Wie immer trug er eine schwarze Outdoorjacke, die mit ihren vielen Taschen an eine Uniform erinnerte. Dagegen wirkte Enduro Ollerich wie ein gutsituierter Buchhalter, der gerade erst vom Büro gekommen zu sein schien. Er war von stattlicher Figur und verbarg seinen Bauchansatz dezent unter dem dunkelblauen Jackett. Die beiden Männer trennten nicht nur etwa 15 Lebensjahre voneinander, sondern auch die recht unterschiedlichen Jobs. Während Ollerich seine Tätigkeiten, die er penibel auszuführen pflegte, am Schreibtisch erledigte, verbrachte Konarek einen Großteil seiner Zeit in der Natur – oder er lehrte seine Kunden, wie man Zweikämpfe überstand oder sich in Kriegsgebieten am Leben erhielt.

Ollerich hatte auf einem der unbequemen Holzstühle Platz genommen, die ziemlich ungeordnet in dem Raum verteilt waren. Grelles Neonlicht blendete ihn. »Ich kann das alles momentan noch schwer einschätzen«, erwiderte er auf Konareks Frage nach dem Drohbrief aus der Göppinger Stadthalle. »Vermutlich will irgendjemand unsere Bewegung einschüchtern und Unruhe verbreiten.«

»Wir sollten Steffen besser nicht mehr aus den Augen lassen«, schlug der Trainer vor und zog ein ernstes Gesicht.

Ollerich wollte nicht darauf eingehen. »Ich glaube kaum, dass man ihn hundertprozentig schützen kann. Er liebt das Bad in der Menge, das weißt du. Und wenn jemand mit einem Zielfernrohr einen Schuss auf ihn abfeuert, hat keiner deiner Männer eine Chance, dies zu verhindern.«

Konarek kam näher, zog sich einen Stuhl heran und setzte sich neben Ollerich. »Ich kann's euch nur anbieten. Ein paar Leute hier brennen darauf, mal eingesetzt zu werden. Übung am lebenden Objekt, sozusagen.« Er grinste.

»Danke dir, Lars. Aber du weißt selbst, wie viele Menschen immer kommen und welches Gedränge da herrscht. Wenn du einen Job wie Steffen machst, bist du überall in Gefahr. Selbst den Kennedy-Mord konnten sie damals nicht verhindern.«

»Und wie macht ihr das in Berlin und im Frühjahr auf dem Hohenstaufen?«

»Berlin …« Ollerich sprach das Wort so aus, als lasse er sich's auf der Zunge zergehen. »Berlin wird heftig. Ich wette drauf, dass die ganze Straße des 17. Juni vor dem Brandenburger Tor so voll sein wird wie zuletzt bei der Wiedervereinigung. Die Stadtverwaltung ist bereits am Rotieren.« Obwohl dies die bisher größte Veranstaltung Bleibachs sein würde, verriet Ollerichs Stimme keine Emotion. »Aber das ist nicht der Grund meines Kommens«, wechselte er das Thema. »Ich muss wissen, was genau du jetzt planst.«

Über Konareks kantiges Gesicht, in dem manche Kämpfe offenbar ihre Spuren hinterlassen hatten, huschte ein Lächeln. »Meine Aktion heißt: ›Du kannst alles‹. Und das will ich der Welt zeigen.«

»Das klingt ein bisschen nach: ›yes, we can‹, meinst du nicht?«, gab sich Ollerich skeptisch. Seine vorsichtige Zurückhaltung hatte ihm bei seinen Geschäftspartnern längst den Ruf eines ewigen Miesmachers und Nörglers eingebracht.

Auch Konarek war leicht zerknirscht. »Steffen sagt immer, das Land brauche Aufbruchstimmung«, erwiderte er deshalb. »Ich will zeigen, dass alles geht, wenn man's nur will. Eiserner Wille kann alles bewirken« Er zögerte. »Auch den politischen Wandel, verstehst du? Wenn alle nur sagen, dies und jenes ginge nicht, weil man's halt schon immer so gemacht habe, dann wirst du die Welt nicht verändern. Dann bleiben all diejenigen an der Macht, die mit der Trägheit der Massen rechnen. Wir aber sollten zeigen, dass jeder Mensch, jeder einzelne, verstehst du, dass jeder in der Lage ist, allein mit Willen und der Macht seiner Gedanken etwas zu verändern. Und wenn dies kollektiv geschieht, wenn alle etwas wollen und fest daran glauben und danach handeln, dann, Enduro, dann wird sich diese Welt ändern.«

»Erst mal dieses Land«, rückte Ollerich die Dimensionen zurecht. »Und wie sieht nun dein Beitrag aus? Wir müssen das wissen, wegen der Werbung.«

Konarek sprang auf. Dynamisch und energiegeladen, wie ein angriffslustiges Raubtier, das nach einer Beute jagte. »Ich werde zehn Tage lang ohne Proviant und ohne jegliche Hilfsmittel unterwegs sein, ohne Handy, ohne Kontakte zur Zivilisation – und zwar vom Lech bis zum Hohenstaufen. Sozusagen eine Steffen-Bleibach-Survival-

Tour.« Während er sprach, ging er vor Ollerich auf und ab. Dann blieb er stehen und wartete für einen Moment vergeblich auf eine positive Reaktion. Deshalb setzte er, leicht irritiert, seine Erläuterungen fort: »Ich werde mich unterwegs nur von dem ernähren, was mir die Natur bietet. Das wird nicht viel sein, weil ich die Aktion bewusst auf Mitte März legen werde. Zu dieser Jahreszeit gibt's in freier Landschaft noch nicht sehr viel zum Essen. Ein paar vertrocknete Früchte noch, Moose, Rinde, Klee.« Wieder blieb eine Bemerkung Ollerichs aus. »Ich werde unterwegs im Gelände pennen, ohne Schlafsack, ohne Luftmatratze, ohne Zelt.«

Schließlich holte sein Zuhörer tief Luft und sah den euphorisch dreinblickenden jungen Mann von schräg unten an. Ollerichs Stimme verriet Zweifel. »Und wie willst du dich vermarkten, wenn du ganz allein unterwegs bist?«

»Ich denke, das ist deine Sache«, antwortete Konarek spontan. »Radio, Fernsehen– private Sender, öffentlich-rechtliche. Zeitungen und vielleicht Plakate. Mit Großbuchstaben: ›Du kannst alles‹. Dazu ein Foto von Steffen und mir, im Survival-Outfit.«

Ollerich überlegte. »Weiß er das schon?« Er ging hörbar auf Distanz.

»Ich hab's ihm gegenüber mal angedeutet. Und er war nicht abgeneigt.«

»Nicht abgeneigt oder begeistert?«

»Er hat gesagt, ich soll's anleiern.«

»Du willst es im März stattfinden lassen«, wurde Ollerich noch sachlicher. »Demnach kurz vor der großen Kundgebung.«

»So ist es von mir gedacht, ja.«

Konarek vermochte Ollerichs zurückhaltende Reaktion

nicht einzuschätzen. Wieder einmal wurden ihre unterschiedlichen Charaktere deutlich. Für Konarek war dieser Mann der Prototyp eines übervorsichtigen Zauderers, der jeden Schritt wie eine Mathematikaufgabe anging und erst einmal alle denkbaren Lösungen sorgfältig checkte.

»Wir sollten die Modalitäten noch mal ausführlich besprechen. Wir alle. Du, Steffen, Miriam und ich«, schlug Ollerich nach kurzer Nachdenkpause vor.

Konarek lehnte sich wieder an die Wand und verschränkte die Arme vor der durchtrainierten Brust. »Wenn ihr nicht mitmacht, mach ich's trotzdem«, erklärte er entschlossen und beinahe trotzig. »Dann eben für mich und meine Survival-Schule. Als Training und Experiment.«

»Ist das nicht gefährlich?«, wandte Ollerich, plötzlich interessiert, ein. »Ohne Proviant und draußen übernachten? Im März können die Nächte noch ziemlich kalt sein.«

Konarek grinste. »Je extremer, desto besser.« Er war enttäuscht von der kühlen Reaktion und wollte nichts mehr dazu sagen. Er kannte Ollerich jetzt seit über einem Jahr und wusste, dass es in bestimmten Situationen angeraten erschien, ihn nicht zu drängen oder ihm gar zu widersprechen. So ganz schlau war er aus diesem Mann nie geworden. Andererseits hatte er ihm eine gewisse Kundschaft zu verdanken, die sich für Nahkampf-Techniken interessierte. Seither waren die meisten Kurse ausgebucht. Viele Trainingsteilnehmer hatte Ollerich vermittelt und ihnen einen Job als Bleibachs Personenschützer in Aussicht gestellt. Allerdings war das Auswahlverfahren außergewöhnlich streng, sodass sich die meisten Bewerber nach ihrer Ausbildung damit begnügen mussten, anderweitig eine Beschäftigung zu suchen. Doch nach Konareks Training war die Chance groß, bei Security-Diensten, in der

Türsteher-Szene oder in der freien Wirtschaft einen Job zu finden.

Ollerich erhob sich, deutete ein Lächeln an und reichte dem Survival-Trainer zum Abschied die Hand. »Ich danke dir für deine Mitarbeit, Lars. Du hast mir und Steffen in den vergangenen Monaten sehr geholfen.« Während er sich zur Tür wandte und in seinen Mantel schlüpfte, drehte er sich aber noch einmal um: »Und irgendwann mach auch ich bei dir noch einen Kurs. Womöglich kann ich's eines Tages gebrauchen.«

Konarek tat sich zum zweiten Mal an diesem Abend schwer, eine Bemerkung Ollerichs einzustufen. »Du kannst jederzeit eine Trainingseinheit absolvieren«, sagte er routinemäßig, doch da war der Besucher bereits in die kalte Novembernacht hinausgetreten und hatte die Tür ins Schloss fallen lassen.

Er ging die paar Steinstufen zum Gehweg hinab, der feucht und schwarz vor ihm lag. Der dunkle Asphalt verschlang das Licht der Straßenlampen. Ollerich hatte seine dunkle Limousine im Anwohnerbereich einer Nebenstraße abgestellt. Dass ihm dorthin eine bullige Gestalt folgte, die im Schutz einer Hecke auf ihn gewartet hatte, nahm er zunächst nicht zur Kenntnis. Erst als er mit der Fernsteuerung die Wagentüren entriegelte und an seinem Auto die Blinkleuchten kurz zuckten, bemerkte er links hinter sich eine Bewegung. Er verlangsamte seine Schritte und zögerte. Doch noch ehe er die Autotür öffnen konnte, war die Person, deren massiger Körper sich tief schwarz von dem spärlich beleuchteten Hintergrund abhob, bereits neben ihm. »Keine Sorge, Herr Ollerich«, hörte er eine gedämpfte Männerstimme. »Ich möchte Ihnen nur etwas geben, was Sie vielleicht interessieren könnte.«

Ollerich war nicht darauf gefasst gewesen, hier, in einer

fremden Straße, mit Namen angesprochen zu werden. Er konnte die Stimme niemandem aus seinem Bekanntenkreis zuordnen. Sie klang jung und beinahe ängstlich und verriet eine gewisse Nervosität. Obwohl er sich in diesen Sekunden allergrößter Anspannung auf das Gesicht konzentrierte, das in der Dunkelheit nur aus Grauschattierungen bestand, blieb es ihm fremd.

Ein leises Klicken verriet, dass Ollerich die Autotür geöffnet hatte. Es war eine unbewusste Bewegung, mit der er sich in Sicherheit bringen wollte. Doch Augenblicke später hatte er die Kontrolle über sich wieder gewonnen. »Und, worum geht's?«, fragte er energisch zurück, um seine innere Unruhe zu verbergen und gleich gar nicht den Verdacht aufkommen zu lassen, verunsichert zu sein.

»Hier.« Der unbekannte Mann fasste in die rechte Jackentasche, was Ollerichs Ängste auf Hochtouren brachte. Messer, Pistole?, rebellierte es in seinem Kopf. Drüben auf der breiteren Straße streiften die Scheinwerfer zweier Autos vorbei. Ollerich hatte gehofft, sie würden in diese Seitenstraße einbiegen. Er fühlte sich plötzlich bedrängt und bedroht, hilf- und schutzlos.

»Nehmen Sie«, holte ihn die Stimme wieder aus der panischen Starre. Der Mann hielt ihm einen schwarzen, stiftähnlichen Gegenstand vors Gesicht. Zunächst vermutete er eine Zigarre, weshalb er nicht danach griff.

»Ich schenk's Ihnen«, wurde der Fremde verbindlicher. »Stecken Sie's ein. Es ist ein Speicherstick mit einem kleinen Video drauf.« Er hielt Ollerich noch immer den Stick hin. »Sie sollten das Ding an sich nehmen«, riet der massige Mann beinahe freundschaftlich. »Schauen Sie sich's in Ruhe an und Sie werden sich die Frage stellen müssen, wer hier eigentlich die Fäden in der Hand hält.«

Ollerich hatte Mühe, den Worten zu folgen. Wie in

Trance griff er zu dem Speicherstick und nahm ihn dem Fremden aus der Hand. »Und was hat das zu bedeuten?«

»Anschauen«, flüsterte der Mann zurück, »einfach anschauen und nachdenken. Ein Tipp: Wenn Sie mit mir in Kontakt treten wollen, empfehle ich Ihnen Facebook. Sie finden mich unter ›Friedrichrotbartvonstaufen‹.« Im Wegdrehen ergänzte er etwas lauter: »Falls Ihnen das etwas sagen sollte.« Dann ging er wortlos an der Reihe der geparkten Autos in eine der Wohnstraßen hinein. Nach einigen eiligen Schritten verlor sich seine Silhouette im diffusen Schatten der Nacht. Ollerich blieb noch für einen Augenblick stehen, spürte den Speicherstick in seiner zur Faust geballten Hand und holte tief Luft. Irgendetwas war geschehen, das nicht hätte passieren dürfen.

14

Miriam Treiber war mit ihrer Beobachtung auf dem Laptop-Monitor zufrieden. Der violette Punkt hatte offenbar das Ziel erreicht. Sie ließ dennoch den Rechner und damit die automatische Aufzeichnung der GPS-Ortung laufen, griff sich ein braunes DIN-A5-Kuvert und verließ den Raum, der mit Computern und einer Vielzahl elektronischer Geräte vollgestopft war. Displays leuchteten, Kontrolllämpchen blinkten in verschiedenen Farben und jede Menge Kabel schien ziemlich ungeordnet alles miteinander zu verbinden. Der Rollladen am Fenster blieb ganztägig geschlossen – nicht nur, weil das Tageslicht die Arbeit am Bildschirm gestört hätte, sondern vor allem aus

Sicherheitsgründen. Obwohl sich der Raum innerhalb ihrer Wohnung befand, hatte Miriam Treiber in die Tür ein besonderes Schloss einbauen lassen. Man konnte nie wissen, wer sich für ihre Elektronik, vor allem aber für das, was darauf gespeichert war, interessierte.

Sie warf sich einen Mantel über und verließ mit dem Kuvert das kleine Häuschen, das sie nach der Trennung von ihrem Mann hier, in einem schmucken Wohngebiet in Staig abseits des Illertals, angemietet hatte. Der Ort lag strategisch günstig – zum einen an der A7, die in Nord-Süd-Richtung quer durch die Republik führte, und zum anderen unweit des Elchinger Dreiecks, das die Verknüpfung zur Ost-West-Verbindung bot. Außerdem waren die Flughäfen von München, Stuttgart und Memmingen nicht weit. Sie konnte also jederzeit sehr schnell an den Brennpunkten sein.

Vor dem Haus umgab sie die feucht-kalte Luft einer unfreundlichen Novembernacht. Das waren so Momente, in denen sie sich eine Garage wünschte. Ihr schwarzer Mercedes der S-Klasse stand stattdessen nur unter einem angebauten Carport. Doch die Klimaanlage sorgte rasch für eine behagliche Wärme, während der Wagen nahezu unhörbar durch das nächtliche Wohngebiet rollte. Das Ziel, das sie ansteuerte, war ihr hinlänglich bekannt. Sie folgte der Straße nach Oberkirchberg, querte dort die Iller, um in Senden die autobahnähnliche B28 zum Hittistetter Dreieck zu nehmen. Der Nieselregen verstärkte sich, die Sichtverhältnisse wurden schlechter. Als sie die A7 erreicht hatte, bog sie in Richtung Norden ein und scherte, stark beschleunigend, sofort auf die Überholspur aus. Die PS-starke Limousine zog spielend an der endlosen Kolonne kriechender Lastwagen vorbei. Miriam genoss dieses Fahrgefühl und ging, berieselt von sanfter Radiomusik des Senders Bayern 1, in Gedanken wieder einmal ihre Aufgabe durch. Seit sie ihren Rechtsanwaltjob nur noch gelegentlich wahrnahm und sich – wie sie es oftmals zu sagen pflegte – auf ›Spezialrecherchen‹ beschränkte, hatte sie schon die verrücktesten Dinge erlebt, vor allem auch, wenn es darum ging, Ermittlungsergebnisse unauffällig und für niemanden nachvollziehbar dem Auftraggeber zukommen zu lassen. Oder auch die bisweilen fürstlichen Erfolgshonorare bar entgegenzunehmen. Diese Art der Bezahlung diente ohnehin beiden Seiten: Dem Auftraggeber, bei dem es keine Abbuchungen gab, die Spuren hinterließen, und ihr, weil die Einnahme auf diese Weise vor dem Zugriff des Finanzamts sicher war.

Es hatte allerdings auch schon Fälle gegeben, bei denen ihr die Übergabeorte nicht gerade geheuer erschienen waren. Da bot eine Raststätte an der Autobahn wesentlich mehr Sicherheit, dachte sie, als sie am Elchinger Dreieck auf die A8 Richtung München abbog. Noch fünf Minuten bis zum vereinbarten Termin. Sie würde rechtzeitig auf dem Parkplatz des Rasthauses Leipheim ankommen, das ihr für solche Treffen besonders sympathisch war.

Sie setzte den Blinker, verlangsamte das Tempo beim Einfahren in das Rasthaus-Areal und ließ die Tankstelle und den hell erleuchteten Burger-King an sich vorbeiziehen. Dann steuerte sie den Mercedes mit dem Ulmer Kennzeichen bis zum Ende der Abstellflächen. Im Kegel ihres Scheinwerfers und der Straßenlampen versuchte sie, die Seitenaufschriften der Lastwagen zu entziffern oder die Firmenlogos zu erkennen. Nichts davon war ihr vertraut. Während der Wagen vor einer Parklücke langsam zum Stillstand kam, sah sie auf die Uhr. Eine Minute zu früh.

Sie rangierte das Auto vollends an die Bordsteinkante, die den Asphalt von einer Grünfläche trennte, stellte den

Motor ab und sah in den linken Außenspiegel, um herannahende Fahrzeuge schon von Weitem zu bemerken. Doch da waren keine Scheinwerfer. Nur drüben auf der Autobahn zogen die Lichter der Fahrzeuge vorbei.

Sie tastete mit den Fingern der rechten Hand nach dem Kuvert, das auf dem Beifahrersitz lag. Bisher hatten solche Übergaben reibungslos und pünktlich geklappt. Dass es heute eine Verzögerung gab, stimmte sie nachdenklich. Von einem Stau war in den Verkehrsnachrichten nicht die Rede gewesen.

Zu den eisernen Regeln zählte es, niemals telefonischen Kontakt aufzunehmen. Sie selbst wusste am allerbesten, wie verräterisch Spuren im elektronischen Netzwerk sein konnten. Deshalb hatte sie auch ihr Handy ganz abgeschaltet, damit es keine nachvollziehbaren Geodaten beim Mobilfunkbetreiber hinterließ. Für einen Moment musste sie an das winzige Gerät denken, das sie gestern Abend an einem Auto in Neu-Ulm angebracht hatte. Wie sicher konnte sie sich eigentlich sein, dass sie nicht selbst längst Opfer einer solchen Überwachungsattacke war? Zwar warf sie gelegentlich einen prüfenden Blick unter die Kotflügel und bisweilen sogar auf den Unterboden des Autos, aber ihr war natürlich klar, dass die perfekte Tarnung dieser Apparaturen auch forschenden Blicken standhielt.

Fünf Minuten waren seit dem vereinbarten Zeitpunkt vergangen. Der starke Nieselregen hatte auf der Windschutzscheibe dicke Wasserperlen geformt, die nach gewisser Zeit, wenn sie schwer genug waren, abwärts rannen.

Gerade, als sie beschloss, noch bis 22.45 Uhr zu warten, blitzten im Rückspiegel Scheinwerfer auf. Es war eindeutig ein Lastwagen, der langsam an der Reihe geparkter Lkws entlangfuhr, ohne in einen freien Stellplatz einzuscheren.

Miriams Blick hing wie gebannt am linken Außenspiegel, in dem die Scheinwerfer größer wurden und sich die Umrisse des Lastwagens bedrohlich näherten. Sie hatte plötzlich den Eindruck, er käme viel zu weit rechts daher und würde ihren Mercedes jeden Moment streifen. Ihre innere Anspannung wuchs mit jeder Sekunde. Schon füllten die Scheinwerfer den ganzen Spiegel aus und tauchten den Innenraum des Autos und den schmalen Asphaltstreifen davor in ein grelles Licht. Es schien ihr, als vibriere ihr Sitz unter dem mächtigen Dröhnen des Dieselmotors, der neben ihr röhrte. Mittlerweile war der Lkw dem Mercedes seitlich bis auf wenige Zentimeter nahegekommen. So nahe, dass Miriam befürchtete, er würde den Rückspiegel abstreifen, in dem sie jetzt nur noch ein einziger Scheinwerfer blendete. Aussteigen oder losfahren, durchzuckte es sie. Doch der Gedanke, noch rechtzeitig die Fahrertür öffnen zu können, ließ sich schon nicht mehr realisieren. Die Zugmaschine war inzwischen auf gleicher Höhe mit ihr, das Licht der Scheinwerfer traf nicht mehr das Innere des Mercedes, sondern nur noch die leere Abstellfläche am Ende des Rasthaus-Areals. Also Flucht, nichts wie weg, raus hier, hämmerte es in ihrem Kopf. In Sekundenschnelle verwarf sie den Gedanken, den Motor zu starten und mit Vollgas davonzurasen. Denn der Fahrer brauchte nur das Steuer leicht nach rechts zu ziehen und die Zugmaschine würde dem Mercedes den Weg abschneiden und in den Grünstreifen drücken. Eine neue Idee schoss ihr durch den Kopf: Steig über die Mittelkonsole und flüchte durch die Beifahrertür. Wieder hatte sich der Lastwagen einen Meter an dem Auto vorbeigeschoben. Das rechte Vorderrad befand sich jetzt wie ein schwarzes Monster auf Höhe des Fahrersitzes. Dieselabgase drangen ins Innere.

Miriam hoffte für einen Augenblick, dass dem Lkw ein

Auto nachfolgen würde, dessen Fahrer sich den Weg nicht versperren ließe und der vielleicht ungeduldig hupte oder sich an ihm seitlich vorbeidrängte. Doch der Ton des Signalhorns wäre vermutlich ohnehin vom Dröhnen des Dieselmotors geschluckt worden.

Miriam war jetzt fest entschlossen, aus dem Mercedes zu flüchten. Sie hob ihre Beine über die Mittelkonsole, suchte im rechten Fußraum Halt und stützte sich mit den Händen auf dem Sitz und der lederbezogenen Mittelarmlehne ab, um ihr Gewicht auf den Beifahrersitz zu verlagern. Dass sie dabei auf dem Kuvert zu sitzen kam und den Inhalt möglicherweise zerknitterte, war ihr im Augenblick egal. Mittlerweile hatte sich die Zugmaschine des Lkw so weit nach vorne geschoben, dass jetzt die monströsen Zwillingsreifen der zweiten Achse das linke Seitenfenster bedrohlich ausfüllten.

Miriams Puls raste. Hatte sie sich nur etwas eingebildet? Vielleicht fuhr der Lkw nur deshalb so langsam an ihrem Wagen vorbei, weil die Zufahrt eng war. Vielleicht hatte dieses Fahrmanöver gar nichts zu bedeuten.

Noch während sie nach dem Türgriff fingerte, schwand jedoch der kleine Hoffnungsschimmer wieder und ihre schlimmsten Befürchtungen gewannen erneut die Oberhand. Denn die Zugmaschine hatte sich vor dem Mercedes leicht nach rechts bewegt und ihr somit den Fluchtweg endgültig abgeschnitten. Die Scheinwerfer strahlten nun rechts über die spärliche Grünfläche hinweg zu einem kahlen Heckenstreifen. Gleichzeitig war der Lastwagen vollends zum Stillstand gekommen.

Miriam saß für einen Augenblick wie versteinert auf dem Beifahrersitz und spürte das Kuvert mit dem leicht elastischen Inhalt unterm Gesäß. Endlich hielt sie den Türgriff umklammert, den sie auf der rechten und deshalb für sie ungewohnten Fahrzeugseite nicht auf Anhieb gefunden hatte. Gerade als sie die Tür mit einem kaum hörbaren Klicken entsicherte, warfen die beiden Scheinwerfer des Lkw kurz hintereinander einen Schatten. Miriam wurde schlagartig bewusst, dass es sich nur um eine Person handeln konnte, die vorne um den Lastwagen gegangen war. In einem Anflug von Panik und mit wilder Entschlossenheit riss sie die Tür auf und sprang aus dem Wagen. Zeitgleich war die Person, die den Schatten geworfen hatte, neben der Zugmaschine in ihr Blickfeld geraten. Ein Mann, durchzuckte es sie. Ein großer Mann. Seine Silhouette, die sich von der angestrahlten nassen Straße abhob, ließ auf einen jener Brummifahrer schließen, die sich selbst jederzeit den Weg freiräumen konnten. Typ ›Cowboy der Landstraße‹. Im Bruchteil einer Sekunde versuchte Miriam, die Situation einzuschätzen. Sie hatte dies gelernt und sie wusste sich durchaus zu verteidigen. Der Mann kam breitbeinig auf sie zu, war sicher einen Kopf größer als sie und hinterließ allein durch die Art und Weise, wie entschieden er sich bewegte, den Eindruck, eine Sache schnell und endgültig erledigen zu wollen.

Miriam fühlte sich durch diesen Anblick provoziert. Schlagartig besann sie sich all dessen, was Lars sie gelehrt hatte. Keine Ängste zeigen, keine Schwäche. Dennoch versuchen, deeskalierend zu wirken. Zu reden und zu beruhigen. Noch aber war gar nicht klar, in welcher Lage sie sich befand. Im Moment stand sie zögernd an der offenen Wagentür.

Noch fünf, sechs Schritte trennten sie von ihm. Gleich würde er vor ihr stehen. Sie war sich sicher, dass er keine Waffe trug, kein Messer, gar nichts.

Dann die sonore und kräftige Stimme: »Jetzt pass mal auf, Mädel!« Es klang zischend und gefährlich.

Allein schon diese Anrede verpasste ihr einen neuerlichen Adrenalinstoß. Jetzt erst recht, sagte ihre innere Stimme. Jetzt erst recht. Was glaubte der Kerl eigentlich, wen er vor sich hatte?

15

Enduro Ollerich war mit weichen Knien heimgefahren. Die Begegnung mit der dunklen Gestalt hatte er noch lange nicht verdaut. Er hatte in den vergangenen Wochen zwangsläufig schon viele seltsame Typen kennengelernt, aber er tat sich im Umgang mit ihnen noch immer schwer. Das war nicht sein Milieu, in dem er sich normalerweise bewegte.

Von seinem kurzen Besuch bei Konarek in Ulm konnte eigentlich niemand wissen. Und wieso war der Unbekannte nicht einfach in den Übungsraum gekommen, um ihm diesen Speicherstick zu geben?

Atemlos betrat Ollerich sein großzügig angelegtes Haus am Stadtrand von Göppingen, von wo aus er die Lichter der Stadt vor sich liegen sah. Er zog die Straßenschuhe aus, warf seinen Mantel auf einen Sessel und eilte in den Keller, der ihm als Arbeitsstätte diente. Großformatige Plakate von Bleibach klebten an den Wänden, Aktenordner füllten meterlange Regale, im Flur standen ein Kopierer und in einem kleineren Raum mehrere Computer, die größtenteils in den Standby-Modus geschaltet waren. Er zog sich den gepolsterten Bürostuhl an einen der mit Papier und Schnellheftern vollbeladenen Schreibtische und steckte den Speicherstick in einen Computer.

Mit einer Mausbewegung weckte er den dunklen Bildschirm zum Leben und rief über den Windows-Explorer den externen Datenträger auf. Sofort zeigte sich unter der Dateien-Aufstellung das Symbol für ein Video.

Ollerich verengte die Augenbrauen und zögerte einen Moment, als habe er Angst, gleich etwas Schreckliches zu sehen zu bekommen. Schließlich klickte er zwei Mal auf das Symbol, worauf ihm die Software den tonlosen Film vorspielte, der ohne Vorspanntext zu laufen begann.

Was er sah, während er nervös die Armlehnen umklammerte, war zunächst unscharf und schlecht belichtet. Er konnte es nicht zuordnen. Vermutlich war es eine Wiese, zumindest ein bewachsenes Grundstück, das aus einigen Metern Höhe aufgenommen worden zu sein schien. Der Bildausschnitt wurde langsam größer. Bäume tauchten auf, ein Gartenzaun, schließlich eine Straße, Autos und Häuser, als ginge der Kamerazoom in den Weitwinkelbereich über. Ollerich wurde klar: Das waren keine Aufnahmen von einem Turm oder einem Hubsteiger aus, sondern aus einem fliegenden Objekt. Gewiss jedoch nicht von einem Flugzeug, das so tief niemals über ein Wohngebiet hätte fliegen können.

Der senkrecht nach unten gerichtete Videoblick, wie man ihn sonst nur von Google-Earth kannte, folgte dem Straßenverlauf und bewegte sich ungefähr in Höhe der Dachtraufe der Häuser.

Ollerichs Blutdruck stieg, denn mit einem Schlag erkannte er, um welches Wohngebiet es sich handelte. Die Vorgärten waren ihm vertraut, die Sträucher, Hecken und Bäume sowie die Carports, Garagen und Wintergarten-Anbauten. Schon tauchte sein eigenes Grundstück samt dem Haus auf. Die Kamera schien jetzt in der Luft stillzustehen, als habe der Filmer dem Betrachter die Gelegenheit geben wollen, die Umgebung zu identifizieren.

Ollerich beugte sich jetzt ganz dicht an den Bildschirm heran, weil er noch immer nicht glauben wollte, was er da sah. Wenige Sekunden später vergrößerte sich der Geländeausschnitt, was darauf schließen ließ, dass die Kamera höher stieg. Immer mehr Häuser und Straßen schoben sich von den Bildrändern herein.

Ollerich wollte gerade mit einem Mausklick den Film stoppen, da brach die Aufzeichnung ab und der Monitor wurde schwarz.

Fassungslos hielt er noch immer seinen Blick darauf gerichtet, während die Gedanken in seinem Kopf wild durcheinanderwirbelten.

16

»Ich empfehle euch, die Statistik über die Partei-Austritte genau anzuschauen«, sagte Klaus Wettstein, der als parlamentarischer Staatssekretär der regierenden konservativen Partei an diesem Vormittag ein halbes Dutzend Abgeordnete um sich geschart hatte. Das Wetter in Berlin war genauso trist wie die Stimmung draußen in den Wahlkreisen.

»Vergiss nicht«, wandte eine Dame mittleren Alters ein, nachdem sie ihre Tasse Kaffee leer getrunken hatte, »der Mitgliederschwund trifft auch alle anderen.«

Wettstein, im Amt ergraut und mit reichlich Leibesfülle gesegnet, lehnte sich leicht verstimmt zurück und sah auf das Gebäude des Reichstags hinüber. »Das kann uns allenfalls trösten, aber wird uns nicht weiterhelfen«, reagierte er auf den Einwand der Parlamentarierin. Dann zögerte er kurz. »Ich würde es ja niemals öffentlich sagen, aber Tatsache ist doch, dass die Glaubwürdigkeit der Politik im Lande gegen null geht.«

»Na, na, na«, unterbrach ihn ein offensichtlich altgedienter Abgeordneter, der mit oberbayerischem Dialekt sprach. »So etwas darfst nicht verallgemeinern. Es gibt noch Landstriche in dieser Republik, in denen ein Wort noch was zählt.«

»In Bayern, na klar«, wagte der Jüngste am Konferenztisch zu höhnen.

»Ich bitte euch«, fuhr Wettstein als Vorsitzender dazwischen, »wir sind hier unter uns und sollten versuchen, den Tatsachen ins Auge zu blicken. Regierung und Opposition sind sich selten so einig gewesen wie in der Einschätzung, dass wir gemeinsam dieser neuen Form der außerparlamentarischen Opposition begegnen müssen und diesem …« Ihm wollte der Name nicht einfallen, worauf der Bayer dazwischenrief: »Diesen Revolutionsführer Bleibach meinst du doch, oder?«

Wettstein runzelte die Stirn. »Danke für den Hinweis, aber wie wir ihn nennen, ist egal. Jedenfalls zeigt er uns, dass man die Massen begeistern kann.«

»Das hat uns schon einmal einer gezeigt. Einer aus Österreich«, wandte die Frau emotionslos ein.

»Ich glaube, wir würden es uns zu leicht machen, ihn in diese Richtung abzustempeln. Bleibach ist ein ganz anderes Kaliber und trifft den Nerv der Gesellschaft. Und zwar in jeder Beziehung«, erwiderte Wettstein ebenso sachlich.

»Stammtischparolen«, polterte der Bayer und verschlang eine nach schwäbischer Art hergestellte Brezel zur Hälfte.

»Entschuldige«, wandte der Vorsitzende sofort ein, »aber

ich kann das Wort nicht mehr hören. Solange wir so tun, als ob uns die Meinung des Volkes wurscht ist, separieren wir uns immer mehr.«

»Ich denke auch«, meinte der junge Abgeordnete aus Niedersachsen, »dass sich ein Großteil der Menschen nicht mehr von uns vertreten fühlt.«

»Ach geh'«, winkte der Bayer, die Brezel kauend, verärgert ab, »was das Volk will, ist Zucht und Ordnung. Zu allererst Sicherheit und zwar innenpolitische, soziale und steuerliche.«

»Bitte, bleiben wir bei der Sache«, appellierte Wettstein, dem seine badische Herkunft anzuhören war. »Ihr wisst, Bleibachs Bewegung hat es innerhalb eines halben Jahres geschafft, in nahezu allen Landkreisen, ich wiederhole: in nahezu allen Landkreisen Ortsgruppen zu gründen.« Er nahm einen Schluck Wasser. »Und zwar Ortsgruppen mit überwiegend jungen Leuten, die laut einer repräsentativen Umfrage bis dato mit der Politik absolut noch nichts am Hut hatten. Hinzu kommen aber auch 40- bis 60-Jährige, die das, was sie mit ihrer Hände Arbeit geschaffen haben, in Gefahr sehen. Und zwar nicht nur durch die jetzige Regierungskoalition, sondern durch alle sogenannten etablierten Parteien.«

»Welch ein Glück«, meinte ein Abgeordneter aus dem Großraum Leipzig. Sein Dialekt verriet seine Herkunft. »Wenn es außerhalb der etablierten Parteien welche gäbe, die ein größeres Vertrauen genießen würden, nu, dann hätten womöglich die Radikalen von rechts und links außen längst einen großen Zulauf.«

Der Vorsitzende nickte. »Die Menschen im Lande suchen Halt und Vertrauen bei einer Gruppierung, die sozusagen unbefleckt ist. Bei Personen, denen sie einen neuen Anfang dieser Demokratie zutrauen.«

»Eine Revolution eben«, meinte der Bayer und grinste dem Vorsitzenden zu. Der wiederum griff den Gedanken auf und formulierte es vorsichtig: »Revolutionen sollte man im Keim ersticken, bevor sie in einen Umsturz ausarten.«

»Hört, hört«, merkte der Bayer an.

»Unsere Aufgabe muss es sein«, fuhr der Vorsitzende unbeirrt fort, als wolle er ein knappes Resümee ziehen, »den Massen klarzumachen, dass unser Wertesystem alternativlos ist. Ich betone: Alternativlos. Ein Wort, das sich inzwischen eingeprägt hat. Wir müssen die Botschaft rüberbringen, dass alles, was dieses System aus dem Gleichgewicht bringt, jedem Einzelnen schadet. Bleibachs Parolen würden nicht das Wohlergehen der Menschen verbessern, sondern den Lebensstandard auf einem sehr niedrigen Niveau einfrieren.«

Der junge Mann aus Niedersachsen, der als Einziger statt einer Krawatte ein T-Shirt unter dem Hemd trug, zeigte sich davon wenig erbaut: »Um ehrlich zu sein, ich hätt' jetzt ein sehr ungutes Gefühl, in Lüneburg auf dem Marktplatz zu stehen und so etwas den Menschen zu sagen.«

Der Bayer winkte verärgert ab. »Mit g'studiertem G'schwätz natürlich nicht. Überzeugen musst du, überzeugen! Hinstell'n, wie a g'stand'nes Mannsbild und den Leut'n sag'n, es geht euch zwar beschissen, aber immer noch gut genug.«

Der junge Abgeordnete hielt jeden Widerspruch für zwecklos, beschloss aber, sich nicht dem Klüngelkreis der Abgeordneten unterzuordnen, dem schon viele Nachwuchspolitiker erlegen waren. Während seiner kurzen Amtszeit hatte er oft genug erlebt, welche Diskrepanz sich zwischen den schönen Reden in den Wahlkreisen und den einstimmig gefassten Beschlüssen in Berlin auftat.

»Alois hat recht«, gab sich Wettstein zurückhaltend und um Sachlichkeit bemüht, »wir alle haben mal lernen müssen, dass es Dinge gibt, die man im Interesse des Ganzen nicht an die große Glocke hängen sollte. In einer Gesellschaft treten so viele unterschiedliche Gruppen auf, die man niemals unter einen Hut bringen kann.«

Er blätterte in seinen Unterlagen und suchte nach den Notizen, die er sich gestern beim Gespräch mit den Vertretern der anderen Fraktionen gemacht hatte. »Wie ich bereits angedeutet habe, herrscht über die Parteigrenzen hinweg Einigkeit, dass Handlungsbedarf besteht. Jetzt in der Vorweihnachtszeit erscheint es auch den anderen sinnvoll zu sein, zunächst noch Ruhe zu bewahren.«

»Sie wollen den Weihnachtsfrieden nicht stören«, kommentierte der Bayer süffisant.

»Ich denke, dass intern die Weichen richtig gestellt sind«, gab Wettstein ebenso spitz zurück.

»Aber Bleibach gönnt sich ganz sicher keine Weihnachtspause«, stellte der junge Politiker aus Niedersachsen fest.

»Wenn man seinen Tourneeplan im Internet ansieht, nicht – da hast du recht«, räumte der Vorsitzende ein. »Außerdem geht er demnächst zu einigen Talkshows ins Fernsehen.«

Die Dame schaltete sich wieder ins Gespräch ein. »Immerhin behandeln die Journalisten das Thema Bleibach ziemlich kritisch.«

Wettstein nickte zufrieden. »Die Mainstream-Medien haben, Gott sei Dank, die Linie vorgegeben.« Er wusste aus Erfahrung, wie wichtig die rechtzeitigen Veröffentlichungen und Kommentare großer Medien waren, an denen sich dann all die anderen orientierten. Vergleichbar mit einem Kunstwerk, das niemand mehr als Schwachsinn abtun konnte, wenn es einmal im Feuilleton der Süddeutschen Zeitung hochgelobt worden war. Dieser Mechanismus funktionierte längst auch bei der politischen Berichterstattung, ohne dass dazu staatliche Eingriffe oder gar eine Zensur notwendig wären. Überhaupt, so schien es Wettstein, gab es im Journalismus seit einigen Jahren eine Grundhaltung, die politischen Außenseitern – und mochten sie noch so ungefährlich sein – keine Chance ließ. Dasselbe galt auch bei Themen aus der Theologie oder Grenzbereichen der Wissenschaft. Sobald etwas von der großen Linie abwich, der alle folgten, wurde es mit Arroganz in seltener Einigkeit verächtlich gemacht. Und wer es wagte, sich trotzdem damit zu befassen, kam sich vor, als fiele eine Horde von Bestien über ihn her, die ihn innerhalb kürzester Zeit mundtot machten.

»So lange uns die Medien einigermaßen gewogen bleiben«, so setzte Wettstein seine Gedankengänge in Worte um, »haben wir ein gutes Fundament.«

»Trotzdem darf es nicht bei Statements und Presseerklärungen bleiben«, forderte jetzt ein Abgeordneter, der, wie einige andere am Tisch, bisher den Gesprächen kommentarlos gefolgt war. »Unsere Kreis- und Landesverbände erwarten energisches Handeln.« Sein Akzent ließ unschwer vermuten, dass er aus dem Ruhrpott kam.

»Wie ich schon sagte«, entgegnete ihm Wettstein, »du kannst davon ausgehen, dass die Weichen bis zum Jahreswechsel richtig gestellt sind.«

»Wir müssen schauen«, fuhr der Bayer dazwischen, »dass wir einige Maulwürfe in diese Organisation reinkriegen.« Er überlegte kurz und griff nach einer zweiten Brezel. »Ich will ja net sagen, ›Saboteure‹, aber zumindest ein paar V-Leute für uns.«

»'n poor Spitzl«, sächselte der Mann aus dem Raum

Leipzig und lächelte vielsagend, um es selbstironisch klingen zu lassen. Immerhin wurde er auch in diesem Kreis regelmäßig mit der DDR-Vergangenheit gehänselt, obwohl er zum Zeitpunkt der politischen Wende gerade mal 16 gewesen war.

»Ihr dürft mir glauben«, beschloss der Vorsitzende die Konferenz, »es wird uns gelingen, diesen Bleibach auszuschalten.«

»Ausschalten?«, fragte der Niedersachse irritiert. »Du meinst, politisch mundtot zu machen – oder wie soll ich das sonst verstehen?«

Er bekam keine Antwort.

17

»›Wer Wind sät, wird Sturm ernten‹«, zitierte Häberle sinngemäß aus der Bibel. »Und das andere Zitat heißt: ›Herr, vergib ihnen, denn sie wissen nicht, was sie tun‹.«

Der bärtige Mann mit dem dünnen, grauen Haar nickte nachdenklich. »Ein frommer Mensch womöglich.« Gemeint war der Verfasser des anonymen Drohbriefes, den man nach dem Musical in der Göppinger Stadthalle in der Garderobe in einer Jacke gefunden hatte.

Kommissar August Häberle hatte den Regisseur dieser Aufführung behutsam mit den Geschehnissen vertraut gemacht. Doch Rüdiger Patzold, der einige Semester Theaterwissenschaften studiert hatte, jetzt jedoch als Pädagoge arbeitete und mehrere Laientheater leitete, blieb gelassen. »Es war eine Aufführung für Schüler und deren Angehörige«, kam er auf das Musical zu sprechen.

»Halten Sie es nicht für denkbar, dass sich jemand einen Streich erlaubt hat? Einen Bubenstreich?« Sie saßen sich im rustikal eingerichteten Büro des Regisseurs gegenüber. Das ziemlich abgewohnte Mobiliar ließ keine einheitliche Stilrichtung erkennen und war offenbar lediglich nach Zweckmäßigkeit ausgewählt worden. Moderne Gerätschaften, wie ein Laptop und ein Drucker, wirkten zwischen den prall mit Büchern gefüllten Regalen wie Fremdkörper.

»Glauben Sie, ein paar dumme Buben kämen auf die Idee, ihre Meinung mit Bibelzitaten kundzutun?«, gab sich Häberle skeptisch und musterte den Mann, den er auf Anfang 60 schätzte. Ein Künstlertyp wie aus dem Bilderbuch, dachte er und überlegte, wie häufig es doch vorkam, dass man mit ein bisschen Menschenkenntnis vom Äußeren auf die Tätigkeit einer Person schließen konnte.

Patzold zuckte mit den Schultern, deren Ausmaße es durchaus mit jenen Häberles aufnehmen konnten. »Die heutige Jugend ist anders, als wir es in diesem Alter waren«, meinte er. »Außerdem gibt es nicht nur solche jungen Leute, mit denen Sie's womöglich oftmals dienstlich zu tun haben.« Er verzog sein rundliches Gesicht zu einem Grinsen.

»Da gebe ich Ihnen recht«, erwiderte Häberle. »Die Jugend ist nicht nur schlecht und dumm. Was uns alle beschäftigt, ist eine Minderheit, die an Dummheit nicht zu übertreffen ist und deshalb aus der Masse der Normalen herausragt und den Eindruck erweckt, alle seien so.«

»Das haben Sie jetzt aber treffend gesagt, Herr Kommissar. Trotzdem wird es Sie nicht weiterbringen, wenn Sie wissen wollen, wer unser Musical dazu missbraucht, politische Drohungen auszustoßen. Die Jugend ist in ihrer Mehrzahl gescheiter, als wir denken, Herr Häberle. Zumindest jene Jugend, die sich für Kultur interessiert – für gehobene Kultur, meine ich.«

»Sie halten es also für völlig ausgeschlossen, dass irgendein politisches Motiv dahinterstecken könnte? Ich meine, Bleibach wohnt in Hohenstaufen – und er plant für kommendes Frühjahr offenbar eine Riesenkundgebung da oben.«

»Und dann hängt irgendjemand, wie Sie sagen, einen Mantel mit einem Kuvert in die Garderobe, um die ganze Bleibach-Clique zu beunruhigen. Oder wie soll ich das verstehen? Wenn jemand es auf diesen modernen Rattenfänger abgesehen hat, warum erschießt er ihn dann nicht? Dafür findet sich doch heutzutage sicher ein Killer. Für ein paar Hundert Euro. Einer aus Kasachstan oder so. Kommt her, erledigt seinen Job, und bevor Ihresgleichen auch nur das Geringste unternehmen können, ist der Kerl wieder weg. So liest man das doch in den Zeitungen. Oder entstammt dies alles den kranken Hirnen irgendwelcher Journalisten?«

Häberle wollte nicht darauf eingehen. Stattdessen gab er zu bedenken: »Es gibt in der Tat Kreise, in denen jemand Unruhe stiften will. Deshalb ganz konkret die Frage: Sie kennen ja alle Ihre Mitspieler. Das sind ja hauptsächlich Schüler, Jugendliche, junge Erwachsene. Würde Ihnen denn auf Anhieb einer oder eine davon einfallen, der oder die sich mal in Richtung Bleibach geäußert hat – wie auch immer. Oder jemand, der das Musical über den Barbarossa in irgendeinen Zusammenhang mit Bleibach gebracht hat?«

»Aber ich bitte Sie«, gab sich Patzold entrüstet, »wenn wir uns treffen, geht es um die Inszenierung, um den Auftritt, um das Musical. Und außerdem dürfen Sie mir glauben: Die jungen Leute, die sich hier engagieren, die dies hobbymäßig machen und viel Zeit dafür investieren, hecken garantiert keine wie auch immer geartete Attacke gegen Bleibach aus. Wenn Sie einen solchen Personenkreis suchen, müssen Sie sich im Sumpf umhören – bei denen, die sich nächtelang Wodka oder anderen Alkohol reinkippen und mit dröhnendem Lautsprecher-Getöse, das manche Kreise Musik nennen, und mit pubertärem Imponiergehabe in der Gegend rumlungern.«

Häberle konnte sehr wohl nachvollziehen, was der Mann meinte. »Auch über Hobbys hat man nicht gesprochen?«, kam er wieder auf sein ursprüngliches Anliegen zurück.

»Gesprochen nicht direkt. Ich weiß von den Jungs und Mädels nicht mehr, als was man so gelegentlich und gesprächsweise mitkriegt.«

»Und was haben Sie gesprächsweise mitgekriegt?«

»Sie wollen doch aus so was keine Schlüsse ziehen?«, versuchte Patzold auszuweichen. Häberle verwies darauf, dass oftmals scheinbar belanglose Kleinigkeiten der Schlüssel zum Ermittlungserfolg sein konnten. Doch sein Gegenüber schien davon nicht allzu viel zu halten. »Ich denke, wir müssen uns alle davor hüten, leichtfertig Rückschlüsse zu ziehen.«

Gerade noch, so dachte Häberle, hatte sich der Mann sehr kritisch über Jugendliche geäußert, die nur auf der Straße herumhingen, und jetzt wollte er das Freizeitverhalten in keinem Zusammenhang mit anderen Aktivitäten sehen. Vermutlich hatte er als Künstler eine ganz andere Lebensauffassung als ein erfahrener und altgedienter Kriminalist wie er, Häberle, einer war.

»Ihnen ist also nichts aufgefallen«, resümierte Häberle deshalb leicht gereizt.

»Wissen Sie, Herr Kommissar, wenn ich Ihnen jetzt sage, dass ein Junge damit geprahlt hat, ein Nahkampftraining absolviert zu haben, dann würden Sie augenblicklich hellhörig und könnten daraus schlussfolgern, dass es sich um einen Rowdy handelt, dem ohnehin alles zuzutrauen wäre. Nein, nein, Herr Häberle, so einfach läuft das nicht.«

Der Ermittler überlegte einen kurzen Augenblick, ob er es riskieren konnte, eine weitere Frage zu stellen, ohne dass der Mann noch abweisender reagieren würde. »Es gibt also einen solchen Jungen«, stellte er zögernd fest.

»Sehen Sie, ich wusste es. Schon glauben Sie, eine Spur zu haben, an die Sie sich klammern können.«

Häberle lehnte sich zurück und verschränkte die Arme. »Jeder macht seinen Job, so gut er kann«, blieb er gelassen. »Und jeder ist auf das Verständnis des jeweils anderen angewiesen.« Er holte tief Luft. »Und wenn Sie mir jetzt den Namen sagen, dann erfährt niemand – und ich versichere es Ihnen –, es erfährt niemand etwas davon, dass ich ihn von Ihnen habe.«

Patzold sah ein paar Sekunden aus dem Fenster. »Okay«, gab er sich seufzend geschlagen, »wenn's der Gerechtigkeit dient. Er heißt Boris. Boris Seifried. Und ist eigentlich gar kein Schüler des Gymnasiums.«

18

Ollerich hatte schlecht geschlafen. Er versuchte bereits zum dritten Mal, Miriam zu erreichen. Eigentlich hatte sie um die Mittagszeit zu ihm kommen wollen, um die grafische Gestaltung des Plakats zu besprechen, das im Frühjahr für die Großkundgebung werben sollte. Außerdem war eine Reihe von weiteren Maßnahmen geplant. An den Plakatwänden in der ganzen Republik sollte Bleibach in den Frühjahrswochen überlebensgroß zu sehen sein. Eine aufwendige und teure Aktion, wie sie alle wussten. Doch jetzt galt es, überall massiv und mit aller Kraft und Energie in Erscheinung zu treten. Aus den Ortsverbänden flossen inzwischen reichlich Spendengelder. Wie es schien, kamen sie aus allen Bevölkerungsschichten, insbesondere aber aus dem Mittelstand. Und die Ortsverbände meldeten auch eine Vielzahl von kleinen Spenden, die sich enorm summierten und die vermuten ließen, dass gerade der sogenannte ›kleine Mann‹ Bleibachs Ideen unterstützen wollte. Die Zahl der E-mails stieg täglich und erforderte inzwischen im ganzen Land ehrenamtliche Helfer, die sich dieser Schreiben annahmen, denn kein einziges – so hatte Bleibach angeordnet – durfte unbeantwortet bleiben. Es gab unzählige Wünsche nach Autogrammkarten, als sei Bleibach ein Popstar.

Ollerich holte tief Luft und sah über die Dächer von Göppingen hinweg. Dann drückte er die Kurzwahltaste für Lars Konarek, doch auch der meldete sich nicht. Langsam beschlich ihn eine innere Unruhe, denn Miriam war noch nie unpünktlich gewesen. Jetzt aber war sie schon seit mehr als einer halben Stunde überfällig. Er unternahm einen letzten Versuch in ihrer Kanzlei in Ulm. Doch die Sekretärin, die sie dort beschäftigte, war ebenfalls ratlos. »Frau Treiber hat sich seit gestern nicht mehr gemeldet«, säuselte die Frauenstimme bedauernd.

Ollerich überlegte, ob er diese Frage stellen sollte, und entschied sich dann dafür: »Hatte sie denn gestern oder heute Vormittag einen Termin?«

»Nicht, dass ich wüsste, aber Frau Treiber schreibt nicht alles in den mir zugänglichen Terminkalender rein.«

Ollerich bedankte sich, legte auf und tippte eine weitere Nummer in das Gerät.

19

August Häberle war wieder ins Büro zurückgekehrt und notierte sich den Namen dieses Gymnasiasten, der sich offenbar für Nahkampf-Techniken interessierte. Ungewöhnlich war dies nicht. Oft schon hatte er gehört, dass sich künstlerisch begabte junge Leute für extreme Sportarten begeisterten. Nein, eine Spur war das nicht, sagte Häberles innere Stimme. Eine Spur? Wohin auch? Mehr als eine dubiose Botschaft lag schließlich nicht vor. Ginge es nicht um Bleibach, hätte wahrscheinlich kein Hahn danach gekräht. Doch weil ein sensibler politischer Bereich betroffen war, liefen die Herrschaften in den oberen Etagen – bis hinauf ins Innenministerium – wie aufgescheuchte Hühner herum. Jedenfalls empfand es Häberle so und grinste in sich hinein, als ihn die elektronischen Töne seines Telefons aus den Gedanken rissen.

Es war ein alter Kollege der Kriminalinspektion Neu-Ulm. Der Name Josef Gundelhuber weckte bei Häberle sofort Erinnerungen an gemeinsame Zeiten bei der Bereitschaftspolizei. Dort hatten sie beide ihre Ausbildung absolviert, sich dann aber immer mal wieder längere Zeit aus den Augen verloren.

»Ja Mensch, Sepp«, begrüßte ihn Häberle, worauf beide sich erst einmal erfreut darüber zeigten, wieder miteinander reden zu können. Nachdem sie sich einige kurze Episoden aus längst vergangenen Zeiten erzählt hatten, meinte Häberle: »Aber wenn du anrufst, Sepp, dann hast du sicher irgendeine Geschichte, die in unser Gäu reinspielt.«

»So könnte man sagen, August. Aber wahrscheinlich nicht von einem Kaliber, mit dem du's normalerweise zu tun hast. Aber nachdem wir uns kennen, hab ich gedacht, ich ruf dich direkt an.«

»Auch kleine Geschichten können sich entwickeln, das wissen wir beide gut genug.«

»Okay, August, pass mal auf. Wir hatten da vergangene Nacht eine komische Geschichte am Autobahn-Rasthaus Leipheim. Irgendeine dubiose Prügelei oder so was. Jedenfalls hat man kurz vor Mitternacht einen Lkw-Fahrer schwer verletzt neben seinem Sattelzug aufgefunden. Er ist inzwischen wieder ansprechbar, aber kann sich angeblich an nichts erinnern.«

»Und der Kerl ist aus Göppingen«, konstatierte Häberle.

»Fast, August, fast. Aus dem Kreis Göppingen. Genauer gesagt, aus Aichelberg.«

»Na, gerade an der Landkreisgrenze«, brummte Häberle.

»Schön für dich. Vielleicht könnt ihr mal herausfinden, was das für ein Kerl ist. Jens Seifried, 44 Jahre alt.« Häberle fühlte sich wie von einem Donnerschlag getroffen.

»Wie bitte?«, entfuhr es ihm.

Der Kollege aus Neu-Ulm blieb ruhig und gab Personalien und Anschrift durch und fügte an: »Seine Ehefrau wurde noch vergangene Nacht verständigt.«

Häberle hatte mitgeschrieben. »Du sagtest: ›Seifried‹, hab' ich das richtig verstanden?«

»Korrekt. Ich buchstabiere: Siegfried, Emil, Ida, Friedrich, Richard, Ida, Emil, Dora. Alles klar?«

Häberle entschied, seine Verwunderung für sich zu behalten.

»Ach ja, da ist noch etwas«, ergänzte sein Kollege. »Er fährt für die Spedition Graumann und Hinz in Geislingen, und das könnte euch vielleicht noch interessieren.« Er legte eine kurze Pause ein, während Häberle seinen Kugelschreiber beiseite legte. »Die Fracht bestand aus Stückgut und war für mehrere Adressaten in München bestimmt. Darunter einige Paletten mit Prospekten von eurem Bleibach.«

»Ach«, staunte Häberle. Doch sein Kollege fuhr fort: »Ja, drei Tonnen Prospekte und 250 Plakatständer. Das sind so Dinger, die man an Straßenlampen und Verkehrsschilder stellen kann. Auch von eurem Bleibach.«

»Sag nicht immer ›euer Bleibach‹«, entgegnete Häberle mit gespielter Verärgerung. »Der wohnt zwar hier bei uns, aber du musst zugeben, dass er inzwischen der Liebling von ganz Deutschland ist.«

»Jetzt wart's nur erst mal ab«, gab ihm der Kollege mit dem leicht bayerischen Zungenschlag zurück. »Wer hoch fliegt, stürzt tief ab.«

Häberle spürte, dass er in der Einschätzung Bleibachs nicht auf einer Linie mit Gundelhuber lag. Aber er mochte sich jetzt auf keine tiefschürfende Diskussion einlassen. Stattdessen wollte er wieder auf das eigentliche Thema zurückkommen, denn sein Interesse daran war in den vergangenen Sekunden deutlich gestiegen. »Und Spuren zu der Prügelei heute Nacht gibt's keine?«, fragte er.

»Nein, wir haben schon heut früh die Überwachungskameras der Rasthaustankstelle ausgewertet. Man sieht da diesen Lastwagen an der Tankstelle vorbei zum Parkplatz fahren, was Rückschlüsse auf die mögliche Tatzeit zulässt. Um 22.37 Uhr ist der Sattelzug kurz im Bild zu sehen.«

»Und andere Fahrzeuge?«

»Ein paar Pkw sind schon vor ihm reingefahren und einige nach ihm. Kennzeichen sind aber nicht zu erkennen, teilweise nicht mal die Farbe der Fahrzeuge. Und von den meisten auch nicht der Typ. Irgendwelche Kleinwagen meist. Das wird uns nicht viel bringen.«

»Und ein Handy?«

»Haben wir im Führerhaus sichergestellt. Es wurde aber gestern kein einziges Gespräch geführt. Auch kein SMS oder so etwas verschickt.« Kurze Pause. »Ach, da ist noch etwas, fällt mir gerade ein. Seine Frau hat berichtet, sie wundere sich, dass sich ihr Mann einfach so niederschlagen ließ. Er soll noch vor Kurzem an einem Selbstverteidigungskurs teilgenommen haben. Bei einem Spezialisten in Ulm.«

»Hast du die Ulmer Kollegen schon darauf angesetzt?«

»Nein. Was soll's auch, August? Sein Trainer wird ihn ja nicht k.o. geschlagen haben.«

»Name?«, blieb Häberle hartnäckig.

»Warte.« Es dauerte ein paar Sekunden, bis Gundelhuber seine Aufzeichnungen durchgeblättert hatte. »Er heißt Konarek. Lars Konarek.«

Häberle meinte, den Namen irgendwann schon einmal gehört zu haben.

20

Joanna Malinowska war an diesem Tag nach München gefahren, um ein Sondierungsgespräch mit einem Gewerkschaftsvertreter zu führen. Im Vordergrund sollte die Ausarbeitung eines neuen Manteltarifvertrags in mittelständischen Handwerksbetrieben stehen. Doch die groß gewachsene Blondine wollte auch die Gelegenheit wahrnehmen, die allgemeine politische Situation im Land anzusprechen. Ihr Gesprächspartner, ein gutgekleideter älterer Herr mit grauen Schläfen, hatte ihr in dem Konferenzraum in der obersten Etage eines Geschäftshauses in der Kaufingerstraße einen Kaffee angeboten. Wie erwartet, verlief das Gespräch mit dem Gewerkschaftsfunktionär, der schon vor Jahren in seinen bayerischen Landesverband aufgestiegen war, eher zäh. Es kam selten vor, dass es Joanna nicht gelang, mit ihrem weiblichen Charme das Eis zu brechen. Aber dieser Mann, den sie auf Mitte 60 schätzte, war gleich zu Beginn auf Distanz gegangen und hatte bei allem, was er sagte, unmissverständlich durchblicken lassen, dass es zwischen seinen Ansichten und denen der Arbeitgeber eine erhebliche Diskrepanz gab. Dieser Mann, der sich als Ferdinand Gutwein vorgestellt hatte, verkörperte noch den Typ Gewerkschafter, wie man ihn heute kaum noch fand. Vermutlich, so dachte die Frau, war er zu seinen besten Zeiten mit dem Megaphon in der Hand vor Werkstoren gestanden und hatte Tausende frustrierte Arbeiter auf den Kampf gegen das Kapital eingeschworen. Inzwischen jedoch waren auch bei der Gewerkschaft die Töne leiser und die Kampfbereitschaft ihrer Mitglieder durch Androhung von Repressalien in den Betrieben kleiner geworden.

»Wissen Sie«, begann der Mann plötzlich das Thema in eine Richtung zu lenken, wie eigentlich sie es hatte tun wollen. »Ich habe ja vollstes Verständnis dafür, dass man in Ihren Kreisen nicht freiwillig ein größeres Stück von der Torte abgeben möchte, die Ihnen von anderen Menschen beschert wird. Aber es werden Zeiten kommen, liebe Frau Malinowska«, er hatte das ›liebe‹ nicht gerade freundlich betont, »es werden Zeiten kommen, ja, es werden Zeiten kommen, die ein Umdenken erzwingen, egal, ob das gewünscht ist oder nicht.«

Sie sah die Gelegenheit gekommen, auf die sie gewartet hatte. »Ich weiß, auf wen Sie anspielen, Herr Gutwein. Bleibach.« Sie lächelte überlegen und lehnte sich zurück. Ihr Blick fiel durch die grob gewebten Vorhänge hinaus in den trüben Novembertag, wo die Türme der Frauenkirche in den Nebel ragten.

»Bleibach, ja. Er ist der Anfang. Und er steht für die Unzufriedenheit aller Menschen im Land. Von Füssen bis Flensburg. Das dürfen Sie mir glauben.«

»Dass Sie das alles gutheißen, ist mir klar. Doch die, die sich um diese Demokratie und die gewachsenen Strukturen sorgen, sehen es deutlich differenzierter.«

»Mein Gott!«, brauste der Gewerkschafter unerwartet auf und beugte sich mit dem Oberkörper nach vorne, sodass seine Krawatte zwischen ihm und der Tischkante eingeklemmt wurde. »Was sollen wir denn noch *differenzierter* sehen? Da gibt es nichts *differenzierter* zu sehen, liebe Frau Malinowska. Viel zu lange haben uns die Politiker in diesem Lande eingeredet, wir müssten alles *differenzierter* sehen, globaler, vernetzter. Vor allem im Interesse der Wirtschaft und des Wohlstands, den wir nur hätten, wenn sich das arbeitende Volk zurückhält und kuscht, malocht, sich abrackert und mobben lässt.« Seine Stimme war kräftig, vermutlich hat er früher bei den Demos gar kein Megaphon gebraucht, dachte die Frau.

»Denken Sie an die Krise 2008/2009«, fuhr Gutwein fort, »wer hat sie denn produziert, wer hat sie denn verantwortet? Doch nicht der arme Hund an der Maschine und am Fließband. Aber genau der wurde dafür abgezockt – von einer Regierung, die Ihnen und Ihresgleichen *alle* Annehmlichkeiten beschert. *Alle*!« Seine Stimme erfüllte jetzt den Raum. »Denken Sie nur, was vor gerade mal sechs Wochen gelaufen ist, wie schnell die Kanzlerin umgekippt ist, als es um die Verlängerung der Laufzeiten für Kernkraftwerke gegangen ist. Erinnern Sie sich? Kaum hatten die Monopolisten und Großkonzerne gedroht, alle Kernkraftwerke abschalten zu wollen und die Zivilisation damit angeblich ins Bodenlose stürzen zu lassen, da haben sich die Mundwinkel der Kanzlerin noch weiter gesenkt – und schließlich war sie so weichgekocht, dass sie felsenfest davon überzeugt war, die Kernkraftwerke seien so sicher, dass sie locker noch acht oder zwölf oder noch mehr Jahre am Netz bleiben könnten. Das war ein doppelter Salto rückwärts plus Purzelbaum.« Gutwein holte tief Luft und spürte, wie sein Blutdruck gestiegen war. »Wäre die Kanzlerin auch nur ein einziges Mal so vor den Forderungen der Gewerkschaft eingeknickt wie jetzt, wären wir ein gutes Stück weiter.« Er holte erneut tief Luft. Sein ganzes Gesicht war jetzt rot angelaufen.

Joanna Malinowska gefiel Gutweins emotionaler Ausbruch. Solche Momente ließen auf die innerste Überzeugung eines Menschen schließen. »Sehen Sie nicht die Gefahr, dass Bleibach ein Populist ist, der mit den Gefühlen der Menschen spielt, ohne wirkliche Lösungen zu haben?«

»Ach was, Frau Malinowska. Kommen Sie mir doch

nicht mit so was daher.« Er schob seine leere Kaffeetasse von sich weg. »Sobald hier jemand etwas gegen die vorherrschende Meinung sagt, wird ihm mit dem Untergang des Abendlandes gedroht. Sagen Sie doch ruhig, was Sie denken! Bleibach ist ein Kommunist, denken Sie. Stimmt's?« Er wartete keine Antwort ab. »Diese Ängste werden sofort geschürt, sobald jemand aus der bequemen Mitte abweicht, in der sich's inzwischen doch alle gemütlich gemacht haben. Der eine ein bisschen links von der Mitte, der andere ein bisschen rechts davon. Aber ja nicht weit vom Mittelpunkt entfernt. So sieht's doch aus, Frau Malinowska. Alle drängen sich um den Fressnapf der Macht.«

»Sie werden verstehen, dass ich diesem Vergleich nicht zustimmen kann«, entgegnete sie kühl.

»Daran hab' ich zu keiner Sekunde gezweifelt. Und mir ist auch klar ...«, er sah ihr tief in die blau-kalten Augen, »... um Bleibach rum sind Kräfte am Werk, die alles daransetzen werden, ihn kaltzustellen.«

Sie verzog ihr Gesicht zu einem überlegenen Lächeln, schwieg aber.

»Und ich befürchte«, fuhr Gutwein fort, »›kaltstellen‹ ist noch harmlos ausgedrückt. Wenn für manche so viel auf dem Spiel steht, wie es derzeit den Anschein hat, werden alle Kräfte mobilisiert.« Keiner der beiden wich dem Blick des anderen aus. Gutwein gab sich kämpferisch: »Alle Kräfte«, wiederholte er energisch, um noch hinzuzufügen, »und alle Waffen.«

21

Im australischen Coober Pedy war es bereits später Abend und die brütende Hitze des Tages hatte sich in den klaren Himmel verflüchtigt. Maximilian Greenman öffnete die Fenster seines Appartements und sog die noch immer laue Luft ein, die ihm aber nach den Tagestemperaturen geradezu erfrischend vorkam. Messerscharf zeichnete sich über der kleinen Stadt der Sternenhimmel ab, der im Vergleich zu europäischen Ballungsgebieten ungewöhnlich klar erschien. Nichts trübte hier die Atmosphäre, und das wenige Streulicht der Straßenlampen ließ der Nacht ihren Zauber. Greenman trank eiskalten Orangensaft und sah zu den Sternen hinauf. Wie oft schon war er in den vergangenen Wochen und Monaten so dagestanden und hatte von dieser Frau geträumt, die all sein Tun und Planen beherrschte. Obwohl sie Tausende Kilometer trennten, spürte er eine nie zuvor gekannte emotionale Bindung. Manchmal, wenn er so dastand und diese Nächte im Outback auf sich wirken ließ, wurde ihm bewusst, dass sie beide nie zur selben Zeit die Sterne sehen konnten. Die Zeitdifferenz war viel zu groß. Und außerdem, das wusste er, präsentierte sich der Sternenhimmel je nach Beobachtungsort von der Erde aus ohnehin ganz unterschiedlich.

Doch jetzt hatte für ihn dies alles seinen Glanz verloren. Ein einziger Anruf, ein paar Worte nur, und nichts mehr war so wie vorher. Er fühlte sich schlapp und erschlagen. Seit sie ihn dringend gebeten hatte, vorläufig keinen Kontakt mehr mit ihr aufzunehmen, kreisten seine Gedanken nur um die Frage, was geschehen sein könnte. Ihre Worte und ihre Stimme hatten sich drängend angehört, ängstlich. Jedenfalls waren sie ihm so in Erinnerung geblieben. Er versuchte, sich ihrer Formulierungen zu entsinnen. Aber er war bei dem kurzen Gespräch viel zu aufgeregt gewesen, um sich Details merken zu können.

In seinem Kopf mischte sich Besorgnis mit der Erinnerung an die vielen traumhaften Stunden, die sie gemeinsam verbracht hatten. Es war ihm, als sei jede einzelne Sekunde davon für immer in sein Gedächtnis eingebrannt.

Gedankenversunken kam er an seinen Schreibtisch zurück, auf dem ein alter Ventilator die warme Luft im Raum in Bewegung hielt und einige lose herumliegende Blätter zum Flattern brachte. Greenman ließ sich in den Bürosessel fallen und begann, einige Briefe zu sichten, die er aus seiner Postbox vor seinem Grundstück geholt hatte. Nichts Bedeutendes, stellte er auf den ersten Blick fest. Irgendwelche großformatigen Werbesendungen und zwei Handwerkerschreiben, die vermutlich Rechnungen enthielten. Greenman war nicht in Stimmung, sich jetzt damit zu befassen. Als er die oberflächlich gesichtete Post lustlos in das Sortierkörbchen warf, hielt er inne. Denn da war noch ein kleines Kuvert dazwischen gewesen, das ihm jetzt wegen der hellblauen Farbe ins Auge stach. Er fischte es aus den aufgeschichteten Papieren heraus. Die Adresse war handschriftlich geschrieben worden, die Briefmarke stammte aus Deutschland. Er drehte das Kuvert um, doch es gab keinen Absender.

Greenman fühlte sich mit einem Schlag hellwach. Die Schrift kam ihm bekannt vor. Er schlitzte das Kuvert mit der Schere auf und zog ein hellblaues, zusammengefaltetes Blatt Papier heraus. »Mein lieber Max«, las er und erkannte sofort, dass ihm die Frau geschrieben hatte, die all seine Gefühle beherrschte, »bitte verzeih mir, dass ich dich nicht mehr anrufe. Dies hat nichts damit zu tun, dass sich an meinen tiefen Gefühlen, die ich für dich empfinde, etwas geändert hat. Ganz im Gegenteil. Ich hab dich unendlich lieb und freue mich, dich bald zu sehen. Und dies könnte früher geschehen, als du denkst. Grüß dich, mein lieber Schatz, und mach dir nicht allzu viele unnötige Gedanken. Ich denke an dich, wenn bei mir die Sterne am Himmel stehen und dir die Sonne scheint. Ich liebe dich.«

Auch da kein Name, kein Absender.

Greenmans Herz schlug bis zum Hals. Er las die Zeilen noch einmal. Vor allem ein Satz prägte sich ihm sofort ein: »Und dies könnte früher geschehen, als du denkst.« Diese wenigen Worte erschienen ihm wie ein rettender Anker, an den er sich bei all den ungeklärten Fragen, die ihn seit Kurzem plagten, klammern konnte. Auch wenn er dies alles nicht verstand. Zum einen hatte sie angedeutet, in höchster Gefahr zu sein – und nun stellte sie ein baldiges Wiedersehen in Aussicht. Eine Logik wollte sich ihm daraus nicht erschließen. Noch einmal las er die Zeilen. Sie freute sich also, ihn bald zu sehen. Und dies, so nahm er jeden einzelnen Buchstaben ihrer Worte in sich auf, könne früher geschehen, als er denke. Hoffentlich, so schoss es ihm plötzlich durch den Kopf, hoffentlich meint sie ein Wiedersehen in dieser Welt. Er erschrak über seine Gedanken.

22

Der Aichelberg, an dem sich die A8 Stuttgart-München entlangschlängelte, um die Schwäbische Alb zu erklimmen, war in dichten Nebel gehüllt. Häberle hatte den Namen von Jens Seifried im Telefonbuch gefunden und sich bei dessen Frau Barbara telefonisch angekündigt. Die Adresse, die ihm von seinem Neu-Ulmer Kollegen genannt worden war, führte zu einem kleinen Häuschen, dessen Anbau an eine frühere landwirtschaftliche Nutzung erinnerte.

Barbara Seifried, eine Frau Anfang 40, klein und pummelig, erwiderte seine Begrüßung kühl und führte ihn durch einen schmalen Flur in ein nicht gerade modern eingerichtetes Wohnzimmer. Häberle ließ sich in einen weichen Polstersessel sinken, während Frau Seifried auf der Couch ihm gegenüber Platz nahm.

Der Ermittler entschuldigte sich für die Störung und bat um Verständnis dafür, dass er ein paar Fragen zum Umfeld ihres Mannes stellen müsse. Dieser war, wie Häberle aus der Klinik erfahren hatte, auf dem Weg der Besserung, ohne jedoch etwas zu den nächtlichen Geschehnissen sagen zu können.

Nach anfänglichem Zögern zeigte sich die Frau zunehmend kooperativ. »Jens fährt seit über zehn Jahren«, sagte sie schließlich, »aber so etwas ist ihm noch nie passiert. Noch gar nie! Obwohl er manchmal auf verlassenen Parkplätzen schläft, auch im Ausland, müssen Sie wissen. Sogar in Südfrankreich und Spanien. Nie ist ihm etwas passiert.«

»Ihr Mann ist in Geislingen mit dem Lkw losgefahren. So hat es uns die Spedition Graumann und Hinz berichtet. Und dann hat er am Rasthaus in Leipheim bereits angehalten. Das sind gerade mal geschätzte 50 Kilometer, wenn überhaupt.«

»Na ja, vielleicht hat er pinkeln müssen«, fuhr sie ihm über den Mund. »Oder was denken Sie, warum er dort anhält?«

»Das konnte er wohl meinen Kollegen nicht sagen. Er

erinnert sich an gar nichts mehr.« Er spürte ihre Skepsis und fügte deshalb an: »Das kommt bei schweren Schlägen gegen den Kopf sehr häufig vor. Hat nichts zu bedeuten.«

»Ja, ich weiß, das haben mir die Ärzte auch gesagt«, bestätigte Frau Seifried.

»Er ist die Tour nach München und weiter in Richtung Wien öfters gefahren?«

»Nein, das kann man nicht sagen. Seine Richtung ist eher Südfrankreich, Spanien, auch mal Italien.«

»Jetzt hab ich eine Frage, Frau Seifried, die muss gar nichts mit diesem Fall zu tun haben – und trotzdem möchte ich sie Ihnen stellen.« Er ließ ein paar Sekunden verstreichen und besah die kirschbaumfarbene Schrankwand, auf deren Regalen abgegriffene Bücher standen – darunter auch ein großer Bildband, auf dem vorne ein knallroter US-Truck zu sehen war, und ein Buch über Sportschützen. Neben dem Möbelstück hing eine hölzerne, reich bemalte Zielscheibe, die einige Einschusslöcher aufwies und wohl die Trophäe eines Schützenfestes gewesen war.

»Ihr Mann hat vergangene Nacht sehr viel Werbematerial von diesem Bleibach geladen gehabt. Gibt es denn irgendeinen Kontakt zwischen Bleibach und Ihrem Mann? Ich meine«, so versuchte Häberle schnell, seine Frage zu begründen, »Bleibach wohnt in Hohenstaufen, das ist nicht gerade weit von hier.«

»Bleibach«, wiederholte die Frau und hob eine Augenbraue. »Alle reden nur noch von Bleibach. Im Fernsehen, im Radio und jetzt auch noch Sie. Wieso sollte mein Mann ihn persönlich kennen? Er ist Fernfahrer, ein ganz kleiner Fernfahrer. Arbeiter. Einer von denen, die gar keine Zeit haben, sich um so etwas zu kümmern. Mein Mann muss Geld verdienen. Wir haben einen Sohn. Er absolviert gerade eine Lehre auf dem Bau.« Ihre Stimme klang verbittert. »Eigentlich hat er ins Gymnasium gewollt, aber Jens hat gemeint, eine Handwerkerlehre wäre besser, um schnell Geld verdienen zu können. Wissen Sie, Herr Kommissar, so leicht kommen wir nicht über die Runden. Ich versuche, mit einem 400-Euro-Job etwas dazu beizutragen.«

Häberle war ihr für den Hinweis auf den Sohn dankbar. »Ihr Sohn geht nicht ins Gymnasium?«, stellte er fest. »Aber er ist doch im Musical ›Barbarossa‹ aufgetreten.«

»Das wissen Sie?«, staunte die Frau und wurde für einen Moment sprachlos. »Sie spüren uns nach?«

»Keine Sorge«, entgegnete Häberle und hob beschwichtigend die Hände. »Das hat sich durch Zufall so ergeben. Es hat wirklich nichts zu bedeuten. Rein gar nichts.« Er setzte sein sympathisches Lächeln auf. »Wir haben zufällig in einer anderen Sache ermittelt«, versicherte er erneut, »und da hat jemand erzählt, dass einige Darsteller in dem Musical gar nicht zum Gymnasium gehören.«

»Wie gesagt, Boris hätte das Zeug dazu gehabt. Er hat viele Freunde, die aufs Gymnasium gehen – und so hat sich das mit dem Musical halt ergeben. Boris ist musisch und künstlerisch begabt und beschäftigt sich gern mit philosophischen Dingen. Manchmal ist er auch ein bisschen abgehoben.« Ihr war anzumerken, dass es ihr nicht leichtfiel, darüber zu reden. »Die Lehre auf dem Bau macht ihm schwer zu schaffen.«

»Und sportlich ist er wohl auch«, ließ Häberle einfließen.

»Auch das wissen Sie?« Barbara Seifried wurde jetzt misstrauisch.

»Alles nur nebenbei erfahren. Er interessiert sich wohl für fernöstliche Nahkampftechniken – wie Ihr Mann. Sie haben dies meinem Kollegen in Neu-Ulm gegenüber angedeutet. Er sagt, Sie hätten sich gewundert, dass er sich bei dem Überfall nicht zur Wehr gesetzt hat, obwohl er doch gerade einen Nahkampfkurs absolviere.«

»Ach so.« Die Frau schien erleichtert zu sein. »Das stimmt, ja. Zuerst hat Jens damit angefangen – mein Mann. Und jetzt auch Boris.«

Häberle fragte eher beiläufig: »Wo absolviert man denn solche Kurse?«

»In Ulm. Brauchen Sie die Adresse?«

Häberle bejahte und ließ sich Namen und Anschrift des Trainers geben. Schließlich war er selbst Judoka-Lehrer und persönlich an diesem Mann interessiert. »Darf ich fragen, weshalb Ihr Mann auf diese Sportart gekommen ist?«

Sie zögerte. »Weshalb?«, echote sie und wurde wieder misstrauisch. »Fragen Sie ihn doch selbst. Wenn jemand wie er immer allein mit dem Lastwagen unterwegs ist – in Südfrankreich, Spanien und so –, da macht es Sinn, sich im Notfall verteidigen zu können. Finden Sie nicht?«

»Deshalb ist er auch im Schützenverein?«, hakte Häberle unerwartet nach.

»Schützenverein? Das wissen Sie auch schon?«

Häberle deutete wortlos auf die Trophäe an der Wand.

»Ach so, ja. Er war mal Schützenkönig oder wie das heißt. Ist aber schon länger her. Er hat gar nicht mehr die Zeit dazu.«

»Hatte er denn schon mal Schwierigkeiten – unterwegs?«

Sie zögerte. »Entschuldigen Sie bitte, aber dazu möchte ich nichts sagen. Fragen Sie ihn selbst.«

23

Eigentlich hatte Bleibach nicht kreuz und quer durch die Republik reisen wollen. Aus ökonomischen Gründen war er darauf erpicht, seine Kundgebungsorte so zu legen, dass er innerhalb einer Woche eine komplette Region abdecken konnte, ohne jedes Mal heimzufahren. Doch obwohl das Ruhrgebiet in seinem ›Tourneeplan‹ erst im Frühjahr vorgesehen war, hatte er sich von dem starken Düsseldorfer Ortsverband zu diesem Termin Ende November überreden lassen. Das Congress Center, in dem er auftreten sollte, wäre ansonsten in den nächsten Monaten nicht mehr kurzfristig zu haben gewesen.

Er war mit der Mittagsmaschine von Stuttgart hergeflogen und von zwei Mitgliedern seiner Organisation am Flughafen abgeholt worden. Auf der Fahrt zum Hotel ließ sich Bleibach von den beiden jungen Männern den geplanten Ablauf der abendlichen Veranstaltung erklären. Sie rechneten mit 2000 Besuchern und einem entsprechend großen Medienspektakel. Immerhin würde es sein erster großer Auftritt im Ruhrgebiet sein.

Bleibach lehnte sich betont lässig schräg in den Beifahrersitz des Passats. So konnte er sowohl den Fahrer als auch den Mann auf dem Rücksitz im Auge behalten. »Ihr holt mich dann heute Abend wieder vom Hotel ab?«, fragte er, nachdem das Offizielle besprochen war. »Tun wir, klar«, erwiderte der Mann vom Rücksitz. »Wir sind Chauffeure und Bodyguards.« Und er fügte lächelnd an: »Stets zu Ihren Diensten.« Er reichte seine Visitenkarte nach vorne. Bleibach nahm sie und las den Text. Ein Security-Dienst aus Düsseldorf. »Man hatte mir aber Ortsverbandsmitglieder avisiert«, gab er sich verwundert.

»Stimmt auch. Wir beide, also mein Kollege Schwentner und ich, sind aktive Mitglieder im Düsseldorfer Stadtverband ›Der neue Anfang‹.«

»Verstehe«, lächelte Bleibach. »Umso besser, dann ist alles in einer Hand.«

Knapp 20 Minuten später war das Hotel erreicht. Dort stieg er mit seiner Sporttasche aus, die alles enthielt, was er für eine Übernachtung brauchte. Bis ihn die beiden Männer gegen 19 Uhr wieder abholen würden, blieben ihm fast fünf Stunden. Und diese sollten traumhaft werden. Denn wenn alles geklappt hatte, dann war die Frau, die er so sehr vermisste, bereits eingetroffen.

Seine treueste Mitarbeiterin, Iris Eschenbruch, hatte wie immer alles perfekt organisiert. Er bedauerte es insgeheim, dass die Frau nicht selbst nach Düsseldorf hatte kommen können. Immerhin war es ihre Heimatstadt, doch in diesen hektischen Wochen vor der Weihnachtspause war sie mit ihrem Team voll und ganz damit beschäftigt, noch möglichst bis zu der großen Kundgebung, die im Mai oder Juni vor dem Brandenburger Tor stattfinden sollte, flächendeckend in ganz Deutschland Ortsverbände zu gründen und sie in der Folgezeit zu betreuen. Das Hotelzimmer im obersten Stockwerk bot einen herrlichen Blick über die große Stadt. Iris hatte, wie von ihm gewünscht, das Doppelzimmer gebucht, denn es bot sich heute eine der wenigen Gelegenheiten, Evelyn zu treffen, die in der Modemetropole für einige Wochen engagiert war. Ihm blieb eine halbe Stunde Zeit, um sich frisch zu machen. Unter der Dusche versuchte er, sich auf die abendliche Veranstaltung zu konzentrieren, wie er dies immer tat, wenn ein wichtiger Auftritt bevorstand. Es war für ihn wichtig, sich mental auf die jeweilige Situation einzustellen – vor allem, sie so vor dem geistigen Auge ablaufen zu lassen, wie er sie zu erleben erhoffte. Sehr frühzeitig hatte er gelernt, an sich und seinen Zielen keinen Zweifel zu haben und davon überzeugt zu sein, dass die Wünsche erfüllt würden. Er hätte nicht sagen können, wie lange er schon unter der Dusche stand, als sich wieder die Sorge um Miriam Treiber in seine Gedanken schlich. Er hatte nach der Landung sofort noch einmal Ollerich angerufen, doch war bislang keine Nachricht von der seit gestern Abend verschwundenen Frau eingetroffen.

Bleibach versuchte sich einzureden, dass Miriam schon öfter für ein, zwei Tage abgetaucht war, weil sie im Auftrag eines Mandanten verdeckte Recherchen durchführen musste. Allerdings hatte sie sich dann vorher abgemeldet.

Leicht irritiert stieg Bleibach aus der Dusche, trocknete sich ab und hatte sich gerade sein legeres Hemd übergeworfen und Jeans angezogen, als es drei Mal an der Tür klopfte. Das vereinbarte Zeichen. Mit einem Schlag waren all die finsteren Gedanken verflogen und Glückshormone durchströmten seinen ganzen Körper. Er besah sich noch einmal kurz im Spiegel und entriegelte die Zimmertür. Vor ihm stand sie – dieser Traum von einer Frau, wie er es von der allerersten Sekunde ihres ersten Treffens empfunden hatte. Sie strahlte übers ganze Gesicht. Ihre blonden Haare leuchteten sogar im spärlichen Lampenschein des Hotelflurs. Sie ließ ihre blaue Sporttasche fallen, umarmte Bleibach und gab ihm einen Kuss auf den Mund. Er legte seine Arme ganz fest um sie und drückte ihren Körper an sich. »Wunderbar, dass es geklappt hat«, flüsterte er ihr ins Ohr, schob mit einem Fuß ihre Sporttasche in den Raum und gab der Tür mit dem Ellbogen einen Stoß, sodass sie ins Schloss fiel. »Komm«, sagte er und führte Evelyn durch den schmalen Vorplatz in das geräumige Zimmer, wo der zurückgezogene dünne Vorhang den Blick über die Dächer der Stadt freigab. Ein bisschen wie im Himmel, dachte Bleibach und holte zwei Piccolo aus der Minibar. Während er die Flaschen öffnete und zwei Weingläser befüllte, die auf dem schmalen Tischchen standen, warf Evelyn ihren knielangen Mantel aufs Bett und ließ keinen Zweifel daran aufkommen, dass ihre Figur modeltauglich war. Sie trug ein schwarzes, äußerst enges und kurzes Minikleid und stolzierte ein paar Schritte auf und ab. »Na, was sagt der Herr jetzt? Hab ich die richtige Sommerkollektion ausgesucht?«

Er hatte bei diesem Anblick Mühe, den Sekt vollends in die Gläser zu schenken. Sie schaffte es tatsächlich, ihn jedes Mal aufs Neue atemlos zu machen. »Du bist irre«, sagte er und streichelte ihr über die langen Haare. »Wenn ich heute Abend nur eine Sekunde an diesen Auftritt hier denke, komme ich völlig aus dem Konzept.«

Sie zog eine Schnute. »Ach. Der große Herr Bleibach völlig aus dem Konzept«, frotzelte sie. »Und alle würden denken: Was hat der wohl im Kopf?«

Er drückte ihr einen Kuss auf die dezent geschminkte Wange und sah ihr in die großen blauen Augen. »Ich glaub, ich hab dasselbe im Kopf wie du.«

Er reichte ihr ein Glas Sekt und prostete ihr zu. »Auf unseren Nachmittag, cheers.«

Sie setzten sich in die beiden Stoffsessel. Evelyn schlug ihre langen, schlanken Beine übereinander und setzte jenen spitzbübischen Gesichtsausdruck auf, den Bleibach so sehr an ihr liebte. »Du kannst dir gar nicht vorstellen, wie ich mich auf diesen Nachmittag hier gefreut habe«, sagte er und versuchte, seinen Blick auf ihr Gesicht zu konzentrieren. Er wollte nicht den Eindruck erwecken, dass ihn ihre weiblichen Formen und Reize ablenkten. Obwohl sie natürlich allein schon aufgrund ihres Berufes mit diesen Attributen spielen musste, denn alles, was die großen Modeschöpfer dieser Welt für die Damen ersannen, zielte doch darauf ab, sie ins beste Licht zu rücken und ihre Reize mehr oder weniger dezent, bisweilen auch sehr auffällig, hervorzuheben.

»Was heißt hier ›Nachmittag‹«, grinste sie und strich ihr Minikleid über den Oberschenkeln glatt. »Oder willst du die ganze Nacht im Congress-Zentrum verbringen?«

»Was für eine Frage«, sagte Bleibach, »was glaubst du, wie schwer mir die Entscheidung fallen würde zwischen einer Nacht im Congress-Zentrum und einer Nacht mit dir?«

»Ha«, machte Evelyn, »in der Halle kämst du vielleicht nicht so sehr außer Atem.«

Sie sahen sich lächelnd und vielsagend an. »Kommst du denn mit?«, fragte er.

»Nein, tut mir leid, das werde ich nicht hinkriegen. Ich habe dir doch schon am Telefon gesagt, dass ich mich noch mit dem Typen vom Versandhauskatalog treffe.«

Er nickte verständnisvoll. »Weißt du, was ich als ziemlich nervig empfinde?« Er gab sich selbst die Antwort: »Die Vorstellung, dass du dich in irgendwelchen Katalogen präsentierst und sich dann Zehntausende Männer wünschen, sich mit dir zu treffen.«

»Und was soll ich sagen?«, entgegnete sie keck. »Bei jeder Kundgebung himmeln dich Tausende Frauen an.«

»Okay, du hast gewonnen«, gab er sich geschlagen.

»Aber im Ernst, Steffen«, sie trank noch einen Schluck Sekt, »manchmal mach ich mir echt Sorgen um dich. Ich meine …« Sie rang nach Worten, »du weißt doch, was mit Schäuble passiert ist, damals.«

Schäuble, ja, an den hatte er schon oft denken müssen, wenn er vor den Menschenmassen stand. Schäuble, derzeit Finanzminister in diesem Land, war vor 20 Jahren bei einer Wahlveranstaltung in Oppenau von einem Verrückten angeschossen worden und seitdem an den Rollstuhl gefesselt. Immer, wenn er sich daran erinnerte, fiel ihm auch John F. Kennedy ein, der 1963 als junger, aufstrebender und dynamischer Präsident der Vereinigten Staaten in Dallas von einem oder möglicherweise auch mehreren Attentätern im fahrenden Cabrio erschossen wurde. »Wenn du davon ausgehst, Evelyn, dass auf diesem Planeten das Böse die Überhand gewinnen könnte, dann musst du stets mit allem rechnen.« Er hatte diese Formulierung schon oft gebraucht, wenn er auf dieses Thema angesprochen wurde. »Letztlich kannst du dann keinem mehr trauen.«

»Keinem?« Wieder dieser provokante Gesichtsausdruck. »Also auch mir nicht?«

»Ach, ich bitte dich, Evelyn. Das ist doch etwas ganz anderes.« Er trank sein Glas leer, stellte es mit einer Hand auf die Tischplatte zurück und streichelte mit der anderen ihren rechten Oberschenkel.

»Hast du nie James Bond gesehen?«, fragte sie wie eine freche Göre.

»James Bond? Wieso denn James Bond?«

»Na ja, die erfolgreichsten Agentinnen waren stets die besten Liebhaberinnen.«

Bleibachs Gesicht verzog sich zu einem gequälten Lächeln. Noch bevor er in seinem Kopf diese Worte verarbeiten konnte, schreckte ihn eine Bewegung auf, die er im rechten Augenwinkel wahrnahm – draußen im Freien, in der Luft, vor dem tristgrauen Hintergrund. Evelyn hatte es nicht sehen können, weil sie mit dem Rücken zum Fenster saß.

Doch es war so groß und nah gewesen, dass Bleibach aufsprang und dabei Evelyns Beine unsanft streifte. »Entschuldige«, stieß er hervor. Die Frau sah ihm verwundert nach, als er eilig zum Fenster trat. Er wollte es öffnen, doch ein komplizierter Mechanismus stoppte seinen Tatendrang.

»Was ist denn passiert?«, fragte Evelyn verständnislos und stand ebenfalls auf.

»Warte kurz.« Bleibach hatte endlich den Kampf mit dem Fenster gewonnen. Feuchtkalte Luft schlug ihm entgegen. Er beugte sich hinaus, um rechts hinüber sehen zu können, wohin sich der schwarze Schatten blitzschnell bewegt hatte. Doch da war nichts – außer den Dächern der umliegenden Gebäude.

»Ist ein Ufo vorbeigeflogen oder was?«, zeigte sich Evelyn irritiert und beugte sich über ihn, um auch aus dem Fenster blicken zu können.

Er zuckte mit den Schultern.

24

Häberle vermochte noch nicht einzuschätzen, ob der Überfall an der Raststätte Leipheim tatsächlich in einem Zusammenhang mit dem Drohbrief stand. Dass der Lkw mit Werbematerial für Bleibach beladen war, konnte ein Zufall sein, schließlich wurden heutzutage Unmengen von Waren über die Autobahn transportiert. Er teilte dies seinem Neu-Ulmer Kollegen Josef Gundelhuber telefonisch mit. »Habt ihr eigentlich diesen Seifried mal gefragt, weshalb er einen Nahkampfkurs gemacht hat?«

»Nein.« Gundelhuber schien zu überlegen. »Meinst du, das hat eine Bedeutung?«

Häberle zögerte. »Seine Frau hat so eine seltsame Andeutung gemacht. Irgendwie muss ihr Mann mal in eine entsprechende Situation geraten sein. Sie wollte mir aber nichts Genaueres dazu sagen.«

»Dann fühlen wir ihm mal auf den Zahn. Das wird er ja wohl nicht auch vergessen haben.«

»Okay, Sepp«, gab sich Häberle zufrieden. »Wenn ihr was Neues erfahrt, dann lasst es mich wissen.«

Der Chefermittler legte auf und ging ein Stockwerk höher, um den Kollegen vom Staatsschutz um einige Auskünfte zu bitten. Siegfried Brunzel, ein großer, hagerer Mann, der sich hinter einem Aktenstapel verbarg, als wolle er gar nicht gesehen werden, blickte langsam auf. Häberle zog sich einen hölzernen Besucherstuhl an den Schreibtisch, setzte sich dem Kollegen gegenüber und berichtete ihm von dem mutmaßlichen Überfall auf den Lkw-Fahrer Jens Seifried und von der Ladung, die für Bleibachs Werbekampagne nach München gebracht werden sollte. Außerdem schilderte Häberle, was ihm nicht mehr aus dem Kopf gehen wollte: »Nicht nur Seifried hat ein Nahkampf-Training absolviert, sondern auch sein Sohn Boris. Und der spielt in dem Musical ›Barbarossa‹ mit, nach dessen Aufführung dieser komische Brief aufgetaucht ist.«

Brunzel legte seinen Marker beiseite, mit dem er in einer Akte wichtige Passagen hervorgehoben hatte. »Die hiesige Bleibach-Szene«, begann er nachdenklich, »hat uns bisher keinen Anlass gegeben, tätig zu werden. Keine Verunglimpfungen, keine Beleidigungen, keine Parolen, die an Wände geschmiert wurden.« Insgeheim entsann sich Brunzel noch an die Zeiten des ›Kalten Krieges‹, als er hinter Autoaufklebern her war, die mit verbotenen oder rufschädigenden Sprüchen bedruckt waren. Man hatte ihm nachgesagt, ihn würde allein schon die Forderung der Friedensbewegung nach einer ›atomwaffenfreien Zone‹ aufschrecken. Mitte der 80er-Jahre, als sich eine Menschenkette von Stuttgart bis nach Ulm formiert hatte, um gegen das weitere Wettrüsten zu demonstrieren, war er im Ermittlungsfieber gewesen. Immerhin waren damals in Göppingen mit der ersten US-Infanteriedivision einige Tausend Soldaten stationiert gewesen – und das jahrelang von Demonstranten ins Visier genommene Mutlangen, wo die Amerikaner atomare Sprengköpfe gelagert hatten, war nur etwa 25 Kilometer entfernt.

»Wenn du Genaueres wissen willst«, fuhr Brunzel schließlich fort, »dann musst du unsere Jungs vom Verfassungsschutz in Stuttgart fragen. Ich hab euch ja den aktuellsten Bericht gegeben.«

»Danke, ja, wir haben ihn gelesen«, gab Häberle ruhig zurück, obwohl er Brunzels Zurückhaltung nicht ganz verstand. Schließlich saßen sie als Ermittler in einem Boot. Und der Staatsschutz war bei Gott kein Geheimdienst, sondern ein Dezernat, das sich um kriminelle Aktivitäten im Umfeld politischer Einrichtungen kümmern musste. So, wie andere im Hause für Hasendiebstähle oder Unfälle zuständig waren.

»Ist dir ein Jens Seifried aus Aichelberg ein Begriff?«

Brunzel rieb sich das rechte Auge und überlegte. »Jens Seifried?« Er stand auf und schob an einem alten Aktenschrank den hölzernen Rollladen nach oben. Eine Reihe abgegriffener Ordner kam zum Vorschein. Brunzel bückte sich und brachte eine Akte mit der vergilbten Jahreszahl ›1986‹ zum Vorschein.

»Deine spezielle Datei?«, witzelte Häberle. »Hoffentlich alles vorschriftsmäßig gelöscht.«

Brunzel begann, in eng mit Schreibmaschinenschrift bedeckten Papieren zu blättern. »Löschen kannst du hier gar nichts«, stellte er richtig und zwinkerte seinem Kollegen zu. »Alles Papier.« Dann deutete er mit dem Zeigefinger auf eine Seite dünnen Durchschlagpapiers, wie es damals zur Vervielfältigung zwischen Kohlepapier in die Schreibmaschinen gespannt worden war. »Hier – ich hab's mir doch gedacht. Seifried, Jens. Eine Aktennotiz vom 14. August 1988. Hat sich damals an einer Demo von irgendwelchen Autonomen beteiligt und soll angeblich Steine geworfen haben, was man ihm dann aber nicht nachweisen konnte.« Brunzel klappte den Aktenordner wieder zu und steckte ihn ins Fach zurück, als wolle er ihn möglichst schnell vom Schreibtisch verschwinden lassen. So genau wusste er es nicht, aber vermutlich war es nach den Datenschutz-Richtlinien verboten, alte Unterlagen so lange aufzubewahren. Ein Irrsinn, dachte er, denn auf diese Weise gingen wertvolle Erkenntnisse verloren.

»Na ja, das muss nichts heißen«, kommentierte Häberle diesen Vorfall, der jetzt 22 Jahre zurücklag. »Wir hatten auch schon mal einen Außenminister, der in diesem Alter Steine geworfen hat. Und der dann ein fähiger Diplomat geworden ist.«

»Joschka Fischer, ja, ich weiß. Und einen Innenminister, der einst Terrorkreisen nahegestanden sein soll, hatten wir auch«, fügte Brunzel empört an. »Aber du brauchst ja derzeit nur nach Italien zu schauen – Stichwort: Staatspräsident Berlusconi –, dann siehst du, welche Typen sich in der Politik tummeln.«

Häberle gefiel Brunzels kritische Einstellung, auch wenn sie beide, was die politische Farbe anbelangte, eher gegensätzlich ausgerichtet waren. Er wollte nicht darauf eingehen und kam stattdessen wieder zum Thema: »Und wenn nun Jens Seifried Werbematerial für Bleibach durch die Lande kutschiert, er auf einem Autobahnparkplatz niedergeschlagen wird und sein Sohn in jenem Musical mitspielt, das irgendjemandem ein Dorn im Auge ist, weil's darin um einen deutschen Kaiser geht – was könnte das bedeuten?«

Brunzels Antwort kam schnell: »Dass er möglicherweise tief in eine Sache verstrickt ist, die gegen Bleibach gerichtet ist.«

»Du bist dir da so sicher?«, staunte Häberle.

»Reines Bauchgefühl, wenn du verstehst, was ich meine. Aber …« Er spielte mit seinem gelben Marker. »… ich weiß nicht, wie ich es sagen soll. Die Sache mit der Demo damals hat jedenfalls dazu geführt, dass Seifried seinen Job an den Nagel gehängt hat – oder vielleicht gezwungen wurde, dies zu tun.« Brunzel hielt kurz inne. »Er war damals noch in Ausbildung. Bei der Bereitschaftspolizei.« Jetzt war es raus.

Häberle sah ihn sprachlos an, worauf Brunzel sofort klarlegte, dass er kaum gewillt war, mehr dazu zu sagen: »Es gibt da so gewisse Hinweise. Vielleicht solltest du dich in dieser Sache wirklich mal mit dem Verfassungsschutz in Verbindung setzen.«

Häberle wurde hellhörig. Er wusste, dass der Kollege meist wortkarg wurde, wenn es um den Verfassungsschutz ging. Und er stand mit diesem Verhalten nicht allein. Allerdings dürfte Brunzel aufgrund seines Jobs noch am ehesten irgendwelche Drähte dorthin haben.

»Du meinst, dort wissen sie mehr als wir?«, wollte sich Häberle vergewissern.

»August, du weißt selbst, wie geheim die tun. Aber glaubst du im Ernst, die hätten bis heute keinen V-Mann in Bleibachs Organisation eingeschleust?«

25

Für Bleibach war's, als nähme er ein Bad in der Menge. Viertausend Menschen hatte er an diesem kalten Novemberabend auf die Beine gebracht. Viertausend. Eine phänomenale Anzahl. Schon als ihn der Ortsvorsitzende von Düsseldorf angekündigt hatte, war frenetischer Beifall aufgebrandet. Vor der Bühne standen dicht gedrängt Kameraleute und Fotografen. Es war einer dieser Momente, die Bleibach liebte – auch wenn er jedes Mal aufs Neue gegen das Lampenfieber anzukämpfen hatte. Zwar kannte er seine Rede inzwischen auswendig, doch legte er sich trotzdem einige Blätter mit dem grob skizzierten Ablauf seiner Themen und Argumente aufs Rednerpult. Inzwischen jedoch fühlte er sich auch sicher genug, um spontane Einfälle einfließen zu lassen. Manchmal sogar eine humorvolle Bemerkung. Von Woche zu Woche, das spürte er, war er sattelfester geworden. Und seit ihm eine unglaubliche Woge der Sympathie entgegenschlug und er – wo immer er auch sprach – die Säle, Hallen und Plätze füllte, wurde ihm stets bewusster, wie sehr ihn die Menschen herbeisehnten. In Augenblicken wie dem jetzigen konnte er sogar über sich selbst erschrecken. Über seine eigene Courage.

Wenn er auf das vergangene halbe Jahr zurückblickte, erschien es ihm wie ein Traum. Er hatte allerdings den Eindruck, nur wenig zu dem Erfolg beigetragen zu haben – als sei er nur der Auslöser für einen wahren Domino-Effekt gewesen. Und dies im positiven Sinne.

Jetzt, mitten in der Rede, die immer wieder von Beifall unterbrochen wurde, fühlte er sich locker und wie unter Freunden – wohl wissend, dass es in dieser unübersehbaren Menge einen gewissen Prozentsatz gab, der ihm nicht wohlgesonnen war.

Sein Blick verlor sich nach wenigen Reihen im Dunkel der Halle, denn er war von den Scheinwerfern geblendet. Immer wieder zuckten die Blitzlichter der Fotografen. Über ihm und auch seitlich gab es Großleinwände, auf die er riesengroß projiziert wurde. Eine Technik, wie sie in allen großen Veranstaltungshallen, aber auch in den Stadien zur Verfügung stand.

Bleibach hatte seine ganz eigene Rhetorik, mit der er seine Zuhörer direkt ansprach, ohne gleich aufdringlich und kumpelhaft zu wirken. Stets war er darauf bedacht, keinerlei Arroganz zu zeigen, sondern sich als einen aus dem Volke zu präsentieren.

Am deutlichsten kam dies zum Ausdruck, wenn es um Ungerechtigkeit ging.

»Ihr werdet kleingehalten, ihr, denen es nicht gelungen ist, ins große Kapital vorzustoßen – die ihr nicht die Gnade hattet, in Luxus und Wohlstand hineingeboren zu werden – durch Erbschaft – also, wie es heutzutage die beliebteste und einfachste Weise ist, einer ehrlichen Arbeit und leistungsbezogenen Entlohnung zu entgehen. Ihr werdet kleingehalten, weil ihr euch nicht als Söhnchen oder Töchterchen dank der ehrlichen Arbeit eurer Väter und Urgroßväter in Lugano oder in der Karibik niederlassen könnt – oder weil es euch nicht gelungen ist, durch gnadenlos rücksichtsloses Auftreten, durch maßlose Selbstüberschätzung oder durch halblegale Tricksereien in einer regierungstolerierten Grauzone nach oben zu drängen. Es ist euch nicht gelungen, weil ihr in die falsche Familie hineingeboren wurdet oder hineingeheiratet habt – oder weil ihr geglaubt hattet, die wahren Werte des menschli-

chen Zusammenseins würden euch weiterbringen. Deshalb werdet ihr alle, liebe Freunde, kleingehalten durch die vielen staatlichen Mechanismen, die wir als gottgegeben hinnehmen. Ihr sollt gerade so viel haben, dass es euch zum Leben reicht und ihr stets das Bedürfnis habt, euch noch ein bisschen mehr leisten zu wollen. Wie ein Hund, der immer einem Leckerbissen hinterherhechelt. Und weil ab und zu ein Häppchen abfällt, spornt ihn dies zu stets neuen Höchstleistungen an. Er will ja den Leckerbissen, er will ihn – aber der Abstand zu dem saftigen Knochen ändert sich nicht. Für viele Menschen wird dieser Abstand sogar immer größer. Doch aus Verzweiflung rennen sie ihm noch schneller hinterher. Mittlerweile, liebe Freunde, haben viele eingesehen, dass sie machen können, was sie wollen – der saftige Knochen wird ihnen immer schneller weggezogen.«

Beifall und positive Zurufe.

»Dieser saftige Knochen ist für uns der Lohn und die Rente. Und das kleine Häppchen, das uns bei Laune halten soll, sind die lächerlichen Erhöhungen, die – falls es sie überhaupt noch gibt – dann vollmundig als große Wohltaten und Erfolge gepriesen werden. Auch von den Medien, die im Einklang mit der Politik sogar sieben Euro mehr im Monat als soziale Errungenschaft hervorheben. Auch wenn im gleichen Atemzug Steuern oder Abgaben und Bemessungsgrenzen erhöht, oder, noch besser, neu eingeführt werden. Mit der Folge, dass sie für die Unternehmen als Argumente zur Erhöhung der Preise herhalten müssen. Wir alle sind in eine Tretmühle eingebunden, die im Normalfall kein Entrinnen zulässt. Ihr könnt strampeln, so viel ihr wollt – ihr bleibt Sklaven eines Systems, das einige wenige immer weiter nach oben spült. Man sagt euch, liebe Freunde, ihr sollt flexibel sein und gegebenen-

falls einen Zweitjob annehmen, um für euch sorgen zu können. Doch sobald ihr mehr arbeitet, ein paar Euro mehr verdient, werdet ihr Opfer der ungerechten Steuerprogression. Ihr müsst für eure Mehrarbeit mehr Steuern bezahlen. Und unterm Strich lohnt es sich für euch gar nicht, den Versuch zu unternehmen, etwas dazuzuverdienen. Außerdem müsst ihr, wenn ihr einen Zweitjob annehmt, euren Arbeitgeber fragen, ob er dies erlaubt. Und wieder mein Vergleich: Ihr könnt in der Tretmühle strampeln, so sehr ihr auch wollt – die staatlich eingerichtete Bremse macht es euch immer schwerer, voranzukommen. Oder noch ein Beispiel. Einer, der noch in der glücklichen Lage ist, vor 65 oder 67 in Rente zu gehen und dabei natürlich Einbußen erleidet, was faktisch einer Rentenkürzung gleichkommt und zwar für den Rest seines Lebens –, auch der kriegt nur eine geringe Chance, sich noch etwas nebenher dazuverdienen zu können. Bevor er nämlich nicht sein echtes Rentenalter erreicht hat, wird ihm die ohnehin gekürzte Monatsrente größtenteils um jenen Betrag gekürzt, den er sich noch dazuerarbeitet. Wieder also ein Mechanismus, der euch kleinhält.

Und dies, liebe Freunde, ist Politikerhirnen entsprungen, die nie, aber auch niemals, in die Lage kommen werden, sich mit ein paar Hundert Euro über Wasser halten zu müssen. Sie sorgen stattdessen dafür, dass sich auch weiterhin irgendwelche Manager, die einzig des eigenen Vorteils wegen ihr Unternehmen an die Wand fahren, mit fürstlichen Abfindungen in die Karibik zurückziehen können. Wie einfach wäre es, mit gesetzlichen Bestimmungen einen Riegel vorzuschieben. So schnell, wie man euch die Mehrwertsteuer erhöht, so schnell wäre auch dies abzustellen. Aber wir wissen ja schon gar nicht mehr, womit wir still und heimlich abgezockt werden, liebe Freunde. Es ist ohne-

hin alles so kompliziert angelegt, dass kein einziger Steuerberater euch helfen kann. Außerdem darf jedes Finanzamt die Gesetze anders auslegen, sie sozusagen nach eigenem Gutdünken interpretieren. Man stelle sich vor, man würde dies mit der Straßenverkehrsordnung genauso tun. Aber ein solches Chaos, wie es dann auf der Straße ausbrechen würde, haben wir im Finanzwesen längst. Und was nicht der Laune eines Finanzbeamten unterliegt, wird mit schönen Worten verschleiert. Ich sage nur das Stichwort Solidaritätszuschlag. Ein Unwort ohnehin. Es suggeriert Solidarität, wie sie in den Jahren nach der Wende tatsächlich angebracht erschien. Und das Wort ›Zuschlag› klingt geradezu harmlos, weil es sich so anhört, als bekäme man was auf den Lohn drauf. In Wirklichkeit, liebe Freunde, handelt es sich um nichts weiter als eine Steuer, der wir uns seit über 20 Jahren nicht entziehen können. Eine ganze Generation ist inzwischen im Arbeitsleben nachgewachsen, nimmt dies ohne zu murren hin, obwohl mittlerweile der Westen des Landes einen Solidaritätszuschlag nötig hätte. Sie brauchen sich nur umzuschauen, wie hier alle öffentlichen Einrichtungen vor die Hunde gehen – von unseren Straßen ganz zu schweigen. Aber kein einziger Politiker, liebe Freunde, hat in den letzten Jahren während der Wahlkämpfe das Wort ›Solidaritätszuschlag‹ auch nur in den Mund genommen. Alle tun so, als sei nie versprochen worden, ihn auf zwei Jahre zu begrenzen. Da reden die Herrschaften von Steuersenkungen, die natürlich kompliziert zu bewerkstelligen seien, weil man hier und dort Ausnahmen und Sonderregelungen berücksichtigen müsse. Doch kein Mensch kommt auf die Idee, die Bürger durch die Abschaffung des Solidaritätszuschlags enorm zu entlasten. Und dies würde mit Sicherheit keinen bürokratischen Aufwand erfordern. Von jetzt auf nachher könnte man sagen: Weg mit diesem Unsinn. Aber, liebe Freunde, wir, das Volk, müssten doch längst gelernt haben, wie mit uns im Hinblick auf Steuern umgesprungen wird. Man hatte über hundert Jahre Zeit dazu, dies zu kapieren. Ein Beispiel ist die Sektsteuer. 1901 eingeführt, auch nur vorübergehend, ist sie uns bis heute erhalten geblieben.

Oder die Ökosteuer. Manche werden gar nicht mehr wissen, dass wir beim Tanken eine Steuer zahlen, die zwar den schönen Namen ›Öko‹ trägt, jedoch in Wirklichkeit eingeführt wurde, um die Rentenkassen aufzubessern. Das war ein genialer Schachzug der Blender und Schönredner: Mit dem Autofahren die Rente retten. Schwachsinn in Vollendung, liebe Freunde: Wenn ich damit die Rentenkassen füllen will, sollten die Autofahrer möglichst viel tanken – doch gleichzeitig begründet man diese Zusatzsteuer damit, sie sei deshalb Öko, weil sie durch die Verteuerung des Benzins zu einer Reduzierung des Autoverkehrs beitragen solle. Geht's noch schizophrener? Wir könnten uns genauso gut aus der geschlossenen Abteilung einer psychiatrischen Anstalt heraus regieren lassen. Ich sage nur eines, liebe Freunde – und da wiederhole ich mich gerne: Dieses Land braucht den Umbau. Und die Zeit dafür ist jetzt reif. Wenn wir es jetzt nicht angehen, werden die, die nach uns kommen, nur noch eine spärliche Ernte einfahren können. Oder um es mit den Worten aus der Bibel zu sagen, die ich unseren Politikern zurufen möchte: ›Wer Wind sät, wird Sturm ernten‹. Der Luftdruck ist bereits tief gefallen – der Orkan kann jeden Moment losbrechen.«

Frenetischer Beifall, dazwischen einige Pfiffe. Bleibach hielt inne und genoss diese Zustimmung. Dass seine Rede häufig auf diese Weise unterbrochen wurde, war schließlich ein untrügliches Zeichen dafür, welche Sympathien ihm zuflogen.

Er nutzte diese Pausen, um kurz durchzuatmen und die strahlenden Gesichter, die er in den ersten Reihen sah, wahrzunehmen.

Während sein Blick an den Menschen vor ihm entlangwanderte, entdeckte er sie wieder – diese Blondine, die ihm bereits in Konstanz und Ulm aufgefallen war. Sie saß ziemlich weit links außen, in der dritten oder vierten Reihe. Bleibach überlegte für einen kurzen Augenblick, ob diese wasserstoffblonden langen Haare echt waren. Vielleicht hatte die Frau sie auch gefärbt, um in der Menge aufzufallen. Andererseits erinnerte sie ihn an irgendjemanden.

Ihn beschlich eine kurze Unsicherheit. Wenn es tatsächlich jedes Mal ein und dieselbe Frau war, dann stellte sich die Frage, weshalb sie ihm quer durch die Republik nachreiste. Eine große Verehrerin konnte sie nicht sein, denn während die ganze Halle vor Begeisterung tobte, saß sie regungslos da.

Bleibach verdrängte den Gedanken. Er musste sich auf den Fortgang seiner Rede konzentrieren.

26

Häberle musste seine Vorurteile, die er gegenüber Survival-Trainern gehegt hatte, sofort revidieren. Der junge Mann, der ihm in einem eher spartanischen Übungsraum gegenübersaß, war keiner jener Typen, die mit Muskelpaketen protzten und bei jeder Gelegenheit mit aufregenden Abenteuern prahlten.

Lars Konarek gab sich zurückhaltend, kannte offenbar die Benimmregeln und verzog sein Gesicht zu einem einladenden Lächeln. Häberle, unter dessen Gewicht der hölzerne Stuhl bedrohlich knarzte, kam als Judokatrainer, der er in einem Göppinger Verein war, sogleich auf die Verteidigungstechniken zu sprechen und erfuhr, dass sich Konarek eigene Vorgehensweisen erarbeitet hatte – eine Mischung aus mehreren Kampfarten, wie er sie in seinen jungen Jahren sowohl von russischen als auch amerikanischen Soldaten erlernt hatte. Weshalb auch immer.

»Und das Geschäft floriert?«, fragte der Ermittler schließlich.

»Ich kann nicht klagen, um ehrlich zu sein. Sogar einige Soldaten, die nach Afghanistan gehen, lassen sich bei mir ausbilden.« Er lächelte stolz, wurde aber sofort wieder ernst: »Die Bundeswehr stellt allerdings dafür kein Geld zur Verfügung.«

Häberle hatte keinen Zweifel daran. »Und die anderen Männer, die Sie zu Nahkämpfern ausbilden, machen das aus purem Interesse an der Selbstverteidigung?«, fragte er.

»Nicht nur Männer«, berichtigte Konarek. »Auch Frauen. Und sie alle haben unterschiedliche Motive dafür. Die einen – ja, wie Sie richtig erkennen – tun's, um sich verteidigen zu können. Ist ja heutzutage in manchen Städten nicht schlecht, wenn man das kann. Denken Sie nur an die schrecklichen U-Bahn-Übergriffe, die es gegeben hat. Und andere brauchen's für den Job. Security-Leute, Personenschützer, Spediteure von Wertsachen, Türsteher.«

»Türsteher«, echote Häberle. »Nicht gerade die feinste Gesellschaft, denke ich.«

»Türken, Russen – ich weiß, was Sie meinen, Herr Häberle, aber Sie dürfen mir glauben, dass ich mir die

Kundschaft sorgfältig aussuche. Wenn ich Zweifel an seiner Seriosität habe, fliegt derjenige sofort raus.« Er wirkte entschieden.

Häberle hatte ihm bereits am Telefon gesagt, was der Grund des Gesprächs sein würde, weshalb Konarek das Thema von sich aus aufgriff. »Bei Herrn Seifried und seinem Sohn habe ich keinerlei Zweifel, falls Sie das interessiert. Herr Seifried ist Fernfahrer und pennt oft allein auf Parkplätzen. Und dies auch in Ländern, wo auf den Rastplätzen allerlei dunkle Gestalten rumlungern. Und sein Sohn, der Boris, macht's tatsächlich als Sport. Boris – ich weiß ja nicht, ob Sie ihn kennen – ist eher ein künstlerischer Typ. Aber zum Ausgleich braucht er diese Bewegung. Um sich austoben zu können. Frust ablassen und so.«

»Um sich auszutoben, ich weiß, Herr Konarek. Auch bei uns im Verein ist das so. Die jungen Leute müssen ihre überschüssige Kraft ablassen können. Dann kommen sie weniger auf dumme Gedanken.«

»Eben«, nickte Konarek, der eine dicke Trainingsjacke mit eingesticktem Namen trug. »Das ist sinnvolle Jugendarbeit.«

»Sie bieten aber auch Survival …«?, fragte Häberle vorsichtig. Er hatte sich diesen Ausdruck gemerkt, obwohl er sich mit dem weitverbreiteten Englischwahn schwertat.

»Survival, ja«, entgegnete Konarek und übersetzte, weil er sich nicht sicher war, ob Häberle etwas damit anfangen konnte. »Überlebenstraining in freier Natur. Meine Spezialität, müssen Sie wissen. Schon als ich noch Modeverkäufer in einem schicken Laden in Trier war, bin ich nachts raus zu den Bunkern des Westwalls – Sie wissen, was ich meine – und habe dort im Freien übernachtet.« Er grinste, ohne dass es angeberisch wirkte. »Und morgens schnell heim, geduscht, in' Anzug von Boss rein, Krawatte – und wieder im schnieken Laden gestanden.«

»Und dann? Wie haben Sie's zum Survival-Trainer geschafft?«

»Über die Bundeswehr. Hab mich freiwillig gemeldet. Spezialeinheiten. Fallschirmspringer und so. Hab dann Kontakt mit Jungs aus anderen Ländern gekriegt, na ja, das hat mir große Freude bereitet. Und dann kam's, wie immer in solchen Fällen: Wenn Sie das, was Ihnen Freude macht, zielstrebig verfolgen und Sie Ihre Ideen leben, dann schaffen Sie's auch.«

Häberle sah die Gelegenheit zum Einhaken gekommen. »Wie Bleibach, stimmt's?«

Konarek stutzte für einen Moment. »Genau – wie Bleibach.« Er zögerte. »Ein unglaublich charismatischer Typ. Ich bewundere ihn.«

Häberle überlegte, wie er sein Anliegen möglichst unauffällig anbringen konnte. »Sie stehen ihm nahe – genauso, wie dies inzwischen viele tun?«

»Wenn man den Umfragewerten Glauben schenken darf, ist mindestens jeder zweite Deutsche ein Fan von ihm.« Konarek grinste. »Also einer von uns beiden sicher – statistisch gesehen.«

Der Chefermittler verschränkte seine Arme vor der dick gefütterten Lederjacke. »Ich will gar nicht lange drum rumreden«, fuhr er sachlich fort. »Dass Sie Herrn Bleibach unterstützen, ist kein Geheimnis und auch nichts Ehrenrühriges. Mir geht es jedoch darum, ob auch Herr Seifried mit Herrn Bleibach zu tun hat.« Er entschied, mit offenen Karten zu spielen, zumal Konarek einen durchaus seriösen Eindruck machte. »Herr Seifried wurde vorige Nacht am Autobahn-Rasthaus

Leipheim ziemlich übel zugerichtet. Und dies, obwohl er sich doch hätte zur Wehr setzen können – denke ich jedenfalls.«

Konarek runzelte die Stirn. »Übel zugerichtet? Niedergeschlagen, meinen Sie?«

»Ja, so heftig, dass er sich an nichts mehr erinnern kann. Er hatte allerlei Werbematerial für Bleibach geladen. Bestimmungsort war München.«

Konarek dachte nach. »Wenn Seifried sich nicht wehren konnte, kann das nur zweierlei bedeuten: Entweder, er ist in einen Hinterhalt geraten und überrascht worden – oder er ist an jemanden geraten, der ebenfalls den Nahkampf beherrscht.«

»Sie meinen, an einen Ihrer Kunden?«

»Das ehrt mich, wenn Sie dies in Erwägung ziehen. Aber ich bin natürlich nicht der Einzige, der solche Kurse anbietet.«

Häberle nickte bedächtig. Seine Ruhe und Gelassenheit hatte schon manchen Übeltäter irritiert. Selbst Konarek wollte nichts mehr hinzufügen.

»Wenn jemand so erfolgreich ins politische Geschäft einsteigt wie Bleibach«, griff Häberle wieder den Faden auf, »dann hat so einer nicht nur Freunde.«

Wieder huschte ein Lächeln über Konareks Gesicht. »Das kann man wohl so sagen.«

»Sie als sein persönlicher Personenschützer – zumindest heißt es so in einschlägigen Kreisen –, Sie müssten doch die Anfeindungen hautnah erleben.« Der Chefermittler hatte entschieden, nicht direkt danach zu fragen.

»Wir brauchen nicht um den heißen Brei herumzureden, Herr Häberle«, konterte Konarek jetzt auf seine direkte Art. »Ich bin informiert. ›Barbarossa‹. Stimmt's?«

Häberle hatte damit gerechnet. Natürlich war davon

auszugehen, dass Bleibach seinen engsten Unterstützerkreis längst informiert hatte.

»Mich wundert, dass Sie das so ernst nehmen«, staunte Konarek.

»Na ja, so ernst wollen wir das auch nicht nehmen. Und das hätten wir auch nicht, aber die Sache mit Seifried hat uns wieder etwas hellhöriger gemacht. Mein Besuch jetzt bei Ihnen ist deshalb auch nur reine Routine.«

»Ich weiß«, entgegnete Konarek süffisant, »wenn's politisch wird, werden manche ein bisschen nervös.«

Häberle tat, als habe er diese Bemerkung überhört. »Darf ich fragen, wie ernst man diese Drohbrief-Geschichte bei Ihnen nimmt? Ich meine, im Umfeld von Herrn Bleibach.«

»Nachdem Sie mit ihm gesprochen haben«, gab sich Konarek informiert, »haben wir uns natürlich auch Gedanken gemacht. Aber wir vermuten, dass dies eher ein Versuch ist, uns alle einzuschüchtern. Mehr nicht.«

»Aber es wäre ja immerhin denkbar«, Häberle sprach leise und ruhig, »dass es – sagen wir mal – auch gewisse Gruppierungen gibt, die Ihnen und Herrn Bleibach nicht so gut gesonnen sind.«

Konarek legte die Beine übereinander, die in engen schwarzen Outdoor-Hosen steckten. »Den Sympathisanten stehen Heerscharen von Gegnern gegenüber. Das ist aber immer so, Herr Häberle. Wie es für alles auf diesem Planeten ein Plus und ein Minus gibt. Denn nur so funktioniert unsere schöne Elektronik.« Er lächelte. »So funktioniert es auch im gesellschaftlichen Leben – nur mit dem Unterschied, dass wir nicht so genau wissen, was positiv und was negativ ist. Weil auch die Negativen meinen, sie gehörten zu den Positiven. So lange sich dies alles im Gleichgewicht hält, ist es beherrschbar. Sobald es aber

Extreme gibt, die nach irgendeiner Seite ausreißen, droht alles zu kippen.«

»Aber Bleibach – gestatten Sie die Bemerkung – scheint ja ein gewisser Ausreißer aus diesem System zu sein, wenngleich – so, wie auch ich dies sehe – auf die positive Seite.«

»Genau das ist es doch. Dass plötzlich ein positiver Ausreißer das System in eine Richtung reißt. Und dann haben Sie, rein naturwissenschaftlich gesehen, natürlich das Phänomen, dass sich immer mehr Gegenkräfte bilden.«

Häberle wollte das Gespräch nicht ins Philosophische abdriften lassen. »Wenn ich Sie also richtig verstehe, dann erscheint es Ihnen denkbar, dass Bleibach in Gefahr ist.«

»Ob in Gefahr oder nicht – er ist mit Sicherheit aber irgendwelchen Personen ausgeliefert, die ihn, beziehungsweise uns, die wir ihm nahestehen, längst ausspionieren.«

Konarek sah den Kommissar provokant von der Seite an.

»Ganz sicher aber nicht von der Polizei«, entgegnete Häberle deshalb schnell. »Solange sich Bleibach und Sie alle an Recht und Gesetz halten, haben Sie derlei nicht zu befürchten.«

»Von der Polizei nicht«, stellte Konarek sachlich fest. »Aber es gibt ja noch andere Organisationen, die Interesse an Bleibachs Gepflogenheiten, Umgang und Vorlieben haben könnten.«

Häberle war klar, was er meinte.

»Wissen Sie«, fuhr Konarek fort, »ich hab' reichlich Erfahrung gesammelt mit solchen Dingen.«

»Mit *solchen Dingen*«, griff Häberle die Bemerkung auf. »Wollen Sie damit sagen, dass vielleicht der eine oder andere, der sich bei Ihnen für den Nahkampf ausbilden lässt, auch in solchen Dingen auskennt und sogar darin involviert ist?«

Konarek biss sich kurz auf die Unterlippe. »Ich geh mal davon aus, dass Sie selbst wissen, wie geheim solche Dinge sind.«

»Wenn ich Sie so höre, könnte ich daraus schließen, dass Sie Angriffe von sogenannten V-Leuten befürchten. Von wem auch immer die auf Sie angesetzt worden sind.«

»Ja, davon können Sie ausgehen«, war Konarek unerwartet offen.

»Im Klartext heißt das ja wohl, Sie trauen keinem.«

Konarek wich aus. »Ein gesundes Misstrauen hat in der politischen Szene noch nie geschadet.«

»Und um es ganz klar und unter uns zu sagen«, riskierte Häberle einen Frontalangriff, »auch ein Lkw-Fahrer, der Werbematerial für Bleibach rumkutschiert, könnte in Ihren Augen ein Spitzel sein?«

Konarek zuckte mit seinen durchtrainierten Schultern. »Was für eine Antwort erwarten Sie jetzt von mir?«

27

Ollerich war erleichtert. Er atmete tief durch. Endlich hatte sich Miriam Treiber wieder gemeldet. Endlich, nach eineinhalb Tagen, rief sie an. »Entschuldige«, sagte sie mit rauer Stimme, »aber ich hatte einen Auftrag zu erledigen. Streng geheim.«

»So geheim, dass du einfach abgetaucht bist«, brummte Ollerich verstimmt und sah von seinem Fenster aus auf die Lichter von Göppingen. »Ich hab mir bereits Sorgen um dich gemacht.«

»Ach, Enduro, wie oft soll ich dir noch sagen, dass du bei mir mit so was rechnen musst. Das ist doch mein Job. Außerdem kommt ihr auch mal ein paar Tage ohne mich zurecht.«

»Immer weniger«, knurrte er und berichtete ihr von dem seltsamen Zusammentreffen vor Konareks Trainingsraum und von dem Speicherstick, den ihm ein Unbekannter dort übergeben hatte.

»Ein Speicherstick?«, staunte Miriam.

»Ja, ein Speicherstick. Ich weiß nicht, was es bedeutet, aber du solltest dir das Ding mal anschauen.«

Sie schwieg.

»Bist du noch da?«, fragte er deshalb.

»Ja, klar. Du sagtest: ein Speicherstick. Woher kommt er denn?«

»Keine Ahnung. Steht kein Absender drauf. Geht auch nicht aus dem Inhalt hervor. Das Eigenartige ist nur, dass es Luftaufnahmen sind. Was heißt, Luftaufnahmen! Ich meine, es sieht so aus, als sei der Film mit einer fliegenden Kamera aufgenommen.«

»Fliegende Kamera?« Ihre Stimme klang kühl. »Und wo?«

»Bei mir in der Straße. Vom ganzen Straßenzug, insbesondere meinem Haus.«

»Ach – und was sieht man noch?«

»Nichts weiter. Der Film ist nur dreieinhalb Minuten lang.«

»Und kein Text? Kein Schreiben?«

»Nein, nichts. Du musst dir das anschauen. Wir sollten überlegen, was das bedeutet – auch im Zusammenhang mit diesem Drohbrief.«

Miriam schwieg für einige Sekunden, um dann zu sagen: »Ja, ja, ich schau bei dir vorbei.«.

»Sonst alles in Ordnung bei dir?«, fragte Ollerich nach, weil ihm Miriams Stimme verändert vorkam.

»Klar, alles bestens. Mach dir keine Sorgen. Ich hab nur jede Menge Arbeit.«

»Ach ja, da ist noch etwas«, fuhr Ollerich fort, »kennst du eigentlich eine Joanna Malinowska?«

»Nein, wieso?«, kam es schnell aus dem Hörer zurück.

»Sie ist irgendwie für die mittelständische Wirtschaft tätig und hätte gern ein Gespräch mit dir.«

»Mit mir? Wieso mit mir?« Miriams Stimme klang noch kühler.

»Weil sie dich als eine Art Managerin von Bleibach betrachtet.«

»Ach!« Miriam überlegte. »Hat sie gesagt, was genau sie will?«

»Nicht direkt«, antwortete Ollerich vorsichtig. »Sie hat am Telefon nur angedeutet, dass es für Steffen Bleibach sehr wichtig sei.« Er ergänzte: »Von existenzieller Bedeutung, hat sie betont.«

28

Es war ein grandioser Abend gewesen. Bleibach war nach der Kundgebung sofort ins Hotel gefahren, wo Evelyn bereits auf ihn wartete. Sie war leicht beschwipst, nachdem ihr der Termin mit dem Katalogmanager neue Aufträge beschert hatte.

Bleibach hatte zwei Piccolos aus der Minibar entkorkt und den perlenden Inhalt in zwei Gläser gegossen. »Auf uns!«, sagte er. Sie stießen an und zwinkerten sich gegenseitig provokant zu.

»Auf uns und unsere Erfolge«, hauchte sie. »Wir sind auf dem Weg in die Zukunft. Wir schaffen das.«

Als sie das Glas wieder absetzte, fragte sie: »Und, wie war's bei dir?«

»Gigantisch«, erwiderte er und spürte mit einem Mal seine innere Erschöpfung. »Du kannst dir nicht vorstellen, wie das ist, vor so vielen Menschen zu stehen und auf begeisterte Zustimmung zu stoßen. Das ist anders als Fernsehen. Hier bist du mit der Stimmung hautnah konfrontiert.«

Sie fuhr mit der Zunge über ihre roten Lippen. »Hautnah, ja«, hauchte sie wieder.

Er wusste, was sie meinte, und lächelte. »Wenn ich hautnah wörtlich meine, dann natürlich nur dich.«

Sie zog den Sessel näher zu ihm heran und strich ihm über den rechten Oberschenkel. »Aber eines Tages bist du Bundeskanzler.«

Er streichelte ihr Haar und sah ihr tief in die Augen. »Und du wirst meine First Lady. Stell dir vor, wie es wäre, im Weißen Haus zu dinieren oder im Kreml oder in China.«

»Ha«, entfuhr es ihr, »aber zu Berlusconi fahr ich allein.«

Bleibach musste über diese Anspielung auf die Frauengeschichten des italienischen Staatspräsidenten grinsen. Dann holte er tief Luft, um sich wieder in die Realität zurückzuholen. »Der Weg dorthin ist weit, sehr weit, Evelyn. Und steinig und hart. Gegen einen Bundestagswahlkampf ist das, was wir jetzt machen, ein Ministranten- oder Konfirmandenausflug, je nachdem, wie du's sehen willst.«

»Aber die Zahl deiner Fans steigt doch täglich.«

»Und die der Gegner aber auch.«

»Ach was.« Sie nahm noch einen Schluck Sekt. »Du sagst doch immer, du gehst deinen eigenen Weg. Du bist schon ein Riesenstück vorwärts gekommen. Geh ihn weiter. Wer sich nur nach anderen orientiert, geht im Kreis oder schlägt Purzelbäume, wie man das unserer derzeitigen Kanzlerin so gerne nachsagt. Geh deinen Weg. Und wenn er sich als falsch erweisen sollte, dann hast du es wenigstens versucht. Denn du gehst ihn, weil es dir wichtig ist. Aber selbst dann, wenn er in eine Sackgasse mündet, dann war es zumindest den Versuch wert. Und du brauchst dir keine Vorwürfe zu machen, es nicht wenigstens probiert zu haben.«

Er mochte es, wenn sie so sprach. Das tat sie immer, wenn sie ein bisschen beschwipst war. Dann verflogen die Hemmungen, die sie manchmal vor ihm hatte, weil sie glaubte, nicht so gut formulieren zu können wie er.

»Du stehst auf der Seite derer, die Veränderungen wollen, die mit dir optimistisch in die Zukunft gehen möchten. Du bist für sie ein kleiner Messias.«

»Bitte nicht«, wiegelte er ab. »Ich mag das Wort nicht. Ich bin zu dem geworden, was ich bin – weil ich mir immer treu geblieben bin, verstehst du? Vielleicht hab ich das Glück der passenden Gene gehabt – und eines günstigen Umfeldes –, vor allem auch einer Zeit, die für meine Gedanken reif ist. So, wie es auch eine Zeit für das Böse gibt – und das haben wir in diesem Land mehr als genug erlebt –, so gibt es auch eine Zeit für das Gute.«

Sie überlegte, um dann spontan etwas zu sagen, womit er nicht gerechnet hätte: »Prediger, Kapitel drei, Verse eins bis acht.«

»Ich wusste gar nicht, dass du so bibelfest bist«, stutzte

er. »Was steht da eigentlich – bei diesem Prediger?« Er sah sie verwundert an.

»›Ein jegliches hat seine Zeit‹ steht da. Ist übrigens das einzige Bibelzitat, das ich mir gemerkt habe, weil es in vielen Lebenslagen passt.«

Bleibach wusste nicht, was er darauf antworten sollte. Er wollte es daher bei einer allgemeinen Bemerkung belassen: »Es ist erstaunlich, wie viele Bibelzitate zu unserem modernen Leben passen.« Auch er griff in seinen Reden gelegentlich darauf zurück – um damit zu dokumentieren, dass er das Land trotz aller Weltoffenheit und Globalisierung in die christlich-abendländische Kultur eingebunden sehen wollte. Er war nicht nur ein Verfechter der regionalen Identität, sondern vertrat, wo immer es ging, die Überzeugung, dass ein friedliches Zusammenleben nur möglich war, wenn sich die Menschen gegenseitig akzeptierten und tolerierten – vor allem aber nicht versuchten, sich in Traditionen anderer Länder und Regionen einzumischen oder sie gar zu irgendetwas zu ›bekehren‹. Wer es vorzog, in anderen Kulturkreisen zu leben, durfte dies tun – doch sollten dabei die dortigen Gefühle, Traditionen und Gesetze respektiert werden.

Gerade, als er Evelyn dies alles sagen wollte, unterbrach ihn der Signalton seines iPhones. Damit wurde eine Nachricht über das soziale Netzwerk Facebook angekündigt.

»Fanpost«, schmunzelte Evelyn. Es war seit Wochen immer wieder dasselbe. Wenn er sein Gerät nicht abgeschaltet hatte, kamen regelmäßig Botschaften – überwiegend positiver Art, aber natürlich auch Beschimpfungen und bisweilen Drohungen.

Er entschuldigte sich und fingerte nach seinem iPhone, das sich in der Innentasche seines Jacketts befand, das er über einen Stuhl gehängt hatte. Flink drückte er einige

Tasten und las die Meldung. Dabei wich die Freude über den gelungenen Abend schlagartig aus seinem Gesicht. Er las die Sätze noch ein zweites Mal, während Evelyn ihm anmerkte, dass es offenbar keine positive Fanpost war.

Bleibach schluckte, blieb für einen Moment regungslos stehen und wusste nicht, ob er jetzt die Wahrheit sagen sollte.

29

Häberle hatte den voradventlichen Abend mit seiner Frau Susanne bei einem Gläschen württembergischem Wein – einem Trollinger mit Lemberger – verbracht. Im Schein einiger Kerzen, die in Gestecken mit Tannenreisig flackerten, waren sie gemeinsam die Ereignisse der vergangenen Tage durchgegangen. Häberle fühlte sich in dieser Atmosphäre geborgen. Er war seiner Frau unendlich dankbar, dass sie in all den Jahrzehnten das Interesse an seinem Job nicht verloren hatte. Oft schon waren sie im trauten Kreis auf eine Idee gestoßen, mit der die Ermittlungen in dem einen oder anderen Fall einen entscheidenden Schritt weiterkamen. Susanne war immer die Außenstehende, die deshalb vermeintlich ›dumme Fragen‹ stellte, damit jedoch neue Impulse brachte.

Auch innerhalb der Polizeidirektion war man sich über das weitere Vorgehen uneins, zumal inzwischen das für Leipheim und Neu-Ulm zuständige Polizeipräsidium Schwaben Süd/West in Kempten wissen wollte, was Göppingen zu tun gedenke.

Direktionschef Hans Baldachin wartete offenbar stündlich auf irgendwelche Anweisungen aus dem Landes-Innenministerium. Doch weil man sich dort bedeckt hielt, sah er sich zunehmend von einer inneren Stimme genötigt, eine Entscheidung herbeizuführen, um nachher nicht als zögerlich dazustehen.

Andererseits konnte man bei politischen Angelegenheiten leicht zwischen alle Fronten geraten oder sogar aufs falsche Pferd setzen, womit es dann ratsam war, so schnell wie möglich in Deckung zu gehen, um nicht in die Schusslinie zu geraten oder als Bauernopfer auserkoren zu werden.

»Die Entscheidung kann ich Ihnen nicht abnehmen. Sie sind der Chef«, stellte Häberle an diesem Novembermorgen fest.

Baldachin wirkte ungewöhnlich nervös und ließ erkennen, wie dünnhäutig man in den leitenden Etagen der Polizei bereits geworden war. Immerhin forderte das umstrittene Stuttgarter Bahnprojekt mit all seinen Demonstrationen eine hohe Polizeipräsenz – auch wenn gerade erst die Schlichtung mit Heiner Geißler für eine gewisse Abkühlung der erhitzten Gemüter sorgte. Aber seit dem sogenannten schwarzen Donnerstag, dem 30. September, als mit Wasserwerfern gegen die Demonstranten vorgegangen worden war und das Foto jenes Mannes, dem ein Wasserstrahl die Augen quasi herausgerissen hatte, durch die Presse ging, hatten die Auseinandersetzungen eine neue Qualität angenommen. Da fehlte es jetzt gerade noch, dass es mit Bleibach weitere politische Unruhen gab. Immerhin war in rund vier Monaten in Baden-Württemberg Landtagswahl und manche aus bürgerlichen Regierungskreisen befürchteten schon, nach 58 Jahren die Macht zu verlieren, und dies womöglich sogar an die Grünen. Dies käme einem Kulturschock gleich, hatte ihm ein ehemaliger Studienfreund aus der Ministerialbürokratie schon vor einigen Wochen zugeflüstert – und verraten, dass der Ministerpräsident keinen Spaß verstehen würde, sollte im nächsten Vierteljahr sicherheitspolitisch etwas aus dem Ruder laufen. Baldachin war zwar noch rechtzeitig vor der Pensionierung in eine Position gehievt worden, die ihm finanzielle und berufliche Sicherheit bescherte, doch ließen ihn solche Bemerkungen aufhorchen.

Dies alles dürfte ihm im Bruchteil einer Sekunde durch den Kopf gegangen sein, als er jetzt Häberle gegenübersaß, der ein vielsagendes Grinsen andeutete. Aus jahrelanger Erfahrung wusste er um die politischen Seilschaften, die in diesem Bundesland, das von jeher von ein und derselben Partei regiert wurde, umso enger geknüpft waren. Das hatte unbestritten Vorteile für alle jene, die mit am Seil hingen. Denn selbst, wenn sie fielen, gab es zahlreiche Netze, die sie auffingen und in irgendwelchen Institutionen, Beratungsgesellschaften oder Verbänden und Lobbyisten-Runden für Lohn und Brot sorgten – natürlich nicht leistungsbezogen.

»Ich schlage vor«, gab sich Baldachin plötzlich entschlossen, »wir ermitteln mal auf kleiner Flamme. Sie und dieser junge Kollege, der so gerne mit Ihnen zusammenarbeitet …« Er suchte nach dem Namen. Häberle ergänzte ihn: »Linkohr, Mike Linkohr.« Der Chefermittler grinste in sich hinein. Es war ihm bisher eine Freude gewesen, mit dem engagierten jungen Kollegen gemeinsam zu ermitteln, der sich seinen Charakter noch nicht von Bürokraten und Dummschwätzern hatte verderben lassen. In diesem Moment fiel Häberle auch ein, dass er schon lange nichts mehr von Linkohrs glücklosen Frauengeschichten gehört hatte. Er würde ihn deshalb nachher gleich anrufen, beschloss er.

»Aber ohne großes Aufsehen«, riss ihn Baldachin aus seinen Gedankengängen, wobei der Direktionschef natürlich etwas anderes meinte als die Dinge, die Häberle gerade durch den Kopf gewandert waren.

»Es geht mir darum, die Szene zu beobachten, vielleicht den Kontakt nach Neu-Ulm zu halten …« Er wollte noch etwas sagen und schien um eine Formulierung zu ringen. »… und vernetzen Sie sich in der Sache auch mit Brunzel.«

»Mit Brunzel?«, staunte Häberle. Brunzel hatte sich schließlich in all den Jahren, in denen sie zusammenarbeiteten, so gut wie gar nicht in seine Karten blicken lassen.

»Ich hab ihm entsprechende Anweisung gegeben«, sagte Baldachin, als könne er Häberles Gedanken erraten. »Und noch etwas«, fügte er an, »ich will stets über alles informiert werden. Über alles. Auch über Kleinigkeiten. Haben wir uns da verstanden?«

Häberle nickte. Ihm war klar, dass ihn nur sein Alter davor bewahrte, auf die Risiken und Nebenwirkungen eines Karriereknicks hingewiesen zu werden.

30

Die Nacht lag lau über Coober Pedy. Über der klaren Luft des Outbacks präsentierte sich der Sternenhimmel wieder in seiner ganzen Schönheit. Doch Maximilian Greenman konnte nicht schlafen. Er stand jetzt, kurz vor 22 Uhr, am offenen Fenster und blickte über die kleinen Häuschen hinweg, die knapp 50 Meter von ihm entfernt standen und nur wenig beleuchtet waren. Mein Gott, wie weit war er von zu Hause weg. Immer, wenn er in schlaflosen Nächten so dastand, stellte er sich den Planeten Erde vor, der als unscheinbare Kugel im Nichts in der feindlichen Umgebung des Universums schwebte. Es gab kein Unten und kein Oben – und nur, weil den Menschen von Kindheitstagen an der Globus so dargestellt wurde, dass der Nordpol oben war, bildeten sich die Bewohner der nördlichen Breitengrade ein, ›oben‹ zu wohnen. In Wirklichkeit jedoch vermochte aus dem Weltall niemand zu sagen, was nun tatsächlich oben oder unten war. Überdies suggerierte die Schwerkraft den Menschen auf der Erde ohnehin, dass dort, wo ihre Füße den Boden berührten und wohin die Gegenstände fielen, ›unten‹ sei. Jeder Mensch stand, für sich allein gesehen, immer ›auf‹ der Erde und hatte nie den Eindruck, auf einer Kugel zu gehen. Greenman musste an einen Heimflug denken, der ihn nicht über Südostasien, sondern über den amerikanischen Kontinent geführt hatte. Seither konnte er im Freundeskreis witzeln, er habe sich von der Kugelform der Erde selbst überzeugen können. Jetzt aber wollte er diese Gedanken nicht weiter verfolgen. Viel wichtiger war ihm die Frau, die ihm jene rätselhaften Nachrichten übermittelt hatte. Sie ist in Gefahr, hämmerte es in seinem Gehirn. Sie wird verfolgt, bedroht oder in etwas hineingezogen, das alles übersteigt, was sie bisher erlebt hat. Irgendetwas in seinem Kopf spielte ihm ein Horror-Szenario vor. Denn wenn es ganz schlimm kam, war sie vielleicht schon tot.

Während er am offenen Fenster stand, diese Schreckensfantasien über sich ergehen ließ und die fremdartigen Stimmen exotischer Vögel dazu die schaurige Hintergrundmusik lieferten, drang das Geräusch eines näherkommenden Motors zu ihm herüber. Die schmale Zufahrtsstraße, die in dieses großzügig bemessene Wohngebiet führte, verlief etwa 50 Meter abseits des Grundstücks, das mit Natursteinen abgegrenzt war. Einige blassgrüne Sträucher, die tagsüber ein bisschen Schatten spendeten und deren Namen sich Greenman nicht merken konnte, fristeten ein eher trostloses Outback-Dasein. Er war darauf bedacht, das Areal übersichtlich zu belassen, um Schlangen keine Unterschlupfmöglichkeit zu bieten. Denn nichts hasste er mehr als Schlangen. Und die gab es hier reichlich, hatte er sich sagen lassen. Glücklicherweise war ihm erst ein einziges Mal eine begegnet. Vermutlich eine besonders giftige Death Adder.

Zwei Minuten nachdem sich das Motorengeräusch hinter der Gebäudeecke verloren hatte, zerrissen die elektronischen Töne der Haustür-Sprechanlage das Idyll des nächtlichen Vogelgezwitschers. Greenman zuckte zusammen und schaute instinktiv auf seine Armbanduhr. 23.10 Uhr. Obwohl es durchaus vorkam, dass ihn einige Kollegen zu dieser Zeit noch besuchten – insbesondere, wenn es einen Geburtstag zu feiern gab und sie auf dem Heimweg von der Spätschicht waren –, so erschien ihm heute ein spätabendlicher Besuch doch ungewöhnlich. Er ging in die beleuchtete Diele und meldete sich über die Sprechanlage mit einem knappen: »Hallo?«

»Mr. Greenman?«, schepperte eine Männerstimme im Hörer. Er versuchte krampfhaft, sie jemandem zuzuordnen. Doch der Tonfall war ihm nicht vertraut.

»Yes«, entfuhr es Greenman und er lauschte.

»Oder soll ich lieber Max Grüninger sagen?«, sprach die Stimme im Hörer unerwartet auf Deutsch.

»I don't understand«, gab er sich vorsichtig zurückhaltend. Dass ihn jemand mit seinem deutschen Namen anredete, obwohl er diesen seit seiner Ankunft in Coober

Pedy nie benutzt hatte – zumal sich ein Umlaut nur schwer schreiben ließ –, steigerte sein Misstrauen.

»Ich denke, wir können ruhig Deutsch miteinander reden«, schlug der Unbekannte vor.

Greenman zögerte. »Und wer sind Sie?«

»Ein Freund«, kam es zurück. »Oder besser gesagt: Jemand, der es gut mit Ihnen meint. Der ein Angebot für Sie hat.«

»Jetzt – um diese Zeit?« Greenman hatte zwar in all den Jahren, seit er hier war, noch keine unliebsamen Bekanntschaften gemacht, doch erschien es ihm trotzdem ratsam, angesichts der spätabendlichen Stunde Vorsicht walten zu lassen.

»Ja, um diese Zeit«, echote der Unbekannte, »ich soll Ihnen Grüße bestellen – Grüße von jemandem, der Ihnen sehr nahesteht. Oder besser gesagt: Von einer Frau, die Ihnen sehr nahesteht.«

Greenman stutzte. Er spürte plötzlich, wie sein Herz schneller zu pochen begann. Von einer Frau? Sagte der Kerl ›von einer Frau‹?

Die Stimme im Hörer nahm einen Flüsterton an: »Sie wollten doch schon immer einen australischen Pass, Herr Grüninger. Habe ich recht?«

Greenman fühlte sich wie vom Blitz getroffen.

31

Die Spedition Graumann und Hinz war in einem Gewerbegebiet in dem kleinen Städtchen Geislingen an der Steige angesiedelt, gerade mal 20 Kilometer von Häberles Dienstsitz entfernt. Jedes Mal, wenn er hier zur nördlichen Kante der Schwäbischen Alb fuhr, überkam ihn eine innere Zufriedenheit, in einer solch idyllischen Gegend arbeiten zu dürfen. Das war der krasse Gegensatz zu den Jahren, in denen er in der Landeshauptstadt Stuttgart die Hektik und den Stress eines Ballungsgebiets erlebt hatte. Im Vergleich dazu war der Verkehr auf der Bundesstraße 10 in Richtung Ulm geradezu erträglich – auch wenn ihn die Menschen, die sich alltäglich in lange Ampel-Staus einreihen mussten, als eine Zumutung empfanden.

Die Alb erhob sich mit ihren bewaldeten Hängen wie eine Mauer. Jetzt, in diesen Novembertagen, waren die Berge nebelverhangen. Sie wirkten geradezu drohend. Häberle stellte sich vor, wie prachtvoll sie in vier Monaten sein würden, wenn frisches Grün in allen Schattierungen sie bedeckte. Und er musste daran denken, wie faszinierend die Jahreszeiten waren, die einem auf wundersame Weise die unbändigen Kräfte der Natur vor Augen führten. Zwar würde er gerne in südlicheren Gefilden wohnen, doch ohne den Wechsel der Vegetation konnte dies auf Dauer langweilig sein, dachte er, als er in das Gewerbegebiet einbog. Die Spedition war nicht zu übersehen. Vor einem flachen Gebäude, das vermutlich ein Hochregallager enthielt, waren ein halbes Dutzend blau lackierter Sattelzüge rückwärts an die Laderampen heranrangiert.

Häberle zwängte seinen weißen Dienst-Audi in eine Parklücke entlang der Zufahrtstraße, ging die paar Schritte durch die feuchtkalte Luft zum Eingang des Bürogebäudes und stellte sich der jungen Dame am Empfang vor. Sie war im Voraus über sein Kommen informiert worden und führte ihn ins Chefbüro im ersten Stock. Michael Schlegel, ein agiler Mann mittleren Alters, bot ihm einen Platz in der Besucherecke an und ließ von einer Sekretärin Kaffee bringen.

Häberle hatte ihm am Telefon gesagt, worum es ging, sodass Schlegel bereits die erwünschten Unterlagen vorweisen konnte. »Ich kann mir, ehrlich gesagt, nicht vorstellen, dass Herr Seifried in irgendwelche Unregelmäßigkeiten verstrickt ist«, sagte er in einem Ton, der ihn sympathisch machte. Häberle, der im Umgang mit allen gesellschaftlichen Schichten geübt war, taxierte sein Gegenüber berufsbedingt kritisch. Kein Schwätzer, stellte er fest, sondern einer, der offenbar mit beiden Beinen auf festem Boden stand. Immerhin bedurfte das Speditionsgewerbe auch eines Zupackers, der den rauen Sitten gewachsen war, die im internationalen Transportwesen längst an der Tagesordnung waren. »Überfälle auf Fahrer kommen leider ab und zu vor«, fuhr Schlegel fort und schlug die Beine übereinander. Er trug Jeans, was ihn für Häberle noch sympathischer erscheinen ließ. »In Frankreich haben Ganoven schon einmal einem Fahrer ein Loch in die Wand des Führerhauses gebohrt, narkotisierendes Gas eingeleitet und den Fahrer dann ausgeraubt«, erklärte der Speditionschef weiter. »Hierzulande sind wir weitgehend davor gefeit.«

»Herr Seifried fährt immer dieselben Strecken?«, erkundigte sich Häberle und nahm einen Schluck Kaffee.

»So kann man das eigentlich nicht sagen. Vorgestern ist er für einen Kollegen eingesprungen, der sich kurzfristig krank gemeldet hat. Herr Seifried wäre sonst einen Tag im Nahverkehr eingesetzt gewesen.«

»Er war also außerplanmäßig unterwegs?«

»Ja, so kann man das sagen. Das ist aber nichts Besonderes. Wir haben über 120 Fahrer, da müssen Sie flexibel auf alles Mögliche reagieren können.«

»Wusste er denn, was er geladen hatte?«

Schlegel runzelte die Stirn. »Ich weiß, worauf Sie anspielen. Wenn es sich um kein geschlossenes Stückgut handelt, wissen das die Fahrer. Sie müssen schließlich ein- und ausladen. Außerdem geht das alles aus den Frachtpapieren hervor.« Er zögerte. »Im Übrigen sollten Sie wissen, dass wir zu jedem Zeitpunkt den Standort unserer Fahrzeuge kennen. Und dies sogar rückblickend. Bereits gelaufene Touren werden mit allen Stopps auf die Minute genau aufgezeichnet. GPS-Ortung ist in unserem Gewerbe inzwischen Standard. Der Disponent muss wissen, wo sich gerade ein Fahrzeug mit freiem Laderaum befindet.« Er zögerte erneut. »Sie gehen aber nicht davon aus, dass all dies irgendetwas mit Bleibach zu tun hat?«

Häberle zuckte mit den Schultern, während sein Blick auf den Kugelschreiber fiel, den Schlegel in den Fingern drehte. Es war eindeutig ein Werbegeschenk des beliebten Politikers. »Wir glauben derzeit nicht, dass Zusammenhänge bestehen. Darf ich fragen, wer der reguläre Fahrer gewesen wäre?«

»Natürlich. Das ist kein Geheimnis. Er heißt Ollerich, Andreas Ollerich.«

Häberle griff zu seiner Kaffeetasse, um mit einem Schluck daraus eine Pause zum Nachdenken entstehen zu lassen. »Ein unauffälliger Typ?«, fragte er schließlich, als habe ihn Schlegels Antwort nicht überrascht.

»Ja, völlig. Fleißig, tüchtig. Fährt gerne weitere Strecken.« Schlegel drehte jetzt den Kugelschreiber schneller. »Und falls Sie tatsächlich eine Verbindung zu Bleibach suchen – hier hätten Sie sie.«

Häberle zeigte sich interessiert. »Ach?«

»Ja, er ist der Bruder von Enduro Ollerich, diesem Werbefritzen, der auch den Bleibach managt.« Schlegel legte den Kugelschreiber auf die gläserne Tischplatte und fügte hinzu: »Na ja, aber die beiden scheinen sich nicht sonderlich grün zu sein, wie man so hört.«

Häberle nahm das kommentarlos zur Kenntnis und wechselte das Thema. »Sie haben vorhin erklärt, Sie könnten jederzeit den Standort Ihrer Fahrzeuge feststellen. Die Fahrer sind also unter ständiger Überwachung, wenn man so will. Aber ist es denn denkbar, dass sie auch Fracht dabeihaben, von der Sie keine Ahnung haben?«

»Schwarz?« Schlegel war leicht irritiert. »Sie meinen, auf eigene Rechnung? Wohl kaum. Zumindest nichts Großes – nichts, was das Frachtvolumen schmälern würde. Außerdem brauchen Sie heutzutage für alles, was Sie transportieren, entsprechende Papiere. Und die Kontrollen auf der Autobahn sind streng.«

»Ich hab' jetzt nicht an Stückgut gedacht, sondern an handliche, kleinere Dinge.« Häberle zuckte mit einer Augenbraue.

»Niemand kontrolliert natürlich, was die Fahrer in der Hosentasche oder in ihrer Vespertasche haben«, erwiderte Schlegel, noch immer verwundert.

32

Katsche nahm einen Schluck aus der Bierflasche und sah in die Runde seiner drei schweigenden Freunde. »Nicht jede Aktion kann glattlaufen«, beruhigte er sie, als er den Bügelverschluss wieder nach unten drückte. »Aber so lange wir uns keine größeren Schnitzer leisten, gibt's keinen Grund zum Jammern.« Er spürte wieder den von seinen Kumpeln fabrizierten unangenehmen Zigarettenqualm im Hals.

Die Luft in dem unaufgeräumten Wohnzimmer war zum Schneiden. Vermutlich wurde aus Angst, jemand könnte durchs Fenster hereinblicken, seit Wochen nicht mehr gelüftet. Dabei lag das alte Bauernhaus, das sie vor einem Jahr am Stadtrand von Neu-Ulm angemietet hatten, abseits der asphaltierten Feldwege, die vermutlich vor Jahrzehnten im Rahmen der Flurbereinigung angelegt worden waren. Nur die Motorengeräusche von der nahen Autobahn störten das Idyll, das sich hinter hohen Bäumen und dichten Hecken verbarg. Bis zum nächsten Gehöft, das ebenfalls nicht mehr bewirtschaftet wurde, waren es mindestens 700 Meter. Den betagten Eigentümern hatten sie vorgegaukelt, ein Künstler-Domizil einrichten zu wollen. Um ein gewisses Interesse an der Landwirtschaft vorzutäuschen, hatten sie die Idee gehabt, ein halbes Dutzend Gänse anzuschaffen. Diese Tiere erforderten zwar eine gewisse Pflege, waren dafür aber auch eine zuverlässige ›Alarmanlage‹. Sobald sich jemand dem weiträumig umzäumten Gehöft näherte, stimmten sie ein lautes Geschnatter an.

»Ich erwarte natürlich«, sprach Katsche langsam weiter, nachdem keiner aus der Runde etwas sagte, »dass jeder von uns sein Bestes gibt.« Er blickte von einem zum anderen. Weil sein Blick etwas zu lange auf Andy verweilte, sah sich dieser zu einer vorsichtigen Bemerkung veranlasst. »Ich kann nur sagen, ich bin voll dabei.« Es klang unsicher und ängstlich.

»Ich hab nichts anderes erwartet«, gab Katsche militärisch knapp zurück. »Du weißt selbst am allerbesten, was um uns herum läuft.« Er sprang auf, als habe er eine innere Energie nicht mehr zurückhalten können. »Ihr müsst euch im Klaren sein, worauf ihr euch eingelassen habt. Die Flieger würden sagen, der ›Point of no return‹ ist überschritten – also der Punkt, ab dem es nur noch den Weg nach vorne gibt – keine Rückkehr mehr. Denkt immer daran: Entweder tun's wir oder keiner.«

Pommes, der Dickleibige, lehnte sich in dem alten Holzstuhl so weit zurück, dass es bedrohlich knarzte. »Vielleicht solltest du dem Kollegen klipp und klar sagen, was passiert, wenn jemand ein Doppelspiel betreibt.« Es klang überheblich und selbstgefällig.

Andy zündete sich eine Zigarette an. Er war voriges Jahr als Letzter zu der Gruppe gestoßen und hatte inzwischen geglaubt, alle Skepsis überwunden zu haben. Noch während er nach Worten rang, stellte Katsche fest: »Ich hätte euch Andy nicht mitgebracht, wenn er ein Stinkstiefel wäre. Deshalb gilt alles, was ich gesagt habe, für jeden von uns. Damit das klar ist: Für jeden von uns.« Er blieb hinter dem alten Sofa stehen, sodass sich Ucki, der dort saß, respektvoll zu ihm umdrehte. »Ich sage dies, wohl wissend, dass es hier um ein großes Ding geht. Dass wir damit in der Lage sind, viel Geld verdienen zu können – sehr viel Geld …« Er versuchte, dieser Feststellung noch mehr Nachdruck zu verleihen: »So viel, dass wir, wenn wir's richtig anstellen, nicht mehr zu arbeiten brauchen. Doch dafür verlange ich Disziplin, Ausdauer und absolute Loyalität.« Er kam wieder zur Mitte des Raumes. »Diese absolute Loyalität muss auch dann gelten, wenn es Angebote gibt, die noch verlockender erscheinen.« Er sah seine Freunde nacheinander an. »Ich hoffe, jeder versteht, was ich meine.« Wieder war sein Blick auf Andy gerichtet. »In dieser Branche muss jeder genau wissen, worauf er sich eingelassen hat.« Er räusperte sich. »Wo's um viel Geld geht, wird gnadenlos vorgegangen.« Noch einmal legte er eine kurze Pause ein, während der Ucki und Pommes teilnahmslos Rauchkringel in die ohnehin schon schlechte Luft bliesen. »Doppelpässe gibt's nur im Fußball. Nicht bei uns. Mehr möchte ich dazu jetzt nicht sagen.«

33

Bleibach war kreidebleich. Hatte er die Anstrengungen der zurückliegenden Wochen und Monate noch vergleichsweise leicht weggesteckt, so war die Facebook-Botschaft der vergangenen Nacht wie ein Tiefschlag gewesen. Es schien ihm, als habe ihn seine Vergangenheit auf grausame Weise eingeholt. Plötzlich war es ihm wie Schuppen von den Augen gefallen. Doch statt Erleichterung über eine plötzliche Erkenntnis, senkte sich ein düsterer Vorhang auf sein Gemüt. Joanna. Es war Joanna. Die strohblonde Frau, deren Anwesenheit ihn bei vielen seiner Kundgebungen verunsichert hatte, war Joanna. Natürlich. Sein Schwarm aus glücklichen Studentenzeiten. Joanna, die mit ihren Eltern aus Polen übergesiedelt war, hatte ihm für einige Monate den Kopf verdreht. Doch wie in den wilden jungen Jahren das Leben so spielte, hatten ihre Karriereziele sie beide in unterschiedliche Richtungen geführt. Und weil es damals noch nicht die heutigen elektronischen Kommunikationsmöglichkeiten gegeben hatte, war irgendwann der Kontakt abgebrochen. Immer seltener dachte er noch an sie. Er war Realist genug, um zu wissen, dass man nicht vergangenen Gefühlen nachtrauern sollte, weil sich nicht nur Menschen, sondern auch deren Sympathien ändern konnten. Wer selbst an Vergangenem festhielt, vergaß oft genug, dass andere damit schon längst abgeschlossen hatten.

Aber Joanna – sie war wirklich aufregend und erfrischend direkt gewesen, intellektuell und romantisch gleichermaßen. Aufgeschlossen für alles und mit einem Lächeln, das ihn dahinschmelzen ließ. Vielleicht waren es das Lampenfieber und die Aufregung gewesen, die seine Erinnerung blockiert hatten. Aber aus der Tatsache, dass sie ihm in der Masse der Zuhörer aufgefallen war, schloss Bleibach, dass sie noch immer sein Unterbewusstsein beschäftigte.

»Wie lange ist das her?«, riss ihn die Stimme Miriams aus diesen Gedanken.

»Ich schätze mal, 15 Jahre«, antwortete er langsam. Weder sie noch Lars Konarek oder Enduro Ollerich hatten ihn jemals mit so schwacher Stimme reden hören. »Aber ich sag's euch noch mal«, fuhr er fort, nachdem keine der drei anderen Personen, die in den weit ausladenden Ledersesseln seines Wohnzimmers versunken waren, etwas von sich gegeben hatte, »ich habe sie nicht vergewaltigt. Niemals. Ich schwöre euch das.« Bleibach holte tief Luft. »Sie hätte das doch sonst schon früher angezeigt – und nicht erst jetzt. Oder wie seht ihr das?«

Miriam blickte ihn mit versteinertem Gesicht von der Seite an. Sie blieb sachlich. »Und dass sie's tut, hat sie dir vergangene Nacht per Facebook mitgeteilt? Einfach so?«

»Wie ich doch sage. Aus heiterem Himmel. Da verfolgt sie mich seit Wochen von einer Veranstaltung zur anderen – und plötzlich fällt ihr ein, sie könnte mich anzeigen.«

»Da steckt was ganz anderes dahinter«, kommentierte Konarek, der wie ein gebändigtes Energiebündel in seinem Sessel hin- und herrutschte. »Man will dich fertigmachen. Solche Beispiele gibt's doch immer wieder.«

Ollerich stützte nachdenklich sein Kinn mit der linken Faust ab. »Auch wenn an so was nichts dran ist. Manchmal reicht's, ein Gerücht in die Welt zu setzen, um jemanden fertigzumachen. ›Waidwund schießen‹ nennt man das.«

»Deshalb hat sie wohl um ein Gespräch mit mir nachgesucht – wie du mir gestern gesagt hast«, stellte Miriam fest. »Sie hat doch was von ›existenzieller Bedeutung‹ für Steffen erwähnt – entsinne ich mich da richtig?«

Ollerich nickte. Erst jetzt fiel ihm die leichte Hautabschürfung an Miriams Kinn auf. Sie hatte offenbar versucht, eine Verletzung mit Make-up zu kaschieren.

»Haben wir eine Kontaktadresse?« Miriams Stimme ließ ihm keine Zeit für Überlegungen.

»Nein, sie wollte sich wieder melden.«

»Erpressung«, überlegte Konarek laut. »Sie will uns erpressen.«

»Oder sie geht gleich zur Polizei«, gab Bleibach zu bedenken und schloss erschöpft die Augen. Er wollte gar nicht daran denken, was dies für seine Karriere bedeuten würde. Möglicherweise sperrten sie ihn auch gleich ein. Wer konnte schon wissen, welche politischen Fäden in der Justiz gezogen wurden?

34

Mike Linkohr, ein drahtiger Mann Anfang 30 und auf dem besten Wege, in die Fußstapfen seines großen Vorbildes August Häberle zu treten, zeigte sich in der provinziellen Kriminalaußenstelle Geislingen hoch erfreut, dass man ihn wieder mal zur Direktion in die Kreisstadt Göppingen beorderte. Mit Häberle zusammenzuarbeiten, das galt inzwischen als besondere Ehre. Zwar sah die Angelegenheit des niedergeprügelten Lkw-Fahrers keinesfalls nach einem großen Fall aus, aber die befürchteten Zusammenhänge mit den Auftritten des bundesweit bekannten Politikers

Bleibach ließen zumindest spannende Gespräche erwarten. Linkohr hatte schon mehrfach erlebt, wie genüsslich der Chefermittler jegliche Versuche der Einflussnahme aus Parteikreisen abschmettern konnte.

»Unsere Vorturner sind nervös«, erklärte Häberle und meinte die Polizeidirektoren auf Kreis- und Landesebene, während Linkohr am abgerundeten Besuchertisch Platz nahm, um sich die Hintergründe erläutern zu lassen. Obwohl er einen spannenden Fall erhoffte, wünschte er sich sehnlichst ein freies Wochenende. Denn er würde zum ersten Mal Sigrid treffen, eine junge Frau, die er über eine Partnervermittlung im Internet kennengelernt hatte. Seit zwei Wochen schrieben sie sich heiße Mails, tauschten Fotos aus und telefonierten neuerdings sogar per Skype übers Internet, wofür er sich eigens eine kleine Videokamera gekauft hatte, die man an die Oberkante des alten Laptop-Monitors klemmen konnte. Es war unglaublich aufregend gewesen, sich per Video-Telefonie gegenüberzusitzen und sich virtuell in die Augen zu sehen. Sigrid hatte sich mit einem Oberteil gezeigt, das tiefe Einblicke zuließ. Und nun, nach all den ausgiebigen Gesprächen und Mails, war für den morgigen Samstagabend das erste ›Date‹ verabredet worden. Linkohr hätte die junge Frau am liebsten daheim abgeholt, aber sie hatte abgewehrt und vorgeschlagen, dass sie sich beim ›Jungen Griechen‹ in Eislingen treffen sollten. Das Lokal lag direkt an der Ortsdurchfahrt und galt als äußerst beliebt. Sigrid versprach, einen Tisch reservieren zu lassen. Seit diese Verabredung feststand, hatte Linkohr allergrößte Mühe, sich auf etwas anderes zu konzentrieren. Auch jetzt, während Häberle dozierte, musste er seine Gedanken zügeln.

Der Chefermittler verwies auf den Drohbrief, der am Montagabend in der Stadthalle nach dem Musical ›Barbarossa‹ aufgetaucht war, in dem der Sohn des niedergeprügelten Lkw-Fahrers mitgespielt hatte. »Es kann natürlich Zufall sein, dass die Fracht unter anderem aus Werbematerial für Bleibach bestand«, berichtete er weiter. »Zufall ist sicher auch, dass dieser Seifried – so heißt der Mann – in der Nacht zum Mittwoch gar nicht hätte arbeiten sollen. Er musste für einen erkrankten Kollegen einspringen.« Häberle wartete eine Reaktion des jungen Kollegen ab – und wurde nicht enttäuscht: »Und wenn das kein Zufall war?«, reagierte Linkohr wie erwartet. »Wenn sich mehrere Zufälle häufen, wird die Wahrscheinlichkeit immer geringer, dass es tatsächlich welche sind.«

Häberle grinste in sich hinein. Er selbst hätte es nicht besser ausdrücken können. »So ist es«, lobte er. »Und genau aus diesem Grund hab ich mich kundig gemacht. Der plötzlich erkrankte Fahrer heißt Ollerich. Andreas Ollerich. Sagt Ihnen das was?«

»Ne«, antwortete Linkohr schnell. »Muss man den kennen?«

»Nicht wirklich. Aber interessant ist's trotzdem: Ein Enduro Ollerich steht dem Bleibach nahe. Managt ihn – oder organisiert die Kundgebungen.«

»Dann ist der Andreas Ollerich sein Sohn?«

»Nein, der Bruder. Und jetzt kommt's, Herr Kollege: Unserem geschätzten Staatsschützer Siegfried Brunzel ist der Name ein Begriff.«

Für Linkohr klang der Name ›Siegfried‹ eher wie ›Sigrid‹ – und schien in seinem Bauch Myriaden von Schmetterlingen freizusetzen. Es fiel ihm schwer, dieses Gefühl zu unterdrücken. Was hatte der Chef gesagt? Brunzel kenne diesen Andreas Ollerich? »Ach«, zeigte sich Linkohr interessiert.

Häberle nickte bedächtig. »Und jetzt halten Sie sich fest:

Dieser Ollerich ist auch ein ehemaliger Kollege von uns. War Polizeibeamter in Frankfurt-Mitte. Streifendienst. Aber nicht sehr lange. Hat sich dann angeblich mit einem Security-Dienst selbstständig gemacht.« Häberles Gesicht verzog sich zu einem Grinsen.

Linkohr reagierte, wie erwartet: »Da haut's dir's Blech weg.« Er wiederholte ungläubig: »Der Ollerich war auch bei der Polizei – wie sein Kollege Seifried?«

Häberle grinste und versuchte, das viel zu enge Jeanshemd vor der Brust glattzustreichen. »Glauben Sie noch an Zufälle?«

Linkohr brauchte ein paar Sekunden, um das Gehörte zu verdauen. »Sie sagen, Ollerich habe sich angeblich mit einem Security-Dienst selbstständig gemacht. Genau weiß man das also nicht?«

»Brunzel will es nicht so genau wissen. Jedenfalls tut er geheimnisvoll. Sie wissen ja, wie er ist. Jens Seifried hat dann seltsamerweise den Lkw-Führerschein gemacht und soll der Polizei weiterhin hilfreich gewesen sein.«

»Er ist also freiwillig ausgeschieden und …« Linkohr versuchte, eine Logik dahinter zu finden, »… und war V-Mann?«

Häberle zuckte mit den Schultern. »So etwas Ähnliches lässt Brunzel durchblicken.«

»Was heißt ›durchblicken‹?«, wunderte sich der Jungkriminalist. »Hat Baldachin nicht gesagt, er soll mit uns vertrauensvoll zusammenarbeiten? Dann kann er doch sagen, was Sache ist, oder?«

Häberle zögerte. »Brunzel weiß offenbar nicht so recht, was der Ollerich heute wirklich treibt.«

»Das muss doch herauszufinden sein«, empörte sich Linkohr, der wieder die volle Konzentration auf die Arbeit gewonnen hatte.

»Naja, etwas davon ist bekannt. Er fährt bei Graumann und Hinz in Geislingen. Wie der Seifried.«

»Dann sollten wir uns den mal vorknöpfen«, schlug der junge Ermittler vor.

»Er ist noch immer krank gemeldet. Aber wir können ja mal testen, wie schwer.« Häberle blätterte in seinem Notizblock. »Er wohnt in Neu-Ulm.« Der Kriminalist sah auf die Uhr. Es war bereits 18.30 Uhr. Doch er merkte dem jungen Kollegen an, dass dieser darauf brannte, noch an diesem Abend ins Geschehen einzugreifen. Lieber heute als am Samstag, dachte Linkohr. Er musste aber dringend Sigrid eine SMS schicken.

35

Miriam Treiber war nach dem Gespräch mit den drei Männern auf dem direkten Weg von Hohenstaufen nach Staig gefahren. Aufkommender Nieselregen und Nebelbänke hatten sie an diesem düsteren Novemberabend ausgebremst. Erst nach knapp einer Stunde erreichte sie ihr schmuckes Einfamilienhaus, dessen Erdgeschossfenster mit stabilen Gittern gesichert waren. Auch die Haustür war mit zusätzlichen Verriegelungen ausgestattet. Zwar wäre im Normalfall in diesem dörflichen Idyll abseits des Illertals kaum etwas zu befürchten gewesen, doch angesichts dessen, womit sie sich beschäftigte, erschien es ihr geboten, entsprechende Vorkehrungen zu treffen. Auf dem Weg zum Eingang spürte sie wieder diesen Schmerz im linken Knie, der sie seit einigen Tagen plagte. Sie hatte sich in Bleibachs Wohnung allergrößte Mühe gegeben, sich nichts anmerken zu lassen.

Bevor sie die Tür aufschloss, warf sie prüfende Blicke auf die nur mäßig beleuchtete Umgebung. Doch da gab es nichts, was ihr verdächtig erschien. Sie hatte ohnehin darauf geachtet, dass ihr von der Autobahn bis hierher niemand gefolgt war.

Während sie das Türschloss entriegelte und im Flur das Licht anknipste, verspürte sie zum ersten Mal nach langer Zeit wieder ein unsicheres Gefühl. Sie ließ die Tür ins Schloss fallen, schob einen mechanischen Riegel vor und atmete zunächst einmal tief durch. Alles, was sie von Bleibach und Ollerich erfahren hatte, war in Verbindung mit ihren eigenen Erlebnissen dazu angetan, sie erheblich zu beunruhigen. Wenn es da tatsächlich eine Frau gab, die dem aufstrebenden Politiker ausgerechnet jetzt eine 15 Jahre zurückliegende Vergewaltigung anlasten wollte, dann steckte mehr dahinter, als das verspätete Bedürfnis nach rechtlicher Genugtuung oder Rache. Mit Konfrontationen hatten sie natürlich von Anfang an gerechnet, aber wenn nun die Staatsanwaltschaft ins Spiel kam, nahm die Sache eine völlig neue Dimension an. Dann galt es, noch vorsichtiger zu agieren.

Miriam Treiber warf ihren Mantel an den Garderobenhaken, zog die Stiefeletten aus und knipste auch die Lichter für die Treppe zum Untergeschoss an, wo sich ihre Arbeitsräume befanden. Dort musste sie nacheinander zwei mit Sicherheitsschlössern versehene Türen aufschließen, um in jenen Raum zu gelangen, dessen Regale und Schränke mit Computermonitoren, Laptops und unzähligen elektronischen Geräten nahezu vollgestopft waren. Überall glimmten rote und grüne Lichtpunkte, mit denen Stand-by-Funktionen oder Akku-Ladezustände angezeigt wurden. In der Luft lag das Rauschen einiger Kühlungsgebläse. Umgeben von dieser ganzen Technik stand ein Schreibtisch, der unter der Last von Akten, Kabeln und Datenträgern zu ächzen schien.

Miriam streifte sich die schulterlangen Haare hinters rechte Ohr, wie sie es immer tat, wenn sie konzentriert arbeitete. Ein schneller Blick auf einen der angeschalteten Monitore verschaffte ihr Gewissheit, dass ein pulsierender violetter Punkt auf einem Stadtplan offenbar seinen Endpunkt erreicht hatte. Sie war zufrieden und wandte sich dem Computer auf dem Schreibtisch zu. Mit einer Bewegung der drahtlosen Maus erweckte sie den Bildschirm zum Leben, sodass sie sich mit einem Passwort rasch in das E-Mail-Programm des Providers AOL einloggen konnte. Dort, so war es vereinbart, konnten sie mit monatlich wechselnden Alias-Namen im Notfall kurze, unverfängliche Botschaften austauschen, deren Bedeutung nur der jeweilige Empfänger erkannte. Sie tippte mit zehn Fingern flink in die Tasten, was sie dem Adressaten, der seinen fiktiven Namen ebenfalls in genau festgelegtem Turnus wechselte, dringend mitteilen wollte: »Die Kiste Barbarossawein ist beim Transport zerbrochen. Erbitte eine Ersatzlieferung bis spätestens Anfang Februar.« Mit einem Mausklick war die Nachricht versendet – und mit einem weiteren sofort auf dem Rechner gelöscht. Anschließend meldete Miriam auch den benutzten Alias-Namen ab – genau, wie vereinbart. Der Name galt nun als verbraucht. Es war jedoch vorgeschrieben, sofort einen neuen Account anzumelden, dessen Bezeichnung sie aus einer vorliegenden, allerdings verschlüsselten Liste chronologisch entnehmen konnte.

Als sei ihr erst jetzt die Tragweite der übermittelten Botschaft bewusst, lehnte sie sich mit einem tiefen Seufzer in dem Bürostuhl zurück. Alles würde anders werden. Aber jetzt schien dies dringend geboten zu sein.

Sie rollte mit ihrem Bürosessel zu einem schmalen Tischchen hinüber, auf dem ein weiterer Computer stand, dessen schwarzer Bildschirm sich bei einer Bewegung der Maus aufhellte. Sie war als ›Lunaluder‹ in einen der Chatrooms einer renommierten Partnervermittlung eingeloggt, die jeden Geschmack und jede Neigung bediente. Miriam vermochte sich entsprechend zu verstellen und im Laufe einer Nacht an mehreren Computern mit unterschiedlichen Alias-Namen in die verschiedensten Rollen zu schlüpfen. Mal war sie die Romantisch-Zärtliche, dann der feminine Abenteuer-Typ oder, wenn's sein musste, die Anhängliche, die eine feste Bindung suchte. In den vergangenen Monaten hatte sie ein ausgesprochenes Talent darin entwickelt, auf die Wünsche der Männer einzugehen. Sie konnte das Schulmädchen spielen oder die Redewendungen einer energischen Domina gebrauchen. Und wenn es sein musste und ihr virtueller Partner auf Vulgäres stand, beherrschte sie notfalls auch diesen Wortschatz. Insgeheim tat es ihr leid, diesen Job irgendwann aufgeben zu müssen. Denn diesen Teil ihrer Arbeit empfand sie als Hobby, ja, sie konnte sich bei diesen nächtelangen Rollenspielen sogar entspannen, wenngleich sie dabei wachsam sein musste. War sie mit vier und mehr Männern in verschiedenen Chatrooms beisammen, musste sie sich sogar darüber Notizen machen, wem sie was geschrieben hatte.

Als der Bildschirm hell wurde, konnte sie die Auflistung der zurückliegenden ›Plaudereien‹ lesen. Weil sie dort permanent eingeloggt und ihr Computer angeschaltet war, wurde sie als anwesend registriert – mit der Folge, dass ihr virtueller Partner ›Herkulesspanner‹ sie schon mehrfach gebeten hatte, sich zu melden.

›Bin wieder da‹, tippte sie auf der Tastatur und sogleich tauchte diese Botschaft mit dem Absender ›Lunaluder‹ zwischen dem Geschriebenen anderer Teilnehmer auf. Allein schon ihr Alias-Name sollte suggerieren, dass sie in einschlägigen Kreisen als ›aufgeschlossen‹ galt und – wie sie es in ihr Chatprofil geschrieben hatte – bereit war, ›alles mitzumachen, was beiden Freude bereitet‹.

Dieser ›Herkulesspanner‹, den sie dank einiger Hinweise endlich aufgespürt hatte, saß offenbar nächtelang vor dem Computer. Auch wenn sich der Mann als 38-Jähriger ausgab und sich bisher geweigert hatte, ein Foto zu schicken, kannte sie sein wahres Alter. Wenn sie selbst um ein Bild gebeten wurde, zierte sie sich anstandshalber, ließ sich dann aber doch erweichen und mailte eines von jenen, die sie dafür zur Verfügung hatte. Auf keinem davon war sie jedoch selbst abgebildet. In Wirklichkeit handelte es sich um Fotos von dafür engagierten Models, die sich über ein fürstliches Honorar freuen durften. Miriam konnte auf eine große Bilderauswahl zurückgreifen – für jeden Typ, für jedes Alter. Vor allem aber auch in unterschiedlichen Posen und Kleidungen. Diesem ›Herkulesspanner‹ hatte sie vor einigen Tagen das Foto einer blonden 25-Jährigen gemailt, die in einem kurzen Strandkleidchen auf einer Kaimauer saß. Dass dieses Outfit ganz nach dem Geschmack des Mannes war, zeigte sich an seiner Reaktion: Die Mails wurden erotischer und er schien danach zu lechzen, diese Frau zu treffen. Doch Miriam verstand es trefflich, ihn von einem Tag auf den anderen zu vertrösten. Dies hatte zur Folge, dass er mit seinen Fantasien nicht hinterm Berg hielt – obwohl auch er seinen wirklichen Namen nicht verraten wollte. Dafür sei er viel zu bekannt, argumentierte er. Deshalb wolle er erst beim persönlichen Treffen seine Identität preisgeben. Miriam hegte

Zweifel, ob es Frauen gab, die sich auf solch ein Verhalten einließen. Würde der Mann auch nur eine einzige Sekunde vernünftig darüber nachdenken, müsste ihm doch klar sein, dass eine Frau mit diesem Aussehen, wie sie es ihm vorspielte, ein derartiges Versteckspiel nicht nötig hatte. Aber wann waren Männer schon vernünftig, wenn ihre Hormone im Gehirn die Macht ergriffen hatten?

Aus den unzähligen Chats mit ihm wusste Miriam, wo seine Vorlieben lagen. Sie grinste deshalb in sich hinein, als sie tippte: ›Du kannst dich auf etwas gefasst machen. Die Handschellen liegen schon bereit.‹

36

Max Greenman, wie er sich in Australien nannte, hatte die ganze Nacht kein Auge zugetan. Das Gespräch mit dem eloquenten Deutschen war zwar ruhig und äußerst sachlich verlaufen, doch jeder Satz erschien im Nachhinein wie eine schicksalhafte Fügung. »Denken Sie in Ruhe darüber nach«, hatte der Mann abschließend gesagt. »Es bleiben Ihnen noch ein paar Wochen bis zum Jahreswechsel. Aber eines ist dringend geboten: Reden Sie mit keinem Menschen darüber. Mit keinem.«

Greenman hatte sich ein paar Notizen gemacht, die er jetzt, bei einer Tasse Kaffee, flüchtig überflog, ohne sie wirklich in sich aufnehmen zu können. Vorausgesetzt, das Angebot des Besuchers war seriös gemeint – sofern man dies überhaupt so nennen konnte –, dann hatte es weitreichende Folgen. Es würde kein Zurück mehr geben. Andererseits bräuchte er nicht mehr zu arbeiten – und er wäre möglicherweise auch am Ziel all seiner privaten Träume. Und wenn man davon ausging, dass die Frau, die ihm seit Monaten nicht mehr aus dem Kopf ging, dies alles mittrug. Am liebsten hätte er sie sofort angerufen oder ihr eine Mail geschickt – aber auch dies war ihm untersagt. Dass solche Kontakte gefährlich sein könnten, hatte der Mann vergangene Nacht mehrfach betont. Und es hatte in Greenmans Ohren so drohend geklungen, dass er es nicht wagte, gegen diese Anweisung zu verstoßen.

Andererseits, so hämmerte es in seinem Gehirn, hatte er nichts Konkretes in der Hand. Der Mann blieb auch nach dem zweistündigen Gespräch für ihn ein Fremder. Und ob er tatsächlich Petro Sallinger hieß, wie er behauptet hatte, war mehr als fraglich. Er hinterließ keine Kontaktadresse und keine Telefonnummer – und als er das Haus verlassen und Greenman ihm heimlich nachgeblickt hatte, um wenigstens vom Fenster aus ein Fahrzeug zu erkennen, da war eine dunkle Limousine mit ausgeschalteten Scheinwerfern aufgetaucht und hatte den Mann aufgenommen. Für Greenman war es, als sei ein Phantom in der Nacht verschwunden.

Je mehr er darüber nachdachte und aus dem Fenster in den sonnenhellen Tag hinausstarrte, desto unheimlicher schien ihm die Begegnung. Sallinger hatte sich verdammt gut über seine persönlichen Verhältnisse informiert gezeigt. Vieles davon konnte kein Mensch hier in Australien wissen. Es musste alles fein säuberlich recherchiert worden sein – und zwar direkt in Deutschland. Sogar sein kurzes politisches Engagement gegen die Atomkraft hatte Sallinger anklingen lassen. Nur beiläufig zwar, aber sicher ganz gezielt, um zu unterstreichen, wie genau er seinen Gesprächspartner kannte. Greenman versuchte, sich an jede Bemerkung zu erinnern. Denn plötzlich hatte er das

Gefühl, Sallinger habe das Wichtigste gar nicht ausgesprochen, sondern immer nur dezent zwischen den Worten Signale gesendet. Vielleicht, so überkam es Greenman, war er längst ins Visier irgendwelcher Geheimdienste geraten – unbewusst und völlig arglos. Er sprang auf und hätte beinahe die Kaffeetasse vom Tisch gefegt. Mit einem Mal glaubte er, hinter dem geheimnisvollen Ansinnen seiner Geliebten ein finsteres System zu erkennen. War sie es, die tatsächlich Grund hatte, jegliche Kommunikation vorübergehend abzubrechen? War sie die Informationsquelle von Sallinger? Mit einem Schlag gewann eine weitere Bemerkung, die der Fremde gemacht hatte, eine völlig neue Bedeutung. »Facebook«, so hatte er gesagt, als das Gespräch scheinbar unbeabsichtigt auf die heutigen Telekommunikationsmittel gekommen war, »eröffnet ungeahnte Möglichkeiten, etwas über die Welt und ihre Menschen zu erfahren.« Und noch eine Feststellung fiel Greenman jetzt ein: »Sie brauchen doch nur den Namen von jemandem bei ›Google‹ einzugeben und Sie wissen, wo er sich engagiert, können auf seine Hobbys und Neigungen schließen, auf seine politische Gesinnung und seinen Beruf – und Sie erfahren, ob er schon mal irgendwie und irgendwo in die Schlagzeilen geraten ist.«

Diese Feststellung war für Greenman zwar nichts Neues, aber in der Art und Weise, wie es Sallinger gesagt hatte, dazu angetan, ihm Unbehagen einzuflößen. Schließlich hatte er schon längst seinen eigenen Namen bei ›Google‹ ausprobiert.

Jetzt wollte er es mit Petro Sallinger versuchen. Er ging zu seinem Laptop, der nebenan im Büro stand, und tippte auf der Suchseite den Namen ein.

37

Es regnete in Strömen, als sich Häberle von seinem jungen Kollegen Mike Linkohr im weißen Dienst-Audi nach Neu-Ulm chauffieren ließ. Die Scheinwerfer durchdrangen an diesem unwirtlichen Abend nur mühsam dieses Gemisch aus Nebel und Wasser. Der Gegenverkehr blendete, die Scheinwerfer spiegelten sich auf der regennassen schwarzen Fahrbahn. Als sie die Donau überquerten, die hier die Grenzlinie zwischen Baden-Württemberg und Bayern war, drehte Häberle den Kopf nach links, um das Ulmer Münster erkennen zu können. Doch die Scheinwerfer, mit denen es angestrahlt wurde, blähten mit ihrem Licht nur eine Nebelmasse auf. Häberle brummte etwas, das Linkohr nicht verstand. Er verzichtete auf eine Nachfrage, denn er musste sich auf die mehrspurige Straße konzentrieren, von der er gleich hinter der Brücke nach rechts abbog – nach Neu-Ulm. Die Frauenstimme aus Häberles transportablem Navigationsgerät, das er sich privat angeschafft hatte, wies ihnen den Weg.

»Neu-Ulm«, bemerkte der Chefermittler, während Linkohr den Anweisungen folgte, »ist immer nur ein Anhängsel ans große Ulm. Kennen Sie die Frage, was das Schönste an Neu-Ulm ist?«

Linkohr zuckte mit den Schultern. Er musste einen Kreisverkehr hinter sich bringen.

»Das Schönste an Neu-Ulm«, gab sich Häberle selbst die Antwort, »das ist der Blick rüber nach Ulm.«

Linkohr lachte leise.

»Aber zu der Landesgartenschau vor einigen Jahren hat sich die Stadt ziemlich aufgemöbelt«, meinte Häberle, um die Fahrzeit zu überbrücken. »Sogar den Bahnhof haben sie tiefergelegt«, fügte er süffisant an, um auf die Stuttgarter Problematik anzuspielen. »Sie wissen ja, welche Folgen die Bahnhofs-Affäre für Stuttgart und Ulm hat: »Über Ulm lacht die Sonne, über Stuttgart die ganze Welt.«

Linkohr zeigte sich nicht daran interessiert, zumal sich wieder Sigrid seiner Gedanken bemächtigte.

»Aber dass hier schon ganze Terrorzellen vermutet wurden, haben viele längst vergessen«, hörte er Häberle sagen.

Linkohr versuchte, sich ins Gedächtnis zu rufen, was sein Chef meinte. Dunkel fiel ihm die Schließung des Multikulturhauses vor inzwischen fünf Jahren ein. In dessen Umfeld hatten einige Aktivisten für den islamistischen ›Heiligen Krieg‹ geworben. Einige waren festgenommen worden, andere sollten nach Meinung der Neu-Ulmer Kollegen jetzt die Fäden angeblich im Verborgenen ziehen.

Es dauerte noch mehr als zehn Minuten, bis sie endlich den Zufahrtsweg zu dem landwirtschaftlichen Anwesen gefunden hatten, das weit außerhalb der Stadt hinter einer dichten Baumgruppe stand. Der Lichtkegel der Scheinwerfer streifte an kahlen Hecken entlang, deren Wildwuchs darauf hindeutete, dass sie dringend einer Pflege bedurften. Zwischen ihnen gab es eine schmale, geschotterte Hofeinfahrt, in die Linkohr den Wagen hineinsteuerte und neben einem alten Fordmodell parkte. Das Bauernhaus war direkt an den abgewinkelten Scheunentrakt angebaut, ganz im ländlichen Stil früherer Jahrhunderte. Hinter einem Sprossenfenster im Erdgeschoss brannte Licht, das schwach durch dichte Vorhänge schimmerte. Es war die einzige Beleuchtung, an der sich die beiden Kriminalisten orientieren konnten, nachdem Linkohr mit dem Motor auch die Scheinwerfer abgeschaltet hatte.

Doch statt der vermuteten Stille umgab sie ein aufgeregtes Schnattern, das aus dem hinteren und damit völlig finsteren Teil des winkeligen Hofraumes herüberdrang.

»Gänse«, konstatierte Häberle beim Aussteigen. »Besser als jeder Wachhund.« Er ließ die Tür ins Schloss fallen und wandte sich dem Hauseingang zu, der sich neben dem beleuchteten Fenster befand. Linkohr hatte seinen Chef noch nicht eingeholt, als bereits ein Lichtschein in den Hof fiel. Unter der Tür, die nach innen geschwenkt war, erschien ein großer Mann, der dem Chefermittler gleich die Hand zur Begrüßung entgegenstreckte. »Meine Wachanlage ist eingeschaltet«, gab er sich leutselig. »Gänse funktionieren immer, zuverlässiger als jede Elektronik.« Mit seinem Lachen übertönte er das Geschnatter, das auf mehrere Tiere schließen ließ. »Ich bin Andreas Ollerich. Wir haben telefoniert.«

Er führte die beiden Kriminalisten durch einen schlecht beleuchteten, schmalen Flur, dessen Steinboden jede Menge Unebenheiten aufwies. Häberle stieg sofort kalter Rauch in die Nase. In dem Raum, der vermutlich einst ganzen Landwirt-Dynastien als Wohnzimmer gedient hatte, sanken sie in verschlissene Sessel aus Omas Zeiten. Auch hier waren noch die Gänse zu hören, die sich mittlerweile aber wieder langsam beruhigten.

Andreas Ollerich, breitschultrig und kräftig, schob auf dem Holztisch leere Gläser und einen vollen Aschenbecher beiseite. »Entschuldigen Sie, aber ich hatte Besuch.« Dann fingerte er aus einer bereitliegenden Zigarettenschachtel einen Glimmstängel und zündete ihn mit einem Streichholz an. »Sie haben mir am Telefon gesagt, dass Sie mich wegen meines Kollegen interviewen wollen.« Er inhalierte den Rauch und lehnte sich in einem der alten Sessel genüsslich zurück. »Ja«, fuhr er fort, »den guten Jens hat's ziemlich erwischt.« Er sah den beiden Kriminalisten nacheinander in die Augen. »Darf ich Ihnen etwas zu trinken anbieten?«

Häberle lehnte ab, worauf auch Linkohr den Kopf schüttelte. »Wir möchten Sie nicht allzu lange aufhalten«, kam der Chefermittler zur Sache und versuchte, sich im schlechten Licht der Deckenlampe die Einrichtung einzuprägen, die neben der Sitzgruppe auch aus einem dunkelbraunen Wohnzimmerschrank mit Glaseinsätzen bestand. Die offenen Ablageflächen waren mit Gläsern und Zinnwaren belegt. Vor der gegenüberliegenden freien Wand, an der eine Tapete mit dunkelroten Ornamenten klebte, war ein Rolltisch abgestellt, der als Standfläche für einen Breitbildschirm genutzt wurde. »Sie wohnen hier allein?«, fragte Häberle so schnell und unerwartet, dass Ollerich geradezu überrumpelt wurde. Ungewollt spontan antwortete er: »Ja, ich wohne hier allein.« Gerade wollte er mehr dazu sagen, da hatte er bereits wieder seine innere Zurückhaltung gefunden.

»Und darf ich fragen, warum gerade hier?« Häberle grinste.

Ollerich zögerte. »Die Miete ist erschwinglich, hier hab ich meine Ruhe, bin mit der Natur verbunden und kann mich handwerklich und ein bisschen künstlerisch betätigen. Holzskulpturen schnitzen.« Er deutete in Richtung der Scheune. »Glauben Sie mir, hier gibt es immer etwas zu tun.«

»Sie sind aber Fernfahrer und ziemlich oft unterwegs.«

Linkohr hörte zwar aufmerksam zu, interessierte sich im Moment aber mehr für die Unordnung, die um ihn herum herrschte. Neben der verschlissenen Couch stapelten sich zerknitterte Tageszeitungen einen halben Meter hoch, dahinter lehnte ein flacher, grauer Karton an der Wand. In ihm war möglicherweise das Fernsehgerät verpackt gewesen, dachte Linkohr. Daneben lagen weitere Schachteln und Kartons unterschiedlicher Größe. Obwohl es bei der schlechten Beleuchtung unmöglich war, aus seiner Perspektive die Aufdrucke zu lesen, erkannte er, dass es sich um Originalverpackungen von Geräten oder Spielzeug handelte. Obenauf lag eine Schachtel, auf der seitlich die Abbildung eines Modellflugzeugs zu erkennen war.

Ollerich hatte offenbar Linkohrs Interesse bemerkt und zögerte mit einer Antwort auf die Frage nach seinem Beruf. »Unterwegs? Ja, ich bin ziemlich viel unterwegs. Der Zufall hat's so gewollt, dass nicht ich niedergeschlagen wurde, sondern mein Kollege.« Er zog nervös an seiner Zigarette.

»Hätten Sie denn auch am Rasthaus Leipheim angehalten?«, fragte Häberle rasch nach.

»Angehalten? Ich?« Er schien auf diese Frage gar nicht gefasst gewesen zu sein. »Es ist immer ein Zufall, wo man anhält. Man muss seine Lenkzeiten einhalten und mittlerweile sind die Parkplätze so voll, dass man Schwierigkeiten hat, überhaupt irgendwo die Ruhepausen einlegen zu können. Wenn man natürlich immer die gleiche Strecke fährt, hat man seine Lieblingsplätze.«

»Und Leipheim ist so ein Lieblingsplatz?«

»Wenn Sie mich fragen – ich fahr dort gelegentlich raus, wenn eine Pause fällig wird. Das ist natürlich nicht der Fall, wenn ich in Geislingen losgefahren bin, sondern nur dann, wenn ich von woanders komme.«

»Am Dienstag ist aber Herr Seifried für Sie gefahren.«

»Mir war's kotzelendig – wenn ich das so sagen darf. Der Chef hat zum Glück gleich jemanden gefunden.«

»Wenn also Seifried in Leipheim überfallen wurde, kann es sich nur um einen Zufall handeln. Niemand konnte demnach wissen, dass Herr Seifried, beziehungsweise ein Fahrzeug von Graumann und Hinz, zu diesem Zeitpunkt dort anhalten würde?«

»Genauso ist es. Es muss ein Zufall gewesen sein.«

Häberle wunderte sich, dass sein junger Kollege nicht an dem Gespräch teilnahm, wenngleich es durchaus sinnvoll sein konnte, sich die Örtlichkeit einzuprägen, was Linkohr offenbar tat.

»Entschuldigen Sie die direkte Frage«, fuhr der Chefermittler fort. »Sie sind der Bruder jenes Ollerich, der zum engeren Wahlkampfteam von Herrn Bleibach gehört?«

Andreas Ollerich nickte. »Das ist kein Geheimnis. Der Name kommt schließlich nicht allzu oft vor.«

»Sie aber«, überlegte Häberle, »fühlen sich nicht veranlasst, Ihren Bruder zu unterstützen?«

Ollerichs Gesicht erstarrte, wobei seine Dreitages-Bartstoppeln besonders hart hervortraten.

»Sollte ich?« Er blies Rauchkringel in die Luft. Es sah nach gespielter Gelassenheit aus.

Häberle ging nicht darauf ein, während Linkohr noch immer stumm blieb und anscheinend den völlig zerschlissenen Teppich auf sich wirken ließ.

»Eine ganz persönliche Frage«, fuhr der Chefermittler fort und deutete ein Lächeln an. »Sie waren mal ein Kollege von uns, wenn man das so sagen darf …«

Auch über Ollerichs Gesicht huschte ein Lächeln. »Kollege, ja. Das ist schon eine Weile her. Streifendienst. Bis zum Polizeiobermeister hab ich's gebracht. Dann hat sich mein Leben geändert. Trennung von der Frau, neuer Anfang. Das war die Zeit, als es mit den Security-Diensten losging. Wollte selbst was machen, aber mein Startkapital war schnell verpulvert. Sie glauben ja nicht, was da an Versicherungen, Gebühren und sonstigem Zeug auf einen zukommt. Hab dann umgesattelt auf Berufskraftfahrer.«

»Und Kontakte zur Polizei gibt's keine mehr?«

Ollerichs plötzlich aufgekommene Redseligkeit geriet sofort wieder ins Stocken. »Was sollte ich denn noch für Kontakte zur Polizei haben?«

Häberle zuckte mit den Schultern. Noch bevor er etwas sagen konnte, begannen draußen die Gänse wieder wie wild zu schnattern. In Ollerichs Augen war ein nervöses Zucken zu erkennen.

»Besuch?«, fragte Häberle. Linkohr hievte sich aus dem Sessel und ging zum Fenster, wo er den Vorhang nur ein winziges Stück bewegte, um hinauszusehen. Doch im nachtschwarzen Hof war nichts zu erkennen. Kein Hinweis darauf, weshalb das aufgeregte Schnattern der Gänse noch um eine Nuance lauter geworden war.

»Kann sein, dass ein Fuchs ums Haus schleicht«, gab sich Ollerich gelassen. »Kommt hier draußen öfters mal vor. Aber die Gänse sind in ihrer Umzäunung da hinten sicher.«

Linkohr ließ den Vorhang wieder los und kehrte in seinen Sessel zurück. Er überlegte, welchen Sinn es machte, Gänse als ›Wachhunde‹ zu halten, dann aber nicht nach dem Rechten zu sehen, wenn sie wie wild lärmten.

Häberle tat so, als ließe auch ihn dies kalt, war jedoch innerlich darauf gefasst, dass sich möglicherweise jetzt weitere Personen im Gehöft aufhielten. »Wie eng sind Ihre Beziehungen zu Ihrem Kollegen Seifried?«, fragte er, während sich die Gänse langsam wieder zu beruhigen schienen.

»Beziehungen? Das ist wohl nicht das richtige Wort, Herr Häberle. Wir sind Kollegen. Berufskraftfahrer. Da sieht man sich nicht oft. Der eine fährt hierhin, der andere dorthin.«

»Aber vielleicht hat man doch Gemeinsamkeiten.«

»Jens ist verheiratet, hat Familie, wohnt in Aichelberg. Ich bin längst wieder Single. Das sind zwei Welten.«

»Das schließt nicht aus, dass man sich gelegentlich trifft.« Häberle blieb hartnäckig und musste husten, weil er zu viel Zigarettenqualm eingeatmet hatte.

Ollerich zögerte. »Ich weiß jetzt zwar nicht, worauf Sie hinauswollen – aber falls Sie auf unsere gemeinsame berufliche Vergangenheit anspielen, kann ich nicht viel dazu sagen: Jens hat schon während seiner Ausbildung bei der Bereitschaftspolizei das Handtuch geworfen, ich ein bisschen später.«

»Und darf ich fragen, wie Sie sich kennengelernt haben?«

»Auch das ist kein Geheimnis. Reiner Zufall. An einem Rasthaus, als wir beide noch für andere Speditionen gefahren sind. Als dann Graumann und Hinz Fahrer gesucht hat, haben wir uns dort beworben.«

Häberle nickte interessiert. »Und sonstige Gemeinsamkeiten?«

Ollerich runzelte die Stirn. »Nicht viele. Es sei denn, Sie meinen unser gemeinsames Survival-Wochenende. Auch da gibt's nichts zu verheimlichen.«

Häberle freute sich, durch sein geschicktes Vorgehen doch auf etwas gestoßen zu sein. Er ließ sich aber nichts anmerken und wartete auf Ollerichs weitere Erklärung. »Überlebenstraining«, fuhr dieser fort. »Tolle Sache. Sie sind mit ein paar Leuten ein Wochenende lang irgendwo im Wald. Ohne dass Sie Proviant dabeihaben. Ohne Hilfsmittel. Ein irres Gemeinschaftserlebnis. Sollte übrigens zur Grundausbildung eines jeden Polizisten gehören.«

»Und das …«, Häberle musste kurz nachdenken, »… das haben Sie in Ulm absolviert. Bei diesem Konarek?«

Ollerich nickte. Die Gänse waren verstummt.

38

Bleibach schwitzte. Zwar hatten ihn die netten Damen von der Maske vor dem Auftritt dezent geschminkt und gepudert, doch nun drohte der Schweiß das Make-up gründlich zu zerstören und sein Gesicht glänzen zu lassen. Dass er hier in die Zange genommen werden würde, war ihm von vornherein klar gewesen. Doch die sechs hochkarätigen Gesprächspartner hatten es offenbar darauf abgesehen, ihn in dieser Talk-Show des Ersten Deutschen Fernsehens zu blamieren, zumindest aber zu diffamieren oder – ebenso schlimm – lächerlich zu machen.

Sogar Moderator Heinrich Mühlheimer, der sich stets weltmännisch gab, war mit seinen kritischen Bemerkungen weit über das erträgliche Maß hinausgeschossen, wie Bleibach es empfand, der an diesem Abend erhebliche Mühe hatte, seine gewohnte Gelassenheit zu bewahren und sachlich zu argumentieren. Die angedrohte Strafanzeige lag wie ein Schatten auf seiner Seele. Vermutlich hatte Joanna Malinowska den Zeitpunkt bewusst gewählt. Und jetzt saß sie irgendwo vor einem Fernsehgerät und lauerte nur darauf, dass ihm ein Fehler unterlief. Nicht auszudenken, wenn sie bereits bei der Polizei gewesen wäre und sich die Medien auf das pikante Thema gestürzt hätten. Vermutlich wäre sogar diese Talk-Show mit ihm abgesagt worden.

»Gestatten Sie den Hinweis, Herr Bleibach«, meldete sich der selbstgefällige Journalist eines Nachrichtenmagazins zu Wort, »ich kann mich bei Ihren Auftritten des Eindrucks nicht erwehren, dass Sie komplexe Themen auf den kleinst-möglichen Sachverhalt reduzieren, um daraus für sich und Ihre Thesen Kapital zu schlagen – sprich: um damit indirekt zum Ausdruck zu bringen, nur Sie allein seien imstande, dieses Land vor dem Untergang zu bewahren.« Bleibach wollte antworten, doch der Journalist dozierte weiter: »Verzeihen Sie die Anmerkung, aber ich tu mich noch heute schwer, Sie einer politischen Richtung zuzuordnen, zumal Sie sich selbst auch nicht festlegen wollen oder können. Vielleicht auch nicht dürfen, je nachdem, wer Sie protegiert.«

Bleibach, der vergeblich darauf gehofft hatte, Mühlheimer würde ihm endlich das Wort erteilen, ließ sich nicht länger in die Defensive drängen: »Ich weiß, dass es die sogenannten Mainstream-Medien nicht wahrhaben wollen, dass plötzlich jemand die Massen gegen die etablierten Netzwerke mobilisiert. Dies ist Ihnen, meine Damen und Herren, suspekt.« Er blickte in die Runde, ließ sich aber nicht unterbrechen, obwohl eine energische Dame bereits angriffslustig genau darauf lauerte und wild mit den Händen fuchtelte. »Aber ich wiederhole es hier und heute und vor allen Bürgern, die in diesem Moment zuschauen: Hinter mir gibt es keine finstere Gruppierung und keine Verschwörung – und ich versichere Ihnen, ich möchte nicht mehr und nicht weniger sein als der Sprecher des Volkes.«

»Oder der Führer!«, keifte die Frau dazwischen, die das konkurrierende Nachrichtenmagazin vertrat. »Hat Sie denn jemand dazu berufen oder gewählt?«

Bleibach wollte erneut etwas sagen, entschied sich aber dagegen. Jetzt bloß keine Emotionen zeigen, warnte er sich selbst. Sie wollen dich fertigmachen, sie sind gekommen, um sich wie ein Rudel ausgehungerter Wölfe auf dich zu werfen.

Seine kurze Verschnaufpause nutzte ein Mann mit dicken Brillengläsern, um an die Bemerkung der Frau anzuknüpfen. »Auch wenn die Kollegin ein Wort benutzt hat, das in unserem Land grenzwertig erscheinen mag, so lassen einige Ihrer Aussagen aufhorchen, die Sie bezüglich der Einwanderungspolitik gemacht haben.« Der Mann blätterte in seinen Unterlagen. »Ich zitiere aus Ihrer Rede von Konstanz: ›Jeder, der zu uns kommt, muss sich an unsere Rechtsordnung halten‹. Daraus leite ich im Umkehrschluss ab, dass Sie einen Migranten, der sich auch nur das Allerkleinste zuschulden kommen lässt, sofort in sein Heimatland zurückschicken möchten.«

Wieder hatte Bleibach keine Chance zu antworten, weil Friedbert Streitmann, ein juristisch gebildeter Fernsehjournalist, wie gewohnt scharfzüngig anschloss: »Dann erklären Sie uns doch endlich, wie Sie das meinen.« Seine Rhetorik erinnerte in Kombination mit dem strengen, vorwurfsvollen Klang seiner Stimme an das Plädoyer eines Staatsanwalts. »Sie attackieren die politisch Verantwortlichen, Sie diffamieren Migranten, Sie machen Rundumschläge gegen den Warenimport aus dem Ausland und Sie tun so, als sei Geldverdienen etwas schrecklich Schlimmes und Grausames. So verstehe ich Sie, Herr Bleibach. So und nicht anders. Man muss sich Ihre Reden genauer anhören, zwei-, dreimal, dann erfährt man sehr viel von Ihnen, auch wenn Sie manches nicht sagen. Aber auch das Nichtgesagte ist eine Botschaft, die es zu verstehen gilt.«

Bleibach verwarf den Gedanken, diesen selbstverliebten Redner zu unterbrechen. Allerdings, das war ihm inzwischen klar, würde er an diesem Abend keinen einzigen Satz mehr äußern können, falls er anderen nicht unhöflich ins Wort fiel. Mühlheimer jedenfalls entpuppte sich tatsächlich als der schwache Moderator, für den er ihn immer schon gehalten hatte. Er fand sichtlich Gefallen daran, wie die Journaille ihr Opfer zerfleischte. Bleibachs innere Unruhe wuchs. Er nahm einen Schluck Wasser und wäre jetzt am liebsten aufgesprungen, um den Zuschauern endlich einmal darzulegen, wie einseitig der Journalismus in diesem Lande war. Was maßten sich die Medien eigentlich an? Längst war doch von unabhängiger Presse keine Rede mehr.

Der Vertreter einer großen seriösen Tageszeitung, der den Verlauf der Diskussion bisher mit Distanz verfolgt hatte, hob sich mit seiner emotionslosen Stimme von der Aufgeregtheit der anderen ab: »Die Frage ist doch«, begann er ruhig, »wer Sie dazu legitimiert hat, im Namen des Volkes zu sprechen. Natürlich kann man Ihnen zugute halten, dass Sie das Heer der Unzufriedenen hinter sich scharen. Aber ist es nicht möglich, dass Sie erst mit Ihren Worten diesen Leuten einzureden versuchen, sie hätten Grund dazu, unzufrieden zu sein? Erlauben Sie mir den Vergleich, aber mir kommt es ein bisschen so vor wie in der freien Marktwirtschaft. Sie wecken Bedürfnisse, wo keine da wären, wenn es kein entsprechendes Angebot gäbe. Ich habe in Ihren Reden bisher den Hinweis vermisst, dass dieses Land schneller aus der tiefen Wirtschaftskrise herausgekommen ist als andere. Die Zahl der Arbeitslosen hat sich positiv entwickelt und dank politischer Entscheidungen ist unsere Wirtschaft wieder auf dem besten Wege, ihre Spitzenpositionen beizubehalten.« Er räusperte sich und trank einen Schluck Wasser.

Bleibach sah auf die große Studiouhr hinter den Kameras. Er musste noch über eine halbe Stunde durchhalten. Gerade als er etwas erwidern wollte, bot die einzige Frau am Tisch mit ihrer nervösen Stimme das Kontrastprogramm zu ihrem Vorredner: »Sie beschwören die Apokalypse herauf, um selbst die Genesis zu schreiben und als Phönix aus der Asche zu steigen. Wenn man Ihre Vita genau liest, stellt man fest, dass Sie sich bisher nirgendwo politisch engagiert haben. Keine Mitarbeit in einem Kreisverband, kein Bemühen um ein politisches Amt. Sie haben studiert, sind eine Zeit lang irgendwelchen wissenschaftlichen Hilfstätigkeiten nachgegangen und ziehen nun wie ein Prediger durch die Lande. Und alle Welt fragt sich, wie dies alles finanziert wird.«

»Und wer die Herrschaften sind, denen das zugute kommt«, unterbrach der Fernsehjournalist spitz.

Jetzt hakte Bleibach ein: »Es wäre sehr freundlich, wenn Sie mich auch einmal wieder zu Wort kommen ließen, denn Sinn einer Talkshow – wenn ich dies richtig interpretiere – sollte es doch sein, den Betroffenen zu hören, anstatt sich selbst in Szene zu setzen.« Bleibachs Bemerkung wurde von der Runde mit Empörung und wildem Durcheinanderreden quittiert. »Wer setzt sich denn in diesem Land in Szene?«, keifte die Frau. Der Journalist eines Boulevardblatts, der sich bisher erstaunlicherweise zurückgehalten hatte, giftete: »Ich glaube, Sie verwechseln Ursache und Wirkung. Sie sind es doch, der es genießt, in Szene gesetzt zu werden. Ohne meine Kollegen und mich wären Sie nie dort hingekommen, wo Sie jetzt sind. Ihnen ist es zweifellos gelungen, eine Aufmerksamkeit zu erlangen, die Sie mit der Eigendynamik, die daraus erwachsen ist, nach oben gespült hat. Die Systematik der Medien sorgt dafür, dass Sie mittlerweile zu den bekanntesten Personen dieses Landes gehören. Und nicht die, die darüber berichten, setzen sich in Szene, sondern diese Kolleginnen und Kollegen tun nur ihre Pflicht. Ob Ihnen das nun passt oder nicht.«

Endlich sah sich Moderator Mühlheimer bemüßigt, in die Diskussion einzugreifen. »Vielleicht sollten wir Herrn Bleibach mal ausreden lassen.«

»Danke.« Bleibach grinste zynisch. »Ich greife gerne die Worte meines Vorredners auf, der die Systematik der Medien angesprochen hat. Auch wenn ich mich jetzt damit in diesem Kreis hier unbeliebt mache, so lassen Sie mich bitte an einem Beispiel aufzeigen, wie grotesk diese Systematik der Medien ist. Denken wir doch einmal darüber nach, wer überhaupt eine Chance hat, ins Fernsehen oder in die großen Medien zu kommen. Natürlich keiner, der ganz brav und bieder tagaus, tagein seine Pflicht tut. Aber nun zu glauben, es würde stattdessen jeder wahrgenommen, der etwas Besonderes leistet – sei es in Kultur oder Wirtschaft –, das ist ein Irrtum. Wahrgenommen wird nur – und ich zeichne dies bewusst überspitzt –, wer schrill und verrückt ist, wer sich so überdreht darstellt, dass ihn die Verantwortlichen in den Medienhäusern zum Star hochstilisieren. Auch wenn diese Person alles andere als ein Vorbild ist – Hauptsache, sie taugt dazu, Auflagen oder Einschaltquoten zu erhöhen. Und so kommt es, dass heutzutage jeglicher Schrott plötzlich salonfähig ist und die Menschen glauben, dies sei ›in‹. Wer behauptet denn, dieses und jenes sei momentaner Lifestyle? Das sind doch nur die Medien, die ganz am Anfang eines vermeintlichen Trends stehen und mit Stars und Sternchen dafür die Werbetrommel rühren. Da wird doch der arme Arbeiter am Fließband gar nicht gefragt.«

»Verschonen Sie uns hier mit Ihren Klassenkampf-Parolen!«, zischte der Boulevard-Journalist dazwischen.

Bleibach tat so, als habe er es nicht gehört. Er war jetzt wild entschlossen, sich nicht aus dem Konzept bringen zu lassen. Lange genug hatte er geduldig zugehört. »Ich bleibe dabei: Von unabhängigem Journalismus kann in weiten Teilen der Medien keine Rede mehr sein. Dabei meine ich nicht, dass Verleger, Wirtschaft oder Politik einen direkten Einfluss auf den Inhalt der Beiträge nehmen. Nein, ganz gewiss nicht. Es gibt natürlich keinen Zensor, der hinter den Journalisten steht. Aber – und das wissen Sie alle, wie Sie hier sitzen ...«, er sah sich zu dieser Bemerkung veranlasst, weil seine Ausführungen auf abwertendes Kopfschütteln gestoßen waren, »... es gibt die berüchtigte Schere im Kopf. Eine Schere, um mit diesem Bild fortzufahren, die den heutigen Journalisten, die das wirkliche Arbeitsleben nie kennengelernt haben, bereits im Studium implantiert wird. Nämlich, was politische Richtung und systemkonformes Wohlverhalten anbelangt.« Wieder versuchten mehrere Diskussionsteilnehmer, ihn mit aufgebrachten Bemerkungen zu unterbrechen. Doch Bleibach blieb hartnäckig. Wenn er sich erst einmal in ein Thema verbissen hatte, war er nicht mehr so einfach zu stoppen. Auf dem Kontroll-Monitor sah er, dass er jetzt formatfüllend in die Wohnzimmer gesendet wurde. Er bemühte sich, nicht auf den Bildschirm zu starren, sondern die Reihe seiner Kontrahenten im Auge zu behalten. »Alles, was nicht in dieses vorgefertigte Schema passt, wird einvernehmlich totgeschwiegen oder, noch schlimmer, als gefährlich und systemfeindlich niedergebügelt. Für das vernünftig Sinnvolle bleibt da kein Platz mehr.«

»Und was dies ist, wissen natürlich Sie am allerbesten«, höhnte die Frau und erntete Zustimmung ihrer Kollegen.

»Wenn erst die Großen in der Medienbranche die Leitlinien vorgegeben haben, finden Sie keinen mehr, der dagegen anschreibt. Sehen Sie mir den Vergleich nach, aber ich gebrauche ihn, um zu verdeutlichen, was ich meine: Der Schreiber eines Leitartikels in einem bundesweiten, seriösen Blatt ist so etwas wie der Leithammel, der den Meinungstrend vorgibt. Und je weiter man in den Redaktionen nach unten geht – runter bis in die Provinz –, umso weniger werden Sie noch einen finden, der sich gegen den Strom stellt. Oder besser gesagt: stellen darf.«

»Das ist doch naiv, was Sie da sagen«, warf ihm der Boulevard-Journalist vor. »Ihnen ist wohl entgangen, dass auch die Medien unterschiedliche politische Tendenzen verfolgen. Ein Kommentar in der FAZ liest sich anders als in der TAZ oder bei uns. Oder wollen Sie das bestreiten?«

Bleibach nahm die Gelegenheit wahr, einen Schluck Wasser zu trinken. Er spürte eine unangenehme Trockenheit im Mund, was ein Zeichen für seine Nervosität war. »Was ich meine, sind nicht in erster Linie die Kommentare, sondern die Auswahl der Themen und die Art und Weise, wie sie angegangen werden. Selbst in der ARD – und ich sage dies in vollstem Bewusstsein darüber, wo ich mich momentan befinde – staune ich manchmal, welchen Dreh man der angeblich objektiven Berichterstattung gibt, wenn das Thema Randbereiche berührt, über die es durchaus kontroverse Ansichten geben kann.«

»Nennen Sie doch endlich ein Beispiel«, forderte die Dame, die ihn irgendwie an eine bekannte Politikerin erinnerte, die stets mit bissigem Gesicht durch die Lande meckerte und den ›Wadenbeißer‹ mimte.

Bleibach wollte nicht direkt darauf eingehen. »Auch wenn's unpopulär ist. Aber es ist noch nicht lange her, da gab's ein sehr umstrittenes Buch, in dem der Autor weitestgehend nur trockene Statistiken und Zahlen aneinandergereiht und niedergeschrieben hat, was viele in diesem Lande denken. Ein tief demokratischer Vorgang im Sinne der Meinungsfreiheit. Sofort brandete im vorauseilenden Gehorsam ein Sturm der Empörung auf.«

»Verschonen Sie uns doch damit!«, unterbrach ihn der Journalist, der seine Emotionen nicht zügeln konnte.

»Auch in einer Runde wie dieser hier«, blieb Bleibach hartnäckig, »wurde der Autor zerpflückt, obwohl einige Kritiker zugeben mussten, sein Buch gar nicht ganz gelesen zu haben. Es genügten einige Passagen, die zugegebenermaßen unglücklich, vielleicht sogar unpassend formuliert waren, um ihn mit geballter Medienkraft in eine Ecke zu drängen, aus der er nie wieder herauskam. Anstatt sich mit seinen Argumenten auseinanderzusetzen, hat man ihn niedergetrampelt.«

»Sie reden doch Unsinn!«, empörte sich die Frau erneut.

»Und man hat diesen Mann, der bis dahin eine angesehene Position innegehabt hatte, trotz seiner leichten Sprachbehinderung einigen routinierten und rhetorisch geschliffenen Journalisten und anderen Rednern gegenübergesetzt – wohl wissend, dass ihnen der Mann, was Artikulieren und Argumentieren in einer lebhaften Diskussion anbelangte, nicht gewachsen sein konnte. Und dann hat er, zum Glück aller Medien, eine wirklich unpassende Bemerkung gemacht, mit der man ihn letztlich strangulieren vermochte.«

Der Vertreter eines der Nachrichtenmagazine runzelte die Stirn. »Darf ich aus dem, was Sie soeben dargelegt haben, jetzt endlich auf Ihre politische Richtung schließen?«

Bleibach sah ihn ungewöhnlich scharf an. »Es tut mir leid, Herr Felgner, dass es mir bisher nicht gelungen ist, Sie davon zu überzeugen, dass es auch Einstellungen gibt, die sich nicht ins etablierte Parteienschema pressen lassen. Auch jetzt gewinne ich immer mehr den Eindruck, dass es nichts außerhalb davon geben darf. Und dass all die Menschen, die uns heute Abend zuschauen – und das sind gewiss viele Millionen –, dass die alle einem Irrglauben anhängen. Dass die alle zu dumm sind zu begreifen, dass die Politik, wie sie sich heute darstellt, nur das Beste für sie will. Und dass man sie für zu blöd hält, richtig wählen zu können.«

»Glauben Sie bloß nicht, dass all die Fernsehzuschauer heute Abend nur Ihre Fans sind«, ätzte die Frau. »Vielleicht sind ja auch ein paar darunter, die sich nur in der Einschätzung ihrer bisherigen Meinung über Sie bestätigt fühlen wollen.«

Bleibach ignorierte die Bemerkung, zumal sie durchaus zweierlei Auslegungen erlaubte.

»Aus einer Meinungsäußerung zu einem bestimmten Thema«, ging er auf Felgners Vorwürfe ein, »dürfen Sie nicht automatisch auf die politische Gesinnung schließen. Auch Sie werden zu etwas eine Meinung haben, ohne gleich mit dem, was Sie da ansprechen, direkt in Verbindung gebracht werden zu wollen.«

»Weichen Sie doch nicht schon wieder aus!«, fuhr die Frau verärgert dazwischen.

»Ich weiche nicht aus«, konterte Bleibach jetzt etwas lauter. Er saß mit verschränkten Armen, obwohl er einmal gelernt hatte, dass dies als abwehrende Haltung gedeutet werden konnte. »Aber mir scheint es so, als wolle man jedes meiner Argumente in eine andere – oder soll ich lieber sagen: in die von Ihnen gewünschte Richtung drehen. Genau daran aber mögen die Zuschauer …«, er wandte sich demonstrativ zu der Kamera, auf der das rote Licht brannte, »… erkennen, wie die geballte Macht der Medien versucht, einen nonkonformen Gesellschaftskritiker mundtot zu machen.«

»Mundtot«, ereiferte sich der Boulevard-Journalist. »Wenn in Ihren Augen das hier, was vor den Augen und Ohren von Millionen Menschen abläuft, der Versuch sein soll, Sie mundtot zu machen, dann müssen Sie, Herr Bleibach, verzeihen Sie die Bemerkung, eine seltsame Einstellung zur Demokratie haben.«

Es folgte das bei Talkshows unvermeidliche Durcheinanderreden, das nur zur Folge hatte, dass der Zuschauer gar nichts mehr verstand. Bleibach beteiligte sich deshalb nicht daran. Er wunderte sich nur, dass weder der Moderator noch die Gäste offenbar die Funktionsweise von Mikrofonen begriffen hatten. Die Technik war nämlich im Gegensatz zum menschlichen Ohr nicht in der Lage, sich auf einzelne Stimmen zu konzentrieren. Wenn mehrere Personen durcheinanderredeten, wurde alles gleichmäßig übertragen. Aus dem Lautsprecher kam nichts weiter als ein unverständlicher Stimmensalat. Heinrich Mühlheimer war, wie die allermeisten seiner Moderatoren-Kollegen, nicht in der Lage, seine Gäste zur Disziplin zu ermahnen.

Als das Stimmenchaos abebbte, riskierte Bleibach einen Vorstoß. »Aus Ihrer persönlichen Empörung über meine Bemerkung schließe ich, wie sehr Sie selbst von Ihrem Vorgehen überzeugt sind. Deshalb bleibe ich dabei …«, er klang jetzt eine Nuance entschiedener, »… dass es die anerzogene oder anstudierte Schere in den Köpfen der

Journalisten ist, alles abzulehnen, was nicht auf der geraden Autobahn des Mainstreams verläuft.« Wieder aufgeregte Zwischenrufe, doch Bleibach war entschlossen, sich jetzt nicht mehr unhöflich unterbrechen zu lassen. »Jeder, der es wagt, auch nur ein bisschen auszuscheren – sei es mit politischer, wissenschaftlicher oder theologischer Meinung –, wird als unbequemer Abweichler verfolgt.« Wieder verärgerte Bemerkungen.

Die Stimmung schien jetzt jenen Punkt erreicht zu haben, an dem Talkshows für gewöhnlich aus den Fugen gerieten. Mühlheimer hatte sich inzwischen zurückgelehnt, als habe er diesen Moment sogar herbeigesehnt.

»Was reden Sie denn daher?«, gab sich der Journalist des zweiten Nachrichtenmagazins erbost. Auf seiner hohen Stirn glänzten Schweißperlen. »Wenn ich Sie so reden höre, werde ich den Verdacht nicht los, Sie fühlten sich von einer Horde wild gewordener Journalisten verfolgt, die allesamt – in ganz Deutschland und womöglich auch noch in Europa – von einem Heer von Zensoren dazu gezwungen werden, Ihnen Schlechtes anzutun.« Der Redner stieß bei den anderen in der Runde auf lautstarke Zustimmung.

»Meine Dame, meine Herren«, unterbrach Bleibach höflich die allgemeine Empörung. »Wenn Sie mir bisher zugehört haben, dürfte Ihnen nicht entgangen sein, dass ich natürlich keine direkte Zensur befürchte. Das wäre in der Tat zu kurz gedacht. Aber Sie werden mir zustimmen, wenn ich sage, all die Häuser, aus denen Sie kommen – egal, ob elektronische oder Printmedien –, all Ihre Arbeitgeber – und die gibt es natürlich auch, wenn Sie als freie Journalisten tätig sind –, sind in ein wirtschaftliches System eingebunden, von dem die Unternehmen und Sie als Journalisten leben. Wenn Ihre Story nicht gedruckt oder nicht gesendet wird, stehen Sie schnell auf dem Trockenen. Also, was tun Sie, wenn Sie zum Beispiel Korrespondent im Ausland sind? Sie neigen verständlicherweise dazu, irgendein Ereignis dort hochzuspielen, um endlich mal wieder einen Beitrag platzieren zu können.«

»Das ist doch Unsinn!«, wetterte der Boulevard-Journalist. »Kompletter Unsinn.«

»Das mögen andere beurteilen«, blieb Bleibach standhaft. »Aber denken Sie daran: Ihre Auftrags- oder Arbeitgeber müssen hohe Auflagen oder Einschaltquoten erzielen, um die Werbung teuer verkaufen zu können. Außerdem gibt es Verflechtungen, die dazu führen, dass man sich's nicht mit jedem Politiker oder mit jeder Institution verscherzen möchte. Also bleibt es doch nicht aus, dass gewisse Befindlichkeiten der Auftrageber zumindest berücksichtigt werden müssen, um es mal vorsichtig auszudrücken. Sie wollen mir doch nicht erzählen, dass ein großer Werbekunde keinerlei Einfluss nehmen kann? Ich bitte Sie: Gerade in Zeiten sinkender Werbeeinnahmen und rückläufiger Abonnentenzahlen und Einschaltquoten sollten Sie mir das nicht weismachen wollen.«

Der Boulevard-Journalist winkte verächtlich ab, als handle es sich um völlig abwegige Mutmaßungen. Hingegen ließ der juristisch angehauchte, spitzzüngige Kollege Friedbert Streitmann aus der Fernsehbranche seine Bemerkungen in gewohnter Weise anklagend klingen: »Ich verfolge Ihre Ausführungen jetzt schon geraume Zeit sehr aufmerksam und warte immer noch vergeblich auf konkrete Beispiele. Nennen Sie doch mal endlich Ross und Reiter. Zeigen Sie den Mut, hier und heute Namen und ganz konkrete Vorgänge aufzuzeigen. Entschuldigen Sie, aber Sie lassen eine schlüssige Argumentation vermissen.«

Bleibach ging nicht darauf ein. »Hinzu kommt«, fuhr er unbeeindruckt fort, »dass die Qualität der Medien zumindest in manchen Bereichen rückläufig ist. Das mag auch am Wildwuchs der Informationsflut durch die elektronischen Medien liegen. Seit jeder alles irgendwo reinschreiben kann, ungeprüft, ohne Quellenangabe, ist die Information nichts mehr wert. Wenn Sie bereit sind, all den Schrott, der täglich auf Sie einprasselt, als bare Münze zu nehmen, brauchen Sie keine seriösen Medien mehr. Wundert es einen dann, wenn die Medienhäuser unter angeblich wirtschaftlichem Druck, den ich im Übrigen angesichts der gigantischen Rationalisierungen der letzten Jahrzehnte nicht nachzuvollziehen vermag, nun auch den Qualitätsjournalismus infrage stellen? Bei manchen Beiträgen, die redaktionell sein sollen, verwischen die Grenzen zum Kommerz. Aber auch bei den Medien regeln Angebot und Nachfrage den Markt: Wenn's dem Kunden egal ist, ob sich journalistische Beiträge und Werbung mischen – mein Gott –, dann reichen doch Anzeigenblätter mit seichten Beiträgen, einem Kreuzworträtsel, Horoskop und Sudoku aus, die Informationsbedürfnisse zu erfüllen.« Bleibach blickte jetzt mehr in die jeweils zugeschaltete Kamera als auf die Runde der Journalisten. Mühlheimer wurde unruhig und deutete eine Kopfbewegung in Richtung Studiouhr an. »Gestatten Sie, dass ich Sie unterbreche«, sagte er, »aber Sie sollten diese Sendung nicht dazu nutzen, nur lange Statements abzugeben.«

Bleibach lächelte charmant. »Verzeihen Sie, aber ich hatte beim bisherigen Verlauf dieser Veranstaltung hier wenig Gelegenheit, meine Argumentationen vorzutragen.« Er sah zu dem besonders kritischen Journalisten. »Herr Streitmann hat dies auf beeindruckende Weise eben erst kritisiert. Lassen Sie mich bitte noch eine Bemerkung anbringen, die mir am Herzen liegt und die mir trotz aller Kritik sehr, sehr wichtig ist: Die Menschen in diesem Land sollten wissen, dass die freie Presse ein wichtiger Bestandteil dieser Demokratie und damit ein sehr hohes Gut ist. Wenn die Qualität der Medien unter wirtschaftlichem Druck leidet, weil sich immer mehr Nutzer abwenden und glauben, ihr Informationsbedürfnis durch allerlei Internet-Plattformen und soziale Netzwerke oder sonstige Angebote befriedigen zu können, wird es keine seriöse Kontrolle der Regierenden mehr geben. Und davon bin ich zutiefst überzeugt: Dies beginnt bereits ganz unten, in den kleinsten Zellen unserer Demokratie, nämlich in den Gemeinderäten. Wenn eines Tages die Heimatzeitungen wegbrechen – und diese Gefahr besteht zuallererst –, dann wird es niemanden mehr geben, der den Kommunalpolitikern, den Bürgermeistern und Landkreisvertretern auf die Finger klopft. Ein rein auf Kommerz ausgerichtetes Anzeigen- oder Wochenblatt wird dieser Aufgabe nicht nachkommen. Und erst recht nicht das amtliche Verlautbarungsblatt aus dem Rathaus.« Bleibach war froh, dies in aller Öffentlichkeit darlegen zu können. Er nahm einen kräftigen Schluck Wasser.

»Wollen Sie mit diesem Plädoyer einen versöhnlichen Abschluss schaffen?«, fragte der Boulevard-Journalist, nachdem sich eine ungewohnte Stille breitgemacht hatte.

»Ich brauche keinen versöhnlichen Abschluss«, erwiderte Bleibach und spürte, wie ihm der Schweiß den Rücken hinunterlief. »Es war mir nur ein Anliegen, das gesamte Spektrum meiner Einschätzung der Medien zum Ausdruck bringen zu dürfen. Ich halte nichts davon, Themen nur häppchenweise anzusprechen.«

»Nur manchmal oberflächlich«, keifte die Frau, die als

Einzige in der Runde ein Blatt Papier vor sich liegen hatte, was Bleibach bereits zu Beginn der Diskussion aufgefallen war. Jetzt nahm sie es zur Hand, als habe sie nur auf einen günstigen Moment gewartet. »Wenn Sie erlauben …« Sie wandte sich an Mühlheimer, »… dann möchte ich Herrn Bleibach mit etwas konfrontieren.«

Mühlheimer nickte zustimmend, während Bleibach sie anstarrte, als sei er aufs Schlimmste gefasst.

»Herr Bleibach«, begann die Journalistin und alle hingen an ihren Lippen, »unsere Recherchen haben ergeben, dass es da eine Gruppierung gibt, die sich ›Barbarossa‹ nennt.« Wieder ließ sie zwei, drei Sekunden verstreichen. Bleibach ließ es sich nicht anmerken, wie sehr ihn dieser Hinweis traf.

»Diese Gruppierung«, fuhr die Frau fort, »scheint Ihre Thesen nicht gerade – na, sagen wir mal – sehr positiv zu bewerten. Ich brauche Ihnen nicht zu sagen, dass mit ›Barbarossa‹ der rotbärtige Stauferkaiser gemeint ist.« Alle Blicke waren jetzt auf die Frau gerichtet. Auch Moderator Mühlheimer vermochte mit diesem geheimnisvollen Hinweis nichts anzufangen.

»›Rotbart‹ wird er auch genannt«, fuhr die Journalistin fort. »Soll also ›Barbarossa‹ ein Hinweis auf Ihre politische Zielrichtung sein? Rot? Extrem rot, Herr Bleibach?«

Der Angesprochene spürte, wie seine innere Gelassenheit wich. Sie wollten ihn mit allen Mitteln verächtlich machen. Gleich würde er in die Ecke des Kommunismus gedrängt. Er blieb regungslos, um seinen Zorn nicht ungewollt durch die Körpersprache sichtbar werden zu lassen.

Die haben doch keine Ahnung, hämmerte es in seinem Kopf. Was wissen die schon von ›Barbarossa‹ und was dahintersteht? Ein Dummer-Jungen-Streich nach einem

Musical. War die Drohung also doch durchgesickert. Vermutlich hatte die Journalistin bereits Himmel und Hölle in Bewegung gesetzt, um irgendwelche Hintergründe zu recherchieren.

Bleibach hatte die Dame ausreden lassen und auf eine Reaktion der anderen Diskussionsteilnehmer gewartet. Doch diese schienen mit den Andeutungen nichts anfangen zu können.

»Mir scheint«, sagte Bleibach schließlich, »dass es wenig dienlich ist, Gruppierungen, die sich hinter Decknamen verstecken, mit dieser Talkshow ein Forum vor einem Millionenpublikum zu bieten.« Er schwieg einen Atemzug lang, ohne unterbrochen zu werden. Dann sprach er ruhig weiter, als handle es sich um einen Vortrag in einem Seminar für Diplomaten. »Wir sollten auf dem Acker der Gemeinsamkeit nicht tiefer schürfen, als es notwendig ist. Denn je tiefer wir pflügen, desto mehr Maulwürfe kommen zum Vorschein. Die Frage ist doch, ob es Sinn macht, sie zu vertreiben, oder ob es nicht besser ist, sie und ihre Ziele genau zu kennen.«

»Ein schönes Schlusswort«, beschied Mühlheimer, als habe er darauf gelauert, die Diskussion zu einem Ende bringen zu können.

39

»Da haut's dir's Blech weg.« Wenn Mike Linkohr dies sagte, war es sein Ausdruck allergrößten Erstaunens. Grund genug gab es an diesem Vormittag, als er mit Häberle an einer Besprechung mit Direktionsleiter Baldachin teilnehmen durfte. So etwas kam zwar hin und wieder vor – aber die Neuigkeit erforderte pragmatisches Vorgehen. Häberle hatte deshalb den jungen Kriminalisten kurzerhand mit in Baldachins Büro gebracht, wo der stets korrekt uniformierte oberste Chef hinter seinem Schreibtisch thronte und von dort aus bisweilen auch den einen oder anderen Untergebenen abkanzelte, falls dieser gerade vom Dienstsport kam und nur mit dem Trainingsanzug bekleidet bei ihm erschien.

Er legte den beiden Beamten, die am Besprechungstisch Platz genommen hatten, ein Schriftstück vor, dessen Brisanz ihnen allen klar war: Joanna Malinowska hatte bei der Kriminalpolizei in München zu Protokoll gegeben, dass sie im Juli 1995 von Steffen Bleibach vergewaltigt worden sei. Die Frage, weshalb sie dies erst jetzt anzeige, begründete sie damit, dass sie noch immer unter den Folgen dieser Erniedrigung leide und ihre psychischen Probleme zugenommen hätten, seit sie ihren damaligen Peiniger nun nahezu täglich in der Zeitung oder im Fernsehen sehe. Sie habe sich ihren Schritt lange überlegt und sei sich auch der schwerwiegenden Folgen bewusst. Häberle und Linkohr lasen gemeinsam, was die Kollegen in München notiert hatten. Ereignet haben sollte sich die Vergewaltigung nach einem Studentenfest in ihrer Tübinger Wohnung. Detailliert schilderte die Frau, wie Bleibach, nachdem die anderen Gäste weg gewesen seien, sie mit vorgehaltenem Taschenmesser gezwungen habe, sich auszuziehen. Er habe sie aufs Bett geworfen und schließlich brutal vergewaltigt. So weit das Protokoll, das mit Datum, Ort und Unterschrift versehen war.

Baldachin hatte ungeduldig darauf gewartet, bis die beiden Männer mit dem Lesen fertig waren. Nachdem bereits in aller Frühe der Leitende Oberstaatsanwalt aus Ulm angerufen und auf strengste Geheimhaltung gepocht hatte, war wenig später auch der Landespolizeipräsident höchstpersönlich in der Leitung gewesen. Baldachin nahm dies alles mit Unbehagen zur Kenntnis, zumal in solchen Fällen immer die Gefahr bestand, beim winzigsten Fehler zwischen allen Stühlen zu sitzen. Und dies gerade in Zeiten, wo die Landesregierung in Stuttgart wackelte.

»Eine Verrückte?«, fragte Häberle knapp.

»Die Kollegen in München sagen, sie mache einen vernünftigen Eindruck«, berichtete Baldachin von einem Telefongespräch, das er mit seinem gleichrangigen Kollegen in München geführt hatte. Häberle zweifelte, ob die beiden dies beurteilen konnten, zumal gewiss auch der Direktor in der bayerischen Landeshauptstadt nicht persönlich mit der Dame gesprochen hatte.

»Beweise, Zeugen?«

»Nach so langer Zeit?«, empörte sich Baldachin, als sei diese Frage völlig abwegig. Linkohr zog es vor, sich nicht einzumischen.

»Klingt das nicht ein bisschen so, als ob sie den Bleibach fertigmachen möchte?«

»Herr Häberle, was soll ich dazu sagen? Unsere persönliche Meinung ist in dieser Phase des Ermittlungsverfahrens nicht gefragt. Die Staatsanwaltschaft erwartet, dass wir es von hier aus führen.«

»Und Bleibach womöglich festnehmen«, setzte Häberle mit einem eher ironischen Unterton den Gedankengang fort.

»Ziegler sieht vorläufig davon ab, einen Haftbefehl zu beantragen«, schilderte Baldachin, was Dr. Wolfgang Ziegler, der Chef der Ulmer Staatsanwaltschaft, entschieden hatte. »Einen hinlänglichen Tatverdacht wird man nach

15 Jahren nicht mehr so einfach ableiten können. Keine Zeugen, keine Beweismittel, keine DNA.«

Linkohr las aus Verlegenheit noch einmal den Schriftsatz, während Häberle konkret wissen wollte, wie sich der Direktionsleiter den weiteren Verlauf vorstellte.

»Ich denke, dass die Angelegenheit bei Ihnen in guten Händen ist«, entschied Baldachin. »Sie sind an Bleibach schon dran. Und Sie haben die nötige Erfahrung und auch das Fingerspitzengefühl, das in solchen Fällen unerlässlich ist.« Er ließ ein süffisantes Lächeln erkennen. »Ihnen brauche ich nicht zu sagen, was in dieser Republik losbricht, wenn irgendetwas von diesem Ermittlungsverfahren an die Öffentlichkeit kommt. Das Innenministerium hat eine absolute Nachrichtensperre verhängt.«

Häberle grinste zurück: »Wenn der Dame daran gelegen ist, Bleibach fertigzumachen, wird sie so schnell wie möglich ihre Story an das meistbietende Käseblatt verkaufen. Und ihre Leidensgeschichte von dieser Allerweltsemanze da …«, ihm fiel der Name nicht ein, »… kommentieren lassen.«

Baldachin gab sich ahnungslos, aber Linkohr wusste, dass Häberle jene Frau meinte, die in diesen Wochen in einem Boulevardblatt ihre Meinung zu einem Vergewaltigungsprozess gegen einen Prominenten verzapfte.

»Weiß man denn etwas Näheres über die Anzeigeerstatterin?«, fragte Linkohr.

Baldachin blätterte in einem Schnellhefter. »1970 in Polen geboren, aber mit den Eltern deutscher Abstammung bereits 1974 nach Deutschland gekommen – genauer gesagt, nach Düsseldorf. Dort wurde noch ein Bruder geboren – namens Marek, der mal in den frühen 90er Jahren im islamistischen Umfeld aufgetaucht sein soll. Über seinen heutigen Aufenthaltsort ist nichts bekannt.

Seine Schwester Joanna studierte Sprachwissenschaften in Tübingen, war anschließend für ein weiteres Jahr in Tübingen am deutsch-amerikanischen Institut tätig, bekam Jobs bei Auslandsvertretungen der Bundesrepublik, war jeweils kurz in Wien, Washington und Pretoria und soll nun seit fünf Jahren in einem Institut der Mittelständischen Wirtschaft für koordinierende Aufgaben verantwortlich sein.«

»Koordinierende Aufgaben«, äffte Häberle nach. »Wenn ich das schon höre. Wenn jemand etwas tut, was keiner wissen darf, dann ist er koordinierend und kooperierend irgendwo tätig.«

Baldachin distanzierte sich von derlei kritischen Anmerkungen. »Ich lese nur vor, was München uns geschickt hat. Sie war zwischendurch auch mal verheiratet, aber nur eineinhalb Jahre lang. Jetziger Wohnsitz ist übrigens Neu-Ulm.«

»Ach«, staunte Häberle, ohne es näher zu kommentieren. »Und wieso zeigt sie den Bleibach dann in München an?«

»Sie ist beruflich viel unterwegs«, erklärte Baldachin darauf knapp.

»Und da fällt es ihr zwischen zwei Terminen ein, schnell mal eine 15 Jahre zurückliegende Vergewaltigung anzuzeigen?« Häberle erwartete keine Antwort.

»Die Psyche einer Frau bleibt für uns Männer ein ewiges Rätsel«, philosophierte Baldachin und sah dabei Linkohr an. Der junge Kriminalist wusste diesen Blick nicht zu deuten. Er musste schlagartig an Sigrid denken.

40

Klaus Wettstein, der als parlamentarischer Staatssekretär seit Jahr und Tag die Konservativen seines badischen Wahlkreises im Bundestag vertrat, war zum Wochenende diesmal früher als gewohnt nach Stuttgart geflogen. Sein alter Freund Patrick Moser hatte sich angeboten, ihn auf der Rückfahrt von einer Geschäftsreise am Stuttgarter Flughafen abzuholen. Für den Nachmittag hatten sie nämlich ein Treffen auf Schloss Filseck angesetzt, das, nur knapp 30 Kilometer entfernt, auf einem Bergsporn stand – bezeichnenderweise in Sichtweite zum Hohenstaufen. In einer Nische des gepflegten Lokals, dessen Ambiente dem historischen Gemäuer entsprach, war ein Tisch reserviert. Weit genug weg von den wenigen anderen Gästen, die sich im Kerzenschein mit gedämpften Stimmen unterhielten. Wettstein half seinem alten Freund aus dem Mantel. »Du bist sicher, dass wir hier ungestört sind?«, flüsterte er ihm mit einem vorsichtigen Blick auf die anderen Tische zu.

»Absolut sicher«, lächelte der braungebrannte Moser überlegen und setzte sich, während Wettstein ihre beiden Mäntel zur Garderobe brachte. Als er wieder an den geschmackvoll gedeckten Tisch zurückkam, fügte er an: »Den Ort hier hat er bewusst so gewählt. Er kann ja auch kein Interesse daran haben, erkannt zu werden.«

Der Ober kam, zündete die Kerze an, legte die Speisekarten auf den Tisch und entfernte sich wieder.

»Hast du die Talkshow gesehen?«, fragte Wettstein, während Moser sein Handy abstellte.

»Natürlich«, erwiderte Moser gereizt. »Unglaublich, welche Plattform das öffentlich-rechtliche Fernsehen diesem Typen bietet. Zuerst habe ich gehofft, die Journalisten würden ihn in die Enge treiben. Aber es war mir auch klar, dass er die Chance nützt, um seine üblichen Rundumschläge anzubringen. Mühlheimer hätte ihn unterbrechen sollen.«

»Mühlheimer ist als Moderator schwach. Ich habe mich auch gewundert, dass er den Bleibach so lange hat reden lassen. Bisher ist Mühlheimer noch jedem über den Mund gefahren. Jetzt, wo's angebracht gewesen wäre, hat er sich zurückgehalten.«

»Habt ihr da keine Möglichkeit, über den Fernsehrat und so ein bisschen Einfluss zu nehmen?« Moser sprach jetzt eine Nuance leiser.

Wettstein winkte dem Ober und bestellte zwei Pils.

»Das mit dem Einfluss ist so eine Sache«, kam er anschließend auf die Frage seines Freundes zurück, nachdem der Ober wieder weg war. »Nicht von jetzt auf nachher, aber in kleinen Schritten kannst du schon etwas erreichen.« Er grinste. »Der Ministerpräsident oder irgendeiner aus dessen Nähe hat sicher die Möglichkeit, den Intendanten des jeweiligen Senders auf das eine oder andere Thema anzusprechen. Schließlich streben auch diese Herrschaften noch nach höheren Posten, was in bestimmten Kreisen ein gewisses Wohlverhalten voraussetzt. Wenn du verstehst, was ich meine.«

Moser begriff sehr wohl. Sie kannten sich beide lang genug, um nichts voreinander verheimlichen zu müssen. Moser galt als enger Vertrauter Wettsteins und als einer seiner Zuträger, wenn es um wirtschaftliches Insiderwissen ging. Moser hatte zwar innerhalb der Arbeitgeberschaft kein großes Amt inne, war jedoch eingebunden in jene Netzwerke, zu deren Aufgaben es gehörte, Lobbyismus zu betreiben. Böse Zungen mochten auch sagen, dabei ginge es um jene Art von Überzeugungsarbeit, die ihre besten Ergebnisse nicht allein mit Argumenten sondern mit monetären Zuwendungen erzielte.

Noch bevor er etwas dazu sagen konnte, näherte sich eine große Gestalt ihrem Tisch. Wie immer lächelnd und positiv gestimmt, kam der Mann auf sie zu, der dieses Treffen arrangiert hatte. Sie erhoben sich, begrüßten ihn mit Handschlag. »Freut mich, Enduro«, schlug ihm Wettstein freundschaftlich auf die Schulter und setzte sich mit Moser wieder. Nachdem Enduro Ollerich seinen Mantel zur Garderobe gebracht hatte, bemerkte er vielsagend: »Nennen wir's doch einfach Krisensitzung.« Während er sich Moser gegenübersetzte, schaute er sich kurz nach den anderen Gästen um. Erst jetzt wurde ihm bewusst, dass er leiser reden musste.

»Und?«, begann Ollerich, »die Woche in Berlin ohne Attacke gegen die Kanzlerin rumgegangen?«

Der Angesprochene grinste. »Nach außen hin keine Attacken, nein«, antwortete er und bestellte bei dem Ober noch ein Pils. Mit dem Essen, so entschieden sie, wollten sie noch warten.

Moser wirkte ungeduldig. Er spielte mit der Stoffserviette. »Dafür hat sich bei uns einiges getan«, wollte er schnellstens zur Sache kommen.

Ollerich nickte ernst. »Da sind einige Dinge gelaufen, auf die wir uns keinen Reim machen können.«

»Patrick hat's am Telefon gesagt«, gab sich Wettstein informiert und antwortete so diplomatisch, wie er es in Berlin gewohnt war. »Ist davon auszugehen, dass wir in unserem Bestreben gar nicht allein sind?«

»Ich weiß nur, dass hier ein völlig undurchsichtiges Spiel abläuft«, flüsterte Ollerich. In diesem Moment streifte sein Blick die Eingangstür und traf dort auf eine eben eintretende Person. Schlagartig beschleunigte sich sein Puls. Ein bleischweres Gefühl schien sich seines ganzen Körpers zu bemächtigen. Alles in ihm war wie abgestorben.

»Ist was?«, fragte Moser besorgt, denn die Reaktion seines Freundes war nicht zu übersehen.

Enduro Ollerich war nicht in der Lage, etwas zu sagen. Ihm stockte der Atem.

41

So richtig vermochte Häberle nicht einzuschätzen, ob Steffen Bleibach geschockt und in ängstlicher Starre vor ihm saß oder ob es gespieltes Entsetzen war. Jedenfalls hatte er das Gefühl, einen völlig anderen Bleibach vor sich zu haben als jenen, der gestern Abend im Fernsehen zu sehen gewesen war. Bleibach hatte sein feines Lederjackett aufgeknöpft und schwitzte sichtlich.

Linkohr hatte das bisherige Gespräch als aufmerksamer Zuhörer verfolgt, ohne sich einzuschalten. Nie zuvor war er dienstlich einer so prominenten Persönlichkeit gegenübergesessen. Er spürte eine gewisse Hemmung, diesen Mann, den Millionen verehrten und als Vorbild betrachteten, wie einen Schwerverbrecher in die Zange zu nehmen. Sogar eine gewisse Sympathie empfand er für ihn, weil er ganz ohne anwaltlichen Beistand gekommen war. Dies allein schon mutete Linkohr seltsam an, wusste er doch aus Häberles Erzählungen, wie andere sogenannte Prominente gleich alle juristischen Geschütze auffuhren. Doch Bleibach war gekommen, hatte ihnen die Hände geschüttelt und gleich überzeugend erklärt: »Ich habe nichts zu verbergen, deshalb lassen Sie uns reden.«

Und das taten sie jetzt seit einer dreiviertel Stunde. Bleibach räumte ein, sich Joanna Malinowskas, der Anzeige-Erstatterin, »dunkel zu entsinnen«. Er habe mit ihr in Tübingen studiert, doch da sei – er schwöre es – keinerlei engere Beziehung und schon gar keine Vergewaltigung gewesen. Nach seinem Weggang von Tübingen hätten sie sich nie mehr gesehen und auch keinen Kontakt per Telefon oder E-Mail aufgenommen. Ihm sei zwar in den vergangenen Wochen bei seinen Kundgebungen immer wieder eine Frau aufgefallen. Doch nach 15 Jahren habe er sie nicht mit Joanna Malinowska in Verbindung gebracht. Jetzt allerdings, nachdem der Name plötzlich ins Spiel gebracht werde, sei ihm klar, dass es nur sie gewesen sein könne.

Häberle ließ ihn erzählen und stellte nur ergänzende Fragen. Wenn ein Beschuldigter seine Version verständlich darlegen und chronologisch die Ereignisse schildern konnte, war es dringend geboten, ihn nicht zu unterbrechen. Das hatte Häberle den jungen Kollegen schon viele Male ans Herz gelegt.

»Hat man sie denn schon ausführlich vernommen?«, fragte Bleibach schließlich. »Ich denke, es kann doch nicht jemand nach 15 Jahren behaupten, vergewaltigt worden zu sein, ohne Beweise zu haben.«

Häberle runzelte die Stirn. »Wir werden die Dame danach fragen.«

Bleibach lächelte verlegen. »Und wie stellen Sie sich das vor? Niemand wird doch jahrelang irgendein Beweismittel aufbewahren. Oder denken Sie, dass sie noch das angebliche Messer hat?«

Der Chefermittler zuckte mit den Schultern. »Wer weiß? Es könnte doch sein. Und womöglich ist noch DNA von Ihnen dran.«

Bleibach holte tief Luft. »Dann ließe sich feststellen, ob ich es vor 15 Jahren benützt habe?« Es klang hilflos und ängstlich.

»Vielleicht aber …«, so gab Häberle mit leiser, sonorer Stimme zu bedenken, »… vielleicht gibt's noch andere Beweismittel.«

»Andere?«

Linkohr bemerkte, dass er den Gesprächspartner verunsichern wollte.

»Es soll doch in der Wohnung stattgefunden haben. Ohne Zeugen«, erklärte Häberle. »Könnte es sein, dass es da eine Videokamera gegeben hat?«

Bleibach schloss die Augen.

42

Miriam Treiber nutzte den Überraschungseffekt. Natürlich war ihr klar gewesen, wen sie im Restaurant von Schloss Filseck antreffen würde. Sie lächelte überlegen, als ihr Blick beim Betreten des Lokals auf Enduro Ollerich und die beiden anderen Männer fiel, von denen ihr keiner bekannt erschien. Deshalb blieb sie auf Distanz und beließ es bei einem kurzen Kopfnicken, wie dies flüchtige Bekannte taten, wenn sie sich zufällig irgendwo trafen. Miriam hängte ihren hellgrauen Mantel an die Garderobe und stöckelte aus Ollerichs Sichtweite zu einer entfernten Nische, wo ihr der Ober sofort einen Platz anbot.

Ollerich brauchte noch einige Sekunden, um sich von dieser Begegnung zu erholen.

»Ist was?«, fragte Moser deshalb erneut, der das Kommen der attraktiven Mittdreißigerin verfolgt hatte. »Gefällt dir die?«

»Mir? Ich?«, Ollerich stotterte wie ein Teenager, der gerade dabei ertappt worden war, wie er sich in ein Mädchen verknallt hatte. »Nein, ich bin nur irritiert.«

»Kennst du sie?«, hakte Wettstein nach, der bei der Planung des Treffens um äußerste Diskretion gebeten hatte.

»Nicht wirklich«, log Ollerich. »Flüchtige Sache. Wahrscheinlich weiß sie gar nicht so recht, wer ich bin.«

»Dafür bist du aber ziemlich erschrocken«, kommentierte Moser.

Ollerich fand seine Fassung wieder. »Es kann gar niemand wissen, dass wir hier sind.« Er versuchte, es so überzeugend wie möglich klingen zu lassen, obwohl er Mühe hatte, die innere Unruhe zu verheimlichen. »Wenn sie mich erkannt hätte, wäre sie hergekommen.« Er sah die beiden nacheinander an. »Und außerdem ist es doch völlig normal, sich nachmittags mit Geschäftsfreunden zu treffen, oder?«

Wettstein legte seine Stirn in Falten. »Aus meiner langjährigen Erfahrung in der Berliner Politszene glaube ich nicht mehr so sehr an Zufälle.«

43

Iris Eschenbruch, die leicht übergewichtige Dame in Bleibachs Hauptstadtbüro, rückte ihre Hornbrille zurecht und klickte sich hinter einem Berg von Papieren durch die E-Mails. Nach der gestrigen Talkshow hatte eine regelrechte Flut von Zuschriften eingesetzt – bis hin, dass sich die Anfragen nach einem Autogramm von Bleibach nun häuften. »Manches Schlagersternchen wäre froh drüber«, brummte sie in sich hinein. Obwohl inzwischen die Portokosten ins Unermessliche stiegen, wurden alle Wünsche erfüllt. Bleibach hatte sich bereits 20 000 Autogrammkarten drucken lassen. Anfangs, als die Nachfrage noch nicht so groß war, hatte er jedes Mal selbst unterschrieben. Inzwischen aber war nachträglich seine Unterschrift draufgedruckt worden.

Iris Eschenbruch leitete die Mails an unterschiedliche Mitarbeiter weiter, die überall in der Republik ehrenamtlich für Bleibach tätig waren. Heute würde sie wieder erst spät nach Hause kommen, denn es mussten dringend noch einige behördliche Schreiben für die geplante Frühlingskundgebung auf dem Hohenstaufen beantwortet werden. Mittlerweile stand zumindest der Termin fest: Samstag, der 26. März. Bleibach hatte auf diesen Termin gedrängt, weil es der Tag vor der Baden-Württembergischen Landtagswahl war. Er wollte die öffentliche Aufmerksamkeit, die in dieser Zeit auf die Politik gerichtet sein würde, für sich nutzen und vielleicht mit dazu beitragen, den Menschen die Augen zu öffnen. Gerade in seinem heimischen Bundesland schienen die Bürger für die Forderung nach mehr Demokratie sehr empfänglich zu sein. Der schwelende Streit um das Stuttgarter Bahnhofsprojekt hatte dies in den vergangenen Monaten ausgelöst.

Während die Büro-Angestellte noch dabei war, E-Mails zu sortieren, und Mühe hatte, ihre abschweifenden Gedanken auf diese Arbeit zu konzentrieren, riss sie die Betreff-Zeile eines der Schreiben in die Realität zurück: ›Barbarossa‹. Sie sah auf den Absender, doch war es nur ein Alias-Name: ›saleph1109‹ stand da. Die Frau öffnete das

Mail, das ohne Punkt und Komma und nur mit Kleinbuchstaben geschrieben war: ›barbarossa stirbt in fluss, anderer auf Berg nicht küffhausen. Merk das.‹

Mit einem Schlag war sie wieder voll konzentriert. Natürlich hatte sie in den letzten Monaten schon unzählige Mails mit wirrem, bisweilen völlig abstrusem Inhalt gelesen. Aber bei diesem hier war es ihr, als enthalte es eine versteckte Botschaft, die sich in einem bewussten Kauderwelsch verbarg. Saleph und diese Zahl, hämmerte es in ihrem Gehirn. Barbarossa, Fluss, Berg. Eine Anspielung auf den Hohenstaufen? Und Saleph? Aus den Tiefen ihrer schulischen Erinnerungen dämmerte es: Saleph ist jener Fluss in der Türkei, in dem Barbarossa bei seinem letzten Kreuzzug ertrunken sein soll. Sie las das Mail noch ein zweites und drittes Mal – bis sie auch Küffhausen zuordnen konnte. Gemeint war natürlich der Kyffhäuser, um den sich die Barbarossa-Sage drehte. Ihr lag bekanntermaßen eine Art Verschwörungstheorie zugrunde, wonach der Stauferkaiser, der Barbarossa genannt wurde, nicht in der Türkei gestorben sein soll, sondern sich in einen Berg zurückgezogen habe. Iris Eschenbruch entsann sich dunkel, dass dafür drei mögliche Orte infrage kamen: Der Untersberg bei Salzburg und ein Felsen bei Kaiserslautern – doch wurde in den meisten Überlieferungen davon ausgegangen, dass eher der Kyffhäuser in Thüringen gemeint war. Dort, in diesem Berg, so rief sich die Frau diese Sage in Erinnerung, sollte Barbarossa an einem Tisch sitzen. Inzwischen sei der rote Bart des Staufers durch die Tischplatte gewachsen und habe sich sogar schon zwei Mal um dieses Möbelstück gewickelt. Wenn dies das dritte Mal geschehen sei, werde er wiederkommen, um denTürken ›das gelobte Land mit dem Heiligen Grabe abzugewinnen‹. So jedenfalls hatte sie es irgendwann in der Schule gelernt, ohne sich damals große Gedanken darüber gemacht zu haben. Aber was wollte der anonyme Schreiber damit sagen? Noch einmal überflog Iris Eschenbruch die seltsame Botschaft – und blieb plötzlich wie elektrisiert an den Zahlen im Alias-Namen hängen: Saleph1109. Elfnullneun? Nine-eleven, durchzuckte es sie. 11. September. Ein Datum, das sich in das kollektive Gedächtnis der Menschheit eingebrannt hatte.

44

Als Bleibach das Gebäude der Kriminalpolizei verlassen hatte, fühlte er sich nass geschwitzt. Eigentlich sollte er duschen, doch dazu blieb jetzt keine Zeit mehr. Für den frühen Abend war eine Kundgebung im ostwürttembergischen Aalen angesetzt. Die Fahrt dorthin würde eine gute Stunde in Anspruch nehmen, schätzte er.

Er spürte, wie aufgewühlt er war – ein Zustand, der ihn unkonzentriert werden ließ. Was, wenn es doch Beweise gab? Auf dem Weg zu seinem VW Passat, der zwei Straßen weiter stand, drehten sich seine Gedanken um jeden Satz, der bei dieser Vernehmung gesprochen worden war. Hatte Häberle irgendetwas zwischen den Zeilen angedeutet? Bleibach war ein scharfer Analytiker, der in der Lage war, aus kleinsten, beiläufig gesprochenen Bemerkungen Schlüsse zu ziehen. Einen Film könnte es geben, ein heimlich gedrehtes Video, hatte der Kriminalist angedeutet. Aber vor 15 Jahren, versuchte er sich zu beruhigen, waren derlei Überwachungsgeräte noch nicht handelsüblich. Außerdem – wie sollte es ein Video geben, wenn doch alles eine reine Erfindung dieser Frau war?

Und wenn er dies nicht beweisen konnte? Wenn sie ihm etwas anhängten? Wenn die Frau, woher auch immer, DNA-Material von ihm vorweisen konnte? Dann aber müsste es alt sein, ließ er sich von seinen Gedanken beruhigen. Und so etwas war mit den Mitteln der heutigen Kriminaltechnik ohne Weiteres festzustellen. Aber, wenn nicht?

Bleibach hätte nicht sagen können, wie er aus Göppingen hinausgefahren war. Erst als er auf der B297 die Gemeinde Rechberghausen hinter sich gebracht hatte und dem Remstal entgegensteuerte, wurde ihm wieder bewusst, dass er sich auf die Straße konzentrieren musste, vor allem aber auf seine Rede. Zwar war sie – von aktuellen Einschüben abgesehen – seit Monaten gleich, doch entschied nicht das Gesagte allein über seinen Erfolg, sondern auch die Art und Weise, wie er seine Thesen rüberbrachte. Die besten Argumente nutzten nichts, wenn sie nicht engagiert, emotional und mitreißend vorgetragen wurden. Die Zuhörer mussten den Eindruck gewinnen, dass er mit Leidenschaft, mit Herz und Seele hinter seinen Aussagen stand. Ehrlichkeit, Glaubwürdigkeit und der feste Wille, ein Sprachrohr des kleinen Mannes zu sein, waren die Grundmauern, auf die er baute. Er hatte sich zum Ziel gesetzt, den Bürgern mehr Gehör zu verschaffen, ihnen das Gefühl zu geben, den Staat selbst mitgestalten zu können – anstatt dies nur über einen parteipolitischen Filter tun zu dürfen.

Heute hatte er sich vorgenommen, auch seine gestern gemachten Talkshow-Erfahrungen einfließen zu lassen.

Er parkte seinen Passat in einem Parkhaus der Aalener Innenstadt und ging die paar Schritte zu Fuß bis zum

Marktplatz vor dem Rathaus, wo es angesichts der riesigen Menschenmenge kaum noch ein Durchkommen gab. Während er sich näherte, wurde er von vielen Wartenden jubelnd begrüßt. Er lächelte nach allen Seiten, nickte und winkte, gab sogar Autogramme auf seine Broschüren, die ihm entgegengereckt wurden, und bahnte sich schließlich einen Weg zu der improvisierten Bühne, die in der Dunkelheit des Winterabends in grellem Scheinwerferlicht strahlte. Die Mitglieder der Ortsgruppe, die ihn bereits sehnsüchtig erwartet hatten, hießen ihn herzlich willkommen und reichten ihm hinter der Bühne ein Glas Orangensaft. Bleibach entschuldigte sich für seine Verspätung, ohne aber eine Begründung dafür zu nennen. Sie kamen überein, die Band noch drei Oldies der Beatles spielen zu lassen. Als die Musik dann verstummte und ihn der Ortsvorsitzende offiziell begrüßte, brach frenetischer Jubel aus. Irgendjemand begann: »Jetzt oder nie« zu skandieren, was die Menge sofort gebetsmühlenartig aufnahm. »Jetzt o-der nie!«, – so schallte es inzwischen bei jeder Kundgebung. Meist konnte Bleibach die Menschen erst beruhigen, wenn er eine beschwichtigende Handbewegung machte und den rechten Zeigefinger an seine Lippen hob.

Auch heute war es so. Wenn er dann sprach, hörten ihm die Menschen mit gespannter Aufmerksamkeit zu. Kam er jedoch zu einer Feststellung oder Forderung, die er – rhetorisch geschult – mit einem Absenken der Stimme abschloss, brandete wie auf Kommando der Beifall auf.

Nachdem er im Rahmen seiner Rede auch bei der Gesundheitspolitik angelangt war, sah er die Gelegenheit gekommen, nun wie geplant die gestrige Talkshow zu erwähnen.

»Haben Sie, liebe Freunde, schon einmal darüber nachgedacht, was für Sie persönlich das Wichtigste ist? Das sind nicht die Stars und Sternchen und Polit-Größen, sondern das ist Ihre persönliche Gesundheit. Doch was tun die Schönschwätzer, die Sie jeden Abend auf den Ledersesseln der Talkshows ertragen müssen, für das wichtigste Gut, das wir haben? Sie veranstalten Machtspielchen und reduzieren unser aller Gesundheit auf betriebswirtschaftliche Rechnungen und Kalkulationen.«

Beifall und zustimmende Zwischenrufe.

»Es ist doch kein Geheimnis, dass schon darüber nachgedacht wird, manche Krankheiten ab einem bestimmten Alter des Patienten gar nicht mehr ernsthaft zu behandeln, weil sich das angeblich nicht mehr amortisiert.« Er wiederholte voller Abscheu: *»Amortisiert, ja, so sagt man doch, wenn es sich betriebswirtschaftlich nicht rechnet, etwas zu investieren. Doch anstatt große Anstrengungen zu unternehmen, unser aller Dasein so angenehm wie möglich zu gestalten, Schmerzen zu lindern und mit aller Kraft des menschlichen Geistes medizinische Forschung zu betreiben, wird immer neuer Bürokratismus entwickelt, der die Gesundheitspolitik lähmt und unbezahlbar macht. Wie kommt es denn, dass viele Ärzte Deutschland den Rücken kehren und sich junge Mediziner gar nicht mehr als Arzt niederlassen wollen?*

Diese Menschen, meine lieben Freunde, haben das Medizinstudium auf sich genommen, um den Menschen zu helfen und nicht einen großen Teil ihrer Zeit damit zu verschwenden, Formulare auszufüllen und die Behandlung des Patienten in betriebswirtschaftlich vorgegebene Zeittakte zu zerlegen, die wiederum von Heerscharen von Prüfern und Controllern und sonstigen unproduktiven Beschäftigten bearbeitet werden müssen. Nein, liebe Freunde, es geht nicht um eure Gesundheit. Es geht um Machtpoker und um Parteigezänk, und am Schluss bleibt eine Flickschusterei, die man dann auch noch Reform nennt. Sie müssen sich vorstellen: es gab zwei Gesetze zur sogenannten Gesundheitsreform – und was ist dabei herausgekommen? Beitragserhöhung für die Arbeitnehmer und Beitragsstabilität für die Unternehmer.«

Wieder Beifall.

»Längst haben wir vergessen, dass wir zusätzlich zu unserem Krankenkassenbeitrag pro Quartal noch zehn Euro draufzahlen, falls wir einen Arzt konsultieren. Und beim Zahnarzt gleich noch mal, falls eine Behandlung notwendig wird. Wir haben vergessen, wie viel Zuzahlung mittlerweile Medikamente kosten. Und selbst die Apotheker können nicht mehr auf Anhieb sagen, wie viel jedes Medikament gerade mal wieder kostet. Im Dschungel der Rabattverträge zwischen Pharmaindustrie und Krankenkassen bleibt aber nur einer auf der Strecke: nämlich der Patient. Und woher die Wirkstoffe kommen, die die Pillen und Wässerchen enthalten, können wir auch nicht nachvollziehen. Ein Apotheker hat mir neulich gesagt, mehr als 70 Prozent aller Medikamente kämen inzwischen aus Indien. Ja, ihr habt richtig gehört: Unsere Gesundheitsvorsorge legt eine angeblich hochtechnisierte, mitteleuropäische Zivilisation in die Hände eines Schwellenlandes. Versteht mich bitte nicht falsch, ich will damit nichts gegen Indien sagen. Aber man darf doch ein ungutes Gefühl äußern, wenn man sich vorstellt, dass wir bei wichtigen Medikamenten auf Lieferungen aus Indien angewiesen sind.

Und dies alles geschieht des reinen Profits wegen – anstatt zu sagen: Die Gesundheit ist unser allerhöchstes Gut. Doch wir haben ein System entwickelt, das in den

Krankenkassen und in den Verwaltungen einen Wasserkopf aufgebläht hat, der sich am Schluss seiner selbst wegen finanziert. Ich frage mich, weshalb wir so viele Krankenkassen brauchen, wenn ihnen die Politik Beitragshöhe und Leistungen weitgehend vorschreibt? Wieso ist es für die Betreiber von Krankenkassen überhaupt noch lukrativ, das Geschäft weiterzubetreiben? Doch nicht aus Nächsten- und Menschenliebe, sondern weil damit immer noch richtig gut zu verdienen ist.«

Bleibach entschied, auch einmal richtig schwarzzumalen.

»Ihr – wir alle werden stranguliert von den Kosten, die auf dem immer kleiner werdenden Lohn-Netto lasten. Nicht mehr lang, liebe Freunde, da werdet ihr nur noch arbeiten, um eure Steuern und Sozialabgaben bezahlen zu können, um dann wiederum von der Sozialhilfe das Lebensnotwendige erbetteln zu müssen. Und wenn ihr krank seid, müsst ihr euch mit einer dritt- oder viertklassigen Medizin zufriedengeben, während die, die durch eurer Hände Arbeit reich geworden sind, in den Genuss der feinsten Betreuung kommen. So aber, liebe Freunde, kann es nicht weitergehen. Nicht mit uns. Und ich sage euch wieder einmal: Die Zeit ist reif. DNA – der neue Anfang.«

Dass für ihn seit heute Nachmittag die drei Buchstaben DNA plötzlich eine völlig neue Bedeutung erlangt hatten, wurde ihm erst bewusst, als er sie aussprach. Gleichzeitig fiel ihm auf, dass die Blondine heute fehlte.

45

Nachdem er von Iris Eschenbruch den Termin für Bleibachs großes Frühlingsfest auf dem Hohenstaufen erfahren hatte, konnte endlich auch Lars Konarek planen. Er entschied, sein ›Experiment‹, wie er die Survival-Tour bezeichnete, zehn Tage lang dauern zu lassen. Als Startort wählte er die Gegend westlich von Landsberg am Lech, um sich von dort aus ohne Proviant und ohne jegliche Hilfsmittel bis zum Hohenstaufen durchzuschlagen. Zum Beweis dafür, dass alles möglich war, wenn man es nur wollte. Und dass der Mensch auch aussichtslose Situationen überstand, wenn er im Einklang mit der Natur lebte. So jedenfalls sollte Ollerich diese Aktion medienwirksam ausschlachten, um auf Bleibachs Ziele und Thesen aufmerksam zu machen. Gleich nach Weihnachten mussten entsprechende Plakate gedruckt und Pressemitteilungen verschickt werden.

»Du übernimmst dabei eine ganz wichtige Aufgabe«, erklärte Konarek seinem späten Besucher. »Ich brauche jemanden, der zuverlässig ist.« Er lehnte lässig an der kahlen Wand seines Trainingsraums, während Jens Seifried auf einem der Stühle saß, die ungeordnet in eine Ecke geschoben waren. Ein Pflaster über der rechten Augenbraue sowie einige Kratzer an der Wange ließen erahnen, dass er jüngst in eine Schlägerei verwickelt gewesen sein musste. Rechtzeitig zum Wochenende war er wieder aus der Klinik entlassen worden. Noch immer beschied er jede Frage nach den nächtlichen Ereignissen beim Autobahnrasthaus Leipheim mit ratlosem Schulterzucken. Er könne sich nur entsinnen, mit seinem Sattelzug in den Parkplatz eingebogen zu sein, dann aber fehle ihm jegliche Erinnerung. Eine ›temporäre Amnesie‹ sei es, pflegte er aus dem ärztlichen Befund zu zitieren. Dass ihn jetzt Konarek als Helfer für das Survival-Experiment auserkoren hatte, schmeichelte ihm. Er würde in dieser zweiten Märzhälfte seinen Resturlaub nehmen.

»Ich werde entlang meiner Route im Voraus Pflichtmeldepunkte festlegen, an denen du mir jeden Tag einen neuen Akku für die Videokamera hinterlegen musst«, erklärte Konarek, der sich längst gedanklich mit der Logistik auseinandergesetzt hatte. »Morgens fährst du hin und deponierst die geladenen Akkus, abends kannst du die entladenen dort abholen. Außerdem könnte ich dir eine Botschaft hinterlassen.«

»Du nimmst kein Handy mit?«, staunte Seifried.

»Handy?«, entrüstete sich der Survival-Trainer. »Ich sagte doch, dass ich's ohne Hilfsmittel der Zivilisation machen will. Ich hab auch kein Messer dabei. Keinen Löffel, keine Gabel. Einfach nichts. Verstehst du?«

»Aber ich könnte doch an den Meldepunkten auf dich warten«, warf Seifried ein.

»Mann, begreif doch«, wurde Konarek energischer. »Ich will in diesen zehn Tagen keinen Kontakt mit dir oder anderen Bekannten. Ich will auf mich allein gestellt sein – ganz so, als sei ich irgendwo in der Wildnis mit einem Flugzeug abgestürzt und müsste mich 300 Kilometer weit durchs Gelände schlagen.« Er vergrub die Hände tief in seiner schwarzen Outdoorhose. »Ich meide deshalb den Kontakt zu Menschen und werde auch Ortschaften großräumig umgehen.«

»Okay«, gab sich Seifried geschlagen. »Und was geschieht, wenn dir was zustößt? Wenn du in einer eisigen Märznacht erfrierst?«

Lars blieb gelassen. »Mein Risiko. Aber keine Sorge,

das wird nicht passieren.« Er grinste. »Ich mach's doch, um zu beweisen, dass es klappt.«

»Und wovon willst du leben?«

»Kräuter, Rinden, Moose. Vielleicht noch ein paar Beeren irgendwo vom letzten Herbst.« Konarek hatte längst alle Eventualitäten durchgespielt.

»Und pennen? Wie stellst du dir das bei Minusgraden vor? Nimmst du einen Schlafsack mit?«

»Nichts nehme ich mit. Keinen Rucksack, nichts. Nur das, was ich anhab. Ich bau mir ein Nachtlager mit Holz und Laub oder such eine Höhle, einen Felsenvorsprung. Aber keinen Jägerhochsitz. Das wäre ja schon wieder was von der Zivilisation.«

Seifried musste an die vergleichsweise gemütliche Schlafkoje seines Sattelzugs denken, die ein Stück Geborgenheit bedeutete. »Und wenn du auf irgendwelche Typen triffst, die sich nachts im Wald rumtreiben?«

Konarek kam zu ihm herüber und schlug ihm freundschaftlich auf die Schulter. »Ich glaube, diese Frage erübrigt sich. Mir wird's schon nicht so gehen wie dir.« Er zog sich einen Stuhl heran, setzte sich seinem Nahkampf-Schüler gegenüber und sah ihm fest in die Augen. »Und du kannst dich wirklich an nichts erinnern, was dir auf diesem Parkplatz passiert ist?«

Seifried schüttelte vorsichtig den Kopf.

46

So ausgelaugt wie an diesem Abend hatte sich Steffen Bleibach selten gefühlt. Seinem Gefühl nach zu urteilen, war die Kundgebung in Aalen schlecht gelaufen. Zwar hatte er ein begeistertes Publikum vor sich gehabt, doch allzu oft war ihm der Faden entglitten. Immer wieder hatte sich sein Unterbewusstsein mit der Vernehmung bei der Kriminalpolizei beschäftigt. Dass ihn daheim in Hohenstaufen Evelyn erwartete, die seit geraumer Zeit einen Schlüssel für seine Wohnung hatte, half nur wenig über das seelische Tief hinweg. Auf der Rückfahrt von Aalen wollte es ihm einfach nicht gelingen, seine Gedanken zu sortieren. Kaum hatte er sich auf etwas konzentriert, wüteten sie wieder, blendeten ihm das Gesicht von Joanna ein oder riefen ihm Vergewaltigungsprozesse in Erinnerung, bei denen Aussage gegen Aussage gestanden war. Er spürte, wie seine innere Ausgeglichenheit schwand. Gerade dieses Gleichgewicht brauchte er aber, um die vielen Anfeindungen zu überstehen. Es durfte keine Nebenkriegsschauplätze geben. Wenn es tatsächlich jemand darauf abgesehen hatte, ihm auf diese Weise zu schaden, dann drohte allergrößte Gefahr. Er war zwar ein brillanter Redner, konnte fundiert argumentieren und sich in Diskussionen Gehör verschaffen, doch psychisch belastbar war er nicht wirklich. Vielleicht zeichnete gerade dies ihn aus. Er war kein Polterer, kein kaltschnäuziger Draufgänger, sondern der eher künstlerische Typ, der ein Gespür für die Wünsche seiner Mitmenschen hatte, der sensibel diese Stimmungen aufnehmen konnte, die ihn wie Funkwellen umgaben.

Jetzt befürchtete er, dass ihn nur negative Energie umgab. Er musste aufpassen, dass sich seine positive

Aura nicht umpolte und von den ›Minus-Kräften‹, wie er es zu nennen pflegte, neutralisiert wurde. Waren das erste Anzeichen eines Burnout-Syndroms? Hatte er sich in den vergangenen Monaten zu viel zugemutet? Nein, wies er solche Gedanken energisch zurück. Nein. Nicht seine Überarbeitung war schuld daran, dass er sich mies fühlte, sondern diese Attacke von außen. Ein Angriff. Wie auf einen Computer. Jemand versuchte, sein Gehirn mit einem Virus zu infizieren, der sich selbst vermehren konnte, um die guten Gedanken zu zerstören.

Als er über den schmalen Bergrücken, den man im Volksmund Aasrücken nannte, von Lenglingen nach Hohenstaufen fuhr und links und rechts zwischen dünnen Nebelschleiern die Lichter der tief unten liegenden Ortschaften funkeln sah, atmete er durch. Wenigstens spürte er ein klein wenig von jener prickelnden Freude, die sich seiner immer bemächtigte, wenn er an Evelyn dachte. Ein ganzes Wochenende wollte sie bleiben.

Als er die Wohnungstür aufschloss, empfing ihn bereits der herbe Duft ihres Parfums. Noch während er seinen Mantel an die Garderobe hängte und sich die Schuhe abstreifte, war sie da: Evelyn, deren Anblick ihn explosionsartig mit positiver Energie aufzuladen schien. Ihre blonden Haare strahlten sogar im diffusen Licht der Diele. Ein schwarzes, hauchdünnes Kleidchen umspielte ihren schlanken Körper und ließ erahnen, was Bleibach so sehr mochte. Sie fiel ihm mit ihrem herzlichen Lachen um den Hals, drückte ihn fest an sich und küsste ihn leidenschaftlich. Es bedurfte keines einzigen Wortes, um die Welt, die plötzlich so unwichtig geworden war, einfach auszublenden. Wie lange sie in der Diele standen, sich streichelten und küssten, hätten beide später nicht mehr sagen können. Irgendwann erreichten sie eng umschlungen das Wohnzimmer, wo sie auf die Ledercouch sanken und sich halb sitzend, halb liegend aneinanderschmiegten. »Du bist ganz schön verrückt«, grinste sie schließlich und ihre Augen funkelten im Licht dreier Kerzen. »Heute wohl keine weiblichen Fans gehabt?« Sie zog eine Schnute und winkelte eines ihrer Beine ab, das der raffinierte Schlitz des Kleides entblößte.

Er ließ alles zu, was mit ihm geschah. »Und wenn tausend kreischende Mädels vor mir stehen, Evelyn, dann gibt es doch immer nur eine, die mich so aus der Fassung bringt.« Er schloss die Augen.

Sie stupste ihn mit dem Zeigefinger auf die Nase und spürte seinen Atem. »Und das ist dieses verrückte Model, stimmt's? Diese verrückte Evelyn mit ihren Designerklamotten.« Sie begann, sich an den Knöpfen seines Hemdes zu schaffen zu machen. »Diese modischen Klamotten«, hauchte sie, »an denen du das am meisten magst, was gar nicht dran ist.«

Er lächelte. »Das modische Nichts.«

Ein Knopf war bereits offen. »Was sind die Modeschöpfer nur für arme Kerle«, fuhr sie ironisch fort. »Sie sollen was entwerfen, aber für euch Männer ist's nur die Umrahmung für das, was gar nicht angezogen sein soll. Stimmt's?«

Er spürte ihre Finger auf seiner nackten Brust. »Was möchtest du denn gern hören?«, brummte er und war unendlich dankbar dafür, dass sie ihn ablenkte und nicht gleich wissen wollte, wie das Gespräch bei der Polizei verlaufen war. Sie schien seine Nähe zu genießen, kuschelte sich an ihn und öffnete den nächsten Knopf seines Hemdes. »Weißt du«, sagte sie und es klang zärtlich, ja sogar fürsorglich, »gemeinsam werden wir alles überstehen, egal, was geschieht.«

Bleibach streichelte ihr weiches Haar und schwieg. Gleich würde sie ihn fragen, wie es bei dem Kommissar gelaufen war. In den vergangenen Tagen hatten sie lange und ausführlich am Telefon über die Anschuldigung gesprochen. Er war Evelyn unendlich dankbar, dass sie zu ihm hielt und keinerlei Zweifel an seiner Seriosität hegte.

»Wäre es nicht besser gewesen, Miriam mitzunehmen?«, fragte sie plötzlich, während ihre Finger seinen Bauchnabel erreichten. »Als Rechtsanwältin hätte sie auf dich aufpassen können.«

Ihr angewinkeltes Bein senkte sich über seine Knie, als wolle sie ihn mit dem Ausdruck zärtlicher Dominanz daran hindern, jetzt aufzustehen. Doch nichts war ihm lieber, als sich von ihr in eine hilflose Situation bringen zu lassen. Sein rechter Arm glitt langsam über den seidigen Stoff des Kleides abwärts, bis seine Hand die straffe Haut ihres nackten Oberschenkels berührte. »Meinst du, ich hätte eine Aufpasserin nötig?«, murmelte er, während sich ihre Finger an seinem Gürtel zu schaffen machten.

»Wer weiß«, flüsterte sie, »welche Gefahren auf dich lauern, mein lieber Steffen?«

Er versuchte, die finsteren Gedanken, die sich in seinem Kopf eingenistet hatten, nicht aufkommen zu lassen. Nicht jetzt, nicht hier. »Solange du mir nichts antust …«

Sie lächelte und drückte ihm einen Kuss auf den Mund. »Du wirst gar keine andere Wahl haben, als dir was antun zu lassen«, hauchte sie und nahm ihn jetzt mit beiden Beinen in den Klammergriff. Er kannte ihre Vorlieben längst.

»Streck mal ganz artig die Arme aus«, verlangte sie leise, doch es klang, als dulde sie keinen Widerspruch. Er nahm seine Hand von ihrem Schenkel und streckte beide Arme nach hinten weg, bis sie über die Seitenlehne der Couch hinausragten und die Unterarme frei in der Luft hingen.

Sie schien diesen Anblick zu genießen. »Wenn der große Herr Bleibach ganz ohne Aufpasser unterwegs ist«, zischte sie scheinbar drohend, »dann muss er sich nicht wundern, wenn ihm etwas angetan wird.« Sie begann schneller zu atmen und löste seinen Gürtel. Längst war der Punkt erreicht, an dem er sich wünschte, sie würde das Spiel schneller zum Höhepunkt treiben. Doch er wusste, dass sie gerade dies nicht wollte.

»Die Dame Evelyn weiß aber hoffentlich, dass sie nichts gegen seinen Willen tun darf«, erwiderte er grinsend, als der Reißverschluss seiner Hose langsam nach unten glitt.

»Der Herr hat zu schweigen«, flüsterte sie und kuschelte sich an seine nackte Brust. »Der künftige Bundeskanzler sollte sich aber in Acht nehmen vor den leichtgeschürzten Evas, die ihn in Versuchung führen.« Sie küsste ihn wieder leidenschaftlich. Noch bevor er sich willenlos all jenem hingeben konnte, was sie zweifelsohne beabsichtigte, machte sie eine Bemerkung, die ihm die Lust und beinahe auch den Atem zu rauben drohte: »Hüte dich vor den Evas, die mit deinen Spuren falsche Fährten legen wollen.«

Es waren diese vielsagenden Andeutungen, die ihn normalerweise faszinierten. Manchmal konnte sie reden, als habe sie ein paar Semester Theologie studiert. Am liebsten hätte er sie jetzt gefragt, was sie mit den falschen Fährten meinte. Doch er wollte sich nicht anmerken lassen, dass seine Lust schwand. Denn sie näherte sich mit den Fingern ihrem Ziel.

47

Miriam Treiber hegte im Nachhinein Zweifel, ob ihr gestriger Auftritt auf Schloss Filseck sinnvoll gewesen war. Ollerich jedenfalls hatte einen ziemlich erschrockenen Eindruck gemacht. Wer allerdings die beiden anderen Männer waren, konnte sie bislang nicht in Erfahrung bringen. Sie war nur auf eine Tasse Kaffee geblieben und hatte sich nach einer halben Stunde, ohne Ollerich eines weiteren Blickes zu würdigen, wieder verflüchtigt. Für einen kurzen Moment hatte sie in Erwägung gezogen, sich auf dem großen Parkplatz vor der restaurierten Schlossanlage zu verstecken und zu beobachten, mit welchem Fahrzeug die Männer wegfahren würden. Aber dann war es ihr als wenig sinnvoll erschienen.

Stattdessen hatte sie sich zufrieden auf den Heimweg gemacht, um sich im Keller einigen ihrer ›Chat-Freunde‹ zu widmen, die tatsächlich noch am Computer anzutreffen waren. Auch ›Herkulesspanner‹ hatte sich später wieder eingeloggt und damit begonnen, sich in die schriftlichen Konversationen einzumischen, die meist ohne Punkt und Komma und unter Missachtung aller Rechtschreibregeln abliefen. Viel schlimmer empfand Miriam aber, dass in der Anonymität der ›Alias- und Nicknames‹ die guten Sitten außer Kraft gesetzt schienen und sich die Bemerkungen weit unter der Gürtellinie abspielten.

Auch ›Herkulesspanner‹ lief wieder zu Hochform auf, nachdem ihr Alias-Name ›Lunaluder‹ in der Liste der Anwesenden erschienen war. Sofort schlug er ihr vor, den öffentlichen ›Room‹ zu verlassen und in einem gesonderten Bereich zu chatten. Miriam ging wie immer darauf ein und schrieb ihm nach einigen Mausklicks sofort eine neue

Botschaft: ›Du wirst noch dein blaues Wunder erleben, wenn du dich weiterhin an andere Weiber ranmachst.‹

Längst war es ihr gelungen, ihm seine Vorlieben zu entlocken. Sie staunte inzwischen, wie schnell Männer ihre wildesten Träume preisgaben, wenn sie sich in der Anonymität des Internets verstecken konnten. Hatte der schriftliche Gedankenaustausch erst seinen erotischen Höhepunkt erreicht, verloren die meisten Männer jegliche Hemmung. Miriam grinste dann in sich hinein und fand selbst Freude daran, auf manche Rollenspiele einzugehen. Manchmal staunte sie dann, wie kritiklos ihre Chatpartner alles hinnahmen. Woher konnten sie denn wissen, dass sie es tatsächlich mit einer Frau zu tun hatten? Genauso gut trieben sich vermutlich in dieser surrealen Welt Männer herum, die sich einen Spaß daraus machten, aus der Sicht einer Frau zu schreiben.

Je mehr sie darüber nachdachte, desto irrsinniger erschien ihr das Treiben in dem globalen Netzwerk, dessen Drähte nicht nur der Datenmengen, sondern auch der heißen Botschaften wegen glühen mussten.

Während sie als ›Lunaluder‹ zweideutige Angebote in die Tasten tippte, schielte sie immer wieder auf einen anderen Bildschirm, auf dem eine Landkarte dargestellt war. Als sich dort gegen 1.45 Uhr ein violetter pulsierender Punkt zu bewegen begonnen hatte, waren ihr die Konversationen mit den einsamen ›Chattern‹ nicht mehr wichtig.

Daran musste sie jetzt denken, als sie an diesem düsteren Novembermorgen nach wenigen Stunden Schlaf erwachte. Die Nacht spürte sie bleiern in ihren Knochen. Sie mochte sich gleich gar nicht im Spiegel betrachten. Noch immer schmerzte die Stelle über den Augen. Während sie eine Tasse schwarzen Kaffee trank und ein Marmeladenbrot aß, blätterte sie die Tageszeitung durch und überflog die Schlagzeilen. Hauptthema war, dass der Bundestag die Laufzeiten der Kernkraftwerke verlängert und eine Kernbrennstoffsteuer gebilligt hatte. Außerdem wurde, wie in diesen Tagen so oft, sorgenvoll über die Zukunft des Euros berichtet. Miriams Interesse galt jedoch einer kleineren Notiz, die sich auf ein Ereignis bezog, das bereits vor einigen Tagen erwähnt worden war: Die Festnahme von Terrorverdächtigen in Bremen. ›Sie gehörten einer islamischen Gruppe an, die junge Leute für den Heiligen Krieg rekrutieren wollte‹, las sie. Für einen Moment überlegte sie, ob diese Festgenommenen auch Kontakt zu Neu-Ulm hatten. Dass in einer weiteren Meldung Innenminister Thomas de Maiziere zitiert wurde, wonach er noch vor Weihnachten mit Terroranschlägen in Großstädten rechne, riss sie wieder aus ihren Gedanken. Schlagartig fiel ihr auch ein Bericht von Anfang der Woche über eine Bombenattrappe ein, die am Flughafen in Windhuk sichergestellt worden war. Was ging da vor?

Dann blätterte sie weiter und nahm zur Kenntnis, dass Bleibach nirgendwo erwähnt wurde. Demnach hatten die Medien noch nicht von den Schwierigkeiten erfahren, die ihm drohten. Miriam Treiber faltete die Zeitung wieder zusammen und überlegte, weshalb sie von Bleibach bislang nicht angerufen worden war. Vermutlich war es bei der Androhung einer Strafanzeige geblieben – oder er versuchte aufgrund seines übersteigerten Selbstbewusstseins, die Angelegenheit ohne juristische Hilfe auszufechten. Sie hatte deshalb beschlossen, ihn nicht darauf anzusprechen. Außerdem, so erinnerte sie sich, wollte doch diese Joanna Malinowska ohnehin Kontakt mit ihr aufnehmen. So jedenfalls hatte es Enduro Ollerich vor einigen Tagen angedeutet. Als ob es eine Gedankenübertragung war, spielte ihr Telefon in diesem Augenblick die wohlbekannte Signalmelodie. Sie drehte sich zu dem Gerät, das in Reichweite auf dem Sideboard stand, und sagte ein knappes: »Hallo.«

»War dein Date erfolgreich?«, tönte Ollerichs Stimme. »Ich wollte dich nicht in Verlegenheit bringen.«

Er schien gleich in die Offensive gehen zu wollen. Denn schließlich war nicht sie irritiert gewesen, sondern er. »Wieso sollte ich in Verlegenheit kommen?«, gab sie deshalb kühl zurück, um sogleich versöhnlicher zu werden. »Da gehst du nichts ahnend am Freitagnachmittag einen Kaffee trinken und schon triffst du auf Bekannte.«

»Wie der Zufall manchmal so spielt«, erwiderte Ollerich süffisant. »Ich hab ein paar Geschäftsfreunde getroffen. Du hättest dich ruhig dazusetzen können.«

»Du weißt, so was tue ich nicht. Mir war natürlich klar, dass es rein geschäftlich war.« Sie betonte es so, dass Ollerich Zweifel darüber kamen, ob sie es ernst meinte.

»Wir wollen Konareks Strategie ausloten – für Funk und Fernsehen. Einige private Sender möchten groß über sein Experiment berichten. Ich glaube, das wird ein Riesending.«

»Vergiss aber nicht, die Öffentlich-Rechtlichen mit ins Boot zu nehmen.« Sie war erleichtert, dass das Gespräch ins Geschäftliche abdriftete. »Mir sind ein paar Minuten in ARD oder ZDF lieber als eine Stunde bei irgendwelchen Privaten.«

Ollerich überlegte. »Das sehe ich anders. Hast du die Talkshow nicht gesehen? Die Burschen dort haben noch nichts begriffen.«

Sie wollte jetzt nicht darauf eingehen, sondern erkundigte sich, ob Bleibach zu der angedrohten Strafanzeige schon etwas gesagt habe.

»Nichts, nein. Er hat sich die letzten Tage rargemacht. Das Fernsehen und seine Kundgebung in Aalen haben ihn vermutlich ziemlich geschlaucht.«

»Und diese Frau, diese Malinowska – ja, so heißt sie wohl –, die hatte mich doch sprechen wollen, hast du gesagt.«

»Genau das ist der Grund meines Anrufes, liebe Miriam«, wurde Ollerich verbindlicher. »Sie würde dich gerne heute noch treffen.«

»Heute? Am Samstag?«

»Sie käme auch zu dir.«

Miriam Treiber musste daran denken, dass sie in ihrem jetzigen Zustand kaum in der Lage sein würde, jemanden zu empfangen. Sie brauchte mindestens eineinhalb Stunden, um sich ›salonfähig‹ zu machen. »Was hast du ihr gesagt?«, fragte sie leicht verstimmt nach.

»Dass du sie anrufst.« Er gab ihr die Handy-Nummer durch.

Miriam notierte sie und beendete das Gespräch. Ein paar Minuten später hatte sie Joanna Malinowska erreicht. Deren kühle Stimme verhieß nichts Gutes. Worum es denn gehe, wollte Miriam Treiber wissen, doch die Frau erwiderte lediglich, dass man dies am Telefon nicht bereden könne. Also vereinbarten sie ein Treffen auf 17 Uhr.

Dann wählte Miriam die Nummer von Bleibach und ließ sich von ihm ausführlich den neuesten Stand schildern. Als er sagte, er sei bereits zu einem Gespräch bei der Polizei gewesen, konnte sie sich nicht mehr länger zurückhalten. »Bist du wahnsinnig?«, entfuhr es ihr. »Du gehst alleine dorthin? Ist dir eigentlich bewusst, dass du dich dabei um Kopf und Kragen reden kannst?« Sie geriet außer sich. »Du plauderst mit einem Kommissar, als ob du bei einer Kundgebung wärst! Mensch, Steffen, da wird jedes

Wort auf die juristische Goldwaage gelegt. Da kannst du nicht einfach sagen, ich war's nicht. Hast du noch nicht mitgekriegt: Bei der Justiz ist nicht wahr, was wahr ist, sondern, was sich beweisen lässt.«

Bleibachs Stimme verriet keinerlei Beunruhigung. »Eben drum«, sagte er. »Beweisen lässt sich gar nichts.«

»Da wäre ich mir nicht so sicher«, beharrte Miriam. »Wenn die Sache getürkt ist, um dich auszuschalten, hat man die entsprechenden Spuren gelegt. Wann wirst du endlich begreifen, dass du's hier nicht mit einer Gruppe kleiner Oppositioneller zu tun hast, sondern mit Leuten, die ihr Handwerk verstehen.«

»Sie werden mich schon nicht umbringen.« Der Klang seiner Stimme hatte die gewohnte Entschlossenheit verloren.

Miriam zögerte kurz, sagte dann aber: »Vergiss nicht, das Böse lauert an allen Ecken.«

48

Ferdinand Gutwein blätterte in der neuesten Ausgabe des Gewerkschafts-Magazins. Die Woche über hatte sich wieder ein enormer Papierstapel angesammelt. Manchmal schien es ihm, als habe die Menschheit nichts anderes zu tun, als Schriftsätze zu verfassen und andere damit zu bombardieren. Es blieb einem doch gar nichts anderes übrig, als all das Geschriebene nur noch diagonal zu überfliegen. Die Flut dessen, was ständig auf ihn als einen der Verantwortlichen für die Gewerkschaftsmitglieder in den mittelständischen Handwerksbetrieben niederprasselte, war unerträglich. In Momenten wie diesen musste er an längst vergangene Zeiten denken, als Gewerkschaftsarbeit noch draußen ›an der Front‹ stattfand, wie er es bezeichnete. Aber inzwischen waren sie alle in die bürokratische Tretmühle eingebunden, aus der es kein Entrinnen gab. Auch er verbrachte die meiste Zeit damit, Statements und Artikel zu verfassen.

Zufrieden stellte Gutwein fest, dass sein jüngster Beitrag mit dem Titel ›Geht die Republik vor die Hunde?‹ in voller Länge im Gewerkschaftsblatt abgedruckt worden war. Er hatte sich darin ausführlich mit Bleibach auseinandergesetzt und ihn als großen Hoffnungsträger hervorgehoben. Spätestens am Montag, wenn das Magazin auch in Wirtschafts- und Unternehmerkreisen kursieren würde, war mit verbalen Scharfschüssen zu rechnen. Wenn nicht bald weihnachtlicher Frieden einkehrte, drohte die Lage weiter zu eskalieren. Gutwein blickte auf die vernebelten Dächer Münchens hinaus und war mit sich uneins, ob es gut war, weiterhin die Negativ-Stimmung zu schüren und damit möglicherweise einen Volksaufstand zu provozieren. Was tatsächlich im Untergrund brodelte, war schwer einzuschätzen. Man durfte es nur so lange kochen lassen, bis Bleibach auf demokratische Weise den Durchbruch erreicht hatte. Auf keinen Fall aber durften die Lager außer Kontrolle geraten. Daran konnten weder Bleibach noch die Gegenseite interessiert sein. Gutwein legte das Magazin in eine Schublade und widmete sich weiteren Schriftstücken. Als plötzlich der aufdringliche Ton des Telefons die Stille zerriss, zuckte er zusammen. Wer wusste schon, dass er am Samstagmittag im Büro war? Es musste jemand sein, der seine Durchwahlnummer kannte. Gutwein warf einen Blick auf das Display, doch da stand nur ›Anonym‹.

Er zögerte kurz, doch dann übermannte ihn die Neugier, wer ihn jetzt anrufen würde.

»Guten Tag, Herr Gutwein«, hörte er eine Frauenstimme, die ihm irgendwie bekannt vorkam.

»Guten Tag«, echote er leicht verärgert. »Mit wem hab ich die Ehre?«

»Ob es für Sie eine Ehre ist, wage ich zu bezweifeln«, kam es schnippisch zurück. »Sie haben sich neulich nicht gerade erfreut gezeigt, als ich Sie besucht habe.«

In Gutweins Gehirn versuchten die Synapsen, die richtige Verbindung herzustellen. »Ach, Sie sind das«, zeigte er sich verwundert, ohne dass ihm der Name einfallen wollte. Nur die strohblonden Haare tauchten vor ihm auf.

»Malinowska, Joanna Malinowska«, half sie ihm auf die Sprünge. »Ganz praktisch, dass auf Ihrer Visitenkarte die Durchwahlnummer drauf steht. Trotzdem bin ich verwundert, Sie um diese Zeit im Büro zu erreichen.«

»Auch bei der Gewerkschaft ist man ab und an gezwungen, Überstunden zu machen«, knurrte er missmutig zurück. »Es muss eine ernste Sache sein, wenn Sie mich jetzt anrufen.«

»Ich habe Ihren Artikel im neuesten Gewerkschaftsblatt gelesen«, gab sie ebenso unfreundlich zurück. »Eigentlich ist es nicht meine Art, mich über gewerkschaftliche Hetzartikel zu äußern. Aber finden Sie nicht, dass Sie hier zu weit gegangen sind?«

Gutwein lachte in sich hinein. Wenn sich sogar diese Dame bemüßigt sah, ihr Missfallen zum Ausdruck zu bringen, um wie viel mehr musste er dann die Manager der Großkonzerne getroffen haben? Nichts anderes war beabsichtigt gewesen. Womöglich hatte man sie sogar vorgeschoben, um ihm die Meinung zu sagen. Dass dies schon jetzt, kurz nach Erscheinen des Magazins, war, dazu noch am Samstagmittag, ließ auf die Bedeutung schließen, die seinem Artikel beigemessen wurde.

Gutwein lehnte sich genüsslich zurück und sah aus dem Fenster. »Wenn es um uns geht, bezeichnet man öffentliche Äußerungen als Hetzartikel, aber wenn Ihresgleichen Ähnliches tun, findet man die Verlautbarungen im Wirtschaftsteil der großen Zeitungen. Und wenn es Ihnen gelingt, die Bundesregierung auf dieselbe Linie zu bringen, dann tönt es aus Berlin, man mache eine solide Wirtschaftspolitik. Ist das so, oder verstehe ich da etwas falsch?«

»Ich habe Sie nicht angerufen, um Sie in Ihrer einseitigen Meinung umzustimmen«, blieb die Frau kalt. »Sondern es geht mir als Vertreterin des Unternehmerverbandes um den sozialen Frieden.« Noch bevor Gutwein einhaken konnte, fuhr sie fort: »Bedenken Sie bitte, dass auch Ihre Seite schon bald wieder bei Tarifverhandlungen am selben Tisch sitzen wird wie jene, die Sie jetzt verdammen und denen Ihr Herr Bleibach pausenlos vorwirft, so genannte Kapitalistenschweine zu sein. Oder ›Gstopfte‹. So sagt man doch in Ihren Kreisen, oder nicht?«

»Um mir das zu empfehlen, rufen Sie mich um diese Zeit an?«, gab er deutlich gereizt zurück. Sie war wirklich kühl und giftig, durchzuckte es ihn.

»Nein, deshalb nicht«, antwortete sie. »Sondern weil ich Ihnen dringend nahelegen möchte, die Bleibach-Manie nicht weiter zu schüren.« Ihre Stimme nahm einen gefährlichen Unterton an. »Wir wollen doch nicht, dass es noch Tote gibt.«

49

Miriam hatte die Frau nicht daheim empfangen wollen, sondern sie zur Kanzlei in der Ulmer Innenstadt bestellt. Joanna Malinowska konnte in der Tiefgarage ›Salzstadel‹ parken und brauchte von dort aus nur ein paar Schritte zur Platzgasse zu gehen, wo sich wegen der Nähe zum Landgericht mehrere Rechtsanwälte angesiedelt hatten. Um diese Zeit am Samstagnachmittag jedoch waren die Büros nicht mehr besetzt.

Miriam betätigte für ihre Besucherin den elektrischen Türöffner und nahm sie zwei Minuten später im vierten Obergeschoss in Empfang. Ihr erster Eindruck von Joanna Malinowska war nicht der beste. Die hochgewachsene Blondine, die in ihrem dunklen Hosenanzug zu dem angebotenen Platz in der Sitzecke des Besprechungsraums stöckelte, wirkte arrogant und unnahbar. Mochte sie damit bei einem bestimmten Männertyp ankommen, nicht aber bei ihr, dachte die Anwältin und ging automatisch in Abwehrstellung. Sie verwarf deshalb auch gleich den Gedanken, ihr einen Kaffee anzubieten.

Miriam verfügte berufsbedingt über eine große Menschenkenntnis, sodass der Bruchteil einer Sekunde über Sympathie oder Antipathie entschied. Dabei ging es keinesfalls vordergründig nur ums Aussehen, sondern um Gang, Gestik, Sprache und Auftreten. Allerdings war sie erfahren genug, um zu wissen, dass ihre Einschätzungen auf rein subjektiven Kriterien beruhten. Deshalb räumte sie all den ›Aussortierten‹ eine zweite Chance ein.

»Sie haben gesagt, es geht um Steffen Bleibach«, begann die Anwältin, um jegliches Vorgeplänkel abzukürzen.

»Was dreht sich in diesen Tagen nicht um ihn?«, fragte

Joanna Malinowska mit hartem polnischem Akzent zurück. »Ihnen ist sicher nicht entgangen, dass wir uns schon längere Zeit kennen – der Steffen und ich.«

Miriam sah ihr fest in die Augen. »Wir brauchen, so denke ich, nicht drumherum zu reden. Sie haben ihn angezeigt.« Jetzt war sie ganz die Rechtsanwältin, die nicht mit sich spaßen ließ.

»Ich habe lange mit mir gerungen«, erwiderte Joanna Malinowska sachlich, als wolle sie einen Staubsauger anbieten. »Schließlich ist mir sehr wohl bewusst, was ich uns beiden antue – ihm und mir.«

Miriam gab sich unbeeindruckt. »15 Jahre ist dies her. Ich kann mir nicht vorstellen, dass es einen Staatsanwalt in diesem Lande gibt, der eine Anklage auf solch dünne Beine stellt.« Sie sah bewusst auf die langen, schlanken Beine ihrer Gesprächspartnerin.

»Wenn es nur meine Behauptung wäre, würde ich Ihnen sofort recht geben, Frau Treiber«, trumpfte diese auf. »Aber ich muss Sie enttäuschen. Es gibt Beweismittel, die dank modernster Kriminaltechnik hieb- und stichfest sind.«

»Kommen Sie mir jetzt nicht mit Sperma daher, das noch nach 15 Jahren auf einem Kissen sichergestellt werden kann.« Miriam winkte verächtlich ab. »Dass es Intimitäten einvernehmlicher Art zwischen Ihnen und Herrn Bleibach gegeben hat, mag ja sein. Sie müssten schon beweisen, dass eine solche Spur gewaltsam zustande gekommen ist. Und selbst wenn es so wäre, würde Ihnen dies nicht gelingen.«

»Habe ich das behauptet?« Die Frau ließ sich nicht beeindrucken. »Es könnte Zeugen oder anderes Beweismaterial geben.«

»Zeugen? Zeugen einer Vergewaltigung, die bis heute

geschwiegen haben? Verzeihen Sie, Frau Malinowska, aber was Sie mir da erzählen, klingt ziemlich obskur, finden Sie nicht?«

»Ich sprach von Beweismaterial«, blieb Joanna hartnäckig, »dazu gehören auch Dokumentationen.«

»Ich weiß: Eine heimlich gemachte Videoaufzeichnung. Ihnen dürfte entgangen sein, dass es vor 15 Jahren noch ziemlich schwierig gewesen wäre, sich für den privaten Gebrauch so kleine Überwachungskameras zu besorgen. Und es würde sich zudem die Frage stellen, weshalb Sie als kleine Studentin in Tübingen …«, Miriam gebrauchte diese Formulierung ganz bewusst, »… weshalb ausgerechnet Sie eine angebliche Vergewaltigung gefilmt haben sollten, wo Sie doch nicht ahnen konnten, dass der vermeintliche Übeltäter später so prominent sein würde.«

»Sie werden jetzt gleich sagen, ich will mich an ihm für verschmähte Liebe rächen.«

»Zum Beispiel.« Miriam grinste überlegen. »Aber viel plausibler erscheint mir, dass Sie im Auftrag handeln – von wem auch immer. Soll ich Ihnen mal was sagen: Sie wollen Herrn Bleibach einen Skandal anhängen und endgültig mundtot machen.«

»Ist das nicht etwas zu kurz gedacht? Das Einzige, was ich möchte, ist Gerechtigkeit. 15 Jahre habe ich geschwiegen – das ist richtig. Aber nun, da er so tut, als ob er der Retter der Nation wäre, kann ich nicht mehr länger schweigen.«

»Späte Rache – also doch«, kommentierte Miriam. »Und deshalb sind Sie gekommen, um mir das zu sagen?« Sie lehnte sich lässig zurück. »Wollen Sie mir einen Deal anbieten?«

»Ich bitte Sie!«, entrüstete sich Joanna Malinowska.

»Keine Erpressung, kein Deal. Nur ein – ja, sagen wir mal – freundschaftlicher Vorschlag.«

»Und der wäre?«

»Herr Bleibach soll bei der Polizei ein Geständnis ablegen. Sonst könnte es sein, dass er noch mit mehr Unangenehmem konfrontiert wird.«

50

Mike Linkohr hatte auf diesen Samstagabend hingefiebert. Der ›Junge Grieche‹ war ein schnuckeliges Lokal, das in Eislingen an der alten B10 lag, die seit dem Bau der Umgehungsstraße an Bedeutung verloren hatte. Vom Parkplatz aus rief er Sigrid an und erfuhr, dass sie bereits in der Gaststätte auf ihn wartete. Sein Herzschlag beschleunigte sich und er fühlte sich wie bei seinem ersten Date, das auch schon 15 Jahre zurücklag. Tagelang hatte er sich ausgemalt, wie es sein würde, wenn sie sich zum ersten Mal trafen. Zwar wussten sie durch unzählige Mails, SMS und stundenlange Video-Telefonate über Skype sehr viel voneinander – und manchmal war es ihm erschienen, als würden sie zur selben Zeit dasselbe denken und sagen.

Linkohr beschloss, die geschäftliche Hektik der vergangenen Tage auszuschalten. Und er war insgeheim froh, dass sich der Fall Bleibach nicht ausgeweitet hatte. Zumindest gab es über die allgemeinen politischen Konkurrenzkämpfe hinaus nichts, was kriminelles Vorgehen erkennen ließ. Und die Sache mit der angeblichen Vergewaltigung würde nach all den Jahren ein mühsames Unterfangen werden – falls es überhaupt greifbare Beweise gab und es nicht nur zu einer Schmutzkampagne in den Medien ausartete. Er wartete täglich auf die entsprechenden Schlagzeilen in den Boulevardblättern. Dass diese bisher ausgeblieben waren, gab ihm ebenfalls Rätsel auf.

Doch all dies versuchte er jetzt hinter sich zu lassen. Sigrid war das Ziel. Er hatte sein dichtes schwarzes Haar leicht geföhnt, ein leger-seriöses Jackett angezogen und sich ein paar Tropfen eines besonders männlichen Rasierwassers ums Kinn gerieben.

Beim Betreten des Lokals schlugen ihm behagliche Wärme und dezenter Gewürzduft entgegen. Das Licht war gedämpft und auf den Tischen brannten Kerzen. Es umgab ihn jenes mediterrane Ambiente, das ihn sofort an seinen Griechenland-Urlaub vor vier Jahren erinnerte – einschließlich der Bekanntschaften, die längst Geschichte waren.

Die meisten Tische waren besetzt, sodass er kurz stehen blieb, um sich zu orientieren. Einem Ober, der sich seiner annahm, erklärte er, dass eine Dame auf ihn warte. Der Mann wusste sofort Bescheid und führte ihn in eine beschauliche Ecke, wo ihm Sigrids wohlvertrautes Gesicht entgegenstrahlte. Die Frau stand auf, streckte ihm die schlanke Hand entgegen und umarmte ihn spontan. »Lass dich anfassen«, flüsterte sie ihm ins Ohr. »Du bist genauso, wie ich mir dich vorgestellt hab.« Linkohr war darauf nicht vorbereitet, weshalb seine Umarmung ein bisschen zurückhaltend wirkte. »Ich freue mich riesig«, war alles, was er in diesem Moment herausbrachte. Er fühlte Dutzende Blicke auf sich gerichtet. Sigrid schien dies aber egal zu sein.

Sie setzten sich einander gegenüber und wussten für ein paar Sekunden nicht, was sie sagen sollten. Es war, als habe sie eine unsichtbare Kraft zusammengeführt, um ihnen nun die Chance zu geben, ihr Schicksal selbst in die Hand zu nehmen. Die modernen Telekommunikationsmittel konnten ihnen den letzten Schritt nicht auch noch ersetzen. Sie hatten ihnen den Weg freigemacht – gehen aber mussten sie ihn allein.

Linkohr, dem das Herz bis zum Halse schlug, spürte plötzlich, wie ungleich schwerer es war, hier gleich offen zu reden, anstatt dies über die virtuellen Wege im Internet zu tun.

»Ein historischer Moment«, gab er sich heroisch. »Endlich gibt es dich zum Anfassen.«

Sie legte eine Hand auf die seine und lächelte entwaffnend: »Zum Anfassen, Fühlen und Riechen. Ein Glück, dass es auch die reale Welt noch gibt.«

Der Ober brachte die Speisekarte und sie bestellten gleich eine Flasche Retsina, den griechischen Wein, mit dem auch Sigrid Erinnerungen an einen früheren Griechenland-Urlaub verband.

Linkohr blickte in ihre braunen Augen, bewunderte im Stillen ihr braunes, schulterlanges Haar und das raffiniert geschnittene moosgrüne Kleid, das ihre Oberweite betonte. Sigrid war 26 und als Bankangestellte den Umgang mit Menschen gewohnt. Bei jedem Telefongespräch hatte Linkohr fasziniert bemerkt, dass sie immer etwas zu erzählen wusste. Keinen Klatsch und Tratsch, sondern meist tiefschürfende Themen waren es, die sie ansprechen konnte. Es gab unglaublich viel Gemeinsames. Die Selektion, die sie beide bei ihrer Partnersuche im Internet eingegeben hatten, war offenbar ziemlich erfolgreich gewesen. Eine volle Übereinstimmung, dachte Linkohr und hatte Mühe, seine aufgewühlten Gefühle zu bändigen. Er wollte nicht gleich vorpreschen.

Jetzt bloß nichts Falsches sagen, ermahnte ihn die

innere Stimme. Nicht gleich alle Gefühle zeigen. Sie ja nicht erschrecken. Vielleicht war er schon viel zu lange Kriminalist, um privat das systematische Denken ausblenden zu können.

Doch mit jedem Schluck Retsina wurde das Gespräch lockerer. Und als sie sich die Calamari hatten munden lassen, glaubte Linkohr, bald die Frage klären zu können, wohin sie anschließend noch gehen sollten. In eines dieser lauten Musik-Cafes in Göppingen oder vielleicht doch eher ›privat‹ noch auf einen Kaffee. Linkohr war sich nach allem, worüber sie jetzt hemmungs- und tabulos geredet hatten, absolut sicher, dass er eine solche Frage nicht nur riskieren, sondern sie unbedingt stellen sollte. Immerhin schien die Zeit geradezu verflogen und es war bereits kurz vor Mitternacht.

Er hatte gerade nach einer passenden Formulierung gesucht, obwohl es dieser gar nicht bedurft hätte, da spürte er die Vibration seines Handys. Er hatte den Rufton abgeschaltet, wollte aber als pflichtbewusster Kriminalist, der er war, nicht ganz ›vom Netz‹ sein.

»Entschuldige«, sagte er und griff nach dem Gerät, das in der Brusttasche seines Hemdes steckte. Die Nummer auf dem Display verhieß nichts Gutes. Die Dienststelle in Göppingen.

»Ja«, meldete er sich knapp und mit leiser Stimme.

»Kollege, wir haben ein Problem«, kam es zurück. »Überfall auf eine Person, die euch bekannt sein dürfte.«

Als der Anrufer den Namen sagte, blieb Linkohr nur jener Spruch, der bei ihm stets ein Zeichen allergrößten Erstaunens war: »Da haut's dir's Blech weg.«

Sigrid, die dies auch schon zu hören bekommen hatte, wusste jetzt, dass die restliche Nacht nun einen anderen Verlauf nehmen würde.

51

Die Gänse schnatterten, als nahe der Schlächter. »Verdammt noch mal, was is'n da draußen los!«, fuhr Andy auf, der sich gerade an einer großen Schachtel mit Holz zu schaffen machte. Er und seine beiden Freunde Ucki und Pommes waren soeben erst in das alte Bauernhaus zurückgekehrt, in dessen Wohnzimmer sie mit vereinten Kräften versuchten, den Kohleofen in Gang zu setzen. Irgendwann im Laufe des Tages war das Feuer ausgegangen und es war entsprechend kalt.

»Das wird Katsche sein«, brummte Pommes, dessen unförmiger Bauch in eine Arbeitshose gezwängt war. Er ging zum Fenster, zog den Vorhang ein Stück zur Seite und spähte in den dunklen Hof hinaus, wo sich unter dem wilden Getöse der Gänse ein Schatten der Tür näherte. »Katsche«, sagte er knapp und ein paar Sekunden später stand der durchtrainierte junge Mann im Wohnzimmer, warf seinen Wintermantel über die Lehne einer der abgegriffenen Sessel und blies sich die Hände warm. »Arschkalt heut«, meinte er. »Habt ihr etwa den Ofen ausgehen lassen?«

Keiner fühlte sich zu einer Antwort bemüßigt. Selbst die Gänse hatten ihr aufgeregtes Schnattern eingestellt.

Nachdem schließlich ein Höllenfeuer im Ofen loderte und einige Bierflaschen geöffnet worden waren, verbesserte sich die Stimmung zusehends.

»Der Termin steht jetzt«, kam Katsche zur Sache, als jeder in einen Sessel versunken war. »Der Samstag vor der Landtagswahl in Baden-Württemberg.«

»Datum?«, hakte Pommes, wortkarg wie immer, nach.

»26. März. Die Behörden haben's bereits genehmigt«, erklärte Katsche.

»Da kann's noch arschkalt sein«, meckerte Andy. »Womöglich liegt Schnee da oben, dann kommt keine Sau. Ist doch ein hirnrissiger Termin.«

»Hast du 'ne Ahnung. Wenn Bleibach ruft, stapfen die Massen auch durch knietiefen Schnee da rauf.«

»Wir sollten das ihm überlassen«, erwiderte Katsche leicht verstimmt. »Wir kennen unsere Aufgabe – und wir werden danach handeln.«

»Vorauszahlung?«, fragte Pommes dazwischen.

»Zehntausend für jeden – eine Woche vorher.«

»Cash?«, wollte Ucki wissen und trank aus der Bierflasche.

»Natürlich cash«, versicherte Katsche. »Wie oft soll ich euch noch sagen, dass ihr wegen des Geldes kein Gedöns machen sollt. Ich steh dazu.« Er blickte nervös von einem zum anderen. »Habt ihr das Zeug beschafft?«

»Klar doch«, tat sich Andy wichtig, um damit zu demonstrieren, wie sehr er sich in die Gruppe integriert hatte – auch wenn Katsche möglicherweise daran zweifelte. Aber Katsche, das wusste er, war ein übervorsichtiger Typ, einer, der garantiert keinen aufnahm, ohne ihn mit allen ihm zur Verfügung stehenden Methoden ›durchleuchtet‹ zu haben. Und Katsches Beziehungen, daran bestand kein Zweifel, waren vielfältig. Durch seine charmante und sympathische Art besaß er eine Ausstrahlung, die ihm alle Türen öffnete.

»Wir müssen aber noch entscheiden, wie wir's machen«, schränkte Ucki ein und sprach Katsche direkt an. »Du bist hier der Chef. Nur musst du wissen, dass es mit der Fernsteuerung ein bisschen kompliziert wird.«

»Was heißt kompliziert?«, fuhr ihm Katsche über den

Mund. Doch bevor er noch energischer werden konnte, stimmten draußen die Gänse wieder ihr Spektakel an.

Die Männer zuckten zusammen. »Hat sich noch jemand angemeldet?«, fragte Katsche, der als Erster die Fassung wiedergefunden hatte.

»Keine Ahnung«, sagte Andy, der zum Fenster eilte, um auf dem finsteren Hof etwas zu erkennen. »Da kommt einer«, sagte er schließlich, während die Gänse ihre Aufgabe als Alarmanlage bestens wahrnahmen.

»Wer?«, fragte Katsche scharf zurück, während die anderen in gespannter Stille verharrten.

52

Mike Linkohr war zu Tode betrübt. Was hätte er sagen sollen? Dass er ein wichtiges Rendezvous habe und unter keinen Umständen zur Dienststelle kommen könne? Ausgerechnet jetzt, wo er als Jungkriminalist gefragt war, nachdem man Häberle nicht erreicht hatte und der diensthabende Wochenend-Kriminalist anderweitig beschäftigt war. Dabei erforderte ein Fall wie dieser, von dem noch keiner so recht wusste, welche Dimensionen er annehmen konnte, einen verantwortungsvollen Ermittler. Zwar war er in der Kette der erfahrenen Kollegen noch einer der Jüngsten, doch allein die Tatsache, dass man ihn gerufen hatte, schmeichelte ihm. Er hatte versucht, Sigrid die Situation zu erklären, doch war ihrem Verhalten zu entnehmen, dass sie offenbar wenig Verständnis für seinen Job aufbrachte. Natürlich war es nicht gerade erfreulich gewesen, den Abend so überstürzt beenden zu müssen.

Aber wenn es die große Liebe gewesen wäre, hätte Sigrid dies in Kauf genommen. So jedoch war der Abschied vor dem Lokal eher so verlaufen, als sei ihr nicht viel an einer Fortführung der Beziehung gelegen. Auf seinen Vorschlag, sich im Laufe der Nacht noch mal zu treffen, war sie aus durchaus verständlichen Gründen nicht eingegangen. Wo hätten sie sich auch dann noch treffen können – wenn nicht bei ihr oder ihm? Und dies wäre unter diesen Umständen nicht gerade passend gewesen. Linkohr fühlte sich wieder einmal von den Gefühlen zerrissen. Wann immer er eine Frau kennenlernte gab es Stolpersteine – so, als wolle eine finstere Macht es verhindern, dass er endlich eine feste Bindung einging. Konnte es so viel Pech geben? Warum hatten die anderen seines Alters so viel Erfolg bei Frauen, nur er nicht? Sollte er auf die Karriere verzichten, um privates Glück zu erlangen? Schmerzhaft musste er an die Polizeipraktikantin Kerstin denken, auf die er so große Hoffnungen gesetzt hatte. Schließlich hätte sie seine Situation noch am ehesten verstehen können. Doch kaum waren sie sich nähergekommen, war sie versetzt worden. Und immer nur E-Mails zu schreiben und sich per Facebook zu unterhalten, war schließlich nicht die Erfüllung dessen, was er sich vorstellte.

Nun saß ihm dieser Enduro Ollerich gegenüber – im grellen Licht einer Leuchtstoffröhre. Linkohr las die Personalien, die ein Beamter aufgenommen hatte. Ollerich. Der Manager Bleibachs. Auf dem Weg von Göppingen zu Bleibachs Wohnung in Hohenstaufen überfallen worden. Niedergeschlagen, hatten die Kollegen notiert. Linkohr konnte an Ollerich jedoch keine Spuren eines Kampfes erkennen. »Er hat Sie niedergeschlagen?«, stellte der Jungkriminalist deshalb fragend fest und entdeckte bei genauerem Hinsehen, dass Ollerichs Haare nicht korrekt gekämmt waren.

»Er oder sie«, erwiderte der Mann sachlich. »Es ging alles so schnell, dass ich keine genaue Erinnerung habe.«

»Wo ist das passiert?«

Ollerich zögerte. Linkohr hätte nicht fragen müssen, denn dies alles stand bereits in dem kurzen Protokoll, das ein Uniformierter aufgenommen hatte. »Kurz vor Hohenstaufen, rechts auf dem Wanderparkplatz. Wo die alte Steige raufgeht. Ich weiß nicht, wie das heißt.«

»Vor eineinhalb Stunden«, stellte Linkohr beim Blick auf die Aufzeichnungen fest.

»Ungefähr, ja.«

»Erzählen Sie mal, was da geschehen ist.«

»Wie ich schon sagte«, begann Ollerich genervt. »Ich halte da hin und wieder an, wenn ich Herrn Bleibach besuche. Sie müssen wissen, ich wohne zwar in Göppingen, bin aber beruflich viel unterwegs. Manchmal, wenn ich zu Herrn Bleibach fahre, komme ich direkt von auswärts«, er verzog das Gesicht zu einem Lächeln, »da macht es sich schlecht, wenn Sie zu jemandem zu Besuch kommen und gleich auf die Toilette gehen.«

»Sie mussten austreten«, konstatierte Linkohr.

»Richtig. Wie gesagt, das tu ich dort fast immer.«

»Wer dies weiß, kann Ihnen dort auflauern?«

»Kann er. Nur weiß natürlich niemand, wann ich dort bin.«

»Es sei denn, dieser Jemand weiß, wann Sie in Richtung Hohenstaufen losgefahren sind«, gab Linkohr zurück.

»Das müsste dann jemand sein, der meinen Terminkalender kennt.«

»Gibt es so jemanden?«

Er zuckte mit den Schultern. »Eigentlich nicht. Ich bin selbstständig – ohne Sekretärin, falls Sie das meinen.«

Linkohr überlegte: »Sie halten also an, steigen aus und dann?«

»Ich gehe zu dem Gebüsch dort. Es ist dunkel und plötzlich, wie aus heiterem Himmel, kriege ich einen Schlag von schräg hinten auf den Kopf. Ich erschrecke zu Tode und gehe zu Boden. Ich hab niemanden gesehen, ehrlich. Keinen Menschen.«

»Aber es war ein Mensch?«, fragte Linkohr reflexartig. Man konnte nie wissen. Es gab schon die verrücktesten Geschichten. Man musste ja nicht gleich an einen Außerirdischen denken.

»Ich geh mal davon aus, dass es ein Mensch war«, antwortete Ollerich verwundert.

»Sie haben aber keine blutende Wunde davongetragen?«

»Nein, aber vermutlich eine Beule.« Er machte keine Anstalten, sie dem Kriminalisten zu zeigen.

»Also keine ärztliche Hilfe erforderlich«, stellte Linkohr fest und blätterte in den Papieren. Die Polizeistreife, die sofort rausgefahren war, nachdem Ollerich im Polizeirevier Anzeige erstattet hatte, konnte keinerlei Spuren feststellen. »Sie haben gegenüber meinen Kollegen angedeutet, der Überfall könnte etwas mit Ihrem Engagement für Bleibach zu tun haben.«

»Ich war auf dem Weg zu ihm – und wenn Sie sich mal vor Augen führen, welch Kräfte am Werk sind, ihm zu schaden, dann muss jeder, der mit ihm zu tun hat, mit dem Schlimmsten rechnen.«

»Neo-Nazis? Linke? Oder woran denken Sie?«

»An keine spezielle Gruppierung. Es haben sich inzwischen genügend autonome Zellen gebildet, die aus verblendeten Querköpfen bestehen. Denen ist doch jedes Mittel recht.« Er zögerte. »Ich weiß ja nicht, inwieweit Sie über diesen seltsamen Drohbrief informiert sind.«

»Nach dem Musical ›Barbarossa‹«, gab sich Linkohr informiert. »Ist bei uns aktenkundig. Und Sie selbst waren aber bisher keinen Feindseligkeiten ausgesetzt?«

Ollerichs Antwort kam Linkohrs Gefühl zufolge den Bruchteil einer Sekunde zu spät. »Nein«, erklärte der hünenhafte Mann. Der Kriminalist hatte den Eindruck, dass er log. Vielleicht, so überlegte er, wäre es angeraten, Ollerichs Verletzung von einem Mediziner attestieren zu lassen. »Für die Anzeige und eventuelle zivilrechtliche Forderungen gegen den Täter sollten Sie sich ein Attest über die Art Ihrer Verletzung geben lassen«, sagte er. Doch Ollerich winkte ab: »Brauch ich nicht. Es war wohl nur ein ›Streifschuss‹, wenn ich das so sagen darf.« Er lächelte verkrampft. »Die Schmerzen sind schon abgeklungen. Ich bin, was so was anbelangt, auch hart im Nehmen. Mir geht's nicht um Schmerzensgeld oder Bestrafung, sondern darum zu dokumentieren, dass mit Bleibachs Gegnern nicht zu spaßen ist.«

»Wenn's denn so eine Attacke war«, erwiderte Linkohr schnell. Ollerich wollte schon empört aufbrausen.

»Ich meine nicht, dass ich an Ihrer Darstellung zweifle«, fuhr der Jungkriminalist deshalb fort. »Aber vielleicht waren Sie nur ein Zufallsopfer.«

»Zufallsopfer – um diese Zeit? Da draußen?«

Linkohr hatte plötzlich eine Idee. »Reichlich spät für einen Besuch bei Herrn Bleibach.«

Ollerichs Gesichtszüge versteinerten. »Wir sind derzeit Tag und Nacht unterwegs, das dürfen Sie mir glauben. Herr Bleibach kommt oft nur für eine Nacht heim.«

»Wurde noch jemand erwartet?«

Ollerich holte tief Luft. »Entschuldigen Sie, Herr Linkohr, aber ich möchte Sie bitten, das Umfeld Herrn Bleibachs nicht mit hineinzuziehen.«

Linkohr kannte derlei Bitten hinlänglich, doch er hatte von Häberle gelernt, sie einfach zu ignorieren. »Wurde noch jemand erwartet?«, wiederholte er deshalb seine Frage.

Ollerich betastete mit der rechten Hand sein fülliges Haar am Hinterkopf. »Herr Konarek ist extra aus Ulm hergefahren. Ich weiß nicht, ob Ihnen sein Name ein Begriff ist. Konarek wird eine spektakuläre Werbeaktion starten.«

»Konarek?« Linkohr tat so, als habe er den Namen nie gehört.

»Ein Survival-Trainer. Macht auch Nahkampf und Ähnliches.«

Der Kriminalist nahm den Hinweis dankbar auf. »War dieser Konarek schon bei Bleibach, als Sie niedergeschlagen wurden?«

Ollerich zuckte mit den Schultern. »Keine Ahnung. Aber Sie werden doch nicht glauben, dass er …?«

Linkohr spielte seinen Trumpf aus. »Na ja, er jedenfalls könnte Sie professionell niederschlagen, ohne Ihnen allzu große Blessuren zu verpassen.«

»Und was würde das für einen Sinn machen?«

»Egal, wer dahintersteckt, Herr Ollerich. Sinn macht das aus unserer Sicht momentan keinen. Da kommt einer aus dem dunklen Gebüsch, zieht Ihnen eins über und verschwindet wortlos wieder. Keine Drohung, nichts«, fasste Linkohr zusammen und ärgerte sich, dass ihm dieser Kleinkram, wie sie es am Montag bei der Dienstbesprechung bezeichnen würden, den Abend mit Sigrid versaut hatte.

53

»Bist du wahnsinnig, einfach so hier aufzutauchen?«, blaffte Andy den Neuankömmling an, der daraufhin grußlos zu einem der abgewetzten Sessel ging. Jens Seifried entschuldigte sich und versprach Besserung.

»Hast du wenigstens eine Neuigkeit?«, fragte Katsche versöhnlich.

Seifried lehnte sich tief in die weichen Polster zurück. »Die Neu-Ulmer Szene ist vorsichtig geworden.«

»Das brauchst du mir nicht zu erzählen«, konterte Katsche. »Es muss ja schließlich einen Grund haben, dass einer nach dem anderen auffliegt, der hier mal eine Rolle gespielt hat.«

»Ich hab aber keinen Zweifel, dass wir so ein Ding kriegen«, erwiderte Seifried eifrig. »Wenn nicht von hier, dann aus dem Kosovo.«

»Woher, ist mir egal«, erklärte Katsche. »Es muss nur zuverlässig funktionieren – und vor allem darf es keine Spuren hinterlassen.«

»Und den Servomotor?«, wollte Pommes wissen.

»Falls wir uns letztendlich für diese Variante entscheiden – was natürlich von der Beschaffung der anderen Teile abhängt –, dürfte dies das kleinere Problem sein«, meinte Katsche. »Außerdem erwarte ich, dass sich hier in diesem Haus nichts befindet, was nach einem wie auch immer gearteten Beweismittel aussehen könnte.« Er blickte sich kritisch nach allen Seiten um und entdeckte den Karton mit dem abgebildeten Spielzeugflieger. Wie von der Tarantel gestochen, sprang er auf und war mit drei Schritten dort. »Sagt mal, seid ihr von allen guten Geistern verlassen?« Er stieß den Karton mit einem Fußtritt weg.

»Andy«, wurde er lauter, »da erzählst du mir, dass dieser Schnüffler bei dir war – und was steht hier rum?«

Betretenes Schweigen.

»Stand das gestern auch schon hier?« Er hatte Mühe, seine Verärgerung in Grenzen zu halten.

Andy zuckte mit den Schultern. »Ich denke, ja.«

»Du denkst, ja«, äffte ihn Katsche nach. »Und der Herr Schnüffler hat natürlich gedacht: O, wie schön, der Andy Ollerich ist ein Modellflieger und lässt seine Maschinchen vom Hohenstaufen ins Tal segeln.«

»Ich dachte …«

»Falsch gedacht!«, fuhr ihm Katsche scharf über den Mund, während keiner der anderen sich etwas zu sagen traute. »Das sind doch die Fehler von Amateuren. Verdammt noch mal! Das ganze Zeug kommt raus. Wozu haben wir das Ding hier angemietet – mit diesem tollen Keller da drüben.«

Sie alle wussten, was er meinte: Im Anbau gab es hinter den ehemaligen Viehtränken der Kühe eine unauffällige Bodenklappe, die in einen finsteren, naturbelassenen Keller führte. Der Vermieter hatte sie darauf aufmerksam gemacht und davon geschwärmt, wie sicher dort Wertgegenstände aufbewahrt werden könnten. Die Bodenklappe fügte sich nahtlos in den Boden ein, der aus uralten Eichenhölzern bestand und mit getrocknetem Mist vergangener Jahrzehnte bedeckt war.

»Ich will hier nichts mehr sehen!«, wetterte Katsche jetzt. »Was glaubt ihr, was geschieht, wenn die Bullen in Hundertschaften hier anrücken? Es reicht mir schon, dass sie diese Adresse überhaupt rausgekriegt haben. Ab sofort ist Andy aus der Sache raus.«

Andy Ollerich glaubte, nicht richtig gehört zu haben.

»Raus heißt«, wurde Katsche deutlicher, »dass er an

keinerlei Operationen mehr teilnimmt. Andy wohnt hier und geht seinem Job nach. Mehr nicht.« Er wandte sich an ihn. »Haben wir uns verstanden?«

»Ja, klar.« Andy wagte nicht nachzufragen, inwieweit sich diese Änderung auf seinen finanziellen Anteil auswirken würde.

Katsche ließ sich wieder in seinen Sessel plumpsen und nahm nun Jens Seifried ins Visier. »Darf ich bescheiden fragen, wo du jetzt noch herkommst? Jetzt, um diese Zeit?«

Seifried hatte mit dieser Frage offenbar nicht gerechnet. »Ich? Ich hab privat noch was erledigen müssen.«

»So, privat!«, keifte Katsche. »Um es ein für alle Mal klar zu sagen: Weibergeschichten werden nicht mit unserer Sache verquickt.« Er zögerte kurz. Unbewusst hatte er ein Wort gebraucht, das so klang wie Quicki, mit dem heutzutage ein schnelles Abenteuer gemeint war. Aber ihm war jetzt nicht nach Späßen zumute. »Wenn du dich daheim wegstehlen willst, dann kannst du das tun, aber schieb nicht uns dafür vor.«

Seifried sagte nichts, er staunte nur, wie genau Katsche offenbar über ihn Bescheid wusste.

54

Siegfried Brunzel, der Staatsschützer, runzelte die Stirn. »So, wie ihr mir das schildert, halte ich das für Scharmützel am Rande.«

Direktionsleiter Baldachin, der mit seiner Uniform wie immer aussah, als müsse er gleich für ein Polizei-Werbefoto vor die Kameras, hörte aufmerksam zu. Häberle und Kripo-Chef Kurz, die beide ebenfalls in sein Büro hatten kommen müssen, wollten dieser Theorie nicht zustimmen. Zwar wäre es denkbar, dass möglicherweise rivalisierende Gruppen innerhalb der Nahkampf-Sportlerszene für die dubiosen Prügeleien verantwortlich waren. Gewisse Rätsel jedoch gab die Vergewaltigungsanzeige gegen Bleibach auf. Allerdings dürften die Ermittlungen, solange es keine hieb- und stichfesten Beweise gab, nach so langer Zeit äußerst schwierig sein. Blieb abzuwarten, was Joanna Malinowska bei ihren weiteren Vernehmungen noch an belastenden Indizien vorzuweisen hatte.

»Was sagt der Verfassungsschutz?«, wandte sich der Direktionschef an Brunzel.

»Sie haben die Bleibach-Szene unter Beobachtung«, gab sich der Angesprochene seriös zurückhaltend. Ihm war natürlich längst klar, dass Baldachin möglicherweise besser informiert war als er. Häberle und Kurz hätten ohnehin Dutzende Beispiele ihrer meist leidvollen Erfahrungen mit dem Landesamt für Verfassungsschutz aufzählen können. Zwar unterlagen die Befugnisse dieser Behörde gesetzlichen Spielregeln, doch haftete ihr auch in Ermittlerkreisen etwas Geheimnisvolles an, weil deren Mitarbeiter gegenüber der Polizei Informationen verschweigen durften. Auch wenn Häberle darüber bisweilen ziemlich erbost war, so musste er sich eingestehen, dass die Verfassungsschützer nicht dem sogenannten Legalitätsgrundsatz unterworfen waren – was es ihnen im Gegensatz zur Polizei erlaubte, Straftaten nicht unbedingt von Gesetzes wegen verfolgen zu müssen. Allerdings, so erklärte es der Chefermittler oftmals bei Diskussionen im Bekanntenkreis, durften sich die Verfassungsschützer nicht anmaßen, selbst exekutiv tätig zu werden – also Festnahmen oder Durchsuchungen vorzunehmen.

Nachdem keiner aus der Runde etwas anmerkte, fuhr Brunzel fort: »Es gibt bis zum heutigen Tag nichts, was darauf hinweisen würde, dass Bleibach und seine Gruppierung gegen die freiheitlich-demokratische Grundordnung sind. Man kann, wenn überhaupt, vielleicht sagen, dass er eine Art demokratischen Sozialismus propagiert.«

»Aber unter uns gesprochen«, unterbrach ihn Baldachin und senkte die Stimme, als habe er Angst, abgehört zu werden, »eine klare Abgrenzung zum Kommunismus habe ich bisher nicht erkannt. Und manches, was ich so höre, wenn er auf seinen Kundgebungen spricht, lässt – mit Verlaub gesagt – kommunistische Inhalte zumindest ansatzweise vermuten.«

Kurz sah sich veranlasst, das Gespräch auf den eigentlichen Punkt zu bringen: »Wir sollten nicht mehr hineininterpretieren, als es die Fakten in unserem Fall hergeben. Es gibt keine Erkenntnisse, die gegen Bleibach gerichtet sind. Dieser Fahrer, der …«

»Seifried, Jens Seifried«, half ihm Häberle auf die Sprünge.

»Ja, der … der wird bei Leipheim niedergeschlagen, doch dass seine Ladung Werbeprospekte etwas damit zu tun hat, ist reine Spekulation.«

Häberle fuhr dazwischen: »Unter uns: Es hat sich in gewissen Kreisen Hysterie breitgemacht. Und wir müssen uns davor hüten, vor den Karren irgendwelcher Interessensgruppen gespannt zu werden. Trotzdem rate ich dringend davon ab, die Sache auf die leichte Schulter zu nehmen.« Er sah den Direktionsleiter von der Seite an, doch der tat, als merke er es nicht.

Kurz ergänzte: »Ich gehe einfach mal davon aus, dass uns die Kollegen vom Verfassungsschutz informiert hätten, wenn es Hinweise auf geplante Anschläge gäbe. Aber letztlich liegt das in deren Ermessen.«

Häberle wollte dies nicht kommentieren, sondern wandte sich an Brunzel: »Aber dass V-Leute in die Bleibach-Gruppe eingeschleust worden sind, davon wird man ausgehen können, oder liege ich da völlig daneben?«

Brunzels Miene ließ keine Regung erkennen – wie immer, wenn er davon überzeugt war, allerhöchster Geheimnisträger zu sein. »Der Verfassungsschutz sammelt Informationen«, stellte er fest, als säßen nur Laien um ihn herum. »Dass dort, wo es notwendig ist, alle Mittel ausgeschöpft werden, haben wir – glaube ich – alle mal gelernt.«

Baldachin eilte dem Staatsschützer zu Hilfe: »Natürlich gibt es so was wie Agenten, die eine Zeit lang gewisse Aufgaben übernehmen. Und zwar auch von der Gegenseite. Sie werden doch nicht glauben, dass unsere Kollegen vom Verfassungsschutz die Einzigen sind, die sich mit Bleibach befassen. Insoweit, denke ich, sollten wir hier auf unterster Ebene den Kurs unserer dezenten Zurückhaltung fortführen.«

Häberle ließ die Worte des obersten Chefs in sich nachklingen. Gab es da vorsichtige Zwischentöne?

Weil keiner etwas sagte, fuhr Baldachin fort: »Da wird auch mal versucht, Agenten ›umzudrehen‹. Wir wissen doch, was für Geld alles machbar ist – und wie das Spiel geht.«

Häberle grinste, weil ihm wieder einmal zur richtigen Zeit eine Bemerkung einfiel, die dazu angetan war, die angespannte Atmosphäre zu entkrampfen: »Und Romeo-Agenten schleichen wohl auch durch die Gegend, um an

Bleibachs Sex-Abenteuer von vor 15 Jahren anzuknüpfen.«

Baldachin rang sich ein verkrampftes Lächeln ab, während sich Kurz verschluckte und husten musste. »Vergessen Sie nicht, Herr Häberle«, dozierte der Direktionsleiter sachlich, »Romeo-Agenten müssen nicht nur attraktive Frauen sein und sich auf Männer stürzen. Es soll auch männliche Romeo-Agenten geben.«

Häberle grinste wieder in sich hinein. Warum musste er jetzt ausgerechnet an Linkohr denken?

55

Es war wieder unerträglich heiß. Selbst die Nacht wollte über Coober Pedy nicht abkühlen. Max Greenman saß seit einer guten Stunde vor dem Laptop und wusste nicht so recht, wonach er eigentlich suchte. Dass sich bei Google kein einziger ›Petro Sallinger‹ fand, war ziemlich ungewöhnlich. Normalerweise gab es für jeden x-beliebigen Namen unzählige Treffer. Aber wenn es ihn gar nicht gab, brauchte er auch keine Kombinationen mit anderen Begriffen zu versuchen. Natürlich nicht, sagte seine innere Stimme. Wenn dieser Sallinger tatsächlich in geheimer Mission unterwegs war, würde er wohl auch kaum mit der Berufsbezeichnung ›Agent‹ bei Google auftauchen. Greenman versuchte es noch allein mit dem Nachnamen und in Kombination mit ›Deutsche Botschaft‹, ›Konsulat der Bundesrepublik Deutschland‹ und ›Bundesnachrichtendienst‹. In diesem Falle tauchten zwar einige Treffer auf, wovon sich einer auf ›verschollene Sallinger-Briefe‹

bezog, einem Text aus Spiegel-Online vom März 2010. Überschrift: ›Wir gingen durch die Hölle‹. Der Bericht handelte von dem amerikanischen Schriftsteller Jerome D. Sallinger, der im April 1945 von der Deutschlandfront einen Brief an einen alten Armeefreund namens Ernest Hemingway geschrieben hatte. Also auch keine Spur, dachte Greenman, als er Google schloss. Allerdings blieb die Überschrift in seinem Hinterkopf hängen: ›Wir gingen durch die Hölle‹.

Wie gerne hätte er jetzt diese Frau angerufen, die ihm jegliche Kontaktaufnahme strikt untersagt hatte. Irgendetwas war jedenfalls geschehen, das sich bis zu ihm nach Australien auswirkte. Doch sein Job bei diesem Opal-Bergwerk war viel zu unbedeutend, als dass er Ziel diverser Agenten sein konnte. Sein Unterbewusstsein ließ ihn die Homepage des sozialen Netzwerks Facebook aufrufen. Zwar war es ihm verboten, mit dieser Frau Kontakt aufzunehmen, aber er würde zumindest als passiver Leser ihrer Seite herausfinden können, mit wem sie kommunizierte. Noch immer waren ihm die Funktionen von Facebook nicht vollständig geläufig, aber das Nötigste hatte er sich inzwischen angeeignet. Vor allem kannte er den Unterschied zwischen ›Pinnwand‹ und persönlichen Nachrichten. Es war ratsam, die Pinnwand-Funktion nur für unverfängliche Botschaften zu nutzen, weil sie von vielen Personen eingesehen werden konnten. Doch so sehr Greenman auch in der Auflistung seiner sogenannten Facebook- ›Freunde‹ klickte – der gesuchte Name war verschwunden. Zunächst noch glaubte er, wieder einmal irgendetwas falsch eingegeben zu haben. Doch auch über die Suchfunktion tauchte der Name nicht mehr auf.

Greenmans Blutdruck schoss in die Höhe. Mit einem Schlag musste er an die politischen Umwälzungen denken, die daheim im Gange waren. Mit Sicherheit gab es in bestimmten Kreisen erhebliche Unruhen. Aber dass sich dies bis in seine Beziehung zu jener Frau auswirken könnte, hielt er für unwahrscheinlich. Und doch erschienen ihm Andeutungen, die sie in den vergangenen Monaten gemacht hatte, jetzt in einem anderen Licht.

Er kühlte mit einem Schluck eiskalten Orangensaft seinen heißen Hals und klickte sich zur ARD-Tagesschau, von der es fürs Internet eine stets aktualisierte 100-Sekunden-Version gab. Innerhalb weniger Sekunden verfärbte sich der Bildschirm in das charakteristische Blau und es erklangen die vier Erkennungstöne. Die erste Kurzmeldung befasste sich mit der Terrorangst in Deutschland. Dann jedoch war formatfüllend ein Porträt von Bleibach zu sehen, dessen Auftritte auch Greenman über die Nachrichtensendungen im Internet verfolgte. »Scharfe Kritik an Bleibach«, verlas die Sprecherin einen Text. »Regierung und Opposition in Berlin werfen dem populären Parteienkritiker eine zunehmende Radikalisierung vor. Er verhöhne bei seinen Kundgebungen die Politik und schade dem Ansehen Deutschlands im Ausland. Ein Sprecher des Wirtschaftsministeriums bedauerte ergänzend, dass sich bereits potenzielle Investoren abgewandt hätten. Langfristig müsse auch mit einem Exportrückgang und Verlust von Arbeitsplätzen gerechnet werden.«

So weit war man also schon, dachte Greenman. Sobald einer die Finger in die richtige Wunde legte, holte man die große Keule raus. Das Totschlagsargument ›Arbeitsplätze‹ musste für alles herhalten.

Eigentlich wollte er nicht mehr zurück, sagte ihm sein Bauchgefühl. Wenn es jetzt die Chance gab, für immer in Australien zu bleiben – warum eigentlich nicht? Sallinger hatte schließlich versprochen, sich wieder zu melden.

56

Linkohr stockte der Atem. Als Joanna Malinowska im Besprechungszimmer Platz nahm, hatte er Mühe, sich nicht anmerken zu lassen, wie er innerlich in Wallung geraten war. Aber so, wie diese Frau daherkam, selbstbewusst, groß und mit eng anliegendem, dunklem Hosenanzug, dazu die blonden Haare als Kontrast, das konnte einen ganz schön aus der Fassung bringen. Dazu noch wenige Tage nach dem verhunzten Treffen mit Sigrid.

Häberle grinste mal wieder, weil er an Linkohrs Gesicht ablesen konnte, dass der junge Kollege erhebliche Schwierigkeiten haben würde, sich auf die Vernehmung zu konzentrieren. Der Chefermittler musste sich jedoch eingestehen, diese Frau auch lieber auf andere Weise kennengelernt zu haben. Doch seine langjährige Erfahrung hatte ihn gelehrt, Dienstliches und Privates strikt zu trennen. Auf Anhieb wäre er in der Lage, ein halbes Dutzend Kollegen nennen zu können, die im Sog der Erotik ihre eigentliche Aufgabe vergessen hatten und heute ihr Erlerntes allenfalls noch bei privaten Security-Diensten oder als Kaufhaus-Detektive anwenden durften. Auch Linkohr hatte er schon mehrfach ermahnt, seine verzweifelte Suche nach einer adäquaten Partnerin nur im privaten Umfeld aufzunehmen. Jetzt aber schien der junge Kollege wieder in große Gefahr zu geraten.

Häberle spielte mit einem Kugelschreiber und ging souverän die Formalitäten durch, verwies auf das Protokoll aus München und bat um Verständnis, dass es noch einige ›ergänzende Fragen‹ gab.

»Deshalb bin ich ja gekommen«, erwiderte Joanna Malinowska und schlug ihre langen Beine übereinander. »Fragen Sie.« Ihr rollendes ›R‹ verriet die osteuropäische Herkunft.

Häberle war für einen kurzen Moment überrascht. Eigentlich hatte er eine gedemütigte Frau erwartet, die jahrelang ein Trauma unterdrücken musste und nun den Kummer über das Geschehene nicht mehr länger ertragen konnte.

»Sie haben einen interessanten Lebenslauf«, begann Häberle vorsichtig. »Doch beginnen wir vielleicht 1995.«

»1995 in Tübingen«, griff sie den Hinweis forsch auf. »Ich hab dort eine Zeit lang studiert. War eine sehr schöne Zeit. Bis zu jenem Abend im Juli, am 30. war es.«

»So genau ist Ihnen das noch in Erinnerung?«

»Wir haben in meiner Studentenbude den Geburtstag einer Kommilitonin gefeiert. Ein tolles Fest – wenn Steffen vernünftig geblieben wäre.« Ihre Stimme nahm einen eigenartigen Ton an. Häberle vermochte diese Veränderung nicht einzuschätzen.

»Es ist dann zu diesem Vorkommnis gekommen«, formulierte Häberle neutral.

»Vorkommnis«, echote sie leise. »Das ist vornehm ausgedrückt. Steffen, also Herr Bleibach, ist plötzlich zudringlich geworden – kaum, dass die letzten Gäste weg waren.«

»Wie müssen wir uns das vorstellen?« Häberle sprach mit sonorer, beruhigender Stimme. Nach dem anfänglich forschen Auftreten dieser Frau war er sich jetzt nicht mehr ganz darüber im Klaren, welchen Ton er anschlagen sollte. Er entschied sich für die einfühlsame Variante. Linkohr saß nahezu regungslos am Tisch und behielt die Frau für Häberles Begriffe allzu fest im Auge.

»Ich habe damit begonnen, die Gläser zu spülen, da

kam er von hinten, hat mich mit den Armen umklammert und zum Bett gezerrt.«

»Sie haben sich aber doch sicher gewehrt?«

»Ich hab gefragt, was das soll, und verlangt, dass er mich in Ruhe lassen solle. Dabei sind auch einige Gläser zu Bruch gegangen.«

»Und dann?«

»Er hat mich aufs Bett geworfen, mir ein Taschenmesser an den Hals gehalten, die Arme nach oben gedrückt und mir den Rock hochgestreift.«

Häberle ließ einige Zeit verstreichen und sah zu Linkohr, doch der war noch immer in den Anblick der Frau versunken.

»Woher kam das Taschenmesser?«, hakte der Chefermittler nach.

»Das Taschenmesser?« Sie zeigte sich für eine Sekunde verwundert. »Es war einfach da. Er muss es zuvor schon aufgeklappt haben. So eines mit rotem Griff. Wahrscheinlich ein Schweizer Messer, wie man wohl sagt.«

»Sie haben sich gewehrt«, konstatierte Häberle.

»Wie das halt so möglich war. Ich sehe noch heute das Messer vor mir.«

»Er drückte Ihre Arme nach oben, sagen Sie. Also über den Kopf auf das Kissen, denke ich.«

»Ja, ich war in einer absolut wehrlosen Situation. Er lag auf mir …«

»Entschuldigen Sie, wenn ich Sie jetzt auf einige Details ansprechen muss. Das hat nichts damit zu tun, dass wir an Ihren Angaben zweifeln, aber wir müssen uns das vorstellen können.« Er räusperte sich. »Messer in einer Hand«, fasste er ruhig zusammen. »Ihre Arme aufs Kissen gedrückt – und Ihren Rock nach oben in Richtung Ihres Bauches gestreift. Wie stellt sich der zeitliche Ablauf dar?«

Sie zögerte. »Na ja, entschuldigen Sie, aber an den chronologischen Ablauf kann ich mich nicht mehr genau erinnern. Es ging ja auch alles so schnell. Ich liege da, bin schockiert, hab auch schon ein bisschen was getrunken gehabt, und dann vergewaltigt er mich.«

»Dazu«, überlegte Häberle laut, »reichte es aber nicht aus, nur den Rock nach oben zu streifen.«

Wieder antwortete sie nicht gleich. Über ihr ernstes Gesicht huschte so etwas wie ein kurzes, verlegenes Lächeln. »Na ja, es war ein heißer Tag damals. Wir waren alle sehr luftig angezogen, wenn ich das so sagen darf.« Sie erwiderte erstmals Linkohrs Blick, was diesen geradezu elektrisierte. Und was sie mit sanfter Stimme ergänzte, brachte ihn noch mehr durcheinander: »Ob man an solchen Tagen was drunter anhat oder nicht, geht schließlich keinen etwas an.«

Häberle nickte verständnisvoll. »Aber alles, was geschehen ist, war gegen Ihren Willen.«

Joanna wurde plötzlich wieder energisch: »Meinen Sie, sonst wäre ich hier?«

Der Chefermittler ging nicht darauf ein. »Sie werden verstehen, dass es auch für die Staatsanwaltschaft sehr schwierig sein wird, Ihre Angaben juristisch zu untermauern.«

»Natürlich ist mir das klar.« Sie hatte ihr Selbstbewusstsein wiedergefunden.

»Es gibt bisher keine Zeugen und keine Beweise«, gab er zu bedenken.

»Ganz so ist es nicht«, konterte sie. Häberle blieb gelassen, doch Linkohr wurde plötzlich aufmerksam

»Und das wäre?«, wollte der Ermittler wissen.

»Es gibt den Rock noch«, sagte sie. »Ich hab ihn nie gewaschen und nie weggeworfen.«

Häberle verschlug es beinahe die Sprache. »Sie haben das Kleidungsstück noch?«

Sie nickte heftig. »Ich habe den Rock nie mehr wieder getragen, aber in einen Wäschesack getan. Bis zum heutigen Tag.«

»Und auf dem Stoff gibt es Spuren – von Bleibach?«

»Ganz sicher«, erwiderte sie.

Häberle sah zu Linkohr, der die Augenbrauen hob.

»Können wir den Rock bekommen?« Häberle wollte keinen weiteren Kommentar dazu abgeben.

»Natürlich. Sie haben ja meine Adresse. Ich bin die nächsten Tage in Neu-Ulm.«

»Dann wird ihn mein junger Kollege morgen abholen«, entschied Häberle und grinste zu Linkohr hinüber, der einen Ausbruch von Glückshormonen zu spüren glaubte. Dies verstärkte sich noch, als ihn Joanna aufmunternd von der Seite ansah. Beinahe provokant, wie er zu sehen glaubte.

»Falls wir noch weitere Fragen haben, wird er Sie damit konfrontieren«, fuhr Häberle fort. »Eines aber würde mich noch interessieren«, ergänzte er. »Hatten Sie denn damals eine feste Beziehung? Wenn ich richtig zurückrechne, waren Sie zum fraglichen Zeitpunkt 25 Jahre alt.«

Sie zögerte. »Tut das denn was zur Sache?«

»Nicht direkt, nein. Aber Kriminalisten sind nun mal so, dass sie möglichst vieles von den beteiligten Personen wissen möchten.«

»Den Mann gibt's hier nicht mehr«, antwortete sie kühl. »Wir waren keine zwei Jahre zusammen. Er ist aber nach unserer Trennung nach Australien ausgewandert.«

Häberle ließ sich trotzdem den Namen geben.

57

Miriam Treiber hatte während des ganzen Wochenendes über das Gespräch mit Joanna Malinowska nachgegrübelt. So richtig schlau war sie aus ihr nicht geworden. Warum sollte Bleibach ein Geständnis ablegen, um damit zu verhindern, dass noch Schlimmeres geschehen könnte? Was konnte es noch Schlimmeres geben, als eine Vergewaltigung zuzugeben, auch wenn sie mehr als 15 Jahre zurücklag? War es ein Trick? Was wurde hier eigentlich gespielt? Wer führte hier wen hinters Licht? Sie kämpfte mit dem Gedanken, Bleibach direkt darauf anzusprechen. Nach allem, was in den vergangenen Tagen geschehen war, schien es ihr geboten, das beruflich bedingte Misstrauen ein Stück weiter auf den privaten Bereich auszudehnen. Seit ihr Ollerich von dem Speicherstick mit den seltsamen Luftaufnahmen seines Grundstücks berichtet hatte, gingen ihr tausend Möglichkeiten durch den Kopf, was dies bedeuten konnte.

Abgelenkt wurde sie erst, als sie sich von einem ihrer Computer im Zeitraffer die aufgezeichnete Route vorspielen ließ, die der pulsierende violette Punkt in den vergangenen Stunden auf der Landkarte zurückgelegt hatte. Er hatte sich mal in Richtung Neu-Ulm bewegt, war dann nach Göppingen zurückgekehrt und dort einige Zeit verharrt. Der eingeblendeten Uhrzeit zufolge glitt er am späten Samstagabend durch den Stauferwald in Richtung Hohenstaufen, wo er etwa einen halben Kilometer vor dem Ort für viereinhalb Minuten stehen blieb und sich dann auf derselben Route zurück in die Göppinger Stadtmitte begab. Miriam stoppte die Aufzeichnung und vergrößerte die Landkarte, die sich daraufhin in einen Stadtplan verwandelte. Der violette Punkt stand in der Pfarrstraße, ziemlich genau an der Stadtkirche. Als sie noch stärker in den Plan hineinzoomte, erkannte sie, was es dort in der Umgebung gab: Ein privates Bankhaus und das Polizeirevier. Während ihr Blick wie gebannt an diesem Punkt hing, zerknüllte sie wie in Trance ein Stück Papier. Mehr denn je wurde ihr in diesem Moment bewusst, dass es höchste Zeit war, die Aktion ›Barbarossawein‹ so schnell wie möglich einzuleiten. Viel zu tief war sie in gewisse Bereiche vorgedrungen – so tief, dass sie das Schlimmste befürchten musste. Vor vier Jahren, als sie maßgeblich daran beteiligt war, Argumente für die Schließung des Neu-Ulmer Multikulturhauses zu liefern, hatte sie bereits mit dem Gedanken gespielt, diesen Job aufzugeben. Immerhin war es für sie als Frau nicht leicht gewesen, in dieser Stadt jenen kleinen Teil der muslimischen Gemeinde im Auge zu behalten, der sich radikalisiert hatte. Noch heute war sie stolz darauf, den Besuch von Mahmoud Salim, dem früheren Finanzexperten von Osama Bin Laden, rechtzeitig gemeldet zu haben.

Zwar bescherte ihr diese Seite des Jobs prächtige Honorare, vor allem aber auch einen gewissen Nervenkitzel, den sie bisweilen als angenehm empfand, doch spürte sie inzwischen, dass auch das Risiko stieg. Geradezu geruhsam kamen ihr hingegen die eher banalen Aufträge vor, mit denen sie als Anwältin konfrontiert wurde: Das Observieren vermeintlich untreuer Ehepartner konnte immerhin spannend sein, wenn sie ihre ›Angriffe‹ per Internet startete und sich mit den Zielpersonen in Chatrooms ›austoben‹ konnte. Recht gut lebte sich auch von paranoiden Mittelständlern, die hinter jedem Mitarbeiter einen potenziellen Dieb oder Betrüger vermuteten und sich deshalb der Hilfe einer technisch versierten Juristin bedienten.

Miriam Treiber kannte inzwischen nahezu alle elektronischen Tricks, um in Büros, Werkstätten oder Praxen versteckte Überwachungskameras oder Abhöranlagen zu installieren. Die heutige Funktechnik war so ausgereift, dass große Datenmengen mühelos drahtlos übertragen werden konnten.

Sie verscheuchte diese Gedanken, drehte sich mit dem Bürostuhl zu einem weiteren Computer, klickte auf die Chatroom-Seite, auf der sie sich als ›Lunaluder‹ eingeloggt hatte, und sah, dass einige ihr wohlbekannte Namen aufgeführt waren. Zum Beispiel ›Friedrichrotbartvonstaufen‹, aus dessen Ansinnen sie nicht so recht schlau wurde. Anders verhielt es sich bei ›Herkulesspanner‹, der auch auf Empfang war. Neben seinem Namen stand mehrfach: ›Bist du da?‹ Er hatte natürlich erkannt, dass ihr Computer seit Stunden online geschaltet war. Miriam überlegte kurz, ob sie antworten sollte, entschied sich dann aber dagegen. Sie würde sich demnächst mit ihm treffen – aber ganz sicher würde das Rendezvous nicht so ablaufen, wie er es sich vorstellte. Immerhin gaukelte sie ihm seit Wochen vor, dass sie eine junge, frivole Domina sei. Er hatte bei all ihren Mails und Chats nie bemerkt, dass sie nur seine Fantasien bediente. Klar, dachte sie und grinste in sich hinein. Er war halt ein Mann.

58

Jens Seifried hatte sich schneller als erwartet erholt. Er war nicht der Typ, der gerne krank feierte. Er musste raus auf die Straße – und zwar mit ›seinem‹ Lastzug. Als er dem

Chef telefonisch mitgeteilt hatte, dass er an diesem Tag die Arbeit wieder aufnehmen werde, ließ er sich für eine Tour nach Hamburg einteilen. Abfahrt um 22 Uhr.

Die Novembernacht war ruppig und nass. Nicht gerade ideale Verhältnisse, um stundenlang über die Autobahn zu fahren. Seifried hatte seinen Pkw auf dem Mitarbeiterparkplatz abgestellt und sog die kühle Herbstluft in sich hinein. Auf dem Speditionsgelände standen neun Sattelzüge, die sich tiefschwarz von der nur spärlich beleuchteten Umgebung abhoben. Seifried trug die Mappe, die Frachtpapiere und Proviant enthielt, lässig unterm Arm, während er mit den Fahrzeugschlüsseln spielte und sich seinem Sattelzug näherte, der abseits von den anderen Lkws geparkt war. In den Pfützen, die der Nieselregen auf dem Asphalt hinterlassen hatte, spiegelten sich die Straßenlampen. Das meiste Licht jedoch verschlang die sternenlose Nacht. Nur vereinzelt drangen Fahrgeräusche von der nahen Bundesstraße herüber.

Keinen Hund jagt man in solchen Nächten aus dem Haus, dachte Seifried und freute sich auf seine Fahrerkabine, die sehr schnell behaglich warm sein würde. Er kam von schräg hinten auf den Sattelzug zu und ließ seinen Blick routinemäßig über den mächtigen Auflieger streifen. Soweit er es in der Dunkelheit sehen konnte, war alles in Ordnung. Für einen kurzen Moment glaubte er, ein Geräusch vernommen zu haben, das sich so anhörte, als habe etwas dumpf gegen Blech gestoßen. Doch weil im selben Moment der auffrischende Wind ihm um die Ohren rauschte, konnte er es nicht genauer zuordnen. Er verlangsamte seine Schritte, sah prüfend zu den anderen Sattelzügen und gelangte zu der Überzeugung, dass der Wind irgendein bewegliches Teil gegen Metall geschlagen hatte. Das mochte zwar eine plausible Erklärung sein, meldete sich eine innere Stimme, aber wenn jemand auf der anderen Seite des Lastwagens auf ihn lauerte, hätte er hier draußen bei einem Überraschungsangriff vermutlich schlechte Karten. In solchen Situationen jedoch verhalf ihm die Nahkampf-Ausbildung zu ungeahntem Selbstbewusstsein – auch wenn es jüngst einen Knacks abbekommen hatte, als er auf unerwartet harte Gegenwehr gestoßen war. Noch einmal durfte ihm so etwas nicht passieren.

Vorsichtigen Schrittes erreichte er jetzt die linke hintere Seite seines Sattelzugs, beobachtete, was sich in den Pfützen entlang des Fahrzeugs spiegelte, und ging auf die Fahrerkabine zu. Gerade als er einen Fuß auf die Trittstufe setzen wollte, blitzte hinter ihm ein Mündungsfeuer auf. Der Schuss traf ihn in den Rücken.

59

»Er war sofort tot«, stellte Kriminalhauptkommissar August Häberle fest, nachdem er das E-Mail des Ulmer Gerichtsmediziners Dr. Frank Kräuter gelesen hatte. »Sauber ins Herz, von hinten. Ziemlich nahe. Das Projektil blieb in einem Rippenbogen stecken. Kaliber neun Millimeter.«

Linkohr, der sich auf seinen Botengang nach Neu-Ulm gefreut hatte, haderte inzwischen mit seinem Schicksal. Wenn ihm jetzt dieser Fall auch noch das Zusammentreffen mit Joanna Malinowska versaute, glaubte er wirklich langsam, dass der Himmel – oder vermutlich eher der Teufel – ihm keine Frau gönnte.

»Jetzt nimmt er das Geheimnis um den Überfall in Leipheim mit ins Grab«, brummte der junge Kriminalist.

Häberle legte das ausgedruckte E-Mail auf seinen Schreibtisch. »Jedenfalls glaube ich jetzt, dass wir bei unseren Ermittlungen endlich wirklich Vollgas geben müssen.«

Linkohr nickte und grinste. »Sofern der Herr Direktionsleiter es wünscht.«

»Ein Kapitalverbrechen in Bleibachs Umfeld?«, entgegnete Häberle. »Falls Baldachin von irgendwoher eine Order bekommen hat, sitzt er jetzt in der Zwickmühle. Denn ich bin mir sicher, dass unser Freund Sander nicht mehr zu bremsen sein wird.« Gemeint war der Lokaljournalist, dem viele polizeiliche, aber auch juristische Führungskräfte mangels eigenen Sachverstandes hinsichtlich der Pressearbeit mit Skepsis begegneten.

»Großartige Presseauskünfte kann er allerdings nicht erwarten«, meinte Linkohr. »So wie die Kollegen in Geislingen sagen, hat die Spurensicherung heute früh nichts gebracht.«

»Stimmt«, bestätigte Häberle, der allerdings den Tatort nicht selbst gesehen hatte. Vorläufig war es ein Fall für die Kriminalaußenstelle in Geislingen. Kollege Rudolf Schmittke hatte offenbar schweren Herzens um fünf Uhr früh zum Gelände der Spedition fahren müssen, nachdem dort Seifrieds Leiche entdeckt worden war. »Da draußen gibt es keine Zeugen. Wir wissen nur, dass die Tat gegen 22 Uhr geschehen sein muss. Zu diesem Zeitpunkt sollte Seifried losfahren – und er war wohl gerade dabei, in den Lkw zu steigen.«

»Also nichts für uns?«, zeigte sich Linkohr eifrig.

»Baldachin sieht keinen Zusammenhang mit Bleibach.« Häberle sah seinen Kollegen aufmunternd von der Seite an. »Aber ich denke, Sie haben Wichtigeres zu tun.«

Linkohr begriff sofort und sah auf die Uhr. »Natürlich«, meinte er leicht verlegen. »Ich werde mich um das Kleidungsstück kümmern.« Er vermied absichtlich, es beim Namen zu nennen.

Häberle fiel etwas ein. »Ach ja, Herr Linkohr, vergessen Sie nicht: Für Romeo-Agenten haben wir kein Budget.«

Es dauerte zwei Sekunden, bis der Jungkriminalist mit dem Begriff etwas anzufangen wusste. Er überlegte, wie kurz das Röckchen wohl sein würde.

60

Andy Ollerich war kreidebleich. Er zitterte am ganzen Körper. »Erschossen. Sie haben ihn erschossen. Einfach erschossen.« Er wiederholte immer wieder, was er nicht fassen konnte, und saß dabei mit eng an den Körper gepressten Armen auf dem alten Sofa. Pommes und Ucki schwiegen. Nachdem Katsche die Nachricht vom Tode Seifrieds telefonisch übermittelt hatte, war das nackte Entsetzen über sie hereingebrochen. Keiner von ihnen wagte, die Bierflaschen anzufassen, die in Reichweite auf dem Tisch standen.

»Das war Rache«, flüsterte Andy nach Minuten des Schweigens. »Pure Rache.« Er holte tief Luft und ließ wieder einige Sekunden verstreichen. »Er hat sich mit ihnen angelegt und jetzt haben sie ihn beseitigt. Kaltblütig.«

Pommes sah ihn fragend an. »Wie meinst'n du das? Mit ihnen angelegt?«

Ucki blaffte ihn an: »Wie man das mit Überläufern macht, Junge.« Er vollführte die Geste des Halsabschneidens. »Kurzen Prozess. Wegen der Sache von neulich.

Leute, wir sind hier nicht auf einem Pfadfinder-Ausflug.« Impulsiv, wie er sein konnte, sprang er auf. »Das ist kein Karl-May-Spielchen. Und wir haben inzwischen mehr Feinde, als ihr euch alle vorstellen könnt. Wir sind im Krieg.«

Andy schwieg. Er fühlte sich hundeelend.

Ucki ließ sich wieder in seinen Sessel plumpsen. »Wohl nie einen James Bond gesehen?«, gab er sich kämpferisch, als wolle er damit seine eigene Unsicherheit überspielen. »Wer die Fronten wechselt, spielt mit dem Feuer. Da wirst du schnell mal weggeblasen.«

Pommes hatte wieder nur die Hälfte verstanden. »Die eine Seite ist klar, denk ich mal. Aber wer ist die andere?«

Ucki zuckte mit den Schultern. »Weiß ich's?« Er drehte sich zu Andy und nickte ihm zu, um ihn zu einer Antwort zu bewegen. »Aber vielleicht weißt du's.«

Andy schüttelte langsam den Kopf und schloss dabei die Augen.

»Dann weiß ich's auch nicht«, gab sich Ucki geschlagen. »Aber ich sag dir, mein lieber Freund. Wenn ich's mir so überlege, bist du der Nächste, der auf der Abschussliste steht. Von wem auch immer.«

Andy spürte, wie alle Energie aus seinem Körper entwich.

61

August Häberle hatte beschlossen, sich nicht direkt in den Mordfall bei der Spedition einzumischen. Wenn Baldachin die Meinung vertrat, dass es keine Zusammenhänge mit den Vorkommnissen um Bleibach gab, war er ohnehin nicht umzustimmen. Häberle schloss aus der Hartnäckigkeit, mit der der Direktionsleiter die Gründung einer Sonderkommission verwehrte, es könnten dafür sogar konkrete Interessen im Raum stehen. Deshalb empfand es der Chefermittler als angeraten, sich auf seine ursprüngliche Aufgabe zu konzentrieren. Dies bedeutete ja keinesfalls, dass seine Recherchen dort Halt machen mussten, wo es Berührungspunkte mit Seifried gab. Und diese lagen nach Meinung Häberles klar auf der Hand. Er entschied sich deshalb, den Kollegen Siegfried Brunzel in dessen Büro aufzusuchen. Häberle ließ die Tür hinter sich einrasten, weil er für dieses Gespräch keine Ohrenzeugen wollte.

»Jetzt pass mal auf, mein lieber Kollege«, begann er, während er sich einen Holzstuhl an Brunzels Schreibtisch zog. »Du hast neulich eine Andeutung gemacht, die mir vorhin wieder eingefallen ist.« Er lächelte und runzelte vielsagend die Stirn. »Ich weiß ja, dass du manches nur ungern sagst. Aber im Moment sind wir ganz unter uns.« Häberle stützte sich mit den Ellbogen auf dem Schreibtisch auf. »Und jetzt, wo dieser Jens Seifried tot ist, spielt auch der Datenschutz keine Rolle mehr. Trügt mich mein Gefühl, wenn ich meine, dieser Seifried könnte ein V-Mann gewesen sein? So eine Art Agent für den Verfassungsschutz?«

In Brunzels Gesicht war keine Regung zu sehen. Er überlegte, drehte einen Kugelschreiber in den Händen und hielt Häberles Blick stand. »Versteh mich bitte, August, aber ich hab dir neulich schon gesagt, dass ich da keinen Einblick habe.« Jetzt war er wieder ganz der Staatsschützer. »Und ich leg mich ungern mit der Präsidentin des Landesamts für Verfassungsschutz an.«

»Ich spreche ja nicht von ›anlegen‹. Mein Gott, Siegfried, mach's nicht so spannend«, wurde Häberle auf seine charmante Art energisch. »Hat nun dieser Seifried eine Rolle gespielt oder nicht? Ich will ja nicht mal wissen, welche.«

Noch einmal zögerte Brunzel. »Ich hab's dir doch bereits gesagt. Er war Polizeibeamter, hat den Beruf zwar aufgegeben, ist dann aber wohl noch irgendwie als Informant zur Verfügung gestanden.« Er wurde leiser, womit er offenbar die Bedeutung des Gesagten unterstreichen wollte. »Was ich dir jetzt sage, habe ich auch nur inoffiziell gehört – das muss deshalb ganz unter uns bleiben.« Er warf einen prüfenden Blick zur Tür. »Wie es heißt, soll er tatsächlich gewisse Dienste für den Verfassungsschutz erledigt haben. Kurierdienste und das Leeren sogenannter toter Briefkästen. Mehr war's sicher nicht.«

Kurierdienste, durchzuckte es Häberle. Doch er wollte Brunzel, wenn dieser schon mal am Reden war, nicht unterbrechen.

»Ich hab meine Fühler heute auch schon ausgestreckt«, trumpfte der Staatsschützer unerwartet auf, ohne jedoch die seriöse Zurückhaltung aufzugeben. »Man sagt, dass er in jüngster Zeit versucht haben soll, mehr Geld zu fordern, andernfalls wollte er aussteigen.«

»Mit welchem Erfolg?«

»Mit keinem. Es soll …, ja, nennen wir's mal so, einige Differenzen gegeben haben, weshalb vermutet wird, dass diese Geschichte am Rasthaus Leipheim nicht ganz so zufällig war, wie es in den Akten steht.«

Häberle kapierte sofort. »Der Kurier gerät mit seiner Kontaktperson aneinander – oder umgekehrt.«

»Das ist deine Schlussfolgerung«, zeigte sich Brunzel erleichtert darüber, dies nicht auch noch selbst ausplaudern zu müssen.

»Und weder Opfer noch Täter haben natürlich ein Interesse, die Wahrheit zu der Rasthaus-Geschichte zu sagen. Die einen, weil sie so geheim sind, dass es sie praktisch gar nicht geben darf, und Seifried, weil er sich womöglich in Dinge hat reinziehen lassen, für die er bei der Justiz keinen Rückhalt hätte.«

Brunzel nickte zurückhaltend. »Aber kein Wort zu niemandem. Wenn du dies offiziell hören willst, muss ich dich auf den Dienstweg verweisen.«

»Ich hab aber noch eine weitere Bitte, mein lieber Siegfried«, blieb Häberle gelassen. »Seifried hat in besagter Nacht die Schicht getauscht – mit Andy Ollerich, der seltsamerweise dieselbe berufliche Vergangenheit hat.«

Brunzel sah ihn streng an. »Das solltest du wirklich auf dem Dienstweg anfragen, falls sich das in deinen Ermittlungsakten niederschlägt.«

Häberle kochte innerlich, ließ es sich aber nicht anmerken. »Mensch, jetzt lass dir doch nicht jedes Wort aus der Nase ziehen.« Er konnte nicht nachvollziehen, weshalb Brunzel derart vorsichtig agierte, schließlich war er doch auch schon längst auf der Zielgeraden zur Pension. Und die höchste Besoldungsstufe hatte er auch schon erreicht. Wieso hatten die Kollegen alle so furchtbar Schiss? Hatte man ihnen das letzte Stück Zivilcourage abgekauft? Natürlich, so dachte Häberle, war der hierarchische Aufbau der Polizeistruktur durchaus auf

Duckmäusertum ausgelegt: Wer nicht spurte, hechelte noch Jahrzehnte seinen Beförderungen hinterher. Und dabei bedeutete ›nicht spuren‹ keinesfalls nur, kein Fachwissen aufweisen zu können. Dies ließ sich heutzutage durch Schwätzen, Schaumschlagen und heiße Luft locker ausgleichen. ›Nicht spuren‹ bedeutete, sich gegen unsinnige verwaltungsinterne Bestimmungen aufzulehnen oder als Uniformierter womöglich an einem heißen Sommertag beim Aussteigen aus dem Streifenwagen keine Mütze aufzusetzen.

»Andy Ollerich, der Bruder von Bleibachs Adjutanten, war auch mal Polizist«, erinnerte Häberle seinen Kollegen an dessen eigene Schilderungen. »Deshalb will ich von dir jetzt ganz konkret wissen, ob auch der irgendwelche Nebentätigkeiten hat, wenn du verstehst, was ich meine.« Er lehnte sich zurück und verschränkte die Arme. »Stutzig macht mich, dass dieser Andy Ollerich und Jens Seifried in derselben Spedition gearbeitet haben.« Weil Brunzel noch immer nicht darauf einsteigen wollte, suchte Häberle selbst nach einer Antwort: »Lkw-Fahrer sind schließlich viel unterwegs, auch im Ausland. Kaum jemand eignet sich besser als Kurier. So ein 40-Tonner hat tausend Verstecke.«

Brunzels Gesicht deutete ein Lächeln an.

Häberle wurde direkt: »Kann ich aus deinem Schweigen wenigstens ablesen, dass ich gar nicht mal so falsch liege?«

Brunzel atmete tief ein und warf seinem Kollegen einen treuherzigen Blick zu. Häberle verstand. »Dann ist wohl auch Andy Ollerich in andere Dinge involviert und sein Freund Seifried hat ihm in jener Nacht am Rasthaus einen Gefallen getan, hat die Tour des angeblich Erkrankten übernommen, um etwas zu erledigen, was dieser nicht tun konnte.« Der Chefermittler zwinkerte Brunzel zu. »Weil man Andy Ollerich vielleicht erkannt hätte.«

Der Staatsschützer gab keinen Kommentar dazu ab, was Häberle jedoch als Zustimmung deutete. Brunzel entschied sich für eine allgemeine Bemerkung: »Ich kann dir nur sagen, dass überall dort, wo's um Politisches oder Militärisches geht, Agenten aller möglichen Geheimdienste ihr Interesse zeigen. Und du darfst mir glauben, August, als hier in Göppingen noch einige Tausend Amis stationiert waren, hat's auch hier davon gewimmelt. Und das war überall so, etwa in Stuttgart, Schwäbisch Gmünd, Mutlangen oder Neu-Ulm.« Und er fügte an: »Von Ramstein oder Berlin wollen wir mal gar nicht reden.«

Häberle wollte sich bei seinem Kollegen bedanken, als dieser noch einen Rat parat hatte: »Du solltest eins nicht übersehen, lieber August, – alles, was sich jetzt gerade abspielt, ist keine Provinzposse. Die Jungs, die sich unter die Bleibach-Gruppe mischen, spielen in einer anderen Liga. Das ist sozusagen Champions League. Vergiss das bitte nicht.«

Häberle war für einen Augenblick über Brunzels Hinweis verwundert.

62

Das Donau-Center in Neu-Ulm war ein klobiger, weißgrauer Koloss, der unweit des bayerischen Donau-Ufers alles überragte – als misslungener städtebaulicher Kontrast zum jenseitigen Ulmer Münster. 275 Wohnungen auf 17 Stockwerken. Linkohr hatte nur mühsam einen

Parkplatz gefunden und war mit klopfendem Herzen zum Eingangsbereich des terrassenförmig aufgetürmten Komplexes gegangen. Joanna Malinowska, so schloss er aus der Anordnung der Klingelknöpfe, schien ziemlich weit oben zu wohnen. »Zehnte Etage links«, erklärte sie ihm über die Sprechanlage. Das Foyer des Gebäudes war überaus hell, die Wand mit Granit verkleidet, die Briefkästen aus Edelstahl. Linkohr ließ sich mit dem Lift hochfahren und musste unterwegs daran denken, dass in diesem Koloss einst der angebliche Finanzexperte des Top-Terroristen Osama Bin Laden bei einem Arzt Unterschlupf gefunden haben sollte.

Als Linkohr den Aufzug wieder verließ, entdeckte er ein paar Schritte entfernt eine angelehnte Wohnungstür. Noch während er näher kam, tauchte Joanna dort auf. Ihre langen, hellblonden Haare leuchteten sogar im diffusen Licht des Flurs. Ein schwarzes, eng anliegendes ärmelloses Kleidchen betonte ihre weiblichen Formen und war so kurz, dass nur das Allernötigste bedeckt wurde.

Linkohr fühlte sich wie elektrisiert, als er ihr die kalte Hand zur Begrüßung gab und dabei feststellte, dass Joanna sogar ein paar Zentimeter größer war als er. »Tut mir leid, wenn ich Sie stören muss«, log er, weil ihm in dieser Situation nichts anderes einfiel.

»Kommen Sie doch rein«, lächelte sie charmant und ließ ihr osteuropäisches ›R‹ wieder rollen. »Ich habe uns einen Kaffee gemacht.«

»Eigentlich wollte ich nur …« Linkohr schluckte. Sein Hals war trocken geworden.

»Die halbe Stunde werden Sie schon Zeit haben«, erwiderte sie, während er beinahe willenlos die Diele betrat und die Tür hinter sich ins Schloss fallen hörte.

Joanna stöckelte an ihm vorbei, während der Saum

ihres Kleidchens bei jedem ihrer Schritte knapp unter den Pobacken spannte. »Nehmen Sie Platz«, forderte sie den Jungkriminalisten auf und deutete auf eine lederne Sitzlandschaft, die sich vor der Fensterfront um eine Ecke erstreckte. Es roch nach Kaffee. Der Vorhang war beiseitegeschoben, sodass sich ein traumhafter Ausblick auf Ulm bot, aus dem das Münster herausragte.

»Ich hab das Objekt der Begierde eingetütet«, sagte sie und verschwand nebenan in der kleinen Küche. Linkohr, der gerade all diese Eindrücke zu verarbeiten versuchte, konnte die Bemerkung nicht sofort zuordnen.

»Den Rock, meine ich natürlich«, kam es lachend aus der Küche, nachdem er nicht reagiert hatte.

»Ja, natürlich«, erwiderte er schnell. Er nahm die Gelegenheit wahr, das durchaus geschmackvoll und ganz in hellen Farben eingerichtete Wohnzimmer zu betrachten. Zwei Reihen Regale mit Büchern, deren Titel er aus seinem Blickwinkel jedoch nicht lesen konnte, begrenzten jeweils ein kleines Gemälde, dessen gelbe, orange und dezente hellviolette Farbtöne zwar keine konkrete Darstellung erkennen ließen, dafür jedoch eine positive Stimmung ausstrahlten. Ein Aquarell vermutlich.

»Hat ein alter Freund mal gemalt«, riss ihn Joannas Stimme aus den Gedanken. Sie kam mit einem Tablett an den Couchtisch und stellte zwei mit schwarzem Kaffee gefüllte Tassen ab. Ihre Oberschenkel waren für einen Moment ganz dicht in Linkohrs Augenhöhe und er hatte den Eindruck, dass sich Joanna dieser Wirkung bewusst war. Dann setzte sie sich an die seitliche Tischkante, zog den Saum ihres Kleidchens straff, als ob sie sich schämte, und nahm ihre Tasse. »Erst mal einen wärmenden Schluck«, sagte sie kokett. Auch Linkohr griff nach seiner Tasse. Der Kaffee schmeckte wirklich gut.

»Sie haben einen ziemlich aufregenden Job«, fuhr sie fort, lehnte sich genüsslich zurück und schlug ihre Beine übereinander.

Linkohr fühlte sich verkrampft. »Wie man's nimmt«, war alles, was ihm spontan einfiel, weil ihn ihr spitzbübischer Gesichtsausdruck völlig verunsicherte. Er durfte sie auf keinen Fall spüren lassen, wie sehr sie ihn als Mann durcheinanderbrachte. Blitzartig fiel ihm ein, dass er soeben einen katastrophalen Fehler begangen hatte. Er war einfach in diese Wohnung gegangen. Seine Aufgabe wäre es gewesen, das Beweismittel abzuholen und wieder zu verschwinden. Nun saß er hier drin, ohne Zeugen – und mit all seinen männlichen Schwächen den raffinierten Tricks einer attraktiven Frau ausgesetzt.

Egal, wie verrückt seine Hormone jetzt auch spielten, er musste vorsichtig sein. »Manchmal sind's nur Botendienste«, sagte er. »Wie jetzt gerade. Es ist für uns natürlich geradezu ein Glücksfall, dass Sie dieses Kleidungsstück von damals so lange aufgehoben haben.«

»Aufgehoben und vor allem nicht gewaschen«, grinste sie. »Ich hab den Rock gleich in eine Tüte gesteckt, weil ich entschlossen war, Steffen sofort anzuzeigen. Aber dann …« Sie strich sich über die helle Haut ihrer Oberarme, als sei es ihr kühl geworden. »Dann, ein, zwei Tage später, hab ich mir gedacht, dir glaubt ja sowieso keiner. Trotzdem hab ich das Ding nie weggeworfen und es immer mitgenommen, wenn ich umgezogen bin.«

»Sie sind also davon überzeugt, dass sich an dem Stoff noch Spuren von Herrn Bleibach finden?«

»Damals war ich's auf jeden Fall. Aber auch heute müsste das doch noch möglich sein. Die Kriminaltechnik wird Mittel und Wege finden. Sicher mehr als damals.«

Linkohr sah tief in ihre blauen Augen. »Trotzdem wird sich die Frage stellen, wie die Spuren hingekommen sind.«

Joanna begriff sofort, worauf er hinauswollte: »Sie meinen, ich hätte mit Steffen eine intime Beziehung gehabt? Oder mir die Spuren auf andere Weise besorgt?«

»So könnte zumindest sein Anwalt argumentieren«, erklärte Linkohr diplomatisch.

»Ich weiß, dann wird Aussage gegen Aussage stehen. Aber inzwischen bin ich so weit, dass ich sage: Unrecht ist Unrecht. Ich tu's jetzt, weil ich es nicht mehr länger ertragen kann, dass jemand öffentlich so tut, als sei er der Retter der Welt, während er mich damals erniedrigt hat. Ob mir das jemand glaubt oder nicht, ist mir egal.«

»Sie suchen Ihre innere Ruhe«, murmelte Linkohr verständnisvoll.

Joanna Malinowska nickte und lächelte wieder. »Ich sehe, Sie verstehen mich.« Ihre Augen strahlten, sie befeuchtete ihre Lippen und strich gleichzeitig mit beiden Händen über die glatte Haut ihrer Oberschenkel, was Linkohr fasziniert zur Kenntnis nahm.

»Darf ich das Kleidungsstück mal sehen?«, blieb er trotzdem dienstlich.

»Oh ja!« Sie sprang auf, verschwand in der Diele und kam sofort, stolzierend wie ein Model, mit einer Plastiktüte zurück. »Hier. Stören Sie sich nicht daran, dass es nicht mehr der neueste Modeschrei ist.« Sie reichte Linkohr die durchsichtige Tüte, in der sich ein orange-weißgestreiftes Stoffknäuel befand, das ihm nicht besonders groß erschien.

»War damals schon wenig«, grinste Joanna, als habe sie seine Gedanken lesen können. »Falls Sie's noch nicht gemerkt haben«, fuhr sie provokant fort, »ich bin ein Mini-Fan und kann's mir auch leisten. Macht Ihnen doch auch Spaß, Herr Kommissar, oder dürfen Sie da drauf jetzt keine Antwort geben?«

Linkohr legte die Tüte auf den Tisch und nahm einen Schluck Kaffee. Er überlegte, um dann allen Mut zusammenzureißen: »Die Antwort gebe ich Ihnen gerne außerhalb des Dienstes, als Privatmann.«

»Oh«, hauchte sie, »scharfe Trennung zwischen Beruflichem und Privatem. Das nenne ich aber korrekt.«

Linkohr überlegte, ob sie dies ironisch oder anerkennend meinte. Oder war es gar eine Falle? Tausend Gedanken jagten ihm durch den Kopf. Er durfte sich jetzt nicht von Gefühlen leiten lassen. Häberle hatte ihn tausend Mal vor derlei Gefahren gewarnt. »Gegen die Waffen einer Frau hilft auch das Spezialeinsatzkommando nichts«, hörte er die Stimme des Chefs im Hinterkopf.

»Wir haben alle ein Privatleben«, sagte Joanna leise und zupfte an ihrem Rocksaum. »Man muss nur zu trennen wissen.« Ihr traurig-erwartungsvoller Blick erinnerte Linkohr an seine erste Liebe im Gymnasium. »Vielleicht findet der Herr Kommissar ja mal Zeit auf ein Gläschen Wein, drüben in Ulm, im Fischerviertel«, fuhr sie mit schüchternem Unterton fort.

Linkohr spürte plötzlich wieder seinen Herzschlag. Er trank seine Tasse leer, um ein paar Sekunden Zeit zu gewinnen. »Wenn Ihr Partner nichts dagegen hat«, erwiderte er leise und empfand diese Bemerkung als genial. So würde er gleich wissen, ob sie Single war.

»Ha!«, entfuhr es ihr. »Keine Sorge, es wird kein Eifersuchtsdrama geben.«

Erschöpfend war diese Antwort nicht, dachte Linkohr,

wollte aber die gebotene Gelegenheit nicht ungenutzt lassen. »Okay«, beschied er lächelnd. »Ich werde mich melden.«

»Das wird bestimmt ein spannender Abend«, freute sie sich. »Ich schlage Ihnen dann ein schnuckeliges Lokal vor.«

Linkohr erhob sich und wollte sich verabschieden.

»Ach ja«, sagte sie und stand ebenfalls auf, als wollte sie ihn am Weggehen hindern. Lächelnd sah sie ihm ins Gesicht: »Falls Sie keine Minikleider mögen, sagen Sie's mir bitte, dann werde ich mich winterlich kleiden.«

Linkohr war über diese Bemerkung perplex. Was hätte er jetzt antworten sollen? Dass ihn so viel nackte Haut atemlos machte? Oder dass er es nicht ertragen konnte, auf diese Weise angemacht zu werden? Es wäre zwar seriös, aber schamlos gelogen gewesen. »Ich überlasse das Ihnen«, erwiderte er, nahm die Tüte und wandte sich der Diele zu. Er wollte es vermeiden, dass Joanna ihn jetzt womöglich umarmte oder ihm gar einen Kuss auf die Wange drückte. Nicht heute.

Linkohr spürte Schweiß auf der Stirn. Er wollte nur noch gehen. Alles Weitere konnten sie später am Telefon besprechen.

Um die spannungsgeladene Atmosphäre abzukühlen, deutete er auf das Gemälde mit den positiven Farben und täuschte Interesse vor. »Was zeigt es eigentlich?«

»Die geheimnisvolle Energie der Liebe«, sagte sie spontan. Linkohr hegte Zweifel, ob der Maler sein Werk tatsächlich so genannt hatte.

»Wie gesagt, von einem alten Freund«, setzte sie hinzu. »Aus meiner Tübinger Zeit. Er hat's mir später mal geschickt.«

Linkohr erinnerte sich an eine Bemerkung, die sie bei

der gestrigen Vernehmung gemacht hatte. »Jener, der dann nach Australien gegangen ist?«

Ihre Gesichtszüge veränderten sich. »Wie?«, staunte sie. »Wie kommen Sie denn da drauf?«

Linkohr spürte, wie sich die erotische Spannung abbaute und der Ernüchterung wich. »Sie haben gestern doch so etwas angedeutet.«

»Richtig, ja«, erwiderte sie und gewann ihre Fassung zurück. »Natürlich. Genau der. Ein Typ, der im tiefsten Herzen immer positiv gestimmt war. Eigentlich künstlerisch veranlagt, aber beruflich ein Techniker. Er hat die Malerei als Ausgleich gebraucht.«

»Jetzt haben Sie aber keinen Kontakt mehr zu ihm?«, fragte Linkohr und betrachtete das Gemälde genauer. Er erkannte fremdartige Bäume und eine weite Landschaft.

»Nein, schon lange nicht mehr.«

Linkohr suchte nach einer Signatur und entdeckte im rechten unteren Bildrand etwas Ähnliches. »Da hat er sich verewigt?« Er deutete auf die buchstabenartigen Zeichen.

»Ja, ja, mit Jahreszahl. Zweitausend war's. Zum Millennium hat er mir's geschickt.«

»Wie heißt er denn?«, wagte Linkohr den Vorstoß.

Sie zögerte. »›Max‹ heißt das, was er hier draufgeschrieben hat. Max zweitausend.«

»Und der Nachname?«

»Ist das nun berufliches Interesse oder privates?«

Linkohr besah sich die Pinselführung aus der Nähe. »Sowohl als auch.«

»Wenn's dem Kommissar hilft«, gab sich Joanna geschlagen und kam ganz dicht an ihn heran, sodass er ihr erregendes Parfüm riechen konnte. »Er heißt Max Grüninger, aber ich weiß wirklich nicht, wo er sich heute aufhält. Er war damals schon viel im Ausland unterwegs, beruflich. Als Bauingenieur. Kurz nachdem er das Bild geschickt hat, ist der Kontakt abgebrochen. War auch besser so.«

Linkohr war froh, dass er sich mit diesem sachlichen Gespräch aus der Wohnung stehlen konnte. Er brauchte jetzt Zeit, über diese Situation nachzudenken. Doch ihm war klar, dass er die Ermittlungen, natürlich rein privat, fortsetzen würde.

63

Lokaljournalist Georg Sander, der seit Jahr und Tag zwischen Göppingen und Geislingen für Mord und Totschlag zuständig war, hatte zu seinem größten Bedauern erst am späten Vormittag von dem Verbrechen auf dem Gelände der Spedition erfahren. Zwar fuhr er sofort mit Fotograf Steffen Talheimer zum Tatort, doch deutete nichts mehr auf das schreckliche Geschehen der vergangenen Nacht hin. Sander, der einen Großteil seines Berufslebens in der Provinz verbracht hatte und deshalb alle wichtigen Leute des öffentlichen Lebens persönlich kannte, lag in seiner Einschätzung nicht falsch, dass Speditionschef Michael Schlegel ihm bereitwillig Auskunft geben würde. Der Mann verließ sein Büro und führte den Journalisten und den Fotografen zu jener Stelle, an der der Sattelzug gestanden war. »Und hier lag Herr Seifried«, deutete er auf den nassen Asphalt. »Wir haben zwar einige Strahler brennen, aber wenn hier nachts mehrere Lastzüge stehen, ist's ziemlich dunkel.«

Sander drehte sich nach allen Seiten, während Schlegel den Wünschen des Fotografen nachkam und vor der Kamera auf den Fundort der Leiche deutete.

»Videoüberwachung haben Sie keine?«, fragte Sander, dem seine jahrelange Erfahrung im Umgang mit polizeilichen Ermittlungen zugute kam.

»Nein, haben wir hier nicht«, bedauerte Schlegel. »Aber wir werden drüber nachdenken müssen, wie wir das Gelände besser absichern können.«

»Wohin sollte der Mann fahren?«

»Hamburg. Ein großes Maschinenteil.«

Sander machte sich auf dem feucht gewordenen Schreibblock einige Notizen.

»Wie lange war der Angestellte bei Ihnen beschäftigt?«

»Ich glaube, seit über zehn Jahren. Müsste ich nachsehen«, erwiderte Schlegel und ließ sich von Talheimer noch ein Stück weiter nach links dirigieren, damit im Hintergrund die Speditionshalle besser zu sehen war.

»Wie würden Sie ihn denn beschreiben? Natürlich ganz unter uns gesagt«, trat Sander näher an ihn heran.

»Unauffällig, fleißig. Ein typischer Berufskraftfahrer eben«, erwiderte Schlegel. »Er war ein paar Tage krank geschrieben, wollte aber gleich wieder los – so schnell wie möglich.«

»Er war krank?«, wurde Sander hellhörig und schrieb eifrig mit, während sich Talheimer neue Perspektiven suchte.

»Am besten, Sie fragen die Polizei«, erklärte Schlegel vielsagend und weckte damit erst recht Sanders Interesse.

»Aber einen kleinen Tipp könnten Sie mir geben.« Der Journalist runzelte die Stirn, in die seine ungekämmten, leicht angegrauten blonden Haare hingen.

Schlegel rang sich zu einer Bemerkung durch: »Herr Seifried wurde am Dienstagabend vergangener Woche auf einem Autobahn-Rastplatz niedergeschlagen.«

»Wo?«

»Leipheim. Aber Näheres weiß ich nicht, ehrlich.«

»Auch nicht, was der Grund dafür war?«

Der Spediteur zögerte. »Man soll keine Gerüchte verbreiten.« Er entfernte sich ein paar Schritte, um den Anweisungen des Fotografen nachzukommen. Sander folgte ihm.

»Aber Sie wissen, ich bin selbst politisch engagiert«, fuhr Schlegel fort, »allerdings nicht bei denen, die jetzt so populär werden.«

Sander musste sofort an Bleibach denken, erwiderte aber nichts, sondern wartete gespannt, was der Unternehmer zu sagen hatte: »Wir fahren gelegentlich für Bleibach Werbematerial. Und auf so einer Tour ist das passiert. Ob das eine was mit dem anderen zu tun hat, weiß ich nicht.« Schlegel ging jetzt in Richtung des Verwaltungsgebäudes, denn der Nieselregen hatte sich verstärkt. »Noch ein Tipp unter uns«, senkte er seine Stimme. »Ich weiß nicht, ob Ihnen der Name Ollerich was sagt.«

Sander konnte ihn nicht auf Anhieb zuordnen.

»Enduro Ollerich ist der Manager von Bleibach«, half ihm Schlegel auf die Sprünge.

»Sagt mir im Moment nichts.«

»Egal«, zeigte sich der Unternehmer enttäuscht. »Dieser Ollerich hat einen Bruder. Und der fährt auch für uns.«

Sander musste diese Information über Personen, die er nicht kannte, zunächst verdauen. Bevor er etwas sagen konnte, hatte Schlegel die Tür zum Verwaltungstrakt erreicht: »Aber bitte, Herr Sander, das muss jetzt reichen. Ich will auch nicht zitiert werden.« Er zog die schwere, aus

Sicherheitsglas bestehende Tür nach außen und verharrte einen Moment: »Aber seien Sie vorsichtig. Wenn das alles irgendwie zusammenhängt, dann haben wir's nicht mit irgendwelchen geistigen Tieffliegern zu tun.«

Sander wollte sich noch für die Informationen bedanken, doch da fiel die Tür bereits hinter Schlegel zu.

64

Linkohr war wie in Trance die knapp 60 Kilometer nach Göppingen zurückgefahren, wo der Hohenstaufen in die tief hängenden Wolken hineinragte. Lediglich die Radiomeldungen über den für heute angekündigten Schlichterspruch Heiner Geißlers zum umstrittenen Stuttgarter Bahnprojekt hatten ihn aus seinen Gedanken gerissen.

Noch während er Häberle die Plastiktüte mit dem orange-weißgestreiften Inhalt auf den Tisch legte, spürte er, wie ihn der Besuch bei Joanna aufgewühlt hatte.

Der Chefermittler betrachtete das Beweismittel kurz und grinste den jungen Kollegen an: »Wie war's?«

Linkohr war nicht in Stimmung, viel darüber zu erzählen. »Ziemlich scharfes Weib«, kommentierte er knapp. »Aber ob an der ganzen Story was dran ist, da hab ich meine Zweifel. Was bringt's uns, wenn die Kriminaltechnik an diesem Rock DNA von Bleibach findet? Das kann in den vergangenen 15 Jahren bei allen möglichen Gelegenheiten geschehen sein.«

»Die Jungs in Stuttgart werden uns auch über das Alter der Spuren was sagen können, denke ich.«

»Selbst dann bringt es doch nichts, weil sie uns nicht

erklären können, bei welcher Gelegenheit und unter welchen Bedingungen dies geschehen ist.«

Häberle nickte zustimmend. »Übrigens«, bemerkte er, »Baldachin und Ziegler haben eine Pressekonferenz anberaumt. Sander hat sich gemeldet.«

»Gibt's denn was Neues?«

Der Chefermittler zuckte mit den Schultern. »Sie haben die Frau von Seifried vernommen, aber sie behauptet, keine Ahnung zu haben, wer auf ihren Mann geschossen haben könnte.«

»Und uns bleibt nur die Vergewaltigung?«, zeigte sich Linkohr enttäuscht.

»Was heißt ›nur‹? Wenn es da einen Anknüpfungspunkt zu Bleibach gibt – und davon bin ich überzeugt –, dann stehen wir auf der wichtigeren Seite.« Er war fest entschlossen, sich nicht ins Abseits drängen zu lassen. »Ich weiß inzwischen ein paar Dinge, ganz inoffiziell natürlich, aber zu denen würde Seifrieds Tod durchaus passen.«

»Ach«, staunte Linkohr und ahnte, dass der Chefermittler möglicherweise mit Brunzel gesprochen hatte. »Was hat Sie darin bestärkt?«

»Überlegen Sie doch mal, lieber junger Kollege, wo bisher alle Fäden zusammenlaufen. Bis hin zu Boris, dem Sohn von Seifried. Sie erinnern sich: Der junge Mann, der im Musical mitspielt.«

Linkohr musste kurz nachdenken. »Nahkampf«, fiel es ihm plötzlich ein.

»Bravo«, lobte Häberle. »Konarek. Bei ihm haben Seifried und Andy Ollerich zusammen ein Survival-Wochenende verbracht. Auch Seifried-Sohn Boris ist dort im Training – und gleichzeitig Darsteller im Musical, wo der seltsame Drohbrief aufgetaucht ist. Nun sag mir noch einer, das sei alles Zufall.«

Linkohr setzte sich lässig auf die Kante des Besuchertisches und ergänzte: »Ollerichs Bruder ist Bleibachs Manager. Stellt sich nur noch die Frage, welche Rolle dieser Joanna Malinowska zukommt.«

»Und wer von denen hat Seifried auf dem Gewissen?«, stoppte Häberle den Kollegen.

»Jemand, über den Seifried zu viel wusste«, konterte Linkohr.

»Andreas Ollerich? Oder Konarek?«, zählte Häberle einige Varianten auf. »Oder ein anderer aus Bleibachs Umfeld? Vielleicht sollten wir uns diese Personen genauer ansehen. Den Ollerich mit dem seltsamen Namen Enduro. Oder diese Anwältin, die er an seiner Seite hat.«

»Oder seine Freundin«, ergänzte Linkohr. »Wir wissen doch bisher recht wenig, welches Geflecht sich da ergibt. Brunzel wohl auch nicht, oder?«

Häberle presste die Lippen zusammen, ehe er sich dazu vorsichtig äußerte: »Sie kennen den Kollegen doch.«

Linkohr verstand, wollte dies aber nicht kommentieren.

»Und wie steht's mit dieser Dame polnischer Abstammung?«, grinste Häberle. »Die Dame mit dem Röckchen.« Er deutete auf den Plastikbeutel.

Der Angesprochene suchte nach einer Formulierung. »Um ehrlich zu sein, Herr Häberle, der trau ich so ziemlich alles zu.«

»Alles?«

»Die kämpft mit allen Waffen.«

Häberle holte tief Luft. »Haben Sie womöglich schon welche zu spüren bekommen?«

Linkohr sagte nichts. Er haderte noch mit sich, ob er diesen Waffen ausweichen oder sich ihnen mannhaft entgegenstellen sollte.

65

Das Interesse an der Pressekonferenz war gering. Ein simpler Mord in der Provinz konnte die auswärtigen Medien nicht in Aufruhr versetzen – schon gar nicht an diesem Nachmittag, an dem ganz Deutschland nach Stuttgart blickte. Dort wurde mit Spannung der Schlichtungsspruch von Heiner Geißler zum umstrittenen Bahnprojekt erwartet. Die Fernsehsender übertrugen live.

Nur Sander und eine freie Journalistin waren in den Lehrsaal des Geislinger Polizeireviers gekommen, wo Direktionsleiter Baldachin und der Leitende Oberstaatsanwalt Dr. Ziegler aus Ulm an der Stirnseite einiger zusammengeschobener Tische Platz nahmen, umrahmt von Pressesprecher Rudi Lauer und dem örtlichen Kripo-Chef Schmittke.

Ziegler rückte seine randlose Brille zurecht und erläuterte noch einmal, was in der vergangenen Nacht geschehen war. »Über Tathergang und Motiv ist uns nichts bekannt«, resümierte er. Routiniert benutzte er eine Floskel, die landauf, landab bei den Ermittlungsbehörden gängig war: »Wir ermitteln in alle Richtungen.« Im Klartext hieß dies, dass es entweder keine Anhaltspunkte gab oder nichts an die Öffentlichkeit dringen durfte. Ziegler kam deshalb sehr schnell auf das wirkliche Anliegen zu sprechen: »Wir suchen Zeugen, die gestern Abend gegen 22 Uhr auf dem Parkplatz dieser Spedition verdächtige Beobachtungen gemacht haben.« Wie immer, dachte Sander verärgert: Möglichst wenig Details, dafür aber einen großen Zeugenaufruf. Er verkniff sich weitere Fragen, die sich ihm nach seinem Gespräch mit dem Speditionschef aufdrängten. Denn würde er jetzt den möglichen Zusammenhang zu Bleibachs Umfeld erwähnen, käme die freie Journalistin, die er ohnehin nur flüchtig kannte, in den Genuss seiner Recherche. Deshalb beließ er es bei einer eher banalen Frage: »Gehen Sie von einer Beziehungstat aus oder könnte es auch mit der Spedition zu tun haben?«

Ziegler fuhr sich durchs Haar und sah Hilfe suchend zu Schmittke, der mit seiner kühlen, distanzierten Art die Antwort gab: »Der Herr Oberstaatsanwalt sagte bereits, wir ermitteln in alle Richtungen. Da nehme ich keinen Bereich aus.«

Die junge Journalistin, die ein Diktiergerät mitlaufen ließ, sich aber trotzdem Notizen machte, knüpfte an: »Sie wollen damit also sagen, dass es keine einzige Spur gibt? Kann man etwas über die benutzte Waffe sagen?«

»Zwei Schüsse. Mehr möchten wir aus ermittlungstaktischen Gründen nicht bekannt geben«, blockte Schmittke ab und fühlte sich durch Zieglers Nicken bestätigt.

»Gewehr, Revolver, Pistole?«, blieb die Frau hartnäckig.

»Kein Kommentar«, fuhr Baldachin energisch dazwischen. »Wir wollen kein Täterwissen preisgeben.«

Sander wusste aus Erfahrung, dass es angesichts dieser Personenkonstellation zwecklos war, tiefschürfende Fragen zu stellen. »Nur noch eines«, sagte er, »weshalb ist eigentlich nicht Kommissar Häberle mit dem Fall befasst?«

Baldachin räusperte sich, während er kurz den Blickkontakt zu Pressesprecher Rudi Lauer suchte. »Wir haben entschieden, dass der Fall vorläufig hier in Geislingen bearbeitet wird. Herr Schmittke und sein Team sind erfahren genug. Wie Sie wissen, ist Herr Häberle überwiegend mit Angelegenheiten befasst, die über die Landkreis-Grenzen hinweg von Bedeutung sind.«

Sander sah die Gelegenheit gekommen, den Herrschaften Paroli zu bieten, ohne allzu viel von seinen Erkentnissen zu verraten: »Aber Leipheim liegt doch in einem anderen Landkreis und sogar in einem anderen Bundesland.«

Die Journalistin war sichtlich irritiert – aber die vier Männer ebenso. Sie sahen einander ratlos an, weil keiner offenbar auf diese Bemerkung gefasst war.

Schließlich ergriff Ziegler das Wort: »Es täte der Sache gut, wenn Sie eigene Recherchen nicht mit den Ermittlungsergebnissen der Polizei vermischen würden.« Sein Blick war streng und entschlossen.

Sander setzte noch eins drauf: »Ohne dem Herrn Schmittke zu nahe treten zu wollen, aber es könnte doch sein, dass es vielleicht irgendjemandem gar nicht so unrecht wäre, den Fall in der Provinz zu halten.«

»Entschuldigen Sie bitte, Herr Sander, aber diese Bemerkung ist völlig unpassend«, brauste Baldachin auf. »So wie Sie dies hier sagen, wollen Sie mir unterstellen, ich wollte saubere Ermittlungen unterbinden.«

Ziegler ergänzte: »Uns sind Ihre verbalen Attacken zwar längst bekannt, aber Sie sollten sich bei all Ihren kritischen Anmerkungen mäßigen.«

Die Journalistin verfolgte den wortreichen Schlagabtausch mit zunehmendem Interesse, ohne jedoch die Hintergründe zu kennen.

»Es sind nur so Überlegungen«, blieb Sander ruhig, obwohl er spürte, wie spannungsgeladen die Atmosphäre geworden war. »Es ist doch kein Geheimnis, dass die Sicherheitslage in unserem Ländle schöngeredet werden soll.«

»Schöngeredet«, blaffte Baldachin jetzt missmutig, »hier will niemand was schönreden, Herr Sander. Bleiben Sie doch auf dem Boden der Tatsachen. Warum soll man denn hier etwas schönreden? Wer soll denn Interesse daran haben?«

»Muss ich Ihnen das wirklich sagen?«, konterte Sander angriffslustig. »Bald wird der neue Landtag gewählt.«

»Ach was!«, winkte Ziegler ebenfalls energisch ab. »Wer soll schon Interesse daran haben, den Tod eines Fernfahrers vertuschen zu wollen?« Er sah zu den Männern, die beiderseits von ihm saßen. Dass keiner etwas sagte, verunsicherte ihn.

66

Bleibach wusste mit der Nachricht, die Enduro Ollerich ihm übermittelt hatte, nichts anzufangen. »Das tut mir leid«, sagte Bleibach knapp und brachte damit zum Ausdruck, wie wenig es ihn interessierte, dass ein Kollege von Ollerichs Bruder erschossen worden war. Überhaupt wunderte er sich, wie sehr seinen engsten Mitarbeiter dieses Verbrechen beschäftigte. Immerhin galt es als offenes Geheimnis, dass die beiden Ollerich-Brüder ein ziemlich gespanntes Verhältnis zueinander hatten. Bleibach hatte sich aus den Querelen bisher elegant herausgehalten. Und jetzt wollte er damit schon gar nicht konfrontiert werden, nachdem er selbst genügend Ärger am Hals hatte.

Ollerich war gekommen, um ihm neueste Plakatentwürfe zu zeigen, mit denen für das ›Frühlingsfest‹ auf dem Hohenstaufen geworben wurde. Ein weiteres Plakat, das er aus einer Plastikrolle zog, zeigte Bleibach und Konarek in legerer Freizeitkleidung auf einem dicht bewachsenen Dschungelpfad. Ollerich hatte den beiden mit Hilfe des Bildbearbeitungsprogramms diese Umgebung verpasst. ›Wir kommen durch‹, stand in großen Buchstaben zu lesen.

Bleibach besah sich die Entwürfe und entschied: »Mir gefällt besser: ›Wir schaffen das‹.« Nach kurzem Überlegen fügte er hinzu: »Auch ein Hinweis auf den Hohenstaufen muss rein.«

»Klar doch«, gab sich Ollerich ungewöhnlich schnell kompromissbereit. »Kein Problem.« Auch er war nicht in der Stimmung, sich auf lange Diskussionen einzulassen.

Bleibach erschien es plötzlich angebracht, sich nicht einfach über das Verbrechen am Kollegen von Ollerichs Bruder hinwegzusetzen. »Hast du ihn denn gekannt?«

»Wen?« Ollerich war über die unerwartete Anteilnahme überrascht. »Jens? Jens Seifried? Persönlich nicht, nein. Aber ich weiß von Lars Konarek, dass er bei ihm im Training war und ihn bei seinem Überlebensmarsch im März betreuen sollte.«

»Ach, so ist das!«, Bleibach drehte sich zum Fenster, um in die Abenddämmerung hinauszuschauen. »Und woher weißt du das?«

»Von Konarek. Ich war bei ihm. Wegen der Plakate hier. Er findet sie übrigens geil.«

»Geil«, echote Bleibach.

»So hat er gesagt.«

Ein paar Sekunden vergingen. »Und welche Rolle spielt da eigentlich dein Bruder?«

»Andy?« Ollerich rollte die Plakate wieder zusammen. »Andy hätte besser daran getan, seinen Job als Polizist nicht aufzugeben. Soweit ich weiß, war auch dieser Jens ein Polizei-Aussteiger. Wo sie sich dann gefunden haben, hab ich nie rausgekriegt.« Er steckte die Plakate in die Köcher zurück. »Jetzt ist er völlig auf dem Aussteiger-Trip. Er hat sich in Neu-Ulm ein altes Bauernhaus gemietet.«

»In Neu-Ulm?« Bleibach drehte sich ruckartig um. »Wieso gerade in Neu-Ulm?«

»Wieso nicht in Neu-Ulm?«, entgegnete Ollerich rasch.

»Wenn du ihn wiedersiehst, dann frag ihn mal, ob er die Joanna Malinowska kennt.«

Ollerich war für einen Moment sprachlos.

67

»Gucken Sie sich das an«, grinste Häberle an diesem Vormittag, an dem das Wetter genauso trist war wie seit zwei Wochen schon. Er schob Linkohr die aufgeschlagene Tageszeitung über den Schreibtisch. »Der Sander hat wieder mal alle Register gezogen.«

Der Artikel über das Verbrechen in Geislingen ging über fünf Spalten und nahm nahezu die ganze Seite in Anspruch. Auf einem Foto war der Chef der Spedition zu sehen, der auf eine Stelle am Asphalt deutete, ein weiteres Bild zeigte einen Sattelzug. Die Überschrift war für das Heimatblatt ungewöhnlich groß und fett und sogar zweizeilig: ›Tödliche Schüsse: Politische Motive?‹

Linkohr überflog den Text, in dem über Zusammenhänge mit dem Leipheimer Überfall spekuliert wurde. Aus der Tatsache, dass mit Seifrieds Sattelzug Werbematerial für Bleibach transportiert wurde, hatte Sander geschickt politische Intrigen ins Spiel gebracht. Der Kerl musste beste Beziehungen haben und sich vor allem auch in den

Strukturen der Polizei auskennen, dachte der Jungkriminalist.

»Der macht das verdammt gut«, kommentierte Häberle anerkennend. »Jeder, der zwischen den Zeilen lesen kann, weiß doch, was gemeint ist: Da wird einer aus dem Verkehr gezogen, der möglicherweise irgendjemandem unbequem geworden ist.«

Häberle hatte noch während des Frühstücks mit seiner Frau Susanne entschieden, die Witwe Seifrieds aufzusuchen. Obwohl gestern bereits Schmittke bei ihr gewesen war, gab sie sich erstaunlich kooperativ, als Häberle telefonisch sein Kommen ankündigte.

Eine halbe Stunde später saßen er und Linkohr bei Barbara Seifried und ihrem Sohn Boris am Esszimmertisch. Die Frau war kreidebleich und die geröteten Augen ließen darauf schließen, dass sie geweint hatte. Boris war ein schlanker junger Mann, blass und mit Pickeln im Gesicht. Er spielte nervös mit den Fingern und wusste offenbar nicht so recht, ob er Emotionen zeigen sollte.

Die Kriminalisten sprachen beiden ihr Beileid aus. »Wenn wir Sie hier aufsuchen«, fuhr Häberle fort, »dann nur deshalb, weil es unsere Aufgabe ist, etwaige Zusammenhänge mit Steffen Bleibach …«

»Jetzt kommen Sie mir doch nicht schon wieder damit!«, unterbrach ihn Frau Seifried gereizt. »Ich hab Ihnen doch schon letzte Woche gesagt, dass Jens mit ihm nichts zu tun hat. Außerdem haben Ihre Kollegen auch schon danach gefragt.«

»Bitte, haben Sie Verständnis«, entgegnete Häberle mit seiner sonoren Stimme, die schon oft eine Situation beruhigen konnte. »Eigentlich geht's uns nur um eine einzige Frage: Welche Kontakte hat Ihr Mann gepflegt? Freunde, Bekannte, Kollegen.«

»Auch das hat mich Ihr Kollege schon gefragt. Jens war viel unterwegs, beruflich – ist doch klar. Aber Namen sind da selten gefallen – und wenn, dann hab ich sie mir nicht gemerkt.«

Boris hörte aufmerksam zu und drehte jetzt ein leeres Wasserglas in den Händen. »Mir fällt da einer ein«, sagte er unvermittelt, worauf ihn seine Mutter streng anblickte.

»Ja?«, wandte sich Häberle an ihn.

»›Andy hat er ihn genannt. Andy, mehr weiß ich nicht.«

»Einen Nachnamen hat er nicht gesagt?« Während Häberle den jungen Mann taxierte, ließ Linkohr seine Blicke durch das Esszimmer streifen, das mit Billigmöbeln eingerichtet war. Die seitliche Wand bedeckte zu einem Großteil ein gehäkelter Wandteppich, der eine Gebirgslandschaft mit Seen darstellte, links daneben war schräg zur Zimmerecke ein Kreuz mit Jesuskorpus angehängt.

»Keinen Nachnamen«, erwiderte Boris. Wieder erntete er einen strafenden Blick seiner Mutter. »Vor einigen Tagen hat er mit jemandem telefoniert und dabei den Namen einer Frau erwähnt, der sich angehört hat wie Malowska oder so ähnlich.«

»Malowska«, wiederholte Häberle, worauf Linkohr sofort die Betrachtung des Zimmers einstellte. »Könnte es auch Malinowska geheißen haben?«

»Könnte, ja«, sagte Boris und wurde von seiner Mutter unterbrochen. »Ob mein Mann irgendwelche Liebschaften gehabt hat, wissen wir nicht. Ist mir auch egal. Wissen Sie, einem Fernfahrer wird vieles angedichtet. Manche meinen, die hätten in jeder Stadt eine Braut.«

Häberle ignorierte die Bemerkung und blieb Boris zugewandt: »Mit wem er da gesprochen hat, wissen Sie aber nicht?«

»Nö.«

»Und worum's in dem Gespräch ging, auch nicht?«

Boris zuckte mit den schmächtigen Schultern. »Er hat irgendwie gesagt, man müsse aufpassen, weil diese Frau aufgetaucht sei.«

»Wo aufgetaucht?«

Wieder Schulterzucken. »Mehr hab ich wirklich nicht gehört, ehrlich.«

Häberle nickte verständnisvoll. »Und wie war Ihr Verhältnis zu Ihrem Vater?«

Frau Seifried fuhr ihrem Sohn, der etwas antworten wollte, in die Parade: »Was soll diese Frage? Es war ein ganz normales Vater-Sohn-Verhältnis. Boris wird im Frühjahr 19, ist zwar volljährig, aber wie das halt so ist: In diesem Alter kann man noch nicht alles überblicken.«

»Mein Vater …«, begann Boris erneut, wurde aber wieder von der Mutter unterbrochen. »Du brauchst gar nicht zu sagen, dass er streng war. Das meinst du, weil's nicht immer nach deinem Kopf ging.« Sie drehte sich zu Häberle: »Jens hat ihm die Flausen von einem Studium aus dem Kopf getrieben. ›Lern ein Handwerk‹, hat Jens gesagt – und er hatte recht. Wovon hätten wir denn ein Studium finanzieren sollen? Noch dazu Geschichte, Philosophie oder gar Theologie. Das sind doch lauter brotlose Wissenschaften.«

»Gefällt Ihnen denn Ihre Handwerker-Lehre?«, fragte Häberle den jungen Mann.

Der zögerte, weil er offenbar eine neuerliche Attacke seiner Mutter fürchtete. »Gefallen nicht unbedingt«, antwortete er vorsichtig, »vor allem, wenn ich sehe, was meine früheren Schulkameraden im Gymnasium alles machen.«

»Quatsch doch nicht rum«, wurde Frau Seifried jetzt

richtig böse. »Du wirst längst gutes Geld verdienen, wenn die immer noch beim Studium rumhängen.«

Häberle fiel plötzlich etwas ein. »Belassen wir's dabei«, beruhigte er die Frau, »ich denke, dass sich meine Kollegen um das weitere Umfeld Ihres Mannes kümmern.«

»Sie haben sein Laptop mitgenommen und eine defekte Festplatte«, erwiderte sie verständnislos. »Ich weiß zwar nicht, was das soll – aber wenn's sein muss, meinetwegen.« Sie zögerte. »Was ich vergessen habe, Ihren Kollegen zu sagen: Es gab bis vor drei Wochen noch einen zweiten Laptop. Der wurde meinem Mann aber gestohlen.«

»Gestohlen?«, zeigte sich Häberle interessiert. »Wie das denn?«

»Er hat ihn immer dabeigehabt. Unterwegs. Um irgendwelche Spiele zu machen, wenn er allein auf Rastplätzen rumgehangen ist. Als er ihn dann mal in seinem Auto hier vor dem Haus liegen hatte, war er plötzlich weg.«

»Hat er den Diebstahl angezeigt?«

»Nein. Er hat sich zwar geärgert. Aber er war selbst schuld. Hatte das Auto nicht abgeschlossen.«

Häberle nickte. »Nur noch eine abschließende Frage, Frau Seifried«, fuhr er dann ruhig fort. »Welche Konfektionsgröße hatte denn Ihr Mann?«

Barbara Seifrieds Gesicht erstarrte, ihr Sohn Boris zog die Augenbrauen zusammen. Auch Linkohr verstand nicht, was diese Frage sollte.

68

Miriam Treiber überflog den Kalender des nächsten Jahres. Viel Zeit blieb ihr nicht mehr. Sie hatte ihre Dateien und Speichermedien inzwischen gründlich durchforstet. Immerhin hatte sie gelernt, wie man elektronische Spuren nachhaltig beseitigte. Vieles davon würde für immer verschwinden, anderes in sicheren Tresoren landen. Dazu zählten auch die gespeicherten Chats, bei denen es ihr gelungen war, tief in die Privatsphäre der ›Zielpersonen‹ einzudringen. ›Herkulesspanner‹ war nur einer von gut einem halben Dutzend Männern, die ihr im Fieber nächtlicher Erotik alles anvertraut hatten. All deren Versuche, sie zu einem Video-Telefonat über Skype zu bewegen, wies sie liebenswürdig, aber bestimmt zurück.

Inzwischen war sie so geschickt, dass ihr die Angeschriebenen ziemlich schnell und völlig arglos Intimstes preisgaben. Für Miriam war es ein Leichtes, all ihre Antworten darauf auszurichten und bei ihrem Gegenüber nach und nach als Idealbild einer Traumfrau zu erscheinen. Wenn sich dann der Mann spätestens beim dritten nächtlichen Chat-Kontakt ein Foto von ihr wünschte, griff sie auf ihren reichhaltigen Fundus von Frauenbildern jeglichen Typs und Alters zurück. ›Herkulesspanner‹ stand auf den Typ Domina, um die 40, sehr groß, superschlank und blond. Sie hatte mit ihm stundenlang gechattet und ihn im Glauben gelassen, in denselben Fantasien zu schwelgen wie er. Dass er ihren Namen nicht kannte und sie deshalb auch nur ›Lunaluder‹ nannte, war für sie ein Zeichen, wie sehr ihm seine Hormone den Verstand blockierten.

Vergangene Nacht hatte Miriam seinem Drängen auf ein Treffen endlich nachgegeben. Wie er aussah, wusste sie inzwischen. Er hatte ihr ein Foto gemailt – und als sie es sah, war sie überrascht. Es schien ihr, als habe sie das Gesicht schon einmal irgendwo gesehen.

Für das Treffen hatte er ein Lokal in München vorgeschlagen, zumal er dort angeblich wohnte. Ob dies stimmte, war für Miriam natürlich nicht zu überprüfen gewesen. Immerhin hatte auch sie ihren tatsächlichen Wohnort verschwiegen und behauptet, sie lebe im Raum Stuttgart. Deshalb entschied sie sich für ein Autobahn-Rasthaus. In diesen Einrichtungen, wo meist keiner den anderen kannte, war man erfahrungsgemäß am sichersten vor neugierigen Blicken.

Miriam wusste, dass sie in keiner Weise dem Ideal von ›Herkulesspanner‹ entsprach. Sie war dafür zu klein, nicht schlank genug und hatte auch keine blonden Haare. Da ihm mit den falschen Fotos eine völlig andere Frau vorgegaukelt worden war, hätte sie also jederzeit an ihm vorbeigehen können, ohne dass ihm klar geworden wäre, dass sie seine nächtliche Chatroom-Partnerin war.

Dass sie das Rasthaus Leipheim ausgewählt hatte, war kein Zufall. Dort kannte sie sich aus – und zudem lag es ganz in der Nähe ihres wahren Wohnorts.

Damit sie ihn gleich erkennen würde, sollte er um 20 Uhr im Eingangsbereich stehen und eine zusammengefaltete ›Süddeutsche Zeitung‹ in den Händen halten. Sie hatte ihm versprochen, im ›auffälligen Lederoutfit‹ zu kommen. Außerdem sei sie mit ihren langen, blonden Haaren nicht zu übersehen.

Als Miriam ihren Wagen auf dem Parkplatz abstellte, versuchte sie, sich die Aufregung des Mannes vorzustellen. Er war sicher mit großen Erwartungen hierhergekommen und nach allem, was sie sich geschrieben hatten, auf eine wilde Nacht mit ihr eingestellt – wo auch immer.

Möglicherweise hatte er bereits irgendwo in der Nähe ein Hotelzimmer reserviert.

Oder er würde ihr im Laufe des Abends vorschlagen, in nächster Zeit mit ihr zu seiner Jacht nach Porec zu fahren, von der er ihr schon mehrfach vorgeschwärmt hatte. Falls es dieses Schiff überhaupt gab. Denn nicht selten neigten die Männer im Internet nicht nur dazu, Persönliches preiszugeben, sondern auch dazu, mit Reichtum zu prahlen, der nur in ihrer Fantasie existierte. Die virtuelle Welt war voller Lügen.

Eisige Nachtluft schlug ihr entgegen, als sie das Auto per Fernsteuerung verriegelte und auf nassem Asphalt zum beleuchteten Rasthaus hinüberging. Ihr langer, grauer Mantel wurde von Windböen ergriffen. Bereits von Weitem erkannte sie, dass sich vor einem erleuchteten Fenster seitlich des Eingangs die Konturen einer Person abhoben. Das musste er sein. Sie beschleunigte ihre Schritte, als wolle sie der feuchten Kälte so schnell wie möglich entkommen. Als sie näher kam, warf sie einen flüchtigen Blick auf den Mann, der in der rechten Hand eine Zeitung hielt, die so gefaltet war, dass man den charakteristischen Schriftzug ›Süddeutsche Zeitung‹ erahnen konnte.

Miriam blickte ihn im hastigen Vorbeigehen flüchtig an und strebte der Eingangstür zu. Doch dieser Bruchteil einer Sekunde, als sie im fahlen Licht der Straßenlampe sein Gesicht aus der Nähe sah, genügte, um eine Erinnerung wachzurufen. Ihr wurde plötzlich klar, dass sie dem Mann schon einmal im ›richtigen Leben‹ begegnet war. Erst vor Kurzem. Natürlich. Sie trat in die wohlige Wärme des Innenraums, in dem die Hälfte aller Tische belegt war und vielfältiges Stimmengewirr an ihr Ohr drang.

Sie tat so, als wolle sie sich an der Theke über das Angebot von Speisen und Getränken informieren, las aber nicht, was da stand, sondern versuchte, die soeben gemachte Erkenntnis logisch einzuordnen. Was würde dies für ihr weiteres Vorgehen bedeuten? Sie musste jedenfalls eine schnelle Entscheidung fassen.

Noch stand der Mann draußen. Er hatte sie gar nicht zur Kenntnis genommen. Weshalb auch? Er wartete schließlich auf eine Blondine im engen Lederanzug. Oder er träumte davon, dass die Erhoffte im kurzen Ledermini daherkam, jetzt an diesem eisigen Spätnovemberabend.

Miriam sah auf ihre Armbanduhr. Zwei Minuten nach acht. Viel Zeit blieb ihr jetzt nicht mehr.

69

Häberle fühlte sich in diesen Tagen wie der sprichwörtliche Löwe im Käfig. Dass sich sein Geislinger Kollege Schmittke nur auf das persönliche Umfeld des ermordeten Jens Seifried beschränkte, gefiel ihm überhaupt nicht – selbst, wenn dies die Direktionsleitung so wünschte. Auch Kripo-Chef Kurz hegte seine Zweifel an dieser Vorgehensweise. Beide hatten sie deshalb noch einmal mit Direktionschef Baldachin gesprochen, doch der zeigte sich zurückhaltend, sobald Zusammenhänge mit Bleibach angedeutet wurden. »Ich stehe im engen Kontakt mit dem IM«, sagte er, um seine angeblich exzellenten Beziehungen zum Innenministerium wieder einmal hervorzuheben. »Sobald es konkrete Hinweise auf das gibt, was Sie zu erkennen glauben, haben wir eine neue Situation, auf die wir dann reagieren, wenn es so weit ist.«

Häberle und Kurz hatten sich angeblickt und erkannt,

dass ihnen als altgedienten Praktikern nichts anderes übrig blieb, als mit Fakten ihr ›Bauchgefühl‹ zu untermauern. Baldachin hatte ihnen noch eine Bemerkung mit auf den Weg gegeben: »Ich brauch Sie aber nicht daran zu erinnern, dass Sie Ihre Kompetenzen nicht überschreiten sollten.«

Was immer dies hieß.

Linkohr, der seit Tagen gegen den drängenden Wunsch ankämpfte, Joanna Malinowska endlich privat treffen zu können, hatte eine geniale Idee – wie Häberle es empfand. Der junge Kollege vereinbarte telefonisch einen Termin mit Speditionschef Michael Schlegel.

Dieser empfing die beiden Kriminalisten in seinem Büro, ließ ihnen von einer charmanten Sekretärin Kaffee bringen und rückte einen Computerbildschirm zurecht. »GPS ist eine segensreiche Erfindung«, schwärmte Schlegel. »Wir können den Standort unserer gesamten Flotte in Echtzeit verfolgen.« Er klickte mit der Maus. »Hier.« Ein Landkarten-Ausschnitt von Südspanien tauchte auf. »Der fährt gerade nach Algeciras zur Fähre nach Marokko.«

Linkohr hatte sich zuvor am Telefon danach erkundigt, inwieweit auch bereits gefahrene Routen registriert wurden. »Natürlich kann man auch sehen, wo die Flotte in den vergangenen Tagen war«, gab Schlegel Auskunft. Er klickte wieder einige Male mit der Maus, worauf sich auf dem Monitor nacheinander verschiedene Fenster öffneten. »An besagtem Dienstagabend – Sie sagen, es sei der 30. gewesen –, war Herr Seifried auf dem Weg nach München. Was auffällt …«, er ließ den Mauszeiger über die Landkarte wandern, »… er ist nicht in Ulm-West, also bei Dornstadt, von der B10 auf die A8 Richtung München abgebogen, sondern auf der B10 weiter nach Ulm gefahren. Hier …«, wieder bewegte er den Mauszeiger, »ist er dann abgebogen – zur Wissenschaftsstadt. Und dann ist er in die Weststadt hinuntergefahren. Weshalb, das entzieht sich allerdings unserer Kenntnis.«

»Er hatte dort keine Ladestelle?«, hakte Häberle nach.

»Nein. Die erste wäre in München gewesen.«

»Und was hat er in der Weststadt gemacht?«, fragte Linkohr ungeduldig.

»Er ist dort rund eine Viertelstunde im Weinbergweg gestanden und dann übers Blaubeurer Tor – das ist der große Kreisverkehr – wieder auf die B10 und zurück zur A8.«

»Er hat also einen Schlenker durch die Ulmer Weststadt gemacht«, stellte der Chefermittler fest, um sich dann vielsagend an Linkohr zu wenden. »Sie wissen, wen er dort aufgesucht haben könnte?«

Der Angesprochene schüttelte den Kopf.

»Konarek. Lars Konarek«, half ihm Häberle auf die Sprünge.

Schlegel sah die beiden Kriminalisten ratlos an.

70

Enduro Ollerichs Unruhe stieg von Tag zu Tag. Seine regelmäßigen Kontakte mit Steffen Bleibach waren auch nicht dazu angetan, ruhiger zu werden. Seit der Vernehmung durch die Kriminalpolizei hatten sie nichts mehr über die Vergewaltigungsanzeige gehört. Bleibach spielte zwar seine übliche Gelassenheit vor, doch Ollerich kannte den Mann gut genug, um zu wissen, dass er diese Belastung nicht so einfach wegsteckte. Die Kundgebungstermine ließen in der Weihnachtszeit nach und Bleibach hatte angekündigt, während des Jahreswechsels für sechs Wochen nach Australien zu fliegen, um dort unerkannt Ferien machen zu können. In Mitteleuropa wäre er vermutlich nirgendwo ungestört geblieben – viel zu sehr war sein Gesicht inzwischen bekannt.

Dass er ohne Evelyn fliegen musste, die ihm eine Vielzahl von Modeschauen und Fotoshootings während dieser Zeit aufgezählt hatte, war zwar enttäuschend gewesen. Doch dann musste er sich eingestehen, dass sie all diese Termine keinesfalls platzen lassen konnte, er hingegen aber dringend eine gewisse Auszeit benötigte. Es war höchste Zeit, für einige Wochen den Kopf freizubekommen. Er würde nach Sydney fliegen und sich dann mit einem gemieteten Auto auf eine Abenteuerfahrt ins Outback begeben, um einen alten Bekannten zu besuchen. Für die einzelnen Etappen hatte er sich Hotelzimmer reserviert.

Enduro Ollerichs Unruhe steigerte sich, nachdem er seit Tagen nichts mehr von Miriam Treiber gehört hatte – wieder einmal. Vermutlich war sie erneut in ›geheimer Mission‹ für irgendeinen Auftraggeber unterwegs, redete er sich ein. Aber dass sie sich überhaupt nicht mehr meldete, obwohl sie wusste, dass Bleibach möglicherweise bald ihren juristischen Beistand brauchte, war höchst ungewöhnlich.

Im schlimmsten Fall bedeutete die derzeitige Zurückhaltung der Polizei, dass im Hintergrund heftig ermittelt wurde. Ganz sicher sogar. Denn natürlich wurde höchstes Stillschweigen gewahrt. Ollerich sah aus dem Fenster seiner Göppinger Wohnung über die vernebelte Stadt hinweg. Plötzlich meldete sich eine innere Stimme, die ihm die Frage stellte, was denn zu tun wäre, würde die Beweislage so erdrückend, dass die Staatsanwaltschaft mit einem Haftbefehl daherkäme.

Unsinn, versuchte er sich selbst zu beruhigen. Denn um einen Richter von der Notwendigkeit eines Haftbefehls zu überzeugen, bedürfte es schlagkräftiger Indizien.

Was jedoch, bohrte seine innere Stimme weiter, hatte diese Frau bewogen, Anzeige zu erstatten? Warum jetzt, nach über 15 Jahren? Wenn sie Bleibach fertigmachen wollte, hätte sie mit ihrer Anschuldigung längst auch an die Medien gehen können. Ollerich wartete täglich auf eine entsprechende Schlagzeile in einem Boulevard-Blatt. Es war geradezu beängstigend, dass bisher nichts an die Öffentlichkeit gedrungen war. Diese Joanna Malinowska hätte für ihre Story Zehntausende von Euros einsacken können.

Ollerich öffnete das Fenster und sog die frische Luft ein. Ihm war heiß. Seit ihm dieser Speicherstick mit den mysteriösen Luftaufnahmen zugespielt worden war, lag er oft nächtelang schlaflos im Bett. Und jetzt, da man diesen Jens Seifried erschossen hatte, verspürte er eine nie gekannte Angst. Immerhin war dieser Seifried ein Kollege seines Bruders Andy, zu dem der Kontakt seit Jahren abgebrochen war. Sie hatten sich schon in der Jugend weit auseinanderentwickelt – insbesondere, nachdem Andy ausgerechnet Mitte der 70er Jahre Polizist geworden war, in einer Zeit, als in Deutschland die RAF ihren blutigen Terror verbreitete. Enduro hingegen besann sich auf seine künstlerische Ader, verstand sich auf Design und Marketing, ging keinerlei private Bindungen ein und lernte jede Menge Leute kennen, die ihm Einblick in alle Bereiche des Lebens bescherten.

Dass Andy dann doch aus dem Polizeidienst ausschied, hatte Enduro bis heute nicht begriffen. Außerdem erschien es ihm rätselhaft, was Andy beruflich trieb und wo er gerade mal wieder wohnte – vor allem aber, mit wem er zusammen war.

Ollerich unternahm den Versuch, die finsteren Gedanken zu vertreiben, indem er Miriam anrief. Dieser neuerliche Versuch schlug fehl. Weder auf dem Festnetz noch auf ihrem Handy ging sie an den Apparat. Auch keines seiner E-Mails, die er geschrieben hatte, wurde beantwortet.

Er hasste es zunehmend, dass sie tagelang abtauchte. Angeblich, um keine nachvollziehbaren Spuren zu hinterlassen. Ollerich wählte die Nummer ihrer Anwaltskanzlei, doch dort meldete sich nur der Anrufbeantworter. Sie schien wie vom Erdboden verschluckt zu sein.

Gerade als er seinen Laptop mit dem E-Mail-Programm von t-online abschalten wollte, tauchte auf dem Monitor eine neue Nachricht auf. Er zögerte kurz, weil ihm der Name des Absenders zwar bekannt erschien, er ihn aber nicht zuordnen konnte. ›Grüninger‹ stand da. Es kam über den Provider ›aol.com‹. Eine internationale Adresse, deren Besitzer überall auf der Welt daheim sein konnte.

71

»Die Tatwaffe im Fall Seifried war eine Pistole, Beretta, 9 Millimeter«, erklärte Häberle, nachdem Linkohr zu einer Kurzbesprechung in sein Büro gekommen war. »Die Beretta wird auch von Sportschützen benutzt«, fuhr der Chefermittler fort, um nach einer kurzen Pause hinzuzufügen, »aber die hier wurde noch bei keinem Verbrechen benutzt. Zumindest ist nichts davon registriert.« Die Waffenexperten des Landeskriminalamts hatten die am

Projektil festgestellten Spuren mit jenen verglichen, die in entsprechenden Dateien gespeichert waren.

»Sicher auch keine registrierte Waffe«, meinte Häberle, während er sich einem weiteren ausgedruckten E-Mail zuwandte. »Und was die Spuren auf dem Rock dieser Malinowska anbelangt«, er suchte nach einer Textstelle, »da hat sich tatsächlich eine geringe Menge Sperma gefunden. Die Kollegen meinen aber, es sei noch relativ jüngeren Datums.«

»Ach«, staunte Linkohr und verkniff sich seinen Allerweltsausdruck. »Nichts mit 15 Jahre und so?«

»Offenbar nicht. So gesehen, macht es dann auch wenig Sinn, bei Bleibach eine DNA-Vergleichsprobe einzufordern.«

»Zumindest nicht zum jetzigen Zeitpunkt. Das sehe ich auch so.«

Häberle räusperte sich und legte die Blätter beiseite. »Schmittke sagt, dass sich auf Seifrieds PC daheim nichts Brauchbares gefunden hat. Aber wir wissen ja, dass es noch einen zweiten gegeben hat, der verschwunden ist. Wenn's Spannendes gegeben hätte, dann wahrscheinlich auf diesem Rechner.«

»Hm«, machte Linkohr. »Und welch großer Computerfreak ist sein Sohn Boris?«

Häberle verschränkte die Arme vor der Brust, wie er dies immer tat, wenn er sich in Ruhe unterhalten wollte. »Er besitzt nach Angaben der Kollegen nur einen gebrauchten Laptop, fünf Jahre alt. Ziemlich ungewöhnlich für so einen jungen Kerl.«

»Er schafft zwar auf'm Bau, aber das muss ihn nicht davon abhalten, am Computer rumzuspielen«, konstatierte Linkohr.

»Immerhin«, ergänzte Häberle, »wollte der Knabe

aufs Gymnasium und studieren – was ihm der Vater nicht ermöglicht hat.«

»Und um den Kontakt zu seinen Schulfreunden zu halten, die ins Gymnasium durften, spielt er jetzt beim Musical des Mörike-Gymnasiums mit?«, resümierte Linkohr fragend.

Häberle nickte. »Und beschäftigt sich mit Barbarossa.« Bevor sein junger Kollege nachhaken konnte, fügte der Chefermittler an: »Aber politisch ist da nichts, sagt seine Mutter.«

»Apropos Barbarossa«, überlegte Linkohr. »Bleibachs Frühlingsevent soll schon terminiert sein.«

»Ja, 26. März. Tag vor der Landtagswahl. Das verheißt nichts Gutes für uns.«

»Wenn wirklich Tausende auf dem Hohenstaufen erwartet werden, kann's dort verdammt eng und ungemütlich werden.«

»Ausschreitungen? Rechnen Sie mit Demos?« Linkohr fuhr sich über den Oberlippenbart.

»Momentan halten sich Bleibachs Gegner ziemlich bedeckt. Aber irgendwann werden sie aus der Deckung kommen, glauben Sie mir. Dann kann das ziemlich schnell eskalieren.«

»Und was hört man von diesem Konarek?«

»Er hat die Polizeidirektionen zwischen Lech und Göppingen schriftlich über seinen Überlebensmarsch – oder wie man das bezeichnen will – informiert.«

»Aber wenn er dabei doch zeigen will, dass er sich ohne Hilfe der Zivilisation durchs Gelände schlagen kann, wird er doch keinen Personenschutz brauchen«, meinte Linkohr.

»Das denke ich auch. Außerdem bildet er Nahkämpfer aus.«

»Irgendwo hab ich gelesen, dass es im Team von Bleibach eine Juristin gibt«, überlegte Linkohr. »Wäre doch nicht schlecht, sie einmal über alles zu interviewen.«

Häberle war von diesem Vorschlag angetan. »Sehr gut, Herr Kollege.«

72

Georg Sander war verärgert. Schmittke flüchtete sich, wie üblich, in wortreiche Abschweifungen, ohne auch nur eine einzige klare Aussage über den Stand der Ermittlungen im Mordfall Seifried zu machen. Und bei der Pressestelle in Göppingen meldete sich mal wieder niemand – oder der Anruf wurde auf Mailbox geschaltet. Auch dem obersten Kripo-Chef Thomas Kurz war außer schönen Worten nichts zu entlocken. Und Häberle brauchte erst gar nicht befragt zu werden, weil man ihn offenbar in dieser Sache kaltgestellt hatte. So zumindest empfand es Sander, den seine Vorgesetzten Tag für Tag heftiger nötigten, einen Artikel über den neuesten Ermittlungsstand zu schreiben. Doch obwohl er sich im Laufe der Jahre viele Informationsquellen erschlossen hatte, kam er keinen Schritt weiter. Fast schon war er geneigt, den offiziellen Verlautbarungen zu glauben, wonach es keine einzige heiße Spur gab. Es wäre nicht das erste Mal in Sanders Journalistenlaufbahn, dass ein Mord ungeklärt blieb. Er musste unweigerlich an jene Herbstnacht vor vielen Jahren denken, als auf dem finsteren Parkplatz der Göppinger Tennisplätze ein Sportler aus allernächster Nähe erschossen wurde. Auch da hatte es laut Kripo nicht die geringste Spur und auch kein Motiv gegeben.

So lange die großen Medien nicht in den Fall Seifried einstiegen, konnte er in Ruhe ermitteln. Sander blätterte deshalb täglich die Stuttgarter Tageszeitungen und die Bildzeitung durch. Womöglich war er tatsächlich der einzige Journalist, der in der Sache noch recherchierte, weil ihm die möglichen Zusammenhänge mit Bleibach nicht aus dem Kopf gingen. Während sich einige seiner Kollegen in der Redaktion lautstark über die technische Seitenfolge der morgigen Ausgabe unterhielten, fahndete Sander in seinen Papiergebirgen nach einem Notizzettel, auf dem er sich vor einigen Tagen Namen und Telefonnummer von Bleibachs Manager aufgeschrieben hatte. Tatsächlich tauchte der Papierfetzen zwischen Schere, Leuchtmarker und Terminkalender auf. Sander überlegte kurz, wie er diesen Enduro Ollerich zu einem persönlichen Gespräch bewegen konnte – und wählte die Nummer. Drei Freizeichen später meldete sich Ollerich und zeigte unerwartetes Verständnis für Sanders Anliegen.

Bereits eine dreiviertel Stunde danach saßen sich die beiden Männer in Ollerichs Wohnzimmer am Göppinger Stadtrand gegenüber. Sander wiederholte noch einmal, was er bereits am Telefon gesagt hatte: Dass er im Mordfall Seifried recherchiere und es Gerüchte gebe, wonach der Ermordete mit Werbematerial für Bleibach unterwegs gewesen sei. Dies nähre die Vermutung, das Verbrechen könnte auch ›politische Dimensionen‹ haben, umschrieb Sander seinen Verdacht vorsichtig.

»Absurd«, entgegnete Ollerich, »wie ich Ihnen schon angedeutet habe, völlig absurd.« Er nahm einen Schluck Mineralwasser, worauf auch Sander zum Glas griff und trank.

»Um solche Gerüchte aus der Welt zu schaffen, bin ich hier«, log der Journalist. Eigentlich wollte er genau das Gegenteil hören.

»Dann schreiben Sie doch einfach, wie ich's Ihnen sage: Steffen Bleibach fühlt sich von niemandem bedroht.« Ollerich deutete auf einen Stapel ausgeschnittener Zeitungsartikel. »Hier, sehen Sie: Von Woche zu Woche steigt die Zahl seiner Verehrer.«

»Aber sicher auch die Zahl seiner Gegner«, gab Sander zu bedenken.

»Gegner, Gegner … Herr Sander, wenn Sie in einer bestimmten Liga spielen, müssen Sie sich ein dickes Fell zulegen. Entscheidend ist doch, ob Sie die Mehrheit der Menschen hinter sich haben.«

»Leider Gottes sind es die Minderheiten, die Anschläge planen.«

»Anschläge?« Ollerichs Stimme verriet Nervosität. »Wie kommen Sie denn darauf?«

»Na ja, in den oberen Ligen, wie Sie es nennen, ist man doch vor so was nie gefeit.«

»Eine hundertprozentige Sicherheit gibt es sowieso nicht. Denken Sie an die hirnrissigen Selbstmord-Attentäter, die in ihrem aberwitzigen religiösen Wahn glauben, für ihre Tat sofort im Paradies zu landen. Da können Sie noch so viele Personenschützer einsetzen – es wird nichts nützen.«

Sander musste dem Mann recht geben. »Aber es gibt auch Gegner, die sich gar nicht zu erkennen geben.«

Ollerich hatte wieder in die Rolle des gelassenen Managers gefunden. »Sie meinen Ausspähungen. Dass uns der Verfassungsschutz im Visier hat, ist uns auch ohne konkrete Hinweise klar. Und natürlich mögen uns gewisse Kreise aus der Wirtschaft auch nicht. Aber Sie dürfen mir glauben, Herr Sander – und das können Sie auch schreiben, wenn Sie wollen –, wir wissen genau, was läuft.«

Sander notierte sich dies wörtlich. Ein gutes Zitat, dachte er. »Vielleicht können Sie ein bisschen konkreter werden«, sagte er unterdessen. »Was läuft denn so?«

Ollerich hatte auf diese Frage gewartet. Ihm war klar gewesen, dass Sander anbeißen würde. Manchmal war es sinnvoll, über die Presse Bemerkungen zu platzieren, mit denen nur die Betroffenen etwas anzufangen wussten. »Es ist nicht nur der Verfassungsschutz, der uns beobachtet – ganz legal natürlich, das steht außer Zweifel. Es sind sicherlich auch andere in- und ausländische Nachrichtendienste, die diese Entwicklung in Deutschland verfolgen. Und ich bin mir sicher, Herr Sander, dass in die Orts- und Kreisverbände inzwischen verdeckte Ermittler eingeschleust worden sind. Alles andere wäre doch unnormal, oder?« Er lächelte überlegen.

Sander hatte auch diese Sätze mitgeschrieben. »Aber persönliche Attacken gab es noch nicht?«

»Gegen Bleibach nicht«, erwiderte Ollerich zögernd. Jetzt musste er herauskriegen, wie viel Sander bereits wusste. Möglicherweise war die Sache mit der Vergewaltigungsanzeige bereits bis zu ihm durchgedrungen. »Aber gegen mich«, fügte Ollerich deshalb schnell an.

»Gegen Sie?« Sander hatte nicht damit gerechnet.

»Ja – man hat mich vor Kurzem dort oben auf einem Parkplatz bei Hohenstaufen«, er deutete mit einer Kopfbewegung in Richtung des nahen Waldgebiets, »niedergeschlagen. Ich war beim Austreten, abends – und bevor ich eine Person sehen konnte, traf mich ein kräftiger Schlag am Kopf. Ich ging zu Boden und war für einen Moment bewusstlos.«

»Sie haben das aber bei der Polizei angezeigt?« Sander

konnte sich nicht entsinnen, eine entsprechende Meldung im Pressebericht der Polizeidirektion gesehen zu haben.

»Ja, natürlich.« Ollerich konnte sich denken, was Sander jetzt beschäftigte. »Aber wir haben Stillschweigen vereinbart. Ich konnte leider keine Personenbeschreibung abgeben, weshalb eine Öffentlichkeitsfahndung sinnlos gewesen wäre.«

»Aber es gab keine konkreten Hinweise, dass dies mit Bleibach zusammenhängen könnte?«

»Nein. Keinen einzigen.« Ollerich erklärte, dass es eine Zufallsbegegnung mit dem Täter gewesen sein müsse. »Ich möchte Sie deshalb auch herzlich bitten, dies nicht in Ihrem Artikel zu erwähnen. Ich hab's Ihnen nur der Vollständigkeit halber erzählt.«

»In Ihrem Team gibt es auch eine Rechtsanwältin aus Ulm«, wechselte Sander das Thema. »Ich habe versucht, sie in ihrer Kanzlei zu erreichen, aber dort meldet sich niemand. Haben Sie eine Ahnung, wo sich Frau Treiber derzeit aufhält?«

Ollerichs Gesicht verfinsterte sich. Er zögerte kurz, entschied sich dann aber zu einer Antwort: »Frau Treiber ist viel unterwegs – im Auftrag ihrer Mandanten. Dann schaltet sie sogar ihr Handy ab.«

»Haben Sie denn ihre Handy-Nummer?«

»Ja, natürlich. Aber verstehen Sie bitte, dass ich sie nicht rausgeben darf. Versuchen Sie's einfach später wieder auf dem Festnetz.«

Sander bohrte nicht weiter, zumal ihm Ollerich sehr kooperativ erschien und er die angenehme Atmosphäre beibehalten wollte. »Dieser Überlebenstrainer aus Ulm, Konarek oder so ähnlich, der will vor der Hohenstaufen-Kundgebung eine außergewöhnliche Aktion starten. Hat er jetzt in einer Pressemitteilung berichtet.«

»Ja, ja«, griff Ollerich das Thema auf. »Das wird eine spektakuläre Sache. Er will auf seine Weise demonstrieren, dass alles möglich ist, wenn man's nur will – und wenn man sich entsprechend darauf vorbereitet.«

»Und Sie?«, fragte Sander unerwartet schnell. »Wie stehen Sie persönlich zu Bleibachs Ansichten? Sind Sie nur der Manager oder auch ein politisch Überzeugter?«

»Wie soll ich jetzt diese Frage verstehen?« Ollerich gab sich leicht verschnupft. »Meinen Sie, man könnte solche Großveranstaltungen organisieren, wenn man nicht selbst hinter all dem stünde? Meinen Sie, ich mach dies nur als Inhaber einer Marketing- und Event-Agentur, um Geld zu verdienen?«

Sander spürte, dass er ins Fettnäpfchen getreten war. Er nickte und ging nicht auf die Fragen ein, sondern schnitt ein anderes Thema an: »Hat sich eigentlich Jens Seifried auch im Ortsverein von Bleibach engagiert?«

Ollerichs Gesicht ließ auf Verstimmung schließen. »Sie können noch so lange drumrumreden, Herr Sander, Sie werden keinen Ansatzpunkt finden, Herrn Bleibach in den Mord reinzuziehen.« Er kniff die Augen zusammen: »Und lassen Sie sich einen gut gemeinten Rat geben: Es wäre für alle Beteiligten besser, Sie würden Herrn Bleibach und mich aus der Sache ganz raushalten.«

Sander wollte etwas entgegnen, doch Ollerich kam ihm zuvor: »Und wenn ich von ›allen Beteiligten‹ spreche, dann meine ich es so, wie ich das sage. Mit ›allen Beteiligten‹ sind auch Sie gemeint, Herr Sander.«

73

Miriam Treiber war fest entschlossen, den Job aufzugeben. Allerdings lag dies nicht allein in ihrem Ermessen. Viel zu weit war sie mittlerweile in gewisse Kreise vorgedrungen, als dass sie auch künftig noch unauffällig hätte agieren können. Sie verdiente zwar gutes Geld, wenn es darum ging, untreuen Ehepartnern nachzuspüren oder Mitarbeiter irgendwelcher argwöhnischer Unternehmer zu bespitzeln –, aber all dies war schließlich nur eine vordergründige Tätigkeit, mit der sie weitaus Wichtigeres vertuschen konnte. Einerseits hatte sie sich anfangs schwergetan, als Frau Zugang zur islamistischen Szene Neu-Ulms zu finden, andererseits jedoch waren auch hartgesottene ›Gotteskrieger‹ nur Männer, die den weiblichen Reizen im Diesseits keinesfalls so abhold waren, dass sie nur auf ihre jenseitige Belohnung im Paradies warten wollten. Miriam hatte gelernt, damit umzugehen, ohne ihre selbst gesetzten Grenzen überschreiten zu müssen. Und der Erfolg gab ihr recht. Ohne überheblich zu sein, konnte sie sich rühmen, in den globalen Überwachungsnetzen ein kleines Rädchen zu sein, das auch im Kampf gegen den Terrorismus eine wichtige Rolle spielte. Inzwischen war sie sogar davon überzeugt, dass bereits in den nächsten Wochen ein großer Schlag gegen die Taliban gelingen würde. Aber bis es so weit sein würde, musste sie einige Spuren, die auf ihr Doppelleben hinweisen könnten, beseitigen. Dass Bleibach seine Großkundgebung auf Ende März terminiert hatte, passte nicht in dieses Konzept.

Sie musste in den kommenden Wochen damit beginnen, ihre technischen Anlagen im Keller abzubauen und fein säuberlich in Kartons zu verpacken. Wie man Festplatten aus Computern schraubte und versteckt gespeicherte Daten aus den Tiefen des Rechners beseitigte, hatte sie in unzähligen Lehrgängen studiert. Sie wusste, dass das Formatieren eines Datenträgers keinesfalls alles löschte. Es gab sogar Spezialisten, die einer bei Hochwasser völlig verschmutzten Festplatte noch vieles entlocken konnten. Und selbst wenn man sie in Stücke schlug, konnten mit immensem Aufwand gespeicherte Daten zumindest in Fragmenten wiederhergestellt werden. Miriam Treiber hielt sich deshalb an eine Checkliste, nach der bei der Auflösung eines Büros vorzugehen war. Glücklicherweise brauchte sie sich über den Abtransport keine Gedanken zu machen. Dieser war bestens geregelt – ebenfalls nach einem genauen, logistisch ausgeklügelten System. Denn die Empfänger ihrer jüngst versandten verschlüsselten Botschaft über die angeblich zerbrochene Kiste Barbarossawein wussten, was zu tun war.

Ohnehin würde sie nicht alles beseitigen lassen. Denn sie hatte für ihre unterschiedlichen Tätigkeiten auch verschiedene, strikt voneinander getrennte Computer benutzt. Niemand würde deshalb auf die Idee kommen, dass aus diesem Keller etwas verschwunden sein könnte. Doch das, was zurückblieb, war kein Zufall.

Trotz dieses bis ins Kleinste geplanten Vorgehens fühlte sie sich von einer inneren Unruhe gepackt. Sie hatte in den vergangenen Monaten unzählige brenzlige Situationen durchgestanden, die bereits beim kleinsten Fehler hätten tödlich enden können. Doch nun spürte sie, dass der entscheidende Schritt bevorstand, der präzise wie ein Uhrwerk ablaufen musste. Ging etwas schief, würde sie es vermutlich mit dem Leben bezahlen müssen.

74

Steffen Bleibach fühlte sich in diesen Wochen vor Weihnachten ausgelaugt. Mehr als ihm lieb war, zerrte die Ungewissheit über die Vergewaltigungsanzeige an seinen Nerven. Zwar hatte er nun mit einigen Kundgebungen im Saarland seine Deutschland-Tournee vorläufig beendet, doch so richtig freuen konnte er sich über die weiter steigende Woge der Sympathie nicht. Vermutlich war dies, was ihn daran hinderte, der vielzitierte Burnout-Effekt. Ausgebrannt. Ja, er war ausgebrannt. Selbst auf den Urlaub in Australien konnte er sich nicht richtig freuen. Schließlich musste er Evelyn ihrer Arbeit wegen zurücklassen. Sie hatte ihm in den verflossenen Wochen aus manchem seelischen Tief geholfen – auch, wenn sie sich nur sporadisch treffen konnten. Manchmal jedoch überkam ihn die Angst, seine Reden würden an Überzeugungskraft verlieren. Noch aber schien man ihm nicht anzumerken, wie seine Energie schwand. Jedenfalls hatte noch kein einziger Journalist etwas in der Richtung geschrieben – obwohl die Medien doch nur darauf lauerten, ihm eine Schwäche nachweisen zu können. Seit der Talkshow war ihm bewusst geworden, wie sehr er seine Worte auf die Goldwaage legen musste. Eine unbedachte Äußerung zu einem der Reizthemen – wie etwa Integration von Ausländern oder Recht und Ordnung im Lande – und sie würden ihn zerfleischen. Dass Joanna Malinowska noch immer nicht mit ihrer angeblichen Vergewaltigung an die Öffentlichkeit gegangen war, grenzte geradezu an ein Wunder. Oder es stand eiskalte Berechnung dahinter.

Evelyn, die an diesem kalten Dezemberabend in seine Wohnung am südwestlichen Hang des Hohenstaufens gekommen war, präsentierte sich, als wolle sie wieder die neueste Sommerkollektion vorstellen: Enges, kurzes Kleidchen, hochhackige Schuhe. Als sie den langen Wintermantel abgestreift hatte, war Bleibach für einen Augenblick sprachlos gewesen. Mit einem Schlag schien sich der Stress aufzulösen. Die klassische Musik, die dezent im Hintergrund spielte, war zusätzlich dazu angetan, die Atmosphäre zu verzaubern.

Sie setzten sich nebeneinander auf die lederne Couch, er legte einen Arm um ihre Schulter und reichte ihr mit der anderen Hand ein Glas Prosecco. »Auf uns«, sagte er und prostete ihr zu.

»Ich werde dich vermissen«, gestand er, nachdem sie einen Schluck getrunken hatten. »Sehr sogar.«

»Nimm dir einfach eine Auszeit«, hauchte sie und stupste ihm mit dem Zeigefinger auf die Nase. »Tu einfach mal nichts.«

Er wusste, dass ihm dies schwerfallen würde. »Wenn etwas Dringendes ist, kannst du dich jederzeit an meine Mitarbeiterin Iris Eschenbruch wenden.« Kaum hatte er es gesagt, bedauerte er den geschäftlichen Ton. Der Hinweis erübrigte sich ohnehin, weil sich Evelyn und Iris Eschenbruch bereits vor einem Jahr kennengelernt hatten.

Evelyn streckte ihre langen Beine aus, sodass die Absätze ihrer Highheels tief in den Teppich stachen. Bleibach drückte ihr einen Kuss auf die dezent geschminkte Wange. »Du musst mir versprechen, dass wir einmal am Tag telefonieren.«

Sie lächelte. »Du musst dann halt damit rechnen, dass ich dich aus dem Schlaf reiße.«

»Du darfst anrufen, wann du willst«, flüsterte er und strich ihr mit einer Hand über die makellose Haut ihrer Oberschenkel.

»Pass aber bitte auf dich auf«, erwiderte sie und schloss die Augen. »Australien ist voller heimtückischer Gefahren. Giftige Spinnen, giftige Schlangen.«

Er überlegte, wie sie dies meinte und inwieweit sich ihre Bemerkung tatsächlich auf derlei Getier bezog.

»Sag mal«, wechselte sie, für Bleibach unerwartet, das Thema und sah ihm forschend in die hellblauen Augen. »Dieser Typ, den du da besuchen willst, war der auch in Tübingen, damals, als die Sache mit der Malinowska war?«

Bleibach fühlte sich wie vom Donner gerührt. Die prickelnd-erotische Atmosphäre war von einer Sekunde auf die andere verflogen. Er nahm den Arm von ihrer Schulter und erwiderte ihren fragenden Blick: »Wie kommst du denn darauf? Wer sagt so etwas?«

75

Häberle hatte sich von Konarek eine Erklärung darüber erhofft, weshalb Seifried mit seinem Sattelzug zum Nahkampf-Trainingsraum gefahren war. »Das kann ich Ihnen beim besten Willen nicht sagen«, versicherte jedoch der Mann, der eine schwarze Jacke mit seinem Namensschild trug. »Ich finde das ziemlich ungeil«, ergänzte er mit jenem Ausdruck, den er gerne benutzte. »Woher soll ich wissen, ob Jens hier war – und vor allem, womit er gefahren ist?«

Häberle hatte wieder auf einem dieser unbequemen Holzstühle Platz genommen, die seinem Gewicht kaum standhielten. »Sie würden mir aber bereits weiterhelfen, wenn Sie mir sagen könnten, welche Aufgabe Herr Seifried innehatte.«

Konarek entfernte sich ein paar Schritte von der Wand, an der er gelehnt war, hüpfte aus dem Stand lässig hoch und landete mit dem Gesäß auf einem verschrammten Tisch. »Von Herrn Seifried weiß ich nicht mehr, als dass er einer meiner Kunden war. Zusammen mit Andy Ollerich hat er auch mal an einem Wochenend-Survival-Kurs teilgenommen.«

»Gehörten denn er und Andy Ollerich auch zu den Personenschützern Bleibachs, die Sie ausbilden?« Häberle behielt sein Gegenüber fest im Auge.

»Nein, ganz bestimmt nicht, Herr Häberle. Herr Seifried – und im übrigen auch sein Sohn Boris – hatten damit nichts zu tun. Und Herr Ollerich hat erst vor Kurzem zu uns gefunden. Ich hab erst später erfahren, dass er der Bruder von Enduro ist.«

»Mit dem zusammen Sie für Herrn Bleibach tätig sind«, ergänzte Häberle.

»Ja, aber das ist kein Geheimnis.« Konarek wurde misstrauisch. »Oder glauben Sie etwa, jemand von hier hätte etwas mit Seifrieds Tod zu tun?«

»Ersparen Sie mir eine Antwort«, antwortete Häberle ehrlich. »Ich bin nur bemüht, möglichen Schaden von anderen abzuwehren.«

»Schaden? Wie darf ich das verstehen?«, wurde Konarek unsicherer.

»Bei meinem letzten Besuch sagten Sie doch selbst, Sie hielten bei Ihrer Kundschaft alles für möglich. Oder erinnere ich mich ungenau?«

»Nein, natürlich nicht. Und verstehen Sie mich bitte nicht falsch, aber ich bin für das, wozu meine Kundschaft das Erlernte anwendet, nicht verantwortlich.« Er wippte mit den Beinen.

»So will ich dies auch nicht verstanden wissen«, erklärte Häberle rasch. »Es gibt allerdings inzwischen einige dubiose Vorkommnisse. Herr Seifried wurde auf dem Autobahn-Rastplatz Leipheim niedergeschlagen – und kürzlich auch Enduro Ollerich auf einem Parkplatz bei Hohenstaufen. Beide wollen keine Erklärung dafür gehabt haben. Zumindest Herr Seifried jedoch hätte sich als Nahkampf-Schüler wehren können.«

»Und was schließen Sie daraus?« Konarek gab sich betont gelassen.

»Vorläufig nichts. Nur noch eine Frage: Herr Seifried junior, dieser Boris, ist also auch Ihr Kunde?«

»Ja, wie gesagt. Boris ist talentiert. Nur schade, dass er auf dem Bau malochen muss und manchmal ziemlich abgeschlafft ist, wenn er hierher kommt. Der Kerl hätte das Zeug zum Intellektuellen. Musisch begabt, der Junge. Aber Jens hat gemeint, ein junger Kerl muss heute zuerst einen anständigen Beruf erlernen und nicht nur ›durchstudieren‹. Ja, er hat ›durchstudieren‹ gesagt. Damit meinte er wohl, dass Boris zunächst mal eine fundierte Berufsausbildung absolvieren sollte, um zu sehen, wie es in der Arbeitswelt zugehe.«

»So, wie Sie dies erzählen, scheint Boris ganz anderer Meinung zu sein.«

»Und ob, Herr Häberle!« Konarek sprang wieder vom Tisch, ging zu einem provisorischen Tresen und schenkte sich Mineralwasser ein. »Boris hätte viel lieber Geschichte oder Theologie studiert. Ich sag Ihnen, der kennt sich in der jüngeren Geschichte unseres Landes aus! Und er findet für jeden Anlass einen Spruch.« Konarek grinste. »Wenn der auf dem Bau versauert, ist uns ein großes Talent verloren gegangen.« Konarek sah die Gelegenheit gekommen, das Thema zu wechseln. »Im Übrigen muss man nicht sehr religiös sein, um zu erkennen, dass die Welt Prediger braucht.«

»Prediger«, hakte Häberle ein. »Prediger wie Bleibach?«

»Natürlich nicht«, erwiderte Konarek ruhig. »Dieses Land braucht Theologen, die den Mut haben, gegen den Strom zu schwimmen. Theologen, die politisch unabhängig sind und die Chance ergreifen, bei ihren wöchentlichen Predigten eine Botschaft rüberzubringen – und sei es, dass sie nur aus drei oder vier Kernsätzen besteht. Zu den aktuellen Themen – vor allem aber auch darüber, dass der Mensch die Schöpfung bewahren soll.«

Häberle war für einen Moment überrascht. Dann jedoch wurde ihm klar, dass das Gesagte durchaus zur Naturverbundenheit des Survival-Trainers passte, weshalb er auf das geplante Experiment zu sprechen kam: »Sie werden im März eine spektakuläre Aktion unternehmen.«

Konareks Gesicht erhellte sich. Er nahm einen Schluck Mineralwasser und setzte sich wieder auf den Tisch. »So ist es. Ich will zeigen, dass man alles schafft, wenn man's nur will und man im Einklang mit der Natur lebt. Ich möchte den Menschen ein bisschen die Augen öffnen, damit sie begreifen, dass wir alle ein Teil dieser Natur sind, die uns alles bietet, was wir zum Leben brauchen. Und dass wir sie nicht zerstören dürfen. Vor allem auch nicht mit unsichtbaren Giften.« Er legte eine kurze Pause ein. »Wie etwa mit Radioaktivität. Aber unsere schöne Regierung hat ja gerade erst die Laufzeiten der Kernkraftwerke verlängert. Ich sage Ihnen, Herr Häberle: Das wird diesen Politikern das Genick brechen. Eines Tages wird etwas geschehen – vielleicht ein Zeichen des Himmels –, was allen, die jetzt diese Höllentechnik vergöttern, einen furchtbaren Denkzettel verpasst.«

Häberle war sichtlich irritiert. »Wie darf ich das denn verstehen?« Er überlegte, ob sich hinter Konareks Bemerkung nur philosophische Gedanken verbargen oder ob es eine versteckte Botschaft sein sollte.

Konarek hatte die Wirkung seiner Worte gespürt, weshalb er sofort Argumente nachschob: »Man kann doch nicht so blauäugig sein und meinen, die Menschheit würde über Hunderte oder Tausende von Jahren hinweg etwas beherrschen können, das nur durch komplizierteste Technik nicht außer Kontrolle geraten kann. Herr Häberle, denken Sie an Tschernobyl, denken Sie an Three Miles Island – und dann zählen Sie all die verheimlichten Beinahe-Katastrophen hinzu, von denen wir nur so viel erfahren haben, wie es der berühmten Spitze des Eisbergs entspricht, dann können Sie heute schon abwarten, bis der Super-GAU irgendwo passiert.«

Häberle nickte. Der Mann hatte natürlich recht. Vielleicht ergab sich irgendwann mal die Gelegenheit zu einem ausführlichen Gespräch. Jetzt aber lag ihm noch eine andere Frage am Herzen: »Ich weiß ja nicht, inwieweit Sie in Herrn Bleibachs Umfeld involviert sind. Aber da spielt seit geraumer Zeit eine Dame eine Rolle, die uns gewisse Rätsel aufgibt.«

Konarek lächelte. »Damen spielen bei uns Männern immer eine Rolle.«

Der Chefermittler ließ sich nicht ablenken. »Mich würde interessieren, ob Ihnen der Name vielleicht ein Begriff ist. Sie heißt Malinowska. Joanna Malinowska.«

Konarek stutzte. »Malinowska?« Er schlug die Beine übereinander und stützte sich mit den Armen auf dem Tisch ab. »Ist das die auffällige Blondine?«

»So könnte man sie beschreiben, ja.« Häberle sprach ruhig und verbarg damit seine Überraschung.

»Sie hat vorigen Sommer ein paar Trainingseinheiten genommen. Wieso – was ist mit ihr?«

»Nur eine Randfigur«, log Häberle souverän. »Und nach dieser Trainingseinheit ist sie wieder verschwunden?«

»Nicht ganz. Sie hat noch an einem Survival-Wochenende teilgenommen. Ich hab's Ihnen ja schon erzählt: Leben in der Wildnis sozusagen.«

»Ach«, staunte Häberle jetzt doch. »In einer Gruppe?«

»Natürlich in einer Gruppe. Fast nur Damen waren das damals. Anfang Oktober, wenn ich mich richtig entsinne. Ziemlich unangenehmes Wetter.«

»Darf ich fragen, wer die anderen waren?«

»Müsste ich in der Kartei nachsehen. Aber falls Sie Personen aus Herrn Bleibachs Umfeld interessieren, da fällt mir spontan nur eine ein. Und ich sag Ihnen, wer es ist, wenn Sie versprechen, Ihre Quelle für sich zu behalten.«

»Versprochen«, erwiderte Häberle.

»Es ist die Iris Eschenbruch. Die Leiterin von Bleibachs Berliner Hauptstadtbüro.«

Häberle war geplättet.

76

Es war einer der letzten Termine, die Bleibach vor seinem Abflug nach Australien wahrnahm. Das Team seines Berliner Hauptstadtbüros hatte Vertreter aller Kreis- und Ortsverbände zu einer Tagung nach Bonn eingeladen. Der

Tagungsort war bewusst gewählt worden – zum einen, weil er einigermaßen zentral lag und zum anderen, um sich von den Regierenden in Berlin abzuheben. Das World Conference Center im ehemaligen Plenarsaal des einst neu gebauten Bundestags bot den Delegierten, die aus der ganzen Republik angereist waren, genügend Platz. Zu einer öffentlichen Veranstaltung, die auf den frühen Abend terminiert worden war, hatten sich mehr als 50 Radio- und Fernsehstationen sowie weit über 100 Journalisten der Printmedien angemeldet. Sie warteten gespannt auf Bleibachs Resümee, das er nach der nichtöffentlichen Tagung vor den Kameras und Mikrofonen ziehen wollte. Immerhin würde es das erste Mal sein, dass er vor den Delegierten der Ortsverbände auftrat. Nie hätte er es für möglich gehalten, dass sich so schnell so viele ehrenamtliche Funktionäre finden würden, um in allen 323 Landkreisen dieser Republik Fuß fassen zu können. Aber der Zulauf war ungebrochen – und schon gab es in jedem Bundesland Dachorganisationen. Auch das Spendenaufkommen wuchs täglich. Die Menschen waren bereit, ihren Obolus für eine gerechtere Welt beizutragen. Natürlich schalten ihn einige Medien als ›Sektenführer oder positionierten ihn gar in der Nähe des gerade erst ausgerufenen Fantasiestaates ›Germanitien‹, dessen Anhänger eine Weltanschauung verbreiteten, die sich an Bleibachs Idealen orientierte. Mochte es auch Parallelen geben, so betonte Bleibach aber immer wieder, dass er keinen neuen Staat ausrufen, sondern die Republik mit demokratischen Mitteln gerechter machen wolle.

Er hatte sich einen ganzen Tag Ruhe gegönnt, war an der Rheinpromenade gejoggt, hatte anschließend im Hotel heiß gebadet und sich dabei mental auf die Tagung vorbereitet. Er versuchte, alles hinter sich zu lassen, was die letzten Wochen an seinen Nerven gezerrt hatte. Heute war so etwas wie der Höhepunkt seiner monatelangen Kundgebungs-Tournee. Die Augen des ganzen Landes waren auf ihn gerichtet. Er durfte keine Schwäche zeigen, musste konzentriert sein, die Worte sorgfältig abwägen und alle Fallstricke erkennen, die ihm die Medien auslegen würden. Nicht auszudenken, wenn jetzt die Bombe mit der Vergewaltigungsanzeige platzen würde.

Umso zufriedener nahm er zur Kenntnis, dass der nichtöffentliche Tagungsteil in einer sehr harmonischen Atmosphäre verlief. Bereits als er den Saal betreten hatte, war Beifall aufgebrandet. Er hatte gewunken, Hände geschüttelt, sich für die herzliche Begrüßung bedankt und sich dann auf den reservierten Platz in der ersten Tischreihe gesetzt, wo ihn die Vorsitzenden einiger Landesverbände willkommen hießen. Er kannte sie längst nicht alle beim Namen, doch ließen die Tischkärtchen auf ihre Funktionen schließen. Als ihn Iris Eschenbruch, die den Vorsitz hatte, offiziell vom Rednerpult aus begrüßte, gab es minutenlang stehende Ovationen. Bleibach stand auf, verbeugte sich artig nach allen Richtungen und winkte mit beiden Armen. Weil der Beifall nicht enden wollte, versuchte die Vorsitzende, sich Gehör zu verschaffen: »Steffen Bleibach wird später persönlich zu Ihnen sprechen.« Noch immer Beifall, noch immer winkte Bleibach in die Menge. Dann entschied er sich, spontan einige Sätze zu sagen. Im Laufschritt spurtete er die Stufen zur Bühne hinauf, wo ihm Iris den Platz am Mikrofon freigab. »Liebe Freunde«, sagte er, »ich bin überwältigt. Ich danke euch allen, dass ihr gekommen seid. Dass ihr mich so fantastisch unterstützt habt. Ihr wisst, dass ihr das tut, um uns allen eine bessere Zukunft zu schaffen. Ich bin nur euer

Sprecher – mehr nicht. Es geht nicht um die Macht eines Einzelnen, sondern um jeden von uns, vor allem aber ums ganze Land. Deshalb sind wir heute zusammengekommen. Nur wenn wir zusammenstehen, liebe Freunde, uns nicht auseinanderdividieren lassen, dann wird sich etwas ändern. Und glaubt mir: Die Zeit ist reif.« Ohrenbetäubender Beifall folgte. Bleibachs »Danke« war nicht mehr zu hören. Er eilte winkend zu seinem Platz zurück, während Iris Eschenbruch in den abebbenden Beifall hinein ihre Begrüßung fortsetzte, sich bei den Gästen für die Anreise und das Engagement für die Bleibach-Bewegung bedankte und dann einige Formalitäten erledigte, die bei Tagungen immer abgehakt werden mussten. Ein Mitarbeiter aus dem Berliner Team erläuterte den Aufbau der Orts- und Kreisverbände und bezifferte unter dem tosenden Beifall der Besucher die Zahl der eingetragenen Mitglieder auf inzwischen fünf Millionen. »Und dies innerhalb eines Jahres«, fügte der ergraute Endfünfziger hinzu. »Wer jetzt noch von einem Strohfeuer spricht, das bald erlöschen wird, der hat die Zeichen der Zeit nicht erkannt. Denn diese Menschen, die sich als Mitglieder eingetragen haben, sind sogar bereit, freiwillig einen jährlichen finanziellen Beitrag zu leisten, dessen Höhe, wie wir alle wissen, im Ermessen jedes Einzelnen steht. Liebe Freunde«, er ließ seinen Blick über die Menschen im Saal streichen, »wenn jemand freiwillig Geld gibt, muss er in der heutigen Zeit von einer Sache felsenfest überzeugt sein.« Wieder brandete Beifall auf. »Fünf Millionen Mitglieder«, wiederholte er, »das ist mehr als zehn Mal so viel, wie jede der angeblich großen Altparteien derzeit hat.«

Im Laufe des Vormittags kamen Vertreter der Landesverbände zu Wort. Sie berichteten über Werbeveranstaltungen und ihre Erfahrung mit dem Aufbau örtlicher

Strukturen. Nicht jeder von ihnen, so stellte Bleibach insgeheim fest, hatte das Zeug zum Redner. Mit Spannung erwartete er nun den zweiten Teil der Tagung, bei dem es um Inhalte und künftige Ausrichtung der Bewegung gehen sollte. Zwar hatte Bleibach mit seinem Berliner Team, das inzwischen auf über 30 Personen angewachsen war, bereits vor Monaten eine Art Orientierungsprogramm ausgearbeitet. Doch vielfach blieb es bei eher oberflächlich gehaltenen Absichtserklärungen. Bleibach war längst klar geworden, dass es konkreter Formulierungen bedurfte, um sich auch gegen die zunehmend kritischen Kommentare der Medien behaupten zu können.

»Wir dürfen gleich gar nicht erst das Image einer Stammtischparolen-Partei aufkommen lassen«, forderte deshalb ein Redner aus Schleswig-Holstein. Und ein junger Mann aus Hessen fügte an: »Hüten wir uns aber davor, die Leute mit Versprechungen ködern zu wollen, die wir nie werden einlösen können. Ich will keinen Ton von pauschalen Steuersenkungen hören. Das wäre völlig unseriös. Außerdem würde es uns ja eh keiner mehr glauben – nach allem, was die bisherigen Parteien zu diesem Thema getönt haben.«

Bleibach machte sich Notizen. Es war dringend geboten, die Bewegung nicht durch Detaildiskussionen zu gefährden. Wie überall, das war ihm klar, gab es unterschiedliche Strömungen, bisweilen natürlich auch Profilneurotiker, die in Schach gehalten werden mussten. Während er solchen Gedanken nachhing, bemerkte er nicht, dass sich ihm ein Angestellter des Konferenzzentrums näherte. Er wurde erst auf ihn aufmerksam, als ihm dezent ein Kuvert auf den Tisch gelegt wurde. Bleibach nickte dem dunkel gekleideten Mann verwundert zu, der sich wortlos wieder entfernte. Während am Rednerpult eine junge Frau mit schriller Stimme die Forderung erhob, auch die Gleichstellung der Geschlechter in ein künftiges Parteiprogramm aufzunehmen, öffnete Bleibach das nicht zugeklebte Kuvert. Es enthielt den Ausdruck eines E-Mails, das mit der Bitte um Weiterleitung an Bleibach an das Konferenzzentrum gerichtet war. Der Absendername stach ihm sofort ins Auge: ›Anti-Bleibach‹ mit rumänischer Landeskennung. Die Botschaft bestand nur aus einer einzigen Zeile: ›1. Korinther 15.33‹. Bleibach faltete das Papier sofort wieder zusammen und steckte es in die Innentasche seines Jacketts, nachdem er bemerkt hatte, dass sein Sitznachbar auch gerne mitgelesen hätte.

Es dauerte noch eine endlose halbe Stunde, bis Iris Eschenbruch eine Kaffeepause ankündigte und Bleibach sofort den Saal in Richtung Toiletten verlassen konnte. Noch bevor dort der übliche Ansturm einsetzte, verschwand er in einer verschließbaren Kabine – dem einzigen Ort, an dem er ungestört sein konnte. Er fingerte sein iPhone aus dem Jackett und loggte sich drahtlos ins Internet ein, um bei Google ›Korinther 15‹ einzugeben. Augenblicke später hatte er unter dem Stichwort-Treffer ›Der erste Brief an die Korinther‹ das gesuchte Zitat gefunden. Er zog den Text mit Zeige- und Mittelfinger auf dem Touchscreen-Monitor größer und las: ›Lasst euch nicht irreführen. Schlechter Umgang verdirbt gute Sitten.‹ Er überflog das Zitat noch einmal, um es sich einzuprägen, schaltete das iPhone ab und steckte es wieder ein. Dann riss er ein paar Blätter von der Toilettenpapierrolle und drückte die Spülung, um den Männern, die draußen an den Urinalen standen, etwas vorzutäuschen, was er nicht getan hatte. Er wartete noch ein paar Sekunden, verließ dann die Kabine, grüßte die Umstehenden freundlich und wusch sich die Hände. Dabei riss ihn eine Stimme hinter ihm aus den Gedanken: »Haben Sie eigentlich keine Angst – so ganz ohne Aufpasser aufs Klo zu gehen?« Der Dialekt verriet Berliner Abstammung.

Bleibach schaute in den Spiegel, um den Fragesteller zu sehen. Es war ein stoppelhaariger Pulloverträger, Mitte 30 vermutlich. »Wieso sollte ich?«, fragte Bleibach selbstbewusst und wandte sich zum Warmluftgebläse des Händetrockners. »Wir sind doch heute unter uns.«

»Na ja – nun vergessen Se mal nich, dass es überall Menschen jibt, die enem andern was Böses woll'n.«

Ein älterer Herr, der von den Urinalen kam, mischte sich spontan ein: »Ich an Ihrer Stelle wäre lieber vorsichtig. Woher wollen Sie denn so sicher sein, dass wir keine Verräter in unseren Reihen haben?«

Bleibach musste an das denken, was er gerade gelesen hatte: ›Lasst euch nicht irreführen‹.

77

Dass Joanna Malinowska am Telefon ein Hotel als Treffpunkt vorgeschlagen hatte, ließ Linkohrs Blutdruck in die Höhe schnellen. Ein Treffen im Hotel klang schließlich vielversprechend – nicht nur des kulinarischen Angebots wegen, sondern auch dank der Möglichkeiten, die sich im Anschluss an das Essen dort boten. Doch dann hatte Joanna deutlich gemacht, dass es ihr nur um das Ambiente, die intime Atmosphäre und die gute Küche ging. Linkohr hatte sich von ihr erklären lassen, wie er das Hotel ›Am Berg‹ in Temmenhausen finden würde. Der Ort, der auf der Schwäbischen Alb in Sichtweite zur

Autobahn A8 lag, knapp zehn Kilometer vor Ulm, war ländlich geprägt. Das Hotel schmiegte sich am Ende einer Wohnstraße an den sanft ansteigenden Hang und bot an diesem frühen Nachmittag einen herrlichen Blick über die mit Schnee überzuckerte Hochfläche hinweg.

Beim Betreten des Hotels fiel Linkohr das alte Zifferblatt einer Kirchturmuhr auf, das rechts neben der kleinen Rezeption an der Seitenwand angebracht war. Nebenan im Restaurant, in dem sich nur wenige Gäste aufhielten, war Joanna nicht zu übersehen. Sie hatte bereits an einem Vierertisch Platz genommen und ihre große schwarze Handtasche auf einen der drei freien Stühle gelegt. Ihre Kleidung war dem Wetter und der ländlichen Örtlichkeit angepasst und deshalb weniger freizügig als beim letzten Mal. Linkohr reichte ihr zur Begrüßung die Hand und war sich unschlüssig, ob er Joanna jetzt freundschaftlich umarmen sollte. Obwohl sie ausführlich miteinander telefoniert und sich inzwischen geduzt hatten, erschien es ihm aber sicherer, vorerst Distanz zu wahren. Mehrfach hatte er ihr erklärt, dass sein Interesse an ihr rein privater Natur sei. Auch war sie mit seinem Vorschlag einverstanden gewesen, kein Wort über Bleibach oder die angebliche Vergewaltigung zu verlieren.

Er nahm auf dem freien Stuhl ihr gegenüber Platz. Sie bestellten Rotwein, studierten die Speisekarte und alberten über die samstägliche Weihnachtshektik, die allerorten ausgebrochen war. Nachdem sie sich für schwäbische Gerichte entschieden hatten, knüpfte Joanna an die gegenseitigen Sticheleien an, die sie am Telefon über ihrer beider Single-Leben begonnen hatten. »Und jetzt wendest du dich älteren Semestern zu«, kokettierte sie mit ihrem Alter. Schlagartig wurde Linkohr wieder bewusst, dass sie mehr als zehn Jahre älter war als er. Bisher waren seine Freundinnen stets deutlich jünger gewesen.

»Ach«, wehrte er ab. »Du siehst aus wie 30 und bist eine erfahrene Frau.«

Sichtlich geschmeichelt, prostete sie ihm mit dem Weinglas zu. »Du bist so herrlich süß.« Ihr hart rollendes ›R‹ wollte so gar nicht zu dem zärtlichen Klang ihrer Stimme passen. Als sie das Glas wieder abgestellt hatte, fasste sie ihn am Arm und hauchte: »Wir könnten mal zusammen Urlaub in Polen machen.«

Linkohrs Herz begann plötzlich wie wild zu rasen. Urlaub? Urlaub mit Joanna? Nie zuvor hatte ihm eine Frau vorgeschlagen, gemeinsam Urlaub zu machen. Tausend Gedanken jagten ihm gleichzeitig durch den Kopf. Bisher waren sie sich doch nur durch ein paar Telefonate nähergekommen – und schon war sie bereit, mit ihm den Urlaub zu verbringen? Sie hielt offenbar nichts von langem Vorgeplänkel. Warum auch?, fragte ihn seine innere Stimme. Sie hatten doch in ihren Telefonaten und E-Mails festgestellt, dass sie auf der gleichen Wellenlänge lagen. Andererseits war es jetzt Dezember, und für einen Urlaub in Polen sollte es besser Frühling sein.

»Ich wäre total begeistert, wenn das klappen würde«, sagte er leise. »Weißt du, ich glaube, wir beide haben dieselben Vorstellungen von Partnerschaft.«

»Mhm«, machte sie und strich ihre langen Haare zurück. »Aus Erfahrung wird man klug, sagt man doch, oder?«

»Oh ja, du hast vielleicht schon mehr Zeit gehabt, Erfahrungen zu sammeln, – ich zwar weniger, aber ich sag dir, mir reicht's. Entweder fall ich immer auf den gleichen Typ Frau herein, oder ich bin derjenige, der alles vermasselt.«

»Welcher Typ Frau ich in deinen Augen bin, weiß ich

natürlich nicht. Aber …«, sie grinste, »ich gehör immerhin einer älteren Kategorie an.« Sie strich ihm zärtlich über den Unterarm und fügte hinzu: »Mit allen Vorzügen.«

Er wusste, was sie meinte. Sie hatten sich über ihre Vorlieben per E-Mail ausgetauscht. Und nie zuvor war Linkohr mit seinen Äußerungen über sich und seine Wünsche so weit gegangen wie in diesen Schreiben. Einige Male war er über sich selbst erschrocken gewesen, dass er dieser Frau seine intimsten Träume geradezu hemmungslos verriet. Doch mit jedem Mail, das von ihr zurückkam, spürte er mehr Verständnis dafür. Natürlich wusste er, dass er einen schmalen Grat beschritt und mit all dem, was er ihr schrieb, auch angreifbar werden würde. Vielleicht sogar erpressbar. Aber dann überwogen wieder die Gefühle, die den Verstand energisch in Grenzen wiesen.

Als der sympathische Wirt das Essen servierte, unterbrachen sie ihr Gespräch über Alter und Liebe. Sie ließen sich ihren Rostbraten munden und genossen gleichzeitig die Aussicht. »Wie Urlaub«, meinte Linkohr, um wieder an ihr vorheriges Thema anzuknüpfen.

»Stimmt, Mike«, erwiderte sie und prostete ihm augenzwinkernd zu. »Auf Polen.«

»Auf Polen.« Nie hätte er gedacht, sich einmal auf einen Urlaub in Polen freuen zu können. Seine Ziele lagen bisher eher im Süden. Gardasee, Lago Maggiore, Adria. Nun versuchte er sich vorzustellen, wie er mit einer 40-Jährigen durch Warschau bummeln würde. Einer 40-Jährigen, die in der Lage war, ihn völlig verrückt zu machen. Ihn, den knapp 30-Jährigen, der bisher gedacht hatte, solche Frauen würden sich überhaupt nicht für ihn interessieren. Doch sie gab ihm das Gefühl, voll und ganz auf ihn zu stehen.

Nachdem die Teller abgeräumt waren, griff sie zu ihrer

Handtasche, die links neben Linkohr auf dem Stuhl lag. »Ich muss dir mal was zeigen.« Sie beugte sich herüber, zog den Reißverschluss der Tasche auf und kramte darin herum. Schließlich förderte sie ein buntes Heftchen zutage, das folienartige Einschübe enthielt, in denen kleine Fotos aufbewahrt werden konnten. »Hier«, sie öffnete es und legte es ihm vor. »Das ist Polen.« Von der leicht hügeligen Landschaft, die nahezu das ganze Bild ausfüllte, nahm Linkohr zunächst nichts zur Kenntnis. Sein Blick fiel auf Joanna, die am rechten äußersten Bildrand in sommerlichem Outfit zu sehen war: Sie trug ausgefranste, kurze Jeans und ein eng anliegendes ärmelloses T-Shirt.

Joanna bemerkte, wo Linkohrs Interesse lag. »Das ist Polen«, wiederholte sie, um ihn vollends zu verwirren.

»Und das da bist du«, sagte er spontan. »So hab ich mir Polen immer vorgestellt.«

»Ja, ich weiß«, flüsterte sie, beugte sich über den Tisch zu ihm und grinste. »Heiße Weiber, die nur darauf aus sind, sich einen Kapitalisten aus dem Westen zu schnappen. Und andersrum lauter geile Männer, die sich frisches Fleisch anlachen wollen.«

»So ungefähr«, gab er ebenso grinsend zurück. »Nur muss ich dich enttäuschen. Ich bin zwar ein Wessi, aber kein Kapitalist.«

»Aber geil auf frisches Fleisch – auch wenn's schon leicht gealtert ist«, entgegnete sie keck und befeuchtete sich mit der Zunge ihre Lippen.

Linkohr blätterte zum nächsten Foto: Joanna in ihrer vollen weiblichen Größe vor einem Brunnen – im Gegenlicht der Sonne. Ihre blonden Haare strahlten.

»Wow!«, entfuhr es dem Jungkriminalisten.

»Ist in Warschau – falls dich das Drumrum auch interessiert«, lästerte sie.

Auf den nächsten Fotos posierte sie stets in derselben Kleidung – mal näher, mal weiter entfernt-, vor Blumenbeeten oder Bauwerken. »Du siehst wirklich unglaublich aufregend aus«, stammelte er verlegen. Er konnte es immer noch nicht glauben, dass sich diese Frau für einen kleinen Kriminalisten aus der schwäbischen Provinz interessierte. Mein Gott, dachte er, was wären das für heiße Tage in Polen.

Er gab ihr das Heftchen wieder zurück, worauf sie die beiden Hälften der Handtasche weit auseinanderzog, um es wieder verstauen zu können. Linkohr sah ihr dabei, völlig der Realität entrückt, eher beiläufig zu. Doch als sie gerade das Fotoheftchen wieder in der Tasche vergrub, riss ihn eine Beobachtung gnadenlos in die Wirklichkeit zurück. Sein Herzschlag beschleunigte sich noch einmal. Krampfhaft zwang er sich, den Blick abzuwenden und so zu tun, als habe er nichts gesehen. Doch es gab gar keinen Zweifel: In Joannas Handtasche befand sich eine Pistole.

War der Traum schon zu Ende? Hatte sie ihn in eine Falle gelockt? Durch sein Gehirn jagten Tausende Fragen.

78

Bleibach hatte sich für die Weihnachtszeit nicht mehr viel vorgenommen. Die einzige Kundgebung, die terminiert war, fand im Musiktheater Füssen am Forggensee statt. Einst erbaut für das Musical-Theater Neuschwanstein, war es jetzt ein renommierter Veranstaltungsort. Die hinter Füssen hochragenden Berge boten eine eindrucksvolle Kulisse. Als Bleibach vor der Halle von den Mitgliedern der Ortsgruppe begrüßt wurde, wünschte er sich, hier einmal bei einer Freiluft-Veranstaltung reden zu können. Doch an diesem eiskalten Dezembertag war es natürlich angebracht, dass die Kundgebung im Innern stattfand. Als ihn ein junger Schnauzbartträger mit feinstem oberbayerischen Dialekt willkommen geheißen hatte, brandete in dem vollbesetzten Saal der gewohnt frenetische Beifall auf.

Bleibach hatte sich für diesen Abend vorgenommen, auf das nahende Weihnachtsfest und den damit verbundenen Kommerz einzugehen. Nachdem ein Teil der politischen Aussagen abgehandelt war – wie immer emotional und voller Energie vorgetragen –, schob er eine neue Passage ein, wie er dies in jüngster Zeit aus aktuellen Anlässen immer häufiger tat:

Liebe Freunde, ist euch eigentlich bewusst, wie viele der Weihnachtsgeschenke, die unter eurem Christbaum liegen werden, noch hierzulande produziert wurden? Ich würde mal sagen, es sind keine zehn Prozent. Jedenfalls hat dieses Land – und nicht nur dieses, sondern ein Großteil der westlichen Welt – auch die USA – die Produktion und das damit verbundene Wissen, also die Innovationen, die dahinterstecken, nach China vergeben, zumindest aber nach Südostasien: Eure Kleidung – sie kommt aus Vietnam oder Thailand. Elektronik und andere Gerätschaften – produziert in China. Dabei lassen wir uns blenden von dem, was auf der Verpackung steht. Oder von vertrauten Firmennamen, die jedoch nur suggerieren sollen, es handle sich um wohlvertraute Marken, aber die sind oftmals millionenschwer von der Erbengeneration der Unternehmen ins Ausland verscherbelt worden. Damit wurde der Profit für eine Marke eingesackt, die durch der Hände Arbeit eurer Väter und Großväter zu Weltruhm erlangt ist. Nur wenn es sich nicht umgehen lässt, steht heute irgendwo ganz klein der wahre Herstellungsort drauf. Und der große Ausverkauf, liebe Freunde, ist noch lange nicht beendet. Die Karawane der Wirtschaft zieht weiter – und wenn die Löhne in China steigen, dann weiter, bis in den entlegensten Winkel der Erde. Weil man dort angeblich so billig produzieren kann und weil die Transportkosten trotz steigender Energiepreise noch immer nicht ins Gewicht fallen. Manche Unternehmer rühmen sich damit, streng darauf zu achten, dass die arbeitsrechtlichen Vorschriften des jeweiligen Landes – ich betone: des jeweiligen Landes – eingehalten würden. Wenn dort natürlich Dumpinglöhne üblich sind, wenn Fabrikhallen drückend heiß und nicht klimatisiert sind, wenn Toilettengänge reglementiert sind und es praktisch keinen Urlaub gibt, dann kann das durchaus landesüblich sein. Jetzt wird man damit argumentieren, auf diese Weise würden in diesen sogenannten Drittländern Arbeitsplätze geschaffen und die Bevölkerung in Lohn und Brot gesetzt. Die Frage muss aber erlaubt sein, unter welchen Bedingungen dies geschieht. Und immer erfolgt dies mit dem Blick auf die Konkurrenz und dem Hinweis: Wenn wir's nicht tun, dann tun's die. Und schon kommt diese unheilvolle Spiralbewegung in Gang, die uns in den Strudel von China hinabzieht. China ist ein Beispiel dafür, liebe Freunde, wie wenig sich die Wirtschaft um ein politisches Regime kümmert. Hauptsache, es dient zur Gewinnmaximierung – egal, ob in solchen Ländern das Menschenrecht mit Füßen getreten wird. Mir kommen ja beinahe die Tränen, wenn ich ein renommiertes schwäbisches Unternehmen sehe, das bisher mit seiner Pro-

duktpalette Weltruhm erlangt hat, nun aber dieses einstige Kerngeschäft vollständig nach China verlagert hat –, wenn dieses Unternehmen nun den hiesigen entlassenen Mitarbeitern weismacht, damit sei es möglich, wenigstens noch einen Teil der Belegschaft in Deutschland zu halten. Danken wir also unseren Unternehmern, dass sie es auf sich nehmen, nach China zu gehen, um noch ein bereits morsches Standbein in Deutschland zu erhalten.«

Bleibach wurde von Beifall unterbrochen. Doch er konnte noch bissiger und ironischer werden.

»Dass die Unternehmen dafür auch noch Steuervergünstigungen herausschlagen, weil sie natürlich mit einem Heer von Juristen und Betriebswirtschaftlern scharf an der Grenze zur Legalität alles ausschöpfen, was es an Subventionen und Abschreibungen gibt, sei ihnen selbstverständlich gegönnt – auch wenn dieser Staat auf diese Weise um Milliardenbeträge geprellt wird, die ansonsten für soziale Zwecke zur Verfügung stünden. Uns bleibt aber nichts anderes übrig, als diese Auslandsware zu kaufen – und zwar zu weit überhöhten Preisen. Es soll Hemden geben, die kommen für sieben oder zehn Dollar von Ägypten nach Europa und werden hier als Markenartikel für nahezu das Zehnfache verkauft. Doch der arme Arbeiter, der in einem Hinterhof von Kairo schuftet, wird mit ein paar wenigen Cent abgespeist. Auch wenn ich es gerne täte, dazu aufzurufen, nur deutsche oder zumindest EU-Produkte zu kaufen – es würde keinen Sinn machen. Denn es gibt kaum noch Ware, die wirklich in Europa produziert wird. Es bleibt uns also nichts anderes übrig, beim Hemden-, Hosen-, Jacken- und Blusenkauf indirekt irgendwo auf der Welt fragwürdige Regime zu unterstützen.«

In den aufkommenden Beifall mischten sich vereinzelte Pfiffe. Ein junger Mann aus der dritten Reihe formte seine Hände vor dem Mund zu einem Oval, um seine Stimme nach vorne zu lenken: »Nazi, Nazi!«, rief er so laut, dass Bleibach es deutlich hören konnte. Er erschrak darüber. Es war das erste Mal, dass es zu Missfallensäußerungen kam.

Aber nun würde er ja für einige Wochen ans andere Ende der Welt verschwinden.

79

Georg Sander hatte sich vorgenommen, zum Jahreswechsel über die festgefahrenen Ermittlungen im Mordfall Seifried zu berichten. Sein neuerlicher Versuch, über Häberle aktuelle Informationen zu erhalten, schlug fehl. »Ich kann Ihnen dazu beim besten Willen nichts sagen. Das ist nicht mein Fall«, hatte ihm der Chefermittler versichert und angedeutet, dass dies »von höherer Stelle« so angeordnet sei. »Aber schreiben Sie ja nicht, dass ich dies so gesagt habe«, ermahnte er den Lokaljournalisten, »und denken Sie dran, Herr Sander: Die Sache ist verdammt heiß. Davon bin ich überzeugt.«

Ein Hinweis, der jeden echten Journalisten zu weiterer Recherche anspornen musste. Sander war davon überzeugt, dass auch Häberle dies wusste und die Bemerkung deshalb ganz gezielt gemacht hatte. War's vielleicht eine Art Hilfeschrei, mit dem Häberle die Öffentlichkeit auf den Fall aufmerksam machen wollte? Sander hatte seinen Beruf erlernt, als auch in der Provinz noch genügend Zeit vorhanden war, um ausgiebig und aufwändig zu recherchieren. Er hoffte inständig, dass ihm ein bisschen davon noch bis zum Rentenalter bleiben würde. Die nachfolgenden Journalisten-Generationen wurden nur auf Schnelligkeit getrimmt. Die Folge war mittelmäßige Oberflächlichkeit.

Dass es ihm gelang, Boris, den Sohn des Ermordeten, zu einem Gespräch zu treffen, empfand Sander als persönlichen Erfolg. Er hatte zuerst mit der Mutter und dann mit ihm telefoniert und sie beide davon überzeugt, dass er nur Hintergrundinformationen sammeln wolle.

Boris hatte zwischen Weihnachten und Neujahr Urlaub und verbrachte die Tage daheim in seiner ›Bude‹ in der elterlichen Wohnung in Aichelberg. Als Sander an diesem Spätnachmittag in die ansteigende Dorfstraße einbog, funkelten ihm die Lichter eines Weihnachtsbaumes entgegen. Die Fahrbahn war leicht mit Schnee bedeckt.

Boris holte den Journalisten an der Tür ab und führte ihn ein paar Stufen abwärts zu seinem Zimmer, das direkt an die Kellerräume angrenzte. Das Bett war aufgedeckt und sah so aus, als sei Boris eben noch drin gelegen. Auf einem alten Schreibtisch stand ein Laptop, auf dessen hochgeklapptem Monitor der Bildschirmschoner bunte Kringel malte. Drumherum stapelten sich Bücher, Zeitschriften und jede Menge CDs. Noch enger wirkte der Raum durch die prall mit Büchern und Geräten gefüllten Regalen, die zwei Wände einnahmen. Auf dem ausgetretenen Teppichboden lagen Zeitungen, Aktenordner und Schnellhefter. Sander hatte Mühe, zu einem der beiden abgewetzten grauen Sessel zu gehen, ohne auf irgendwelche Gegenstände zu treten.

Boris war aschfahl im Gesicht, zuckte nervös mit den Augen und war für seine Größe ungewöhnlich dünn. Einen Lehrling vom Bau hatte sich Sander anders vorgestellt. Und einer, der sich für Nahkampf interessierte –

wie er im Zuge seiner Recherchen erfahren hatte –, musste eigentlich ein Muskelpaket sein. Da aber saß ein junger Mann, dessen Gesicht von einigen Pickeln entstellt war, der ein viel zu weites Jeanshemd trug und dessen Jeans auch eine Nummer zu groß zu sein schienen.

Sander erklärte noch einmal, dass er über dieses Gespräch nichts schreiben würde. Es gehe ihm nur darum zu erfahren, wie der Sohn eines Ermordeten mit dem ungeklärten Verbrechen umgehe. »Sie arbeiten auf dem Bau«, wurde er schließlich persönlich. »Am Nel Mezzo, hab ich mir sagen lassen.« Gemeint war ein Einkaufszentrum, das in Geislingen gerade aus dem Boden gestampft wurde. Ein in der Bevölkerung umstrittenes Projekt, weil damit das einzige Freigelände verbaut wurde, das in der Stadt noch für Veranstaltungen zur Verfügung gestanden war.

»Wir haben über Weihnachten Betriebsurlaub«, antwortete Boris knapp. Er hatte auf dem Bürostuhl Platz genommen und sich zu Sander gedreht.

»Der Tod Ihres Vaters ist Ihnen sicher nahegegangen«, versuchte der Journalist, ein Gespräch in Gang zu bringen.

»Was heißt, nahegegangen?« Boris legte seinen rechten Arm neben dem Laptop auf den Tisch. »Klar war's ein Schock. Was auch sonst?«

»Und bis heute gibt es keine Spur?«

»Fragen Sie doch die Kripo. Uns sagen sie überhaupt nix. Aber wir wissen auch sonst ziemlich wenig, was mein Vater so getan hat, wen er kannte, mit wem er sich getroffen hat.«

»Aber beim Nahkampf-Training waren Sie dabei.«

»Ja, ein paar Mal. War echt cool, kann ich Ihnen sagen.«

»Nur ein paar Mal?«

»Ja, zehn Mal, glaub ich. Vielleicht auch zwölf Mal. Der Lars, das ist der Chef, ist ein geiler Typ.« Boris schien sich gerne an den Trainer zu erinnern. »Der will jetzt ein großes Ding machen. So ein Überlebensexperiment, irgendwann im März. Und ich soll ihm dabei helfen.«

»Ach?« Sander hatte noch nichts davon gehört.

»Er will ohne Proviant und sonstige Hilfsmittel irgendwo da unten ..., was weiß ich, wo ..., losziehen und kreuz und quer durchs Gelände nach Hohenstaufen laufen.«

»Und welche Aufgabe werden Sie übernehmen?«

»Streckenkontrolle. Helfer und so. Hätte eigentlich mein Vater machen sollen, aber jetzt werd ich's tun.« Seine monotone Sprache ließ ein bisschen Stolz erahnen.

Sander beschloss, Kontakt mit dem Survival-Trainer aufzunehmen. Boris nannte ihm bereitwillig die Adresse in Ulm, die der Journalist auf einem Stück Papier notierte. Dann wechselte er das Thema: »Sie fühlen sich eng mit dem Mörike-Gymnasium verbunden.«

»Ich wäre gern dort hingegangen«, erwiderte Boris schnell, »aber mein Vater hat's mir nicht erlaubt. Können Sie sich das vorstellen?« Er wurde emotional. »Der Sohn will ins Gymnasium und der Vater sagt: Nee, Junge, du gehst auf'n Bau, lernst einen gescheiten Beruf. Handwerker sind immer gefragt.«

Sander spürte, dass er einen wunden Punkt getroffen hatte. »Und Sie haben sich nicht durchsetzen können?«

»Durchsetzen? Sie haben meinen Vater nicht gekannt. Sonst würden Sie das gar nicht fragen. Was mein Vater gesagt hat, war das Evangelium, verstehen Sie? Keine Widerrede.«

»Er war wohl sehr dominant«, zeigte sich Sander verständnisvoll.

»Dominant? Er war ein Tyrann.« Es schien, als fühle sich Boris erleichtert, dies endlich jemandem sagen zu dürfen.

»Für ihn zählte nur, was er wollte«, machte der junge Mann weiter und schloss dabei immer wieder die Augen, als laufe in ihm die Vergangenheit wie ein Film ab. »Er, er und nur er. Er kam tagelang nicht nach Hause, obwohl seine Tour, die er fahren musste, gar nicht so lang war – wie ich rausgekriegt habe. Er hat immer nur getan, was er wollte.«

»Und Ihre Mutter war eifersüchtig«, stellte Sander fest.

Boris zuckte mit den Schultern. »Wahrscheinlich, ja. Natürlich. Und wenn er da war, ist er nach Ulm zu Lars – oder in den Verein.«

»Verein?«

»Schützenverein, ja. Aber zuletzt hatte er auch dafür keine Zeit mehr.«

Sander nickte. »Das heißt, das Verhältnis in der Familie war nie sonderlich gut.«

»Von gut kann keine Rede sein«, sprudelte es jetzt aus Boris heraus. »Wenn er richtig jähzornig war, hat er meiner Mutter auch mal eine verpasst.« Er zögerte. »Und mir auch, jedenfalls, bis ich mich das erste Mal gewehrt habe.«

Sander hörte aufmerksam zu und ließ ein paar Sekunden verstreichen. Er kannte solche Familienverhältnisse von unzähligen Gerichtsverhandlungen. »Entschuldigen Sie, wenn ich Sie danach frage – aber man hört inzwischen gerüchteweise, Ihr Vater habe sich auch für Steffen Bleibach engagiert?«

Der junge Mann verfiel in nachdenkliche Stille, um dann misstrauisch zu fragen: »Wer sagt das?«

Sander wich aus. »Er soll an diesem Abend, als er niedergeschlagen wurde, Werbematerial für ihn geladen haben.«

»Das mag sein. Aber was hat die Ladung mit dem Fahrer zu tun? Er fährt – die Fracht besorgen andere.«

Sander wollte seine Recherche-Ergebnisse ausspielen. »Kennen Sie einen Andy Ollerich?«

Boris empfand die Fragerei zunehmend als lästig. »Sie fragen wie die Polizei. Wenn mein Vater diese Leute gekannt hat, kann ich jedenfalls nichts dazu sagen.«

Sander wurde hellhörig. »Diese Leute? Wen meinen Sie damit?«

Boris klickte nervös mit einem Kugelschreiber. »Diese Leute – von denen Sie und die Polizei sprechen. Keine Ahnung, was das soll.«

Der Journalist wollte den Bogen nicht überspannen. Denn Boris war nahe dran, die Geduld zu verlieren und verärgert zu reagieren. »Dieses Musical«, wechselte Sander deshalb rasch das Thema, »das ist für Sie so etwas wie Ausgleich für die Arbeit auf dem Bau?«

Über Boris' Gesicht huschte ein Lächeln. »Ausgleich und Freude. Dass ich da mitspielen darf, obwohl ich gar nicht ins Gymnasium gehe, habe ich einem Schulfreund zu verdanken, der gemeint hat, ich hätte schauspielerisches Talent und könnte sogar einigermaßen gut singen.« Der junge Mann strahlte jetzt. »Und Herr Patzold – unser Regisseur – hat das auch gesagt.«

»Und Ihr Vater, wie hat der reagiert? Der hat sich darüber nicht gefreut?«

Boris sah traurig zu Boden. »Er hat davon gar nichts gehalten – das können Sie sich ja denken. Er hat sogar gedroht, er würde mich hier rausschmeißen, wenn ich deswegen die Ausbildung vernachlässige.«

»Was hat ihm denn daran nicht gefallen?«

»Mein Vater war kein Typ, der sich für Kunst interessierte. Außerdem fand er die Geschichte um Barbarossa nicht gut – obwohl er das Musical nie gesehen hat.« Boris sprach jetzt leiser, als verrate er ein Geheimnis. »›Ihr mit eurem Scheiß-Barbarossa!‹, hat er immer gesagt, ›das war auch so ein Typ, den man hinterher glorifiziert, obwohl's ihm nur um Macht und Einfluss ging‹.« Boris sah zu seinen Bücherregalen, in denen Sander beiläufig viele Geschichtsbücher und Dokumentationen gesehen hatte. Sogar Theologisches war ihm aufgefallen. »Aber er hat sich nie wirklich mit den Staufern befasst«, fuhr der junge Mann fort. »Und weil Sie mich vorhin gefragt haben, ob's zwischen meinem Vater und dem Bleibach irgendwelche Kontakte gab, da fällt mir jetzt spontan nur ein, dass er einige Male sinngemäß gesagt hat: ›Und dieser Bleibach glaubt wohl, bloß weil er in Hohenstaufen wohnt, ein kleiner Barbarossa zu sein‹.«

Sander versuchte, sich das Gesagte einzuprägen. Er wollte sich keine Notizen machen, um den jungen Mann nicht zu verunsichern.

»Ja, und dann«, ergänzte Boris, »hat er sogar mal gesagt, Hitler hätte schon gewusst, weshalb er dem Überfall auf Russland den Tarnnamen ›Barbarossa‹ gegeben habe.«

Noch bevor Sander etwas erwidern konnte, riss Boris' Mutter die Tür auf und stand plötzlich vor ihnen. »Boris, du solltest dem Mann von der Zeitung nicht zu viel erzählen«, herrschte sie ihren Sohn an. Sander überlegte, ob sie an der Tür gelauscht hatte.

»Ich sag ihm nichts, was ich der Polizei nicht auch gesagt habe«, gab er unerwartet selbstbewusst zurück.

»Ich hab dir schon hundert Mal gesagt, dass niemanden etwas angeht, was dein Vater gemacht hat«, blaffte sie zurück, um sich dann in gemäßigterem Ton an den Journalisten zu wenden. »Entschuldigen Sie, aber Boris ist manchmal noch ziemlich naiv. Ihm fehlt jetzt die feste Hand seines Vaters.«

Sander assoziierte mit der ›festen Hand‹ unweigerlich eine Ohrfeige. Gleichzeitig überlegte er, wie oft die Frau wohl von ihrem Mann verprügelt worden war.

Boris wollte gerade etwas erwidern, doch Barbara Seifried schrie ihn nieder: »Ruhe, hab ich gesagt! Der Herr hier hat jetzt genug gehört. Das muss reichen.«

Sie streckte Sander energisch die Hand zum Abschied hin, worauf der Journalist es vorzog, diesen Ort zu verlassen. Er verabschiedete sich knapp von Boris und fügte abschließend rasch hinzu: »Wenn noch was ist, rufen Sie mich an.«

Frau Seifried wetterte dazwischen: »Das wird nicht notwendig sein. Auf Wiedersehen.«

80

Als der Airbus durch die dichte, graue Wolkenschicht in den blauen Himmel gestiegen war, atmete Bleibach durch. Er hatte allerdings schon oft gelesen, dass Urlaub ein untauglicher Versuch war, Sorgen hinter sich zu lassen. Ungelöste Probleme reisten immer mit. Als die Flughöhe erreicht war und das Flugzeug auf Südost-Kurs einschwenkte, sah Bleibach aus dem Fenster – hinab auf diese Wolkenschicht, die so sanft und schwerelos anmutete, als könne sie alles unter einem barmherzigen Mantel des Vergessens verschwinden lassen. Er hatte die neugierigen Blicke im Warteraum des Gates und vorhin beim Einsteigen ignoriert. Natürlich war er von vielen Passagieren erkannt worden, obwohl er sich wie ein Tourist gekleidet hatte: Olivgrüne Hose, dazu die passende Jacke und eine leicht getönte Brille mit einfachem Fensterglas. Die hatte er sich vor einigen Monaten schon zugelegt, um nicht sofort als Steffen Bleibach erkannt zu werden.

Durch sein Gehirn jagten tausend Gedanken. Je mehr er ihrer Herr werden wollte, desto weniger ließen sie sich in Zaum halten. Er erinnerte sich daran, dass ihm ein Psychologe einmal erklärt hatte, wie man gedanklichen Ballast durch Autosuggestion abwerfen konnte: Indem man sich vorstellte, sie wie Müll in ein Paket zu schnüren und sie in einem reißenden Gebirgsbach zu versenken. Ganz bildhaft, ganz intensiv musste man dies vor dem inneren Auge sehen.

Bleibach konzentrierte sich darauf, dachte an Joanna Malinowska und ihre Vergewaltigungsanzeige, und stellte sich die Ermittlungsakten vor, die Protokolle und die Vernehmung – und dann steckte er alles in dieses Paket. In Gedanken formte sich ein wilder, reißender Gebirgsfluss, in den er es von einer Brücke hineinwarf. Dass ihn die Stewardess fragte, was er zu trinken wünsche, nahm er nicht mehr wahr. Seine beiden Sitznachbarn, ein älteres Paar, ließen ihn schlafen.

Irgendwo überm Mittleren Osten gab's ein Essen, das er lustlos zu sich nahm, um anschließend gleich wieder einzuschlafen. Den Stopp in Singapur, zwölf Stunden nach dem Start in Frankfurt, nutzte er, um sich die Beine zu vertreten. Hier, im internationalen Airport, in dem sich die Wege von Menschen aus aller Welt kreuzten, fühlte er sich befreiter. Je weiter er von zu Hause weg war, desto geringer die Wahrscheinlichkeit, dass er erkannt wurde.

Als er weitere zehn Stunden später in Sydney seine Koffer in Empfang nahm, sehnte er sich nach einer heißen Dusche und einem Bett. Das Hotel, in das ihn ein Taxi brachte, erfüllte diese Ansprüche – und er verfiel in einen achtstündigen traumlosen Schlaf. Zuvor hatte er Evelyn und Enduro Ollerich noch eine SMS geschickt. Nach einem ausgiebigen Frühstück stellte er fest, dass das Hotel unweit des Bondi-Beaches stand, wo er in der heißen Sommersonne einen langen Spaziergang unternahm. So war also ›Down-Under‹, wie die Australier ihren Kontinent liebevoll titulierten – auf der anderen Seite der Welt sozusagen, kopfunter, wo der Weihnachtsmann in praller Sonne in den Fußgängerzonen saß.

Er genoss diese verkehrte Jahreszeiten-Welt, blieb über Weihnachten und den Jahreswechsel in Sydney, führte einige Telefonate mit Enduro Ollerich, Iris Eschenbruch und Miriam Treiber, schrieb Texte in seinen Laptop und las im Internet deutsche Zeitungen. Oft gab er auch als Suchbegriff seinen Namen ein – doch zu seiner Beruhigung tauchten keine Treffer auf, die ihm Kopfzerbrechen hätten bereiten können.

Seine Reiseroute, die er am 10. Januar beginnen wollte, hatte Iris Eschenbruch von einem Berliner Reisebüro ausarbeiten lassen. Damit war klar, welche Tagesetappen er zurücklegen musste, um die vorbestellten Hotels termingerecht zu erreichen. Er hatte sich für eine große Rundreise durchs Outback entschieden, jenes Hinterland, das durch rötliche Erde, unablässig aber durch seinen schier endlosen Horizont bestach. Dies wurde ihm spätestens nach zehn Tagen bewusst, als er Port Augusta hinter sich ließ, um mit seinem geländegängigen Nissan auf dem Stuart Highway ins heiße Innere des Kontinents zu fahren. Inzwischen hatte er sich sowohl an das Automatikgetriebe als auch an den Linksverkehr gewöhnt. Noch in den 80er-Jahren, so hatte er gelesen, war die Straße eine Sandpiste, auf der sich wellblechartige Querrillen gebildet hatten. Inzwischen rauschte man auf einem Asphaltband dahin, das sich irgendwo am Horizont verlor. Nur alle zehn Minuten kam ein Fahrzeug entgegen. Erst ein einziges Mal war er überholt worden – von einem dieser großen, blitzblank geputzten Trucks, die mit ihrer Motorenkraft den Erdboden zum Beben brachten.

Das Buschland wirkte ausgetrocknet. Verkrüppelte Bäume ragten wie in einem Horrorfilm aus der Ebene heraus. Bleibach wollte sich nicht vorstellen, welch giftiges Getier sich hier abseits der Straße aufhielt. Bereits am ersten Tag wurde ihm bewusst, dass die Namen auf der Landkarte, die den gesamten Kontinent abbildete, keinesfalls, wie bei solchen Maßstäben zu erwarten gewesen wäre, nur größere Städte kennzeichneten: Es konnte sein, dass es sich nur um einen wichtigen Kreuzungspunkt handelte, an dem eine Tankstelle und ein Rasthaus standen. Auf großen Hinweisschildern waren sie bereits viele Kilometer vorher angekündigt. Gerade zog eines wieder links an ihm vorbei: ›Glendambo 284, Coober Pedy 640, Alice Springs 1366‹. Nie zuvor hatte er solche Kilometerangaben auf einem Straßenschild gesehen. Und unterwegs gab es meist keine menschliche Behausung – zumindest waren keine Häuser zu sehen. Und doch musste es immer mal wieder eine Ansiedlung geben, was Bleibach aus Briefkästen schloss, die am Straßenrand auftauchten.

In Glendambo würde er tanken und die dann noch verbleibenden rund 360 Kilometer bis Coober Pedy zurücklegen – auch wenn er erst spätabends bei Dunkelheit ankommen würde. Als er die Kilometerangaben passiert hatte, warf er wieder einen routinemäßigen Blick in den Rückspiegel. Seit über einer Stunde sah er ein rotes Fahrzeug hinter sich, dessen Abstand immer gleich blieb. Bleibach schätzte ihn auf etwa einen Kilometer. Vermutlich war's ein größerer Pkw, in dessen Windschutzscheibe sich die hochstehende Mittagssonne gelegentlich reflektierte.

Bleibach reduzierte die Geschwindigkeit, um in die Monotonie des Fahrens Abwechslung zu bringen. Außerdem konnte es ja nichts schaden, in dieser Einöde zu zweit unterwegs zu sein. Zunächst schien es ihm, als käme der rote Wagen näher, doch nach etwa fünf Minuten war die vorherige Distanz wieder hergestellt. Bleibach ging vom Gas und ließ den Nissan ein Stück weit ausrollen, bis die Tachonadel bei 30 km/h pendelte. Tatsächlich hatte sich die Entfernung zu dem Fahrzeug erneut reduziert – mindestens um die Hälfte, wie er aus der Größe des Wagens im Rückspiegel schloss. Dabei aber blieb es. Der Fahrer hinter ihm hatte es offenbar darauf abgesehen, ihm nicht zu nahe zu kommen. Aber warum?

Bleibach merkte sich den Kilometerstand, um die Entfernung bis Glendambo abschätzen zu können. Bis dahin gab es hier draußen im Outback keine Möglichkeit, irgendwo abzubiegen, um feststellen zu können, ob ihm der Unbekannte folgen würde. Und anzuhalten kam nicht in Frage, entschied er. Nicht hier. Er trat wieder aufs Gaspedal, worauf der Sechszylinder dumpf zu röhren begann und seine volle Beschleunigung auf die Straße brachte. Das rote Auto ließ sich zurückfallen und hielt die ursprüngliche Distanz wieder ein. Wer, verdammt noch mal, konnte in dieser gottverlassenen Gegend wissen, dass er heute diese Etappe fahren würde?, schoss es ihm durch den Kopf. Und noch waren es über 250 Kilometer bis Glendambo.

81

Linkohr war innerlich gespalten. Sein Rendezvous mit Joanna Malinowska in dem Hotel in Temmenhausen hatte er nach dem Essen zu einem schnellen Ende gebracht. Plötzlich war ihm in seiner Haut nicht mehr wohl gewesen. Natürlich konnte es sein, dass die Waffe, die er gesehen hatte, eine Schreckschusspistole war und er wieder einmal die Chance seines Lebens versemmelte. Eigentlich hatte er sich vorgenommen, mit Häberle darüber zu reden – doch wie hätte er denn das Treffen mit ihr plausibel, vor allem aber dienstlich erklären sollen? Tausend Mal hatte ihn Häberle in den vergangenen Jahren ermahnt, sich unter keinen Umständen von weiblichen Zeugen oder Tatverdächtigen ›scharfmachen zu lassen‹. Und nun war er möglicherweise wie ein Anfänger den Reizen dieser Frau erlegen.

Oder vielleicht doch nicht, beruhigte ihn seine innere Stimme. Vielleicht hat sie's ja wirklich ernst gemeint. Ach, hättest du sie doch lieber gleich auf die Waffe angesprochen. Du Idiot. Du Versager. Linkohr war in den Tagen danach morgens verschwitzt aufgewacht und hätte sie am liebsten sofort angerufen. Doch er blieb über eine Woche standhaft, um kurz vor Weihnachten doch noch schwach zu werden. Er erreichte sie auf ihrem Handy und glaubte an ihrer Stimme zu hören, dass sie sich über seinen Anruf freute. Allerdings sei sie über die Feiertage nach Polen gereist. »Schade, das hätten wir auch gemeinsam machen können«, hauchte sie. »Aber du hast ja keine Zeit.«

Linkohr atmete schwer. Keine Zeit. Alle seine Verflossenen hatten ihm dies vorgeworfen. Keine Zeit.

»Wir haben doch ausgemacht, dass wir übers Dienstliche nicht reden«, beeilte er sich zu sagen. »Sonst hätte ich dir neulich gesagt, dass ich mich gerade schwertue.«

»Du tust dich schwer? Mit mir?« Es klang vorwurfsvoll.

»Nein, nicht mit dir, Joanna. Mit meinem Job.«

»Dann lass uns doch wieder treffen«, schlug sie spontan vor. »Ich bin Mitte Januar wieder zurück.«

Linkohr hatte sich gegen das Bauchgefühl nicht wehren können. Die ganzen Feiertage über, die er mit Bereitschaftsdiensten und ab und zu mit Besuchen von Freunden und Verwandten verbrachte, hatte er an Joanna denken müssen – obwohl ihm bei einer Silvesterparty die Schwester eines alten Bekannten ins Auge gestochen war.

Die ersten Wochen des neuen Jahres verliefen jedoch derart glücklos, dass er es bereits als schlechtes Omen für die nächsten zwölf Monate wertete. Auch im Dienst wollte es nicht gut laufen. Wenigstens hatte Baldachin ihm angekündigt, dass er sich mit Häberle noch bis zu der großen Frühjahrskundgebung Bleibachs um dessen Umfeld kümmern sollte. Alle Versuche, sich auch mit den festgefahrenen Ermittlungen im Mordfall Seifried auseinandersetzen zu dürfen, prallten aber an Baldachin ab. »Schmittke ist da dran«, war meist die stereotype Antwort, die keinen Widerspruch duldete.

Dass Häberle sich so einfach ausbremsen ließ, empfand Linkohr als seltsam. Nie zuvor hatte er den Chefermittler derart zurückhaltend erlebt. Allerdings hatte der Jungkriminalist noch immer einen Satz im Ohr, den Häberle bei der dezernatsinternen Weihnachtsfeier gesagt hatte: »Merkt euch: Hunde, die bellen, beißen nicht.« Erst mit Verzögerung war den Kollegen bewusst geworden, was dies im Umkehrschluss heißen musste: ›Wer seine Klappe hält, kann viel bissiger sein.‹ Darauf angesprochen, hatte Häberle nur gegrinst.

Und jetzt war der Tag im Januar gekommen, dem Linkohr entgegengefiebert hatte. Er würde sich von Joannas erotischen Bemerkungen nicht mehr ablenken lassen. Er musste sie aus der Reserve locken. Vielleicht war er es, der all diese Merkwürdigkeiten auflösen konnte. Er, der Romeo-Agent.

82

Einige Trucks überholten, aber das rote Fahrzeug hielt immer denselben Abstand ein. Bleibach, der noch vor Stunden mit dem Einschlafen gekämpft hatte, war plötzlich hellwach. Als sei es ein Countdown, so zählte er die letzten Kilometer bis Glendambo ab. Wie erwartet, war es nur ein winziger Ort, obwohl der Name auf der großen Australienkarte vermerkt war. Ein »Welcome«-Schild am Straßenrand informierte über das, was den Besucher erwartete: 22 500 Schafe, rund zwei Millionen Fliegen und 30 Einwohner. Glendambo entpuppte sich als Raststation, die aus einigen einstöckigen Gebäuden bestand, die sich weit verstreut an einem Kreuzungspunkt befanden. Bleibachs Route ging geradeaus weiter, nach Alice Springs. Wohin die im rechten Winkel beidseits einmündenden Straßen führten, interessierte ihn nicht. Die Sonne warf lange Schatten, als er die Shell-Tankstelle ansteuerte, an der kein einziges Fahrzeug stand. In dem Shop, der Kasse und Versorgungsstation für die versteckt im Outback liegenden Ansiedlungen gleichermaßen war, entdeckte er zwei Personen. Immerhin war er hier nicht allein. Kaum war er ausgestiegen, um den Tankdeckel zu öffnen, tauchte ein stattlicher Mann in einem Overall auf und riss den Zapfhahn aus der Halterung. Offenbar wusste der Tankwart, welchen Treibstoff der Nissan brauchte.

Während die ersten Liter in den Tank gepumpt wurden, bog das rote Fahrzeug ebenfalls auf das Tankstellen-Gelände ein und hielt hinter Bleibachs Wagen. Es war ein alter Dodge – eine Art Pkw mit Ladefläche. Bleibach, der sich in dieser Umgebung sicher fühlte, tat so, als interessiere ihn der Ankömmling nicht. Aus dem Augenwinkel beobachtete er, dass hinterm Steuer ein Mann mit breitkrempigem Hut und von geradezu hünenhafter Gestalt saß. Der Fahrer stellte den Motor ab, stieg aus und erinnerte Bleibach an einen dieser Rancher, wie sie in den USA respekteinflößend durch die Nationalparks patrouillierten. Aber hier in Australien hatte er so einen Typen noch nicht gesehen. Der Mann, der abgewetzte Jeans und eine ärmellose Jacke trug, kam breitbeinig auf die Zapfsäulen zu. Wie ein Cowboy, dachte Bleibach und war über die Körperfülle des Unbekannten erstaunt, den er auf Ende 40 schätzte.

Bleibach konzentrierte sich auf die Anzeige der Zapfsäule und sagte schließlich: »Okay.« Der Tankwart ließ die Einfüllautomatik los, wartete noch ein paar Sekunden und steckte die Zapfpistole in die Halterung zurück. Unterdessen las Bleibach den Betrag von dem Anzeigeinstrument ab. Gleichzeitig näherte sich ihm der Fremde. »Welcome in Australia«, flüsterte ihm dieser ins Ohr. »Welcome, Mr. Bleibach.«

Bleibach erstarrte vor Entsetzen.

83

Vielleicht beging er schon wieder einen Kardinalfehler. Aber hätte er das Angebot Joannas abschlagen sollen, sie in ihrem Appartement in Neu-Ulm zu besuchen? Hätte er dieser Verlockung widerstehen sollen – nur, weil er möglicherweise ein übereifriger junger Kriminalist war? Außerdem war er Manns genug zu wissen, wie weit er gehen konnte. Welche Rolle Joanna auch immer spielte, jetzt hatte er die Chance, dies allein herauszubekommen. Damit ihm niemand vorwerfen konnte, Privates und Dienstliches zu verknüpfen, hatte er sich durchgerungen, seinen letztjährigen Resturlaub zu nehmen. Baldachin hatte nur widerwillig zugestimmt, obwohl er ansonsten stets darauf bedacht war, dass keine großen Urlaubsreste anfielen. Aber mit den willkürlichen Entscheidungen und Launen seiner Chefs hatte sich Linkohr längst abgefunden. Er tröstete sich damit, dass dies in der freien Wirtschaft sicher noch viel schlimmer war.

Als er mit dem Aufzug zu Joannas Wohnung im Neu-Ulmer Donau-Center hinauffuhr, fühlte er sich als freier Bürger, der nur zum eigenen Vergnügen unterwegs war. Allerdings nicht ganz, wie ihm die innere Stimme sagte: Du machst das doch nur, weil du dich profilieren willst. Weil dich die Gefahr reizt. Und die Lust.

Joanna stand vor ihm, wie er es in den kühnsten Träumen nicht erwartet hätte: Ihr schwarzes Minikleid aus seidigem Material war raffiniert geschnitten, sodass sich ihre wohlgeformten Brüste deutlich abzeichneten. Ihre schlanken Beine wurden durch die hochhackigen Pumps noch verlängert. »Mike, schön, dass du da bist«, hauchte sie und stolzierte voraus in ihr Wohnzimmer. »Du kennst dich ja schon aus. Setz dich.«

Ihm stockte der Atem. Wie in Trance folgte er ihr und ließ sich auf der Couch nieder, deren feines Leder er schon einmal zu spüren bekommen hatte. In einem Sektkühler lehnte eine Flasche, daneben waren zwei Gläser bereitgestellt.

»Wir haben uns so lange nicht gesehen«, seufzte sie, »dass ich mir gedacht habe, wir machen's uns heute hier richtig schön gemütlich.« Sie ließ ihr osteuropäisches ›R‹ rollen und lächelte. »Du solltest dir Entspannung gönnen, mein lieber Mike.«

Joanna versuchte vergeblich, die Flasche zu entkorken, weshalb ihr Linkohr dabei half und den Metallverschluss fachgerecht entfernte. »Du hast recht«, sagte er und sah ihr tief in die Augen. »Einfach entspannen und so tun, als trenne uns der Job nicht.« Augenblicke später war der Korken mit einem dezenten ›Plopp‹ aus der Flasche gedreht. Linkohr schenkte die beiden Gläser voll.

»Warum sollte uns der Job trennen?«, fragte sie neckisch und berührte mit ihren nackten Schenkeln seine Jeans. »Es liegt doch an uns, ob uns etwas trennt, oder?«

Er bewunderte ihre helle Haut, die ihn im Kontrast zum schwarzen Kleid geradezu elektrisierte. Es fiel ihm schwer, den Blick davon zu wenden und die Umgebung aufzunehmen – genauso, wie ihn dies Häberle gelehrt hatte. Manchmal waren es Kleinigkeiten in der Einrichtung, die den Charakter des Bewohners verrieten und Rückschlüsse auf die Persönlichkeit zuließen.

»Auf uns«, sagte sie und erhob das Glas. Er stieß mit ihr an.

Joanna trank das halbe Glas leer und stellte es auf den Tisch zurück. Dann lehnte sie sich an Linkohr und legte ihre Beine auf die Couch. »Ich glaube, uns beide hat's ganz schön erwischt«, sagte sie unvermittelt. »Ich hab all unsere Mails noch mal gelesen.«

Linkohr war derartig zielstrebiges Vorgehen nicht gewohnt. Seine bisherigen Freundinnen hatten in ihm meist einen Macho gesehen und sich bald wieder zurückgezogen. Aber diese Frau schien genau zu wissen, was sie wollte. Kein Wunder, dachte Linkohr, sie war schließlich reifer und erfahrener. Und schon wieder meldete sich die vorsichtige Stimme: Vielleicht ist sie auch raffinierter.

»Darf ich dich mal was fragen?«, riss sie ihn aus seinen Gedanken und begann, sich an seinen Hemdknöpfen zu schaffen zu machen.

»Du darfst mich alles fragen«, entgegnete er so selbstsicher, wie er in dieser Situation nur konnte.

»Mal angenommen, ich hätte jetzt Lust auf dich«, flüsterte sie ihm ins Ohr. »Welche Ausrede hättest du, mir dies abzuschlagen?«

Linkohr spürte den Herzschlag bis in den Hals. Was sollte diese Frage? Was erwartete sie von ihm? Und plötzlich schlug etwas in ihm Alarm: Was, wenn sie dir nachher eine Vergewaltigung anhängt, wie sie's vielleicht mit Bleibach versucht? Wenn's nun wirklich so weit käme, wie sie wollte – wofür er nicht abgeneigt wäre –, dann gäbe es hinterher genügend DNA-Material, das gegen ihn verwendet werden könnte.

»Sprachlos geworden?«, flüsterte sie ihm ins Ohr und öffnete das zweite Knöpfchen am Hemd. »Sprachlos oder eher erschrocken? Nicht jeder ist schließlich James Bond.« Sie grinste, was ihn noch mehr verwirrte.

»Warum sollte ich mich wie James Bond fühlen?«, fragte er und bemerkte ihren heißen Atem im Gesicht.

»Weil du dich vielleicht einer Agentin ausgeliefert hast, die dir zeigt, wo's lang geht«, flüsterte sie weiter und sah ihn mit funkelnden Augen an.

Linkohr legte einen Arm um sie. »Manchmal gibt man

alles, ohne zu wissen, warum. Wir Männer, das weißt du, haben manchmal den Verstand in der Hose.«

Sie lachte laut auf. »Du bist verrückt, mein kleiner Mike.« Sie zog ihr linkes Knie an, sodass ihr Kleidchen gar nichts mehr bedeckte. Linkohr stockte zum zweiten Mal der Atem. Sie trug keinen Slip.

Joanna hatte mit seiner Überraschung gerechnet. »Hab ich den Kriminalisten jetzt ins künstliche Koma versetzt?«, stichelte sie.

Linkohr hatte sich schnell gefasst. »Wo denkst du hin? Mich haut so schnell nichts um.«

»Och«, kokettierte sie. »Das finde ich aber schade.« Sie drückte mit der Hand gegen seine Brust, um seinen Oberkörper flach auf die Couch zu legen. Er gab diesem Druck willenlos nach. »Ich mag es, wenn du vor mir liegst.«

Sie kam über ihn – und als er lag, kuschelte sie sich auf ihn, küsste ihn auf den Mund und ließ ihn ihre Brüste spüren. Er war jetzt so wehrlos, wie er es sich in seinen Mails von ihr gewünscht hatte. Doch dass dies jemals geschehen würde, hätte er nicht gedacht. Genau genommen, so jagte ihm ein Gedanke durch den Kopf, war es natürlich unverzeihlich, sich hier in ihrer Wohnung in diese hilflose Lage bringen zu lassen. Mit einem Schlag musste er an die Pistole denken, die sie gewiss in Reichweite haben würde. Und er fragte sich, ob die angebliche Vergewaltigung durch Bleibach auch so raffiniert begonnen hatte.

Sie knüpfte sein Hemd vollends auf und fuhr mit ihren warmen Händen über seine Brust, dann über seinen Nabel und näherte sich der Gürtellinie. Spätestens jetzt wäre es an der Zeit gewesen zu stoppen, was bald nicht mehr zu verhindern sein würde. Linkohr legte seine Arme um ihren Oberkörper. Er kämpfte mit sich, ob er zulassen sollte, was mit ihnen beiden geschah, oder ob er die Vernunft walten lassen sollte. Aber was war schon Vernunft? Oft zeigte sich doch erst hinterher, was vernünftig gewesen wäre. Allzu viel Vernunft zerstörte die Romantik.

»Du bist so still«, hörte er ihre Stimme, während sie den Gürtel seiner Hose löste. »Hast du vielleicht Angst vor mir?«

Was für eine Frage!, dachte er. Wie kam sie denn ausgerechnet jetzt dazu, ihn dies zu fragen?

Linkohr zögerte und spürte, dass sein Verlangen die Angst besiegt hatte. »Wieso sollte ich Angst vor dir haben?«, flüsterte er und sah – weil er an der Lehne der Couch in eine leichte Schräglage geraten war – an ihren blonden Haaren vorbei zu der Regalwand, in der ihm ein großformatiger Bildband auffiel, der nicht in die Reihe der Bücher einsortiert war, sondern an der Rückwand lehnte, sodass er das Cover erkennen konnte. ›Down Under‹ stand da zu lesen. Und das Foto zeigte eine rostbraune Steppenlandschaft.

Ihre Hand war jetzt damit beschäftigt, den hartnäckigen Knopf seiner Jeans zu öffnen, die ihn erheblich einengte. Er hatte intuitiv damit begonnen, ihr weiches Kleidchen millimeterweise höher zu ziehen.

Doch noch bevor sie das Ziel ihrer Begierde erreichte, worauf sich Linkohr mit geschlossenen Augen konzentrierte, zerriss der schrille Ton eines Handys die erotisch geladene Atmosphäre. Er spürte, wie ihre zärtlichen Finger erschlafften und zurückwichen. »Tut mir leid, Mike«, sagte sie unerwartet sachlich, während das Gerät unablässig schrillte, als handle es sich um einen Alarmton. Sie wandte sich von ihm ab und stolzierte mit ihren hochhackigen Schuhen, die sie nicht abgestreift hatte, energisch um den Couchtisch herum zu einem der Regale. »Ich erwarte einen dringenden Anruf«, erklärte sie, während sich Linkohr langsam aus der Liegeposition erhob und ihr verwundert nachblickte.

»Ja, ich höre«, meldete sich Joanna an dem Smartphone. Ihr Gesicht hatte den sanften Ausdruck verloren. Eine halbe Minute verging, ohne dass sie etwas sagte. Linkohr wunderte sich, dass sie kein einziges Mal durch ein ›Ja‹ oder ›Mhm‹ das Gehörte kurz bestätigte. Schließlich beendete sie das Gespräch grußlos mit: »Okay, ich habe verstanden. Ende.«

Das klang nicht gerade nach einem privaten Plausch, dachte der junge Mann und überlegte, ob er seinen Hosenknopf wieder schließen sollte.

Joanna legte das Gerät in das Regal zurück und setzte sich wieder neben Linkohr. »Geschäftlich«, kommentierte sie das Telefonat und lächelte. »Du hast doch nicht etwa die Lust verloren?« Sie runzelte die glatte Stirn wie ein Schulmädchen, das schuldbewusst einen Fehler eingestand.

Linkohr saß jetzt aufrecht und spürte, wie ihn seine innere Stimme warnte. »Ich glaube, wir sollten einiges miteinander bereden.«

»Och«, zeigte sie sich enttäuscht und legte einen Arm um seine Schulter. »Ich dachte, du bist keiner von denen, die nur quatschen wollen. Wer soll uns denn daran hindern, Spaß miteinander zu haben? So, wie du das geschrieben hast. Ich hab mich darauf eingestellt, Mike.«

In Linkohr kämpften im Bruchteil einer Sekunde Vernunft, Erotik und Abenteuerlust miteinander. Sein Innerstes gab sich der Erotik und Abenteuerlust geschlagen. Er hatte schließlich Urlaub.

84

Der Cowboy-Typ war ihm auf den ersten Blick unsympathisch. Beim nächsten Satz stellte sich heraus, dass er ein Deutscher sein musste. »Keine Panik«, grinste der Mann aus dem alten Dodge, während Bleibach seine Spritrechnung bezahlte. »Fahren Sie doch in den Schatten rüber.« Der Fremde deutete zu einem knorrigen Eukalyptusbaum und bat den Tankwart, auch seinen Wagen vollzutanken.

Bleibach erwiderte: »Und wozu das alles?«

»Erkläre ich Ihnen gleich.«

Zwei Minuten später hatte der Cowboy-Typ seinen Dodge neben dem Nissan geparkt und Bleibach gebeten, zu ihm ins klimatisierte Auto zu steigen. Bleibach zögerte, folgte dann aber der Aufforderung, nachdem er erkannt hatte, dass der Wagen nicht abfahrbereit dastand, sondern in Richtung eines Zaunes. Ein Blitzstart wäre also keinesfalls möglich gewesen. Bleibach setzte sich auf den Beifahrersitz und musterte den Unbekannten, der unrasiert war und nach Schweiß roch. »Darf ich erfahren, was das soll?«

»Dürfen Sie«, lächelte der Mann und lehnte sich mit beiden Armen übers Lenkrad. »Greenman – oder sagen wir besser: Grüninger ist Ihr alter Freund?«

»Ich sehe keinen Grund, die Frage zu beantworten.«

»Sie kennen auch Joanna Malinowska«, sagte der Mann leise. Es war keine Frage, sondern eine Feststellung. Er behielt Bleibach fest im Auge und wartete vergeblich auf eine Reaktion.

»Und wer sind Sie? Und woher wissen Sie überhaupt, dass ich hier unterwegs bin?«

»Nennen Sie mich Petro. Petro Sallinger. Wird Ihnen aber nicht viel sagen.«

Bleibach kramte in den Tiefen seines Gedächtnisses, doch ein solcher Name war nicht gespeichert.

»Zerbrechen Sie sich nicht unnötig den Kopf«, machte Sallinger weiter. »Es gibt eben mehr Menschen, als Ihnen lieb ist, die sich für Sie interessieren. Das sollten Sie nicht vergessen.« Seine tiefe Stimme nahm einen drohenden Unterton an, was Bleibach beunruhigte.

»Ich bin auch auf dem Weg zu Grüninger«, erklärte Sallinger und kratzte sich hinterm rechten Ohr. »Und ich denke, wir beide haben mit ihm etwas zu bereden.«

»Ich wüsste nicht, was.«

Sallinger zuckte mit den Schultern. »Es wird sich demnächst sehr viel ändern. Und wir wollen nicht, dass Ihr Leben leichtfertig aufs Spiel gesetzt wird.« Er sah in ein ratloses Gesicht, das auch eine Spur von Entsetzen verriet. Deshalb ergänzte er: »Sehen Sie also in dem, was ich für Sie tue, so etwas wie die Unterstützung eines guten Freundes.«

Bleibach hatte Mühe, das Gesagte logisch einzuordnen. Schweiß stand ihm auf der Stirn und es schien ihm, als sei er mitten in einen Horrorfilm geraten. Wer, zum Teufel, konnte Interesse daran haben, ihn am anderen Ende der Welt aufzuspüren? Das waren gewiss keine Amateure.

85

Häberle wärmte sich die eiskalten Finger an einer Tasse Kaffee. »Im Mordfall Seifried verfolgen die Geislinger Kollegen inzwischen eine neue Spur«, erklärte er, während sich Linkohr den hölzernen Besucherstuhl an seinen Schreibtisch zog und sich setzte. Der junge Kriminalist fühlte sich nach diesem Urlaubstag matt und unausgeschlafen. Er hatte gleich frühmorgens Joanna angerufen, doch sie war seltsam kühl gewesen. Einen Grund für diesen plötzlichen Stimmungswandel konnte er sich nicht erklären – außer, dass sich Joanna in diesem Fall kaum von seinen Verflossenen unterschied. Natürlich war Joanna zu alt für ihn, versuchte er sich einzureden und damit über die Situation hinwegzutrösten. Aber nie zuvor hatte er so hemmungslos erleben dürfen, was Joanna ihm geboten hatte.

Häberle bemerkte, dass Linkohrs Gedanken abgeschweift waren. »Die Kollegen meinen«, fuhr er ruhig fort, »dass Seifried möglicherweise eine Geliebte im Schützenverein hatte. Sie wollen jetzt alle Waffen dort überprüfen.«

»Wie?«, wurde Linkohr hellhörig, »die Geliebte aus dem Schützenverein knallt ihren Liebhaber ab? Klingt das nicht ein bisschen weit hergeholt?«

»Finde ich persönlich auch, um ehrlich zu sein. Die Hysterie um Schützenvereine – das wissen Sie so gut wie ich – kommt sofort in Gang, wenn ein Mitglied in ein Tötungsdelikt verwickelt ist.«

Linkohr nickte. »Ich kann zwar nicht so recht nachvollziehen, warum Schießen ein Sport sein soll, aber das ist meine rein persönliche Meinung.«

»Wer die kriminelle Energie in sich trägt, jemanden umbringen zu wollen, wird immer Mittel und Wege finden, sich eine adäquate Waffe zu besorgen. In den seltensten Fällen wird jemand mit einer legalen Schusswaffe erschossen. Und Amokläufer, falls Sie darauf anspielen, greifen ohnehin nach allem, was sie gerade kriegen können. Deshalb ist es natürlich okay, wenn die Aufbewahrungspflicht von Sportwaffen verschärft wird.«

»Ein Reizthema«, nickte Linkohr, »aber das wird immer dann neu aufgekocht, wenn was passiert ist.«

»Wie immer halt in dieser Republik«, seufzte Häberle. »Gucken Sie sich doch um, was derzeit wieder läuft. Die Medien stürzen sich seit Wochen auf diese Geschichte auf der Gorch Fock und unser schöner, gegelter Verteidigungsminister laviert sich geschickt aus der Affäre, sofern es überhaupt eine ist.«

Linkohr wollte gerade etwas sagen, als, ohne dass sie ein Klopfen vernahmen, die Tür geöffnet wurde. Vor ihnen stand der korrekt uniformierte Polizeidirektor. »Ich hab da was gekriegt«, sagte er mit finsterer Miene und hielt einen Speicherstick und ein Stück Papier in die Höhe. Er ließ die Tür hinter sich zufallen.

»Vor einer Stunde im Briefkasten gewesen. Anonym. Hier«, mürrisch legte er Häberle das Papier auf den Schreibtisch, ohne Linkohr eines Blickes zu würdigen.

Der Chefermittler las: ›Das wird Sie interessieren. So ermittelt Ihr Mitarbeiter Mike Linkohr.‹

Der Jungkriminalist, der einen neugierigen Blick über Häberles Schulter geworfen hatte, konnte seinen Namen entziffern und erschrak.

Baldachin wartete, bis Häberle die zwei Sätze gelesen hatte, und deutete auf den USB-Stick: »Ich bin fassungslos. Sie glauben nicht, was da drauf ist.«

Linkohrs Blutdruck schoss schlagartig in die Höhe. Also doch, dröhnte es in seinem Kopf.

86

Die Nacht war längst hereingebrochen, als der Nissan und der Dodge das Bergwerkstädtchen Coober Pedy erreichten. Zum Zeichen, dass er in eine Seitenstraße abbiegen würde, blinkte Sallinger mit den Scheinwerfern. Der vorausfahrende Bleibach bestätigte kurz mit den Warnblinklichtern und ließ den Nissan langsam durch die breite Ortsdurchfahrt rollen, wo sich, den Beschreibungen zufolge, sein Hotel auf der linken Seite befand.

Wenig später hatte er das einfach möblierte Zimmer bezogen. Er gönnte sich eine kühle Dusche und atmete einige Male durch. Morgen Vormittag würde ihn Sallinger abholen und mit ihm zu Grüninger fahren.

Bleibach schloss die Augen und genoss die Wasserstrahlen auf seiner verschwitzten Haut. Noch immer war ihm nicht klar, welche Rolle Sallinger spielte. Er sei im Auftrag der Bundesrepublik Deutschland unterwegs, hatte der Mann ausweichend gesagt. Sein Anliegen sei es, deutsche Staatsbürger im Ausland vor Ungemach zu schützen. Und er, Bleibach, sei schließlich eine Person, die das Ziel ›verschiedener Angriffe‹ sein könnte. Sallinger hatte ihn deshalb eindringlich gebeten, vor dem gemeinsamen Gespräch keinerlei Kontakte mit Grüninger aufzunehmen. »Ich weiß, dass er ein alter Bekannter von Ihnen ist«, hatte Sallinger gesagt, »aber es wäre unserer Sache nicht dienlich, wenn Sie ihn gleich anrufen würden.«

›Unserer Sache‹, hatte er gesagt, durchzuckte es Bleibach, der sich hier draußen im Outback wie ein Gefangener fühlte. Hier gab es nur zwei Fluchtrichtungen – nach Norden oder nach Süden. Und beide führten durch unwegsames Buschland.

Bleibach aß zwei weich gewordene Bananen, die er am Vormittag in den Koffer gesteckt hatte, und legte sich aufs Bett. Seine Gedanken drehten sich im Kreis, sodass er auch darauf verzichtete, Evelyn anzurufen. Womöglich hatten sich alle gegen ihn verschworen. Womöglich war er umzingelt von Verrätern – und er hatte es in der Euphorie der letzten Wochen gar nicht bemerkt. Kaum war er eingeschlafen, suchten ihn Albträume heim, die sein Gehirn im Unterbewusstsein produzierte. Sogar seine engsten Mitarbeiter erschienen ihm als potenzielle Attentäter. Frühmorgens erwachte er schweißgebadet, nachdem ihn eine Stechmücke in den Oberarm gestochen und sich dieser Vorgang im Traum in eine Giftspritze verwandelt hatte.

Im viel zu kühlen Frühstücksraum des kleinen Hotels, in dem er keine weiteren Gäste entdeckt hatte, war das Angebot an Köstlichkeiten eher spärlich und das Frühstück daher rasch beendet. Bereits eine Viertelstunde später trat er in die brütende Hitze hinaus, wo Sallinger schon mit seinem Dodge auf ihn wartete. »Gut geschlafen?«, fragte der Mann, der seinen breitkrempigen Hut tief ins Gesicht gezogen hatte.

»Es geht«, erwiderte Bleibach knapp und setzte sich in den angenehm klimatisierten Wagen. Sie fuhren an einer Reihe kleiner, flacher Häuser vorbei, in deren Vorgärten sich das Buschland fortzusetzen schien.

Grüninger wohnte außerhalb dieser Ansiedlung, die von aufgeschütteten Hügeln aus Abraummaterial des Bergwerks umgeben war. Als er die beiden Männer auf sein frei stehendes Haus zukommen sah, trat er vor die Tür. »Hallo, Steffen«, empfing er seinen alten Bekannten. »Schön, dich hier zu treffen. Ich seh dich sonst nur im Fernsehen.« Grüninger wirkte mit seinem braun gebrannten Gesicht und dem karierten Hemd wie ein Farmer, der sich hier seine eigene Ponderosa-Ranch eingerichtet hatte.

Sallinger nickte Grüninger zur Begrüßung zu. Seit ihrem ersten nächtlichen Treffen vor über zwei Monaten waren sie noch einige Male zusammengekommen. Das anfängliche Misstrauen hatte sich gelegt.

»Ich hoffe, Petro hat dich nicht schockiert«, grinste Max und führte seine Gäste ins Haus. »Petro wird manches regeln, was dir schaden könnte.« Er bot den Besuchern Plätze auf Rattansesseln an, die um eine offene Schiebetür zur Terrasse gruppiert waren. »Es ist zwar heiß, aber ich halt nicht viel von Klimaanlagen«, sagte er und griff zu einem Krug mit frischem Ananassaft.

»Wir hätten uns auch gleich hier treffen können«, fuhr er fort, während er einschenkte, »aber Petro hatte in Port Augusta zu tun und hat sich einen Spaß draus gemacht, dich abzupassen. Ist ja keine allzu große Kunst, wenn man weiß, wann ungefähr der Gesuchte des Wegs kommt. Mit dem Straßenverkehr ist's hier nicht so weit her. Ich wüsste nicht, wie sich ein Australier am Frankfurter Kreuz zur Rushhour zurechtfinden würde.«

»Spaß ist gut«, griff Bleibach die Bemerkung auf, »ganz schön erschreckt hat er mich.«

»Das tut mir leid«, bedauerte Grüninger. »Dass wir uns hier treffen, soll schließlich genau das Gegenteil bewirken – dass nämlich niemand zu Schaden kommt.«

Bleibach hätte am liebsten laut hinausgeschrien, dass ihm diese Geheimnistuerei gewaltig gegen den Strich ging. Doch er bewahrte Haltung und wollte dem Geschehen seinen Lauf lassen.

»Als du mir gemailt hast, dass du mich besuchen würdest«, begann Grüninger, nachdem sie getrunken hatten, »da wurde mir erst so richtig klar, dass ich in der glücklichen Lage bin, aus einer gemeinsamen Vergangenheit – mit dir und den anderen –, eine großartige Persönlichkeit als meinen Freund betrachten zu dürfen. Ich hab zwar im Fernsehen hier – wir kriegen über Satellit einige deutsche Sender rein – sehr vieles von dir gehört und gesehen, hätte mir aber nie träumen lassen, dass du mich hier am Ende der Welt besuchen würdest. Steffen, das freut mich unglaublich.«

»Es war auch nur so eine spontane Idee von mir«, erklärte Bleibach. »Ich muss mir vor der nächsten ›Tournee‹, wie ich es immer zu nennen pflege, eine Auszeit gönnen. So weit wie möglich weg, hab ich mir gesagt. Also kommt nur Australien in Frage – okay, vielleicht noch Neuseeland, aber da ich wusste, dass du dich hierher zurückgezogen hast, stand mein Entschluss fest.« Er sah die beiden anderen fragend an. »Doch vielleicht kann mir mal jemand erklären, was hier gespielt wird – ausgerechnet an diesem Ort.«

Sallinger nahm seinen Hut ab und warf ihn auf einen freien Stuhl. »Das ist ganz einfach, Herr Bleibach. Eine Person wie Sie, ich hab's schon angedeutet, zieht alle möglichen Kräfte an. Max«, er deutete auf Grüninger, »hat es bereits erwähnt, dass er stolz ist, Sie und einige andere Personen aus früheren Studienzeiten zu kennen, die Ihnen, Herr Bleibach, aber nicht unbedingt wohlgesonnen sein müssen.«

Bleibach lauschte aufmerksam. »Malinowska, Joanna Malinowska«, entfuhr es ihm.

»Zum Beispiel«, bestätigte Sallinger. »Leider gibt es – formulieren wir es mal so – offenbar ein ganzes Netzwerk, das es nicht sonderlich gut mit Ihnen meint.«

Grüninger nickte. »Du solltest dich in Acht nehmen.«

Bleibachs Blick verfinsterte sich. Er wollte nicht länger dieses diffuse Geschwätz über eine mögliche Verschwörung über sich ergehen lassen. »Entschuldigt bitte, aber nennt mir doch endlich Fakten – und erklärt mir, was dies ausgerechnet hier, hier in dieser Steinwüste, eigentlich soll.« Es gelang ihm, seine Verärgerung einigermaßen zu verbergen.

Sallinger räusperte sich. »Das hat sich so ergeben – wegen Max.« Er wandte den Blick von Bleibach und sah zu Grüninger hinüber. »Er erwartet hier demnächst Besuch.«

»Besuch?«

»Von jemandem, der Deutschland verlassen wird«, erklärte Sallinger und fuhr eine Tonlage leiser fort. »Dies alles aber unterliegt allergrößter Geheimhaltung. Ich sehe es jedoch als meine Pflicht an, Sie nicht ganz ahnungslos zum Spielball irgendwelcher dunklen Mächte werden zu lassen. Sie sollten stets daran denken, dass Frau Malinowska nicht Ihre einzige Feindin ist.«

87

Linkohr war kreidebleich geworden. Häberle und Baldachin starrten auf den Computerbildschirm, auf dem ein Videofilm samt Ton lief, der sich als Einziges auf dem Speicherstick befand.

»Du bist einfach irre.« Es war eindeutig Linkohrs Stimme. Und obwohl die Lichtverhältnisse am Aufnahmeort keine allzu gute Filmqualität ermöglicht hatten, bestand für Häberle kein Zweifel: Bei dem Mann, der sich auf dem Sofa, halb sitzend, halb liegend, räkelte und über den sich eine leicht bekleidete Dame hermachte, handelte es sich um seinen Kollegen.

Linkohr wäre am liebsten aufgesprungen und aus dem Büro gestürmt. Musste er sich diese Peinlichkeit antun? Häberle und Baldachin starrten fassungslos auf den weiteren Fortgang des erotischen Liebesspiels. Nach einigen Minuten hatte der Chefermittler ein Einsehen und klickte den schnellen Vorlauf, worauf sich die Bewegungen der beiden Personen im Zeitraffer fortsetzten und die Szene komisch-groteske Formen annahm. Doch keiner der Männer verzog das Gesicht. Die eingeblendete Zeitangabe ließ darauf schließen, dass die Aufnahme 27 Minuten gedauert hatte. Sie endete damit, dass sich die wohlgeformte Dame splitternackt, wie sie jetzt war, von dem gleichfalls entkleideten Linkohr löste und sich in Richtung Kamera bewegte.

Häberle schaltete das Video ab.

Linkohrs Puls raste. War dies das Ende seiner Karriere? Er saß zusammengesunken auf dem hölzernen Stuhl. Gleich würde ein verbales Donnerwetter auf ihn einprasseln – mit der anschließenden Suspendierung vom Dienst.

Häberle schob die Maus beiseite und ließ ein paar Sekunden verstreichen. Baldachin starrte noch immer fassungslos auf den schwarzen Bildschirm.

»Der Herr Kollege hatte gestern Urlaub«, stellte Häberle sachlich und ruhig fest. »Jemand hat ihn heimlich gefilmt, als er einem privaten Vergnügen nachgegangen ist.«

Linkohr sah seinen direkten Vorgesetzten hoffnungsvoll an.

»Die Dame ist uns bekannt. Malinowska heißt sie«, wandte sich Häberle an Baldachin, der offenbar einen

Wutausbruch unterdrücken musste. »Das ist die Frau, die von Bleibach angeblich vergewaltigt wurde. Auf mich macht sie hier einen ziemlich professionellen Eindruck.« Er lehnte sich in seinem Bürosessel zurück und verschränkte die Arme. »Ich denke«, fuhr er fort, nachdem der erwartete Widerspruch von Baldachin ausblieb, »unser Kollege wurde im wohlverdienten Urlaub in eine Falle gelockt.« Dann runzelte er die Stirn und sah zu dem vor Angst fast gelähmten Linkohr. »Dass es natürlich nicht gerade geschickt war, sich ausgerechnet mit dieser Person einzulassen, wollen wir jetzt mal nicht diskutieren.«

»Dilettantisch und dumm«, brummte Baldachin verärgert, ohne Linkohr eines Blickes zu würdigen. »Wie peinlich wird das erst, wenn das Video bei ›Youtube‹ im Internet auftaucht. Und ich wette mit Ihnen, das wird geschehen.«

Linkohrs schwacher Hoffnungsschimmer schwand. Natürlich würden sie ihn ›aus dem Dienst entfernen‹, wie der Rausschmiss im feinsten Amtsdeutsch hieß. Einen Kriminalisten, der als ›Pornostar‹ im Internet zu sehen war, könnte die Polizei niemals akzeptieren.

Häberle versuchte erneut, die geladene Atmosphäre zu entschärfen: »Das war wohl ein Amoklauf der Hormone.«

Baldachin schüttelte verständnislos den Kopf. »Von einem Polizeibeamten erwarte ich, dass er seinen Sexualtrieb unter Kontrolle hat.« Es klang zornig. Linkohr schwieg und wünschte sich vor Scham, im Boden versinken zu können.

88

Georg Sander hatte zum Jahreswechsel eine kurze Zusammenfassung über den Mordfall Seifried geschrieben, dabei auch eigene Erkenntnisse aus dem Gespräch mit Boris einfließen lassen – aber weil er weder von der Staatsanwaltschaft noch von seinen sonstigen Informanten etwas über den aktuellen Ermittlungsstand erfahren hatte, gewann er zunehmend den Eindruck, dass die polizeilichen Recherchen im Sande verliefen. Oder es geschahen im Hintergrund Dinge, die allerhöchster Geheimhaltung unterlagen. Obgleich es Sander ärgerte, dass manche seiner Kollegen regelmäßig an seinen guten Kontakten zu Polizei und Justiz zweifelten. Denn auch er stieß an Grenzen, zumal es die dünne Personaldecke in der Redaktion gar nicht zuließ, sich mit ganzer Kraft nur diesem einen Fall zu widmen. Dies konnten sich nur Journalisten der großen Medien leisten. Von diesen Kollegen wusste er, dass sie oftmals wochen- und monatelang an einer einzigen Geschichte dranbleiben konnten. Sander sog trotzdem alles auf, was er über Bleibach und dessen Aktivitäten las. Ein großes Boulevardblatt hatte Anfang Februar berichtet, er halte sich derzeit in Australien auf, um neue Energie für seine ›Frühlingsoffensive‹ zu tanken. Bereits in sechs Wochen, so stellte Sander fest, sollte auf dem Hohenstaufen die große Kundgebung stattfinden. Dass ihn an diesem Februarvormittag der junge Boris Seifried anrief, um ihm ›etwas Vertrauliches‹ anzukündigen, bescherte Sander einen neuen Impuls. »Nicht am Telefon«, flüsterte Boris, »sondern morgen Abend um halb sechs auf dem Hohenstaufen.« Noch bevor der Journalist etwas sagen konnte, legte Boris auf. Halb sechs. Das bedeutete jetzt, Mitte

Februar, dass die Dämmerung schon einsetzte. Eine ungewöhnliche Zeit. Sander überlegte kurz, doch dann überwog das journalistische Interesse. Wie immer in solchen Fällen, schrieb er den Termin in seinen Tischkalender – zum einen als Gedächtnisstütze, zum anderen aber auch zur Sicherheit, falls ihm unterwegs etwas zustoßen würde. Vertrauliche Termine pflegte er gegenüber den Kollegen zu verschweigen – und auch seine Lebensgefährtin Doris wollte er damit meist nicht beunruhigen.

Der Abend war kühl, der Himmel bewölkt. Noch war es hell, als er seinen Golf am Ende der steil aufsteigenden, bepflasterten Reichsdorfstraße abstellte. Dort, beim Dokumentationszentrum für Staufische Geschichte, führte eine Treppe zwischen Friedhof und der historischen Barbarossakirche zu dem schmalen Waldpfad, der sich an der Südseite des kegelförmigen Berges zu einem Fahrweg hinaufwand. Ihm folgte Sander nach rechts, vorbei an den stark mit Efeu berankten Bäumen, und erreichte nach einer Spitzkehre das Mauerwerk, mit dem der Grundriss der einstigen Stauferburg nachempfunden worden waren. Der breite Weg führte vollends auf die Hochfläche hinauf. Rechts von ihm tauchte die sogenannte Schutzhütte auf – eine Vesperwirtschaft, deren Beton-Architektur den herben Charme eines Bunkers ausstrahlte. Sander hatte kürzlich gelesen, dass die Stadt Göppingen das Gebäude erworben hatte und nun von Grund auf modernisieren wollte. Das ›Jahr der Staufer‹, das gerade erst eingeläutet worden war, hatte die Stadtväter offenbar auch ihren lange Zeit stiefmütterlich behandelten geschichtsträchtigen Berg wieder neu entdecken lassen.

Sander überblickte das Plateau, das von mächtigen Linden dominiert wurde. Langsam machte sich die winterliche Dämmerung bemerkbar. Er sah sich um, doch es schien so, als sei er allein hier oben. Sander ging ein paar Schritte zur westlichen Kante, von der er wusste, dass sie eine grandiose Aussicht bot – von der Alb bis zum Stuttgarter Fernsehturm. Heute Abend jedoch hingen Nebelschwaden an Aichelberg, Boßler und Teck – und auch in Richtung Neckartal verlor sich die diesige Landschaft in monotonem Grau. Der Journalist vergrub seine Hände in der Winterjacke und drehte sich immer wieder um, doch außer den kahlen Bäumen und dem spärlichen Mauerwerk, das Historisches nachbilden sollte, gab es nichts, was ins Auge sprang. Auch auf dem leicht angehobenen östlichen Plateau, das sich hinter der Schutzhütte befand, entdeckte er nichts Auffälliges. Dort ragte die Stele hoch, deren Inschriften auf die glorreiche Staufervergangenheit hinwiesen.

Sander lehnte sich an den mächtigen Holzklotz, auf dem eine Bronzetafel die Entfernungen und Richtungen zu markanten Geländepunkten und Städten anzeigte, und sah die Lichter Göppingens, die aus einer Distanz von knapp zehn Kilometern herauffunkelten. Autoscheinwerfer bewegten sich, Straßenlampen brannten bereits.

»Danke, dass Sie gekommen sind«, hörte er plötzlich eine Stimme. Er erschrak, drehte sich um und sah den schlaksigen jungen Mann vor sich stehen, der den Kragen seiner schwarzen Jacke hochgestellt hatte.

»Jetzt haben Sie mich aber mächtig erschreckt«, gestand Sander, dessen Blutdruck in die Höhe geschnellt war.

»Das wollte ich nicht.« Boris sprach leise. »Entschuldigen Sie, dass ich Sie einfach so angerufen hab. Aber nach unserem Gespräch neulich weiß ich, dass Sie nicht gleich alles an die große Glocke hängen.« Er sah jetzt auch in die Landschaft hinaus. Eine unheimliche Stille lag über dem Berg. »Sie haben immerhin Wort gehalten und nicht alles, was wir gesprochen haben, auch gleich geschrieben«, betonte Boris noch einmal. Er zögerte. »Natürlich hätte ich jetzt auch zur Polizei gehen können – aber dann wird alles gleich so offiziell. Vernehmungen, Protokolle und so. Ich kenne das ja inzwischen.«

Sander erwiderte nichts. In solchen Momenten war es wichtig, sein Gegenüber aussprechen zu lassen und sich jedes Wort einzuprägen.

»Sie wissen, dass demnächst hier oben eine große Kundgebung stattfindet«, fuhr der junge Mann fort, während ein schwarzer Vogel an ihnen vorbeiflog. »Als ich mich hier neulich genauer umgesehen hab, ist mir etwas aufgefallen, das mir seither keine Ruhe lässt.«

Sander war über die Wortwahl überrascht. Beim letzten Gespräch hatte Boris noch häufig Formulierungen aus der Jugendsprache benutzt. Jetzt wirkte er wesentlich erwachsener.

»Ich zeig's Ihnen«, machte Boris nach kurzer Pause weiter, als von der Straße das Aufheulen eines Motorrads heraufdrang. »Kommen Sie mit.« Der Osthimmel, dem er entgegenging, hatte bereits deutlich an Helligkeit eingebüßt. Sander folgte dem jungen Mann mit einigen Schritten Abstand und beobachtete die Umgebung. Doch es gab außer ihnen beiden noch immer nichts, was sich bewegte. Allerdings, das musste Sander erkennen, wären genügend Verstecke vorhanden gewesen: Die dicken Bäume, die Mauerreste am Rande des Plateaus – und natürlich der Wald, der nahezu überall zur Hochfläche heraufreichte.

Boris verschwand jetzt rechts in dem Gemäuer, das sich etwa mannshoch erhob und dessen tadelloser Zustand nur archäologischen Laien vorgaukeln konnte, es würde sich um Originalreste der Burganlage handeln. Sander sah, dass der junge Mann abwärts stieg. Beim Näherkommen bemerkte er eine Treppe, die eine Etage tiefer in einen ummauerten Bereich führte, mit dem offenbar ein Keller oder ein Verlies angedeutet werden sollte. Boris war bereits dort unten angekommen und wartete im Halbdunkel ungeduldig, bis auch Sander das Treppenende erreicht hatte.

»Hier«, sagte er schließlich und brachte eine Taschenlampe zum Vorschein, die er anknipste und an dem Ziegelwerk der Mauer entlangstreifen ließ. »Das ist ganz neu.« Der kleine Lichtkegel blieb auf mehrere nebeneinanderliegende Bohrlöcher gerichtet.

Sander kam näher, um sie genau sehen zu können.

»Frisch gebohrt«, stellte Boris fest und ließ den Lichtschein auf den Boden darunter fallen. Dorthin war das Steinmehl gerieselt, das die Bohrmaschine aus den Löchern gefördert hatte.

»Das gibt's an zwei weiteren Stellen auch noch.« Boris machte eine Kopfbewegung, mit der er andeutete, dass er andere Bereiche auf dem Plateau meinte.

Sander fuhr mit den Fingern über die Löcher, deren Ränder rau und brüchig waren. »Und was müssen wir daraus schließen?«

Boris drehte sich um und leuchtete dem Journalisten ins Gesicht, als wolle er dessen Mienenspiel erkunden. »Das überlasse ich Ihnen.« Er wartete vergeblich auf eine Reaktion Sanders. »Ich bin halt auf Hinweise gestoßen, die mich beunruhigt haben. Und ich gebe dies vertraulich an Sie weiter. Verstehen Sie: Vertraulich. Ich will damit nichts zu tun haben.« Er steckte seine Taschenlampe wieder ein.

»Aber woher …?« Sander wollte sich nicht so einfach abspeisen lassen.

Boris machte sich wieder auf den Weg nach oben. »Sehen Sie's einfach so«, sagte er im Hinaufgehen. »Der Herr gibt's den Seinen im Schlaf.«

89

Dass Schmittke an einem frühen Februar-Vormittag zur Direktion nach Göppingen fuhr, ließ Ungewöhnliches vermuten. Er hatte sein Kommen telefonisch angekündigt, was Häberle allein schon für bemerkenswert hielt. Als der Geislinger Außenstellenleiter eintraf, trug er einen flachen Karton bei sich, in den einige Bücher gepasst hätten. Er stellte ihn auf den Besuchertisch und begrüßte Häberle mit einem kurzen Handschlag.

»Ich hab's dir bereits angedeutet – was ich da drin hab', könnte uns beide interessieren.« Er klappte die Laschen hoch und förderte einen Laptop zutage. Dieser sah ziemlich ramponiert aus, war zerkratzt und ließ Spuren festgeklebter und eingetrockneter Algen erkennen. Außerdem hing der aufklappbare Monitor nur noch an einem der beiden Scharniere. Kein Wunder, hatte er doch, wie Schmittke bereits am Telefon erklärt hatte, offenbar mehrere Tage im Wasser der Donau gelegen.

»An der Staustufe Böfinger Halde rausgefischt, Flusskilometer 2581,6«, informierte er knapp. »Am Rechen. Zwei, drei Kilometer stromabwärts von der Ulmer Innenstadt.«

»Wann war das?«

»Vor sechs Wochen«, erwiderte Schmittke und ließ sich auf dem harten Besucherstuhl nieder. »Ein Arbeiter des

Kraftwerks hat das Ding mit heimgenommen und einem Bekannten gegeben, der so was wie ein Computerfreak ist. Und der hat dann die Festplatte rausgemacht und es tatsächlich geschafft, einige der Daten wieder lesbar zu machen.«

Häberle staunte. Dass dies ohne die aufwendigen Hilfsmittel der Kriminaltechnik auch möglich sein würde, hatte er bislang nicht gewusst. Aber die Welt der Computer war schließlich wundersam – zumindest für seine Altersstufe.

»Die Festplatte hab ich auch in der Schachtel drin«, erklärte Schmittke. »Unsere Jungs beim LKA werden da noch einiges rausfischen, denke ich.«

»Und was hat der Computerfreak entdeckt?«, wollte Häberle ungeduldig wissen.

»Er hat anhand einiger Dateien rausgekriegt, wem die Kiste mal gehört hat.«

Schmittke hatte es ebenfalls am Telefon schon erwähnt – nämlich Jens Seifried. »Dass er den Laptop jetzt unseren Ulmer Kollegen gebracht hat, lag an dem, was er sonst noch lesbar gemacht hat.« Schmittke holte aus dem Karton einen Schnellhefter, in dem sich einige Ausdrucke befanden. »Hier«, er schlug das rote Deckblatt auf. »Ein E-Mail, ich les dir vor. ›Lieber E., Aktion Barbarossa o.k., 26.3. notiert‹. Als Antwort kam von einem ›Rotbartheini‹: ›Verdammt noch mal. Bist du wahnsinnig? Keine E-Mail, kein Mphone‹. Soll wohl Mobilphone heißen«, erläuterte Schmittke, »der 26.3. – du weißt, was das für ein Datum ist. Großkundgebung Hohenstaufen.«

Häberle nickte, während Schmittke weiterblätterte. »Es gibt dann in einer anderen Datei eine Aufstellung über Beträge, bei denen es sich vermutlich um Geld handelt. Im Abstand von zwei Wochen werden über mindestens fünf Monate Zahlen zwischen 1000 und 3300 aufgeführt. Da kann es sich nur um Euro handeln.«

Schmittke ließ die weiteren Blätter durch Daumen und Zeigefinger gleiten. »Du kannst es dir in Ruhe durchlesen. Es gibt da aber noch eine Datei, die mir persönlich viel wichtiger erscheint als alles andere, mit der aber der Finder des Laptops gar nichts anfangen konnte.« Er befeuchtete sich den rechten Zeigefinger, um das gesuchte Blatt schneller ausfindig machen zu können. »Da«, er drehte den Schnellhefter zu Häberle. »Das müsstest du kennen.«

Hatte Häberle bislang noch mit sich gerungen, inwieweit der Laptop-Fund über den Mordfall hinaus auch für seine Ermittlungen in Bleibachs Umfeld von Interesse sein konnte, so bestand jetzt kein Zweifel mehr. Er las: ›Auch Barbarossa, der im Mittelpunkt dieses Musicals steht, war dem Wahnsinn verfallen, die halbe Welt beherrschen zu wollen. Dass es inzwischen wieder starke Kräfte gibt, die, dem rotbärtigen Stauferkaiser Friedrich dem Ersten gleich, zu einem modernen Eroberungsfeldzug ansetzen, muss all jenen zu denken geben, die dieses Land zu dem gemacht haben, was es heute ist. Hosea, Kapitel 8, Vers 7 und Lukas, Kapitel 23, Vers 34.‹

Häberle fühlte sich für einen Moment wie elektrisiert. Das war wirklich eine verdammt heiße Spur. Nur, wie sie einzuordnen war, wusste er nicht.

Steffen Bleibach war am 7. Februar wieder zurückgekommen. Eigentlich hatte er sich gewünscht, ausgeruht, erholt und entspannt zu sein. Doch all seine Versuche, in den Wochen nach dem Besuch in Coober Pedy abzuschalten, waren vergeblich gewesen.

Nach dem Treffen mit Grüninger und Sallinger war er wie in Trance weiter durchs Outback gefahren, hatte den Ayers Rock bestiegen, jenes rostrote Felsenmonster, das aus der Ebene aufragte und bei Sonnenauf- und untergang unterschiedlich schimmerte, und er war über Tennant Creek und Mount Isa hinaus an die traumhaften Strände des Pazifiks gefahren, nach Surfers Paradise und Palm Beach.

Auch im Flugzeug hatte er nicht schlafen können. Viel zu sehr beschäftigte ihn das lange Gespräch mit Grüninger und Sallinger. Inzwischen hatte er den Eindruck, nichts sei mehr so wie vor seiner Abreise. Ihn plagten unendliche Zweifel, wem er überhaupt noch trauen konnte. Max hatte ihm empfohlen, sehr wachsam zu sein. Sollte er vorsichtshalber Lars Konarek in seine Ängste einweihen?

Bereits zwei Tage nach seiner Rückkehr stand eine Kundgebung in Heilbronn auf dem Programm. Er war froh, in diesen winterlichen Wochen nicht allzu weit fahren zu müssen. Darauf hatte er bereits bei der Planung seiner Veranstaltungen geachtet.

Als er den mit 2000 Menschen gefüllten Theodor-Heuss-Saal betrat, spürte er zum ersten Mal ein Unbehagen und orientierte sich nach einem der beiden Bodyguards, die ihm Konarek für jeden öffentlichen Auftritt zur Verfügung stellte. Er musste unweigerlich an den Zwischenrufer von Füssen denken.

Dann jedoch rief er sich innerlich dazu auf, die volle Konzentration auf seine Rede zu richten, die von Mal zu Mal bissigere Passagen enthielt.

»Liebe Freunde, Sie wissen, ich möchte für Sie alle da sein. Für Arm und Reich – vor allem aber auch für Jung und Alt. Wenn Sie heute die Werbung betrachten, dann werden Sie feststellen, dass sie sich hauptsächlich an junge Leute richtet. Fast scheint es so, als seien die Senioren – wie man

inzwischen die älter Gewordenen schönredet – gar nicht vorhanden. Man will sie zwar länger arbeiten lassen – oder sagen wir besser: arbeitslos lassen –, weil sie ohnehin keinen Job mehr finden, aber sie sind nichts weiter als jene verfügbare finanzielle Masse, die man ausbluten lassen möchte – nämlich dadurch, dass sie im Fall der längeren Arbeitslosigkeit ihr ganzes Erspartes abschmelzen müssen. Und wehe, Ihr geratet in das bürokratische Räderwerk von Hartz IV. Denn genauso kompliziert, wie das Steuerrecht ist die Sozialgesetzgebung. Kein Mensch ist in der Lage, zu verstehen, was in dem unverständlichen Machwerk des Sozialgesetzbuches steht. Oder haben Sie schon mal den Leitfaden zum Arbeitslosengeld II studiert? Also zu Hartz IV? Der Wälzer, der jährlich neu erscheint, umfasst 768 eng beschriebene Seiten. Glaubt denn im ernst jemand, so ein armer Hartz IV-Empfänger sei in der Lage, sich damit zurecht zu finden?

Das ist doch alles theoretisches, unverständliches Kauderwelsch, wie es nur – verzeihen Sie diesen Ausdruck – den Gehirnen verknöcherter Bürokraten entsprungen sein kann, die fern ab der Praxis diesen Schwachsinn ausbrüten und damit nur Verwaltungskosten produzieren und sich selbst finanzieren. Und Gelder verschleudern, die nie bei denen ankommen, für die sie gedacht sind.

Viele, vor allem ältere Menschen, verstehen die Welt ohnehin nicht mehr. Und zwar im wahrsten Sinne des Wortes.

Nur ein paar kleine Beispiele: Gehen Sie doch heute einmal als 70-Jähriger durch die Geschäftsstraßen. Wenn Sie kein Englisch verstehen, fühlen Sie sich bisweilen wie in einer fremden Welt. Von ›Sale‹ ist die Rede und von ›Moonlight-Shopping‹, von einem ›Back-Shop‹ – und wenn Sie das Werbematerial von Telekom, von Autos oder Kör-

perpflegemitteln lesen, dann strotzt dies nur so von ausländischen Begriffen oder von solchen, die, zwar englisch klingend, aber frei erfunden sind. Oder denken Sie an die unzähligen Fantasienamen fürs Benzin. An manchen Zapfsäulen weiß man doch gar nicht mehr, welchen Sprit man tanken soll. Und der Englisch-Wahn, der übers Internet auf uns einstürzt, führt dazu, dass Sie ohne diese Sprachkenntnisse kein elektronisches Gerät mehr bedienen können. Denken Sie aber bitte auch an die vielen Automaten, die inzwischen in alle Lebensbereiche Einzug gehalten haben. Selbst das Staatsunternehmen Bahn, das sich zwar AG schimpft, aber Gott sei Dank noch in Staatshänden ist, hat Gerätschaften aufgestellt, die der gelegentlich Zug fahrende Senior nicht versteht. Ganz zu schweigen von den kreisförmig aufgezeichneten Tarifzonen irgendwelcher provinzieller Nahverkehrsunternehmen, die mit tausend Zeichen und Fußnoten ihre Ausnahmen auflisten. Überhaupt, die Fußnoten, liebe Freunde«, fügte Bleibach rhetorisch an und wartete den aufbrandenden Beifall ab, *»sie sind meist irgendwo in einer Broschüre mit der kleinstmöglichen Schrift blau auf grauem Untergrund gedruckt, damit möglichst niemand, vor allem aber nicht die Senioren, die Fußangeln erkennen. Dies alles, liebe Freunde, ist natürlich juristisch fundiert und staatlich abgesegnet. Wir alle – und ich betone: wir alle, nicht nur die Alten, sondern auch die Jungen, die sich im jugendlichen Leichtsinn von den Geschäftemachern blenden lassen –, sind mittlerweile einer Welt ausgeliefert, deren ganzes Sinnen und Trachten nur auf eines abzielt: Auf unseren persönlichen Geldbeutel. Viele von uns, die es noch anders erlebt haben, fühlen sich inzwischen wie Fremdlinge. Die persönlichen Zuneigungen, die Zuverlässigkeiten in Wirtschaft und Politik, das faire Miteinander und damit die Menschlichkeit sind längst* *auf der Strecke geblieben. Deshalb verstehe ich die Senioren, denen diese rasanten Entwicklungen, diese Unbeständigkeit, dieser Werteverfall, diese Machtkämpfe bis hinunter zum kleinsten Betrieb inzwischen Sorgen bereiten. Wo wird denn noch die Erfahrung eines 60-Jährigen akzeptiert, wenn plötzlich viel Jüngere auf dem Chefsessel thronen. Wo wird denn akzeptiert, dass ein 60-Jähriger bis zu seinem Ruhestand würdevoll arbeiten möchte? Welcher jüngere Chef kann ermessen, dass die Leistungsfähigkeit physisch und psychisch nachlässt, dass es kein Problem mangelnder Intelligenz oder gar ein Zeichen von Faulheit ist, sondern ein biologisch nachvollziehbarer, normaler Vorgang? Eine Gesellschaft aber, die ihre Alten abschiebt, auf deren Wissen verzichtet und ihnen gar rät, möglichst ab 70 nicht mehr am Straßenverkehr teilzunehmen, obwohl diese Altersgruppe nachweislich sicher und unfallfreier fährt als die Jungen – eine solche Gesellschaft, liebe Freunde, hat es wahrlich nicht verdient, in eine glückliche Zukunft blicken zu können. Die Schwätzer und Besserwisser von heute, die Ellenbogen-Manager und fantasielosen Emporkömmlinge, die Ausverkäufer des Landes und der Wirtschaft, die durchstudierten Theoretiker, die Profiteure und bewussten Bankrotteure, die Abzocker und staatlich legitimierten Betrüger – sie alle tragen die Verantwortung dafür, dass dieses Land in einen nie dagewesenen Abwärtsstrudel gerät und es in naher Zukunft da ist, wo es unsere Väter nie vermutet hätten – nämlich vor den Hunden. Es sei denn, liebe Freunde«,* er hob seine Stimme, *»wir stehen alle zusammen und lassen es nicht zu, dass eine Minderheit die Regierenden beeinflusst oder gar selbst an die Macht kommt. Deshalb kann es nur eines geben, ich sag es immer wieder: Wir sind die Mitte. Der neue Anfang.«*

Frenetischer Beifall. Bleibach genoss wieder einmal das Bad in der Menge. Seitlich an der Wand hielt jemand mit gestreckten Armen ein weißes Laken hoch, dessen schwarze Aufschrift er jedoch nicht lesen konnte. Es war das erste Mal, dass er so etwas bei einer seiner Veranstaltungen sah. War es ein Gegner?

90

Linkohr war die Lust auf Frauen gründlich vergangen – so gründlich, wie noch nie zuvor in seinem Leben. Dass er vorläufig weiterarbeiten durfte, hatte er einzig und allein der Fürsprache Häberles zu verdanken, dem es gelungen war, Baldachin von Linkohrs beruflichen Qualitäten zu überzeugen. Das letzte Wort aber, so hatte der Direktionsleiter angedroht, sei damit »noch lange nicht gesprochen.«

Der junge Kriminalist war in ein Stimmungstief gefallen. Immer wieder kämpfte er mit dem Gedanken, Sigrid anzurufen – doch die hatte sich nach seinem dienstlich begründeten Aufbruch beim ›Jungen Griechen‹ nicht mehr gemeldet. Nein, entschied er, einen weiteren ›Problemfall‹ konnte er jetzt nicht gebrauchen. Er musste einen deutlichen Strich ziehen und sein Leben neu ordnen. Vielleicht würde er zum Ende der langen Faschingssaison noch irgendwo auswärts eine Tanzveranstaltung aufsuchen. Aber ganz gewiss weit außerhalb seines Zuständigkeitsbereichs, wo ihn garantiert niemand kannte.

Dass ihn Häberle jetzt dienstlich aufforderte, Kontakt mit Joanna Malinowska aufzunehmen, erschien ihm äußerst suspekt. War dies überhaupt zulässig, nach allem, was geschehen war? Durfte man ihn mit solchen Ermittlungen beauftragen? Er würde ihr niemals mehr gegenüberstehen wollen. Niemals. Und wenn das Video irgendwo im Internet auftauchte, war er wild entschlossen, dagegen mit allen rechtlichen Mitteln vorzugehen – wohl wissend, wie schwierig es sein konnte, etwas von Youtube oder aus irgendwelchen sozialen Netzwerken löschen zu lassen.

Linkohr rief mit der Funktion ›Rufnummer unterdrücken‹ bei Joanna an. Hätte sie sich gemeldet, hätte er sofort wieder aufgelegt. Denn mehr als festzustellen, ob sie noch im Donau-Center in Neu-Ulm wohnte, wollte er nicht. Doch der Anruf ging ins Leere. Es meldete sich niemand. Auch nicht auf ihrem Handy.

Die Ermittlungen übers Einwohnermeldeamt führten auch nicht weiter. Dort war zu keiner Zeit eine Joanna Malinowska gemeldet gewesen. Und auch bei irgendwelchen Unternehmerverbänden, die sie gegenüber Linkohr mal erwähnt hatte, erinnerte sich niemand an eine Dame dieses Namens.

Die Gesellschaft, die im Donau-Center Wohnungen vermietete, vermochte ebenfalls nicht weiterzuhelfen: In der besagten Etage, derer sich Linkohr noch lebhaft entsinnen konnte, sei nichts an eine Dame mit diesem Namen vermietet und eine Frau Malinowska tauche auch im gesamten Donau-Center nirgendwo auf. Als Linkohr genauere Angaben zu besagter Wohnung nachfragte, erfuhr er, dass sie an eine polnische Agentur vermietet sei, die dort regelmäßig Artisten, Sänger und Musiker unterbringe, aber auch wirtschaftliche Ziele verfolge. Der Jungkriminalist ließ sich die Adresse in Polen geben, von der aus die Miete überwiesen wurde.

»Da haut's dir's Blech weg«, kommentierte er seine Ermittlungen, als er sie Häberle vorgetragen hatte. »Da bin ich in eine schöne Sauerei reingeraten.«

Der Chefermittler verkniff sich eine Bemerkung. Aber Linkohr hatte sicher in jeder Beziehung recht. Sie zogen Brunzel zurate, der sich am Telefon kurz informieren ließ. Häberle nahm Linkohrs Aufschrieb und hatte Mühe, die polnischen Bezeichnungen auszusprechen: »Sagt dir ›Instytut Kultury i Stosunkówi‹«, er zögerte und las langsam weiter, »›*Międzynarodowych*‹ was?«

Eine Viertelstunde später tauchte der Staatsschützer bei den beiden Kollegen auf. »Ich hab was rausgefunden, das euch interessieren dürfte.«

Er zog sich den zweiten Besucherstuhl an Häberles Tisch heran und setzte sich. »Die Kollegen – das wisst ihr – tun sich schwer mit solchen Auskünften.« Häberle ging davon aus, dass er den Verfassungsschutz meinte, wollte aber nicht nachhaken, um Brunzel einen Gewissenskonflikt zu ersparen. »Aber sie lassen uns wissen«, fuhr der Staatsschützer fort, »dass sich unter dieser Bezeichnung …«, er blätterte in seinen Aufzeichnungen und wiederholte mühevoll den Namen, »›Instytut Kultury i Stosunkówi *Międzynarodowych*‹, was so viel wie ›Pflege des Kulturguts und der internationalen Beziehungen‹ heißt –, dass sich dahinter Nachrichtendienste verbergen könnten.«

»Nachrichtendienste?«, wiederholte Linkohr ungläubig. »Ausländische?« Wenn das stimmte, war er wie ein Amateur auf eine Agentin hereingefallen.

Brunzel zuckte mit den Schultern. »Nachrichtendienste halt. In diesem Fall wohl polnische. Mehr wollen sie dazu nicht sagen.«

»Das müssen nicht zwangsläufig ausländische sein«, stellte Häberle sachlich fest.

»Sie meinen …«, Linkohr wagte es kaum auszusprechen, »… es könnte sich auch um den BND handeln?« Nie zuvor hatte er es mit dem Bundesnachrichtendienst zu tun gehabt, der sich bekanntermaßen auf Informationsbeschaffung im Ausland beschränkte. Anderswo würde man diese Tätigkeit wohl als Spionage bezeichnen.

»Spuren im Ausland führen schließlich auch ins Inland«, gab Brunzel zu bedenken.

»Sie meinen, der BND tarnt sich als polnische Künstleragentur?«, fragte Linkohr vorsichtig und erkannte, in welch gefährliches Räderwerk er, aber vermutlich auch Bleibach, geraten war.

Brunzel schwieg diplomatisch. Häberle hingegen konnte seinen Ärger über die mangelnde Kooperationsbereitschaft der Verfassungsschützer nicht verbergen. »Es ist schlichtweg eine Frechheit, wie man uns behandelt. Manchmal habe ich die Vermutung, als ob man uns bewusst gegen eine Mauer rennen ließe.« Es war nicht das erste Mal, dass er diesen Eindruck hatte. Nicht umsonst hatte man den Mordfall Seifried und die vorsorglichen Ermittlungen in Bleibachs Umfeld strikt getrennt.

Deshalb verwunderte es Häberle auch nicht, dass sein Vorschlag, Malinowskas Wohnung im Donau-Center öffnen und durchsuchen zu lassen, auf keine große Begeisterung stieß. Staatsanwalt Ziegler sah keinerlei ›Gefahr im Verzuge‹. Immerhin hatte Häberle geflissentlich die Video-Affäre um Linkohr verschwiegen und nur das Argument vorgeschoben, die Hauptbelastungszeugin im Vergewaltigungsverfahren gegen Bleibach sei spurlos verschwunden und es bestehe der Verdacht, ihr könnte etwas zugestoßen sein.

»Soweit ich informiert bin, befindet oder befand sich Herr Bleibach in Australien«, hatte Ziegler süffisant bemerkt. »Wer außer ihm soll also Interesse daran haben, Frau Malinowska zu beseitigen?«

Häberle spürte erneut, dass er auf Ignoranz und erheblichen Widerstand stieß. »Wenn es aber diese Frau Malinowska unter der Adresse, die sie uns angegeben hat, gar nicht gibt, müsste auch die Ermittlungsbehörde daran interessiert sein, Klarheit zu schaffen.« Von einer polnischen Künstleragentur erwähnte er nichts.

Ziegler bat sich widerwillig eine kurze Bedenkzeit aus, ehe er Häberles Drängen schließlich doch nachgab. Es dauerte aber noch einen ganzen Tag, bis ein Ulmer Richter das Öffnen der Wohnung und eine Durchsuchung genehmigte.

Linkohr war dabei, als der Hausmeister des Donau-Centers jene Wohnungstür öffnete, die ihm noch vor Kurzem wie der Weg ins Paradies erschienen war. Zusammen mit drei Kollegen der Ulmer Polizei betrat er die Diele, in der es nach dem herben Parfüm Joannas roch. Sofort fiel ihm auf, dass kein Kleidungsstück mehr an der Garderobe hing. Die Betten im Schlafzimmer waren unberührt – und alle Einrichtungsgegenstände in der Wohnung waren noch vorhanden. Nichts jedoch deutete darauf hin, dass hier jemand wohnte. Keinerlei Unordnung, kein Geschirr auf Tischen oder in der Küche. Routinemäßig öffnete ein Beamter den Kühlschrank. Auch dort: Fehlanzeige. Leer. Linkohr rief sich die Perspektive in Erinnerung, aus der sein erotisches Abenteuer auf der Couch gefilmt worden war. Demnach musste die Kamera irgendwo zwischen den Büchern versteckt gewesen sein – aber es fand sich kein Gerät. Wenn dort eine Videokamera installiert gewesen war, hatte man sie entfernt.

In einer Nische zwischen Wohnzimmer und Küche stand ein Tisch, der Linkohrs Erinnerung zufolge als

Ablage für Schreibkram und einen Laptop gedient hatte. Tatsächlich befanden sich an der Fußbodenleiste Steckdosen für Strom und Internet. Der Computer war allerdings weg.

»Wenn hier vor Kurzem noch jemand gewohnt hat, ist derjenige spurlos verschwunden«, stellte ein Neu-Ulmer Kollege mit einem Dialekt aus Bayrisch-Schwaben fest. Linkohr war froh, dass sich sein Abenteuer nicht bis hier herumgesprochen hatte.

»Schaut euch das an«, hörte er plötzlich die Stimme eines anderen Kollegen. Der hatte gerade den Abfalleimer unter der Spüle inspiziert. Er brachte einen zusammengeknüllten Zettel daher. »Eine Telefonnummer – mit Kugelschreiber notiert«, sagte er und hielt sie Linkohr hin. Der nahm den Zettel und hatte Mühe, sich sein Entsetzen nicht anmerken zu lassen. Er kannte diese Nummer. Es war die seines eigenen Handys.

91

Der Holzofen schien zu glühen. Im Wohnzimmer des alten Bauernhauses am Stadtrand von Neu-Ulm herrschten tropische Temperaturen. Katsche war aus dem abgegriffenen Sessel aufgesprungen, um nervös hin- und herzugehen. »Großes Lob«, sagte er und blickte in die Runde seiner drei Freunde. »Die Vorbereitungen sehen gut aus.« Er lehnte sich an einen Fenstersims und fügte leise hinzu: »Auch ohne Jens.«

Andy Ollerich zog an einer Zigarette und schlug die Beine übereinander. »Aber die Bullen lassen nichts raus.

Ich guck jeden Tag in die Zeitung, aber seit Wochen steht nichts mehr über den Mord drin.«

»Muss uns auch nicht kümmern«, brummte Pommes, dessen Leibesfülle von Monat zu Monat zuzunehmen schien.

Ucki, der dicke Qualmkringel in die Luft blies, sah mit zusammengekniffenen Augen zu Katsche hinüber. »Mich persönlich würde schon interessieren, wer den Jens weggeblasen hat.« Er sah von einem zum anderen. »Wenn es keiner von uns war, wovon ich ausgehe, dann kann Gleiches jedem von uns blühen.«

»Quatsch nicht rum«, fuhr ihm Katsche über den Mund. »Jens hat sicher irgendwelche Weibergeschichten gehabt. Oder jemand hat ihm sein Doppelspiel verdammt übel genommen.«

Andy Ollerich fühlte sich mit dieser Bemerkung indirekt angesprochen. Seine Finger zitterten. »Wenn es so ist, sind wir alle im Arsch. Das sag' ich euch.«

»Ihr sollt euch, verdammt noch mal, nicht in die Hosen scheißen!«, wurde Katsche ungewöhnlich laut. »Wir werden das Ding durchziehen, unsere Knete kassieren und dann abhauen.« Dann wandte er sich an Ucki: »Geht das Ding? Zuverlässig?«

»Absolut«, antwortete Ucki gelassen.

»Reichweite?«

»Mindestens zwei Kilometer. Ohne Hindernisse das Doppelte.«

»Denkt dran, dass die Akkus geladen sind«, fuhr Katsche fort.

Eine kurze Pause des Schweigens nutzte Andy Ollerich zu einem Einwand: »Du brauchst mich nicht gleich anzuschreien, aber was, wenn sie bei Jens Unterlagen gefunden haben?«

»Wie denn?«, blaffte Katsche zurück. »Wenn sich jeder von uns an die Abmachungen gehalten hat – keine E-Mails, keine Telefonate zur Sache –, dann gibt es nichts, was man finden kann. Oder führt ihr vielleicht Tagebuch?«

Schweigen. Katsche sprach Ollerich direkt an: »Ich hoffe, du hast alles vernichtet, was an die Zeit davor erinnert.«

»Ich?« Ollerich war irritiert. »Natürlich, klar. Ich bin doch kein Anfänger.«

»Davon geh ich aus«, schnarrte Katsche. »Jeder Fehler ist tödlich. Ganz klar. Das muss jeder von uns wissen. Und jeder Fehler eines Einzelnen wirkt sich auf uns alle aus.« Noch einmal starrte er Ollerich an. »Dieser Kommissar da, von dem du uns erzählt hast, ist der noch mal irgendwo aufgetaucht?«

»Nein. Natürlich nicht.«

»Dann läuft alles ab, wie festgelegt. 26. März, 5 Uhr. Ich erwarte, dass eure Uhren sekundengenau gehen.« Seine Stimme hatte jetzt einen drohenden Unterton. Er duldete keinen Widerspruch. Vor allem aber keinen Fehler.

92

Die Wochen in Australien erschienen Bleibach im Nachhinein noch immer wie ein Traum, der ihm als ein Wechselbad der Gefühle im Gedächtnis bleiben würde. Er konnte nicht einfach abstreifen, was Sallinger gesagt hatte. Dass Joanna Malinowska nicht seine einzige Feindin sei. Eine, die mit verdeckten Karten spielte, die ihn ausspionierte – ihn und viele andere auch. Sallinger wollte den Begriff

›Agentin‹ aber nicht verwenden. Er versprach jedoch – und an diese Worte klammerte sich Bleibachs Unterbewusstsein unablässig –, dass er ihn sofort informieren werde, wenn sich die Lage entspannt habe.

Bleibach konnte die Erinnerung an dieses Gespräch nicht einfach abschütteln – und schon gar nicht abschalten. Er hatte auf den langen Tagesetappen während seiner Reise über all die Andeutungen und angeblich gutgemeinten Hinweise nachgegrübelt. Aber im Grunde genommen hatte die Botschaft doch geheißen: Pass auf. Du hast gewaltige Kräfte gegen dich. Mehrere Seiten wollen dich eliminieren. Okay, so deutlich hatte Sallinger es nicht ausgedrückt. Aber wenn man seine diplomatisch gewählten Worte genau auf sich wirken ließ, dann bedeuteten sie nichts anderes.

Dass während seiner Abwesenheit nichts Dramatisches geschehen war, hatte ihm Iris Eschenbruch in verschiedenen Telefonaten erklärt. Evelyn hingegen war vielfach gar nicht erreichbar gewesen – und auf einige seiner E-Mails hatte sie auch nicht geantwortet. Wahrscheinlich, so grübelte er, als er jetzt daheim in Hohenstaufen wieder einmal vergeblich versuchte, sie anzurufen, war es wie immer in den Beziehungen: Sobald der Alltag einkehrte und jeder seinen hektischen Weg alleine ging, verflüchtigten sich die Gefühle – ein Zeichen dafür, dass sie nicht tief genug waren. Bleibach wusste aus leidvoller Erfahrung, dass eine vorübergehende Trennung ein guter Test sein konnte. Nur wenn die Sehnsucht von Tag zu Tag größer wurde, war es eine tragfähige Bindung. Irgendwie hatte er so etwas bei ihnen nicht feststellen können. Vielleicht war er aber auch der geborene Single, der diese Einsamkeit, wie er sie in Australien erlebt hatte, genoss. Er verscheuchte diesen

Gedanken. Nein, sagte er sich, bei mir war das anders. Ich brauchte diese Abgeschiedenheit, um zu mir zu finden. Um Kraft zu tanken – jene Energien, die vielleicht einst auch die Aborigines, die Ureinwohner Australiens, aus der Weite des Landes geschöpft haben.

Dass Enduro Ollerich und Miriam Treiber jetzt in seine Hohenstaufener Wohnung gekommen waren, empfand er als eine seltsame Mischung aus Erleichterung und Misstrauen – wohl wissend, was ihm Sallinger geraten hatte. Denn plötzlich sah er sie beide mit anderen Augen. Vielleicht aber tat er ihnen damit unrecht?

Ollerich legte ihm ein ganzes Bündel von Presseausschnitten auf den Tisch. »Du bist weiterhin im Gespräch«, stellte Ollerich fest. »›Spiegel‹ und ›Focus‹ haben berichtet. Kritisch wie immer halt.«

Miriam Treiber zog ein ungewohnt nachdenkliches Gesicht und legte beide Arme auf die Lehnen des Sessels. »Es ist mit annähernd 20 000 Menschen zu rechnen. Vielleicht sogar mit mehr.« Sie hatte mit Iris Eschenbruch telefoniert, bei der die Koordination der ›Frühjahrskundgebung‹ zusammenlief. Offiziell hatten sie den Slogan ›Frühlingserwachen‹ gewählt. So stand es auf unzähligen Plakaten, die Bleibach vor dem Bild der aufgehenden Sonne in einem Meer von Frühlingsblumen zeigten.

»Lars hat uns einige Leute zur Verfügung gestellt – für oben auf dem Berg«, erklärte Ollerich. »Er selbst wird zehn Tage zuvor mit seiner Survival-Tour für Aufsehen sorgen.«

Miriam, die den Kontakt zu Polizei und Ordnungsamt hielt, erklärte emotionslos: »Hohenstaufen wird weiträumig abgesperrt. Es gibt Shuttle-Busse von Göppingen und Schwäbisch Gmünd. Dort werden Parkplätze ausgewiesen. Nach Hohenstaufen dürfen nur Anwohner fahren.«

»Die Rettungsdienste werden auf dem Berg einen Stützpunkt einrichten, aber auch in der Ortschaft Hohenstaufen, drunten in Hohrein und drüben auf dem Aasrücken.«

Bleibach nickte. »Und was tun wir, wenn nicht alle Besucher oben Platz finden?«

Ollerich hatte auch daran gedacht. »Wir übertragen auf Videowände. Public Viewing sozusagen. Die Polizei wird den Aasrücken sperren.« Gemeint war der Bergrücken, der sich vom Hohenstaufen in Richtung Rechberg hinüberzog. »Und wir werden den gesamten Bereich hier bei der Spielburg mit einbeziehen.« Ollerich deutete aus dem Fenster, denn dieses Gelände, das einst ein Steinbruch gewesen war, lag unmittelbar vor Bleibachs Wohnung. »Auch drunten in Ottenbach und drüben in Maitis werden Videowände aufgebaut.«

»Und wenn's regnet?«

»Die Technik ist dadurch nicht beeinträchtigt. Nur die Leute. Auf dem Berg haben wir für dein Rednerpodium notfalls ein Zeltdach vorgesehen.«

»Und die Medien?« Bleibach hatte sich in Gedanken eine Checkliste zurechtgelegt.

»Es werden einige Datenleitungen über den Hang nach oben gelegt. Für die Satelliten-Übertragungswagen ist eine Wiese drunten bei Hohrein vorgesehen. Von dort besteht Sichtverbindung zur Bergspitze, sodass sie ihre Richtfunklinien nach oben einrichten können.«

Nachdem sie ihr organisatorisches Programm abgearbeitet hatten, nahm Ollerich einen Schluck Mineralwasser und erklärte abschließend: »Ich werde mich während der Veranstaltung nicht auf dem Berg aufhalten, um mich bei Bedarf frei bewegen zu können.« Er spürte Bleibachs Verwunderung und erklärte deshalb schnell: »Einer muss den Überblick über unsere eigenen Sicherheitskräfte haben. Ich denke, dass wir dies mit Handys und Walky-Talkys hinkriegen. Und du, Miriam?«

Sie zuckte mit den Schultern. »Ich weiß nicht, wo ich gebraucht werde. Unsere Göppinger Ortsgruppe hat dies doch alles im Griff, denke ich. Oder?«

Ollerich sah sie von der Seite an: »Vielleicht könntest du das alles dokumentieren.«

Sie tat so, als habe sie die Bemerkung nicht gehört.

Bleibach nahm's schweigend zur Kenntnis. Täuschte ihn sein Gefühl, oder hatte sich bei Miriam ein Desinteresse breitgemacht?

93

Sander hatte mit sich gerungen. Es war zwar ein vertrauliches Gespräch gewesen, aber Boris hatte ja lediglich den Kontakt mit der Polizei gescheut, also durchaus gewollt, dass seine Beobachtung weitergegeben wurde. Der Journalist sah endlich mal wieder eine Gelegenheit, mit Häberle ins Gespräch zu kommen.

»Bohrlöcher«, echote der Chefermittler schließlich, nachdem er sich am Telefon Sanders Schilderungen angehört hatte. »Aber Sie wollen mir nicht sagen, wer Sie darauf hingewiesen hat?«

Sander zögerte. Sie beide pflegten seit Jahren ein gutes Verhältnis und einen freundschaftlichen Umgangston. Aber Häberle musste selbst am besten verstehen, dass es

Grenzen der Information gab. Was für ihn als Polizist galt, war auch für Journalisten – wenngleich in begrenztem Maße – zutreffend: Informanten sollten niemals preisgegeben werden. Sander hatte sich im Zusammenhang mit einem früheren Fall darüber kundig gemacht. Sein Aussageverweigerungsrecht endete dort, wo es um Kapitalverbrechen ging. Ein paar Löcher in einer pseudo-historischen Mauer gehörten gewiss nicht dazu. »Tut mir leid«, gab er zurück, »aber in diesem Fall darf ich nichts sagen.«

Häberle ließ ein »Mhm« vernehmen, um dann ironisch zu granteln: »Typisch Presse. Alles wissen wollen, aber wenn's drauf ankommt, die Klappe halten.«

»Meist ist's ja andersrum«, konterte Sander, der von zu Hause aus telefonierte, um seine Recherche auf dem Hohenstaufen den Kollegen nicht offenbaren zu müssen.

»Und was glaubt Ihr Informant, wozu die Bohrungen gut sein sollen?«

»Dazu hat er sich nicht konkret geäußert. Er will von den Bohrungen auch nur aus anderer Quelle erfahren haben. Und die hat er mir nicht genannt.«

»Klingt ja ziemlich abenteuerlich, finden Sie nicht auch? Jeder hört was von irgendeinem.«

Sander vermochte nicht nachzuvollziehen, wie ernst Häberle den Hinweis nahm. »Na ja«, meinte er deshalb, »in ein paar Wochen findet dort oben was Großes statt …«

Häberle unterbrach ihn: »Aber dass da oben ein Umbau geplant ist – also eine neue Gaststätte und so –, das ist Ihnen schon geläufig? In der NWZ stand sogar mal was von dem Wiederaufbau der Burg – oder zumindest von einem Turm.«

Sander hatte es in der Göppinger Tageszeitung auch gelesen, dem Projekt jedoch keine Chance eingeräumt. Eine neue Gaststätte ließ sich bauen, auch natürlich ein Aussichtsturm, aber eine komplette Burg sicher nicht. Taten sich doch allein schon die Berliner mit dem Wiederaufbau des Hohenzollernschen Stadtschlosses schwer.

»Wenn Sie tatsächlich meinen, es handle sich um Erkundungsbohrungen für einen Umbau, okay, dann ist das Ihre Sache«, erwiderte Sander leicht enttäuscht.

»Was glauben Sie denn sonst, welcher schrecklichen Geschichte Sie auf der Spur sind?«

Sander überlegte kurz. »Wenn Sie's nicht wissen, tut's mir leid. Ihre Kollegen stochern im Mordfall Seifried im Nebel – und Sie tun, als habe das alles nichts mit Bleibach zu tun. Herr Häberle, für wie blauäugig halten Sie mich? Oder um welche Interessen geht's eigentlich hinter den Kulissen der Polizei?«

»Dazu verweigere ich die Aussage«, antwortete Häberle. Sander war darüber erstaunt. Eine verweigerte Aussage durfte zwar vor Gericht in keine Richtung bewertet werden. Aber in diesem Fall sprach Häberles Verhalten wohl Bände, dachte der Journalist.

94

Die Nächte waren nicht mehr ganz so rau. Mit der längeren Tageshelle machte sich allmählich der Frühling bemerkbar. Noch aber lagen in schattigen Geländeeinschnitten einzelne Schneereste. Als Andreas Ollerich kurz vor Mitternacht seinen Wagen unterhalb der Spielburg abstellte – einer markanten Wunde am Hohenstaufen, die in früheren Zeiten ein Steinbruch gerissen hatte –, zog er den Kragen seiner Jacke hoch und folgte dem asphaltierten Weg, der zu den villenartigen Häuschen hinaufführte, von denen eines Bleibach bewohnte. Welches, wusste er nicht, denn er war nie dort gewesen. Die mondlose, aber sternenklare Nacht bot die besten Voraussetzungen für das, was er zu erledigen hatte. Er brauchte keine Taschenlampe, die ihn ohnehin auf weite Distanz verraten hätte. Die Geländepunkte hoben sich tief schwarz vom dunklen Grau des Hintergrunds ab. Als sich seine Augen an diese Verhältnisse gewöhnt hatten, erkannte er auch den aufwärts führenden Weg, der sich in der Schwärze der Nacht oben am Waldrand verlor.

Auf dem anschließenden Wiesenpfad musste er mit vereisten Stellen rechnen. Einmal nur drehte er sich um, weil er ein Geräusch vernommen hatte. Es schien aber von den Häuschen gekommen zu sein, an deren mit Sträuchern gesäumten Vorgärten er entlanggehen musste. Ollerich genoss für einen Augenblick die grandiose Aussicht, die sich in solch klaren Nächten von hier aus in Richtung Göppingen und Stuttgart bot. In der Ferne zog sich die lange Reihe der Straßenlampen wie beleuchtete Perlen einer Kette durch die Landschaft.

Ollerich tastete prüfend nach den Gegenständen, die in den Taschen seiner Freizeithose steckten. Es waren ein Meterstab, ein Notizblock und ein Kugelschreiber. Seine Stirnlampe hatte er in die Jackentasche gesteckt.

Bislang war alles wunderbar gelaufen. Dass sie vorläufig nur einzeln auf den Berg gingen, machte natürlich Sinn. Je näher der Termin kam, umso vorsichtiger mussten sie sein. Ollerich war sich dessen bewusst und spürte Unbehagen, weil ihm Katsche vor einigen Wochen eigentlich untersagt hatte, selbst noch aktiv ins Geschehen einzugreifen. Doch was hier oben zu tun war, entsprach seinem Metier.

Er erreichte jetzt den Waldrand, wo er sich kurz zum weiter aufwärts führenden Fahrweg orientieren musste. Natürlich konnte es vorkommen, dass er um diese Zeit jemanden traf. Liebespärchen vielleicht oder einen einsamen Spaziergänger, der sich dem Zauber der Nacht hingab. Ollerich hatte bei anderen Gelegenheiten schon öfters erlebt, dass zu allen Zeiten einsame Menschen unterwegs waren. Im Sommer natürlich eher als jetzt in diesen kühlen Nächten.

Während er weiterging und es von der Turmuhr der evangelischen Kirche, die sich gleich neben der Barbarossakirche befand, 0.15 Uhr schlug, dachte er über seine eigene Zukunft nach. Eigentlich war er entschlossen, sein Leben neu zu ordnen. Nachdem sein Vorstoß, Jens und ihn besser zu entlohnen, zu einer gefährlichen Retourkutsche wurde, weil sie alle natürlich erpressbar waren, schien kein Dialog mehr möglich zu sein. Dass es jetzt doch noch einen Auftrag geben sollte, der doppeltes Honorar versprach, erschien ihm nach dem Mord an Jens suspekt. Doch ihm blieb gar keine andere Wahl, als darauf einzugehen. Sie wussten inzwischen viel zu viel von ihm.

Natürlich hatte er gewusst, dass sein ganzes Leben bisher ein Spiel mit dem Feuer gewesen war. Aber es hatte auch Spaß gemacht und einen legitimen steuerfreien Nebenverdienst beschert.

Ohne sich dessen bewusst zu sein, hatte er bereits den von Mauerwerk umgebenen Zugang zum Plateau erreicht. Wie schwarze Gespenster reckten sich vor ihm die mächtigen Linden in den Sternenhimmel, an dem Ollerich den Großen Wagen erkannte.

Er blieb kurz stehen, sah nach allen Seiten und überquerte die ebene Hochfläche mit wenigen Schritten schräg nach links. Auch dort befand sich ein gemauerter Bereich, der ihn in der Dunkelheit an das Becken eines kleinen Swimmingpools erinnerte. Er näherte sich langsam und war froh, dass die Kiesel unter seinen Schuhsohlen gefroren waren und deshalb nicht knirschten. Wieder verharrte er wenige Sekunden, um sich zu vergewissern, dass niemand hier oben war. Er erreichte schließlich das dicke Mauerwerk und versuchte, in dem knapp zwei Meter tiefer gelegenen deckenlosen Raum etwas zu erkennen. Doch obwohl die Bäume kein Laub trugen, verhinderte ihr dichtes Geäst, dass sanftes Sternenlicht bis zum Erdboden drang. Er holte seine Stirnlampe aus der Tasche, streifte sie über den Kopf und ließ sie aufblitzen. Um den Lichtschein nicht in die Ferne zu richten, bückte er sich und ließ ihn über den gemauerten Boden zu der Treppe gleiten, über die er abwärts stieg. Sein Interesse galt einigen Fugen und Ritzen in der Wand, an denen er vorsichtig mit den Fingern entlangstrich. Als er gerade dabei war, seinen Meterstab herauszuziehen, schreckten ihn Schritte auf. Er griff instinktiv zu seiner Stirnlampe, knipste sie aus und blieb regungslos stehen. Von hier unten, wo ihn hohe Mauern umgaben, konnte er nur den Sternenhimmel und die hochragenden Äste der Bäume sehen. Er saß in der Falle, schoss es ihm durch den Kopf. Doch schon war wieder Stille. War da nur jemand vorbeigegangen? Ein einsamer Spaziergänger, den er übersehen hatte? Er war sich absolut sicher, Schritte gehört zu haben. Das schwache Knirschen einiger Kieselsteine, die nicht aneinandergefroren waren.

Er lehnte sich an die kalte Wand und versuchte, flach und somit leise zu atmen. Er bewegte seinen Kopf vorsichtig hin und her, um mit der Jacke kein verräterisches Geräusch zu verursachen. Endlose Sekunden verstrichen, während derer er fieberhaft überlegte, wie er dieser Falle entgehen konnte. Er hatte keine Waffe dabei. Nur ein Taschenmesser. Aber egal, was auch immer ihm zur Verfügung stehen würde, er musste irgendwann die Treppe hochgehen und zwangsläufig seinen Kopf über die Mauerbrüstung heben. Nur wenn es ihm gelang, einen Überraschungsmoment auszunutzen, wäre er für eine Schrecksekunde im Vorteil.

Vorläufig aber fiel ihm nichts dazu ein. Wie in Zeitlupe bewegte er sich zur Treppe, wo die Nacht am schwärzesten war. Die Minuten zogen sich quälend dahin. Von Weitem dröhnte ein Lkw-Motor. In diesem Moment war es Ollerich so, als nütze der Unbekannte dieses Geräusch, um sich an dem Mauerwerk zu schaffen zu machen. Augenblicke später traf es ihn wie ein Laserstrahl: Ein gleißendes Licht flammte auf und blendete ihn. Auf der Mauer war ein starker Scheinwerfer eingeschaltet worden, Ollerich wusste nicht, ob er die Hände heben sollte, um sich zu ergeben – wem auch immer. Oder ob es Sinn machte, sich zu verteidigen. Auf einen Feind, den man nicht kannte, konnte man sich nur schwer einstellen. »Keine Bewegung!«, schnarrte eine unsympathische Männerstimme durch die Nacht.

95

Häberle und Linkohr waren an diesem Februarmorgen zum Hohenstaufen gefahren. Sie stellten den Dienst-Pkw vor dem Haus des weithin bekannten Musikers und Malers Harald Immig ab, der hier auf seine Kunstgalerie verwies. Häberle warf einen Blick auf ein Gemälde, das im Fenster hing. Es zeigte eine Sommerlandschaft am Rande der Schwäbischen Alb. Dann schlugen sie den steilen Weg zum Berg ein. Im Vorbeigehen am Friedhof deutete Häberle zu einem großen Naturstein im hinteren Gräberfeld. »Dort liegt übrigens Dr. Manfred Wörner. War mal Verteidigungsminister und später NATO-Generalsekretär. Werden Sie gar nicht mehr wissen, oder?«

Linkohr blieb kurz stehen. »Doch, doch. Wörner, ja, sagt mir was.«

»Ist 1994 gestorben. Er war der Abgeordnete der Konservativen hier im Landkreis Göppingen. Ein sehr jovialer, charmanter Mann. Sehr beliebt. Das waren übrigens die Zeiten, als ein Politikerwort noch etwas galt. Als Politiker noch wussten, wie's an der Basis zugeht.«

»Aber Bleibach hat den Wörner nicht mehr gekannt«, stellte Linkohr fragend fest, als sie bereits den schmalen Waldpfad erreicht hatten.

»Doch, natürlich. Wie alt ist Bleibach? Doch wohl 38, wenn ich's richtig in Erinnerung habe. Dann war er 22, als Wörner gestorben ist.«

»Vielleicht hat ihn das geprägt«, gab Linkohr zu bedenken. »Hat es einen Grund, weshalb Wörner hier die letzte Ruhe gefunden hat – hier am Hohenstaufen? Hat er denn hier gewohnt?«

»Nein, er hat nicht hier gewohnt, sondern drunten in Wäschenbeuren. Aber er wollte hier begraben sein. Soll er mal so geäußert haben – und dann haben sie ihm diesen Wunsch erfüllt. Auf Bitten der Bundesregierung, wie man sagt«, erklärte Häberle. »Wahrscheinlich war er ein Barbarossa-Fan.«

Sie erreichten wortlos den breiten Forstweg, der sie vollends zur Bergspitze brachte. »Dieser Andreas Ollerich«, kam Häberle plötzlich zur Sache, »ist ein seltsamer Vogel.« Auf der Herfahrt hatten sie über den nächtlichen Zwischenfall ausführlich gesprochen. Nach dem Hinweis von Sander hatte Häberle entschieden, dass einige Nächte lang der Hohenstaufen unter Beobachtung gestellt werden sollte. Allerdings war der Kollege vergangene Nacht zu schnell gewesen. Hätte er Ollerich beobachtet, anstatt sich bemerkbar zu machen, wären sie jetzt vielleicht einen Schritt weiter. Doch es war halt nicht verboten, nächtens mit Meterstab, Notizblock, Kugelschreiber und Taschenlampe auf dem Hohenstaufen rumzulaufen. Andreas Ollerich sollte zwar ziemlich verstört gewesen sein, aber es fand sich nichts, was man ihm juristisch hätte vorwerfen können.

»Ziemlich dreist von ihm, einfach zu behaupten, er habe frische Luft schnappen wollen«, ärgerte sich Häberle, während sie die letzten Höhenmeter zum Plateau nahmen, auf das die spätwinterliche Morgensonne schien. »In einer sternenklaren Februarnacht auf dem Hohenstaufen. Da könnt ich mir, bei Gott, Schöneres vorstellen.«

Linkohr verzichtete auf einen Kommentar. Ihm war jegliche Illusion über schöne Nächte ohnehin gründlich vergangen.

»Er ist aber nicht an diesen Bohrlöchern gewesen?«, fragte Linkohr. Sie blieben vor der sogenannten Schutzhütte stehen, an der die Rollläden fest verschlossen waren und Eiszapfen von der Dachrinne hingen.

»Nein, war er nicht«, brummte Häberle. »Er war nur da unten.« Der Chefermittler deutete zu dem Mauerwerk, das ihm die Kollegen beschrieben hatten. Sie gingen beide die paar Schritte weiter und beugten sich über die breite Mauer, um in den nahezu viereckigen Freiraum hinabblicken zu können.

»Nichts«, kommentierte Linkohr die Sicht in die Tiefe. »Sozusagen das absolute Nichts. Vielleicht wollte er tatsächlich nur Luft schnappen.«

»Dort unten? Ist doch absurd, lieber Kollege. Sie wissen, der Ollerich wohnt in einem alten Bauernhaus in Neu-Ulm. Wenn der um Mitternacht, rund 50 Kilometer von seinem Zuhause entfernt, auf dem Hohenstaufen rumlungert, dann hat das einen Grund – und zwar einen, den wir nicht erfahren sollen. Nein, Kollege Linkohr, da geht's um was anderes als einen simplen Spaziergang.«

»Briefkasten? Ein toter Briefkasten?«, drehte sich Linkohr zu Häberle. »Konspiratives Treffen.«

»Hier oben?« Häberle lehnte sich jetzt mit dem Gesäß an das eiskalte Mauerwerk und sah zur Schutzhütte hinüber. »Das wäre ziemlich umständlich. Ein toter Briefkasten muss mit dem Auto erreichbar sein.«

Linkohr überlegte. »Vielleicht macht man das in Polen anders.«

»In Polen? Ach, der Herr Kollege denkt an seine verdeckte Recherche.« Eigentlich hatte Häberle nicht mehr darauf anspielen wollen, weil er wusste, wie sehr Linkohr die Ereignisse getroffen hatten. Aber jetzt, als er selbst ›Polen‹ erwähnte, konnte er sich diese Bemerkung nicht verkneifen, weshalb er versöhnlicher anmerkte: »Jedenfalls ist die schöne Polin der einzige konkrete Hinweis darauf, dass es zwischen Bleibach und unseren Ermittlungen einen Zusammenhang gibt.« Häberle räusperte sich. »Wenn man davon absieht, dass dieser Andreas Ollerich mal für seinen inzwischen verblichenen Kollegen Seifried eingesprungen ist, als dieser beim Transport von Bleibach-Plakaten übel zugerichtet wurde.«

»Wer da noch an Zufall glauben mag, ist entweder bescheuert oder naiv.«

Häberle dozierte weiter: »Die Joanna hat sowohl den Bleibach als auch uns – in diesem Fall wohl eher Sie – ins Abseits schieben wollen.«

Linkohr lauschte gespannt den Ausführungen seines Chefs. »Sie will den Bleibach in ein schiefes Licht rücken – und Sie auch. In beiden Fällen aber geht sie nicht an die Öffentlichkeit, sondern lässt die entstandene Unruhe sozusagen intern schwelen. Was schließen wir daraus?«

Linkohr war verunsichert, ob es eine rhetorische Frage war oder ob Häberle eine Antwort von ihm erwartete. »Sie macht das nur halbherzig«, sagte er deshalb.

»Sie will kein öffentliches Aufsehen. Zu Ihrem Glück übrigens, Herr Kollege«, grinste Häberle. »Und jetzt, da sie abgetaucht ist – beziehungsweise, nachdem klar ist, dass es sie unter dieser Identität gar nicht gibt, scheint sie ihr Ziel erreicht zu haben.«

»Aber Bleibach und mich gibt's noch.«

»Vielleicht«, überlegte Häberle, »vielleicht wurde sie auch von ihren Auftraggebern zurückgepfiffen, weil etwas viel Größeres läuft.«

»Viel Größeres?«, staunte Linkohr und befürchtete bereits, er könnte erneut in die Schusslinie geraten. »Und wer könnten die sein – diese Auftraggeber?«

»Diejenigen, die das Appartement in Neu-Ulm für sie angemietet haben.« Häberle zuckte mit den Schultern.

In diesem Moment fiel Linkohr etwas ein. Etwas, das ihm längst hätte auffallen müssen. Doch die Ereignisse der letzten Tage hatten wie eine Blockade auf sein Gehirn gewirkt. Das Appartement in Neu-Ulm. Er hatte es einfach verdrängt und ausgeblendet. Aber jetzt war es wieder da. Bleibach war doch wochenlang in Australien gewesen. Australien. Und in Malinowskas Appartement hing ein Gemälde, das ihr von einem Freund aus Australien geschenkt worden war. Und dann war da auch noch ein Bildband über Australien gewesen, den er im Blickfeld hatte, als er ihr auf der Couch zu Willen gewesen war. Ob sich beides noch in der Wohnung befand, konnte er nicht sagen. Bei der Durchsuchung hatte er weder nach dem Gemälde noch nach dem Bildband geschaut.

»Ist was?«, fragte Häberle und riss ihn damit aus seinen Gedanken. Linkohr beschloss, seine Überlegungen vorläufig zu verschweigen. Viel zu eng waren sie mit dem Ort des traumatischen Geschehens verbunden. Er wurde deshalb sofort sachlich: »Und die Bohrlöcher sind da drüben?« Er deutete auf die andere Seite des Plateaus. Jedenfalls hatte ihm Häberle schon während der Fahrt Sanders Schilderungen weitergegeben.

»Sein Informant sagt, er habe irgendwo gelesen, dass jemand den Auftrag gehabt habe, Ende Februar zu bohren. Wörtlich soll es geheißen haben, ›die Löcher auf dem Berg‹. Sanders Informant ist sich ganz sicher, dass damit nur der Hohenstaufen gemeint sein könnte.«

»Aber sonst lässt Sander nichts raus?« Sie waren jetzt im anderen Gemäuer die Treppen hinabgestiegen und standen vor mehreren Bohrlöchern, in die Häberle seinen kleinen Finger hineinstecken konnte. »Sie sind frisch.« Er deutete auf den Boden. »Man sieht's noch an dem feinen Steinmehl.«

»Akkubohrer«, stellte Linkohr fest. Er fröstelte. »Vielleicht Kindereien. Jugendliche, Randalierer – oder sonst was.«

Häberle zählte acht Bohrungen, die sich nahezu alle auf Augenhöhe befanden. »Zu klein für Sprengladungen, um den Berg in die Luft zu jagen«, meinte er nachdenklich.

Der junge Kriminalist stutzte. Hatte Häberle dies tatsächlich in Erwägung gezogen?

96

Bleibach war geschockt. Die Meldung im Radio verhieß an diesem 11. März nichts Gutes. Nach einem Erdbeben im Norden Japans hatte ein Tsunami weite Küstenregionen zerstört. Dass damit auch ein Kernkraftwerk bedroht war, löste in Bleibach eine Art Weltuntergangsstimmung aus. Schlagartig wurde er an die Tage nach Tschernobyl erinnert. Damals war er zwar erst 14 gewesen, aber die Angst vor der unsichtbaren Gefahr hatte sich tief in sein Unterbewusstsein gebrannt. Und dies, obwohl er damals nicht viel von Radioaktivität und Halbwertzeiten, von Nukliden, von Cäsium, Strontium und Jod gewusst hatte. Aber dass dies alles lebensbedrohend war, hatte er am Verhalten der Eltern und Lehrer gespürt. Er durfte nicht mehr auf den Kickplatz, und Gemüse und Salate wurden vom Speiseplan verbannt. Niemand wusste so genau, was die Atomkatastrophe in der fernen Sowjetunion für die Menschen in Westeuropa bedeutete. Bleibach konnte sich noch lebhaft an den Landwirtschaftsminister Baden-Württembergs entsinnen, einen dicken Mann mit sonorer

Stimme, der allabendlich in den Nachrichten das Wort ›signifikant‹ benutzt hatte. Bleibach war es bis dahin gar nicht geläufig gewesen, aber er hatte es nie mehr vergessen. Und er hörte den Mann noch heute, der immer wieder betont hatte, die Werte der Radioaktivität hätten sich ›nicht signifikant‹ erhöht.

Heute war ihm klar, dass er schon damals einem Schönschwätzer vertraut hatte. Aber was hätte der Minister auch anderes tun sollen, als die Bevölkerung zu beruhigen? Dass aber noch 25 Jahre später im Oberschwäbischen, wohin die radioaktive Wolke gezogen war, Wild und Pilze so stark belastet sein würden, dass noch immer vom Verzehr abgeraten wurde, hätte ohnehin niemand für möglich gehalten.

Und nun also Fukushima. Ein Super-Gau ungeahnten Ausmaßes.

Bleibach sog die Nachrichten in diesen Tagen auf. Die Verantwortlichen in Japan, ob bei dem Kernkraftwerksbetreiber oder in der Regierung, boten seiner Meinung nach geradezu ein Paradebeispiel, wie eine globale Katastrophe harmlos geredet wurde. Grotesk mutete es ihn an, wie die Japaner, eine hochzivilisierte Nation, für die er sie bis dahin gehalten hatte, die Weltöffentlichkeit belogen hatten und die Medien dies meist unkritisch weitergaben. Wäre es nicht so ernst gewesen, hätte sich Bleibach darüber lustig machen können: War's nun eine ganze Kernschmelze oder nur eine halbe – oder vielleicht war auch nur ein bisschen was geschmolzen und der Rest ließ sich mit riesigen Mengen Meereswasser löschen. Je weiter die Katastrophe fortschritt, umso mehr hatte Bleibach den Eindruck, als sollte dem Rest der Welt vorgegaukelt werden, alles sei nur ein gewöhnlicher Großbrand. Doch dort war ein elementares Feuer außer Kontrolle geraten, eine Kettenreaktion in Gang gesetzt, die sich nicht stoppen ließ. Der Mensch hatte leichtfertig die Hölle auf die Erde geholt. Mehr nicht.

Bleibach versuchte, die zynischen Gedanken zu verjagen. Wie oft schon hatte er davor gewarnt, mit dem Höllenfeuer zu spielen? Nur um des Profits willen. War es Zufall, dass ausgerechnet jetzt diese Katastrophe über die Menschheit hereinbrach? Über eine abgestumpfte Menschheit, die nach all den täglichen Katastrophenmeldungen und dank ablenkender und einlullender Verdummungsmaschinerien gar nicht mehr in der Lage war, den Ernst einer Lage zu begreifen. Aber was konnte man auch schon erwarten, nachdem aus Tschernobyl keine Lehren gezogen worden waren?

War der jetzige Zeitpunkt Zufall? Fünf Monate, nachdem Deutschland die Laufzeiten seiner teilweise veralteten Kernkraftwerke verlängert hatte? Zwei Wochen vor dieser Wahl in Baden-Württemberg, wo ein Bahnhof, nämlich jener in Stuttgart, die Menschen dazu veranlasste, mehr Mitspracherecht zu fordern. Und in einer Zeit, in der er, Bleibach, die Massen mobilisierte, um genau das einzufordern. Hatte ihm der Himmel ein Zeichen gesandt? Mit einem ewigen Feuer, das sich nicht mehr löschen ließ? Bleibach stand am Fenster und blickte zu den Sternen. Was wussten die Machtbesessenen und Habgierigen schon von der Welt, vom Universum und den geheimnisvollen Zusammenhängen des Lebens? Er war zutiefst davon überzeugt, dass eines nicht allzu fernen Tages das Böse auf der Welt die Überhand gewinnen und das Wunder des Lebens zerstören würde. Auch sein eigener Versuch, dies zu verhindern, würde nicht von Erfolg gekrönt sein. Wie sollte auch ausgerechnet er vom kleinen Deutschland aus die Welt retten können?

97

Lars Konarek hatte sich mit seiner schwarzen Kleidung, die aus einem Scharfschützenanzug mit Kapuzenjacke bestand, mediengerecht vor ein Plakat Bleibachs gestellt und in die Kameras einiger Privatsender. Es war ein eiskalter Märzmorgen. Hier, in Schwabstadl bei Untermeitingen, nördlich von Landsberg am Lech gelegen, waren die Felder noch von einer dünnen Schneeschicht bedeckt. Dass er diesen Ort als Ausgangspunkt für seine spektakuläre Survival-Tour gewählt hatte, lag an den landschaftlichen Gegebenheiten. Außerdem gab's hier mit der Schwabstadlkaserne in Lagerlechfeld und dem Militärflugplatz einen Bundeswehrstandort, den er bestens kannte. Von hier aus waren es – einige Abweichungen von der direkten Route einkalkuliert – überschlägig knapp 200 Kilometer bis zum Hohenstaufen, seinem Ziel, das er, abseits jeglicher Zivilisation, erreichen wollte. Er würde deshalb nicht gradlinig durchs Gelände ziehen, sondern unzählige Haken schlagen. Der erste Tag stand ohnehin im Zeichen einer Dokumentation, die ein Fernsehteam drehen wollte. Diesem zuliebe entschied er sich, zuerst eine große Schleife durchs Gelände im Raum Landsberg zu gehen, um entsprechend dramatische Filmaufnahmen zu ermöglichen. »Ich werde Ortschaften meiden«, sprach er in die Kameras und drehte seine dicke Wollmütze in den Händen. »Ich werde zeigen, dass man alles kann, wenn man nur will. Ich habe keinerlei Hilfsmittel dabei«, versicherte er, während Mikrofone nach ihm gereckt wurden und einige Journalisten mit klammen Fingern Notizen machten. Auf dem Parkplatz, den er sich für seinen Start ausgesucht hatte, hatten sich nur wenige Neugierige versammelt. Eigentlich hatte er sich ein größeres Aufsehen vorgestellt. »Mein zehntägiges Experiment wird zeigen, dass wir Menschen alles erreichen, wenn wir es im Einklang mit der Natur tun. Und wenn wir den eisernen Willen haben.« Er verzog das Gesicht zu einem sympathischen Lächeln. Sein Atem verwandelte sich in der kalten Luft zu feinem Nebel. »Ich habe keinen Proviant dabei und keinerlei Hilfsmittel«, betonte er erneut, »kein Messer, kein Trinkgefäß, keine Lampe und natürlich kein Handy. Kein GPS und nicht mal einen Kompass. Nur eine Landkarte«, er angelte sie aus einer Hosentasche. »Es ist nur ein Ausschnitt und er ist in eine Folie eingeschweißt, damit das Papier nicht nass wird.« Er steckte die Landkarte wieder ein und hielt eine kleine Videokamera in die Höhe. »Das ist alles, was ich von der Zivilisation mitnehme – zur Dokumentation.« Neben ihm standen Boris Seifried, der in den folgenden Tagen seine Überstunden abbaute, und drei weitere junge Männer aus dem Nahkampf-Training. »Mein junger Freund Boris«, fuhr Konarek fort und deutete auf den schlaksigen jungen Mann, »wird zwei Mal täglich die festgelegten Pflichtmeldepunkte anfahren – sogenannte tote Briefkästen – und meine aufgebrauchten Kamera-Akkus, die ich dort ablege, mitnehmen und am nächsten Meldepunkt neue bereitlegen.« Er zog sich dicke Handschuhe an und sprach langsam weiter: »Sollte ich zwei Tage lang nichts abgelegt haben, muss mich Boris suchen.« Er grinste, wie dies in solchen Fällen nur ein verwegener Abenteurer tun konnte. »Dann wäre mir was zugestoßen.«

»Sie haben keine Angst – nachts allein im Wald, bei Minustemperaturen? Wo werden Sie denn schlafen?«, fragte die Praktikantin eines lokalen Radiosenders dazwischen.

»Ich werde mir mein Nachtlager bauen. Aus Holz, Laub und Moos.«

Ein älterer Journalist, der eine klobige Spiegelreflexkamera um den Hals hängen hatte, hakte ruhig und sachlich nach: »Wenn man so hört, was sich in den vergangenen Monaten im Dunstkreis von Herrn Bleibach getan hat, könnte doch – um es vorsichtig auszudrücken – auch die Sorge aufkommen, dass das Unternehmen nicht ganz ungefährlich ist.« Einige der Kollegen schauten ihn fragend an.

Konarek hingegen meisterte die Situation souverän: »Die Gefahr besteht immer, gar keine Frage.« Genauso hatte er sich die morgendliche Pressekonferenz vorgestellt. Ein bisschen Abenteuer, ein bisschen Spannung. Das würde das Medieninteresse schüren. »Gerade in den kalten Vollmondnächten, die jetzt bevorstehen, wird ein Mensch auch in den Wäldern als Schatten wahrgenommen.« Er sah in die Runde der etwa zehn Journalisten. »Es besteht immer die Gefahr, dass mich ein Jäger mit einer Wildsau verwechselt.«

Die Medienvertreter wussten nicht so recht, wie diese Bemerkung einzustufen war.

98

Das Rasthaus Gruibingen an der A8, direkt zwischen den beiden topografischen Stufen der Schwäbischen Alb gelegen, war angeblich bundesweit das einzige, das sich im Feng-Shui-Stil präsentierte. Auf dem großen Lkw-Parkplatz herrschte meist drangvolle Enge. Dass in der Dunkelheit dieses späten Märzabends ein schwarzer Mercedes der S-Klasse an der langen Reihe der abgestellten Sattelzüge entlangfuhr, nahm niemand zur Kenntnis. Der Wagen rollte langsam aus und blieb am Ende des Parkbereichs neben dem Grünstreifen stehen. Die Scheinwerfer erloschen, der Motor wurde abgestellt. Ein paar Schritte davon entfernt parkte zwischen zwei ausländischen Lastzügen ein weißer Kombi, aus dem zwei Gestalten stiegen und sich dem Mercedes näherten. Alles, was jetzt geschehen würde, war minutiös geplant. Und selbst wenn einer der Lkw-Fahrer hinter den zugezogenen Vorhängen seiner Koje nicht schlief und durch einen Spalt nach draußen schaute, würde er kaum mehr vermuten, als dass dort ein heimliches Rendezvous stattfand. Vielleicht ein heimliches Abenteuer auf dem Autobahn-Parkplatz.

99

Boris war an diesem Abend mit Konareks Geländewagen zum ersten Meldepunkt gefahren – irgendwo an einem Waldrand bei Mickhausen. Dort hatten sie während der Planung in einem Heckenstreifen eine Metallkassette vergraben, in die er die ersten frischen Akkus legen sollte. Boris fand die Stelle sofort wieder. Im Notfall hätte er die notierten Koordinaten in das Navigationssystem eingeben können. Er parkte den Wagen und ließ die Scheinwerfer brennen, die auf das Gebüsch ausgerichtet waren. Als er ausstieg, umgab ihn absolute Stille. Er ging ein paar Schritte, schlüpfte gebückt in das kahle Gesträuch und entdeckte zielgenau jene Stelle, an der sie die Kassette unter aufgeschüttetem Erdreich und Laub versteckt hatten. Boris stutzte, weil es nicht mehr so aussah wie vor drei Tagen, als sie hier gewesen waren. Eigentlich sollte Lars erst morgen früh hier ankommen und die Akkus vorfinden, die für ihn gedacht waren. Boris wühlte mit den Handschuhen in dem Gemisch aus Erde und Laub und bekam den Griff der Kassette zu fassen. Er hob sie hoch, besah sie im Lichtkegel der Autoscheinwerfer und öffnete den unversperrten Deckel. Im Inneren lag ein ziemlich zerknitterter Zettel, auf den er mit dem dort deponierten Bleistift ein paar wenige Worte gekritzelt hatte: ›Ich bin schon weiter, als du denkst. Muss noch dringend was erledigen. Zeitplan könnte kippen.‹

Boris las die Nachricht noch ein zweites Mal. Hatte Lars innerhalb eines einzigen Tages schon eine so weite Strecke zurückgelegt? Und was bedeutete dies? Wie sollten dann die Meldepunkte noch funktionieren? Boris las den Text noch einmal, legte den Zettel wie in Trance zurück in die Kassette, klappte den Deckel zu und nahm sie mit zum Auto. Als er wieder hinterm Fahrersitz saß, verriegelte er die Türen von innen und grübelte weiter, was dies bedeutete. Alles hatten sie im Vorfeld durchgespielt – nur nicht, was zu tun wäre, wenn tatsächlich der Zeitplan durcheinanderkäme. Wenn nun alles anders war, musste er die einzelnen Pflichtmeldepunkte mehrmals anfahren, dachte Boris. Denn der nächste wäre eigentlich für den morgigen Abend gedacht gewesen. Nun würde Lars dort schon morgens ankommen – falls sich der Zeitplan nun etappenweise verschob. Und was bedeutete es, dass Lars noch etwas Dringendes zu erledigen hatte? Wollte er gar ab- oder unterbrechen? Boris unterdrückte einen Fluch.

Bleibach war am frühen Abend nach Schwäbisch Hall gefahren. Dass er sich in diesen knapp eineinhalb Wochen vor seinem ›großen Tag‹ noch so viele Veranstaltungen zugemutet hatte, ärgerte ihn. Aber es war ja nicht vorhersehbar gewesen, dass er mehr gestresst als erholt aus Australien zurückkehren würde. Auch die Hagenbuchhalle in Schwäbisch Hall schien aus allen Nähten zu platzen. Beim Anblick der vielen jungen Menschen beschloss er spontan, ihnen ein paar besondere Gedanken mit auf den Weg zu geben. Mittlerweile konnte er problemlos ganz neue Abschnitte in seine Rede aufnehmen, ohne sich dafür ein Konzept vorzubereiten. Dies wirkte ohnehin leidenschaftlicher und war dazu angetan, Emotionen zu schüren.

»Liebe Freunde, es freut mich jeden Abend, wenn ich viele junge Leute bei mir sehe. Ihr seid es, die die Welt von morgen gestalten. Ihr seid es, die unser Erbe übernehmen. Was wir und unsere Väter zerstören, was wir an Ressourcen ververspern, damit müsst ihr zurechtkommen. Wir müssen bedenken, dass die Welt nicht natur-, oder sagen wir besser gottgegeben so ist, wie sie ist. Nein, liebe Freunde, jede Generation hat sie in dem Zustand übernommen, wie sie die Vorgänger hinterlassen haben. Unsere Väter oder Großväter haben damals, in den späten 40er-Jahren, eine in Trümmern liegende Welt übernommen. Und wir waren bisher in der glücklichen Lage, in einer langen Phase des Friedens zu leben. Wann hat es das jemals gegeben? Eine so lange Zeitspanne ohne Krieg? Dafür sollten wir dankbar sein – und alles dazu beitragen, diesen Frieden zu erhalten. Wenn jedoch soziale Verwerfungen entstehen, wenn nur das Wirtschaftliche im Vordergrund steht und nicht mehr das Menschliche, wenn die Sorgen und Nöte der Menschen kein Gehör mehr finden, dann habe ich große Sorge, dass sich ein Wandel vollziehen könnte. Und zum Menschlichen gehört auch, dass wir unsere Kinder verantwortungsbewusst erziehen – und zwar in den Fami-

lien und nicht in den Aufbewahrungsstationen, in denen man bereits Kleinstkinder tagsüber abgeben kann, weil Vater und Mutter arbeiten müssen. Welcher Irrsinn, liebe Freunde, wenn wir jetzt landauf, landab teure Baby-Aufbewahrungsstationen bauen, anstatt diese Abermillionen Euro den Frauen direkt zukommen zu lassen, damit sie zu Hause bleiben und ihre Kinder in einer geborgenen, menschlichen Atmosphäre betreuen können. Denn was so ein kleines Gehirn mit ein, zwei, drei Jahren aufnimmt, ist entscheidend für die weitere Entwicklung. In diesen Köpfen, liebe Freunde, entsteht die Welt von morgen.«

Er senkte die Stimme als Zeichen dafür, dass er Zustimmung erwartete. Sie kam in Form von lang anhaltendem Beifall. Bleibach blickte in den Saal. Diesmal waren weder Pfiffe zu hören noch Transparente zu sehen. Einer seiner Bodyguards nickte ihm aufmunternd zu, als habe er seine Gedanken erraten.

100

Häberle war auch gleich mit rausgefahren. Denn die Meldung, die ihn am frühen Vormittag erreicht hatte, verhieß nichts Gutes: Auf dem Parkplatz des Autobahnrasthauses Gruibingen habe sich möglicherweise eine Bluttat ereignet. Dort stehe ein Mercedes der S-Klasse mit offenen Türen. Lenkrad und Fahrersitz seien blutverschmiert. Zwei Streifen der zuständigen Autobahnpolizei Mühlhausen waren bereits vor Ort, drei Kriminalisten aus Göppingen ebenfalls. Häberle war in Aichelberg in die A8 Richtung München eingefahren und die Steilstrecke hinaufgebrettert, die kurz vor dem Rasthaus durch eine Baustelle eingeengt wurde. Dort scherte der Chefermittler aus dem auflaufenden Stau nach rechts aus und zwängte sich zur Shell-Tankstelle durch. An ihr vorbei steuerte er die große Abstellfläche für Lastwagen an, abseits derer – so hatte es geheißen – der Tatort lag.

Augenblicke später entdeckte Häberle sein Ziel. Es war weiträumig mit weiß-roten Absperrbändern gesichert. Als ihn die in Schutzanzügen hantierenden Kollegen kommen sahen, wandten sie sich sofort ihm zu. »August, schön, dass du kommst«, sagte einer von ihnen. Häberle begrüßte sie nacheinander mit Handschlag. Ein groß gewachsener Uniformierter der Autobahnpolizei, den die goldenen Sterne des Dienstgradabzeichens als Chef des dortigen Reviers auswiesen, erläuterte, was geschehen war: »Ein Lkw-Fahrer hat bei uns angerufen. Ihm ist dieses Fahrzeug hier wegen der beiden offenstehenden Türen aufgefallen. Als der Mann vor etwa zwei Stunden hier geparkt hat, hat er sich noch keine Gedanken drüber gemacht. Aber nachdem die Situation unverändert blieb, hat er sich den Wagen mal genauer angeschaut.« Der Revierleiter trat näher an den schwarzen S-Klasse-Mercedes mit Ulmer Kennzeichen heran, worauf ihm Häberle folgte. »Hier«, sagte der Mann und deutete aufs Lenkrad. »Ist wohl Blut. Und dort auf dem Polster auch.«

»Weiß man, wem das Fahrzeug gehört?« Häberle war das Ulmer Kennzeichen aufgefallen.

»Es gibt Fahrzeugpapiere im Handschuhfach. Demnach ist das Auto auf eine Frau zugelassen. Aus Staig. Liegt irgendwo an der Iller«, erwiderte der Uniformierte. »Wie heißt sie gleich?«, fragte er die Kollegen.

Einer, der sein Notizblatt auf ein Brett geklammert

hatte, gab die Antwort: »Treiber. Miriam Treiber. Wir haben bei den Kollegen in Ulm angerufen. Sie sagen, es gäbe in Ulm eine Rechtsanwältin, die so heißt.«

Häberle fühlte sich wie vom Blitz getroffen. »Sie ist …«, er versuchte, seine Verwunderung nicht allzu offen zu zeigen, »… sie ist weg? Ich meine: Wir haben nur das Auto und die Blutspuren?« Er sah langsam in die Runde, als erwarte er das Schlimmste.

»Nur das Auto«, gab der Autobahnrevier-Chef zu verstehen. »Aber es könnte nach einer gewaltsamen Entführung aussehen.«

101

»Alles weg, alles raus!«, wetterte Katsche. Da er einen Schlüssel zu dem angemieteten Bauernhaus in Neu-Ulm hatte, konnten sie sich dort alle treffen, auch wenn Andreas Ollerich wieder mal auf Tour war. »Wir geben die Bude auf«, entschied er zornig. Ucki und Pommes trauten sich nichts zu sagen, wenn der ›Chef‹ wütend war. Sie hatten natürlich keinerlei Zweifel, dass sie ihre Strategie ändern mussten, nachdem Andreas auf dem Hohenstaufen vorübergehend festgenommen worden war. »Früher oder später tauchen die Bullen hier auf«, zischte Katsche und rannte wie verrückt in dem Wohnzimmer auf und ab. »Nicht genug, dass der Idiot diesen Karton hier hat rumstehen lassen. Jetzt hetzt er uns mit seinem dümmlichen, dilettantischen Verhalten noch die Bullen auf den Hals. Dabei hab ich ihm klipp und klar gesagt, dass er sich jetzt raushalten soll. Sobald die Bullen es geschafft haben, einen

Durchsuchungsbeschluss zu kriegen, wird hier drin alles auf den Kopf gestellt.«

»Aber er hat doch bloß seinen Auftrag erledigen …«, wandte Ucki ein, wurde allerdings von Katsche sofort unterbrochen. »Quatsch nicht rum. Habt ihr denn total vergessen, dass ich ihm verboten habe, an weiteren Operationen teilzunehmen? Damals, als die Kiste hier rumgestanden ist?« Seine Stimme überschlug sich. »Und was heißt da, Auftrag erledigt? Aber doch nicht so! Wenn ich bereits weiß, dass die Bullen schon nervös sind, dann latsch ich doch nicht um Mitternacht auf dem Hohenstaufen rum.« Er schüttelte den Kopf. »Und ich war so einfältig und hab gedacht, wenn einer schon mal V-Mann bei den Bullen war und sich sogar vor den Karren der ›Schlapphüte‹ spannen ließ, würde er sich richtig zu verhalten wissen.«

Pommes war irritiert. »Schlapphüte? Sagtest du Schlapphüte?«

»Ja, Schlapphüte, falls euch das was sagt. Geheimdienste, Nachrichtendienste«, zischte Katsche verächtlich. Eigentlich hatte er es den anderen so deutlich nie sagen wollen. Aber jetzt war es ihm egal.

»Andy ist ein Agent?«, hakte Ucki nach.

»War«, gab Katsche gereizt zurück und betonte noch einmal, »er *war* es. Sie haben ihn aber ausgebeutet, ausgenutzt und erpresst. Da hat er sich bei uns einen besseren Nebenverdienst versprochen.«

»Ein Überläufer«, kommentierte Pommes mutig.

»Ihr haltet aber die Klappe. Ist das klar?« Katsche baute sich vor den beiden auf, die an den Fenstersimsen lehnten.

»Dann war womöglich Jens …«, wagte sich auch Ucki vor.

Katsche drehte sich ruckartig um. »Schluss der Debatte.

Ihr räumt jetzt die Bude hier ratzfatz leer. Samt dem Keller natürlich. Wir nehmen alles mit. Gebrauchte Handtücher, Papiertaschentücher. Denkt dran, wo überall DNA von euch drauf sein könnte. Kehrt den Boden, schrubbt die Toilette. Und lasst nichts von unseren Gerätschaften hier. Versteht ihr? Nichts. Kein Kabel, keine Klemme. Nichts.«

»Und wo bringen wir das alles hin?«, fragte Pommes angriffslustig.

»Ich hab schon was, keine Sorge. Erst wird hier alles in den Kastenwagen geräumt – und dann hauen wir gemeinsam ab.« Er drehte sich wieder zu ihnen: »Hab ich mich klar und deutlich ausgedrückt?«

Sie schwiegen.

102

»Es ist menschliches Blut«, sagte Linkohr, als er mit dem Analyse-Bericht des Landeskriminalamts in Häberles Büro kam. »Sie machen jetzt noch einen DNA-Abgleich, sobald man in ihrer Wohnung was findet.«

»Das wird uns Gewissheit geben«, erwiderte der Chef. »Ich befürchte, dass das Blut tatsächlich von ihr stammt. Sie ist nämlich weder in ihrer Wohnung in Staig noch in ihrer Kanzlei anzutreffen. Ihre Mitarbeiterin sagt allerdings, dass Frau Treiber oftmals tagelang auf Dienstreise sei.«

»So?«

»Ja«, erklärte Häberle gelassen, »zum Beispiel auf den Spuren untreuer Ehemänner, sagt ihre Sekretärin.« Er überlegte, ob er in Anbetracht von Linkohrs seelischer Verfassung noch mehr sagen sollte. »Sie recherchiert im Internet, in Chatrooms und in diesen sozialen Netzwerken.« Häberle verzichtete auf weitere Details.

»Was ist mit der Wohnung?«, fragte Linkohr.

»Die Staatsanwaltschaft hat einen Durchsuchungsbeschluss beantragt. Wenn Sie Lust haben, können Sie wieder eine Dienstreise Richtung Ulm machen.« Häberle verkniff sich ein Grinsen. »Sobald der Richter zustimmt, kann's losgehen. Ich hab schon mit den Ulmer Kollegen telefoniert.« Er lehnte sich zurück, sodass die Lehne seines Stuhles wieder mal bedrohlich ächzte. »Zur Fahndung ist sie jetzt auch ausgeschrieben.«

»Und Sie? Kommen Sie nicht mit nach Staig?«

»Ich hab was anderes zu tun. Es gibt ein Video.« Kaum hatte Häberle das gesagt, wurde ihm klar, dass dies ein Reizwort für den jungen Kollegen war. Deshalb ergänzte er sofort: »Überwachungskamera am Rasthaus. Sie erfasst jedes Fahrzeug, das auf den Parkplatz fährt.«

»Ach«, staunte Linkohr. »Und was bedeutet das für uns?«

Häberle lächelte. »So genau kann man das noch nicht sagen. Die Aufnahmen sind nicht von bester Qualität. Aber man sieht eine größere, dunkle Limousine vorbeifahren – leider nur seitlich. Kennzeichen sind nicht zu erkennen. Es könnte jedenfalls dieser S-Klasse-Mercedes sein.«

»Hilft uns das weiter?«

Häberle zuckte mit den Schultern. »In den nachfolgenden neun Minuten fuhren drei kleinere Autos und zwei Sattelzüge rein.«

»Na ja«, Linkohr war enttäuscht, »das muss nicht zwangsläufig was bedeuten.«

»Nein, muss es nicht. Nur wenn auf der Seitenbordwand eines dieser Sattelzüge der Name der Spedition zu lesen ist, könnte das gewisse Rückschlüsse zulassen.«

Linkohr sah den Chefermittler abwartend an. »Das kann man?«

Häberle genoss solche Momente, in denen er seinen Gesprächspartner verblüffen konnte. »Man kann. Und jetzt werden Sie staunen, lieber Kollege, welcher Sattelzug exakt acht Minuten und vierzig Sekunden nach der Ankunft des Mercedes durchs Bild gefahren ist.«

Linkohr ahnte es, sagte aber nichts.

»Einer von Graumann und Hinz.«

103

Lars Konarek war erschöpft. Insgeheim verfluchte er den Entschluss, den Zeitplan durch seinen Ehrgeiz durcheinandergebracht zu haben. Er musste seine Kräfte einteilen – genauso, wie er die Etappen bei seiner Planung eingeteilt hatte. Mit Sicherheit war Boris intelligent genug, sich auf die neue Situation einzustellen. Heute früh waren jedenfalls frische Akkus in der Kassette gelegen, die sie in diesem Fall unter einem Jägersitz deponiert hatten. Konarek allerdings, der die ersten Blasen an den Füßen spürte, war sich unsicher, ob er die verbrauchten Akkus und den Speicherchip mit einigen Videoaufnahmen, die er von sich selbst gedreht hatte, dieser Kassette anvertrauen konnte. Denn ob Boris noch einmal zurückkehren würde, um nach dem Inhalt zu sehen, erschien ihm angesichts des verschobenen Zeitplans mehr als fraglich. Die festgelegten Termine waren gründlich durcheinandergekommen. Konarek hätte sich ob seines falschen Ehrgeizes ohrfeigen können.

Wenn's nun dumm lief, würde keiner seiner Speicher-Chips bei Boris ankommen – und all seine Mühe, sich selbst bei einem Statement vor der Kamera zu filmen, um tagesaktuell in Fernsehsendern oder bei Youtube im Internet aufzutauchen, war für die Katz'.

Die Videoclips sollten seine Fangemeinde dazu anspornen, mit ihm zu fiebern und sich letztlich davon überzeugen zu lassen, dass sich zielgerichtetes Vorgehen und Anstrengungen immer lohnten. Allein schon deshalb durfte dieses Vorhaben nicht scheitern.

Lars hatte die Kapuze seiner schwarzen Jacke über die Wollmütze gezogen und am Hals mit einem Stück Draht zusammengebunden, das er irgendwo gefunden hatte. Er fror. Die vergangene Nacht bereits war eisig kalt gewesen. Seine Hoffnung, er könne sich mit Tannenreisig ein weiches Lager auf gefrorenem Boden bereiten, war nur teilweise von Erfolg gekrönt. Dass ihm das Holz in die Rippen drückte, hätte er noch verkraften können. Aber das Fichtenreisig, das er zum Zudecken benützte, war kein geeigneter Schutz gegen die Kälte, die sich gnadenlos seiner bemächtigt hatte.

Es war auch nicht einfach gewesen, trinkbares Wasser zu finden. Die meisten Bachläufe bestanden nur aus einer dicken Eisschicht. Langsam plagte ihn auch der Hunger. Zwar kannte er jeden Strauch und jedes Kraut, doch jetzt, Mitte März, bot die Natur nur wenig, was sich zum Essen eignete. Klee hatte er gefunden und sich eine Baumrinde einverleibt. Wäre der Boden nicht gefroren, fänden sich auch Würmer, die er vor den Teilnehmern seiner

Wochenend-Survival-Kurse gerne einmal als Delikatesse verspeiste.

Durchhalten, hämmerte es in seinem Gehirn. Natürlich wusste er, dass sein Vorhaben eine reine ›Kopfsache‹ war. Bei den Spezialeinheiten, denen er einst angehört hatte, waren solche Situationen an der Tagesordnung gewesen.

Weitergehen, weitergehen. Schon jetzt, am dritten Tag, fiel es ihm schwer, nicht die Orientierung zu verlieren. Wenn der Himmel trüb und mit einer dichten, hohen Nebelschicht bedeckt war, ließ sich auch der Sonnenstand nicht mehr korrekt ermitteln. Dann gestaltete es sich äußerst schwierig, den richtigen Weg einzuschlagen. Vergangene Nacht war wenigstens noch der Vollmond andeutungsweise hinter der Hochnebeldecke zu sehen gewesen.

Inzwischen hatte Konarek trotz all seiner Fähigkeiten große Schwierigkeiten, beim Umgehen menschlicher Ansiedlungen die Richtung beizubehalten.

Einigermaßen verzagt, schlappte er über einen asphaltierten und vereisten Weg. In diesen einsamen Stunden begannen Zweifel aufzukommen, ob diese Aktion überhaupt von einer breiten Öffentlichkeit wahrgenommen wurde. Genau dies aber war im Hinblick auf Bleibachs Großkundgebung beabsichtigt. Das Eis gefrorener Pfützen knackte unter seinen Schritten. Seine Gedanken verselbstständigten sich und er gab ihnen freien Raum. Das waren jene Momente, in denen er die Seele wandern ließ und wie ein Automat einfach weiterging. Die Ereignisse der vergangenen Wochen zuckten schlaglichtartig durch seinen Kopf. Immer wieder war es Jens Seifrieds Tod, der dabei alles zu überschatten schien. Jens Seifried und Andreas Ollerich, die beide im Sommer vorigen Jahres zu ihm gekommen waren, um Nahkampf-Training zu absolvieren.

Viel wusste er von ihnen nicht. Dass Andreas ein Bruder von Bleibachs Manager war, hatte er zwar gleich geahnt, aber erst später, als er Enduro Ollerich selbst danach gefragt hatte, bestätigt gefunden. Dessen knappe Reaktion darauf ließ nicht gerade auf ein gutes Verhältnis des Brüderpaars schließen.

Konarek ließ einige seiner Trainingsteilnehmer Revue passieren. Beim weitaus größten Teil handelte es sich um ehrbare Bürger, die sich meist aus sportlichen Gründen mit den Nahkampf-Techniken befassten. Einige, bisweilen bekannte Persönlichkeiten, taten dies aber auch, um gegen eventuelle körperliche Übergriffe gewappnet zu sein. Ihnen jedoch machte er stets deutlich, dass man sich nur durch regelmäßiges Training reflexartige und vor allem effektive Abwehrgriffe aneignen könne. Sorge bereiteten ihm allerdings finstere Typen, die gleich von vornherein den Eindruck erweckten, das Erlernte nicht nur zur Selbstverteidigung anwenden zu wollen. In der sogenannten Türsteher-Szene wimmelte es vermutlich von gewaltbereiten Burschen. Einige hatte er gleich gar nicht ins Training aufgenommen, andere am zweiten oder dritten Abend ausgeschlossen. Da gab es sicher welche, die ihm deshalb nicht wohlgesonnen waren. Er musste deshalb wachsam sein – gerade jetzt, bei diesem Survival-Experiment. Zumindest die regionalen Medien hatten gestern sicher groß darüber berichtet und gewiss auch seine Route grob skizziert.

Konarek versuchte vergeblich, das mulmige Gefühl abzuschütteln, das ihn beschlichen hatte. Aber jetzt war schließlich helllichter Tag. Die Gefahren lauerten erst wieder in den Nachtstunden.

104

Linkohr war wieder einmal Richtung Ulm gefahren. Während sich die Albhochfläche noch frostig präsentierte, machte sich entlang der Donau bereits zaghaft der Frühling bemerkbar. Als er über die Brücke nach Bayern fuhr, sah er auf dem Fluss Schwäne und Enten. Über ein Stück Autobahn erreichte er das Illertal und war wenige Minuten später an seinem Ziel. Das Wohngebiet in Staig, wo sich Miriam Treibers Adresse befand, hatte er nach den Beschreibungen der Ulmer Kollegen auf Anhieb gefunden.

Sie waren ebenfalls gerade eingetroffen und warteten darauf, dass ein Spezialist die ordnungsgemäß verriegelte Eingangstür öffnete. Im Inneren bot sich ihnen eine saubere, sehr aufgeräumt wirkende Wohnung. Linkohr erinnerte es ein bisschen an die Ausstellungsräume eines Möbelhauses. Nichts deutete darauf hin, dass hier jemand vor ihnen da gewesen sein könnte, um nach etwas zu suchen. Die Kriminalisten öffneten Schränke und Schubladen und gewannen den Eindruck, dass alles seine Ordnung habe. »Das sieht nicht danach aus, als ob sie hier weg wollte«, meinte einer der Beamten.

»Guckt mal, da!«, drang die Stimme eines anderen aus dem Untergeschoss. Er war dort auf Miriams Computerraum gestoßen. Auf dem Monitor eines eingeschalteten Laptops zogen die bunten Kringel des Bildschirmschoners ihre Bahnen. Ausgesteckte Kabel, die sich unter den Tischen im Gewirr verloren, ließen vermuten, dass es mehrere Geräte gegeben haben musste, die jetzt nicht mehr da waren.

»Wenigstens hier hat jemand ausgeräumt«, stellte der Beamte fest. »Es stellt sich nur die Frage, warum dieser

Jemand ausgerechnet diesen Computer da nicht mitgenommen hat.«

»Vielleicht soll's nicht ganz danach aussehen, als ob's hier jemand auf die Rechner abgesehen hatte«, meinte sein Kollege.

Linkohr ging unterdessen an den Tisch, nahm ein Papiertaschentuch und bewegte die Maus. Daraufhin baute sich sofort ein Bild auf, das eine Landkarte zeigte. Am linken unteren Rand pulsierte ein violetter Punkt. »Da haut's dir's Blech weg«, entfuhr es dem Jungkriminalisten.

Die anderen beiden waren näher gekommen. »Da läuft tatsächlich noch was«, kommentierte einer von ihnen.

Linkohr blickte angestrengt auf den Bildschirm. »Wisst ihr, welchen Stadtplan wir hier sehen?« Er wartete keine Antwort ab, sondern gab sie selbst: »Das ist Göppingen.«

105

Bleibach war so nervös wie selten. Ausgerechnet jetzt überschlugen sich die Ereignisse. Ausgerechnet jetzt, wenn er am dringendsten seine innere Ausgeglichenheit brauchte. Die ruhigen Tage in Australien erschienen ihm, als habe es sie gar nicht gegeben. Vielleicht versuchte sein Unterbewusstsein auch, sie einfach zu verdrängen. Alles zu vergessen, was ihm dieser Sallinger erklärt hatte. Und das war in einem gewissen Sinne auch gut so, denn die Kundgebung auf dem Hohenstaufen würde am übernächsten Samstag zweifelsohne einen wichtigen Markstein in seiner Karriere bedeuten. Die Organisatoren des

Göppinger Ortsverbandes konnten sich inzwischen vor Anmeldungen kaum noch retten. Im Umkreis von 30 Kilometern waren für dieses Wochenende alle Hotelzimmer ausgebucht. Die Stadtverwaltung hatte in Ottenbach und Wäschenbeuren – zwei Orten, die am Fuße des Hohenstaufens lagen – einige Wiesen als Wohnmobil-Abstellplätze ausgewiesen.

Polizeichef Hans Baldachin, den das Verschwinden Miriam Treibers vom Autobahnrastplatz Gruibingen in helle Aufregung versetzt hatte, telefonierte nahezu stündlich mit dem Innenministerium. »Wir müssen davon ausgehen, dass Frau Treiber etwas zugestoßen ist«, erklärte er zum wiederholten Male. Je näher der Tag der Großkundgebung rückte, desto bewusster wurde ihm, dass er zum Bauernopfer werden würde, falls es einen Zwischenfall geben sollte. Er entschied deshalb, sämtliche zur Verfügung stehenden Kriminalisten vorläufig nur noch für Ermittlungen im Vorfeld dieser Großveranstaltung einzusetzen. Er ließ sich über den aktuellen, jedoch unverändert schlechten Stand der Recherchen zum Mordfall Seifried informieren und wollte von Häberle wissen, ob es Erkenntnisse zu dem nächtlichen Angriff auf Enduro Ollerich gab. Die Antworten auf beide Fragen fielen negativ aus. »Und zu dem Überfall auf Seifried damals in Leipheim gibt's auch nichts Neues«, stellte er resignierend fest.

Er beorderte seinen Staatsschützer Brunzel herbei, den er angewiesen hatte, sich ›in seinen Kreisen‹ über Joanna Malinowska kundig zu machen, deren Verschwinden ihre Vergewaltigungsanzeige gegen Bleibach in ein völlig neues Licht gerückt hatte. »Die Frau gibt's tatsächlich so nicht«, sagte er kleinlaut.

»Das ist uns hinlänglich bekannt«, pfiff ihn Baldachin an. »Und sonst?«

»Na ja, wie soll ich es sagen?« Er zierte sich, wie er das immer tat, wenn er sich als Geheimnisträger fühlte.

»Lassen Sie das jetzt endlich«, wurde Baldachin ärgerlich. »Ich will wissen, was Sie über diese Frau herausgefunden haben.«

Brunzel erkannte, dass er jetzt keinen Fehler begehen durfte. »Wir können davon ausgehen, dass sie im Auftrag eines Nachrichtendienstes unterwegs war«, sagte er. »Ihr Ziel war es, Bleibach zum Rückzug zu bewegen, indem sie ihn verächtlich machte.«

»Und auch die Polizei einzuschüchtern«, brummte Baldachin. Brunzel konnte diese Bemerkung nicht zuordnen. Niemand hatte ihm etwas von Linkohrs Sex-Video gesagt.

Häberle, der dem Dialog aufmerksam gelauscht hatte, schaltete sich ein: »Und was ist zu Andreas Ollerich zu sagen?«

»Der?« Wieder wollte Brunzel ausweichend antworten, wagte das aber angesichts Baldachins schlechter Laune nicht. »Nun ja, er soll tatsächlich manchmal dem Verfassungsschutz dienlich gewesen sein. Wie offenbar auch Jens Seifried.«

Häberle nickte zufrieden. So langsam formte sich ein Bild. Allerdings hatte er Mühe, seine Wut über die Geheimnistuerei innerhalb der Ermittlungsbehörden zu unterdrücken. Natürlich war es ›von oben‹ nicht erwünscht, dass sie sofort mit der geballten Ermittlungskraft ins Umfeld Bleibachs eingriffen. Eine Bemerkung konnte er sich aber nicht verkneifen: »Man könnte ja fast meinen, hinter allem stecke der Versuch, Bleibach fertigzumachen.«

Baldachin wiegelte schnell ab: »Ganz so extrem würde ich das nicht sehen. Wir sind ja schließlich in keiner Bananenrepublik.«

Häberle schwieg. Hat der überhaupt eine Ahnung?, dachte er und brachte noch einmal den Namen ›Andreas Ollerich‹ ins Spiel.

»Wieso, was ist mit dem?«, wollte Brunzel wissen.

»Die Spedition Graumann und Hinz hat uns informiert, wer mit dem besagten Sattelzug wenige Augenblicke nach Frau Treiber in den Parkplatz des Rasthauses eingefahren ist.«

Häberle sah in die Runde und nannte den Namen: »Andreas Ollerich.«

106

Als die Dämmerung hereinbrach, fühlte sich Konarek schlapp. Er hatte viel zu wenig getrunken und nur ein bisschen Klee gegessen. Ihn fror und er schätzte die Temperatur auf minus fünf Grad. Ihm stand vermutlich eine eisig kalte Nacht bevor. Dazu trug der inzwischen wolkenlose Himmel bei. Wenigstens, so tröstete sich Konarek, war es dann nicht stockdunkel, weil der Mond zu sehen sein würde.

Er hatte den ganzen Tag über keinen Menschen getroffen. Nur einmal, in einer Fichtenschonung, war es ihm so gewesen, als sei ihm jemand gefolgt. Doch das Geräusch, das ihn aufgeschreckt hatte, musste wohl von einem Tier gewesen sein.

Heute war es nicht einfach, den Pflichtmeldepunkt zu finden. Es war bereits dunkel, als er aus einem Waldstück herauskam. Eigentlich hätte er schwören können, dass er sich auf der geplanten Route befand. Doch obwohl er sich bei der Vorbereitung die Umgebung der Pflichtmeldepunkte eingeprägt hatte, erschien ihm die Landschaft hier fremd. Er drehte sich um, sah, wie sich einen halben Kilometer entfernt sanft ein bewaldeter Höhenzug erhob und noch weiter davon entfernt eine Reihe Straßenlampen brannte. Vielleicht war es schon Zusmarshausen – aber der asphaltierte Güterweg, der hinüberführen sollte, war nicht zu erkennen. Er ließ seinen scharfen Augen Zeit, sich auf die schlechten Lichtverhältnisse einzustellen. Dann entschied er, an dem vereisten Waldrand weiterzugehen. Vor ihm, ein paar Hundert Meter entfernt, nahm er eine Bewegung wahr. Er blieb stehen, hielt den Atem kurz an und ließ das Objekt nicht mehr aus den Augen. Sekunden später gab er sich Entwarnung: Es handelte sich um ein Tier, vermutlich um ein ausgewachsenes Reh.

Diese genaue Beobachtung der Umgebung hatte ihm die Orientierung zurückgebracht. Klar und deutlich erkannte er plötzlich, dass sich der Pflichtmeldepunkt genau dort befand, wo er die Bewegung wahrgenommen hatte.

Er drehte sich noch einmal nach allen Seiten, wie er dies immer tat, wenn er stehen geblieben war. In freier Landschaft war es immer wichtig, das Umfeld im Auge zu behalten. Etwaigen Angreifern, egal ob Menschen oder Tieren, durfte niemals die Chance für einen Überraschungsangriff gegeben werden. Das war eines der obersten Gebote, das er den Teilnehmern seiner Survival-Kurse vermittelte. ›Feindbeobachtung‹ nannte man dies beim Militär. Konarek wusste allerdings nicht einmal, ob es zu einer ›Feindberührung‹ kommen würde.

107

Bleibach spürte Magenschmerzen. Er aß zu wenig und schlief schlecht. In diesen Tagen hatte er das Gefühl, die Zeit zerrinne ihm wie Sand zwischen den Fingern. Seine Ruhe- und Rastlosigkeit raubte ihm Energie – und bisweilen glaubte er schon, die typischen Symptome eines Burn-out-Syndroms an sich zu erkennen. Seit der Kontakt zu Evelyn so gut wie abgebrochen war, weil sie ihrer beider Jobs wegen keine Zeit mehr füreinander gefunden hatten, zog er sich immer mehr zurück. Dann wiederum telefonierte er stundenlang mit seinem Berliner Büro und mit den Verantwortlichen für die nahende Kundgebung auf dem Hohenstaufen. Er legte sich nachmittags auf die Couch, doch anstatt zu schlafen, jagten ihm unkontrollierte Gedanken durch den Kopf. Würde er es durchstehen? Wie konnte er sich von seinem Umfeld lösen, das ihm so lange als eingespieltes Team erschienen war? Seit seiner Australienreise nagten Misstrauen und Zweifel an ihm. Doch jetzt, in den entscheidenden Tagen vor der großen Veranstaltung, wäre es gefährlich, würde er weitere Disharmonie säen.

Er hatte an diesem Freitagnachmittag schnell geduscht und war nach Friedrichshafen gefahren, wo ihn im voll besetzten Zeppelinhaus, dicht am winterlichen Bodensee gelegen, die Zuhörer freudig und mit stehenden Ovationen begrüßten. Hier, an der Wiege der Luftschiffe, wollte er besonders Verkehr und Umwelt hervorheben.

»Liebe Freunde, wir leben in einem Land, das die Mobilität erfunden hat. Für die Luft war es hier der Graf Zeppelin und für die Straße waren es Carl Benz und Gottlieb

Daimler – alles Männer, die ihrer Zeit weit voraus waren. Gerade die Erfinder des Automobils haben der Menschheit eine umwälzende Technologie beschert, die nicht nur Mobilität, sondern auch Wohlstand beschert hat. Aber auch – und das dürfen wir bei aller Euphorie nicht übersehen – die damit verbundenen schädlichen Einflüsse auf die Umwelt. Doch die Signale sind gesetzt, dass wir uns von der allgegenwärtigen Lobby der Mineralölkonzerne befreien und uns eines nicht mehr fernen Tages mit einer sauberen Energie bewegen – nämlich mit Strom, der aus regenerativen Quellen kommen wird. Vorausgesetzt natürlich, wir stehen zusammen und akzeptieren Windräder, Wasserkraftanlagen und Fotovoltaik. Und natürlich die Stromleitungen, die wir dazu brauchen.«

Einige Pfiffe wurden laut. Jemand rief etwas dazwischen, das sich nicht wie Zustimmung anhörte. Bleibach, der dies nicht gewohnt war, sah zu seinen beiden Bodyguards, die dies registriert hatten und ihm ermutigend zunickten. *»Doch unsere Mobilität«*, fuhr er fort, *»sie leidet seit vielen Jahren unter dem desolaten Zustand unserer Straßen. Das, was uns menschlich mehr verbindet als all die elektronischen Technologien – es wird sträflich vernachlässigt. Was Hunderttausende Schwerlastzüge tagtäglich an Schäden anrichten, weil unsinnige Transporte stattfinden, nur weil man in manchen Ländern die Arbeiter ausbeuten kann, um die Ware anschließend Tausende Kilometer entfernt billiger verkaufen zu können –, diese Schäden an den Straßen, liebe Freunde, gehen auf unsere Kosten. Ein einziger voll beladener Sattelzug belastet die Fahrbahnen ums viel Tausendfache mehr als ein einziger Pkw. Doch was fällt den Verantwortlichen ein? Immer neue Abzocke der Autofahrer. Und ich wette mit euch, dass die Einführung einer Pkw-Maut nicht mehr lange auf sich warten lässt.*

Weil's die ja im Ausland auch gibt, wird man argumentieren. Dass man damit Äpfel mit Birnen vergleicht, braucht das Volk ja nicht zu wissen. Denn in vielen Ländern gibt es entweder keine oder nur eine modifizierte Kfz-Steuer, wie wir sie kennen. Glaubt aber bloß nicht jenen Blendern, die behaupten, hierzulande würde mit der Einführung der Pkw-Maut diese Steuer abgeschafft.«

Diesmal gab's uneingeschränkten Applaus, weshalb sich Bleibach entschloss, noch eins draufzusetzen: *»Und dann diese grün, gelb, roten Umweltplaketten an der Windschutzscheibe. Schön, dass man etwas gegen alte Stinkermotoren unternimmt, werden manche denken. Dass man damit aber nur die kleinsten der Stinker trifft, interessiert die militanten Umweltfanatiker nicht. Wo sind denn die Umweltplaketten für den Schwerlastverkehr, der allüberall aus riesigen Auspuffrohren Rußpartikel zuhauf in die Luft bläst? Denkt überhaupt jemand an die Ozeanriesen, die unvorstellbare Mengen Öl verbrennen und auch zur Klimaverschlechterung beitragen? Aber draußen auf den Ozeanen sieht's ja keiner. Nein, liebe Freunde, diese Plaketten, die keiner in der EU so herrlich bürokratisch eingeführt hat und verwaltet wie wir – sie tragen nur dazu bei, Volksvermögen in großem Stil zu vernichten. Plötzlich sind Autos, die keine grüne oder gar keine Plakette haben, auf dem Gebrauchtwagenmarkt so gut wie nichts mehr wert. Und denkt bloß nicht, das betreffe nur Besitzer von Uraltwagen. Es gibt sehr viele Handwerker oder Eigentümer eines Wohnmobils, die sich ihre Fahrzeuge mühsam erspart haben, und die sie jetzt nicht einfach so mal schnell austauschen können.«* Jemand rief: »Sehr richtig! Aber nicht mal der ADAC tut was.« Bleibach nahm die Zustimmung zufrieden zur Kenntnis, weshalb er noch eine Bemerkung nachschob: *»Und wieder sind die Blender* *und Dummschwätzer am Werk, die uns glauben machen wollen, man könne die Motoren nachrüsten. Das stimmt erstens nicht bei allen Fabrikaten und zweitens fallen dafür horrende Kosten an.«*

Beifall. Bleibach kniff die Augen zusammen, um im Gegenlicht der Scheinwerfer den Saal besser überblicken zu können. Es gab nichts, was ihn hätte beunruhigen müssen.

108

Linkohr war außer Atem. Er hatte an diesem Samstagvormittag zusammen mit den Kollegen der Spurensicherung nicht nur Miriam Treibers Computer, sondern noch einige weitere Gegenstände aus deren Wohnung nach Göppingen gebracht. Während sich über den Rechner sofort einige EDV-Experten hermachten, schleppte Linkohr eine Schachtel von der doppelten Größe eines Schuhkartons in Häberles Büro. »Viel ist von dem, was wahrscheinlich mal da war, nicht mehr vorhanden gewesen«, wiederholte Linkohr, was er dem Chefermittler bereits gestern Abend noch erklärt hatte. »Man könnte fast meinen, man hat uns nur hinterlassen, was wir ganz gezielt finden sollten.« Er deutete auf den Karton, den er auf den Besuchertisch gestellt hatte. »Raten Sie mal, was da drin ist.«

Häberle erhob sich hinter seinem Schreibtisch, um die Verpackung aus der Nähe zu betrachten. »Keine Ahnung. Noch ein Computer oder so was?«

»Ganz falsch«, erwiderte Linkohr und faltete den Karton auf. Häberle konnte mit dem, was er sah, nicht auf

Anhieb etwas anfangen. Er erkannte den Rumpf eines schwarzen Modellhubschraubers, dessen Rotoren abmontiert und sorgfältig neben der Maschine in Papier gebettet lagen.

»War so verpackt in einem Regal«, erklärte der Jungkriminalist, den Häberles Gleichgültigkeit irritierte. »Schauen Sie mal genau hin, was unten am Rumpf montiert ist – hier, zwischen dem Fahrwerk.« Er zeigte auf die besagte Stelle.

Häberle kniff die Augen zusammen und bückte sich, um das Objekt genauer betrachten zu können. Dann erkannte er, was Linkohr meinte: »Ist das eine Videokamera?«, fragte er vorsichtig.

»Exakt«, bestätigte der junge Kollege. »Ein Modellhubschrauber, mit dem man Luftaufnahmen machen kann. Oder soll ich lieber sagen: Spionageflüge?«

Häberle hätte am liebsten Linkohrs Lieblingsspruch benutzt, stellte aber stattdessen fest: »Eine Drohne. Das ist eine Drohne.« So etwas war ihm in seiner langjährigen Laufbahn noch nie untergekommen. »Gibt es auch Aufnahmen, die damit gemacht worden sind?«

»Nein, leider nicht. Wir haben die ganze Wohnung einschließlich Keller und Dachboden auf den Kopf gestellt.«

Häberle besah sich den zerlegten Hubschrauber von allen Seiten. »Und eine Fernsteuerung?«

»Auch nicht. Auch kein Ladegerät für die Akkus. Das Ding fliegt nämlich mit Strom.«

»Auch noch Hightech«, meinte Häberle bewundernd. »Dann macht das Ding wohl kaum Lärm.«

»Wir haben aber noch was anderes«, fuhr Linkohr fort und setzte sich, nachdem Häberle auch wieder zu seinem Platz gegangen war. »Noch bis ein Uhr heute früh hat der einzige Computer, der noch im Haus war, über GPS-Navigationspeilung ein Objekt verfolgt – und zwar hier in Göppingen.«

Häberles Interesse stieg. Seine Computerkenntnisse beschränkten sich zwar auf die Bedienung von Windows, doch hatte er sich in den vergangenen 15 Jahren notgedrungen in die virtuelle Welt eingearbeitet. Kein einziger Beruf kam heutzutage mehr ohne Computer aus – und weil sich auch die Ganoven modernster Technologie bedienten, musste die Polizei Schritt halten. Allerdings war dies, wie Häberle immer wieder bemängelt hatte, nur mit sträflicher Verzögerung geschehen, weil der Bürokratismus viel zu schwerfällig war, um auf neue Trends sofort reagieren zu können.

»Und was war das für ein Objekt?«, fragte er ungeduldig.

»Ein Auto. Miriam Treiber hat ein Auto überwacht.«

Häberle grinste. »Hat sie wahrscheinlich gebraucht, um untreuen Ehemännern nachspionieren zu können. Sie soll sich doch darauf spezialisiert haben, heißt es.«

»Wenn ich Ihnen sage, wer der Mann im Auto war, könnte es sich auch um etwas anderes handeln.«

»Nun sagen Sie's schon«, drängte Häberle.

»Ollerich. Enduro Ollerich.« Linkohr fügte an, um die Brisanz zu verdeutlichen: »Bleibachs Manager.«

109

Boris wusste nicht, was davon zu halten war. Es war früher Samstagabend und er war mit dem Geländewagen noch einmal die beiden letzten Tagesetappen von Konarek abgefahren. Nun parkte er an einem markanten Waldstück, an dem ein Forstweg vorbeiführte, und blickte durch die Windschutzscheibe in die Nacht hinaus.

An keinem einzigen der drei letzten Pflichtpunkte hatte er eine neue Botschaft vorgefunden. Dem Hinweis vom Donnerstagabend, wonach Lars weiter gekommen war als geplant, war nichts mehr gefolgt. Und jetzt war schon Samstagmittag. Alles deutete darauf hin, dass Konarek umdisponiert hatte. Oder es war ihm etwas zugestoßen. Boris fuhr noch einmal alle Meldepunkte ab, an denen er die Kassetten nicht eingesammelt hatte, um Lars, falls er inzwischen dort aufgetaucht sein sollte, eine Gelegenheit zu geben, doch noch eine Information zu hinterlassen. Spätestens nach zwei Tagen ohne Kontakt, so hatten sie vereinbart, musste er die Polizei verständigen. Dies würde bedeuten, dass dieser Fall entweder noch heute Abend oder morgen, am Sonntag, eintreten würde. Damit allerdings fände das spektakuläre Experiment ein vorzeitiges Ende. Und all die aufwendigen Vorbereitungen und Plakataktionen wären umsonst gewesen.

Aber irgendetwas musste er in die Wege leiten, weil auch die Medien, deren Ansprechpartner er war, immer aufdringlicher wurden und nach neuen Videoclips fragten. Er würde diesen Journalisten nicht mehr länger verheimlichen können, dass der Kontakt zu Konarek abgebrochen war. Außerdem fiel ihm der Umgang mit den Reportern ziemlich schwer. Der einzige, den Boris zuvor jemals kennengelernt hatte, war dieser Sander, der allerdings so gar nicht zum Klischee des windigen Zeitungsmannes passte. Ganz im Gegensatz zu jenen, die Konareks Survival-Tour verfolgten. Zwar riefen sie ihn zuverlässig zwei Mal täglich zu bestimmten Zeiten an, aber er käme nie auf die Idee, ihnen all das anzuvertrauen, was er Sander gesagt hatte. Oder war es vielleicht doch falsch gewesen, diese Informationen weiterzugeben? Seit Tagen durchlebte er ein Wechselbad der Gefühle. Er hatte es doch nicht zulassen können, dass etwas Schreckliches passierte. Etwas, von dem niemand ahnen konnte, dass er es wusste. Vermutlich würde jetzt, dank seines Eingreifens, alles seinen geregelten Weg gehen, grübelte er und spielte mit dem Wagenschlüssel.

Noch während er beschloss weiterzufahren, überfielen ihn finstere Gedanken. Wäre sein junges Leben anders verlaufen, mit einer normalen Kindheit, mit einer Ausbildung, die seinen Fähigkeiten entsprach, dann säße er jetzt nicht hier. Dann hätte er einfach zur Polizei gehen und alles erzählen können. Aber daran war jetzt nicht mehr zu denken.

Die Albträume, die ihn plagten, würde er vermutlich nie mehr loswerden. Ein ganzes Leben lang nicht.

110

Andreas Ollerich, der seit Donnerstagabend mit seinem Sattelzug auf Tour war, hatte sich tatsächlich gemeldet. Er war damit einer Bitte Häberles nachgekommen, sofort nach der Rückkehr anzurufen, um ein Treffen zu vereinbaren. Den Grund hatte der Kriminalist aber nicht genannt, sondern lediglich gesagt, es handle sich nur um eine ›Routineangelegenheit‹. Dies klang so, als ginge es noch um ergänzende Fragen zu Ollerichs nächtlichem Treiben auf dem Hohenstaufen. Zunächst noch hatte er zwar versucht, sich mit dem Hinweis auf private Termine herauszuwinden, doch Häberle hatte darauf bestanden.

Trotz der ungewöhnlichen Zeit – es war inzwischen 21.30 Uhr am Samstagabend – kam das Treffen auf dem Speditionsgelände in Geislingen zustande. Häberle bat den Mann, der nach Schweiß und Zwiebeln roch und vermutlich zwei Tage nicht geduscht hatte, in seinen Dienst-Audi. »Ich denke, wir haben alles besprochen. Warum also diese Eile?«, gab sich Ollerich verärgert. Er zog den Reißverschluss seiner Pelzjacke auf.

»Das werden Sie sofort verstehen, wenn ich Ihnen erkläre, worum es geht«, begann Häberle, dessen kräftige Hände das Lenkrad umklammerten. »Dass Sie uns nach Ihrem ›Ausflug‹ auf den Hohenstaufen nicht die ganze Wahrheit gesagt haben, daran besteht für mich keinerlei Zweifel. Jetzt schildern Sie mir mal Ihre Fahrt vom vergangenen Donnerstag auf der A8 Richtung Stuttgart.«

Ollerich atmete flach und seine Stimme verriet Unsicherheit. »Das ist kein Geheimnis, das lässt sich alles nachvollziehen.«

»Eben. Deshalb wissen wir, dass Sie nicht gradlinig direkt nach Stuttgart gefahren sind, sondern einen kleinen Umweg gemacht haben.«

»Umweg?« Ollerichs Verunsicherung nahm zu. Seine Stimme schwankte.

»Ihr Chef kann's Ihnen beweisen. Oder wissen Sie etwa nicht, dass jede Bewegung der Lastwagen über GPS aufgezeichnet wird? Jede. Ich bin übrigens auch erstaunt, wie genau das System funktioniert.«

Ollerich sah durch die Windschutzscheibe auf den beleuchteten Lkw-Parkplatz hinaus.

»Sie haben das Rasthaus Gruibingen angesteuert. War das schon die erste Ruhepause – nach knapp 20 Kilometern?« Häberle sah ihn prüfend an.

Ollerich schwieg. Ihm war klar geworden, dass es sinnlos war, etwas abzustreiten.

»Außerdem ist das Rasthaus doch für einen Lkw etwas kompliziert anzufahren – aus dieser Richtung, aus der Sie gekommen sind«, sagte der Chefermittler. »Es steht ja auf der anderen Seite.« Nachdem sich Ollerich noch immer nicht äußerte, machte Häberle weiter: »Sie sind eine Schleife über den Lkw-Parkplatz gefahren, ohne anzuhalten. Oder zumindest nicht lange. Anschließend sind Sie sofort wieder auf die Autobahn zurück. Darf ich fragen, was der Grund für diese Ehrenrunde war?«

Häberle sah im Streulicht der Lampen, dass sich auf Ollerichs Stirn Schweißperlen gebildet hatten. »Sie haben dort jemanden treffen wollen«, folgerte der Ermittler. »Ähnlich wie Jens Seifried im November auf dem Rastplatz Leipheim. Der wurde dabei niedergeschlagen – und Sie sind am Donnerstag gar nicht ausgestiegen. Oder vielleicht doch?«

Ollerich wäre am liebsten aus dem Auto gesprungen, doch geändert hätte dies an seiner Situation nichts. Er schwieg weiterhin.

»Jedenfalls ist dort etwas geschehen, das nicht vorgesehen war. Oder – und das wäre auch denkbar – Sie haben schnell etwas erledigen müssen.« Der Ermittler ließ ein paar Sekunden verstreichen, bevor er weitersprach. »Oder es ist jemand zu Ihnen in den Lkw eingestiegen.« Noch immer reagierte Ollerich nicht, weshalb Häberle deutlicher wurde: »Möglicherweise hat man aber auch etwas in Ihren Lkw eingeladen.« Der Kriminalist entschied, noch eine Variante draufzusetzen: »Etwas eingeladen – oder vielleicht auch jemanden. Jemanden, der nicht freiwillig mitfahren wollte. Oder möglicherweise gar nicht mehr in der Lage war, sich zu wehren.«

»Jetzt reicht's aber!«, brach es aus Ollerich heraus. Häberle war zufrieden. Er hatte erreicht, was er wollte.

»Soll ich Ihnen sagen, was ich glaube?«, wurde Häberle jetzt energisch. »Sie und Herr Seifried haben ein ganz krummes Ding gedreht. Und dieses Ding – ich sag's Ihnen in aller Deutlichkeit – hängt einerseits mit Ihrer Vergangenheit und andererseits mit Bleibach zusammen. Herr Ollerich, versuchen Sie nicht, uns für dumm zu verkaufen.«

Ollerichs Gedanken rasten. War er jetzt am Ende – oder konnte er sich noch einmal aus der Affäre ziehen?

Weil er noch immer nichts sagte, riskierte Häberle einen Frontalangriff: »Falls Sie nicht besser informiert sind als wir, will ich Ihnen sagen, wie verdammt ernst die Sache ist: Frau Treiber wurde auf diesem Parkplatz entführt oder, was noch schlimmer wäre, möglicherweise sogar umgebracht.«

Häberle sah zu Ollerich und glaubte, trotz der Dunkelheit eine Regung in seinem Gesicht wahrgenommen zu haben.

»Ich werde Ihren Sattelzug beschlagnahmen lassen«, entschied der Ermittler, zog sein Handy aus der Jackentasche und drückte die Kurzwahl der Kollegen, die an diesem Samstagabend in der Direktion zum Verschwinden von Miriam Treiber recherchierten. Häberle machte ›Gefahr im Verzuge‹ geltend und forderte die Spezialisten der Spurensicherung an. Sie sollten herausfinden, ob in Ollerichs Lkw Blutspuren zu finden waren. Dieses Vorgehen war bereits am Vormittag mit dem Speditionschef und der Staatsanwaltschaft abgesprochen worden.

Ollerich hatte Häberles Telefonat regungslos gelauscht.

»Für Ihr hartnäckiges Schweigen habe ich nur zwei Erklärungen«, begann Häberle wieder und steckte sein Handy weg. »Entweder Sie sind tief in das Verschwinden der Frau verstrickt – oder Sie sind in etwas anderes verwickelt, das Sie daran hindert, mit uns zu kooperieren.«

Ollerich winkte kopfschüttelnd ab, schwieg aber weiter.

»Sie dürfen mir aber glauben, Herr Ollerich, falls Sie vor irgendjemandem Angst haben, ist es allemal besser, sich uns anzuvertrauen. Die Justiz mag Sie noch so lange einsperren, das erscheint aber immer noch besser, als ein Leben lang von Leuten verfolgt, bedroht und erpresst zu werden, die sich an keine Regeln halten. Oder wollen Sie jahrzehntelang in der Angst leben, eines Tages so zu enden wie Ihr Kollege Seifried?«

Häberle ließ Ollerich erst aus seinem Wagen steigen, nachdem die herbeigerufene Spurensicherung ihre Arbeit aufgenommen hatte. Der Fernfahrer sollte keine verräterischen Spuren beseitigen können.

»Halten Sie sich für uns zur Verfügung«, riet ihm Häberle, während Ollerich schließlich ausstieg. »Bei allem, was wir inzwischen von Ihnen wissen, könnte man den Herrn Staatsanwalt davon überzeugen, beim Richter einen Haftbefehl zu beantragen.« Noch bevor Ollerich die Tür von außen zuwerfen konnte, gab er ihm einen gut gemeinten Hinweis mit auf den Weg: »Vertrauen Sie sich uns an, denn aus dieser Nummer kommen Sie eh nicht mehr raus.

Und eines sage ich Ihnen: Wenn heute in einer Woche auf dem Hohenstaufen etwas passiert, sind Sie einer der Ersten, der in Stammheim sitzt. Haben wir uns da verstanden?«

Bleibachs enger Terminkalender hatte ihm nicht mal den Samstagabend freigehalten. Zwar brauchte er nicht weit zu fahren, weil Heidenheim nur knapp eine Autostunde entfernt lag, doch stieg von Tag zu Tag die Unruhe, vor allem aber das Misstrauen. Er gab sich beim Telefonieren mit den engsten Mitarbeitern wortkarg. Weil seine Zweifel wuchsen, hätte er am liebsten Konarek gebeten, die Bodyguards regelmäßig auszutauschen. Doch dieser war natürlich nicht zu erreichen. Bleibach hegte bereits den Verdacht, hinter Konareks Aktion könnte mehr stehen als eine pure Werbekampagne.

Das neue Heidenheimer Congress-Centrum, hoch über der Stadt und unweit des Schlosses Hellenstein gelegen, zog sich an einem Hang entlang. Als Bleibach mit seinem Passat in die Tiefgarage fuhr, musste er für einen Moment daran denken, dass sich gegenüber das idyllische Naturtheater befand, dessen Vorderseite jetzt an eine riesige Parkplatzfläche grenzte und nicht erahnen ließ, welch traumhafter Aufführungsort sich hinter den bescheidenen Gebäuden befand.

Auch der Martin-Hornung-Saal war mit mehr als tausend Menschen besetzt, als Bleibach ans Rednerpult trat. Nachdem er nahezu alle seine Themen abgehandelt hatte, wurde er, was die Bildung anbelangte, deutlicher:

»Liebe Freunde, nichts ist wichtiger als eine gute Bildung. Derzeit jedoch scheint es, als klaffe die Schere zwischen denen, die dank Schönschwätzens und Ellbogentechnik nach oben streben, und jenen, die den sogenannten

bildungsfernen Schichten angehören – wie man neuerdings zu den weniger Intelligenten sagt –, immer weiter auseinander. Wenn es uns nicht gelingt, allen Menschen die gleichen Startchancen fürs Leben zu geben, dann braut sich ein Sprengstoff zusammen, der diese Gesellschaft spalten wird. Eltern und Schulen sind gleichermaßen gefordert, den Kindern frühzeitig die Weichen fürs Leben richtig zu stellen. Das beginnt damit, dass man Kinder in den Jahren, in denen ihr Gehirn wie ein Computer programmiert wird, nicht vor dümmliche Fernsehsendungen setzt, sondern sie zum Lesen animiert, sie neugierig macht für die Natur und ihre Fragen sinnvoll und richtig beantwortet, anstatt sich mit ihnen in einem gekünstelten Baby-Kauderwelsch zu unterhalten. Und dies gilt erst recht für die Schulen, in denen nicht schon nach der vierten Grundschulklasse richtungsweisende Entscheidungen getroffen werden sollten. Hier Gymnasium, da Realschule – und der Rest bleibt in der Hauptschule, auch wenn man diese jetzt vornehm zu Werkrealschulen gemacht hat. Ich bin felsenfest davon überzeugt, liebe Freunde: In unserem Bildungssystem läuft vieles quer. Bis hin, dass auch wieder Werte vermittelt werden müssen, die da heißen: Disziplin, Verantwortung, Menschlichkeit, soziales Verhalten. Denn wohin es führt, wenn Menschlichkeit keine Rolle mehr spielt, das zeigen uns doch die Manager-Typen der heutigen Generation.«

Bleibach war auf die Reaktion des Publikums gespannt. Inzwischen hatte er ein Gespür dafür entwickelt, dass Themen unterschiedlich ankamen – je nachdem, welche Bevölkerungsschichten anwesend waren. Heute stieß er sichtlich wieder nur auf Zustimmung. Seine innerliche Anspannung fiel von ihm ab. Denn seit einigen Wochen befürchtete er, es könnte auch einmal zu Ausschreitungen kommen.

111

Boris war nicht mehr heimgefahren. Solange sich Lars Konarek noch irgendwo zwischen Schwabmünchen und Krumbach aufhalten musste, machte es keinen Sinn, nach Aichelberg zurückzufahren. Immerhin musste Boris zwei Mal täglich Pflichtmeldepunkte aufsuchen. An diesem Morgen würde es sich entscheiden, ob das Projekt als gescheitert zu erklären war. Eine große Verantwortung, die ihm niemand abnahm. Mit seiner Mutter brauchte er gleich gar nicht darüber zu reden, weil sie keinerlei Verständnis für sein Engagement aufbrachte. Weder sie noch sein Vater hatten jemals akzeptiert, dass er kein Kind mehr war, das man je nach Laune verprügeln konnte. Nein, damit war jetzt Schluss. Der Kontakt zu Konarek hatte ihm zu Selbstbewusstsein und größerer innerer Stärke verholfen. Gleichzeitig waren die Auftritte im Musical ›Barbarossa‹ dazu angetan, seine Defizite im sozialen Verhalten auszugleichen. Er war fest entschlossen, seinen eigenen Weg zu gehen. So bald wie möglich wollte er die Lehre als Bauarbeiter aufgeben. Sie überforderte ihn, den zwar großen, aber muskelschwachen jungen Mann, körperlich bis zur Grenze der Belastbarkeit, während sein Intellekt verkümmerte. Da half es ihm auch nicht, dass ihn der Chef des Bauunternehmens schon mehrfach darauf hingewiesen hatte, dass ein solider Lehrberuf ein guter Grundstock für die Weiterbildung bis hin zum Bauingenieur sein könne. Doch neuerdings kamen ihm arge Zweifel, ob er jemals noch diese Chancen ergreifen würde.

Boris hatte auf der Ladefläche des Geländewagens gedöst, war dann in den Schlafsack gekrochen und unter einem Berg von Decken eingeschlafen. Als Proviant hatte er zwei Kisten Mineralwasser, Kekse, Bananen und allerlei süßes Gebäck an Bord, das er an einer Tankstelle gekauft hatte. Etwas Ersatzkleidung und Unterwäsche steckte in einer großen Sporttasche.

Er war schon im Morgengrauen frierend zu den letzten beiden Meldepunkten Thannhausen und bei Zusmarshausen zurückgefahren. Doch das einzig Positive daran war die Wärme des Führerhauses. In den versteckten Kassetten fand sich kein einziger Hinweis auf Konarek. War er von der Route abgekommen? Aber wenn es so wäre, warum ging er nicht einfach in einen Ort und rief von einer Telefonzelle aus an, um ein Lebenszeichen von sich zu geben? Hatte er keine Münzen, keine Telefonkarte? Okay, dachte Boris, Lars war ein harter Knochen und kein Typ, der sich Niederlagen eingestehen wollte. Aber wenn er sich gar nicht meldete, musste ihm doch klar sein, dass Boris Alarm schlug. Mit Sicherheit gab das dann ein größeres Aufsehen, wenn Hubschrauber und Bereitschaftspolizei die Gegend absuchten.

Nein, er durfte nicht mehr länger zögern.

Boris startete den Motor des Geländewagens und wendete auf einem Waldweg. Auf den Bäumen klebte dicker Raureif, was der Landschaft ein fast weihnachtliches Flair verlieh. Dies allerdings ließ auch darauf schließen, dass es eine sehr kalte Nacht gewesen war. Wie konnte ein Mensch das ohne Schlafsack und Zelt im Freien überstehen?

Überstehen?, hallte es in Boris' Kopf. Vielleicht hatte es Lars ja gar nicht überlebt.

112

Die Computerexperten hatten keinen Zweifel mehr, dass Miriam Treiber über einen längeren Zeitraum hinweg die Fahrtrouten von Enduro Ollerich verfolgt hatte. Es gab auf ihrer Festplatte einige aufgezeichnete Bewegungsprofile.

»Sie hat an seinem Auto einen GPS-Sender versteckt«, konstatierte Häberle, als er mit Linkohr den ersten Bericht der EDV-Kollegen durchging.

»Jetzt sendet das Ding aber nicht mehr«, erklärte der junge Kriminalist und kratzte sich am Oberlippenbart. »Akku wahrscheinlich leer.« Er überlegte. »Ob sie es wohl war, die den Ollerich auf dem Waldparkplatz niedergeschlagen hat?«

»Ich überlege mir was ganz anderes«, entgegnete Häberle. »Nämlich, ob die Treiber tatsächlich so unfreiwillig von der Bildfläche verschwunden ist, wie man uns dies weismachen will.«

»Wie? Sie glauben, das könnte vorgetäuscht sein?«

Häberle zuckte mit den Schultern und wechselte das Thema: »Sie wollten mir das Neueste aus dem Computer berichten.«

»Die Treiber hat ein paar interessante Herrschaften bespitzelt.« Linkohr deutete auf ein mitgebrachtes Stück Papier. »Nicht nur ihren Kompagnon in Bleibachs Management, sondern so Leute wie Patrick Moser, Klaus Wettstein und Ferdinand Gutwein.«

Häberle blieb unbeeindruckt. »Kenn ich keinen davon.«

»Moser ist ein Fabrikant in Ulm, Wettstein ein Bundestagsabgeordneter aus dem Südbadischen und Gutwein ein Gewerkschaftsfunktionär in München«, las Linkohr vor.

»Hm«, machte Häberle. »Lauter untreue Ehemänner, oder was?«

»Weiß man nicht genau. Dieser Moser scheint allerdings eine ziemlich schillernde Gestalt zu sein. Er hat sich wohl im Internet als ›Herkulesspanner‹ ausgegeben.«

»Herkulesspanner?«, wiederholte Häberle ungläubig. »Eine Porno-Sache?«

»Vielleicht sollten wir ihn fragen«, meinte Linkohr grinsend. »Im Übrigen haben die Kollegen herausgefunden, dass all diese Herrschaften entweder pro oder contra Bleibach eingestellt sind. Es soll in den Texten Hinweise auf ein dubioses Treffen auf Schloss Filseck geben. Dort hat die Treiber wohl mal den Moser und den Wettstein aufgespürt. Und was glauben Sie, wer sonst noch dabei war?« Linkohr zögerte nur eine Sekunde: »Enduro Ollerich. Ja, Enduro Ollerich.«

Linkohr ließ Häberle Zeit, diese Information zu verdauen, und berichtete dann weiter: »Es gibt noch ein weiteres Dossier im Computer der Dame. Und jetzt wird's richtig spannend.«

Häberles Interesse stieg von Sekunde zu Sekunde. »Lassen Sie hören.«

»Sie hat sich auch mit Joanna Malinowska befasst. Es gibt eine Notiz, die dies belegt. Hier«, er drehte sein Blatt um, »die Kollegen haben's mir rauskopiert: ›JM‹ – damit ist Joanna Malinowska gemeint – ›hat M, W und G kontaktiert‹ – so hat sie Moser, Wettstein und Gutwein abgekürzt. Und dann hat sie noch Folgendes vermerkt: ››M‹, also Malinowska, hat das ›P‹ informiert‹.« Linkohr, der sich auf den Besuchertisch gesetzt hatte, sah in Häberles fragendes Gesicht und fügte an: »Was glauben Sie, was ›P‹ bedeutet?«

Der Chef runzelte die Stirn. »Sie werden's mir sagen.«

»Die Kollegen, die sich mit der Dechiffrierung auskennen, sind davon überzeugt, dass ›P‹ für ›Pentagon‹ steht.«

»Ach«, staunte Häberle. Er musste dies alles zuerst verdauen.

113

Boris war nach Schwabmünchen gefahren. Nach einigem Suchen entdeckte er tatsächlich eine Telefonsäule der Telekom. Im Zeitalter des Handys waren solche Einrichtungen dünn gesät. Er hatte sich im Hinblick auf die Ereignisse vorsorglich eine Telefonkarte besorgt, um von öffentlichen Telefonen aus anonym anrufen zu können. Damit würde er keine Spuren hinterlassen, mit denen man auf ihn schließen konnte.

Den Schritt, den er jetzt tat, hatte er sich reichlich überlegt. Aber falls Konarek etwas zugestoßen war, brauchte er dringend Hilfe. Boris umfasste den Hörer mit einem Papiertaschentuch und drückte, ebenfalls mit geschütztem Zeigefinger, die Notrufnummer ›110‹, für die er möglicherweise gar keine Telefonkarte gebraucht hätte. Nach zwei Ruftönen meldete sich die männliche Stimme irgendeiner Leitstelle, deren Namen er nicht verstand. »Nur ein Hinweis«, sagte er mit aufgeregter, aber verstellter Stimme. »Lars Konarek, der Mann mit dem Survival-Experiment, meldet sich seit über zwei Tagen nicht mehr. Er müsste irgendwo zwischen Schwabmünchen und Krumbach sein. Ende.« Er hängte den Hörer in die Gabel zurück.

Dann stieg er in den Geländewagen und raste davon.

Natürlich würden sie jetzt sofort den Anschluss orten, von dem aus er angerufen hatte. Aber bis hier eine Streife auftauchte, war er schon über alle Berge.

Er entschied, lieber nicht nach Hause zu fahren. Er wollte in der Gegend bleiben, um bereit zu sein, falls Konarek doch noch anrief.

114

Linkohr war es gelungen, Patrick Moser noch an diesem Sonntagabend telefonisch zu erreichen. Er erklärte ihm, man benötige ihn möglicherweise als Zeugen in einer »komplexen Angelegenheit«, weshalb ein persönliches Gespräch geboten sei. Auf Mosers Frage, worum es denn ginge, wich Linkohr aus und drängte auf ein sofortiges Treffen. Schließlich willigte der Unternehmer ein. Knapp eine Stunde später saßen sich die beiden Männer in Mosers Ulmer Wohnung gegenüber.

Linkohr hatte sich während der Fahrt einige Floskeln zurechtgelegt, um nicht gleich auf sein Anliegen zu sprechen zu kommen. Der Unternehmer, braun gebrannt und mit einem Designer-Pulli bekleidet, gab sich wortkarg. Das änderte sich auch nicht, als Linkohr erläuterte, dass es um das Umfeld von Bleibach gehe. »So, Bleibach?«, echote Moser. »Geht's um politische Agitationen oder um seinen geplanten Umsturz?«

Linkohr wollte sich auf keine politische Diskussion einlassen. »Uns würde interessieren«, fuhr er deshalb fort, »ob sich jemals bei Ihnen eine Frau Miriam Treiber gemeldet hat?«

»Treiber? Nicht, dass ich wüsste. Warum?«

Linkohr bohrte weiter. »Und Joanna Malinowska? Eine auffällige Blondine?«

»Malinowska?« Moser schien zu überlegen, wie er darauf reagieren sollte. »Malinowska, ja«, entschied er sich zu einer klaren Aussage. »Sie kam im Auftrag irgendeines Verbandes und wollte wissen, wie wir uns hier in Ulm zu Bleibach stellen. Wenn ich ›wir‹ sage, meine ich uns mittelständische Unternehmer.« Er lehnte sich selbstsicher in seine Couch zurück. »Eine attraktive Frau«, ergänzte er.

Linkohr hatte allen Grund, nichts dazu zu sagen. »Hat Sie sich denn wieder mal gemeldet?«, hakte er vorsichtig nach.

»Nie, nein«, antwortete Moser.

»Auch sonst nicht – ich meine: Geschrieben oder so?« Linkohrs Frage war nicht ganz uneigennützig. Immerhin hätte Moser eine ähnlich böse Überraschung erleben können wie er.

»Nichts, nein.«

»Sie sind verheiratet?«, fragte Linkohr unerwartet schnell.

Mosers Miene verfinsterte sich. »Tut das was zur Sache?«

Linkohr flüchtete sich in allgemeine Erläuterungen und quälte sich ein Lächeln ab: »Wenn Frauen im Spiel sind, sind wir Männer manchmal etwas unkritisch.«

»Sie sprechen, als hätten Sie darin Erfahrung, junger Mann.« Moser zögerte. »Ich lebe von meiner Frau getrennt, falls Sie das interessiert und Sie mir jetzt vielleicht ein ›Lotterleben‹ vorwerfen.«

Linkohr war unsicher, ob er dem Mann einen moralischen Tiefschlag versetzen sollte, entschied dann aber, zuerst eine andere Frage zu stellen: »Bitte glauben Sie nicht, wir hätten Sie bespitzelt, aber aus anderen Quellen ist uns bekannt geworden, dass es vor einigen Wochen ein Treffen auf Schloss Filseck gegeben hat.«

Mosers Gesichtszüge verfinsterten sich. Er schluckte und änderte seine Sitzhaltung. »Muss ich darauf antworten?« Seine Stimme klang, als sei sein Mund trocken geworden.

»Müssen nicht. Aber es würde uns weiterhelfen.« Linkohr wollte keine weitergehenden Möglichkeiten erwähnen.

»Wie kommen Sie auf die Idee, dass es ein Treffen gegeben haben soll?« Mosers Unruhe war deutlich zu hören.

Linkohr blieb gelassen. »Ich kann Ihnen auch sagen, wer dabei war. Ein Politiker aus dem Südbadischen und Enduro Ollerich.«

»Ich verlange Auskunft darüber, woher Sie das wissen. Oder ich verlange, meinen Anwalt hinzuziehen zu dürfen.« Moser war kurz davor, die Beherrschung zu verlieren.

»Ich kann Ihnen gerne sagen, woher wir unsere Erkenntnisse haben. Von einer Dame, die als Rechtsanwältin überwiegend untreuen Ehemännern nachspürt.«

Moser rief sich krampfhaft den Nachmittag auf Schloss Filseck in Erinnerung. Tatsächlich entsann er sich einer Frau, die während ihres Gesprächs in die Gaststätte gekommen war und sich abseits in eine Nische gesetzt hatte.

Linkohr gönnte ihm eine kurze Pause. »Sie erinnern sich?«, fragte er schließlich.

»Was ist das für eine Frau?«

»Besagte Miriam Treiber, die Sie nicht kennen wollen«, antwortete der Jungkriminalist spontan. »Aber vielleicht hat sie sich manchmal auch anders genannt – wie Sie ja auch.«

Aus Mosers Gesicht wich die Farbe. Seine rechte Hand verkrampfte sich in der Lehne der Couch.

»Oder soll ich ›Herkulesspanner‹ zu Ihnen sagen?«, wagte Linkohr jetzt den Angriff.

Moser wich seinem Blick aus und wirkte, als habe ihn ein elektrischer Schlag getroffen.

Es verstrichen endlose Sekunden, während derer Linkohr auf eine Reaktion Mosers wartete. Doch der schien sich innerlich zu sammeln und gegen einen Wutausbruch anzukämpfen. Offenbar entschied er sich dann aber für die ruhigere Variante, obwohl ihm dies sichtlich schwerfiel.

»Muss ich dazu was sagen?«

Linkohr schüttelte den Kopf. »War nur eine Bemerkung am Rande«, log er, denn in Wirklichkeit hatte er den Mann einschüchtern wollen. Und nun sah es ganz danach aus, als ginge sein Konzept auf. Moser war jetzt viel zu sehr mit sich und all den damit zusammenhängenden Peinlichkeiten beschäftigt, als dass er seine Rolle auf Schloss Filseck noch hätte leugnen können. »Weil sich um Herrn Bleibach einige Ungereimtheiten ergeben haben«, fuhr Linkohr fort und tat so, als habe er Mosers Schreck gar nicht bemerkt, »deshalb wäre es für uns nützlich zu wissen, was der Grund des Gesprächs in dem Restaurant war.«

»Wie?« Moser räusperte sich verlegen. »Grund des Gesprächs? Es war freundschaftlicher Natur. Herr Wettstein kam an diesem Nachmittag – es muss ein Freitag im November gewesen sein – aus Berlin zurück und Enduro, ich meine, Herr Ollerich, hat sich einen Gedankenaustausch mit Politik und Wirtschaft gewünscht.« In Mosers Gesicht kehrte die Farbe zurück. »Als Manager von Bleibach wollte er wissen, wie die Stimmung auf der Gegenseite ist. Wir kennen uns alle schon lange.« Moser nahm wieder eine lässigere Sitzhaltung ein. »Und es ist doch das Wesen einer Demokratie, miteinander zu reden. Oder sollen wir uns bekriegen?« Moser runzelte die Stirn: »Bomben legen andere. Nicht wir.«

115

Natürlich war der Einsatzzentrale des zuständigen Polizeipräsidiums Schwaben-Nord in Augsburg der Name Lars Konarek ein Begriff. Der Survival-Trainer hatte allen Polizeidienststellen entlang seiner Route einen freundlichen Brief geschrieben und sie über sein Vorhaben informiert. Keiner der Verantwortlichen, weder in Bayern noch in Baden-Württemberg, war darüber erfreut gewesen. Die Begeisterung, jemanden vielleicht retten zu müssen, der sich aus reiner Abenteuerlust in Gefahr brachte, hielt sich verständlicherweise in Grenzen. Und nun gab es sogar nur einen anonymen Hinweis, der auf sein Verschwinden hindeutete. Irgendwo zwischen Landsberg und Mindelheim. »Anruf kam aus Schwabmünchen, eine öffentliche Sprechstelle«, erklärte ein Uniformierter, der pflichtgemäß einen Streifenwagen dorthin geschickt hatte, ohne aber jemanden vorzufinden. Nach einer kurzen Besprechung entschied die diensthabende Mannschaft, eine Suchaktion auszulösen. Das war zwar an einem dunklen Märzabend wenig erfolgversprechend, aber falls Konarek in eine hilflose Lage geraten war, konnte eine weitere Eisnacht tödlich sein. Andererseits erschien es geradezu die Suche nach einer Stecknadel im Heuhaufen zu sein, nachdem nicht mehr bekannt war, als dass Konarek vor drei Tagen in Landsberg seine Tour begonnen hatte. Ein Polizeibeamter glaubte sich an ein Radiointerview zu entsinnen, das er am Freitagabend gehört hatte. Darin habe ein Betreuer der Aktion erklärt, dass bereits Mickhausen erreicht sei. Der Versuch, diesen Betreuer ausfindig zu machen, erwies sich an diesem Sonntagabend als erfolglos. Bei der privaten Radiostation, die das Interview ausgestrahlt hatte, war niemand zu erreichen, der das hätte wissen können.

Nach einer weiteren Einsatzbesprechung wurde die Suchaktion auf ein Gebiet begrenzt, das sich von Schwabmünchen in nordwestliche Richtung zog – bis hin zu Krumbach, Ichenhausen und Günzburg. Eine knappe Stunde später, es war inzwischen 22 Uhr, kreiste über dem Gelände in geringer Höhe ein Polizeihubschrauber mit eingeschaltetem Suchscheinwerfer. Mehrere Streifenwagen kurvten auf den vereisten Forst- und Feldwegen durch die Landschaft. Der Einsatz von Hundertschaften der Bereitschaftspolizei wurde vorläufig zurückgestellt, bis das Suchgebiet genauer eingegrenzt war. Es machte keinen Sinn, ein riesiges Areal mit einer Suchkette zu durchkämmen – schon gar nicht jetzt in der Nacht. Allen Beteiligten war klar, dass dieser ganzen Aktion nur eine Alibi-Funktion zukam, um sich hinterher nicht dem Vorwurf ausgesetzt zu sehen, Konarek tatenlos einem schlimmen Schicksal überlassen zu haben.

Einer der Beamten in der Einsatzzentrale brachte seinen Frust auf den Punkt: »Ich hoffe nur, dass der Kerl, wenn man ihn lebendig findet, eine saftige Rechnung kriegt.«

116

Als Baldachin an diesem Montagmorgen zu Häberle ins Büro stürmte, war dem Direktionschef die Aufregung anzusehen. »Dieser Nahkampf-Trainer, Sie wissen schon, dieser Konarek, ist als vermisst gemeldet worden.« Baldachin berichtete, was ihm durch die Kollegen des Polizeipräsidiums Schwaben-Nord in Augsburg übermittelt worden war. »Zuerst diese Polin, dann die Treiber und jetzt Konarek«, schnaubte der Direktionsleiter. »Und dies auch noch anonym.«

»Was heißt da ›anonymer Anruf‹?«, wetterte der Chefermittler. »Irgendjemand muss doch wissen, wer den Konarek während der Aktion betreut.« Er überlegte kurz. »Die Polin ist im Übrigen nicht als vermisst gemeldet, sondern selbst spurlos von der Bildfläche verschwunden – warum und durch wen auch immer. Und bei der Treiber bin ich mir auch nicht so sicher.«

»Aber es war ihr Blut, das man in ihrem Auto gefunden hat«, erwiderte Baldachin scharf. »Die DNA, die in ihrem Bad sichergestellt wurde, ist identisch. Es besteht also kein Zweifel.«

»Die Frage ist nur, wie das Blut ins Auto gekommen ist. Sehr viel mehr als ein paar Spritzer waren's ja wohl nicht.« Häberle war nicht länger bereit, nur das zu glauben, was sich ihm objektiv darbot. Er hatte sich inzwischen seine eigene Theorie zurechtgelegt, die zu all den Geheimnistuereien und diversen Versuchen der Einflussnahme passte.

Er rief Linkohr herbei und schilderte ihm die neueste Situation. Der junge Kriminalist verkniff sich angesichts Baldachins Anwesenheit respektvoll seinen üblichen Ausdruck allerhöchsten Erstaunens. Spontan fiel ihm ein, wer in Konareks Vorhaben am besten eingeweiht sein musste. »Sein Manager kann uns sicher weiterhelfen«, meinte er. Ohnehin wollte er sich Enduro Ollerich noch heute vorknöpfen. Ein Anruf bei Ollerich ergab jedoch, dass dieser angeblich keine detaillierten Informationen über die spektakuläre Aktion vorliegen hatte. Linkohr ließ sich allerdings nicht so schnell abwimmeln, sondern vereinbarte sofort einen Gesprächstermin. Für den frühen Nachmittag.

Baldachin zeigte sich zum Leidwesen Linkohrs davon nicht beeindruckt. »Wir sollten so wenig Wirbel wie möglich verursachen«, sagte der Direktionschef. »Es muss alles vermieden werden, was diesem Bleibach zu noch größerer Popularität verhilft.«

»Das werden wir nicht verhindern können«, entgegnete Häberle. Seine Berufserfahrung hatte ihm gezeigt, dass die Medien erst recht hellhörig wurden, wenn die Behörden etwas unter den Teppich kehren wollten. Aber obwohl die Verantwortlichen mit solchen Versuchen schon reihenweise auf die Nase gefallen waren, hatten sie nichts daraus gelernt. Auch Baldachin zählte dazu.

117

Bleibach hatte den halben Sonntag auf der Couch verbracht, zwischendurch E-Mails und die Post gelesen und auch mal kurz mit Enduro Ollerich telefoniert. Einige Bitten um ein Interview lehnte er kategorisch ab. Zufrieden stellte er jedoch beim Surfen im Internet fest, dass die Zeitungen an den jeweiligen Kundgebungsorten sehr ausführlich über ihn berichtet hatten. Natürlich gab es bisweilen auch Kommentare, die wenig schmeichelhaft klangen und ihn mit den unvermeidlichen ›Stammtischparolen‹ in Verbindung brachten.

Dass es offenbar Probleme mit Konarek gab, nahm er nur am Rande zur Kenntnis. Er wollte sich jetzt nicht auch noch damit belasten. Schließlich war es Konareks ureigenste Idee gewesen, mit diesem Survival-Experiment Aufsehen zu erregen.

Während des eiskalten Montags, an dem der Frühling begann, feilte Bleibach an seinem Redemanuskript, das ohnehin nur aus einzelnen Stichworten bestand, an denen er sich entlanghangeln konnte. Am Abend stand eine Kundgebung in der Oberschwabenhalle in Ravensburg auf dem Programm und er wollte dort seine Vision von der Erneuerung des Staates hervorheben. Seit die Medienvertreter erkannt hatten, dass keine seiner Reden gleichartig war, lockte er immer neue Journalisten an – vermutlich stets auf der Suche nach negativen Äußerungen.

»Liebe Freunde«, fuhr Bleibach vor annähernd 5000 Zuhörern fort, *»es gibt noch immer Medien, die behaupten, ich wolle eine Revolution herbeiführen. Auch wenn ich dies gebetsmühlenartig verneine, lauern sie nur darauf, mir staatsfeindliche, fremdenfeindliche oder Gedanken des Umsturzes in den Mund zu legen. Mir und den vielen Millionen, die ähnlich denken, geht es nur darum, ein festgefahrenes Gefüge wieder flottzukriegen. Wie einen Ozeanriesen, den die bequeme Mannschaft auf Sand gesetzt hat, weil sie die Strömungen nicht erkannt hat. Übertragen gesehen, geht es beim Staat um die Strömungen der Zeit. Um die Untiefen, die es zu umschiffen gilt. Aber solange sich der Kapitän und seine Mannschaft selbstgefällig bei Käpt'ns Dinner die Wampe vollschlagen und die Leicht-*

matrosen knechten und für sich arbeiten lassen, werden die Gefahren nicht erkannt. Es wird deshalb höchste Zeit, die Mannschaft auszutauschen und den Kurs neu zu bestimmen. Dazu gehören auch neue Spielregeln für jene, die dank ihres Geldes bisher glauben, die Richtung vorgeben zu können. Mich schaudert es, wenn ich mir vorstelle, welche Amateure in den Schaltzentralen der Regierung sitzen und blauäugig über milliardenschwere Rettungsschirme für dies und jenes entscheiden. Eine Finanzkrise jagt die andere, liebe Freunde. Und wir alle haben zurecht Angst davor, dass man mit einem einzigen Mausklick unser Erspartes vernichtet, damit jene gerettet werden, die uns ins Unglück gestürzt haben. Doch es gäbe eine Lösung, die gigantische Staatsverschuldung vollständig zu tilgen, ohne unser Währungssystem zu vernichten. Ein gewisser Professor Dr. Otto Gaßner von einem renommierten Bankhaus hat ein Papier entworfen, das sich ›Operation Rebound‹ nennt. Darin schlägt er eine einmalige Vermögensabgabe vor – und zwar fünf Euro für jeden Quadratmeter Land, den jemand besitzt. 1,8 Billionen Euro kämen auf diese Weise zusammen – und alle Grundbesitzer würden gleichmäßig dazu beitragen. Außerdem, so schlägt Gaßner vor, sollten von den Werteinlagen in den Depots zwischen 1 und zehn Prozent in diesen Lastenausgleich bezahlt werden. Mit einem Schlag wäre das Land schuldenfrei – und zwar ohne Währungsreform. Man könnte bei Null anfangen – doch dies, liebe Freunde, macht nur Sinn, wenn gleichzeitig ein radikaler Kahlschlag bei Steuern und Subventionen erfolgen und das gesamte System vereinfacht würde, ohne Ausnahmen und mit klaren Regeln für die Zukunft. Wir müssen den Kapitalismus vor den Kapitalisten retten, liebe Freunde.«

Am Beifall erkannte Bleibach, dass er erneut den Nerv seiner Zuhörer getroffen hatte. Er konnte sich plötzlich auf den kommenden Samstag freuen, weshalb er im abebbenden Applaus anfügte: *»Euch und uns, liebe Freunde, wünsche ich einen herrlichen Frühling. Denkt daran: Mit dem heutigen Tag wird's wieder heller. Und wir können dazu beitragen, dass auch wir einer neuen Aufbruchstimmung entgegengehen. Ich sage deshalb nur eines zum Abschied: Frühling in die Herzen!«*

118

Unterdessen hatte sich bei den Medien herumgesprochen, dass es bei Konareks Überlebensexperiment eine Panne gegeben haben könnte. Die Suchaktion, die am Vormittag fortgesetzt wurde, war nicht unbemerkt geblieben. Außerdem meldeten die privaten Radiostationen, Konareks Betreuer sei telefonisch nicht mehr zu erreichen. Auch Sander, der über den ›Überlebenskampf‹, wie ein Boulevardblatt das Vorhaben tituliert hatte, nur beiläufig berichtet hatte, war auf Konareks angebliches Verschwinden aufmerksam geworden. Sein erster Gedanke war, es könne sich um einen PR-trächtigen Gag handeln. Für das Geislinger Lokalblatt jedenfalls war das Geschehen viel zu weit weg. Interessant erschien Sander jedoch, dass Boris Seifried, von dem er wusste, dass er Konarek betreuen würde, ebenfalls nicht mehr erreichbar war.

Er überlegte, ob Häberle wohl wusste, um wen es sich bei dem Betreuer handelte. Sander gelangte zu der Überzeugung, dass dies zumindest die zuständige bayerische

Polizeiinspektion längst herausgefunden hatte. Er wollte sich deshalb zurückhalten, um Boris nicht allzu sehr in die Schusslinie zu bringen. Dies hatte er ihm schließlich zugesichert. Der junge Mann, so schien es ihm, war ohnehin genug vom Schicksal gebeutelt. Vielleicht war ihm sogar etwas zugestoßen.

Sander blätterte in den Göppinger Kreisnachrichten. Die Kollegen stimmten ihre Leser auf die Großkundgebung auf dem Hohenstaufen ein. Während sich ein Artikel mit den Vorbereitungen, vor allem mit dem Parkplatz- und Sicherheitsproblem, befasste, wurden in einem anderen Bericht Kommunalpolitiker aller Parteien zitiert, die mehr oder weniger direkt Bleibach kritisierten und ihm vorwarfen, das demokratische Parteiensystem zerstören zu wollen. Immer wieder klang zwischen den Zeilen an, dass es gefährlich sein könne, alle Hoffnung in eine einzige Person zu setzen. Der Verfasser eines Kommentars stellte fest, dass auch Obamas Stern in den USA sehr schnell verblasst sei. Weiter hieß es: ›Wäre eine einzige Person der Staat, stünde es um unsere Demokratie schlecht.‹

Das mochte zwar stimmen, dachte Sander, aber auch eine Demokratie brauchte ehrliche und aufrechte, vor allem aber realistische Visionäre, die mit der Kraft ihrer positiven Gedanken eine neue Ära einläuten konnten. Doch die Recherchen der vergangenen vier Monate hatten ihm zunehmend den Eindruck vermittelt, als ob die Mächte, die im Hintergrund die Fäden spannen, gewaltiger waren als der Wille des Volkes. Selbst in der Redaktion schieden sich die Geister an Bleibachs Auftritten. »Der wird noch sein blaues Wunder erleben«, resümierte einer der Journalisten.

Allerdings spürten alle, dass sich seit der Atomkatastrophe von Fukushima ein Wandel in der öffentlichen

Meinung breitmachte. Der Glaube an die bisherige Obrigkeit schien so schnell wie nie zuvor ins Wanken geraten zu sein. Und Bleibach verstand es trefflich, diese Stimmung aufzunehmen. Dass seine Großkundgebung einen Tag vor der Baden-Württembergischen Landtagswahl stattfand, passte bestens ins Konzept. Allerdings war damit auch die Gefahr für Attacken um ein Vielfaches gestiegen.

119

Ferdinand Gutwein, der Gewerkschaftsfunktionär aus München, war über den Grund von Linkohrs Anruf überrascht. »Dass Sie sich gerade jetzt bei mir melden, ist ein seltsamer Zufall«, erklärte der Mann mit harter Stimme. »Ich hätte Sie heute auch noch angerufen.«

»Ach?«, staunte Linkohr, der routinemäßig damit begonnen hatte, die Personen zu überprüfen, deren Namen auf Miriam Treibers Computer gefunden worden waren. »Was wäre denn der Grund gewesen?«

»Bei Ihnen läuft doch am Wochenende die große Kundgebung mit Bleibach«, kam der Gewerkschafter gleich zur Sache. »Ich hatte da vor ungefähr vier Monaten – es war im November – eine Begegnung, die mir erst im Nachhinein so richtig merkwürdig erscheint. Jetzt, nachdem ich heute im Radio gehört habe, dass diese Aktion von Bleibach und diesem Überlebenskünstler Rätsel aufgibt.« Gutwein sprach, als habe er es eilig. »Mich hat eine Dame aufgesucht, vermutlich osteuropäischer Abstammung, wie ich es in Erinnerung habe – und sie gab vor, irgendwelche Sondierungsgespräche für mittelständische Tarifverträge führen zu wollen. Mir kam das gleich ziemlich dubios vor.«

»Und was hat sie wirklich gewollt?«, fragte Linkohr rasch.

»Wir haben mehr über Bleibach gesprochen als über Tarifverträge. Um ehrlich zu sein, ich hatte das Gefühl, sie wollte mich aushorchen – über meine Meinung zu Bleibach.«

»Wie hat denn die Dame geheißen?«

»Malinowska. Joanna Malinowska. Ich hatte mir das in den Terminkalender eingetragen. Liegt gegen sie denn etwas vor?«

Linkohr wich aus. »Schwierig zu sagen. Ist sie denn noch mal in Erscheinung getreten?«

»Ja – und genau darum geht es mir. Ich hatte damals gerade einen Artikel über Bleibach in einer Gewerkschaftspublikation veröffentlicht, was ihr wohl nicht gepasst hat. Ich weiß noch genau, sie hat mich an einem Samstag hier im Büro angerufen – was weiß ich, weshalb sie geahnt hat, dass ich zu dieser Zeit erreichbar sein würde –, um mich zu beschimpfen. Ich hätte einen Hetzartikel geschrieben, hat sie gesagt.« Er unterbrach seinen Redefluss kurz. »Das hätte mich nicht sonderlich beeindruckt. Als Gewerkschafter ist man manchen Anfeindungen aus Unternehmerkreisen ausgesetzt, das ist normal. Aber sie hat dann sinngemäß gesagt – und ich hab das bis heute nicht vergessen –, sie lege mir dringend nahe, keine weitere Hetze zu schüren, damit es nicht auch noch Tote gibt.« Er wiederholte: »Damit es nicht auch noch Tote gibt.«

»Und dann?«, wollte Linkohr wissen.

»Nichts und dann. Ich hab nie mehr von ihr gehört. Aber ich dachte, es könnte Sie vielleicht interessieren. Sie haben ja andere Möglichkeiten, die Dame zu fragen, als ich.«

Linkohr wollte nichts dazu sagen. »Damals hatten Sie der Sache aber keine große Bedeutung beigemessen. Ich meine: Sonst hätten Sie damals schon die Polizei verständigt.«

»So ist es. Wie ich schon sagte, man nimmt in meiner Position nicht alles ernst. Aber jetzt kommt mir die Sache seltsam vor. Man weiß ja nie, in was man da reingezogen werden könnte.«

Linkohr glaubte, aus dieser Bemerkung noch weitaus mehr herauszuhören, als Gutwein tatsächlich gesagt hatte. Deshalb schob er eine Frage nach: »Ist Ihnen der Name Miriam Treiber geläufig?«

Kurze Pause in der Leitung, dann die Gegenfrage: »Ist das eine Rechtsanwältin?«

Linkohr schluckte. »Ja, ist sie. Kennen Sie sie?«

»Nein, nie gehört«, kam es zu Linkohrs Enttäuschung zurück. »Ich dachte nur so – weil ich's meist mit Rechtsanwälten zu tun hab.« Gutwein schien sich plötzlich bemüßigt zu fühlen, seine Bemerkung zu erklären: »Es gibt in diesem Lande mittlerweile einige ziemlich dubiose Advokaten, die sich darauf spezialisiert haben, Unternehmern dabei zu helfen, unliebsame Mitarbeiter hinauszumobben, insbesondere unkündbare Betriebsräte. Sie überziehen die Betroffenen mit einer Flut von Abmahnungen oder gar Schadensersatzforderungen – bis die Leute zermürbt sind und freiwillig gehen. Nie von dem berühmten Fall eines großen Kabelbetreibers gehört? Ich sag Ihnen, Herr Linkohr, da laufen Sauereien, die können sich Außenstehende nicht vorstellen.«

Linkohr musste an Häberle denken, der sich trefflich über solche Missstände auslassen konnte. Der Jungkriminalist hatte vor seiner Zusammenarbeit mit Häberle noch die Ammenmärchen von der heilen, gesetzlich geregelten Arbeitswelt geglaubt. Doch der erfahrene Ermittler hatte ihm inzwischen so viel über die Realität erzählt, dass er keinen Zweifel mehr an den unseriösen Machenschaften vieler Betriebe hegte. Er erwiderte deshalb in bester Häberle-Manier: »Leider wird immer nur die Spitze des Eisbergs bekannt. Da gebe ich Ihnen recht. Auch wir staunen oft genug, wie sehr man sich in Menschen täuschen kann.« Kaum hatte er es gesagt, wurde ihm bewusst, dass Gutwein diese Bemerkung auch auf sich beziehen könnte. Der Gewerkschafter gab keinen weiteren Kommentar, sondern beendete das Gespräch.

120

In die Suchaktion nach Lars Konarek waren im Laufe des Tages einige Hundertschaften der Bereitschaftspolizei miteinbezogen worden. Die Kräfte stapften in Suchketten durch die teilweise noch schneebedeckte Landschaft. Besatzungen von Streifenwagen befragten entlang der mutmaßlichen Strecke einige Jogger und die Bewohner von Aussiedlerhöfen. Mit Lautsprecherwagen wurde die Bevölkerung um Mithilfe bei der Suche gebeten. Jäger, Gassi gehende Hundebesitzer und Landwirte, die an sonnenbegünstigten Stellen bereits ihre Felder bestellten, wurden ebenso befragt wie einige Mountainbiker. Einmal stießen die Suchtrupps auf einen Reisighaufen, der den Eindruck vermittelte, als handle es sich um ein provisorisch hergerichtetes Nachtlager von Konarek. Doch es gab bis zum

Abend keine einzige verwertbare Spur. »Vielleicht ist er über alle Berge«, kommentierte der Einsatzleiter in einem Funkfahrzeug verärgert. »Da macht einer seine Lustaktion und wir sind die Deppen.« In den 18-Uhr-Nachrichten des Bayrischen Rundfunks wurde ausgiebig darüber berichtet. Die Landesregierung von Baden-Württemberg, um deren politisches Überleben der Ministerpräsident gerade kämpfte, griff die aufwendige Polizeiaktion dankbar als letztes Wahlkampfthema auf und hielt Bleibach vor, auf Steuerzahlers Kosten eine »medienträchtige Show« abzuziehen, nur um mit einer »spannenden Kriminalstory« auf sich und »sein haarsträubendes Anti-Parteienprogramm« aufmerksam zu machen.

Die Reaktion der Öffentlichkeit auf die laufende Berichterstattung bewies jedoch, wie sehr sich die Menschen mit Bleibach auseinandersetzten. Am frühen Abend meldete sich ein Taxifahrer, der am Samstagabend in Krumbach einen Fahrgast aufgenommen hatte, der gewirkt habe wie ein Landstreicher. Deshalb habe er sich von ihm auch die Fahrt nach Illertissen bar im Voraus bezahlen lassen. Auf einem Foto, das Polizeibeamte aus dem Internet heruntergeladen hatten, erkannte er Konarek zweifelsfrei.

Der Fahrgast, so berichtete der Taxichauffeur weiter, habe sich zum Bahnhof von Illertissen bringen lassen. Dort jedoch sei etwas geschehen, das ihm nun rückblickend in einem zweifelhaften Licht erscheine. »Ich hab dort geparkt und bin noch schnell eine Zeitung kaufen gegangen«, erklärte der Taxifahrer. »Und als ich zurückgekommen bin, sehe ich, wie der Kerl in ein anderes Taxi steigt und weiterfährt. Ist doch komisch, oder? Er wechselt das Taxi. Warum tut man so was? Doch nur, um seine Spuren zu verwischen, oder?«

Die Polizeibeamten in Illertissen, denen er sich anvertraut hatte, wollten diese Vermutung nicht von der Hand weisen. Ein Anruf bei der zuständigen Taxizentrale half weiter: Zu besagter Zeit war am Samstagabend ein Taxi von Illertissen nach Neu-Ulm gefahren. Die genaue Zieladresse war jedoch derzeit nicht zu ermitteln, weil der Fahrer noch am Sonntag in den Urlaub geflogen war.

Die Polizeiführung entschied, die Suchaktion nach Konarek abzublasen.

121

Bleibach wurde von Tag zu Tag nervöser. Er durfte sich auf keinen Fall von den Geschehnissen beeindrucken lassen. An diesem Dienstagmorgen lag er im Bett und versuchte wieder einmal, den Stress durch Meditation in den Griff zu bekommen. Er spürte, dass ihm dies immer seltener gelang. Es wurde höchste Zeit, die Endfassung seiner Rede zu erarbeiten. Eine dreiviertel Stunde wollte er sprechen, nicht länger. Danach sollten einige folkloristische Musikgruppen aus dem Raum Stuttgart spielen. Ein Catering-Unternehmen war für die Bewirtung auf dem Berg engagiert. Es würde einige beheizbare Party-Zelte aufstellen. Immerhin war erst März und die Wettervorhersage für Samstag ließ nicht gerade frühlingshafte Temperaturen erwarten.

Bleibach bemerkte, dass ihm die nötige Konzentration fehlte, weshalb er die Meditation aufgab und aus dem Bett sprang. Er zog die Vorhänge beiseite, blickte in einen sonnigen Tag hinaus und griff zum Telefon. Ihm war eingefallen, dass sich Enduro Ollerich um die Security-Leute kümmern wollte.

»Geht alles klar«, beruhigte Ollerich. »Wir haben das alles gemeinsam mit der Polizei und dem Ordnungsamt besprochen. Es läuft alles wie geplant. Iris hat die Anmeldungen fest im Griff. Und unsere Leute von der Göppinger Ortsgruppe sind hochmotiviert. Die haben sogar an ein Medienzelt gedacht. Für Interviews mit dir.«

In Bleibachs Gehirn jagte ein Gedanke den anderen. »Und was ist mit Miriam? Hast du was gehört?«

»Nein, nichts.«

»Und Konarek? Ich hab gestern die Radionachrichten verfolgt. Ich habe wirklich Sorge, ihm könnte was zugestoßen sein. Das kann Negativmeldungen geben.«

»Du solltest dich damit nicht belasten«, kam es sachlich zurück. »Es läuft alles wie geplant. Darauf kannst du dich verlassen.«

Bleibach kämpfte gegen seine Unruhe. Dieses eigenartige Gefühl hatte er in diesem Ausmaß nie zuvor gekannt. Nicht auszudenken, wenn in den nächsten Tagen noch etwas Schreckliches geschah. Er verdrängte diesen Gedanken – und doch war ihm, als zögen schwere Gewitterwolken auf. Irgendetwas lastete auf seinem Gemüt. Er musste an die Tage in Coober Pedy denken, an Sallinger und dessen Worte.

122

Häberle hatte mit Baldachin und Kurz die Maßnahmen besprochen, die aus polizeilicher Sicht für die Kundgebung erforderlich waren. Die Bereitschaftspolizei stand zur Verfügung und das Spezialeinsatzkommando würde abrufbereit sein. Am Freitagnachmittag mussten Experten das gesamte Plateau des Hohenstaufens samt allem Gemäuer untersuchen. »Diese Bohrlöcher«, griff Kurz ein heikles Thema auf, »wie verfahren wir mit denen?«

»Nur überprüfen«, entschied Häberle, »wir können mit Sicherheit davon ausgehen, dass sie selbst dann, wenn sie irgendeine Bedeutung gehabt haben sollten, nicht zum Einsatz kommen. Falls da was geplant war, haben wir die Burschen aufgeschreckt.«

»Sie meinen, auch dieser Ollerich-Bruder ist kein Thema mehr?«, fragte Baldachin dazwischen.

»Ausschließen kann man nichts. Kollege Brunzel wird mit seinen Leuten die Zielpersonen observieren«, erwiderte Kripo-Chef Kurz. »Allerdings gibt es beim IM keine Erkenntnisse, dass wir mit Störaktionen zu rechnen haben. Auch diese Malinowska, diese Polin, ist wohl außer Gefecht gesetzt.«

»Die vom IM müssen's ja wissen!«, blaffte Häberle verstimmt. Täglich verstärkte sich sein Eindruck, dass man ihm und seiner Mannschaft wichtige Informationen vorenthalten hatte. Wahrscheinlich waren Malinowska und Miriam Treiber, für wen auch immer sie tätig gewesen sein mochten, längst aus dem Verkehr gezogen worden. Sie hatten ihre Aufgaben erledigt und er und der Geislinger Kollege Schmittke hockten mit einem ungeklärten Mordfall da, bei dem es auffällig wenige Spuren gab. Dafür hatte die Treiber auffällig viele Spuren hinterlassen. Er sah sich veranlasst, eine Bemerkung anzubringen: »Viel lieber wäre mir, die vom IM würden endlich sagen, wer ein Interesse daran haben konnte, die Rechtsanwältin angeblich gewaltsam aus dem ›Spiel‹ zu nehmen, einen Großteil ihrer Datensammlung zu beseitigen und uns nur ein paar pikante Aufzeichnungen zu hinterlassen. Zum Beispiel, dass sie den Ollerich per GPS bespitzelt hat. Ausgerechnet den Mann, mit dem sie zusammen für Bleibach gearbeitet hat.«

»Sie sagen das so, als ob Sie gar nicht an die Entführung glauben würden«, unterbrach Baldachin vorwurfsvoll.

»Inzwischen halte ich alles für denkbar. Denn wer hätte schon erwartet, dass sie ihren engsten Mitarbeiter bespitzelt?«

»Wissen Ollerich und Bleibach das?«

»Nein«, erklärte Häberle. »Wir wollen ja nicht gleich unsere Trümpfe aus der Hand geben.«

»Und was bedeutet das?« Baldachin sah echauffiert von einem zum anderen. Nichts konnte ihn so sehr zur Weißglut bringen, als nicht informiert zu sein.

Häberle zögerte. »Wenn da irgendwelche Herrschaften etwas planen, sollte man sie nicht stören.«

Baldachin sprang ruckartig auf. »Meine Herrn«, entfuhr es ihm militärisch zackig, »ich erwarte von Ihnen, dass Sie jegliches Risiko ausschließen. Jegliches. Haben wir uns da verstanden?«

Häberle blieb ruhig. »Kein Grund zur Aufregung. Vielleicht haben wir alle ab Montag ohnehin einen neuen Chef.«

»Wie darf ich das verstehen?«, wurde Baldachin noch lauter. Ihm stieg die Zornesröte ins Gesicht.

»Es könnte doch sein, die Landesregierung kippt und

wir kriegen einen neuen Innenminister. Vielleicht einen roten – oder gar einen grünen.« Häberle grinste. »Und plötzlich wären alle Seilschaften, die über fast 60 Jahre hinweg geknüpft wurden, zerschnitten.«

Baldachin schluckte und rang nach Luft.

123

Noch bevor Linkohr seinen Termin bei Enduro Ollerich wahrnehmen konnte, war von der Neu-Ulmer Polizei der Hinweis auf die mögliche Taxifahrt Konareks eingegangen. Man habe zwar die Zieladresse noch nicht ausfindig machen können, doch erscheine es angebracht, die Information weiterzugeben, hieß es.

Für Häberle bestand kein Zweifel: »Entweder das berühmte Appartement im Donau-Center ist neu vermietet – oder die Fahrt ging aufs Land, zu den Gänsen.«

»Sie meinen, Konarek hat seine Survival-Tour unterbrochen, um etwas bei Andreas Ollerich zu erledigen?«, staunte Linkohr.

»Ich halte nichts für ausgeschlossen. Während Sie den anderen Ollerich aufsuchen, werde mal ich zur Abwechslung nach Ulm fahren.«

Sie verließen gemeinsam das Gebäude. Linkohr hatte sein Ziel bereits nach wenigen Minuten erreicht. Enduro Ollerich gab sich weltmännisch und bot dem Jungkriminalisten einen Platz im Wohnzimmer an. »Mit Ihrem Chef hab ich bereits gesprochen«, begann Ollerich das Gespräch, um gleich klarzustellen, auf welcher Ebene er den Umgang mit der Polizei pflegte. »Es wird einige Arbeit für die Sicherheitskräfte geben.«

»Das ist nicht der Grund meines Kommens«, stoppte ihn Linkohr. »Wie Sie wissen, beschäftigt uns der Tod eines Mannes, der der Kollege Ihres Bruders war, und das rätselhafte Verschwinden von Herrn Konarek.«

»Das ist alles sehr bedauerlich, aber Sie werden Verständnis dafür haben, dass weder Herr Bleibach noch ich noch irgendjemand sonst aus unserem Umfeld die nötige Zeit und Ruhe haben, sich damit zu befassen.«

»Das verstehe ich«, nickte Linkohr, ohne sich provozieren zu lassen. »Deshalb sollten wir gleich zur Sache kommen. Miriam Treiber ist eine ihrer engsten Mitarbeiterinnen.«

»So ist es. Wir sind sehr betroffen von der Entführung.« Es klang nicht gerade überzeugend, dachte Linkohr.

»Wir hoffen natürlich, dass sie nicht tot ist«, fuhr Ollerich fort, als habe er bemerkt, dass er wenig glaubhaft wirkte.

»Sie haben eng zusammengearbeitet?«, tastete sich Linkohr vor.

»Es wurde enger, ja. Aber es blieb stets auf geschäftlicher Basis, falls Sie das meinen. Keine Affären und so. Das wäre ihr auch zuwider. Sie sagt immer, ihr reiche das, was sie beruflich so mitkriege. Ehebrecher, Eifersüchteleien. Sie dürften ja inzwischen wissen, womit sie sich beschäftigt hat.«

»Teilweise, ja. Sie hat sich diverser technischer Mittel bedient. Sieht fast ein bisschen nach James Bond aus.«

Er lächelte und sah zum Fenster. »Wir haben wenig darüber gesprochen. Aber dass sie sich mit der Abhörtechnik auskennt, ist kein Geheimnis.«

»Mit Abhörtechnik und wohl auch mit Ortungstechnologie. GPS und so'n Zeug«, ergänzte Linkohr wie nebenbei.

Ollerich wurde für einen Moment nachdenklich.

Linkohr entschied deshalb, schnell nachzuhaken. »Wir haben sogar eine Drohne bei ihr gefunden.«

»Drohne?«, wurde Ollerich neugierig.

»Ja, unbemanntes Flugzeug. In diesem Fall ein Modell-Hubschrauber mit eingebauter Videokamera.«

Ollerich schwieg. Ihm war plötzlich etwas eingefallen. Der Speicherstick. Die Luftbilder. Sein ungewöhnlich langes Schweigen ließ auf innere Betroffenheit schließen.

Linkohr gönnte ihm noch eine halbe Minute Zeit. Dann durchbrach er die Stille. »Hat Sie das jetzt irritiert?«

»Irritiert? Nein, das heißt, ja«, stammelte Ollerich. Linkohr wertete es als Zeichen dafür, dass er mit sich kämpfte.

Er ließ ihm noch mal ein paar Sekunden Zeit. »Ihnen ist etwas zu der Drohne eingefallen«, sagte er dann.

»Ja«, gab sich Ollerich geschlagen. »Man hat mir irgendwann im November einen Speicherstick zugespielt, der ein Video enthielt mit Luftaufnahmen meines Hauses.«

Linkohr verbarg seine Verwunderung. »Haben Sie den noch?«

»Natürlich.« Ollerich stand auf, verschwand kurz in einem Nebenraum und kam mit dem Stick zurück. »Hier, da ist es drauf.«

»Wer hat Ihnen den zugespielt?«

Ollerich wischte sich Schweiß von der Stirn und setzte sich wieder. »Keine Ahnung. Es war ein Mann, der mich beim Verlassen von Konareks Trainingsraum abgepasst hat.« »Würden Sie ihn wiedererkennen?«

Er zuckte mit den Schultern. »Es war damals Nacht. November. Ich habe sein Gesicht nicht gesehen.«

»Hat er was gesagt?«

»Nur, dass ich's anschauen und drüber nachdenken soll.«

»Eine Drohung?«

»So habe ich das zuerst nicht verstanden. Nur als ich's abgespielt habe, war mir klar, da will mir jemand sagen, dass ich beobachtet werde.« Er zögerte plötzlich, weil ihm bewusst wurde, dass sie über die Drohne auf die Luftaufnahmen gekommen waren. »Sie wollen damit aber nicht sagen, dass …« Er weigerte sich, das Unfassbare zu glauben.

»… dass Frau Treiber die Aufnahmen gemacht hat?«, ergänzte Linkohr den Satz. »Doch, das könnte man daraus schließen.«

»Aber wozu das alles?« Er erbleichte.

»Vielleicht, weil sie Ihnen misstraut hat.«

»Mir? Misstraut?« Es brach aus ihm heraus, als sei diese Frage völlig absurd. »Ich bitte Sie! Wir verfolgen ein gemeinsames Ziel.«

»Vielleicht war's ein bisschen wie in der DDR einst: Jeder misstraut jedem und jeder bespitzelt jeden. Eine Art Gleichgewicht des Schreckens.«

Ollerich schien fassungslos zu sein. »Man hat sie eingeschleust. Man hat sie bei uns eingeschleust. Eine Agentin. Vom Verfassungsschutz? Staatsschutz? Was sagen Sie dazu, Herr Linkohr?«

Der Kriminalist schwieg.

»Sagen Sie doch was, Herr Linkohr«, wirkte Ollerich unerwartet hilflos. »Das kann sie doch nicht tun.«

»Vielleicht«, wagte Linkohr einen weiteren Vorstoß, um sein Gegenüber weiter zu verunsichern, »vielleicht ist sie jetzt irgendwo einen Schritt zu weit gegangen – und jemand hat sie aus dem Verkehr gezogen.« Linkohr pausierte kurz, um dann theatralisch, wie von Häberle gelernt, anzufügen: »Tot oder lebendig.« Er steckte den Speicherstick ein und verabschiedete sich.

124

Häberle fand das Bauernhaus auf Anhieb. Er war hingefahren, ohne sich anzukündigen. Manchmal war es sinnvoll, überraschend aufzutauchen. Er parkte den weißen Dienst-Audi bereits an der Zufahrt, rund 50 Meter vor dem Hof. Als er ausstieg, spürte er die frische Märzluft und es war ihm, als rieche er das Wasser der Donau. Das Anwesen lag in den langen Schatten, den die umstehenden Bäume und Büsche in der spätnachmittäglichen Sonne warfen. Neben dem Weg blühten schon die ersten Schneeglöckchen, und Häberle überkam jene Aufbruchstimmung, die sich jedes Jahr um diese Zeit seiner bemächtigte. Es war wohl jenes Gefühl, das auch Bleibach am Samstag seinen Fans vermitteln wollte. Nicht länger verharren in verkrusteten Strukturen, nicht eingezwängt sein in das enge Netz von Seilschaften – sondern neuen Impulsen freien Lauf geben und mutig in die Zukunft schreiten.

Als er sich einige Schritte dem Gebäude genähert hatte, begannen die Gänse wie wild zu schnattern. Die schneeweißen Tiere konnten ihren umzäunten Bereich entlang der Scheune nicht verlassen. Häberle war noch einige Meter vom Hauseingang entfernt, als dort Andreas Ollerich erschien – in einem blauen Arbeitsoverall und mit zerzausten Haaren. »Was verschafft mir denn jetzt schon wieder die Ehre?«, fragte er so laut, dass er die Gänse übertönte.

»Entschuldigen Sie, dass ich mich nicht angemeldet habe«, antwortete der Kriminalist und reichte ihm die Hand zur Begrüßung. »Aber ich hatte eh' gerade in der Gegend zu tun und dachte, ich schau mal bei Ihnen vorbei.« Es klang fast überzeugend

»Wollen Sie einen Most?«, fragte Ollerich keck zurück, doch Häberle lehnte dankend ab. »Darf ich für einen Moment reinkommen? Es riecht zwar nach Frühling, aber es ist noch immer ziemlich kühl.«

»Bitte.« Sichtlich ungern führte Ollerich seinen Besucher in das Wohnzimmer, in dem kalter Zigarettenqualm die Luft erfüllte. »Ich geh mal davon aus, dass Sie mir wegen der Sache am Gruibinger Rasthaus nichts andichten wollen.«

Häberle ging nicht darauf ein, sondern ließ sich in einen der durchgesessenen Sessel plumpsen. »Wir sorgen uns um Konarek«, begann er, während sich Ollerich gegenüber setzte.

»Ich hab's gehört«, erwiderte er distanziert. »Eine üble Sache.«

»Nur übel?«, staunte Häberle. »Wir hoffen alle, dass er überhaupt noch lebt.«

Häberle sah sich um. Irgendwie wirkte das Zimmer aufgeräumt. Auch die Schachtel mit dem aufgedruckten Modellflugzeug, die Linkohr nach ihrem letzten Besuch erwähnt hatte, war nicht mehr da. Aber das lag ja auch schon vier Monate zurück.

»Wie eng sind Sie eigentlich mit Konarek befreundet?«

»Befreundet eigentlich gar nicht. Ich bin Kunde bei ihm. Nahkampf-Ausbildung. Aber das wissen Sie doch schon alles. Jens Seifried und ich haben bei ihm trainiert.«

»Wann haben Sie Konarek denn zuletzt gesehen?« Häberle wollte keine Zeit vergeuden.

»Gesehen? Ich?« Ollerich war mit einem Schlag wie verwandelt. »Was hat das denn nun schon wieder zu bedeuten?«

»Konarek ist verschwunden und wir müssen sein Umfeld abchecken. So einfach ist das. Und irgendjemand wird wohl der Letzte gewesen sein, der ihn gesehen hat.«

»Das wird Boris gewesen sein, nehm ich an«, konterte Ollerich. »Der sollte ihn doch betreuen.«

»Aber es könnte doch sein, dass Herr Konarek während seines Survival-Experiments noch jemanden getroffen hat. Seine Route führt ihn schließlich nicht durch menschenleere Einöde, sondern durch ein dicht besiedeltes, zivilisiertes Land, wenn auch abseits der ausgetretenen Pfade.«

»Falls Sie jetzt denken, ich hätt' mich da draußen rumgetrieben, liegen Sie falsch. Sie wissen genauso gut wie ich, dass ich erst am Samstagabend von der Arbeit zurückgekommen bin. Oder haben Sie vergessen, welchen Ärger Sie mir gemacht haben? Glauben Sie im Ernst, mein Chef macht sich da keine Gedanken?«

»Natürlich ist mir das klar. Aber erstens bin ich noch immer davon überzeugt, dass Sie mich nach Ihrem nächtlichen Ausflug auf den Hohenstaufen belogen haben – und zweitens ist die Sache mit Gruibingen nicht hasenrein. Davon bin ich felsenfest überzeugt. «

»Wollen Sie mir da etwas in die Schuhe schieben?« Ollerich gab sich wieder gelassen und kratzte sich an einer der schlecht rasierten Wangen. »Ich mag zwar ein bewegtes Leben hinter mir haben, aber Entführung oder Mord, das können Sie mir nicht wirklich zutrauen.«

»Ich habe weder von Entführung noch von Mord gesprochen«, betonte Häberle. »Aber vielleicht hatten Sie am Samstagabend noch Besuch.«

Ollerich sah den Kriminalisten verwundert an. »Am Samstagabend? Sie wissen hoffentlich, wann ich heimgekommen bin.«

»Weiß ich. Aber es könnte doch sein, dass Sie dennoch unerwarteten Besuch hatten, hier.«

»Wissen Sie auch, wie spät es war, als ich vom Betriebsgelände weggekommen bin? Lange nach Mitternacht«, sagte Ollerich. »Ich war dann vielleicht um halb zwei hier.«

»Allein?«

»Allein. Das kann ich beschwören. Wer hätte denn da sein sollen. Konarek oder wer?«

Häberle zuckte mit den Schultern. »Könnte doch sein.«

Ollerich zögerte. »Aber jetzt, wo Sie mich so fragen, fällt mir etwas ein.«

»Ja?«

»Als ich in den Hof reingefahren bin – es war ja stockdunkel –, da hatte ich kurz den Eindruck, jemand sei hinter dem Scheunengebäude verschwunden. Nur so ein Schatten, wie das ist, wenn die Scheinwerfer durch die Landschaft streichen.«

»Sie haben aber nicht nachgesehen? Obwohl doch Ihre Gänse sicher wie verrückt geschnattert haben?«

»Das haben sie, ja, aber es kommt schon mal vor, dass ein Tier sie nervös macht. Oder dass tatsächlich jemand rumstreunt.« Er lächelte verkrampft. »Die Gänse waren allerdings ganz schön aufgeregt, als ich aus dem Auto gestiegen bin.«

»Mehr als sonst, wenn Sie in den Hof reinfahren?«

»Ja, eigentlich schon.«

»War denn alles verschlossen hier?«

»Das Haus ja, aber drüben im Anbau, in den alten Stallungen und in der Scheune, da ist es, wie es auf Bauernhöfen früher immer war. Da brauchen sie gar nichts abzuschließen, weil sowieso keine Tür einbruchsicher ist.«

»Sie haben sich also nicht um diesen Schatten gekümmert?«

»Nein, Herr Häberle. Wer soll hier schon was klauen? Oder meinen Sie, ich verstecke hier Terroristen?«

Häberle deutete ein Lächeln an. »Wir sind ja schließlich in Neu-Ulm, oder?«

Er wollte gerade noch etwas sagen, als ihn der elektronische Ton seines Handys aufschreckte. Nach zwei weiteren Ruftönen hatte er es aus seiner Innentasche geholt und Linkohrs Nummer auf dem Display gesehen. »Ja«, meldete er sich.

»Chef«, hörte er Linkohrs Stimme. Der Jungkriminalist schilderte ihm, was Enduro Ollerich über das Luftbild-Video gesagt hatte. Der Datenträger stamme von einem Unbekannten, der ihn vor Konareks Trainingsraum abgepasst habe. »Vielleicht können Sie seinen Bruder mal fragen, ob der sich vorstellen kann, wer dieser Unbekannte gewesen sein könnte.«

Häberle bedankte sich für die Information und drückte die rote Aus-Taste.

Andreas Ollerich hatte sich zurückgelehnt.

»Ihr Bruder Enduro«, begann Häberle langsam, »hat vor Konareks Übungsraum einen Speicherstick bekommen – bei Nacht von einem Unbekannten. Haben Sie vielleicht eine Idee, wer das gewesen sein könnte?«

»Was ist denn auf dem Ding drauf?«

Häberle entschied, ihm reinen Wein einzuschenken. »Ein Luftbildvideo.«

»Ein – was?« Ollerich schien überrascht zu sein.

»Ein Video mit Luftaufnahmen vom Haus Ihres Bruders.«

Ollerich musste das Gehörte erst einmal verdauen. »Wie? Der hat …?«

Häberle nickte.

»Das hat er gekriegt – von einem Unbekannten?«

»Ja, so hat es Ihr Bruder soeben meinem Kollegen berichtet.« Häberle wartete kurz. »Und Sie wissen vermutlich, von wem.« Noch einmal pausierte der Kommissar und ergänzte schließlich: »Vielleicht von dem, mit dem Sie ein Herz und eine Seele waren?«

Ollerich bemerkte, worauf der Kriminalist anspielte. »Sie meinen Jens Seifried?«

»Exakt, Herr Ollerich. Und soll ich Ihnen sagen, was man damit bezwecken wollte? Sie und Herr Seifried waren im Besitz dieser Aufnahmen, weil Sie sie eigentlich hätten woanders hinbringen sollen. Als Kuriere, die Sie waren – stimmt's?«

Ollerich holte tief Luft und sank in das weiche Polster des alten Sessels.

»Sie und Seifried waren nämlich geniale Kuriere für alle möglichen Objekte, die man sicherheitshalber nicht der gelben Post und schon gar nicht irgendwelchen privaten Paketdiensten anvertraut. Sie galten beide aufgrund Ihrer Vergangenheit bei der Polizei und was weiß ich, wo sonst noch, als vertrauenswürdig. Dank Ihres Jobs kommen Sie in ganz Europa herum und haben in Ihren Lkw-Kojen genügend Platz für solche Dinge wie Speichersticks oder DVDs. Stimmt's?«

Ollerich schloss die Augen. Er wollte dies alles nicht hören.

»Irgendwann aber, so fabuliere ich jetzt mal, waren Sie beide mit diesem Nebenjob, obwohl er gut dotiert war, wie wir aus Seifrieds Unterlagen wissen, nicht mehr zufrieden. Sie wollten aussteigen – oder auch nur mehr Geld.

Aber diesen Kreisen, denen auch Miriam Treiber angehört oder angehörte, je nachdem, entkommt man nicht so einfach. Jeder hat jeden irgendwie in der Hand. Man wird erpressbar, man spürt, dass man in jede Richtung mit dem Gesetz in Konflikt geraten ist. Und schon sitzt man in der Falle.«

Ollerich schüttelte zaghaft den Kopf.

»Sie haben sich natürlich mal das Material angeschaut, das Sie nach München, nach Pullach oder Stuttgart oder Berlin bringen mussten. Da war die Verlockung groß, mal dezent eine Kopie zu ziehen – vor allem auch, als eine Unterredung mit Frau Treiber danebenging. Im November am Rasthaus Leipheim. Dumm nur, dass die Übergabe eines Päckchens an einem Tag erfolgen sollte, als Sie von der Spedition als Fahrer eingeteilt waren. Ich gehe mal davon aus, dass Herr Seifried es war, der mit Frau Treiber über Ausstieg oder neue Honorare verhandeln sollte. Also haben Sie beide schnell den Dienst getauscht.«

Noch immer schüttelte Ollerich den Kopf. Häberle deutete es als Fassungslosigkeit über das, was er ihm vorhielt.

»Seifried hat sich mit Frau Treiber dann in die Haare gekriegt. Oder es war geplant, dass er ihr eine Abreibung verpasste – oder, vielleicht noch schlimmer, dass er sie beseitigen sollte. Ich spekuliere jetzt mal, dass Seifried sehr wohl gewusst hat, was geschehen ist. Aller Wahrscheinlichkeit nach hat er bei der Sache den Kürzeren gezogen und wurde von Frau Treiber krankenhausreif geschlagen. Jedenfalls dürften beide gewisse Nahkampf-Techniken beherrscht haben und somit gleichwertige Kontrahenten gewesen sein.«

Ollerich ließ sich zu keinem Kommentar provozieren.

»Daraufhin hat man endgültig die Fronten gewechselt, wenn ich das so sagen darf. Nun wollte man Frau Treiber auf andere Weise fertigmachen. Natürlich hat man nicht gewagt, sich selbst als Helfershelfer von irgendeinem Geheimdienst zu entlarven. Man wollte es diskret machen, indem man Ihrem Bruder Enduro die Kopie einer dieser Luftaufnahmen zuspielte. Das konnten natürlich nicht Sie machen, sondern nur jemand anderes, den Ihr Bruder nicht kannte. Ich behaupte jetzt mal ganz kühn, dass es Jens Seifried war, der in dieser Novembernacht vor Konareks Trainingsraum auf Ihren Bruder gewartet hat.«

In Ollerichs Gesicht zuckte es.

»Und inzwischen ist mir auch klar, warum Sie vor einigen Tagen den Schlenker durchs Rasthaus Gruibingen gefahren sind, wo Frau Treiber verschwunden ist«, fuhr Häberle fort. »Man hat Sie hingelockt, Herr Ollerich, und Ihnen eine Falle gestellt. Vermutlich unter dem Vorwand, man wolle noch mal miteinander reden. In Wirklichkeit war das ein perfider Trick. Natürlich war den perfekten Organisatoren klar, dass dort eine Überwachungskamera die Fahrzeuge aufnimmt. Ihnen sollte nämlich das Kidnapping von Frau Treiber in die Schuhe geschoben werden. Aber ich geh mal davon aus, dass Sie Schiss gekriegt und nicht erst angehalten haben. Wahrscheinlich war Frau Treiber gar nicht allein. Nicht auszudenken, Herr Ollerich, wenn es Ihren Kontrahenten gelungen wäre, Blut von Frau Treiber ins Innere Ihres Lkw zu schmieren. Seien Sie froh, dass wir darin nichts gefunden haben.«

Häberle wollte ihn zu keiner Antwort drängen. »Sie brauchen jetzt nichts zu sagen, Herr Ollerich«, sagte er mit sonorer Stimme. »Denken Sie einfach in Ruhe über alles nach. Sie wissen, wo Sie mich erreichen können.«

Er stand auf, um zu gehen. »Passen Sie aber bitte auf sich auf. Sie spielen ein Spiel mit dem Feuer. Diese Sache ist eine Nummer zu groß für Sie.«

125

Katsche hatte vorgesorgt. Dass sie möglicherweise Hals über Kopf ihr Lager verlegen mussten, war Bestandteil seiner langfristigen Logistik gewesen. Nachdem sie all ihre Utensilien aus Andreas Ollerichs Bauernhaus in einem Kombi verstaut hatten, waren sie umgezogen. Um auf der Straße keine unliebsamen Überraschungen zu erleben, war Katsche mit zweiminütigem Vorsprung vorausgefahren. Hätte es unterwegs eine Polizeikontrolle gegeben, hätte er seine beiden Kumpel mit Walkie-Talkies noch warnen und umleiten können. Doch die Fahrt von Neu-Ulm auf das sogenannte Kalte Feld, eine hügelige Hochfläche zwischen Nenningen und Degenfeld in Sichtweite zum Hohenstaufen auf der einen und dem Remstal mit Schwäbisch Gmünd auf der anderen Seite, verlief ohne Zwischenfälle. Für die steile Auffahrt, die nur Anliegern erlaubt war, hatte Katsche mit dem Anmieten eines ehemaligen Wochenendhäuschens eine behördliche Erlaubnis erhalten. Das einstöckige Gebäude, das ziemlich heruntergekommen wirkte, war jahrelang leer gestanden. Es zählte zu einer Reihe ähnlicher Bauten, die sich hier überall in den Hochwald oder in die buschbestandene Landschaft duckten. Sie stammten aus einer Zeit, als es noch keinen Natur- und Landschaftsschutz gab, der solchem Bauen heutzutage Einhalt gebot. Was jedoch vorhanden war, genoss Bestandsschutz. Pommes und Ucki hatten ihr Fahrzeug auf einem Wanderparkplatz stehen lassen und waren zu Katsche in den Kombi gestiegen, für den allein die Sondergenehmigung zum Befahren der gesperrten Zufahrt galt.

Das Häuschen war von dem vorbeiführenden Asphaltweg aus nicht zu sehen. Ein löchriger Zaun und ein rostiges Tor, das sich nicht mehr abschließen ließ, begrenzten das völlig verwilderte Anwesen. Die Natur hatte bereits reichlich Besitz davon ergriffen.

Jetzt stand der Kombi dort zwischen zwei hohen Hecken. Im Haus hatte Katsche mit zwei Säcken Holz, die bereits vorhanden waren, Feuer gemacht. Strom und Wasser gab es nicht. Vorsorglich hatte Katsche in den vergangenen Tagen einen Campingkocher samt Gasflasche sowie Petroleumlampen und vier Wasserkanister hergeschleppt. Die Einrichtung bestand nur aus dem, was fest mit dem Gebäude verbunden war. Es gab ein paar Regale, einen Küchenblock und einen Einbauschrank. Die Vorhänge waren vergilbt, die meisten Fensterläden ließen sich nicht mehr schließen, weil ihre Scharniere längst hätten geölt werden sollen. Auf dem Dachboden, zu dem nur eine Falltreppe führte, hausten offenbar allerlei Tiere. Besonders genial empfand Katsche, dass es eine Unterkellerung gab, zu der eine Steintreppe hinabführte. Hier roch es modrig, und als er jetzt einige Kisten dort unterbrachte, während Pommes ihm mit der Petroleumlampe leuchtete, strichen ihm Spinnweben ums Gesicht.

»Das hast du super hingekriegt«, lobte Ucki und ließ den Bügelverschluss einer mitgebrachten Bierflasche aufschnappen. »Ein Fleckchen, um Urlaub zu machen.«

Katsches Stimme drang dumpf aus dem Untergrund

herauf: »Wenn am Samstag alles glattläuft, könnt ihr euch abseilen.«

Als Katsche wieder auftauchte, hatte er Staub und Spinnweben in den Haaren. »Das andere Zeug bleibt hier – die Kapseln, mein ich. Die Bullen werden sich daran festgebissen haben.«

Die beiden anderen nickten. »Und was ist jetzt mit Andy?«, sprach Ucki das aus, was sie alle seit Tagen beschäftigte.

»Er bleibt außen vor«, knurrte Katsche, während er sich am Küchenblock Wasser aus einem Plastikkanister über die schmutzigen Finger goss. »Andy ist ein Sicherheitsrisiko, um es mal so zu sagen Ich hab mich von ihm getrennt.«

Die beiden anderen wussten, was eine solche Formulierung bedeutete. Sie schwiegen und warteten auf eine neue Anweisung ihres Chefs. Doch der trocknete nur seine Hände ab.

»War denn«, wagte Pommes einen Vorstoß, »Jens auch so ein Sicherheitsrisiko?«

Katsche warf das Handtuch in das leere Spülbecken und drehte sich energisch um: »Ihr solltet daraus keine falschen Schlüsse ziehen. Denkt lieber daran, dass es noch ein weiteres Sicherheitsrisiko gibt: Boris, seinen Sohn.«

126

Handy-Telefonate waren streng verboten. Denn dass sie auch von gewieften Journalisten geortet werden konnten, hatte Konarek seinem jungen Helfer im Vorfeld viele Male eingebläut. Deshalb war Boris trotz der kalten Nächte und trotz des verloren gegangenen Kontakts nie weit von der geplanten Route weggegangen, um zumindest theoretisch in Konareks Nähe zu sein. Inzwischen hatte er jedoch Sorge, mit dem Geländewagen irgendwo aufzufallen. Er hörte aufmerksam die Nachrichten, doch kein einziges Mal war eine Suchmeldung nach diesem Fahrzeug verlesen worden. Vermutlich wusste niemand, dass er mit Konareks Wagen unterwegs war. Er nächtigte meist auf Parkplätzen innerhalb von größeren Ortschaften, besorgte sich das Wenige, das er aß, in Tankstellen-Shops und ging dort auch auf die Toilette. Inzwischen war ihm ein flaumiger Dreitage-Bart gewachsen.

Rätselhaft erschien ihm jedoch, dass die Fahndung nach Konarek relativ schnell wieder abgeblasen worden war. In den lokalen Radiostationen hatte es nur geheißen, es gebe Erkenntnisse, wonach sich Konarek aus eigenem Willen aus dem Gebiet entfernt habe. Boris hatte dahinter zunächst eine bewusste Täuschung vermutet. Doch nachdem keine Hubschrauber mehr flogen und so gut wie keine Polizeifahrzeuge mehr zu sehen waren, schien die Aktion tatsächlich abgeblasen worden zu sein. Möglich aber auch, dass sie Konareks geplante Survival-Strecke heimlich observierten.

Heute wollte Boris es aber wieder wagen, einige der Pflichtmeldepunkte anzusteuern. Das war natürlich ein Risiko, weil der Geländewagen auf den gesperrten Feld-

und Waldwegen auffallen würde. Andererseits wusste niemand außer ihm und Konarek, wo sich diese befanden.

Boris kämpfte mit sich, was er tun sollte. Schließlich entschied er, ab jenem Punkt, an dem der Kontakt abgerissen war, noch einmal alle weiteren abzufahren. Glücklicherweise waren jetzt, am späten Nachmittag, keine Menschen mehr unterwegs. Wenn überhaupt, dann konnten ihm nur Jäger oder Förster in die Quere kommen. Er entschied, ihnen notfalls die Wahrheit zu sagen – dass dieser Konarek, den man kürzlich gesucht habe, sein Freund sei.

Der Geländewagen holperte über geschotterte Wege, versank auch mal leicht in aufgeweichten Furchen und streifte am kahlen Gebüsch des Unterholzes entlang. Drei Behältnisse, die er an den vorgesehenen Punkten fand, waren leer.

Wenn Konarek seine Tour unterbrochen hatte, musste er drei oder vier Etappen später wieder einsetzen, um am Samstagvormittag den Hohenstaufen zu erreichen, dachte Boris.

Die Dämmerung war bereits hereingebrochen, als er in der Nähe von Günzburg einen weiteren Meldepunkt erreichte. Dort war die Kassette an einer Feldwegekreuzung unter einer Sitzbank versteckt. Boris tastete danach und bekam den kleinen Metallbehälter zu greifen. Er zog ihn vor und klappte den Deckel auf. Trotz des schlechten Lichts sah er sofort den Zettel, der von Konareks Notizblock stammte. Boris war erleichtert. Lars lebte also noch. Er setzte sich auf die feuchte Bank und faltete das Blatt auseinander. ›Entschuldige‹, stand da mit krakeliger Bleistiftschrift, ›hab was erledigen müssen. Aktion wird fortgeführt wie besprochen. Kontaktiere du die Radios. War hier am Mittwoch, kurz nach Sonnenaufgang.‹

Boris steckte den Zettel zurück und nahm die Box mit zum Auto. Er musste sich beeilen. Wenn er Glück hatte, traf er vor Konarek an dem für heute Abend vorgesehenen Meldepunkt ein.

Es war die letzte Kundgebung vor der Großveranstaltung auf dem Hohenstaufen. Bleibach war nachmittags im Thermalbad in Bad Überkingen gewesen, hatte im beschaulichen Becken ein paar nette Gespräche geführt und war dann heimgefahren. Bis Reutlingen, dem Ort, der heute auf dem Terminkalender stand, brauchte er nur knapp eine Stunde. Die Friedrich-List-Halle bot 1200 Plätze und es schien so, als seien sie alle belegt.

Dass es während seiner Rede einige Zwischenrufe gab, irritierte ihn zwar, doch dann nahm er gerade diese zum Anlass, auf Toleranz und friedliches Zusammenleben einzugehen.

»Liebe Freunde, Toleranz und gegenseitige Achtung sind wesentliche Bestandteile und Grundpfeiler für den menschlichen Umgang. Wir alle sind Bürger eines einzigartigen Planeten, der uns allen gehört und den wir alle bewahren müssen, egal, wo wir aufgewachsen sind und welcher Kulturkreis uns geprägt hat. Nicht Ländergrenzen unterscheiden uns, sondern die regionalen Traditionen und historisch bedingten Gepflogenheiten. Diese gilt es, gegenseitig zu respektieren und zu tolerieren, ja, sie als buntes Gemisch menschlicher Vielfalt zu erkennen. Und zwar gegenseitig, das betone ich. Das bedeutet aber nicht, dass jeder tun kann, was er will. Weder der Gast noch derjenige, der hier geboren wurde. Menschliches Zusammenleben erfordert Spielregeln. Was geschieht, wo diese nicht vorhanden sind, hat uns der Kapitalmarkt vor Augen geführt. Ich habe es bereits erwähnt.« Bleibach wartete

einen kurzen Beifall ab. Er wusste, dass er sich jetzt auf gefährliches Terrain begab, auf dem die medialen Gegner lauerten. *»Wir wollen in einer global ausgerichteten Welt multikulturell sein. Dies erfordert aber Toleranz – und zwar von allen Religionen. Doch leider scheint es so zu sein, dass nur dann alles in Ordnung ist, wenn die Gesetze der religiösen Fanatiker mit den unsrigen übereinstimmen. Die Frage muss aber erlaubt sein, wie wir mit Ausländern umgehen, die ihre Frauen unterdrücken und unsere Kultur verachten – oder die als beruflich Unqualifizierte unser Sozialsystem ausnutzen.«*

Die Reaktion war, wie erwartet: Einerseits Zustimmung, andererseits Pfiffe. Er hob beschwichtigend die Hände, um in sachlichem Ton fortzufahren: *»Zusammenleben erfordert Gesetze, die demokratisch zustande gekommen sein müssen. Gesetze, die aber auch angewandt werden müssen. Dazu bedarf es einer Polizei, die nicht als Feind des Bürgers gesehen wird, sondern als eine Institution, deren Vertretern auch mit Respekt zu begegnen ist. Ich sage bewusst ›Respekt‹, weil ich den Eindruck habe, dass sich die Streifenbeamten auf der Straße zunehmend als die Fußabtreter der Nation fühlen und im Spannungsfeld zwischen Justiz und Realität zermalmt werden. Und ich sage es aus vollster Überzeugung: Wir haben die Polizei zu einem zahnlosen Tiger gemacht. Nirgendwo sonst ließe sich ein Streifenbeamter Dinge gefallen, die hierzulande tagtäglich geschehen. Hingegen genießen deren Kollegen in Frankreich, Österreich oder in der Schweiz weitaus mehr Respekt. Vom Sheriff in den USA mal ganz zu schweigen.«*

Beifall. Bleibach hatte damit gar nicht gerechnet.

»Ich weiß, es ist in bestimmten Kreisen verpönt und unpopulär, nach mehr Ordnung zu rufen. Aber war es denn wirklich so schlimm, dass es früher draußen in den

Dörfern noch einen ›Feldschützen‹ gegeben hat, der unsere Väter, als diese noch Buben waren, zurückgepfiffen hat, wenn sie durch Wiesen und Getreidefelder getrampelt sind? Heute hingegen werden Polizisten oder Gemeindemitarbeiter angepöbelt, wenn sie einen jungen Kerl ermahnen, keinen Kaugummi auszuspucken oder die Reste des McDonalds-Fastfoods auf den Gehweg zu werfen. Ganz zu schweigen davon, dass wir es verharmlosend als Graffiti bezeichnen, wenn Wände besprüht werden. Schaut euch doch um, dann seht ihr überall, in welchen Zustand unsere Städte und Gemeinden geraten, wenn alle nur mit den Schultern zucken und sagen: Da kann man nichts machen. Es lebe die grenzenlose Toleranz. Wenn wir uns aber keine Spielregeln geben, wird irgendwann das Böse die Oberhand gewinnen. So, wie in einem bunten, gepflegten Blumengarten sehr schnell alles überwuchert, sobald es keine ordnende Hand mehr gibt.«

In den Beifall mischten sich wieder Pfiffe. Aber das war Bleibach heute egal. Er hatte in den vergangenen Monaten gespürt, dass die überwältigende Mehrheit der Bevölkerung hinter ihm stand. Wäre dies nicht so, hätte es längst gewaltige Gegendemonstrationen gegeben.

Aber vermutlich, so mahnte ihn eine Stimme, als er das Rednerpult verließ, lauerten die Gegner ganz woanders. Dort, wo er es möglicherweise nicht einmal ahnte.

127

Mit diesem Besucher hatte Häberle nicht gerechnet. Unangemeldet war der Mann mit dem dünnen grauen Haar bis in sein Büro vorgedrungen. Der Chefermittler brauchte ein paar Sekunden, um den Besucher, der sich als Rüdiger Patzold vorstellte, zuordnen zu können. Das Gesicht war ihm zweifelsohne bekannt, doch sein Gehirn fand den richtigen Speicherplatz nicht.

»Regisseur des Musicals ›Barbarossa‹«, ergänzte Patzold schließlich und ließ sich auf dem angebotenen Stuhl nieder. Häberle bat um Nachsicht für sein schlechtes Gedächtnis.

»Ich hab die vergangenen Tage die Aufregung um diesen Nahkampftrainer verfolgt«, kam Patzold gleich zur Sache. »Wissen Sie, Herr Häberle, mir tut der Junge leid. Sie wissen, wen ich meine – den Boris Seifried. Er hat doch einige Telefoninterviews mit Radiosendern gegeben. Das klingt sehr selbstbewusst, aber in Wirklichkeit ist der Junge ganz anders.«

Häberle spürte, dass sich Patzold als Pädagoge offenbar sehr viele Gedanken um Boris gemacht hatte. »Der junge Mann hat persönliche Probleme«, stellte der Chefermittler fest.

»Er ist sehr intelligent und begabt«, erklärte Patzold. »Ein sensibler Typ, ein Künstler – wenn Sie das verstehen können. Und ich mache mir echt Sorgen, dass bei ihm etwas schiefläuft.«

Häberle hatte sich längst ähnliche Gedanken gemacht. Bei Boris kamen ohne Zweifel mehrere ungünstige Faktoren zusammen: Familiäre Verhältnisse, die alles andere als ideal waren, ein dominanter Vater, der ihm die Berufswahl diktiert hatte, und eine Ausbildung, die seine tatsächlichen Fähigkeiten verkümmern ließ. Psychologen würden dies gewiss als idealen Nährboden für eine kriminelle Laufbahn bezeichnen. Trotzdem wandte Häberle ein: »Aber im Moment scheint er sich doch stark für diesen Konarek zu engagieren.«

»Jemand wie Boris sucht Halt, verstehen Sie. Er hat diesen Halt bei uns in der Theatergruppe gefunden, doch ich bin mir sicher, dass er sich dorthin orientiert, wo er sich am stärksten akzeptiert fühlt. Dies führt dann oft dazu, dass sich solche Personen in den Mittelpunkt stellen und mit irgendetwas auf sich aufmerksam machen wollen.« Patzold sprach langsam und betonte nahezu jedes einzelne Wort. »Gefährlich kann es werden, wenn diese Orientierungslosigkeit in eine Richtung abdriftet, die von Extremen geprägt ist.«

Häberle nickte zustimmend. »Und was schlagen Sie aus Sicht eines Pädagogen vor?«

»Wir sollten den jungen Mann mit einem Psychologen zusammenbringen. Jetzt, da er nicht mehr der Dominanz seines Vaters unterliegt, wäre der richtige Zeitpunkt gegeben. Ich befürchte aber, dass Boris noch immer traumatisiert ist.«

Häberle ließ die Worte des Mannes noch kurz auf sich wirken. »Wenn Sie sagen, solche Menschen neigten dazu, auf sich aufmerksam zu machen, – haben Sie solche Tendenzen bei Boris bemerkt?«

Patzold strich sich durchs schüttere Haar. »Sein Nahkampftraining, mit dem er sich bei uns in der Theatergruppe gebrüstet hat, könnte so ein Zeichen dafür sein. Er will nicht nur ein guter Theaterspieler sein, sondern sich mit noch etwas anderem, möglichst etwas Außergewöhnlichem, von anderen abheben. So etwas könnte aber auch dazu führen, dass er etwas völlig Abwegiges tut.«

Häberle wurde hellhörig. »Und auch dafür gibt es Hinweise?«

Patzold holte tief Luft. »Das herauszufinden, ist Ihre Aufgabe, Herr Häberle. Ich wollte Sie nur dafür sensibilisieren, weil ich weiß, dass es bei der Polizei an psychologisch geschulten Fachleuten mangelt.« Nach kurzer Pause fügte Patzold an: »Wir wollen doch alle nicht, dass dem Jungen etwas zustößt.«

128

Boris hatte den abendlichen Pflichtpunkt in Hörweite zur A8 beim Donauried noch vor Konarek erreicht. In der Metallbox, die im Wald entlang der Donau unter einem Jägersitz verborgen war, befand sich jedenfalls keine Botschaft. Wäre Konarek bereits hier gewesen, hätte er mit Sicherheit einen Zettel hinterlassen.

Auf ihn warten durfte Boris nicht. So jedenfalls lauteten die Spielregeln, auf die sie sich im Voraus geeinigt hatten. Konarek hatte großen Wert darauf gelegt, während des Experiments nicht mit der Zivilisation in Kontakt zu treten. Zwar war dieser eiserne Grundsatz offenbar gebrochen worden – aber zumindest Boris wollte sich wenigstens an die Vorgaben halten.

Er deponierte pflichtgemäß neue Akkus und schrieb einen Zettel: »Bin glücklich, dass ich dich wiedergefunden hab. Mach's vollends gut.« Dann legte er die Kassette unter den Jägersitz zurück und ging zum Geländewagen, der ein paar Schritte entfernt stand.

Er fuhr über mehrere Feldwege in ein Dorf, dessen

Namen er nirgendwo lesen konnte, und hielt am Straßenrand an. Nachdem er bereits im Laufe des Tages mit ›radio 7‹ telefoniert und Konareks vorübergehendes Verschwinden mit einer Desorientierung im Gelände begründet hatte, rief er jetzt das Ulmer Studio des Südwestrundfunks an. Eine Sekretärin, die nichts mit seinem Namen anfangen konnte, stellte ihn zu einem Redakteur durch. Dieser gab sich zunächst beleidigt, weil Boris die Meldung über Konareks Auftauchen zuerst dem privaten Konkurrenzsender mitgeteilt hatte. Doch dann schlug er die Aufzeichnung eines Interviews vor.

»Boris«, wurde der Redakteur offiziell, »dieser Lars Konarek, der Survival-Trainer, der sich in zehn Tagen vom Lech zum Hohenstaufen durchschlagen will, ist wieder aufgetaucht. Sogar die Polizei hat nach ihm gefahndet. Was war denn geschehen?«

Boris konzentrierte sich und war aufgeregt. »Wir hatten kurzzeitig den Kontakt verloren, sodass ich aus Sicherheitsgründen die Polizei verständigen musste. Es tut uns natürlich leid, dass wir damit so großes Aufsehen erregt haben. Aber ich konnte nicht ahnen, dass Lars – also Herr Konarek – nur orientierungslos durch die Landschaft geirrt ist.« Boris zögerte, um dann so überzeugend wie möglich zu lügen: »Er hat die Orientierung verloren und ist im Kreis gegangen, bis er wieder einen Pflichtmeldepunkt gefunden hat.«

»Er ist so lange im Kreis gegangen? Über zwei Tage, wenn ich das richtig sehe?«, hakte der Radioredakteur nach.

Boris war für einen Moment irritiert, fing sich aber sofort wieder: »Er hat sich an die selbst gesteckten Vorgaben gehalten, auf keinen Fall die Zivilisation zu Hilfe zu nehmen. Denn Sie wissen ja: Er will beweisen, dass es möglich ist, alles zu schaffen, wenn man's nur will. Genauso, wie es Bleib …«

Der Redakteur unterbrach ihn forsch. »Wie geht es ihm denn? Hat er genügend Nahrung gefunden?«

Boris fühlte sich in seinen Aussagen beschnitten. »Er lebt und das ist das Wichtigste«, antwortete er deshalb knapp und verärgert.

»Wird er denn pünktlich sein Ziel auf dem Hohenstaufen erreichen?«

»Wenn er auf seinen Willen und auf Gott vertraut, ja.« Boris war stolz auf sich, das Gespräch mit diesen Worten beenden zu können. Aber vermutlich würden sie den letzten Satz ohnehin so zurechtstutzen, dass es nur hieß: »Wenn er auf seinen Willen vertraut, ja.« Gott fand heutzutage in den Medien nicht mehr statt.

Auch in der Arbeitswelt nicht, zuckte es ihm durch den Kopf. Was zählte, war nur Geld. Vielleicht würde ja mit Bleibach alles anders werden.

129

Eigentlich hatte Evelyn zu Bleibachs großer Veranstaltung kommen wollen, doch nun war sie angeblich bei einem Fototermin in Düsseldorf. So richtig glaubhaft hatte dies am Telefon nicht geklungen. Vermutlich verübelte sie ihm seine Zurückhaltung, die er seit seinem Australien-Urlaub geübt hatte. Sie hatte weniger häufig als zuvor angerufen – und er wiederum fühlte sich nach all den Kundgebungen und Ereignissen ausgebrannt und stellte mit Entsetzen zunehmend depressive Symptome an sich fest.

Vielleicht war es seinen Gegnern gelungen, ihn mürbezumachen. Schon immer hatte er damit gerechnet, dass der Tag kommen würde, an dem er aus der Euphorie in tiefe Traurigkeit fiel. Die innere Freude, die Energie und Kraft, die ihn bisher getragen hatten, waren aufgebraucht. Die Reise durch Australien, bei der er dies alles hatte tanken wollen, war eher von Nachteil gewesen. Seit dem Treffen mit Sallinger und Grüninger spürte er, wie sehr ihm die Missgunst derer, die seinen Erfolg torpedierten, seelisch zusetzte. Immer wieder, wenn er nächtelang wach lag, quälte ihn die Frage, wem er noch trauen konnte. Waren all seine Ortsverbände unterwandert? Was war mit Evelyn, mit Iris und mit Enduro? Die Medien hatten sich ohnehin von Anfang an auf ihn eingeschossen. Würde er dies alles durchstehen können bis zur Bundestagswahl, die erst in zweieinhalb Jahren stattfand?

Er sah über den sonnenbeschienenen Stauferwald über Göppingen hinweg, wo der Wasserturm und die Klinik am Eichert markante Geländepunkte bildeten. Schräg unten bezogen auf einer als Parkplatz ausgewiesenen Fläche bereits die ersten Übertragungswagen privater Fernsehstationen Position. Bleibach war über das Ausmaß der Veranstaltung, die morgen auf dem Hohenstaufen stattfinden würde, selbst erschrocken. Natürlich hatten er und Enduro dies seit Monaten vorbereitet. Aber dass der Auflauf so gigantisch sein würde, war ihnen beiden nicht bewusst geworden. Angesichts der am Sonntag stattfindenden Baden-Württembergischen Landtagswahl erschien offenbar diese Veranstaltung für die Medien einen besonderen Unterhaltungswert zu besitzen. Denn sie traf genau den Geschmack eines breiten Publikums, das hohe Einschaltquoten erwarten ließ: Für Laien verständlich aufbereitete Politik in Kombination mit einem ›Event‹, wie man heutzutage sagte. Für einen Moment musste Bleibach an Konarek denken, der – so war es geplant – kurz vor der Eröffnung aus dem Gebüsch brechen würde, vermutlich mit dem Schmutz der letzten zehn Tage behaftet, um mediengerecht die Botschaft rüberzubringen: »Alles ist möglich, wenn ihr es nur wollt.«

Bleibach öffnete das Fenster, um die Frühlingsluft einzuatmen. Der Winter, der monatelang das Land im eisigen Klammergriff gehabt hatte, war eindeutig auf dem Rückzug. Auch die Wettervorhersage für den morgigen Samstag versprach wider Erwarten nun doch angenehme Temperaturen.

Bleibach war gerade dabei, mit ein paar Entspannungsübungen seine Stimmung zu heben, als er die Briefträgerin über die Zufahrtswege der villenartigen Anlage kommen sah. Sie hielt, wie jeden Tag, einen ganzen Packen Post in den Händen, um sie mühsam in seinen Briefkasten zu stopfen. Obwohl seine Adresse nirgendwo veröffentlicht wurde, trafen seit einem halben Jahr jede Menge Briefe ein. Sofern es seine Zeit zuließ, überflog er sie alle selbst. Wenn er jedoch tagelang unterwegs war und sich Enduro um das Haus kümmerte, wurde seine Post zum Göppinger Ortsverband gebracht, wo sich die ehrenamtlich engagierten Mitarbeiter darum kümmerten. Meist handelte es sich um Post von Unterstützern, die ihn aufmunterten und in seinen politischen Äußerungen bekräftigten. Ein gewisser Prozentsatz jedoch enthielt übelste Beleidigungen und sogar Drohungen. Bleibach hatte längst gelernt, damit umzugehen.

Nach drei, vier Minuten beendete Bleibach seine Übungen, besah sich kurz im Spiegel, der in der Diele hing, und ging zum Briefkasten, der sich von innen öffnen ließ. Als die Klappe aufschwenkte, segelte das ganze Bündel von

Briefen auf den gefliesten Boden. Obwohl dies jedes Mal so geschah, hatte es Bleibach wieder nicht verhindern können. Er sammelte die mehr als 30 Briefe ein und legte sie auf seinen Schreibtisch, wo sich inzwischen mehrere Hundert Zuschriften stapelten.

Wie immer, überflog er die Absender, soweit welche vorhanden waren, und legte sie nacheinander zur Seite. Er wollte sich heute damit nicht belasten – obwohl vermutlich wieder die meisten Schreiben ›Fanpost‹ war. Nur ein einziger Brief erschien ihm merkwürdig: Die handschriftlich mit Druckbuchstaben gekritzelte Anschrift und der fehlende Absender erweckten seine Neugier. Er versuchte, den Poststempel des Briefzentrums zu entziffern, aus dem der Brief weitergeleitet worden war. Doch der Aufdruck war zu schwach. Bleibach schlitzte mit einem Brieföffner das zugeklebte Kuvert auf. In solchen Augenblicken überlegte er regelmäßig, ob in so einem dünnen Umschlag tatsächlich eine Briefbombe stecken könnte.

Er zog ein zerknittertes kariertes Papier heraus, auf dem ebenfalls in krakeligen Druckbuchstaben nur eine kurze Botschaft stand: ›Psalm 37,9‹. Wieder eine dieser seltsamen Hinweise auf Bibelstellen, erkannte er.

Er musste sofort an jene vom November denken, die nach dem Musical ›Barbarossa‹ in der Göppinger Stadthalle zurückgeblieben war.

Sicher ein Verrückter, ein religiöser Fanatiker. Bleibach warf den Zettel samt Kuvert in ein Ablagekörbchen auf seinem Schreibtisch. Er wollte sich damit jetzt nicht belasten. Heute nicht und morgen erst recht nicht.

130

Für Lars Konarek folgte die letzte Nacht. Am Freitagabend hatte er den nördlichen Rand der Schwäbischen Alb erreicht. Obwohl er von seiner Survival-Tour zweieinhalb Tage weggeschummelt hatte, fühlte er sich jetzt an der Grenze seiner Leistungsfähigkeit. Das zumindest tagsüber milder gewordene Klima hatte ihm genügend Wasser beschert. Und entlang der Heckenstreifen, denen er auf der Alb gefolgt war, hingen vereinzelt noch Beeren aus dem vergangenen Herbst. Das Hungergefühl, gegen das er in den ersten Tagen angekämpft hatte, war nicht mehr ganz so schlimm. Irgendwie hatte er sich an die spärliche Nahrung gewöhnt. Dafür jedoch merkte er an seiner Hose, deren Gürtel er ein Loch enger schnallen musste, dass sein Körpergewicht geschrumpft war. Er sehnte sich ein warmes Essen herbei, ein Schnitzel oder eine Pizza. Außerdem wünschte er sich, unter einer heißen Dusche stehen zu können. Seine Körperpflege hatte jetzt über eine Woche lang nur an Bächen oder Quellen stattgefunden – mit eisigem Wasser. Das war er zwar gewohnt, weil er sich seit Jahren entsprechend abhärtete. Aber jetzt wäre ein warmes Bad und ein kuschelweiches Bett das höchste der Gefühle.

Konarek holte sich in die kühle Realität zurück und gab sich dem Stolz hin, den er fühlte, sobald er sich die bewältigte Strecke in Erinnerung rief. Er hatte es geschafft und im Praxisversuch bewiesen: Man konnte sich auch jetzt, außerhalb der Vegetationszeit, ohne Proviant durchs Gelände schlagen. Ein Beweis, den er nicht nur erbringen wollte, um auf Bleibachs eisernen Willen hinzuweisen, sondern der ihm auch Akzeptanz und Ansehen bei seinen Survival-Schülern einbringen würde. Man konnte über vieles rein theoretisch reden, aber nur, wer auch in der Lage war, praktische Erfahrung nachzuweisen, galt in seinen Augen als Experte.

Im Waldgebiet oberhalb der Geislinger Steige traf er auf eine größere, fest verschlossene Hütte, die allem Anschein nach der Forstwirtschaft diente. Vor dem geschützten Eingangsbereich gab es eine Sitzmöglichkeit. Konarek ließ sich erschöpft nieder und las auf einem Schild, dass es sich um die Dachsbauhütte handelte. Von hier aus, das wusste er von den Vorbereitungen, brauchte er noch maximal sieben Stunden bis zum Hohenstaufen. Er wollte jedoch, wie es seinem Plan entsprach, die Stadt Geislingen entlang des Albtraufs umgehen und über Eybach und den Himmelsfelsen, so gut es ging, die Luftlinie zu seinem Ziel einschlagen.

Boris hatte am letzten Meldepunkt bei Amstetten wieder neue Akkus und Speicherchips für die Videokamera deponiert. Sie waren inzwischen ein eingespieltes Team: Denn während Konarek dort die leeren Akkus und einen vollen Speicherchip ablegte, holte Boris diese Gegenstände vereinbarungsgemäß am nächsten Morgen ab, um anschließend den nächsten Meldepunkt mit den im Voraus festgelegten Materialien zu bestücken. Dieser befand sich am Ausgang der engen Schlucht des Felsentals, durch das Konarek im Morgengrauen des Samstags kommen würde.

So jedenfalls sah es der Zeitplan vor – denn nur dann konnte er die Spitze des Hohenstaufens zu Beginn der Veranstaltung erreichen. Natürlich hätte er die letzte Etappe bei der Vorbereitung verkürzen können, aber er hatte sie bewusst so gewählt, um bei seiner Ankunft abgekämpft zu wirken. Alles sollte so authentisch wie möglich wirken, wenn die Kameras auf ihn gerichtet wurden. Es durfte allerdings nichts dazwischen kommen.

131

Die aufgehende Sonne strahlte den kegelförmigen Hohenstaufen an, als sei ein Scheinwerfer auf den Berg gerichtet. Der große Tag war angebrochen.

Auf dem Plateau waren ab den frühen Morgenstunden Tontechniker und Lichtspezialisten zugange, um Bleibach mediengerecht präsentieren zu können. Das Rednerpodest hatten sie nach den Anweisungen des Göppinger Ortsverbandes am Aussichtspunkt der südwestlichen Ecke aufgebaut. Zwei Imbisswagen rangierten in ihre vorgesehenen Positionen, bereits am Vorabend waren entlang des Zufahrtsweges mehrere Toilettenhäuschen aufgestellt worden. Unablässig brachten Kombis neues Material auf den Berg. Fahnen mit den orange-violetten Farben von Bleibachs Bewegung wurden gehisst. Immer wieder schallten Test-Durchsagen der Tontechniker über die Höhe hinweg. Bereits in den späten Vormittagsstunden füllten sich rund um den Hohenstaufen die ausgewiesenen Parkplätze, und nach und nach formierten sich ganze Prozessionen, die der Bergspitze zustrebten. Die Polizei und die Ordnungskräfte schienen alles im Griff zu haben. Gegen 13 Uhr hatte Baldachin in einem Mannschaftswagen, der auf einem Wanderparkplatz abseits der steilen alten Steige zum Ort Hohenstaufen stand, Position bezogen. Zusammen mit Kripo-Chef Kurz und einem uniformierten Einsatzleiter lauschten sie dem Funkverkehr.

»Wann trifft Bleibach ein?«, fragte Baldachin.

»In einer halben Stunde«, erklärte der Uniformierte knapp. »Seine Göppinger Ortsgruppe bringt ihn in einem Geländewagen rauf. Zwei Fahrzeuge von uns begleiten ihn – eines vorne, eines hinten.«

»Wie bei einem Staatsmann«, brummte Kurz. »Wenn Mappus käme, wär's bei Weitem nicht so schlimm.« Er spielte auf den amtierenden Ministerpräsidenten des Landes Baden-Württemberg an.

»Auch die Merkel würde die Massen nicht so bewegen«, wagte der Einsatzleiter zu scherzen.

»Und wann taucht dieser verrückte Nahkämpfer auf?« wollte der Direktionschef wissen.

»Ein Kollege will ihn bereits gesichtet haben. Ihm ist Konarek auf dem Fußweg von Ottenbach rauf aufgefallen. Vor einer dreiviertel Stunde schon. Hat sich ordnungsgemäß ausgewiesen.«

»Die Fernsehteams sind alle untergekommen?«

»Ja, wie geplant. Unglaublich, welchen Aufwand die betreiben.«

Baldachin schüttelte verständnislos den Kopf. »Unvorstellbar, dass die Menschheit so verrückt sein kann. Ein Einziger schafft, was unsere Parteien nicht hinkriegen.«

Kurz fühlte sich zu einer Bemerkung veranlasst: »Es geht um Ehrlichkeit, Glaubwürdigkeit und Bürgernähe. Alles Fähigkeiten, die unsere Politiker verloren haben. Und es scheint so, als könnte dieser Bleibach all diese Wünsche und Sehnsüchte auf sich vereinigen.«

»Wenn ihm da nur keiner einen Strich durch die Rechnung macht«, gab Baldachin zurück, um gleich ein anderes Thema anzusprechen. »Drunten in Hohrein stehen auch Fahrzeuge?«

Gemeint war eine kleine landwirtschaftliche Ansiedlung unterhalb der südwestlichen Hangseite, wo sich entlang des bewaldeten Höhenrückens eine sanfte Senke in Richtung Göppingen hinzog.

»Sind ein paar Fotografen und Aufnahmeteams«, erklärte der Einsatzleiter, während aus zwei Funkgeräten Stimmen schnarrten und der Polizeihubschrauber um den Berg kreiste.

»Wie sieht's in Richtung Gmünd aus?«, fragte Kurz.

»Alle Parkplätze voll.«

Baldachin sah dem Hubschrauber nach, der wieder in Richtung Göppingen davonflog. Es war vorgesehen, dass er auf dem dortigen Gelände der Bereitschaftspolizei jederzeit startklar blieb. Das Spezialeinsatzkommando war bereits in der Turnhalle von Hohenstaufen untergebracht. Mehrere Rotkreuz-Rettungsfahrzeuge hatten rund um den Berg Position bezogen, eines davon sogar auf dem Gipfel. Feuerwehren der Umgebung sicherten die Zufahrten ab und wiesen die Besucher in die wenigen noch freien Parkplätze ein.

Der Einsatzleiter schaltete einen kleinen Monitor ein, der in dem Mannschaftswagen installiert war. »Die Kollegen der Bereitschaftspolizei dokumentieren«, sagte er knapp und deutete auf den Bildschirm, auf dem eine Übersicht über die Menschenmenge auf dem Berg gezeigt wurde. Die Kamera war offenbar auf einem Mast montiert. »Schaut euch das an«, staunte Kurz. »Das sind ja Tausende.« Die Menschen standen so dicht gedrängt, dass dazwischen kein Fleckchen Erde mehr zu sehen war.

»Ein Glück, dass wir in freier Natur da oben keine Notausgänge brauchen«, kommentierte Baldachin und konnte den Blick nicht vom Bildschirm lassen.,

Der Einsatzleiter nickte. »Klar – man kann nach allen Seiten den Hang runter, wenn's pressiert. Aber malen wir uns lieber nicht aus, wie das geschehen würde.«

Auf dem Bildschirm erschien ein anderes Bild. Die Kamera war jetzt von schräg oben auf das Rednerpodest gerichtet, an dem sich Techniker am Mikrofon zu schaffen machten. »Sieht idyllisch aus«, stellte Kurz fest. Im Hintergrund des Redners würde sich nachher die weite Landschaft des Voralbgebiets mit dem dahinter liegenden Höhenzug gut machen. Außerdem waren die äußeren Umstände ideal: Blauer Himmel, eine strahlende Frühlingssonne.

Wieder Szenenwechsel, diesmal sogar mit Ton. Abseits des Rednerpodests hatte eine vierköpfige Jugendband zu spielen begonnen. Es war ein selbstkomponierter Song, der von Freiheit und einem neuen Anfang handelte. Mehr war jedoch nicht zu verstehen.

Der Einsatzleiter stellte den Ton leiser, als sich Linkohr an der Fahrzeugtür bemerkbar machte. Kurz beugte sich vor und öffnete sie. »Kommen Sie rein.«

Linkohr grüßte knapp und setzte sich neben Kurz. »Alles okay«, sagte der Kripo-Chef und deutete grinsend auf den Bildschirm. »Wir schauen uns gerade unsere eigene Live-Übertragung an.«

Die Videokamera strich jetzt in Nahaufnahme an einzelnen Personen entlang. »Alt und Jung«, staunte Baldachin. »Enkel und Großeltern. Wann hat's das bei einer Demo jemals gegeben?«

Kurz wollte nicht einwerfen, dass man Ähnliches seit Monaten bei den Demonstrationen gegen das umstrittene Stuttgarter Bahnprojekt erlebte. Auch dort gingen alle Alters- und Gesellschaftsschichten auf die Straße. Es gärte allerorten. Und man konnte diese Erscheinung nicht mehr nur auf Chaoten zurückführen. Bleibach lag mit seinen Ansichten sicher richtig, dachte er, doch er wollte in dieser Situation keine Diskussion mit Baldachin riskieren, der dies ganz anders sah.

Die vier Männer starrten auf den kleinen Bildschirm, auf dem langsam die Gesichter der Personen vorbeizogen.

»Gab's was bei den Personenkontrollen?«, fragte Linkohr dazwischen.

»Wir haben stichprobenartig kontrolliert, wie besprochen«, erklärte der Einsatzleiter. »Nichts Besonderes. Ein Jugendlicher hatte ein Fahrtenmesser dabei, eine Frau ein Pfefferspray in der Handtasche.« Er überlegte. »Und ein Rentner hat sich nicht kontrollieren lassen wollen. Hat ein bisschen Ärger gegeben.«

Linkohr rief plötzlich: »Stopp!« Es war eine spontane Reaktion, die natürlich nichts bewirken konnte. Auf dem Monitor lief eine Live-Aufnahme, die man nicht anhalten konnte – und außerdem hatten sie keine Sprechverbindung zu dem Kameramann der Bereitschaftspolizei. »Den kenn' ich!«, deutete Linkohr aufgeregt und schnell mit dem Finger auf eine Person, doch die Kamera war schon weitergeschwenkt. »Was tut der denn da? Den kenn ich, den kenn ich!«

Der Einsatzleiter griff zu seinem tragbaren Funkgerät, gab einen Rufnamen durch und erklärte: »Kamera noch mal zurückfahren. Langsam bitte.«

Baldachin brummte: »Wen? Wen kennen Sie?«

»Das …« Linkohr wartete, weil er gehört hatte, dass die Kamera zurückfahren sollte. Sekunden später tauchte der Mann am linken Bildschirmrand wieder auf, den er eindeutig identifizieren konnte. »Das ist Moser. Patrick Moser. Unternehmer aus Ulm. Und …« Er verkniff sich, dessen Chatroom-Namen ›Herkulesspanner‹ zu erwähnen.

132

Katsche spuckte seinen Kaugummi aus dem Mercedes-Kastenwagen. Er hatte das Fahrzeug am Rande der landwirtschaftlichen Ansiedlung Hohrein abgestellt. Von dort aus bot sich ein nahezu hindernisfreier Blick auf den Hohenstaufen, der von hier besonders majestätisch wirkte. Katsche, Ucki und Pommes hatten sich überzeugend als Fotojournalisten getarnt. Bei einer Zufahrtskontrolle, in die sie mit pochenden Herzen geraten waren, konnten sie sogar Presseausweise vorzeigen. Den beiden Beamten hatten sie erklärt, als freie Journalisten für die Süddeutsche Zeitung und ein österreichisches Boulevardblatt tätig zu sein. Zum Beweis dafür hatte Katsche auf die umfangreiche Foto- und Videoausrüstung gezeigt, die im Laderaum lag. Nur das Feinste vom Feinen.

»Die haben das Ding genau da aufgebaut, wo wir's erwartet hatten«, stellte Pommes fest.

»Da konnte es ja wohl keinen Zweifel geben«, sagte Katsche.

Ucki auf der Rückbank stimmte zu. »Und diese Katakombe war wie geschaffen für uns.« Er musste an die schweißtreibende Arbeit denken, bis sie das Zeug dort reingeschafft hatten. Alles war plangemäß verlaufen, nur die geniale Idee mit den Antrazin-Kapseln hatte nicht geheim gehalten werden können. Vermutlich hatte sie Seifried vermasselt. Dieser Idiot. Ucki versuchte wieder einmal, die aufkommende Frage zu verdrängen, wer Seifried eliminiert hatte. War es Katsche gewesen? Oder Andy, der so schwachsinnig gewesen war, sich bei seiner nächtlichen Aufgabe dort oben ertappen zu lassen?

Nein, nein, hämmerte es in seinem Kopf. Nicht daran

denken. Nicht zweifeln. Volle Konzentration. Neben ihm lag das Gerät. Ein schwarzes Plastikgehäuse, ein paar Schalter, eine Antenne. Ein Knopfdruck würde genügen. Ein einziger.

Sie hatten es mehrfach auf solche Distanzen getestet. Der Funkimpuls reichte locker bis zur Spitze des Hohenstaufen. Es bestand Sichtverbindung. Da konnte nichts mehr schiefgehen. Ucki spürte seinen Herzschlag.

133

Boris wollte keine Zeit verlieren. Er hatte seinem Freund Lars soeben den letzten Freundschaftsdienst erwiesen und einen Meldepunkt beim Geislinger Stadtbezirk Eybach aufgesucht. Jetzt aber galt es, schnell zu handeln. Denn mit den Erkenntnissen, die Boris in dieser Woche gewonnen hatte, als er allein unterwegs war, konnte er verhindern, was sein Vater mitgeplant hatte. In diesen Minuten, das wusste er, würde Lars Konarek auf der Spitze des Hohenstaufen aus dem Gebüsch hervorbrechen und Bleibachs große Frühlingsveranstaltung einleiten.

Boris sah auf die digitale Uhr im Armaturenbrett des Geländewagens, als er in Neu-Ulm die vierspurige B10 verließ, um jenes Gehöft am Stadtrand anzusteuern, das er mehrere Male bei Google-Earth betrachtet hatte. Auf der Fahrt von Geislingen dorthin hatte er auf der Anhöhe von Urspring einen Abstecher in einen links gelegenen Parkplatz gemacht, um aus einem Erddepot am Waldrand einen länglichen Gegenstand zu holen, der sorgfältig in einem blauen Müllsack verschnürt war.

Der junge Mann näherte sich langsam der landwirtschaftlichen Behausung, die sich inmitten weiter Felder hinter mehreren Bäumen und dichtem Heckenbewuchs verbarg, und stellte den Wagen knapp 100 Meter entfernt am Grünstreifen des asphaltierten Feldwegs ab. Er wollte nicht zu dicht heranfahren, um nicht gleich bemerkt zu werden – falls überhaupt jemand daheim sein würde. Aber hier, da war er sich ganz sicher, wurden die Weichen für ein großes Unheil gestellt. Nachdem er den Motor abgeschaltet hatte, löste er die Schnüre von dem Paket und wickelte den Gegenstand aus dem Müllsack. Ein schönes Stück, dachte er. Ein Glück, dass es nie vermisst worden war. Aber weil es sein Vater illegal erworben hatte, war es auch nirgendwo registriert.

134

»Meine Damen und Herren«, schallte die kräftige Stimme eines Mannes durch die leistungsstarken Lautsprecher auf dem Hohenstaufen. »Man kann alles schaffen, wenn man's nur will. Ein Motto, dem wir uns alle verschrieben haben.« Beifall brandete auf. Die Stimmung ist bestens, dachte der Redner, der der Göppinger Ortsgruppe von Bleibachs Bewegung angehörte. »Begrüßen Sie mit mir den Mann, der seit nahezu einem Jahr in der deutschen Polit-Szene alles in den Schatten stellt. Ein Kind unserer Heimat – einen Mann, der hier am Hohenstaufen groß geworden ist und der von diesem geschichtsträchtigen Ort aus eine Botschaft verkünden will, die da lautet: Lasst euch nicht unterkriegen. Lasst euch nicht kleinmachen, damit die Großen noch größer werden. Und vergesst nie: Man kann alles, wenn man's nur will.« Tosender Beifall, Jubel, zustimmende Pfiffe. Transparente mit Sympathie-Sprüchen wurden hochgehoben.

Bleibach, der mit einem Fahrzeug unter Polizeibegleitung zur Bergspitze gebracht worden war, trat aus der Gruppe seiner Göppinger Unterstützer hervor, stieg die vier Stufen zum Rednerpodest hinauf und winkte mit hochgehaltenen Armen. Er trug ein helles Jackett, mit dem er sich von den konservativen Dunkle-Anzug-Trägern abheben wollte. Seine Krawatte strahlte in den Farben der Bleibach-Bewegung.

Der Redner hatte Mühe, die dicht gedrängt stehenden Menschen zur Ruhe zu bringen. Zehn Minuten vor Beginn der Veranstaltung waren die Fußwege zum Berg gesperrt worden. Tausende mussten sich mit den drei Großbild-Leinwänden abfinden, auf die an verschiedenen Stellen rund um den Berg die Veranstaltung projiziert wurde.

»Liebe Freunde«, fuhr der Mann schließlich fort. Er sprach langsam, weil sich der Schall am Gemäuer der geschlossenen Schutzhütte brach. »Bevor Steffen Bleibach hier, wo einst die Burg der Staufer und die Wiege Deutschlands, ja sogar Europas stand, mit uns in einen neuen Frühling aufbrechen will, begrüßen wir jenen Mann, der seit zehn Tagen uns alle in Atem hält.« Wenn alles klappte, musste sich Konarek jetzt an der Nordseite des Plateaus aus dem Bewuchs kämpfen. »Lars Konarek!«, schrie der Redner, sodass seine Stimme das Gehäuse der Lautsprecher zum Vibrieren brachte.

Tatsächlich tauchte dort, wo mit Absperrbrettern eine Gasse für ihn freigehalten worden war, der Survival-Trainer auf: Ganz in Schwarz gekleidet, bärtig, ungekämmt, abgemagert. Er ließ sich aber die Anstrengungen und die eisig kalten Nächte im Freien nicht anmerken. Konarek verzog sein Gesicht zu einem gequälten Lächeln, winkte und genoss den Beifall der Menschenmenge. Auch er hob die Hände grüßend und bahnte sich seinen Weg zum Rednerpodest. Dort umarmte ihn der Sprecher und nahm ihn die paar Stufen mit hinauf zur Tribüne. »Lars Konarek«, wiederholte er, was den Applaus sofort wieder anschwellen ließ. »Er hat's geschafft. Zehn Tage durch die Wildnis. Zehn Tage haben wir um ihn gebangt. Heute erbringt er den Beweis, dass wir im Einklang mit der Natur alles erreichen können – wenn wir's nur wollen.«

Konarek griff mit zitternden und verschmutzten Händen nach dem Mikrofon. »Ich freue mich, hier zu sein!«, rief er den Menschen zu. »Obwohl ich mich anfangs ziemlich verlaufen habe«, log er überzeugend, um gleich gar keine Gerüchte aufkommen zu lassen, »ist es mir gelungen, den richtigen Weg wiederzufinden. Auch das, liebe Freunde, empfinde ich als eine Art Symbol. Man darf sich verirren, man kann mal falsche Wege gehen – das ist keine Schande. Wichtig aber ist es, seine Fehler zu erkennen und mit eisernem Willen erneut den richtigen Weg zu beschreiten.« Wieder Beifall. Die Menschen hatten seine Botschaft verstanden, weshalb er sein bildhaftes Beispiel fortführte. »Hören Sie nicht auf jene, die danach trachten, Sie auf den falschen Weg und in einen Hinterhalt zu locken, um sich dann an Ihnen zu bereichern. Nein, sage ich«, wurde Konarek jetzt richtig kämpferisch, obwohl ihn schreckliche Magenkrämpfe plagten, »gehen Sie Ihren eigenen Weg. Und mag er noch so steinig sein, Sie werden sehen, dass es immer vorwärts geht. Sie müssen es nur wollen. In diesem Sinne wünsche ich Ihnen einen wunderschönen Tag – sowohl hier oben als auch vor den Videowänden.«

Er verließ das Podest unter lang anhaltendem Beifall. Die

Göppinger Gruppe führte ihn zu einem Gartenstuhl und drückte ihm ein großes Glas Tee in die Hand. Dies hatte er sich für die Ankunft gewünscht. Er hoffte, dass sein starker Körpergeruch von dem lauen Wind verweht wurde.

Dann erklomm Bleibach das Podest. Erst nachdem er unzählige Male mit entsprechenden Handbewegungen und Dankesgesten die Menge beruhigt hatte, ebbte der tosende Beifall ab. Das war der große Moment, dem er seit Monaten entgegengefiebert hatte. Tausende Menschen, ein strahlend blauer Himmel über seinem Heimatberg. Mit einem Schlag wurde ihm aber bewusst, dass er in Wirklichkeit ein einsamer Mensch war. Kein einziger seiner engsten Mitarbeiter war gekommen. Kein einziger. Enduro Ollerich, den er als seinen Weggefährten betrachtete, hatte sich auf einen Spähposten drunten auf dem Aasrücken zurückgezogen. Iris Eschenbruch war zwar heute Vormittag da gewesen, musste jedoch, wie sie sagte, aus familiären Gründen noch vor Beginn der Veranstaltung weg. Und Evelyn, von der er sich emotional bereits entfernt hatte, schien alles vergessen zu haben, was sie in heißen Nächten erlebt und gesprochen hatten. Vielleicht war auch er es, der sich verändert hatte – durch den Stress und die Arbeit, die sich immer mehr häufte.

Dies alles schoss ihm im Bruchteil einer Sekunde durch den Kopf. Gleichzeitig versuchte er, diese Gedanken zu verjagen. Nicht jetzt, nicht hier. Nicht in diesem Augenblick, in dem alle Augen und Kameras auf ihn gerichtet waren. Warum nur, verdammt noch mal, ging ihm ausgerechnet jetzt Enduro nicht mehr aus dem Sinn. Enduro, der monatelang Seite an Seite mit ihm gekämpft hatte – jetzt plötzlich war er sozusagen in die zweite Reihe zurückgetreten. Nein, daran durfte er im Moment nicht denken. Er holte tief Luft.

135

Enduro Ollerich schwitzte. Er saß in seinem schwarzen Mercedes C-Klasse-Coupe, das er auf einem Wanderparkplatz des Aasrückens abgestellt hatte – entlang der Straße, die ins Remstal hinab und rüber zum Rechberg führte. Er hatte sich als Bleibachs Manager ausweisen können und deshalb diesen Beobachtungsposten einnehmen dürfen. Von hier aus sah er sowohl den Berg als auch die große Video-Projektionswand, die knapp 200 Meter entfernt an der Abzweigung nach Maitis errichtet worden war. Auf der Straße, die über den schmalen Höhenzug des Aasrückens führte, drängten sich mehrere Tausend Menschen, um das Geschehen auf dem Hohenstaufen wenigstens auf der Leinwand verfolgen zu können.

Gegenüber einigen Security-Leuten und Polizisten hatte Ollerich seine Durchfahrt bis zur vollständigen Absperrung damit erklärt, die Lage rund um den Hohenstaufen einsehen zu wollen, um ›seine Leute‹, wie er sagte, besser koordinieren zu können. Auf dem Beifahrersitz lagen zwei handliche Funkgeräte, zwei Handys und ein Fernglas.

Jetzt ist es so weit, dachte er, während von den übermannsgroßen Lautsprechern bei der Videowand Bleibachs Begrüßung herüberschallte. Die Aktion ›Barbarossa‹ konnte in ihre Endphase treten. Er griff nach einem Funkgerät, hielt es dicht an den Mund und drückte eine Taste. »Alpha an Charly« – das waren ihre Rufnamen –, »Verständigung?«, fragte er.

»Alpha, verstehe Sie fünef.« Der Mann, dessen Stimme aus dem kleinen Lautsprecher krächzte, antwortete militärisch knapp und sprach die ›Fünf‹ als ›Fünef‹, wie es im

Funkverkehr üblich war. Fünf bedeutete in diesem Fall ›sehr gut‹.

»Minus 15«, erklärte Ollerich und drückte auf die Stoppuhr-Funktion seines iPhones.

»Minus 15, roger«, kam es zurück. Der Countdown lief. Der Countdown des Schreckens.

136

Georg Sander wäre liebend gern auch zum Hohenstaufen gefahren. Doch an diesem Samstag vor der Baden-Württembergischen Landtagswahl gab es auch in einer kleinen Zeitungsredaktion viel zu tun: Tabellen und Statistiken vorbereiten, das Layout für die Seiten planen. Er kämpfte gerade mit der abgestürzten Software, die erfahrungsgemäß immer bockte, wenn er am Wochenende allein war, als sich sein iPhone meldete, das auf dem Schreibtisch lag. ›Anonymer Anruf‹, stand auf dem großen Display. Er schob auf dem Touchscreen-Bildschirm den aufgezeichneten Schalter nach rechts und meldete sich.

»Herr Sander?«, fragte eine Stimme, die offensichtlich verstellt war. Ein Mann sprach unnatürlich tief und langsam, was allein schon an diesen beiden Worten zu hören war.

»Ja, Sander«, bestätigte der Journalist und griff zum Stapel Schmierpapier, um schreibbereit zu sein. Er spürte, dass dieser Anruf etwas Außergewöhnliches war.

»Auf Hohenstaufen passiert Schreckliches. Bei Rede Bleibach.« Der Unbekannte schien einen Ausländer vortäuschen zu wollen.

Sander durchzuckte es, als habe ihn ein Blitz getroffen. Er notierte sich das Gesagte, ohne etwas zu erwidern, weil er zwischen den Worten des Mannes seltsame Geräusche zu vernehmen glaubte. Sie waren vermutlich weit von ihm entfernt und drangen nur schwach durchs Telefon. Irgendein Getier. Vielleicht Vögel.

Sander versuchte, sich darauf zu konzentrieren, und hätte beinahe die weiteren Worte des Anrufers nicht richtig zur Kenntnis genommen. »Rufen Polizei, sofort, schnell. Nur wenig Zeit noch«, stammelte es aus dem Hörer. »Hohrein. Versteh'n? Hohrein. Männer in Kombi. Aktion Barbarossa.« Klick. Der Mann hatte aufgelegt.

Sanders Puls raste. Nur zwei, drei Sekunden verstrichen, bis ihm klar war, was er tun musste. Er blätterte durch die »Kontakte« seines iPhones, fand sofort Häberles Handynummer und drückte sie.

Drei Rufzeichen, vier, fünf. Wieso meldete sich Häberle nicht? War es dort, wo er sich aufhielt, womöglich so laut, dass er den Anrufton nicht hörte?

Sechster Klingelton. Gleich würde das Gerät auf Mailbox schalten. Sander fühlte sich in jene Albträume versetzt, die ihn oft schon befallen hatten: Dass er den Notruf wählte, sein Telefon nicht funktionierte oder sich keiner meldete. Wie jetzt.

Er schaltete ab und drückte 110.

137

Bleibach hatte zu seiner bisherigen Form zurückgefunden. Je häufiger ihn die Menschenmenge mit Beifall unterbrach, desto stärker fühlte er sich von dieser Woge der Sympathie getragen. Diese unglaubliche Zustimmung, dieses Vertrauen, diese Hoffnung und die Sehnsucht der Menschen nach einem neuen demokratischen Anfang beflügelten ihn und mobilisierten seine ganze Kraft. *»Schaut euch um, liebe Freunde«*, begann er nach einem kräftigen Applaus, *»was ist aus einem vermeintlichen Hoffnungsträger geworden, der mit seiner schönen Gemahlin bei einer Talkshow im Kriegsgebiet in Afghanistan war? Der sich als Schönling der Nation präsentiert hat, fein geschniegelt und gebügelt. Als herausgekommen ist, dass er kräftig Schaum geschlagen hat, ganz so dem allgemeinen Trend folgend, als er eingestehen musste, dass er seinen Doktortitel* ›gegoogelt‹ *hat, da war's vorbei mit Glanz und Gloria. Aber was hat die Kanzlerin gemacht? Sie hat bis zuletzt ihre schützende Hand über ihn gehalten, weil eine Krähe der anderen kein Auge auspickt. Sie hat argumentiert, sie habe einen Verteidigungsminister eingestellt und keinen Doktor.«* Gelächter. *»Und als gar nichts mehr ging, hat der schöne Herr mit den glänzenden Haaren behauptet, er habe bei seiner Doktorarbeit den Überblick verloren.«* Bleibach pausierte kurz und wiederholte. *»Den Überblick verloren. Ist das nicht genial? Ganze Stäbe von Juristen haben wohl tagelang darüber nachgesonnen, wie dieser Herr aus der Nummer rauskommen könnte. Den Überblick verloren! Das müsst ihr euch merken, liebe Freunde. Wenn euch mal was schiefgeht, im Job, daheim oder im Straßenverkehr – dann vergesst die Formulierung nicht: Verzeihung, ich hab den Überblick verloren.«*

Im Augenwinkel nahm er Bewegungen war. Links neben ihm, wo die Göppinger Gruppe Aufstellung genommen hatte, schien Hektik aufgekommen zu sein. Er riskierte einen Seitenblick und sah, dass einer seiner Helfer telefonierte.

Bleibach versuchte, sich auf seine Rede zu konzentrieren. Er durfte sich nicht ablenken lassen. Nicht jetzt.

Trotzdem fand er es beunruhigend, dass einer aus der Gruppe plötzlich davonhastete und sich am Rande des Plateaus, direkt an der Absperrung, einen Weg durch die Menge bahnte.

138

Die drei Männer im Kombi bei Hohrein saßen beinahe regungslos im Fahrzeug. Die Seitenscheiben waren offen, damit sie die Lautsprecher-Übertragung hören konnten, die von der Breitleinwand bei der sogenannten Spielburg zu ihnen herunterschallte. Sie konnten zwar nichts verstehen, waren aber akustisch darüber informiert, dass Bleibach inzwischen seine Rede begonnen hatte.

Pommes wischte sich seine eiskalten, schweißnassen Hände am Sitzpolster ab. Ucki starrte wie gebannt auf die Bergspitze. In wenigen Minuten würde dort oben nichts mehr so sein, wie es einmal war.

»Alpha an Charly«, schnarrte die Stimme im Funkgerät plötzlich. Pommes zuckte zusammen. Katsche drückte eine Taste. »Charly hört.«

»Minus zehn«, kam es zurück.

»Roger.« Katsche nickte seinen beiden Begleitern zu.

139

Häberle hatte den Anruf nicht gehört. Nun aber war die Meldung über die Göppinger Einsatzleitstelle per Funk zu ihnen nach Hohenstaufen gelangt. Baldachin hatte mitgehört und sich sofort eingeschaltet: »Abbrechen, räumen!«

Häberle, der sich jetzt mit Linkohr in der Hohenstaufener Turnhalle aufhielt, wo in einer mobilen Wache die Meldungen zusammenliefen, warf einen Blick auf den Monitor, der immer wieder unterschiedliche Videobilder von dem Bergplateau lieferte.

»Nicht räumen, viel zu gefährlich«, entschied er und teilte dies Baldachin per Funk mit. Der meldete sich nicht mehr persönlich, sondern ließ den Einsatzleiter zu Wort kommen: »SEK unterwegs. Rettungskräfte auf Berg in Alarmbereitschaft«, kam es zurück, als habe Häberle dies nicht längst selbst festgestellt. Denn die Experten des Spezialeinsatzkommandos waren mit ihren martialisch wirkenden Kampfanzügen bereits zu ihren Kleinbussen geeilt. Das ging wie immer völlig lautlos und geordnet vonstatten. Linkohr hatte den Eindruck, als hätten diese Kräfte das Ausrücken aus dieser Turnhalle schon viele Male trainiert. In wenigen Minuten würde der ganze Bereich von Hohrein fest in ihren Händen sein. Oft schon hatte allein ihr Auftauchen dazu geführt, dass Schwerverbrecher freiwillig das Handtuch warfen.

Auf dem Gelände der Bereitschaftspolizei, knapp zehn Kilometer entfernt, stieg der Hubschrauber in die Luft.

Ein uniformierter Beamter, der die Meldungen des Einsatzleiters entgegennahm, machte sich Notizen, drückte an seiner Apparatur nacheinander diverse Tasten, gab Befehle weiter und filterte aus der Vielzahl der Funksprüche das heraus, was zur Koordination aller Beteiligten notwendig war. Um die Menschen auf dem Berg und rund herum nicht in Panik zu versetzen, waren Martinshorn und Blaulicht zunächst untersagt. Der Pilot des Polizeihubschraubers wurde angewiesen, möglichst tief zu der landwirtschaftlichen Ansiedlung heranzufliegen, um von der Bergspitze aus nicht sofort wahrgenommen zu werden.

Während Linkohr zufrieden feststellte, wie zielgerichtet und trotzdem unauffällig der Polizeiapparat auf Touren kam, wollte Häberle von Sander telefonisch wissen, was der Hinweisgeber genau gesagt hatte. Der Chefermittler ging in einen Nebenraum, um nicht von der Hektik des Einsatzes gestört zu werden, und machte dem Journalisten sofort deutlich, dass keine Zeit für Nachfragen bleibe. Ungewöhnlich knapp erklärte Häberle: »Ich will ganz schnell und konkret von Ihnen wissen, ob Sie Anhaltspunkte dafür haben, wer Sie angerufen hat.«

Sander spürte, dass die Zeit drängte. »Ein Mann, Stimme verstellt, hat sich angehört, als wolle er wie ein Ausländer klingen.«

»Jemand, den Sie vielleicht kennen?«

Sander zögerte, was Häberle sofort spürte. »Los, los, los, Mensch«, drängte er verärgert. »Da geht's um Menschenleben, um viele, um Tausende vielleicht. Los, los, los.«

»Ich bin mir absolut unsicher. Aber vielleicht hilft Ihnen weiter, dass es im Hintergrund Geräusche gab. Von Tieren, vielleicht von Vögeln oder so.«

Häberle wusste Bescheid. Er beendete das Gespräch abrupt, stürmte in die provisorische Wache zurück, wo die Hektik inzwischen deutlich zugenommen hatte, und unterbrach den Uniformierten am Funktisch. »Dringend. Neu-Ulm verständigen.«

Linkohr sah seinen Chef verständnislos an. Neu-Ulm?

140

Ollerich war verunsichert. Von seiner Position auf dem Wanderparkplatz aus konnte er erkennen, dass zwei Polizeifahrzeuge wegfuhren, die bislang unweit der Breitleinwand an der Abzweigung nach Maitis gestanden waren. Ungewöhnlich schnell entfernten sie sich in Richtung des Orts Hohenstaufen.

Er griff zum Funkgerät. »Alpha an Charly.«

»Charly hört.«

»Lage?«

Katsche schien zu überlegen. »Okay.« Seine Stimme klang nicht überzeugend.

»Alles okay?«, fragte Ollerich deshalb nach.

»Ein PF kommt von der Landstraße runter«, kam es zögernd zurück. PF stand für Polizeifahrzeug. Sie hatten sich bei der Vorbereitung auf Abkürzungen geeinigt, weil damit gerechnet werden musste, dass es im Funkverkehr fremde Ohren gab.

Noch ehe Ollerich etwas erwidern konnte, wurde Katsches Stimme panisch: »Und jetzt taucht ein Hubschrauber auf. Tiefflug.«

Ollerich zuckte zusammen. »Hubschrauber?«, bellte er in das Gerät und vergaß dabei, die Sprechtaste zu drücken, weshalb ihm Katsches hysterisch gewordene Stimme ins Ohr brüllte: »Sie kommen! Mensch, wir hauen ab.«

Ollerich warf sein Funkgerät auf den Beifahrersitz und startete den Motor.

Weg. Nichts wie weg.

141

Bleibach hatte Mühe, sich auf den Ablauf seiner Rede zu konzentrieren. Irgendwie war Bewegung in die Menge geraten. Zuerst nur am Rande, wo sich der Mann aus seiner Gruppe einen Weg gebahnt hatte, und nun vernahm er von hinten, aus Richtung des Tales, Hubschraubergeräusche. Trotzdem wollte er sich nicht beirren lassen. Inzwischen war er beim Thema Kernkraft angelangt, das seit zwei Wochen die Weltöffentlichkeit beschäftigte. *»Mit Atomkraft, liebe Freunde, kann die Menschheit die biblische Apokalypse auslösen. Mit keiner anderen derzeit bekannten Technologie kann eine Kettenreaktion ausgelöst werden, die völlig außer Kontrolle gerät. Und soll mir doch keiner sagen, dies alles sei zu beherrschen. Wo Menschen für etwas verantwortlich sind, kann es Fehler geben. Das ist keine Schande, sondern es liegt in der Natur von uns Menschen.«* Bleibach war darauf bedacht, dieses Thema betont sachlich anzugehen, was ihm nicht immer gelang. Viel zu sehr gingen dabei die Emotionen mit ihm durch. *»Wer also erdreistet sich zu behaupten, dies alles sei locker in den Griff zu bekommen? Zwei Mal schon ist die Welt an einer Katastrophe entlanggeschrammt, sowohl in Tschernobyl als auch in*

Three Miles Island in den USA. Und der dritte GAU ist noch lange nicht ausgestanden. Die Folgen werden für Japan verheerend sein, auch wenn in einigen Monaten oder Jahren niemand mehr drüber spricht und die Weltöffentlichkeit so tun wird, als habe es Fukushima niemals gegeben. Dass dort weite Landstriche auf Jahrhunderte, vielleicht sogar Jahrtausende nicht mehr betreten werden dürfen und als Sperrgebiet auf den Weltkarten eingetragen sein werden, das interessiert ebenso wenig wie die Strahlungsopfer, die es noch bis Mitte unseres Jahrhunderts zu beklagen geben wird. Niemand wird aber dann mehr den Mut haben zu sagen, Fukushima sei dran schuld.« Bleibach legte eine Pause ein. Doch diesmal brandete kein Beifall auf, sondern es machte sich betretene Stille breit, sodass das Rattern des Hubschraubers nun deutlich zu hören war. Immer mehr Menschen in der Menge drehten sich in Richtung des Zugangswegs, der bei der Schutzhütte von dem Plateau abwärts führte. Bleibach wandte sich kurz fragend nach links zu seinen Helfern. Diese ermunterten ihn mit Handbewegungen, die Rede fortzusetzen.

»Auch unter uns, liebe Freunde, sind viele Menschen, die man zu Strahlungsopfern gemacht hat, obwohl sie es vielleicht nicht wissen. Alle, die jetzt 60, 70 Jahre alt sind, waren in den 50-er Jahren den Folgen der wahnwitzigen und machtgierigen Atomtests ausgesetzt, die unter- und überirdisch gemacht wurden – weit weg, wie man aus damaliger Weltanschauung noch dachte, im Pazifischen Ozean. Was in diesen Jahren an Radioaktivität um den Erdball gekreist ist, hätte heute einen Aufschrei des Entsetzens zur Folge. Ich bin davon überzeugt, liebe Freunde, dass die statistischen Zahlen der Krebserkrankungen nicht nur auf die bessere Diagnostik zurückzu-

führen sind, wie man es uns oftmals weiszumachen versucht, sondern auf die Langzeitschäden als Folgen dieser Atomversuche.« Jetzt gab es wieder Beifall.

Das bot einem der Helfer Gelegenheit, Bleibach anzustupsen. »Wir haben ein Problem«, flüsterte der Mann. So richtig vermochte es Bleibach aber nicht zu deuten. Er bemerkte jedoch, dass auch Konarek unruhig wurde. Und das war kein gutes Zeichen.

142

Häberle und Linkohr waren mit dem Dienstwagen die steile und kurvenreiche Straße von Hohenstaufen hinabgerast, um auf dem folgenden ebenen Stück rechts in die kleine Verbindungsstraße nach Hohrein einzubiegen. Vor ihnen drehte der Hubschrauber enge Steilkurven. »Dürfte ja nicht allzu schwer sein, dort einen Kombi ausfindig zu machen«, meinte Linkohr, musste sich dann aber sogleich eingestehen, dass er mit dieser Einschätzung falsch lag. Überall auf Feldwegen und Wiesen parkten Kastenwagen und Wohnmobile. Viele davon hatten Satellitenschüsseln auf den Dächern.

»In der letzten halben Stunde bevor's losging, war die Sperrung nicht mehr zu halten«, knurrte Häberle, der in irrsinnigem Tempo in die Senke hinabbrauste, in der sich die Ansiedlung befand. »Die sind durch alle möglichen Schlupflöcher hier reingefahren«, ärgerte sich der Chefermittler, während im Funkgerät eine Meldung die andere jagte. ›Bussard‹, wie der Hubschrauber im Funkverkehr genannt wurde, teilte soeben der Einsatzleitung mit, dass er am östlichen Rande von Hohrein, oben am Wald, einen verdächtigen Kombi entdeckt habe.

»Genaue Position?«, kam die Rückfrage.

»In Blickrichtung Göppingen, bei den letzten Häusern links hoch. Immer dem Weg folgen bis zum Waldrand«, erklärte der Mann aus dem Hubschrauber.

»Okay«, bestätigte der Einsatzleiter, der diese Angaben sogleich wiederholte und sie damit an alle weitergab.

Vermutlich, so dachte Linkohr, hatten sich einige Kräfte des Spezialeinsatzkommandos bereits unauffällig in dem kleinen landwirtschaftlichen Flecken verteilt, in dem jede Zufahrt und jedes freie Plätzchen zugeparkt war. Einen Häuserkampf würde es hoffentlich nicht geben, durchzuckte es den Jungkriminalisten.

Häberle bremste am ersten Haus scharf ab, weil er Mühe hatte, zwischen den beidseits stehenden Autos durchzukommen. Während er durchrangierte, sahen sie weiter vorne einen Streifenwagen links in Richtung Göppingen fahren. Linkohr versuchte krampfhaft, dem Geschehen eine Logik abzugewinnen. »Ich versteh nicht ganz, was der Kombi soll und welche Probleme er dem Bleibach machen soll.«

Häberle konzentrierte sich auf die Weiterfahrt. Er hatte keine Lust auf detailreiche Erklärungen. »Ist Ihnen nicht selbst in diesem Bauernhof in Neu-Ulm eine Schachtel mit Flugmodellen aufgefallen?«, sagte er knapp.

Linkohr fiel es schlagartig ein: Im November war's gewesen, als sie diesen Ollerich-Bruder besucht hatten. Und erst kürzlich hatten sie in der Wohnung von Miriam Treiber eine Drohne gefunden, diesen ferngesteuerten Video-Hubschrauber. Vermutete Häberle einen ferngesteuerten Angriff auf Bleibach?

143

Alle verfügbaren Kräfte der Polizeiinspektion Neu-Ulm waren mit Sirene und Blaulicht an den genannten Ort gerast. Mittlerweile hatte die Einsatzleitung auch Unterstützung aus dem Baden-Württembergischen angefordert – aus Ulm. Außerdem war ein Polizeihubschrauber mit dem Spezialeinsatzkommando aus München im Anflug. Die Streifenwagen näherten sich aus unterschiedlichen Richtungen dem einsamen Gehöft. Ziel war es, von allen Seiten anzugreifen, um dann unerwartet aus der Luft zuschlagen zu können.

Im Inneren des Hauses war es still. Auch die Gänse hatten inzwischen wieder Ruhe gefunden. Noch immer aber lag in der Luft der strenge und beißende Geruch nach explodiertem Schießpulver. Der Mann, der zuerst über die zerschlissene Couch und dann über den davorstehenden Tisch gefallen war, regte sich nicht mehr. Er lag bäuchlings auf dem Boden, seine Beine waren abgewinkelt und aus dem Rückenteil der zerfetzten Jacke quoll Blut. Langsam sickerte es dunkelrot durch die Kleidung und verfärbte auch den Teppich unter der leblosen Person. Ein Sonnenstrahl, der durch einen schmalen Vorhangschlitz eindrang, war wie ein Scheinwerfer, der ein Stück schwarzes Metall in Szene zu setzen schien: Eine Pistole, die nur einen halben Meter von dem Toten entfernt lag.

In der Ferne war bereits der Hubschrauber zu hören.

144

Enduro Ollerich hatte seinen Mercedes vorsichtig an einer Absperrung vorbeilaviert, mit der die Zufahrt auf den Aasrücken aus Richtung Schwäbisch Gmünd verhindert werden sollte. Doch er wollte in die Gegenrichtung, abwärts, weshalb ihm auch der den Verkehr regelnde Feuerwehrmann die Ausfahrt aus dem gesperrten Gebiet nicht verwehrte und ihm freundlich zuwinkte. Kaum außer Sichtweite, drückte Ollerich das Gaspedal durch und jagte die Steige hinab. Eine panische Reaktion, das wurde ihm in diesem Moment klar. Doch inzwischen bestand kein Zweifel mehr, dass Katsche und sein Team in eine Falle geraten waren. Ob sie überhaupt noch in der Lage sein würden, ihren Auftrag auszuführen, erschien fraglich. Ollerich, der für diesen Fall vorgesorgt und deshalb alle wichtigen Dokumente für eine Flucht bei sich hatte, inklusive eines gebuchten Flugtickets ab Stuttgart, wollte Hals über Kopf zur B29, die vierspurig in Richtung Stuttgart führte. Noch bevor die Fahndung richtig anlief und ein Verdacht auf ihn fiel, würde er im Flieger nach Istanbul sitzen. Dort konnte er sich neu orientieren. Er hatte bewusst ein Land außerhalb der EU gewählt, um es dem bürokratischen Polizeiapparat so schwer wie möglich zu machen, seine Spuren schnell zu verfolgen. Von Istanbul aus würde er über die Vereinigten Arabischen Emirate und Singapur innerhalb weniger Tage nach Australien kommen. Für eine neue Identität war längst gesorgt.

145

Bleibach hatte von seinen Helfern einen Zettel zugeschoben bekommen. »Weitermachen, alles im Griff, kein Problem«, las er, während die Menge gerade wieder applaudierte, obwohl sich immer mehr Menschen in Richtung Abgang aufmachten. Möglicherweise waren Hinweise auf den Polizeieinsatz am Fuße des Hohenstaufen per Handy oder SMS verbreitet worden. So etwas ging heutzutage innerhalb von Sekunden.

»Liebe Freunde«, fasste sich Bleibach, nachdem er die Meldung gelesen hatte, ohne deren Brisanz zu ahnen, *»lasst euch nicht beirren von Botschaften derer, die nur Hass gegen uns predigen und danach trachten, uns auszuschalten, weil wir nicht in ihr machtpolitisches Kalkül passen. Es wird uns nichts geschehen. Das kann ich euch zu dieser Sekunde versichern – auch wenn euch Schreckliches angedroht wird.«* Er hoffte, damit ein Signal gegen etwas gesetzt zu haben, dessen Ausmaße er gar nicht kannte. *»Was glaubt ihr, liebe Freunde – und ich will da keinen Wahlkampf machen –, wie manche in diesem Bundesland morgen Abend schreckensbleich dastünden, wäre plötzlich eine jahrzehntelange Vorherrschaft gebrochen? Sie würden mit allen Mitteln versuchen, denen, die dies geschafft hatten, das Leben schwer zu machen. Und irgendetwas, liebe Freunde, muss doch faul sein, wenn seit Wochen jene, die von diesen Verhältnissen bisher profitiert haben, das Wehklagen anstimmen und sogar drohen, in die USA auszuwandern, falls sich an bestehenden Strukturen etwas ändert. Dafür muss es doch Gründe geben.«* Wieder Beifall.

146

Als Häberles Dienstwagen über den beschriebenen Weg zum Wald hochholperte, schwebte der Hubschrauber bereits mit ohrenbetäubendem Lärm über dem Kastenwagen. Im angrenzenden Wald waren schwarz gekleidete und mit Schutzmasken ausgerüstete Scharfschützen des SEK in Position gegangen. Gleichzeitig näherten sich grasgrüne gepanzerte Fahrzeuge über die Wiesenflächen.

Häberle stoppte seinen Wagen knapp 150 Meter entfernt und schaltete den Motor ab. »Die Jungs sind spitze«, kommentierte er wieder einmal respektvoll, während er und Linkohr wie von einem Logenplatz aus die sich zuspitzende Situation verfolgten. »Es sind nicht nur Jungs«, sagte der junge Kriminalist. »In manchem Kampfanzug steckt eine Frau.«

Häberle ließ den hellen Kastenwagen nicht aus den Augen.

Als er sich in Richtung Wald in Bewegung setzte, beschleunigten die gepanzerten Fahrzeuge ihre Annäherung. Gleichzeitig, so erkannten die beiden Kriminalisten, tauchte aus dem Waldweg ein weiterer grüner Wagen auf. Der Kastenwagen war umzingelt. Die Frage war nur noch, ob sich die Insassen mit Waffengewalt verteidigen würden. Ihre Lage jedoch war auf jeden Fall aussichtslos.

Katsche, Pommes und Ucki sahen das naturgemäß anders.

147

Auch in Neu-Ulm hatte das Spezialeinsatzkommando die Schlinge enger gezogen. Dort dröhnte ein Hubschrauber über einem Objekt, das Ziel des polizeilichen Angriffs war. Durch den wattstarken Lautsprecher am Helikopter schnarrte eine Männerstimme, die das Motorengeräusch übertönte: »Kommen Sie mit erhobenen Händen heraus. Das Gelände ist umstellt.« Noch allerdings war unklar, ob sich überhaupt jemand im Gebäude befand – und wenn ja, um wie viele Personen es sich handelte. Am Zufahrtsweg war jedoch ein Geländewagen mit Ulmer Kennzeichen gestanden. Er schien den Verdacht der Göppinger Kollegen zu bestätigen. Das Fahrzeug war nämlich auf Lars Konarek zugelassen.

Als sich eine halbe Minute lang nichts rührte, erteilte der Einsatzleiter den Befehl, das Gebäude zu stürmen. Für die SEK-Mannschaft war diese Aufgabe eher Routine. Solche Situationen hatten sie schon viele Male trainiert, denn schließlich gehörten derlei Einsätze zu ihrem Standard-Programm. Die Maschinenpistolen im Anschlag, pirschten sie sich durch das Gelände und gingen an Heckenstreifen und Gebüsch in Deckung. Obwohl der Bewuchs noch kahl und nicht allzu dicht war, erwies er sich als ideal.

Während ein Teil der Mannschaft bereits die Hausfront erreicht hatte, sich an der Wand entlang, unter Fenstern duckend, zur Eingangstür vorarbeitete, näherten sich andere von hinten und seitlich. Dabei behielten sie die Fenster fest im Auge. Doch nirgendwo war eine Bewegung festzustellen.

Als plötzlich die Gänse zu schnattern anfingen, war Eile geboten. Für ein paar Sekunden verharrten die Einsatzkräfte und warteten auf den weiteren Befehl, der ihnen per Funk erteilt wurde. Denn jetzt war jener Moment erreicht, ab dem alles gleichzeitig geschehen musste. Sofort und ohne zu zögern. Bei ihren zielgerichteten Überraschungsangriffen, das hatte sich schon oft gezeigt, waren sie stets im Vorteil gewesen. Sie kannten den Ablauf, jede Aufgabe, jeden Handgriff und alles, was jetzt geschehen würde. Die Personen im Gebäude hingegen durchlebten einige panische Schrecksekunden, waren desorientiert und nicht in der Lage, die Ereignisse einzuschätzen. In diesen Augenblicken des Entsetzens konnte kein Mensch vernünftig reagieren, mochte er noch so hartgesotten und eiskalt sein.

Während noch einmal die Lautsprecherstimme alles übertönte, zerschmetterten am Gebäude mehrere Fensterscheiben. Im selben Augenblick rammten vier Männer mit brachialer Gewalt die ohnehin marode hölzerne Eingangstür. Blendgranaten flammten mit ohrenbetäubendem Lärm auf, als habe ein Blitz in mehrere Räume eingeschlagen.

Die vermummten Einsatzkräfte hechteten durch zerborstene Fenster und hielten ihre Maschinenpistolen im Anschlag, als seien sie Stadtguerillas in einem Straßenkampf.

Einige von ihnen tasteten sich vorsichtig über die schmale Holztreppe ins Dachgeschoss, andere prüften den Verbindungsgang zu dem Scheunenanbau.

Der Qualm lag noch wie Nebel in der Luft, als zwei Beamte die angelehnte Tür ins Wohnzimmer aufstießen und dort ihre Kollegen trafen, die durchs Fenster eingedrungen waren. Vor ihnen lag eine Person am Boden, um die herum sich der Teppich rot verfärbt hatte.

Beinahe hätten sie die zweite Person übersehen.

148

Am Waldrand bei Hohrein schien der Einsatz zu stocken. Obwohl der Kastenwagen auf dem Waldweg wieder anhielt, hatten auch die gepanzerten Fahrzeuge gestoppt. Auf der Funkfrequenz, die im Wagen von Häberle und Linkohr eingestellt war, begannen sich die Meldungen zu überschlagen. »An alle«, dröhnte plötzlich die Stimme des Einsatzleiters. »Zielpersonen drohen, eine ferngesteuerte Sprengladung auf dem Hohenstaufen zu zünden.«

Häberle und Linkohr sahen sich an. Der Chefermittler drückte eine Taste des Funkgeräts und mischte sich ein: »Lassen Sie den Berg räumen.«

Sogleich drang Baldachins Stimme aus dem Lautsprecher: »Hab ich doch gleich gesagt.«

Häberle wollte in dieser Situation nicht diskutieren, sondern verlangte von dem Einsatzleiter Aufklärung über die veränderte Lage.

»Einer aus dem Fahrzeug hat sich per Notruf gemeldet. Er sei in der Lage, auf dem Hohenstaufen durch Fernzündung eine Bombe zur Explosion zu bringen, falls ihnen die Weiterfahrt verwehrt werde.«

»Scheiße!«, entfuhr es Häberle, während sein junger Kollege auf dem Beifahrersitz zur Spitze des Hohenstaufen sah, wo Tausende Menschen in Gefahr waren, ohne es zu ahnen.

»Die Bombe sei in einem unterirdischen Gang deponiert, behauptet der Anrufer«, berichtete der Einsatzleiter weiter, sodass es alle Streifenwagenbesatzungen hören konnten. Linkohr musste sofort an die Bohrlöcher denken.

»Der Mann hat gesagt, er brauche nur einen Knopf zu drücken«, meldete die Stimme weiter.

»Wie ernst ist das zu nehmen?«, fragte Häberle.

»Es hat nicht so geklungen, als sei's nur Spaß.«

Häberle schloss für einen Moment die Augen. Er wollte sich lieber nicht ausmalen, welch gewaltige Katastrophe dies geben konnte.

149

Bleibach war wieder zur alten Form aufgelaufen. *»Wie oft schon, liebe Freunde, stand diese wunderschöne Welt, wie wir sie von hier oben besonders traumhaft erleben, vor dem Abgrund einer apokalyptischen Katastrophe. In den Augen der Machtgierigen sind wir nur Figuren in deren vermeintlichen Sandkastenspielen. Die Welt ist im Klammergriff skrupelloser Politiker und Geschäftemacher, die keine Sekunde daran denken, wie verletzlich dieser Planet ist, dieser winzige Steinbrocken im lebensfeindlichen Universum. Er ist das Paradies, liebe Freunde. Er hat diese Natur und damit auch uns hervorgebracht. Warum und durch wessen Willen auch immer. Mögen die Machtspiele der Verrückten in vergangenen Jahrhunderten dieses Paradies noch nicht in den Grundfesten erschüttert haben, so gibt es jetzt Technologien, ihn zu zerstören oder mit Giften alles irdische Leben auszulöschen. Und um es zynisch zu sagen: Ich hab nur die eine Hoffnung, dass es die Natur von sich aus richtet – und den Menschen beseitigt, bevor er dieses Paradies für alle Zeiten zerstört. Vielleicht wird sich der Planet eines fernen Tages wieder regenerieren und in den viereinhalb Milliarden Jahren, die er nach Meinung der Wissenschaftler noch existieren wird, neue Lebensformen* *hervorbringen, die möglicherweise intelligenter mit ihm umzugehen verstehen.«* Wieder Beifall. *»Und wer weiß, liebe Freunde, vielleicht hat sich dies alles schon viele Male wiederholt. Wenn wir jetzt die Weichen nicht neu stellen, ist wieder einmal eine solche Endzeit eingeläutet. Davon bin ich fest überzeugt.«* Irritiert verfolgte Bleibach, dass hinter das Gemäuer, das den Zugang zum Plateau markierte, ein größeres Polizeifahrzeug gefahren sein musste. Dort nämlich ragte jetzt ein Blaulicht über die Mauer.

Dann bemerkte er, wie sich ihm von links ein Mann näherte, der ihm während der Vorbereitungen als Kriminalist vorgestellt worden war.

Irgendetwas schien im Gange zu sein.

150

Die zweite Person, auf die die Einsatzkräfte in dem Neu-Ulmer Bauernhaus gestoßen waren, saß versunken in einem alten Sessel und schien überhaupt nicht zu realisieren, was sich in den vergangenen Minuten ereignet hatte.

Es war ein junger Mann, der die Beamten mit weit geöffneten Augen anstarrte. Willenlos und stumm hatte er sich sitzend nach Waffen abtasten lassen. Unterdessen war die Lage der Pistole auf dem Teppich gekennzeichnet worden, ehe sie in Sicherheit gebracht wurde.

»Wir brauchen einen Arzt für ihn«, entschied einer der Beamten und deutete auf den kreidebleichen Mann, dessen Finger sich im Polster des Sessels verkrampft hatten.

»Wie heißen Sie?«, wandte sich ein anderer aus der Gruppe der SEK-Mannschaft an ihn.

Keine Antwort.

»Er steht unter Schock«, mutmaßte ein weiterer »der Doktor ist bereits unterwegs.«

Währenddessen war an der Tür ein Kriminalist aus Neu-Ulm aufgetaucht. »Ich habe in Göppingen Bescheid gesagt. Aber die haben inzwischen ein viel größeres Problem.«

»So? Noch größer?«, staunte jemand.

»Denen will jemand die Spitze des Hohenstaufen wegsprengen.«

151

Kastenwagen und gepanzerte SEK-Fahrzeuge waren nur noch 20 bis 30 Meter voneinander entfernt – als stünden sie sich in einem Krieg gegenüber. Aber nichts anderes war es, dachte Linkohr, der zusammen mit Häberle den hektischen Funkverkehr verfolgte. Jetzt war der Staatsanwalt gefordert, der eigens für die nachmittägliche Großveranstaltung zur Göppinger Direktion gekommen war. Offenbar wurde auch fieberhaft versucht, Kontakt zum Innenministerium aufzunehmen, was sich an einem Samstagnachmittag, dazu noch vor einer entscheidenden Landtagswahl, schwierig gestaltete.

Und selbst Oberstaatsanwalt Dr. Wolfgang Ziegler hatte sich offenbar in ein längeres Frühlingswochenende verabschiedet.

Häberle überlegte, ob er sich noch einmal einschalten sollte. Auf dem Berg hatten sie Bleibach inzwischen höflich gebeten, seine Rede auf geordnete Weise zu beenden und die Menschen aufzufordern, sofort den Rückweg anzutreten. Dies schien tatsächlich ohne Panik funktioniert zu haben. Bleibach als begnadetem Redner war offenbar spontan eine Formulierung eingefallen, die keinerlei Chaos auslöste.

»Ich möchte Sie bitten, liebe Freunde«, hatte er gesagt, *»entgegen unseres geplanten Programms jetzt gleich den Hohenstaufen zu verlassen. Ich habe bereits angedeutet, dass wir nicht nur Freunde haben. Möglicherweise ist eine Gegen-Kundgebung geplant, die für den frühen Abend vorgesehen zu sein scheint. Weil wir alle keine Konfrontation wollen, möchte ich Sie früher als gedacht in den neuen Frühling entlassen. Und denken Sie immer daran: Es ist die Zeit der aufsteigenden Sonne. Gehen wir mit ihr in eine helle, neue Zukunft. Die Zeit ist reif.«* Die Menschen hatten applaudiert und waren, wenngleich diskutierend und rätselnd, leicht verunsichert dem abwärts führenden Weg zugeströmt. Ganz geordnet und ohne Panik. Doch bis alle das Plateau verlassen haben würden, vergingen vermutlich noch mindestens 15 Minuten, schätzte Bleibach. Er zitterte. Mehrere Journalisten, die sich fragend auf ihn stürzten, wies er ab. Lars Konarek, der inzwischen mehrere Tassen Tee getrunken hatte und sich wieder besser auf den Beinen fühlte, stand ihm beiseite.

152

Die Polizeiführer in Stuttgart und Göppingen, die Staatsanwaltschaft und das SEK mussten blitzartig mehrere Fragen klären: Wie ernst war die Drohung zu nehmen? Für wie gefährlich wurde die Situation auf dem Berg erachtet? Besonders schwierig war jedoch einzuschätzen, bis auf welche Distanz ein Sprengsatz ferngesteuert gezündet werden konnte. »Wenn das über öffentliche Mobilfunknetze erfolgt, geht das von der ganzen Welt aus«, sagte Linkohr. »Sogar von Australien.«

»Oder auch nur über die Fernsteuerung eines Modellflugzeugs«, warf Häberle ein. »Aber dann wäre die Reichweite zwischen Sender und Empfänger ziemlich begrenzt.«

»Also sie wegfahren lassen und irgendwo nach 20 Kilometern abfangen?«, hatte Linkohr Häberles Gedanken begriffen.

»Aber wer will das Risiko auf sich nehmen?«, schränkte der Chefermittler seine Überlegungen wieder ein.

»Hinhalten, bis der Hohenstaufen evakuiert ist«, empfahl Linkohr und sah erneut zur Bergspitze hinauf.

Häberle rang sich zu einem Eingreifen durch. Er wartete eine Pause im Funkverkehr ab und drückte dann die Taste des Mikrofons. »Schlage vor, sie durchfahren zu lassen«, sagte er knapp. »Vermutlich bedienen sie sich der Fernsteuerung von Modellflugzeugen. Reichweite sicher keine 20 Kilometer. Dort können wir sie dann schnappen.«

Sofort schaltete sich Baldachin ein. »Und wenn nicht?«

»Bis dahin ist der Berg evakuiert.«

Für einen Moment herrschte Stille.

Es vergingen quälende Minuten, während denen auch Häberle und Linkohr schwiegen.

Unterdessen verfolgten knapp tausend Meter Luftlinie von ihnen entfernt Baldachin, Kurz und der örtliche Einsatzleiter in ihrem Fahrzeug, was auf den Monitor von der Bergspitze übertragen wurde. »Geordneter Rückzug«, staunte Kurz. »Der Bleibach hat seine Fans im Griff. Da könnten sich die Fußballclubs mal eine Scheibe davon abschneiden.«

Aus mehreren Lautsprechern dröhnten jetzt gleichzeitig Meldungen und Befehle.

Drunten in Hohrein machte sich im Kripo-Dienstwagen Erleichterung breit. »Sie lassen sie fahren«, stellte Häberle erleichtert fest, als der Hubschrauber an Höhe gewann und abdrehte. Gleichzeitig konnte der Kastenwagen ungehindert an einem gepanzerten Wagen vorbeifahren und verschwand im Wald. Von dort aus gab es eine Verbindung zur Landesstraße hinüber.

»Der Hubschrauber wird sie aus respektvoller Entfernung und entsprechender Höhe observieren«, meinte Häberle. »Die Sichtverhältnisse sind heute wenigstens spitze.« Noch bevor Linkohr etwas einwenden konnte, merkte der Chef an: »Natürlich werden die gedroht haben, ihre Bombe zu zünden, falls man sie verfolgt. Aber sobald der Berg evakuiert ist und wir ihn abgesperrt haben, dürfen sie das meinetwegen tun. Aber ich bin mir ziemlich sicher, dass die Fernsteuerung dazu nicht mehr ausreicht.«

153

Bleibach hatte nur noch einen Wunsch: So schnell wie möglich weg. Mehr, als dass es irgendwelche Drohungen gegeben hatte, wusste er nicht. Und er kümmerte sich auch nicht darum. Er fühlte sich matt und unendlich müde. Er bedankte sich kurz bei seinen Helfern und nahm das Angebot Konareks an, ihn hinab zu seiner Wohnung zu begleiten.

Direkt neben dem Aussichtspunkt, an dem das Rednerpodest gestanden war, führte ein schmaler Trampelpfad den Hang hinunter. Auf dem Forstweg, den sie überqueren mussten, trafen sie viele Menschen, die sich überrascht zeigten, ihnen hier zu begegnen. Bleibach grüßte sie, lächelte gequält und sagte, dass ihn die Veranstaltung sehr angestrengt habe. Auf die Frage eines älteren Mannes, weshalb die Kundgebung so überraschend beendet worden sei, antwortete er ausweichend: »Wie ich sagte, es könnte Konfrontationen mit Gegnern geben – und es erschien uns allen für ratsam, dies nicht zu riskieren. Wir wollen doch friedlich bleiben, oder?«

Konarek fügte freundlich an: »Haben Sie bitte Verständnis für seine Situation.«

Bleibach hastete davon, doch sein trainierter Begleiter hatte trotz der zurückliegenden anstrengenden Tage keine Mühe, ihm zu folgen. An der Haustür angekommen, war Konarek für einen Augenblick verunsichert, ob er ihn allein lassen sollte. »Ich glaube, ich bin dir noch eine Erklärung schuldig«, sagte er, worauf ihn Bleibach erschöpft in die Wohnung bat.

Als die Haustür hinter ihnen zufiel und sie sich in die Sessel fallen ließen, erschien es Bleibach, als sei alles nur ein Traum gewesen. Er hatte all seine Energie zusammengenommen, um die Massen zu begeistern. Und dann dieses abrupte Ende! Gott sei Dank hatte es keine Panik gegeben.

»Möchtest du was trinken?«, fragte er, doch Konarek wehrte ab. »Ich muss mich erst wieder an normale Nahrungsaufnahme gewöhnen.«

Bleibach nickte verständnisvoll. »Du wolltest mir was sagen?« Es klang ungeduldig.

Konarek fiel es schwer, die richtige Formulierung zu

finden. »Wir beide wissen momentan nicht, was da oben gelaufen ist.« Er machte eine Kopfbewegung in Richtung Berg. »Aber es sieht so aus, als habe mich mein Gefühl nicht getrogen.« Er runzelte die Stirn. »Du bist ganz offensichtlich von Leuten umgeben, die es nicht unbedingt ehrlich mit dir meinen. Was natürlich in dieser Situation durchaus zu befürchten war.«

Bleibach spürte eine tiefe Enttäuschung, ohne dies aber sein Gegenüber merken zu lassen.

»Nachdem ich erfahren habe, dass es Enduros Bruder war, der sich bei mir zum Training angemeldet hat, bin ich hellhörig geworden.« Konarek lächelte verkrampft. Sein Magen schmerzte. »Du weißt ja, dass ich schon verschiedentlich bei Spezialeinheiten tätig war. Da entwickelt man ein gewisses Gespür für so etwas.« Er wusste noch immer nicht so recht, wie er es ausdrücken sollte. »Na ja, und wenn du dich so allein durch die Gegend schlägst, geht dir mancherlei durch den Kopf und dir fallen Dinge auf, die dir im Alltagsstress nicht in den Sinn kommen. Und nach allem, was in den vergangenen Wochen geschehen ist, war mir schließlich klar, dass sowohl dieser Seifried als auch Enduros Bruder Andy ein falsches Spiel spielten. Ich wusste nur nicht, welches.«

Bleibach sank in sich zusammen. »Du hast keine Ahnung, wie enttäuscht ich bin. Man sagt immer so leicht, eine Welt bräche für einen zusammen. Aber genauso ist mir zumute, Lars. Der größte Tag meines Lebens sollte es heute werden – und nun sitze ich vor einem Scherbenhaufen.« Er atmete tief. »Sie haben ihr Ziel erreicht. Ich werde nie mehr die Kraft haben, dies alles durchzustehen.« Eine nie bei ihm gekannte Resignation machte sich breit.

Konarek bemerkte den psychischen Zustand des Mannes, der seit einem Jahr mit unglaublicher Energie gekämpft hatte. »Ich kann mir vorstellen, wie es jetzt in dir aussieht, Steffen. Aber denk bitte dran: Egal, was da heute geplant war, dir ist es auch in dieser Situation gelungen, die Menschen für dich zu gewinnen. Du hast sie noch, diese Kraft.«

Bleibach schloss die Augen und versuchte, sich auf Konareks Erklärungen zu konzentrieren. »Und was war dann mit Andy?«

»Ich bin zu ihm hin. Als alle Welt geglaubt hat, ich sei verschollen, hab ich mein Experiment unterbrochen und bin heimlich nach Neu-Ulm. Mit dem Taxi.« Konarek unterdrückte seinen Stolz, den er jetzt für unangebracht hielt. »Ich hab das Taxi sogar unterwegs gewechselt, falls mir so ein Paparazzi gefolgt wäre. Dann hab ich Andy zur Rede gestellt. Stundenlang haben wir gestritten und diskutiert, doch es war nichts aus ihm rauszukriegen. Und ich sag dir, wir sind heftig aneinandergeraten.« Mehr wollte Konarek nicht darüber berichten.

»Und was hat dich zu dieser spontanen Aktion veranlasst?«

»Boris. Ja, insbesondere war's wohl er. Er war einige Male bei mir gewesen und hat Andeutungen gemacht, aus denen ich aber nicht ganz schlau geworden bin. Er habe irgendwas Schriftliches gefunden, aus dem er schließe, dass sein Vater und Andy etwas gegen dich vorhätten – und zwar auf dem Hohenstaufen. Es hat aber nie nach einem ernsthaften Anschlag geklungen. Sonst hätt ich dich darüber informiert. Dich und auch die Polizei. Es waren nur so diffuse Andeutungen, wie das Jugendliche in Boris' Alter manchmal so tun, um sich wichtigzumachen.«

Bleibach hatte das Gefühl, sein Gehirn könne all diese schrecklichen Enthüllungen gar nicht speichern.

»Boris«, fuhr Konarek fort, »hat beispielsweise auch

mal die Bemerkung gemacht, er werde sie alle eliminieren.«

»Eliminieren. Hat er eliminieren gesagt?«, wurde Bleibach wieder hellwach.

»Ja, er werde sie alle eliminieren. Gemeint hat er wohl seinen Vater und Andy. Aber wohl eben eher so, wie man das im Zustand von Frust und Enttäuschung so sagt. Konkret nachgefragt hab ich deshalb nicht.«

Bleibach nickte und wischte sich mit dem Handrücken Schweiß von der Stirn. Ja, dachte er und ließ die Worte auf sich wirken: »Wie man das im Zustand von Frust und Enttäuschung halt so tut.« Dann fiel ihm eine Frage ein, die sich ihm aufdrängte: »Und wieso warst du so lange verschwunden, dass Boris dich als vermisst gemeldet hat?«

Konarek runzelte wieder die Stirn. Auch er hatte nach den anstrengenden Tagen jetzt Mühe, sich den genauen Ablauf der Ereignisse in Erinnerung zu rufen. »Das war echt blöde. Ich hab ihm einen Zettel geschrieben, aber ihn statt in die Kassette zu den leeren Akkus versehentlich mit den frischen in meine Tasche gesteckt. Hier.« Er fingerte in eine seiner vielen Jackentaschen, brachte ein zerknittertes Stück Papier zum Vorschein und strich es auf dem Tisch glatt. Mit Bleistift stand dort geschrieben: ›Muss was Wichtiges erledigen. Unterbreche für maximal zwei Tage. Melde mich anschließend wieder an den vorgesehenen Punkten.‹

Bleibach nickte und verzichtete auf eine Nachfrage. Er hatte einfach nicht mehr die Kraft dazu.

Nach einer Minute des betretenen Schweigens hielt Konarek es für geboten, ihn allein zu lassen. »Ich schlag dir vor, du legst dich jetzt hin und versuchst zu schlafen.«

»Danke«, erwiderte Bleibach. »Ich bin dir unendlich dankbar. Ich ruf dich an, sobald ich klarer sehe.«

Konarek stand auf, sah ihm aufmunternd in die Augen, drückte ihm ganz fest die Hand, ehe er das Haus verließ.

Bleibach blieb sitzen und versuchte, die Worte nachhallen zu lassen. Er musste jetzt allein sein. Einfach nur nachdenken – über sich und seine Zukunft. Nach einer halben Stunde, während derer er halb sitzend, halb liegend in einen Halbschlaf der Erschöpfung gefallen war, schien wieder ein bisschen Energie in seinen Körper zurückzukehren.

Er hätte nicht sagen können, ob er träumte oder ob es lediglich unkontrollierte Gedanken waren, die ihm drohend einhämmerten, er und seine treuen Aktivisten würden es ohnehin nicht schaffen, gegen die Übermacht derer anzukämpfen, die in dieser Gesellschaft am längeren Hebel saßen. Auch wenn er die Mehrheit für sich zustande bringen würde. Die Mächtigen hatten ihre Fühler überallhin ausgestreckt und konnten sich gegenseitig Deckung geben.

Dass ausgerechnet jetzt jemand anrief, jetzt, da er nach seinem Höhenflug auf dem harten Boden aufgeschlagen war, als sei er mit einem Flugzeug abgestürzt, erschien ihm völlig unpassend. Sicher wieder ein Journalist, dachte er, dann aber griff er langsam nach dem schnurlosen Gerät und sah auf das Display. Bleibach musste einen Moment überlegen, um die vielstellige Nummer, die angezeigt wurde, zuordnen zu können. Dann jedoch wurde ihm an der Landesvorwahl bewusst, woher der Anruf kam. Aus Australien.

154

Häberle und Linkohr hatten einige Zeit gebraucht, um in die provisorische Polizeiwache in der Turnhalle zu gelangen. Ein nicht enden wollender Menschenstrom war ihnen entgegengekommen. Auch Baldachin und Kurz hatten sich inzwischen durchgekämpft.

In der Turnhalle, in der sich die Bereitschaftspolizei und das SEK mit ihren technischen Geräten breitgemacht hatten, herrschte ein unübersichtliches Durcheinander. Uniformierte und Zivilisten diskutierten, telefonierten, funkten und saßen vor Monitoren. Nur in einem Nebenraum gab es die nötige Ruhe, um die entstandene Lage zu besprechen. Ein Beamter der Bereitschaftspolizei erstattete die aktuellste Meldung: »Bussard meldet, dass sie zum Kalten Feld rauffahren.«

Baldachin sah ratlos zu Kurz. »Kaltes Feld?«

Der Kripo-Chef klärte auf: »Hochebene. Drüben bei Nenningen und Degenfeld. Ich weiß nicht, ob Ihnen das was sagt.«

Baldachin bemerkte die Spitze nicht. Noch bevor er etwas erwidern konnte, zeigte sich Häberle besorgt: »Das ist Luftlinie nicht weit weg.«

»Sie meinen wegen der Fernzündung?«, erkannte Kurz sofort, was seinen Kollegen beschäftigte. »Aber ich gehe davon aus, dass niemand mehr auf dem Berg ist.«

Baldachin sah aus dem Fenster und beobachtete nachdenklich die abziehenden Menschentrauben. »Wie kann es überhaupt sein, dass da oben jemand unbemerkt eine Sprengladung anbringen konnte?«

Unnötige Frage, dachte Häberle. »Das Ding soll in einem Hohlraum oder sowas Ähnlichem versteckt sein.«

»Dass es so was gibt, davon hab ich bei den Vorbereitungen keinen Ton gehört«, meckerte Baldachin.

Linkohr, der nicht gleich mit in den Besprechungsraum gekommen war, tauchte jetzt an der Tür auf. »Neues aus Neu-Ulm«, wagte er, die Chefs zu unterbrechen. »Andreas Ollerich ist tot.«

»Was?«, fuhr Häberle herum. »Ollerich?«

»Andreas, ja«, bestätigte Linkohr. »Und wissen Sie, wer ihn vermutlich erschossen hat?«

»Was soll die Fragerei?«, blaffte ihn Baldachin an. »Erstatten Sie Meldung.«

Linkohr zuckte zusammen. Solche Töne war er nicht gewohnt. Aber angesichts des Videos, über das sie seither keine Silbe mehr gesprochen hatten, zog er es vor, der Aufforderung nachzukommen. »Boris Seifried.« Linkohr sah in betretene Gesichter. »Boris Seifried saß bei dem Toten, als die Kollegen in das Bauernhaus eingedrungen sind. Die Waffe lag daneben. Eine Beretta …«

»Eine Beretta«, konstatierte Häberle. »Mit so einem Ding wurde auch sein Vater erschossen.«

Linkohr zuckte mit den Schultern. »Es wäre ja wohl ein viel zu großer Zufall, wenn's eine andere Waffe desselben Typs wäre.«

»Hat er den Kollegen etwas gesagt?«, fuhr Häberle ungeduldig dazwischen.

Linkohr kam näher und lehnte sich an einen Schreibtisch. »Nicht viel. Er sei ziemlich apathisch, sagen sie in Neu-Ulm. Er hat nur sinngemäß zum Ausdruck gebracht, dass er Bleibach retten wollte. Er will über alles informiert gewesen sein. Durch den Laptop seines Vaters, den er ihm gestohlen und später in die Donau geworfen hat.«

Kripo-Chef Kurz schüttelte fassungslos den Kopf. »Wenn es so ist, wie August schon seit einigen Tagen vermutet, dann waren Andreas Ollerich und der Vater von Boris Kuriere im Auftrag von dieser Miriam Treiber.« Kurz versuchte, sich und speziell Baldachin die Zusammenhänge klarzumachen. »Vermutlich war's wirklich so, dass sie die Fronten gewechselt und sich dann in den Dienst der militanten Bleibach-Gegner gestellt haben.«

Häberle nickte. »Sohn Boris, der aufgrund seiner Kindheit eine gespaltene Persönlichkeit ist, hat sich nicht nur den Laptop seines Vaters geklaut, sondern vermutlich auch eine seiner Waffen. Allerdings keine, die er als Sportschütze offiziell im Waffenschrank aufbewahren musste. Sonst wäre das unseren Kollegen aufgefallen.« Häberle dachte kurz nach. »Und diese Waffe hat der Junge gebraucht, um allem ein Ende zu setzen. Vermutlich ist seine Gefühlswelt vollends explodiert, als er aus den Laptopdaten rausgekriegt hat, welch falsches Spiel sein Vater seit Jahren spielte – gemeinsam mit Andreas Ollerich.«

»Und was sollte die Geschichte neulich am Rasthaus Gruibingen?«, fragte Baldachin.

»Das war der letzte Akt der Agentengeschichte dieser Miriam Treiber«, erklärte Häberle. »Man wollte auf ganz perfide Weise Andreas Ollerich ausschalten und ihm ein Verbrechen anhängen. Man hat ihn unter einem Vorwand zum Rasthaus gelockt – wohl wissend natürlich, dass sein Lastzug von der Überwachungsanlage gefilmt würde. In diesen Kreisen, die solche Nummern einfädeln, wird nichts dem Zufall überlassen. Das wenige Blut in Frau Treibers Auto stammt natürlich von ihr – wahrscheinlich von einer Wunde, die sie sich selbst beigebracht hat. Nicht auszudenken, was geschehen wäre, hätte Teil zwei der vorgetäuschten Entführung auch geklappt – wenn nämlich Andreas Ollerich angehalten hätte und man ihm Blut von Frau Treiber auf den Beifahrersitz oder sonst wo hingeschmiert hätte. Der gute Mann wäre seines Lebens nicht mehr froh geworden. Er hätte erzählen können, was er wollte – ihm hätte man ein Verbrechen angehängt.« Häberle überlegte. »Auch wenn die Leiche von Frau Treiber natürlich nie gefunden worden wäre. Die hat ihre Mission erledigt und sollte – warum auch immer – endgültig von der Bildfläche verschwinden.Und unabhängig davon, für wen sie letztlich gearbeitet hat – sie war vermutlich ziemlich raffiniert. Und wer weiß, wen sie mit ihren Spionage-Flugobjekten alles observiert hat. Sicher nicht nur den Enduro Ollerich«, Häberle grinste. »Wahrscheinlich ist manch anderem so ein Video-Ufo an der Nase vorbeigeflogen.« Er musste für einen Moment auch an Linkohr denken.

Baldachin zog ein säuerliches Gesicht. »Wenn diese Geschichte an die Öffentlichkeit kommt, rollen Köpfe.« Möglich, dass er auch an seinen eigenen dachte.

Kurz grinste verlegen und wandte sich an den Chefermittler. »August, du glaubst wahrscheinlich auch nicht, dass dies jemals an die Öffentlichkeit kommt, oder? Keiner lässt den anderen fallen. Das wissen wir doch.«

Baldachin wollte etwas einwenden, aber Häberle kam ihm zuvor: »So ist es – es sei denn, mit der morgigen Landtagswahl werden alte Seilschaften zerschlagen. Dann könnte es sein, dass mancher, der jetzt noch glaubt, sicher im Sattel zu sitzen, mächtig das Muffensausen kriegt.«

Noch bevor sie das Thema vertiefen konnten, klopfte ein Uniformierter zaghaft an die nur angelehnte Tür. Nachdem Baldachin etwas gebrummt hatte, meldete der jüngere Mann mit unsicherer Stimme: »Am Flughafen in Stuttgart wurde ein Mann namens Enduro Ollerich aufgegriffen.«

Häberle sprang auf. »Enduro Ollerich?«

»Ja«, sagte der Beamte vom Dienstgrad eines Polizeimeisters, »wir haben eine Fahndung nach seinem Fahrzeug rausgegeben. Einem Feuerwehrmann auf dem Aasrücken ist aufgefallen, dass dieses Auto nach Beginn des Einsatzes plötzlich davongefahren ist.« Der Mann verhaspelte sich, weil er möglichst schnell möglichst viele Informationen loswerden wollte. »Als die Aktion anlief, ist ein C-Klasse-Coupe Richtung Remstal weggerast. Der Feuerwehrmann hat sich das Kennzeichen gemerkt – und als sich herausgestellt hat, dass es dieser Enduro …«

»Schon gut«, unterbrach ihn Häberle freundlich. »Und dieser Enduro ist aufgegriffen?«

»Ja, er wird hierhergebracht. Von den Kollegen vom Flughafen.«

»Danke«, sagte Häberle, worauf der Mann erleichtert wieder abzog.

Baldachin schluckte. »Das bedeutet – wenn das alles so stimmt, wie Sie sich das zusammenreimen –, dass Enduro Ollerich in Bleibachs Organisation der übelste Maulwurf überhaupt war? Aber wer hat ihn dann zusammengeschlagen?«

»Hat man das?«, fragte Häberle mit geheuchelter Verwunderung.

Baldachin verstand diese Bemerkung nicht. »Haben Sie Zweifel daran?«

Häberle zuckte mit den Schultern. »Großes Interesse an einer Aufklärung hatte er jedenfalls nicht. Sie entsinnen sich: Kein ärztliches Attest, keine Öffentlichkeitsfahndung.«

Baldachin vermochte den Gedankengängen des Ermittlers nicht zu folgen. »Sie meinen, er hat den Überfall auf sich vorgetäuscht. Aber warum denn?«

»Um selbst Opfer zu sein und um sich damit aus der Schusslinie zu bringen.«

Baldachin wollte nichts mehr dazu sagen, musste aber insgeheim über Häberles phänomenale Kombinationsgabe staunen.

155

Bleibach zitterte. Erschöpfung, Anspannung und nackte Angst hatten sich seines Körpers bemächtigt. Ihm war, als falle er ins Bodenlose. Die Nummer, die auf dem Display seines Telefons angezeigt wurde, rief ihm diesen einen schrecklichen Tag in Australien ins Gedächtnis. Dieses eine Gespräch lag wie ein schwarzer Schatten auf den Erinnerungen an die traumhafte Landschaft. Doch obwohl es hieß, das Gute werde rückblickend stets dominieren, konnte er davon nichts spüren.

Es war Max Grüninger, der sich am anderen Ende der Leitung meldete. »Wir haben lange nichts mehr voneinander gehört«, begann der Anrufer unbeschwert.

»Stimmt«, gab Bleibach wortkarg zurück. »Aber du kannst dir denken, dass ich sehr mit mir selbst beschäftigt war.«

»Ich hoffe, es geht dir gut, mein lieber Freund«, kam es zurück, während Bleibach sich flach auf die Couch legte und zur weiß getünchten Decke starrte. »Ich freue mich, deine Stimme zu hören. Wir haben nämlich gerade erfahren, dass es Probleme gegeben hat.«

Bleibach war mit einem Schlag wieder voll konzentriert. Er sprang auf. »Wir?«, echote er ungläubig. »Wir? Und ihr habt *was* erfahren?«

»Ich muss vielleicht etwas erklären«, wurde Grüninger

zurückhaltend. »Entschuldige, wenn ich dir bei deinem Besuch nicht alles sagen konnte.« Er stockte. »Du weißt, Petro – also Sallinger – unterliegt einer gewissen Geheimhaltungspflicht. Aber du darfst mir glauben, Steffen, es war nur deinetwegen …«

Bleibach blickte aus dem Fenster und beobachtete, wie sich noch immer Menschen zu den Parkplätzen im Tal hinbewegten. »Ihr habt mir einen Bombenanschlag verschwiegen«, unterbrach er den Anrufer aus Australien verärgert. »Ja, einen Bombenanschlag. Meine Veranstaltung musste abgebrochen werden. Und ihr habt das gewusst. Du und dieser Sallinger – und was weiß ich, wer noch alles.«

»Das haben wir nicht gewusst«, erwiderte Grüninger. »Wir wissen erst seit einigen Minuten, dass so etwas geplant war.«

»Ach. Darf ich fragen, wer da so gut informiert ist – in deinem gottverlassenen Kaff da unten?«

Grüninger schien sich kurz mit jemandem im Hintergrund zu besprechen. »Es ist jemand, den du sehr geschätzt hast.« Wieder gab es eine Pause, obwohl das Gespräch nicht über Satellit, sondern über Kabel lief und deshalb keine technische Zeitverzögerung entstand. »Und du solltest denjenigen weiter schätzen«, fuhr Grüninger fort. »Denn derjenige hat weder dich noch deine Widersacher aus den Augen gelassen und sogar für deinen engsten Mitarbeiter ein Bewegungsprofil erstellt.«

»Miriam«, entfuhr es Bleibach und lauter, »sprichst du von Miriam? Von Miriam Treiber?«

Grüninger ließ wieder ein paar Sekunden verstreichen. »Sie ist eine liebe Bekannte von mir – wenn ich das mal so ausdrücken darf. Wir haben uns vor geraumer Zeit kennengelernt, als ich in Deutschland war – in Schwabing übrigens, bei einer dieser Partys. Sie hat einen interessanten Job. Nicht nur als Rechtsanwältin.«

Bleibach fühlte sich, als würde ihm das letzte Stück fester Boden unter den Füßen weggezogen. Er, der davon überzeugt war, mit beiden Beinen auf der Erde zu stehen, schien ins Unendliche zu stürzen. Er fühlte sich außerstande, etwas zu sagen.

Grüninger fuhr fort: »Vergiss sie einfach. Sie hat ihren Job gut gemacht. Nicht nur, um dich vor noch Schlimmerem zu bewahren, sondern auch in anderer Hinsicht – für die globale Sicherheit. Du wirst bald davon in den Nachrichten hören, Steffen. Denk an den 11. September – da tut sich was. Osama Bin Laden und so. Sie werden ihn finden. Aber mehr darf ich dir nicht sagen.«

In Bleibachs Kopf rotierten die Gedanken. Er versuchte, das Gehörte in seine eigene Vergangenheit einzuordnen. Doch Grüninger war noch nicht am Ende: »Und was Joanna Malinowska anbelangt, mein lieber Freund«, er tat sich offenbar schwer, es auszusprechen, »sie war mal für kurze Zeit meine Frau.«

Bleibach stockte der Atem. Sein Herz pochte bis zum Hals.

»Dann bin ich weg, nach Australien. Scheidung und alle Brücken abgebrochen«, fuhr Grüninger fort. Weil Bleibach nichts sagte, sprach er weiter: »Sie war ein scharfes Luder – und ist es wahrscheinlich noch immer. Hat das mit der Ehe nie so richtig ernst genommen. Man hat schon damals gemunkelt, dass man sich vor ihr in Acht nehmen müsse. Und wenn sie dir jetzt eine Vergewaltigung anhängen will, Steffen, dann kann sie sicher aus reichhaltiger sexueller Erfahrung schöpfen, – aber gewiss aus gewollter und nicht erzwungener. Das darfst du mir glauben.

Und ich weiß, wovon ich rede. Wollte ich dir nur sagen, lieber Freund.«

Bleibach schwieg noch immer. Er war gar nicht in der Lage, dies alles zu verarbeiten.

»Jetzt kann ich's dir sagen, lieber Freund«, hörte er die ruhige Stimme aus dem fernen Australien, »Miriam hat mich bei meinen Besuchen in Deutschland auch mal mit Enduro zusammengebracht. Manche sagen auch ›Eddi‹ zu ihm. So richtig übern Weg hab ich ihm aber gleich von Anfang an nicht getraut. Ein paar Mal hab ich noch versucht, ihn per E-Mail zu kontaktieren. Auch weil ich mir Sorgen um dich gemacht hab.«

Bleibach hatte sich wieder gesetzt, während Grüninger weiterredete: »Sallinger, also Petro, hat mich dazu ermuntert. Aber nun, nachdem all die Machenschaften gescheitert sind, die dir Eddi eingebrockt hat, wird für dich der Weg frei sein in eine bessere Zukunft. Steffen, mein lieber Freund, mach weiter. Die Öffentlichkeit bei euch wird nun mehr denn je hinter dir stehen. Lass dich nicht beirren.«

Grüninger schien auf eine Bemerkung zu warten, doch Bleibach hatte sich apathisch auf die Couch gelegt und schwieg. Er schloss die Augen und ließ die Worte auf sich wirken.

»Petro kümmert sich um Miriam und mich«, sagte Grüninger. »Wir haben uns entschlossen, hier ganz neu anzufangen. Und wir werden alle Kontakte nach Deutschland und Europa abbrechen. Miriam hat ihren Auftrag erledigt. Und Petro wird uns eine neue Identität besorgen. Mit Hilfe allerhöchster Stellen.« Grüninger hielt kurz inne und seine Stimme wurde sentimental. »Auch wir, lieber Freund, werden unseren Kontakt im Interesse der gegenseitigen Sicherheit abbrechen müssen. Tut mir leid, aber die politischen Verhältnisse verlangen es.« Er wartete eine Reaktion Bleibachs ab.

»Du wirst verstehen, dass es mir schwerfällt, dies alles zu verstehen.« Bleibachs Stimme war schwach.

»Verstehe ich«, unterbrach ihn Grüninger verunsichert. »Denk einfach darüber nach. In Ruhe. Du wirst deinen Weg gehen. Aber wir haben eine Bitte, Miriam und ich, und zwar, dass du niemals jemandem, keinem Menschen, etwas von unserem heutigen Gespräch erzählst. Geh deinen Weg weiter, als ob du von all dem, was ich dir jetzt gesagt habe, nie etwas gehört hättest. Du wirst neue Vertraute finden – aber such sie dir sorgfältig aus. Nimm niemanden, den du aus der Tübinger Zeit kennst.« Wieder trat eine kurze Pause ein, bis Grüninger die Stille durchbrach: »Wir haben lange gerungen, ob wir dich anrufen sollen. Aber nachdem wir erfahren haben, was du heute erlebt hast, waren wir der Meinung, wir seien es dir schuldig. Hast du verstanden, Steffen: Dies alles unterliegt strengster Geheimhaltung. Auch Sallinger weiß nicht, dass wir gesprochen haben.«

»Ich verstehe«, log Bleibach leise.

»Ich soll dich von Miriam grüßen und sie bittet dich um Verzeihung, falls sie dich enttäuscht hat. Sie legt aber Wert darauf, dass sie dir in nichts, was sie getan und weitergemeldet hat, Schaden zugefügt hat. Im Gegenteil. Ihr Anliegen war es, allen zu beweisen, dass du kein Radikaler bist.« Er wartete einen Moment. »Und um die Ermittlungen der Polizei auf die wahren schwarzen Schafe zu lenken, hat sie ein paar Computerdaten zurückgelassen. Das hat man dir sicher schon berichtet.«

Weil Bleibach nichts erwiderte, wozu er jetzt auch viel zu schwach gewesen wäre, fügte Grüninger an: »Wir werden weiterhin deinen Aufstieg im Fernsehen verfolgen. Unsere Kommunikationsanschlüsse gibt es aber ab sofort nicht mehr. Mach's gut, mein lieber Freund. Und pass auf dich auf. Joanna Malinowska hat Deutschland noch nicht verlassen. Und noch ein guter Rat von Miriam: Trenn dich auch von Iris Eschenbruch.« Kurze Pause, dann: »Glaube mir, das ist besser für dich.«

Dann war die Leitung tot.

Für Bleibach war die Welt vollends zusammengebrochen.

156

Sie hatten alle nur ein paar Stunden geschlafen. Häberle war an diesem Sonntagvormittag zusammen mit seiner Frau Susanne zum Wahllokal gefahren, wo es sich nicht vermeiden ließ, dass er auf die Ereignisse um die gestrige Kundgebung angesprochen wurde. Denn mehr als wilde Spekulationen um das abrupte Ende der Veranstaltung hatten Rundfunksender und Sonntagszeitungen nicht vermelden können.

Häberle wehrte alle Fragen mit dem Hinweis, man stehe noch ganz am Anfang der Ermittlungen, freundlich ab. Dann brachte er Susanne nach Hause, drückte ihr einen Kuss auf die Wange und fuhr zur Polizeidirektion.

Linkohr, der gerade einigen Kollegen erklärt hatte, dass er seinen persönlichen Beitrag zum Regierungswechsel im Lande bereits geleistet habe, wandte sich sofort Häberle zu, der sich von den Diskussionen über den möglichen Ausgang der Wahl nicht anstecken lassen wollte. Vermutlich würde ohnehin auch eine neue Regierung nach einigen Jahren in den Trott der alten verfallen.

»Wir haben einige interessante Neuigkeiten«, prahlte Linkohr und strahlte übers ganze Gesicht. »Die erste: Gegen Ollerich liegt ein Haftbefehl vor.«

»Oh«, reagierte der Chefermittler mit Erstaunen und zog einen Stuhl an den Besprechungstisch heran. »Da war aber einer unserer Herren Richter mutig. Was wirft er ihm denn vor?«

»Beihilfe zur Herbeiführung einer Sprengstoffexplosion. Die Spezialisten des LKA sind noch um Mitternacht fündig geworden.«

Häberle wollte Genaueres erfahren, während die anderen Kollegen, die bereits darüber informiert waren, den Raum verließen.

Linkohr fuhr fort: »Es gibt tatsächlich auf dem Hohenstaufen einen kleinen Hohlraum. Eine Art Keller oder Stollen. Vielleicht ein Überbleibsel der Burg. Oder jemand hat da mal versucht, etwas Historisches auszugraben. Ein alter Bewohner des Ortes hat den Kollegen einen Tipp gegeben. Unterhalb des Rednerpodests – stark verwachsen und verwildert, etwa eineinhalb Meter unter der Erdoberfläche, gibt's einen ziemlich verfallenen Gang, wohl eher ein Schlupfloch oder so was. Den Kollegen ist allerdings gleich aufgefallen, dass dort erst vor Kurzem jemand gewesen sein muss. Es gab frische Fußspuren. Hätten aber auch von spielenden Kindern stammen können.«

»Und dann?«

»Handgranate, die mit Fernsteuerung gezündet wird. Ein Servomotor zieht den Splint raus. Marke Eigenbau.«

»Ach.«

»Die Wirkung hätte ausgereicht, einen zehnmal zehn Meter großen Krater aus der Bergspitze zu reißen, meinen die Sprengstoffexperten. Etwa dort, wo Bleibach gestanden ist.«

Häberle mochte gar nicht darüber nachdenken, was dann geschehen wäre. Stattdessen galt sein Interesse den Geflüchteten: »Und wie sieht's auf dem Kalten Feld aus?«

»SEK observiert. Die drei Männer haben sich in ein kleines Haus verzogen. Hat's dort oben jede Menge. Alte Wochenendhäuser oder so was. Möglicherweise fühlen sie sich in Sicherheit.«

Häberle schüttelte den Kopf. »Ich glaube nicht, dass sie das im Ernst annehmen können.«

»Was schlagen Sie vor?«

Häberle entschied: »Wir lassen die Burschen vorläufig schmoren. Ich werde Baldachin davon überzeugen, dass wir sie erst in der Abenddämmerung rausholen – falls sie bis dahin nicht abhauen wollen.« Nach kurzer Pause hakte er nach: »Weiß man denn was über ihre Identität?«

»Genau das ist es, was die Sache so spannend macht«, antwortete Linkohr begeistert. »Die Kollegen der Neu-Ulmer Spurensicherung haben in dem Bauernhaus bislang nicht viel Verwertbares gefunden. Alles deutet darauf hin, dass dort mehrere Personen gehaust haben müssen – aber vermutlich sind sie – von Andreas Ollerich abgesehen, der das Haus gemietet hat – Hals über Kopf verschwunden. Es fand sich nur ein Zettel in der Nähe des Telefons, vermutlich von Ollerich geschrieben.« Linkohr zog einen Schreibblock heraus, um seine Notizen zu Hilfe zu nehmen. »Auf diesem Zettel stand: ›Katsche anrufen‹.«

»Katsche? Sagt uns das was?«

Linkohr zögerte. »Ich habe Brunzel angerufen. Der ist heute übrigens erstaunlich kooperativ. Ihm ist der Spitzname ›Katsche‹ ein Begriff. Soll mal vor Jahren, als diese Anthrax-Hysterie um sich gegriffen hat – Sie erinnern sich, diese Anschläge mit Milzbranderregern –, in Neu-Ulm aufgefallen sein. Und jetzt wird's richtig spannend, Herr Häberle. Denn ›Katsche‹ heißt mit richtigem Namen Marek Malinowska.«

Die beiden Kriminalisten sahen sich überrascht an.

»Marek Malinowska?«, wiederholte Häberle ungläubig.

»Bruder von Joanna«, erwiderte Linkohr. »Da haut's dir's Blech weg.«

157

Boris war noch am Samstagabend in die geschlossene Abteilung einer psychiatrischen Klinik im Oberschwäbischen eingewiesen worden. Er hatte nur wenig gesagt und auch den Kontakt mit seiner Mutter abgelehnt. Weil aus ärztlicher Sicht keine Bedenken gegen eine erste Begutachtung durch einen gerichtlich bestellten Psychiater bestanden, wurde auf Drängen der Staatsanwaltschaft ein solcher Experte aus Tübingen hinzugezogen. Das Gespräch fand in einem Arztzimmer statt, in dem sich der ergraute Professor der forensischen Psychiatrie und der junge Mann in bequemen Sesseln gegenübersaßen. Der erfahrene Mediziner sparte zunächst die schrecklichen Ereignisse der vergangenen Wochen aus und kam geschickt auf die familiären Verhältnisse und auf Boris' Kindheit zu sprechen. Zunächst zeigte sich der junge Mann wortkarg, doch im Laufe der ersten halben Stunde schien es so, als fühle er sich erleichtert, über die angestauten Probleme mit den Eltern und über seine verkorkste Ausbildung sprechen zu dürfen. Als das Gespräch auf das Musical ›Barbarossa‹ und schließlich auf theologische Themen kam, sprudelte es geradezu aus ihm heraus. Als ihm klar geworden sei, dass sein Vater, den er abgrundtief gehasst habe, ein Leben lang als verdeckter Ermittler tätig gewesen sei, zuerst für die Polizei, dann für den Verfassungsschutz und zuletzt, wie sich aus den Daten des Laptops ergeben habe, den Wechsel zu einer terroristischen Organisation vollzogen habe, an deren Spitze diese Joanna Malinowska stehe, da seien bei ihm ›alle Sicherungen durchgebrannt‹, erzählte Boris, während er unablässig seine Finger knetete. »Ich hab damit begonnen, verrückte Sachen zu machen, um mich irgendwie selbst zu bestätigen.«

»Zum Beispiel?« Der Psychiater sprach mit ruhiger Stimme. Aus seiner langjährigen Erfahrung wusste er, dass sie an einem Punkt angelangt waren, an dem Boris das innere Bedürfnis verspürte, endlich reinen Tisch zu machen. Er schob ihm ein Glas Wasser über den kleinen Tisch und lächelte ihm aufmunternd zu.

»Na ja, die Sachen mit den Bibelzitaten. Ich beschäftige mich mit so was, müssen Sie wissen. Ich bin kein Typ für den Bau, obwohl es auch da gläubige Menschen gibt, wie ich feststellen konnte.« Boris trank.

»Sie haben Bibelzitate benutzt?«, hakte der Psychiater nach. Man hatte ihn nur oberflächlich über den Fall informiert. Mehr Zeit war auch nicht geblieben.

»Ich hab im November, als wir das Musical aufgeführt haben, einen Mantel meines Vaters genommen und ihn in die Garderobe der Stadthalle gehängt. Heimlich. Da war dann ein Kuvert drin mit dem Hinweis auf Barbarossa und das Streben nach der Weltherrschaft – mit zwei Bibelstellen. ›Wer Wind sät, wird Sturm ernten‹ und ›Vater, vergib ihnen, denn sie wissen nicht, was sie tun‹.«

Der Mediziner nickte interessiert. Er hatte einen intelligenten jungen Mann vor sich, stellte er fest. »Und was wollten Sie damit zum Ausdruck bringen?«

Über Boris' Gesicht huschte ein stolzes Lächeln. »Sie haben es wohl alle so aufgefasst, als ob ich Bleibach angreifen wollte. Vielleicht hab ich das falsch formuliert, aber mein Anliegen war es, die anderen anzuklagen. Seine Gegner – die Mächtigen, die Kapitalisten, verstehen Sie? Die säen Wind und werden Sturm ernten. Ihnen muss man vergeben, weil sie nicht wissen, was sie tun.«

»Sie haben Ihre Gefühle mit Bibelzitaten zum Ausdruck bringen wollen?«

»Ja, so könnte man dies ausdrücken.« Wieder deutete er ein Lächeln an. »Ich hab immer, wenn ich es für richtig hielt, Bibelzitate verschickt. In der Hoffnung, ich könnte mit Gottes Hilfe die Welt verändern.« Er sah den Mediziner mit großen Augen an: »Oder glauben Sie nicht, dass dies möglich wäre?«

158

Als am frühen Abend eine erste Fassung des psychiatrischen Gutachters vorlag, holte Häberle tief Luft. »Ein wiefer Bursche«, konstatierte er, nachdem er es gelesen hatte. Den Kollegen, die den ganzen Sonntag Spuren auswerteten und den Kontakt zu den SEK-Einsatzkräften auf dem Kalten Feld hielten, hatte er von einem Pizza-Service reichlich Verpflegung bringen lassen. Seitdem zogen

Düfte wie in einem italienischen Restaurant durch die Dienstzimmer.

»Er hat beim Psychiater ein Geständnis abgelegt«, resümierte Häberle. »Boris Seifried hat seinen Vater und Andreas Ollerich erschossen. Den Vater, weil sich in ihm – um es laienhaft auszudrücken – so viel Frust und Zorn aufgestaut hatten, und den Ollerich, weil er in diesem letztlich den Anstifter für den Kampf gegen Bleibach vermutet hat. Womit er allerdings nicht ganz richtig gelegen sein dürfte. Die Waffe stammte tatsächlich von seinem Vater, der zwar seine Sportwaffen ordnungsgemäß aufbewahrt hat, nicht aber diese Beretta, die er illegal besaß und die nirgendwo registriert war.«

»Wie ist er auf das Haus in Neu-Ulm aufmerksam geworden?«, wollte einer der Kriminalisten wissen.

»Über die Daten aus dem Laptop. Sein freundschaftliches Verhältnis zu Lars Konarek – diesem Nahkampftrainer, der uns ziemlich viel Nerven gekostet hat –, hat dazu geführt, dass sich auch der eingemischt hat. Konarek war wohl in der Zeit, als ihn unsere Kollegen im Gelände gesucht haben, bei Andreas Ollerich. Das erklärt auch die seltsame Taxifahrt, bei der Konarek seine Spuren verwischen wollte.«

»Und am Sonntagfrüh ist dann dieser Boris zu Andreas Ollerich und hat ihn kaltblütig abgeknallt?«

»Ob kaltblütig oder nicht, das lassen wir mal dahingestellt«, war Häberle um Sachlichkeit bemüht. »Er ist jedenfalls dort hin. Wahrscheinlich kam es zu einer heftigen Auseinandersetzung, während der Boris vielleicht erst so richtig erfahren hat, was am Hohenstaufen geplant war. Nach dem Mord an seinem Vater hat er sich wohl nicht getraut, selbst bei uns anzurufen, sondern hat es mit verstellter Stimme – als Ausländer – über Sander gemacht, zu dem er offenbar Vertrauen gewonnen hatte.« Häberle zuckte mit den Schultern. »Aber das mögen andere herausfinden. Psychiater, Psychologen und all die vielen schlauen Leute, die es bei Gericht in solchen Fällen gibt.«

»Wie kommt's, dass der Boris so religiös ist?«, wollte ein anderer Kollege wissen, nachdem Häberle zuvor schon die Bibelzitate erwähnt hatte.

»Der Professor will sich dazu noch nicht abschließend äußern. Boris sei ein zutiefst sensibler Mensch, meint er.« Häberle biss ein großes Stück von seiner Pizzaschnitte ab und nahm sich Zeit, sich das Gelesene in Erinnerung zu rufen. »Solche Menschen sind für theologische Themen zugänglicher als andere. Möglicherweise habe der junge Mann darin Halt und Zuflucht gesucht – und dann habe sein innerer Affektstau in diese Richtung ein Ventil gefunden.« Häberle nahm einen Schluck Cola. »Aber das werden wir alles noch in wohlgesetzten Worten bekommen.«

Ein älterer Kollege, der vom Flur aus das Gespräch verfolgt hatte, ließ seine sonore Stimme vernehmen: »Bibelzitate können nie schaden. Vielleicht sollten wir auch mal einem jungen Mann aus unserer Mitte ein Zitat für seine Angebeteten mit auf den Weg geben. Das einzige, das ich mir gemerkt habe: Korinther eins, Kapitel 14, Vers 34.«

Linkohr tat so, als ginge ihn dies nichts an. Er wollte auch nicht nachfragen, um welches Zitat es sich handelte. Aber seit einigen Tagen mehrten sich Bemerkungen und Sticheleien, die darauf schließen ließen, dass sich sein peinlicher Videoauftritt herumgesprochen hatte.

»Was steht denn da drin?«, fragte ein anderer interessiert.

»Lest es einfach nach«, drang die Stimme vom Flur herein. »Ich schreib euch die Bibelstelle gerne auf.«

Häberle grinste. Er konnte sich denken, was gemeint war. Ein Glück, dass heute keine weiblichen Kollegen da waren.

Zur Erleichterung Linkohrs erschien Baldachin, worauf die Gespräche sofort ernster wurden. »Ich wünsche den Herren einen guten Appetit«, sagte der Direktionsleiter, der auch jetzt am Sonntagabend seine Uniform korrekt trug. »Wir scheinen ja vorwärtszukommen«, stellte er fest, während die Männer um ihn herum respektvoll Platz machten. »Aber ob wir insgesamt Grund zur Freude haben, vermag ich nicht zu sagen.« Er sah sich um und bemerkte ratlose Gesichter. »Es sieht so aus, als ob die Regierung gekippt ist. Die Hochrechnungen lassen nichts Gutes vermuten.«

Niemand wollte etwas dazu sagen.

Häberle schluckte seinen letzten Bissen hinunter. »Eine Art ›Showdown‹ in Stuttgart.« Er grinste. »Dann lasst uns jetzt den unsrigen auf dem Kalten Feld machen.«

159

Die Nacht war längst hereingebrochen, als der Befehl zum Zugriff erging. Seit über 30 Stunden hatte die SEK-Mannschaft das Areal des ehemaligen Wochenendhäuschens weiträumig observiert. Und keiner der Wanderer, die hier oben im Laufe des Sonntags unterwegs gewesen waren, hatte Verdacht geschöpft, dass irgendetwas Außergewöhnliches im Gange sein könnte. Die Beamten hatten sich selbst als Wanderer getarnt, waren als Jäger unterwegs gewesen, als Landwirte, die nach ihren Feldern schauten, oder, gemeinsam mit Kolleginnen, als Liebespaare. Im Schutze der vergangenen Nacht waren diverse Materialien herbeigeschafft worden, verborgen in lädiert erscheinenden Bauwagen, die in angemessenem Abstand in den Wäldern und Heckenstreifen abgestellt wurden, noch außer Hörweite der ›Zielpersonen‹.

Die relativ lange Vorbereitungszeit ermöglichte es den Spezialeinsatzkräften, ihr gesamtes Repertoire an Möglichkeiten in Stellung zu bringen.

Nun würde alles ganz schnell gehen, vor allem aber lautlos. Die drei Männer, die sich in dem kleinen Häuschen versteckt hielten, durften unter keinen Umständen früher als geplant aufgeschreckt werden. Der von Stuttgart kommende Polizeihubschrauber war übers Remstal, von der entgegengesetzten Richtung, zum Segelflugplatz Hornberg geflogen, der das Kalte Feld im Norden begrenzte, etwa zwei Kilometer vom Einsatzort entfernt.

Häberle hatte sich von einem Kollegen die Lage des Wochenendhäuschens auf einer Wanderkarte zeigen lassen. So wie es sich darstellte, war es vom Flugplatz aus mit einem Pkw wohl kaum zu erreichen. Es gab jedoch eine asphaltierte Verbindung, die von Degenfeld im Tal zu der Hochebene hinaufführte, vorbei an einer Skischanze.

Zusammen mit Linkohr, der auf dem Beifahrersitz saß, fanden sie den Weg trotz stockfinstrer Nacht, während aus dem Funkgerät die Bestätigung eintraf, wonach das SEK auf das Grundstück vordringe.

»Jetzt bleibt dort oben kein Auge mehr trocken«, kommentierte Häberle, als er den Dienst-Audi die kurvenreiche und enge Steilstrecke nach oben jagte. Auf der Hochfläche angekommen, stellte er den Wagen auf dem schmalen Grünstreifen ab und löschte die Scheinwerfer. »Wir warten«, beschloss er.

Knapp 500 Meter entfernt zerbarsten Fensterscheiben, explodierten Blendgranaten und hallten Kommandos und wilde Schreie durch die Nacht. Noch bevor die drei Männer, die sich seit über einem Tag in dem kleinen Gebäude aufgehalten hatten, ernsthaften Widerstand leisten konnten, lagen sie gefesselt und brüllend am Boden. Der Angriff musste wie eine Naturkatastrophe über sie hereingebrochen sein.

Der Qualm der Blendgranaten hatte sich noch nicht verzogen, als im näheren Umkreis Fahrzeugscheinwerfer aufflammten und sich näherten. Auch Häberle startete den Motor und folgte dem Weg dorthin, wo das Ziel aller Lichter zu sein schien.

Die beiden Kriminalisten verließen ihren Audi etwa 100 Meter vor der Einsatzstelle und gingen zu Fuß weiter. Unterdessen wurde bereits von einem Lkw der Bereitschaftspolizei ein Lichtmast ausgefahren und das gesamte Areal in gleißendes Halogenlicht getaucht. Per Funk erhielt die Hubschrauberbesatzung die Anweisung, wieder nach Stuttgart zurückzukehren.

Häberle und Linkohr wiesen sich gegenüber der SEK-Einsatzleitung aus und ließen sich durch die verwachsene Zufahrt zu dem Grundstück führen, auf dem der Kastenwagen stand, den sie gestern in Hohrein gesehen hatten.

Die beiden Kriminalisten stiegen die paar Steinstufen zur eingeschlagenen Tür des Häuschens hinauf. Im Flur brannte Licht, unter den Schuhen knirschten Glassplitter. »Hier«, sagte einer der Männer, die Kampfanzüge trugen. Er deutete in einen Raum, der mit mehreren Handlampen erhellt wurde. Offenbar war die Deckenbeleuchtung zu Bruch gegangen. Am Boden lagen drei Männer, deren Fuß- und Handgelenke gefesselt waren. »Ihr Schweine!«, rief einer wütend. Die beiden anderen schienen sich mit ihrer aussichtslosen Lage eher abgefunden zu haben.

Häberle und Linkohr warfen einen kurzen Blick auf die Gesichter, die teilweise blutverschmiert waren.

»Danke«, sagte der Chefermittler zu den Umstehenden. »Das war wieder mal gute Arbeit.«

Der Mann am Boden fauchte dazwischen: »Die gute Arbeit werdet ihr erst noch zu spüren kriegen. Der Kampf endet nie. Und hier schon gar nicht.«

160

Als Häberle und Linkohr wieder in Göppingen eintrafen, stand das knappe Ergebnis der Landtagswahl fest. »Wir kriegen einen neuen Ober-Chef«, kommentierte es Häberle und meinte damit den Innenminister.

Den Kollegen, die den Zugriff von Göppingen aus verfolgt hatten, stand der Sinn jetzt nicht nach einer Diskussion über das Wahlergebnis. Sie wollten wissen, um wen es sich bei den drei festgenommenen Männern handelte. »Katsche ist tatsächlich dabei«, bestätigte der Chefermittler. »Marek Malinowska, vermutlich der Rädelsführer, der mit Enduro Ollerich gemeinsame Sache gemacht hat, um Bleibach zu beseitigen.«

»Unglaublich«, fuhr Baldachin dazwischen, der den ganzen Abend über die Direktion nicht verlassen hatte. »Der engste Mitarbeiter ein Maulwurf.« Er schüttelte fassungslos den Kopf.

»Soll's geben«, erwiderte Häberle. »Auch Willy Brandt ist mal Opfer eines solchen Maulwurfs geworden. Und je höher man steigt auf der Karriereleiter, desto größer ist die Wahrscheinlichkeit, dass es Maulwürfe gibt.«

Ob Baldachin bemerkte, dass ihm Häberle eine Spitze verpasst hatte, vermochte keiner der Anwesenden zu beurteilen.

»Und wer sind die anderen?«, wollte jemand aus der Runde wissen.

»Sie nennen sich Pommes und Ucki. Irgendwelche Blindgänger, würde ich mal sagen«, konstatierte Häberle. »Aber Bombenbastler. Aus der Neu-Ulmer Terroristenszene.«

»Aber Islamisten haben in diesem Fall keine Rolle gespielt?«, erkundigte sich ein anderer.

»Soweit erkennbar, nein«, meinte Häberle. »Man hat sich wohl nur deren Wissen bedient. Aber vielleicht kann der Kollege Brunzel mehr herausfinden. Es gibt sicher Dienststellen, die besser informiert sind.« Er wollte den Verfassungsschutz nicht explizit erwähnen. Nicht im Beisein Baldachins.

In diesem Moment schreckte der Ton eines Telefons die Ermittler aus ihren Gedankenspielen hoch. Linkohr, der dem Apparat am nächsten stand, griff zum Hörer und meldete sich. Weil er angestrengt dem Anrufer lauschte und sich sein Gesicht dabei verfinsterte, wurden die Umstehenden auf ihn aufmerksam. Schließlich sagte er: »Okay, danke«, und legte auf. Er sah betroffen in die Runde, die schweigend auf eine Erklärung wartete. »Der PvD – er sagt, Bleibach ist tot.«

161

Georg Sander hatte nach dem anonymen Anruf mit sich gerungen, ob er diese Angelegenheit journalistisch aufarbeiten oder eher vertraulich behandeln sollte. Als er am Samstagnachmittag von dem etwas merkwürdigen Ende der Kundgebung erfahren hatte, war er drauf und dran gewesen, den Kollegen der Göppinger Kreisnachrichten einen Tipp auf den anonymen Hinweis zu geben. Dann jedoch erschien es ihm sinnvoll, angesichts dieser heiklen Angelegenheit zunächst Häberle zu Rate zu ziehen. Der hatte ihm dann dringend nahegelegt, vorläufig nichts darüber zu berichten – um die weiteren Ermittlungen nicht zu gefährden. Sander beschloss, sich an diese Bitte zu halten, zumal sie von Häberle kam, der diese bestimmt nicht aus Jux und Tollerei äußerte, sondern gewiss seine ernsthaften Gründe dafür hatte. Hinzu kam, so beruhigte sich Sander, dass der Hohenstaufen ohnehin nicht zu seinem Zuständigkeitsgebiet gehörte. Sollten doch die Göppinger Kollegen selbst recherchieren.

Ohnehin galten im Zeitalter des elektronischen Ex- und Hopp-Journalismus langjährige Berufserfahrungen und Kontaktpflege immer weniger. Sander kämpfte seit einigen Monaten gegen aufkommenden Frust. Vielleicht lag es aber auch am zunehmenden Alter, dass er nicht mehr bereit war, sich von ewigen Besserwissern und Dummschwätzern, die abgehoben über allem schwebten, bevormunden zu lassen. Und das wollte er keinesfalls nur auf den Journalismus bezogen sehen.

Dass sich im Fall Bleibach eine Sensation, wenn nicht gar ein Skandal anbahnte, das sagte ihm sein journalistisches Feingefühl schon lange. Aber genauso spürte er, dass es aus allen Richtungen Skepsis gegenüber einer solchen Geschichte geben würde. Allein schon Bemerkungen, die im Vorfeld der Landtagswahl gefallen waren, hatte er als Signale gedeutet, wie stark die Mächtigen und Regierenden sein konnten, wenn's drauf ankam. Sogar in der Provinz wurden Fäden gesponnen, die dazu angetan waren, vorherrschende Strukturen, vor allem gesellschaftlicher Natur, zu festigen.

Sander grübelte in dieser Nacht darüber nach, ob sich in Baden-Württemberg nach diesem Wahlergebnis wohl etwas ändern würde. Und wie wohl versucht werden würde, die neue Regierung zu torpedieren. Immerhin galt doch das eiserne Gesetz: Wer das Geld hat, hat die Macht. Sicher wurde jetzt wieder die Zahl der Arbeitslosen nach oben gezwungen.

162

»Verkehrsunfall«, stellte der Hauptkommissar der Göppinger Verkehrspolizei fest. Häberle, Baldachin und Linkohr waren sofort in den Stauferwald hinausgefahren – dorthin, wo sich die Landesstraße in vielen unübersichtlichen Kurven von Hohenstaufen hinunter nach Göppingen wand. Eine unfallträchtige Strecke, auf der das Tempo meist auf 70 limitiert war. Bleibachs VW-Passat war unweit des Wanderparkplatzes Linsenholzsee von der Straße abgekommen und frontal gegen einen Baum gekracht. Die Motorhaube war ein einziger Metallklumpen, der im Licht einer Straßenlaterne wie dunkler Brei glänzte. Das Dach des völlig deformierten Fahrzeugs war von der Feuerwehr abgetrennt worden, damit die Leiche Bleibachs geborgen werden konnte.

Die Kriminalisten verfolgten betroffen und schweigend, wie der Leichnam in einen metallenen Sarg gelegt und der Deckel verschlossen wurde. Um sie herum zuckten Dutzende von Blaulichtern. Ein Fotograf der Göppinger Kreisnachrichten tauchte zwischen den Uniformierten auf, die ihn an seinem typischen Haarzopf sogleich erkannten und durchließen.

»Zeugen?«, wandte sich Häberle an den Kollegen von der Verkehrspolizei, der seine Notizblätter auf ein Schreibbrett geklammert hatte. »Einen indirekten.« Er deutete zu einem Kastenwagen der Polizei. »Wird gerade befragt.«

»Was hat er gesehen?«, wollte Häberle wissen, während Baldachin und Linkohr den Abtransport der Leiche verfolgten.

»Er ist auch, wie Bleibach, von Hohenstaufen runtergekommen und glaubt, dass Bleibach etwa hundert oder zweihundert Meter vor ihm gefahren ist. Ziemlich schnell. Und dann ist der Zeuge von einem nachfolgenden Auto überholt worden, das sehr schnell zu Bleibach aufgeschlossen habe. Er hat noch gedacht, die fahren ein Rennen.« Der Uniformierte trat einen Schritt zurück, um nicht auf das Pressefoto zu kommen. »Danach sind die Autos um die erste Kurve und für ihn außer Sichtweite geraten.«

»Muss nichts zu bedeuten haben«, meinte Häberle. »Hat er das Kennzeichen abgelesen?«

»Nein. Er kann nicht mal was zum Fahrzeugtyp sagen. Vielleicht BMW, jedenfalls dunkel und groß. Das Einzige, worin er sich ziemlich sicher ist: Es soll ein ausländisches EU-Kennzeichen gewesen sein. Möglicherweise ein ›PL‹.«

»Ein ›PL‹?«, echote Häberle.

»Ja, ›PL‹ für Polen.«

163

Sie hatten alle so gut wie kein Auge zugetan. Die Ereignisse der Nacht waren so schrecklich gewesen, dass sie sich in das Unterbewusstsein eingebrannt hatten.

Häberle war nach vier Stunden schon wieder aufgestanden, hatte mit Susanne gefrühstückt und mit ihr den Tod Bleibachs zu verarbeiten versucht.

»Wieder einer, der auf dubiose Weise umgekommen ist«, kommentierte Susanne.

»Wieder einer?«, knurrte Häberle.

»Der Tod von Prominenten gibt doch immer Rätsel auf. Denk an Kennedy, da weiß man bis heute nicht, wie das mit dem Attentat wirklich war. Oder an Barschel mit der Badewanne in Genf, oder an Haider in Österreich mit dem Verkehrsunfall – und natürlich Lady Di mit ihrem ägyptischen Liebhaber in Paris.«

Häberle nickte und zwang sich, sein Marmeladenbrot zu essen.

»Ihr glaubt doch nicht im Ernst, dass das heute Nacht ein Unfall war?«, fuhr Susanne fort.

»Du denkst, es war die Joanna Malinowska?«

»Wie viele Polen fahren nachts von Hohenstaufen nach Göppingen runter?«, fragte Susanne rhetorisch zurück. »Und wie viele davon hinter Bleibach her?«

»Ja, ja, das öffnet den Verschwörungstheorien Tür und Tor.«

»Wo wollte er eigentlich noch hin?«

»Wissen wir nicht. Aber nach Meinung der Kollegen von der Verkehrspolizei ist auch ein Selbstmord nicht auszuschließen. Frust und Enttäuschung über den Verlauf des Wochenendes, über die falschen Freunde – über das Böse allgemein.«

»Ein Mensch wie Bleibach? Das glaub ich nicht. Außerdem hätte ihm doch das Wahlergebnis in Baden-Württemberg entgegenkommen müssen, oder?«

Häberle schwieg.

164

Linkohr war wieder früher im Büro gewesen als Häberle. Offenbar hatte sich der junge Kollege eine Auszeit von den Frauen genommen, dachte der Chefermittler.

»Jetzt können wir uns auf die Bohrlöcher einen Reim machen«, rief Linkohr seinem Chef strahlend entgegen, als er Häberles Schritte auf dem Flur näherkommen hörte.

»So, da bin ich aber mal gespannt«, entgegnete der Chefermittler und ging, gefolgt von Linkohr, in sein Büro.

»Die Spurensicherung hat in dem Haus auf dem Kalten Feld einige Behältnisse und kleine Kapseln gefunden.« Linkohr lehnte sich an den Besprechungstisch, während Häberle seine ganze Körperfülle auf den Bürostuhl sinken ließ.

»Kapseln so klein, dass sie in die Bohrlöcher gepasst hätten – Sie wissen, jene in dem Gemäuer auf dem Hohenstaufen.«

»Kann mich lebhaft entsinnen«, meinte Häberle ironisch.

»Kapseln mit Sprengladungen und einem winzigen Mechanismus mit Funkfernzündung.«

»Ach«, staunte Häberle. »Und damit hätte man den Hohenstaufen in die Luft jagen können?«

»Viel schlimmer«, erklärte Linkohr ernst. »Das Pulver, das vorgefunden wurde und das wohl für die Kapseln gedacht war, hätte die Menschen dort oben getötet.«

»Und wie sollte das geschehen?«

»Bei dem Pulver handelte es sich um Anthrax. Milzbranderreger.«

»Oh Gott!«, entfuhr es Häberle. Mit einem Schlag wurde ihm das ganze Ausmaß des teuflischen Plans bewusst, dessen Ausführung sie vereitelt hatten.

Eine Zelle dieses Terrors war zerschlagen. Doch seit vergangener Nacht deutete vieles darauf hin, dass es im Untergrund weiterschwelte – selbst dann, wenn das schreckliche Geschehen im Stauferwald ein Unfall war. Für etwas anderes gab es keine Beweise.

Aber wer würde dies jetzt noch glauben?

»Wir müssen in unserem Job mit der Erkenntnis leben, dass manches nicht aufzuklären ist – und über einiges auch das Deckmäntelchen des Schweigens gebreitet wird«, fasste Häberle zusammen, als ahne er, was seinen jungen Kollegen jetzt beschäftigte. »Und vielleicht ist es manchmal auch gar nicht schlecht, wenn die Öffentlichkeit nicht alle Sauereien erfährt, die im Hintergrund geplant werden.« Er überlegte kurz. »Sonst müssten längst viele Bleibachs aufgestanden sein und eine Revolution angezettelt haben.«

Linkohr fügte bissig-ironisch an: »Aber zum Glück gelingt es, sie rechtzeitig mundtot zu machen.«

Häberle wurde nachdenklich: »Vielleicht ist die Zeit einfach noch nicht reif – für einen neuen Anfang.«

ENDE

Weitere Krimis finden Sie auf den folgenden Seiten und im Internet: www.gmeiner-verlag.de

MANFRED BOMM
Blutsauger

488 Seiten, Paperback.
ISBN 978-3-8392-1114-4.

DIAGNOSE MORD Im beschaulichen Geislingen am Rande der Schwäbischen Alb wird ein Mann nach einem Autounfall schwer verletzt in die Klinik eingeliefert. Kurz darauf stirbt er. Als es in derselben Nacht zu einem weiteren Todesfall kommt – eine Röntgen-Assistentin wird leblos zwischen ihren Apparaten entdeckt –, wird die Polizei verständigt.

Kommissar Häberle, der die Ermittlungen leitet, findet heraus, dass das Unfallopfer ein Arzt war, der an einer dubiosen Forschungsgesellschaft für Stammzellen beteiligt war …

MANFRED BOMM
Kurzschluss

420 Seiten, Paperback.
ISBN 978-3-8392-1049-9.

HOCHSPANNUNG In einem See am Rande der Schwäbischen Alb wird ein Angestellter des kleinen örtlichen Energieversorgers tot aufgefunden – mit einem Stein um den Hals im Wasser versenkt. Er hatte die Aufgabe, täglich die Entwicklungen an der Leipziger Strombörse zu verfolgen, um bei günstigen Notierungen den Bedarf für die nächsten Jahre zu ordern.

In der Wohnung des Ermordeten findet Kommissar August Häberle mehrere selbst produzierte Dokumentarfilme über die Energiewirtschaft. Und dann erreicht ihn die Nachricht von einer weiteren Leiche– in einem See im fernen Mecklenburg-Vorpommern, versenkt mit einem Stein …

GMEINER

Wir machen's spannend

MANFRED BOMM

Glasklar

471 Seiten, Paperback.
ISBN 978-3-89977-795-6.

OFFENE RECHNUNGEN Der Wasserberg am Rande der Schwäbischen Alb. Nach einer privaten Sonnwendfeier einer Gruppe ehemaliger Schulkameraden findet man einen der Gäste, Werner Heidenreich, tot auf. Erstochen – mit dem Brotmesser, das den Abend über am Lagerfeuer benutzt worden war.

In den Verdacht geraten sowohl die früheren Mitschüler und der alte Lehrer des Ermordeten als auch deren Angehörige. Doch Hauptkommissar August Häberle findet heraus, dass in jener Sommernacht noch viele andere Menschen im Gelände unterwegs waren, die eine gemeinsame Vergangenheit mit dem Opfer haben. Zudem hatte Heidenreich als ehemaliger Polizeibeamter und Mitarbeiter der Steuerfahndung zu Lebzeiten etliche Feinde …

MANFRED BOMM

Notbremse

421 Seiten, Paperback.
ISBN 978-3-89977-755-0.

HÄBERLE UNTER ZUGZWANG Mord im ICE auf der Bahnlinie Ulm-Stuttgart. Abrupt kommt der Zug an der Geislinger Steige zum Stehen. Ein Mann flieht panikartig und verschwindet im Steilhang der Schwäbischen Alb.

Kommissar August Häberle tappt im Dunkeln: Er weiß weder, wer der Erschossene ist, noch ob der Flüchtende ihn ermordet hat. Sein einziger Anhaltspunkt ist das Notizbuch des Toten. Doch führen die darin enthaltenen Adressen von Ärzten und Apothekern wirklich zum Täter? Häberle läuft die Zeit weg, denn bereits in der folgenden Nacht findet er eine weitere Leiche.

GMEINER

Wir machen's spannend

MANFRED BOMM

Schattennetz

466 Seiten, Paperback.
ISBN 978-3-89977-731-4.

GEFANGEN IM SCHATTENNETZ 16 Jahre nach der politischen Wende werden in der schwäbischen Kleinstadt Geislingen zwei Männer von ihrer DDR-Vergangenheit eingeholt. Nach langer »Waffenruhe« scheinen plötzlich alte Rivalitäten wieder auszubrechen. Kurz vor dem jährlichen Stadtfest wird einer der Kontrahenten tot im Turm der Stadtkirche aufgefunden.

Kommissar August Häberle erkennt schnell, dass er es mit einem raffiniert eingefädelten Verbrechen zu tun hat. Und der Mörder scheint sein grausiges Werk noch nicht vollendet zu haben, denn weitere Menschen müssen im Kirchturm ihr Leben lassen.

MANFRED BOMM

Beweislast

468 Seiten, Paperback.
ISBN 978-3-89977-705-5.

IN DEN MÜHLEN DER JUSTIZ Kommissar Häberles neuer Fall scheint klar: Der in einem abgeschiedenen Tal am Rande der Schwäbischen Alb tot aufgefundene Berater der Agentur für Arbeit wurde von einem seiner »Kunden« ermordet. Eine ganze Reihe von Indizien, aber auch DNA-Spuren am Tatort, weisen zweifelsfrei auf Gerhard Ketschmar hin. Der 55-jährige Bauingenieur ist nach über einem Jahr erfolgloser Stellensuche psychisch und physisch am Ende und voller Hass, weil man ihn auf das Abstellgleis Hartz IV zu schieben droht. Doch während sein Prozess vor der Schwurgerichtskammer des Ulmer Landgerichts vorbereitet wird, kommen August Häberle erhebliche Zweifel. Wird möglicherweise ein Unschuldiger zu einer lebenslänglichen Haftstrafe verurteilt?

GMEINER

Wir machen's spannend

MANFRED BOMM

Trugschluss

419 Seiten, Paperback.
ISBN 978-3-89977-632-4.

DEM ›BRUMMTON‹ AUF DER SPUR Eine verkohlte Leiche kann weder identifiziert werden noch gibt es Anhaltspunkte, wer sie ausgerechnet neben einer militärischen Funkanlage auf der Hochfläche der Schwäbischen Alb abgelegt hat. Für Kommissar August Häberle beginnt ein Fall, der äußerst mysteriös erscheint und bis in die höchsten Ebenen der Politik hinein reicht.

Während er fast schon befürchtet, das Verbrechen ungelöst zu den Akten legen zu müssen, spielen sich in Florida und Lugano seltsame Dinge ab. Als dann auch noch auf der Schwäbischen Alb in die Wohnung einer Frau eingestiegen wird, die seit Jahren über das Brummton-Phänomen klagt, bekommt der Fall eine neue Wende.

Alle Spuren führen nach Ulm, deren Stadtväter sich auf den 125. Geburtstag des dort geborenen Albert Einstein vorbereiten …

MANFRED BOMM

Irrflug

422 Seiten, Paperback.
ISBN 978-3-89977-621-8.

MORD IN DER FLIEGERSZENE Ein Sommermorgen auf dem Sportflugplatz Hahnweide bei Kirchheim/Teck. Als die Sekretärin der Motorflugschule zu ihrem Büro fährt, packt sie das Entsetzen: Vor einer Flugzeughalle liegt eine tote Frau, eine zweisitzige Cessna ist im Laufe der Nacht spurlos verschwunden.

Die Ermittlungen der Kriminalpolizei führen in die Umgebung des nahen Göppingen, wo einige der Hobby-Piloten wohnen. Dort übernimmt der in kniffligen Fällen erfahrene Kriminalist August Häberle den Fall – ein Praktiker, kein Schwätzer, einer, der Land und Leute und deren Mentalität kennt. Stück für Stück puzzelt er aus einer Vielzahl von Merkwürdigkeiten die wahren Hintergründe des Falls zusammen.

Die Spur führt nach Ulm …

GMEINER

Wir machen's spannend

MANFRED BOMM

Himmelsfelsen

374 Seiten, Paperback.
ISBN 978-3-89977-612-6.

TIEFER FALL Der Himmelsfelsen hoch über Eybach am Rande der Schwäbischen Alb: Eines Morgens tönt ein grausamer Schrei durch den friedlichen Ort und nichts ist mehr so, wie es einmal war. Ein Mann ist vom Felsen gestürzt.

Selbstmord oder Mord? Wer könnte Interesse am Tod des Ulmer Diskothekenbesitzers haben? Seine zwielichtigen Geschäftspartner oder gar eine eifersüchtige Frau? Fragen über Fragen – und ein verzwickter Fall für Hauptkommissar August Häberle.

MARCUS IMBSWEILER

Schlossblick

369 Seiten, Paperback.
ISBN 978-3-8392-1242-4.

TATORT SCHULE Freds Imbiss »Schlossblick« steht – anders, als der Name vermuten lässt – am südlichen Stadtrand von Heidelberg. Besucht wird er hauptsächlich von Schülern eines Privatgymnasiums und einer Hauptschule. Eines Nachts wird ein Lehrer der Hauptschule, Thorsten Schallmo, vor dem Imbiss erschossen. Privatdetektiv Max Koller beginnt zu ermitteln. Schallmo hatte nicht den besten Ruf als Lehrer, ein persönlicher Racheakt scheint denkbar. Dann aber erfährt Koller, dass das Opfer ein Verhältnis mit einer Schülerin des benachbarten Privatgymnasiums hatte – ist der Mörder also dort zu suchen?

GMEINER

Wir machen's spannend

Unsere Lesermagazine

2 x jährlich das Neueste aus der Gmeiner-Bibliothek

DIN A6, 20 S., farbig

10 x 18 cm, 16 S., farbig

24 x 35 cm, 20 S., farbig

Alle Lesermagazine erhalten Sie in Ihrer Buchhandlung oder unter www.gmeiner-verlag.de.

GmeinerNewsletter

Neues aus der Welt der Gmeiner-Romane

Haben Sie schon unsere GmeinerNewsletter abonniert?

Monatlich erhalten Sie per E-Mail aktuelle Informationen aus der Welt der Krimis, der historischen Romane und der Frauenromane: Buchtipps, Berichte über Autoren und ihre Arbeit, Veranstaltungshinweise, neue Literaturseiten im Internet und interessante Neuigkeiten.

Die Anmeldung zu den GmeinerNewslettern ist ganz einfach. Direkt auf der Homepage des Gmeiner-Verlags (www.gmeiner-verlag.de) finden Sie das entsprechende Anmeldeformular.

Ihre Meinung ist gefragt!

Mitmachen und gewinnen

Wir möchten Ihnen mit unseren Romanen immer beste Unterhaltung bieten. Sie können uns dabei unterstützen, indem Sie uns Ihre Meinung zu den Gmeiner-Romanen sagen! Senden Sie eine E-Mail an gewinnspiel@gmeiner-verlag.de und teilen Sie uns mit, welches Buch Sie gelesen haben und wie es Ihnen gefallen hat. Alle Einsendungen nehmen automatisch am großen Jahresgewinnspiel mit attraktiven Buchpreisen teil.

GMEINER

Wir machen's spannend